L'Etrusque

Au cinquième siècle avant Jésus-Christ, Turms ignore tout de son enfance. Frappé par la foudre, il a été choisi par les dieux pour une mission qu'il doit découvrir. A travers la Méditerranée, il part à la recherche de son identité, croisant sur son chemin le pirate Dyonisios, le médecin Mikon et surtout la ravissante prêtresse Arsinoë dont il s'éprend et dont il fera sa compagne malgré les infidélités de celle-ci.

Après mille péripéties, il découvrira enfin à Tarquinia, ville sacrée des Étrusques, la vérité sur lui-même et pourquoi il a été choisi par les dieux au moment même où la puissance étrusque décline devant celle de Rome.

Écrivain finlandais, Mika Waltari est né en 1908 à Helsinki. Après des études de théologie, il écrit deux romans. Mais ce n'est qu'après la Seconde Guerre mondiale que son talent d'auteur de romans historiques éclatera. Grâce notamment à Sinouhé l'Égyptien, *il connaît un succès mondial. Mika Waltari est mort en 1979.*

Du même auteur

Sinouhé l'Égyptien
Olivier Orban, 1978

Mika Waltari

L'Etrusque

roman

TRADUCTION DE JEAN-PIERRE CARASSO

Olivier Orban

TEXTE INTÉGRAL.

EN COUVERTURE : illustration Gilbert Raffin.

Titre original : *Turms, Kuolematon*.
aux Éditions WSOY Helsinki.

ISBN 2-02-006687-4.
(ISBN 1re publication : 2-85565-142-5.)

Livre premier

DELPHES

1

Moi, Lars Turms, l'immortel, m'étant éveillé au printemps, j'ai vu que la contrée était de nouveau éclatante de mille et mille fleurs.

J'ai parcouru du regard ma belle demeure, j'ai vu l'or et l'argent, les statues de bronze, les vases à figures rouges et les fresques des murs. Pourtant je n'ai ressenti nul orgueil, car l'immortel ne saurait rien posséder en réalité.

Parmi la myriade d'objets précieux, j'ai choisi un humble vaisseau d'argile et, pour la première fois depuis bien des années, j'en ai déversé le contenu sur ma paume pour le dénombrer. C'étaient les cailloux de ma vie.

Puis, reposant le vaisseau et les galets qu'il contient au pied de la déesse, j'ai frappé un gong de bronze. Mes gens sont entrés en silence, ont peint mon visage, mes mains et mes bras du rouge sacré et m'ont revêtu de la robe sacrée.

Parce que ce fut pour moi-même et non pour mon peuple ou ma cité que j'ai fait ce que j'ai fait, j'ai refusé la litière de cérémonie et j'ai traversé la cité à pied. Ceux qui apercevaient mon visage et mes mains se sont écartés de mon chemin, les enfants s'interrompaient au milieu de leurs jeux, et une fillette, près des portes de la ville, a cessé de souffler dans son double pipeau.

J'ai franchi les portes et je suis descendu dans la vallée, au long du sentier que j'avais parcouru autrefois. Le ciel était d'azur radieux, le chant des oiseaux résonnait à mes oreilles et les colombes de la déesse roucoulaient. Ceux qui peinaient dans les champs interrompaient respectueusement leur labeur à ma vue, avant de me tourner le dos pour reprendre leur ouvrage.

Je n'ai pas choisi la route aisée qui mène à la montagne sainte, celle qu'empruntent les tailleurs de pierre, mais les marches sacrées que flanquent des piliers de bois peint. Ce sont des marches escarpées et je les ai gravies à reculons, sans jamais cesser de contempler ma cité, et, si j'ai maintes fois trébuché, jamais je ne suis tombé. Même les membres de ma suite, qui eussent pu me soutenir dans ma progression, étaient saisis de frayeur car, jamais auparavant, nul n'avait gravi de cette manière la montagne sainte.

Parvenu sur le sentier sacré, j'ai vu que le soleil était à son zénith. En silence, je suis passé devant l'entrée des tombeaux que marquent des amoncellements de pierre, le dernier, avant d'atteindre le sommet, est celui de mon père.

Devant moi, dans toutes les directions, s'étendait ma vaste contrée, ses vallées fertiles et ses collines boisées. Vers le nord étincelaient les eaux bleues de mon lac, à l'ouest se dressait le cône paisible de la montagne consacrée à la déesse et, dans la direction opposée, les demeures éternelles des trépassés. Tout cela que j'avais découvert, tout cela que j'avais connu.

Cherchant des yeux quelque présage, j'ai vu sur le sol la plume nouvellement tombée d'une colombe. Je l'ai ramassée et, dans ce geste, j'ai aperçu près d'elle un caillou rougeâtre. Cette petite pierre aussi, je l'ai prise dans ma main. C'était l'ultime caillou.

Alors, frappant légèrement du pied sur le sol, j'ai déclaré :

— Voici le lieu de ma tombe. Que l'on creuse ma sépulture dans la chair de la montagne et qu'on l'orne de manière convenable à mon rang.

Mes yeux éblouis ont distingué des êtres de lumière qui traversaient informes l'azur des cieux, comme j'en avais parfois, mais rarement, vu dans le passé. J'ai tendu mes deux bras, paumes tournées vers le sol, et, l'instant suivant, le bruit indescriptible que tout homme n'entend qu'une fois dans le cours entier de sa vie a retenti dans le ciel sans nuage. C'était comme la voix d'un millier de trompettes, vibrant à travers la terre et les airs, paralysant les membres mais gonflant le cœur.

Les membres de ma suite se sont laissés tomber sur le sol et ont couvert leur visage mais, touchant mon front et tendant mon autre main à travers l'espace, j'ai salué les dieux.

— Adieu, mon ère! Le siècle des dieux a pris fin et un autre commence, nouveau par les actions, nouveau par les coutumes, nouveau par les pensées.

A mes gens, j'ai déclaré :

— Debout, vous autres! Réjouissez-vous du privilège qui vous a été accordé d'entendre le son divin de la fin d'une ère et du commencement d'une autre. Il signifie que tous ceux qui l'avaient déjà entendu sont morts et que nul, parmi les vivants, ne l'entendra de nouveau. Seuls ceux qui sont à naître auront ce privilège.

Cependant ils tremblaient toujours, et moi aussi, mais de ce tremblement qui ne vous saisit qu'une fois. La main refermée sur la dernière pierre de ma vie, j'ai de nouveau frappé du pied l'emplacement de ma tombe. Comme je le faisais, une soudaine et violente rafale de vent m'a enveloppé et, cessant de douter, j'ai su que je reviendrais quelque jour. Quelque jour, je m'élèverais de la tombe, pétri de neuve argile, pour entendre rugir le vent sous un ciel sans nuage, pour emplir ma narine de la résineuse fragrance des pins, pour voir de mes yeux les formes bleutées de la montagne divine. Si j'en avais conservé le souvenir, je choisirais parmi les trésors de mon tombeau le plus humble vaisseau d'argile et, déversant sur ma paume les galets qu'il renfermerait, les élevant l'un après l'autre devant mes yeux, je revivrais ma vie passée.

Lentement, j'ai regagné ma cité et ma demeure par le chemin que j'avais suivi. Le galet ramassé, je l'ai laissé tomber dans le vaisseau d'argile, au pied de la déesse, puis, couvrant mon visage de mes mains, j'ai sangloté. Moi, Turms l'immortel, j'ai répandu les derniers pleurs de mon être mortel, regrettant amèrement la vie que j'ai vécue.

2

C'était la nuit de la pleine lune et le début des festivités de printemps. Mais quand mes gens ont voulu laver mon visage et mes mains de la poudre sacrée qui les colorait, m'oindre et suspendre à mon cou un collier de fleurs, je les ai renvoyés.

— Qu'on prenne de ma farine pour cuire les gâteaux des dieux. Que dans mon troupeau des bêtes soient élues pour le sacrifice et que l'aumône soit faite aux pauvres! Que, suivant la coutume, l'on danse les danses sacrificielles et s'adonne aux jeux divins!

Ainsi ai-je dit et j'ai chargé deux augures, deux interprètes de l'éclair et deux prêtres sacrificiels de veiller à ce que tout s'accomplisse comme le prescrit la coutume.

J'ai moi-même brûlé de l'encens dans ma chambre, jusqu'à ce que l'air soit lourd de la fumée des dieux. Puis je me suis étendu sur le triple matelas de ma couche et, pressant fermement mes bras croisés sur ma poitrine, j'ai laissé la lune baigner mon visage. J'ai sombré dans un sommeil qui n'était pas le sommeil et tout frémissement a cessé dans mes membres. C'est alors que le chien noir de la déesse est entré dans mon rêve mais il n'aboyait plus comme autrefois et la fureur avait quitté ses yeux. Doucement, il s'est approché de moi, m'a sauté sur les genoux et léché le visage. Je lui ai parlé dans mon rêve.

— Ton incarnation infernale n'éveille point en moi le désir, déesse. Tu m'as offert des richesses dont je ne voulais pas et un pouvoir auquel je n'aspirais point. Il n'est pas de richesse terrestre qui pourrait m'induire à me satisfaire de toi.

Le chien noir sur mes genoux a disparu et le sentiment d'oppression s'est évanoui. Puis dans mon corps lunaire traversé par les rayons de l'astre nocturne, j'ai levé les bras au ciel.

Une nouvelle fois, j'ai repoussé la déesse.

— Même sous ma forme infernale, je ne t'adorerai point.

J'ai échappé aux égarements de mon corps lunaire et mon esprit tutélaire, un être plus beau que le plus bel être humain, a pris forme sous mes yeux. Tandis qu'elle s'approchait de moi et, le sourire aux lèvres, s'asseyait au bord de ma couche, elle était plus vivante qu'une mortelle.

— Touche-moi de ta main, l'ai-je implorée, pour qu'enfin je te connaisse. Je suis las de convoiter ce qui appartient à la terre et ne désire plus que toi.

— Ce n'est pas encore le moment, me répondit-elle. Mais un jour tu me connaîtras. C'est moi que tu aimais en celles que tu as aimées sur la terre. Toi et moi demeurerons ensemble mais toujours séparés jusqu'au moment où je pourrai t'enlacer et t'emporter sur mes ailes puissantes.

— Ce ne sont pas tes ailes que je désire mais toi-même. Je veux te tenir dans mes bras. Si ce n'est dans cette vie, du moins dans quelque vie future, je te forcerai de revêtir une forme humaine pour me permettre de te découvrir avec des yeux humains. Pour cela seulement je veux être de ceux qui reviennent.

Ses doigts ténus caressèrent ma gorge.

— Turms, quel redoutable menteur tu fais! murmura-t-elle.

Quoique semblable à la flamme, sa beauté est celle d'un être humain. Considérant sa perfection, j'ai imploré :

— Dis-moi ton nom pour que je puisse te connaître.

Elle a souri.

— Et comme tu aimes à dominer! Cependant, même si tu connaissais mon nom, tu ne me tiendrais pas en ton pouvoir. Ne crains rien, lorsque enfin je te prendrai dans mes bras, je murmurerai mon nom à ton oreille mais tu l'auras probablement oublié lorsque tu t'éveilleras dans le tonnerre de l'éternité.

— Je ne veux pas l'oublier.

— Tu l'as déjà oublié dans le passé.

Incapable de résister plus longtemps, j'ai tendu les bras pour l'étreindre. Ils se sont refermés sur le vide, bien que sous mes yeux elle ait encore été vivante. A travers son corps, peu à peu les objets ont commencé d'apparaître. J'ai bondi brusquement et mes doigts n'ont agrippé que les rayons de lune. A grands pas j'ai parcouru la pièce, touchant différents objets, mais mes bras sans force ne pouvaient soulever les plus légers d'entre eux. De nouveau un sentiment d'oppression s'est emparé de moi et j'ai frappé le gong du poing pour jouir d'une compagnie humaine. Mais le bronze n'a rendu aucun son.

Lorsque je me suis réveillé, je gisais sur ma couche et mes bras en croix pesaient sur ma poitrine. J'ai vu que je pouvais bouger mes membres, je me suis assis sur le bord de mon lit et j'ai caché mon visage dans mes mains.

A travers l'encens et la terrifiante lumière lunaire, m'est parvenue la saveur métallique de l'éternité et son odeur glaciale.

Devant mes yeux dansait sa flamme froide et son tonnerre grondait à mes oreilles.

Je me levai et, d'un air de défi, lançai mes bras vers le ciel et criai :

— Je ne te crains pas, Chimère. Je vis encore de la vie d'un humain. Non pas comme un immortel mais comme un humain parmi ceux de son espèce.

Mais je ne pouvais oublier. De nouveau, je lui parlai, je parlai à l'invisible qui volait autour de moi, me protégeant de ses ailes.

— J'avoue que chaque fois que j'ai obéi à mes propres désirs égoïstes, ce fut une erreur néfaste pour moi-même et pour les autres. Ce n'est que lorsque je me suis laissé gouverner par toi, sans le savoir, comme quelqu'un qui marche dans son sommeil, que j'ai fait à coup sûr ce qui devait l'être. Mais il me faut encore apprendre par moi-même ce que je suis et pourquoi je le suis.

Après ces éclaircissements, je lui fis entendre mes sarcasmes :

— Il est vrai que tu as fait de ton mieux pour me faire croire en toi, mais je ne crois point. Je suis encore si humain que je ne croirai que lorsque je m'éveillerai dans une autre vie au milieu du rugissement de la tempête et que je me souviendrai et me connaîtrai moi-même. Lorsque cela arrivera, je serai ton semblable. Alors il sera plus aisé pour nous de nous entendre.

J'ai pris aux pieds de la déesse le vaisseau d'argile, j'ai fait couler les galets dans ma main et je me suis souvenu. Et m'étant souvenu, j'ai rapporté tout cela par écrit du mieux que je pouvais.

3

Il est rare qu'un homme se penche sur le sol pour ramasser un caillou et le conserver comme symbole de la fin d'une ère et du commencement d'une autre. Aussi faut-il pardonner aux parents d'un mort qui placent dans l'urne une quantité de pierres égale au nombre d'années du disparu. Dans ce cas, les cailloux ne révèlent rien d'autre que son âge. Il a vécu de la vie ordinaire d'un humain et s'en est satisfait.

Les nations aussi passent par différentes ères, qu'on appelle les siècles des dieux. Ainsi nous, immortels, nous savons qu'il a été accordé aux douze cités et peuples étrusques dix cycles de vie et de mort. Nous en parlons comme d'une durée de mille années parce qu'il est plus simple de parler avec des chiffres mais chaque cycle ne compte pas forcément cent années. Un cycle est plus ou moins long. Seuls son commencement et sa fin nous sont connus, par quelque signe infaillible que nous recevons.

L'homme aspire à des certitudes auxquelles il ne peut atteindre. Ainsi les devins comparent-ils le foie des victimes au modèle d'argile dont chaque partie porte le nom d'une divinité particulière. La divine connaissance leur fait défaut. C'est pourquoi ils se trompent parfois.

De même en est-il des prêtres qui connaissent parfaitement les règles de la divination d'après le vol des oiseaux. Lorsqu'ils sont confrontés à un signe qui ne leur est pas familier, ils se troublent et prédisent sans voir. Je ne m'attarderai pas sur les interprètes de l'éclair qui, avant l'orage, montent sur les sommets sacrés et tirent des prophéties pleines d'assurance de la couleur et de la course du feu dans le ciel, qu'ils ont divisé et orienté selon les douze régions célestes.

Mais je n'en dirai pas plus car ainsi doit-il toujours en être. Toute chose peu à peu s'engourdit, s'ossifie et prend de l'âge. Rien n'est plus triste que le savoir desséché et désuet, le savoir humain, en regard de la divine intuition. L'homme apprend beaucoup mais ce qu'il apprend n'est pas la connaissance. Les sources du vrai savoir jaillissent de la certitude des perceptions divines.

Il est des objets divins dont la puissance est telle que leur simple contact guérit les malades. Il est des objets qui protègent ceux qui les portent et d'autres qui leur sont néfastes. Il est des lieux sacrés qui sont reconnus comme tels bien qu'aucun autel, aucune pierre votive, ne s'y dresse. Il est aussi des devins qui voient le passé en tenant un objet dans leurs mains. Mais quelle que soit la conviction qu'ils mettent à gagner leur huile et leur gruau, il est impossible de distinguer dans leurs paroles ce qui est vrai de ce qu'ils ont simplement rêvé ou inventé. Ils ne le savent pas eux-mêmes. Cela je peux l'attester, car j'ai un don semblable.

Quoi qu'il en soit, quelque chose demeure dans les objets utilisés et aimés longtemps par quelqu'un et associés à quelque événement heureux ou malheureux. Quelque chose qui ne procède pas de l'objet lui-même. Tout cela est aussi vague qu'un songe, illusoire autant que vrai. Comme les sensations de l'homme que seul le désir dirige — le désir de voir, d'entendre, de sentir, de goûter. Jamais deux êtres ne goûtent ni ne voient la même chose de la même manière. Non plus que le même être n'entend ou ne touche une même chose de la même manière à des moments différents. Ce que l'on jugera plaisant et désirable à tel moment paraîtra répugnant ou inepte à tel autre. C'est pourquoi celui qui se fie au seul témoignage de ses sens se ment à soi-même tout au long de sa vie.

Pourtant, alors même que je trace ces lignes, je sais que je le fais parce que je suis vieux et usé, que la vie a un goût amer et que le monde ne me présente plus rien de désirable. Dans mes jeunes années, je n'eusse pas écrit ainsi et pourtant, toutes les lignes que j'aurais pu tracer alors eussent été également véridiques.

Ainsi, pourquoi écrire ?

J'écris pour vaincre le temps et pour me connaître. Mais puis-je vaincre le temps ? Cela, je l'ignorerai toujours, car je ne puis savoir si les écrits effacés survivent néanmoins. Aussi me contenterai-je d'écrire pour me connaître.

Mais, pour commencer, je vais prendre dans ma main un caillou noir et lisse et écrire comment me vint mon premier pressentiment de ce que je suis en réalité, plutôt que de ce que je m'étais jusqu'alors contenté de croire que j'étais.

4

Ce fut au milieu de montagnes lugubres, sur la route de Delphes. A peine nous étions-nous éloignés des rivages de la mer que les lointains sommets de l'ouest s'illuminaient d'éclairs. Quand nous eûmes atteint le village, ses habitants s'employèrent à dissuader les pèlerins de poursuivre plus avant. Nous étions en automne, disaient-ils, et une tempête n'allait pas tarder à éclater. Les éboulements allaient sans doute couper la route et les torrents emporteraient les voyageurs.

Mais si moi, Turms, je m'étais mis en marche, c'était pour être jugé par l'oracle de Delphes. Les soldats athéniens s'étaient portés à mon secours et m'avaient offert l'asile d'un de leurs vaisseaux lorsque, pour la deuxième fois de ma vie, les Éphésiens avaient voulu me lapider à mort. Et maintenant, j'allais au-devant de l'orage. Les villageois qui vivaient du passage des pèlerins les invitaient sous divers prétextes à s'arrêter. Ils nous proposèrent bonne table, couche molle et talismans d'os, de bois et de pierre. Ne craignant ni l'éclair ni la tempête, je ne tins aucun compte de leurs avertissements.

Je poursuivis seul ma route, habité par l'horreur de mon crime. L'air fraîchissait. Les nuages déferlèrent sur les montagnes et la lueur des éclairs bientôt m'environna. Les grondements assourdissants du tonnerre roulaient sans répit d'un bord à l'autre de la vallée. La foudre fendit les rochers, la pluie et la grêle fouettèrent mon corps et la fureur de la bourrasque manqua plusieurs fois me précipiter dans le ravin. Mes coudes et mes genoux se blessèrent aux pierres.

Mais je ne ressentais aucune douleur. Tandis qu'autour de moi l'éclair flamboyait comme s'il avait voulu me manifester sa terrible puissance, j'ai connu l'extase pour la première fois de ma vie. Ignorant le sens de ce que je faisais, je commençai de danser sur la route de Delphes. Mes pieds volèrent, mes bras se tendirent et je dansai une danse que personne ne m'avait enseignée, une danse qui avait jailli et tremblait en moi comme une flamme. Mon corps tout entier s'emportait dans la transe joyeuse.

Alors, pour la première fois, je perçus qui j'étais. Rien de mauvais ne pouvait m'arriver, j'étais hors d'atteinte du malheur. Tandis que je dansais sur la route de Delphes, des mots que je ne connaissais pas, les mots d'une langue inconnue se pressaient sur mes lèvres. Le rythme même de la chanson m'était étranger, aussi étranger que les figures de ma danse.

Lorsque j'eus franchi la muraille des monts, je découvris à mes pieds, obscurcie de nuages et brouillée de pluie, l'oblongue vallée de Delphes. L'orage se calma, le ciel s'ouvrit, le soleil brilla au-dessus de la ville, ses maisons, ses monuments et son temple sacré resplendissant dans la lumière du soleil. Seul, sans avoir à demander mon chemin, je découvris la fontaine sacrée. Je jetai à terre mon bagage, me défis de mes vêtements boueux et plongeai dans l'onde purificatrice. L'eau du bassin circulaire avait été troublée par la pluie mais celle qui se déversait entre les mâchoires du lion lava ma chevelure et mon corps. Dans la lumière solaire je me remis en marche et l'extase était encore en moi. Car mes membres tremblaient comme la flamme et je ne sentais pas le froid.

Les serviteurs du temple couraient à ma rencontre. Mon regard un instant s'arrêta sur les hommes aux tuniques flottantes, aux fronts ceints du bandeau sacré. Puis je levai les yeux. Dominant toute chose, écrasant le temple lui-même, je vis la sombre falaise, seuil de l'abîme où s'engloutit toute faute. Les oiseaux noirs que la tempête avait chassés revenaient tournoyer au-dessus du gouffre. Négligeant la voie sacrée, je m'élançai en direction du temple, coupant à travers les terrasses, les monuments et les statues.

Au pied du temple, j'étreignis l'autel massif et je criai :

— Moi, Turms d'Éphèse, j'invoque la protection de la déesse et réclame le jugement de l'oracle.

En levant les yeux sur la frise du péristyle, je les vis. Dionysos au banquet, Artémis chasseresse et son chien. Je sus alors qu'il me fallait entrer. Les serviteurs tentèrent de me barrer le passage, mais je les repoussai.

Je courus à travers le pronaos, devant les urnes d'argent géantes et les précieuses offrandes votives. J'atteignis la salle la plus reculée, là où, sur un petit autel, danse la flamme éternelle.

Là où se dresse l'Omphalos, centre de la terre que la fumée des siècles disparus a noirci. Je posai ma main sur la pierre sacrée et me plaçai sous la protection divine.

Au contact de la pierre, un indicible sentiment de paix s'empara de moi. Sans crainte, je considérai ce qui m'entourait. Dans l'ombre du temple, je distinguai le tombeau de Dionysos et les aigles de la très haute divinité, alors je sus que j'étais sauvé. Les serviteurs n'oseraient pas entrer. Je n'aurais plus affaire qu'aux prêtres, aux hommes voués à interpréter la parole divine.

Alertés par leurs serviteurs, les quatre vénérables se hâtaient vers moi, ajustant leurs bandeaux et drapant leurs tuniques. Leur visage grimaçait, leurs paupières étaient lourdes de sommeil. L'hiver approchant, les pèlerins se faisaient rares et, en ce jour de tempête, ils n'attendaient personne. C'est pourquoi mon arrivée troublait leur repos.

Aussi longtemps que je serais ainsi, couché nu sur le sol du sanctuaire ultime, mes bras enserrant l'Omphalos, ils ne pourraient user de violence contre moi. En outre, ils ne se soucieraient pas de porter la main sur moi, tant qu'ils ignoreraient mon identité. Après s'être consultés à voix basse, ils m'interrogèrent :

— As-tu du sang sur les mains?

Je répondis aussitôt qu'il n'en était rien, ce dont ils furent visiblement soulagés. Si j'avais commis ce crime-là, ils auraient été contraints de purifier le temple.

— As-tu offensé les dieux?

Je délibérai un moment avant de répondre :

— Je n'ai pas offensé les dieux helléniques. Au contraire, la vierge sacrée, sœur de votre dieu, veille sur moi.

— Qui es-tu donc et que veux-tu? grognèrent-ils. Pourquoi es-tu venu en dansant à travers la tempête? Pourquoi as-tu sans notre permission plongé dans l'eau de la fontaine sacrée? Comment oses-tu troubler l'ordre du temple et offenser la coutume?

Par bonheur je n'eus pas à parler car à cet instant soutenue par ses serviteurs, la pythie faisait son entrée. C'était une femme encore jeune, au visage nu et tragique. Ses yeux étaient dilatés, sa démarche chancelante. Elle me regarda comme si elle m'avait toujours connu. Une rougeur se répandit sur son visage lorsqu'elle commença de parler :

— Enfin, tu es venu, toi qu'on attendait depuis si longtemps! Nu et purifié par la fontaine, tu t'es avancé en dansant sur tes pieds ailés. Fils de la lune, de la conque marine, du cheval marin, je te connais. Tu es venu du Ponant.

Je songeai tout d'abord à lui dire qu'elle se trompait gravement car je venais d'aussi loin à l'Orient que la rame et la voile pussent porter. Néanmoins, ses paroles m'avaient ému.

— Femme vénérable, en vérité, me connais-tu?

Un rire sauvage la secoua et elle approcha son visage tout près du mien :

— Comment pourrais-je ne pas te connaître! Lève les yeux et regarde-moi en face!

Sous le regard de la sainte femme, je desserrai mon étreinte autour de la pierre sacrée. Je la regardai en face. Elle avait revêtu l'apparence de Dioné aux joues vermeilles, de la douce Dioné qui avait gravé son nom dans une pomme avant de me la jeter. La divine beauté s'évanouit et elle prit le sombre visage de la statue d'Artémis tombée du ciel en Ephèse. Une nouvelle fois ses traits changèrent et ce fut une femme que j'aperçus, à peine un instant, avant qu'un brouillard l'enveloppât. Puis je contemplai de nouveau les yeux violents de la pythie.

— Moi aussi, je te connais, dis-je.

Si ses serviteurs ne l'avaient retenue, elle m'aurait embrassé. Son bras se tendit, sa main effleura ma poitrine et je sentis couler en moi la force qui émanait de ses doigts.

— Qu'il soit ou non initié, ce jeune homme m'appartient, décréta-t-elle. Ne portez pas la main sur lui. Quoi qu'il ait fait, ce fut pour accomplir les divines volontés, non les siennes. De tout crime, il est innocent.

Alors les prêtres tous ensemble se récrièrent :

— Ce ne sont pas là des paroles divines car elle ne se tient pas sur le trépied sacré. C'est une extase feinte. Emmenez-la.

Mais, résistant sans peine à ses serviteurs, elle rugit des mots de défi :

— Je vois par-delà les mers monter la fumée des incendies. Cet homme est venu avec de la cendre sur les mains et la trace du feu sur ses flancs. Mais je l'ai purifié. Désormais il est pur et libre d'aller et venir comme il l'entendra.

Telles furent ses dernières paroles claires et intelligibles. Puis, prise de convulsion, la bouche écumante, elle s'effondra dans les bras de ses serviteurs qui l'emportèrent, inconsciente.

Tremblants et inquiets, les prêtres m'entourèrent.

— Nous devons débattre de ce cas entre nous, dirent-ils. Mais sois sans crainte. L'oracle t'a libéré de l'horreur de ton crime et nous voyons bien que tu n'es pas un humain ordinaire. Car la pythie à ta seule vue est entrée en extase. Pourtant, comme elle ne se tenait pas sur le trépied sacré, nous ne pouvons porter ses paroles sur le registre sacré. Mais nous les garderons à l'esprit.

Avec des feuilles de laurier prises sur l'autel, ils me frottèrent les mains et les pieds. Ils me conduisirent hors du temple. Les serviteurs avaient rapporté de la fontaine mon bagage et mes vêtements maculés. Quand leurs doigts eurent éprouvé la finesse de ma tunique de laine, les prêtres furent convaincus de ne pas avoir affaire à une personne de basse extraction. La bourse gonflée de pièces d'or à l'effigie du lion de Milet et quelques pièces d'argent portant l'abeille d'Ephèse firent aussi beaucoup pour les rassurer. Je leur tendis en même temps les deux tablettes de cire scellées qui contenaient des témoignages sur ma conduite. Ils me promirent de les lire avant de me questionner de nouveau.

C'est ainsi que je passai la nuit dans une pièce à l'ameublement sommaire. Au matin, les serviteurs vinrent m'inviter à jeûner et me purifier dans l'attente du moment où je comparaîtrai devant les prêtres.

5

Tandis que je gravissais la colline de Delphes, me dirigeant vers son stade désert, en dépit de l'ombre qui gagnait, l'éclat d'une javeline accrocha mon regard. L'épieu pointu scintilla de nouveau en traversant les airs, comme un présage ailé. Et je vis un jeune homme, guère plus âgé que moi mais de plus forte stature, lancé dans une course légère à la suite de son arme.

Je l'examinais tandis que je courais sur les pistes. La solitude était sur son visage et d'horribles cicatrices sur son corps. Ses muscles noueux saillaient. Pourtant il émanait de lui tant de confiance et de force qu'il me sembla que c'était le jeune homme le mieux tourné que j'eusse jamais vu.

— Courons ensemble! lui criai-je. Je suis fatigué de ne me mesurer qu'à moi-même.

Il planta la javeline dans le sol et s'empressa de me rejoindre.

— En avant! hurlai-je. Et nous nous élançâmes.

Plus léger que lui, je croyais vaincre aisément. Mais il me suivit sans effort et ne me laissa gagner que d'une longueur de main.

Bien que nous tentions de nous le cacher, nous étions tous deux hors d'haleine.

— Tu cours bien, concéda-t-il. Maintenant, lançons la javeline.

Son arme était de facture spartiate et en la soupesant, je m'efforçai de dissimuler que je n'avais pas l'habitude d'armes d'un tel poids. Je ramassai mes forces et lançai la javeline plus loin que je n'avais jamais fait, plus loin que je n'aurais espéré. Incapable de réprimer un sourire, je m'élançai pour la reprendre et je souriais toujours lorsque je la lui tendis. Mais le jeune homme l'envoya aussitôt, sans effort apparent, à plusieurs longueurs de ma marque.

— Quel lancer prodigieux! m'exclamai-je avec admiration. Mais tu es sans doute trop lourd pour exceller dans le saut en longueur. Veux-tu te mesurer à moi?

Mais là encore, ma victoire ne tint qu'à un cheveu. Sans un mot, il saisit ensuite un disque. Comme un faucon de lumière, le lourd palet alla s'abattre bien plus loin que je ne pus le jeter. Il sourit à son tour.

— La lutte fera la décision, dit-il.

Je l'examinai et ressentis un étrange malaise à l'idée de lutter avec lui. Je savais qu'il vaincrait sans peine mais ce n'était pas ce qui m'inquiétait. C'était l'idée de sentir ses bras m'étreindre qui me faisait reculer.

— Ta force surpasse la mienne, concédai-je. La victoire t'appartient.

Après quoi nous ne dîmes plus rien et chacun d'entre nous poursuivit pour lui-même ses exercices dans le stade désert, jusqu'au moment où nous fûmes couverts de sueur. Lorsque je me dirigeai vers les berges du ruisseau en crue, il hésita puis m'emboîta le pas. Je me lavai et me frottai le corps de sable. Il m'imita.

— Peux-tu me frotter le dos? demanda-t-il.

Je m'exécutai et il me rendit le même service, m'étrillant si rudement que je le repoussai en lui jetant de l'eau au visage. Il sourit, sans s'abaisser cependant à me suivre dans ce jeu puéril.

Je montrai la cicatrice sur son torse et demandai :

— Serais-tu soldat?

— Je suis spartiate, rétorqua-t-il avec superbe.

Je l'examinai avec une curiosité nouvelle. C'était le premier Lacédémonien que je rencontrais. Il ne semblait pas mériter la réputation de brutalité et d'insensibilité attachée à ses compatriotes. Je savais que les Spartiates se faisaient gloire de leur cité sans murailles car eux-mêmes prétendaient qu'ils étaient une muraille bien suffisante. Mais je n'ignorais pas non plus qu'il leur était interdit de quitter leur cité, sauf en troupe et en ordre de bataille.

Il lut la question dans mes yeux et expliqua :

— Moi aussi, je suis prisonnier de la décision de l'oracle. Mon oncle, le roi Cléoménès, a fait des rêves de mauvais augure et m'a éloigné. Je suis un descendant d'Héraclès.

Je songeai que, connaissant le tempérament d'Héraclès et ses innombrables voyages à travers le monde, on pouvait supposer qu'il y avait des milliers de ses descendants dans une infinité de pays. Mais, considérant les muscles frémissants de mon interlocuteur, je gardai mes réflexions pour moi.

Sans y avoir été invité, il me récita sa généalogie et conclut :

— Mon père Dorieos était connu comme le plus bel homme de son temps. Mais à cause des haines qu'il s'était attirées dans son pays, il a traversé la mer pour fonder, en Italie ou en Sicile, sa propre cité. C'est là qu'il a fini sa vie, de longues années plus tard.

Soudain son visage s'assombrit :

— Pourquoi me regardes-tu ainsi? Dorieos est mon vrai père. Depuis que j'ai quitté Sparte, j'ai le droit de porter son nom si bon me semble. C'est ma mère qui m'a parlé de lui, ma mère qui m'a élevé jusqu'à l'âge de sept ans, avant de me remettre à l'Etat. Comme mon père légal était incapable de procréer, il a demandé à Dorieos de s'accoupler à ma mère, en grand secret. Tu sais qu'à Sparte, les maris eux-mêmes ne peuvent rencontrer leur femme qu'en secret, en usant de stratagèmes. Tout cela est la pure vérité : si je n'avais pas été le fils de Dorieos, je n'aurais pas été banni de Sparte.

J'aurais pu lui faire remarquer que, depuis la guerre de Troie, les Lacédémoniens avaient de bonnes raisons de se méfier des hommes et des femmes d'une excessive beauté. Mais sur le chapitre de ses origines, il était manifestement très sourcilleux. Ce qu'après tout je n'avais pas de mal à comprendre, puisque ma propre naissance était plus mystérieuse encore.

Nous nous vêtîmes en silence au bord du ruisseau. Au-dessous de nous, les ombres gagnaient l'oblongue vallée de Delphes. Les montagnes devenaient violettes. J'étais purifié, j'étais vivant, j'étais fort. Je sentais dans mon cœur le miel d'une amitié naissante pour cet étranger qui avait accepté de se mesurer à moi sans savoir qui j'étais ni d'où je venais.

Tandis que nous suivions le chemin descendant vers la ville, il me lançait des regards en coin.

— Tu me plais, dit-il enfin, quoique nous autres, Spartiates, méprisions d'ordinaire la compagnie des étrangers. Mais je suis seul et lorsqu'on a toujours vécu avec d'autres hommes de son âge, il est dur d'être sans compagnon. Si je ne suis plus soumis aux coutumes de mon peuple, elles sont néanmoins en moi et me lient plus étroitement que des fers. C'est pourquoi j'aimerais mieux être mort et que mon nom soit gravé dans la pierre qu'être ici.

— Je suis seul moi aussi, dis-je. Je suis venu à Delphes de mon propre gré, pour être purifié ou mourir. La vie n'a plus de sens si je dois rester à jamais une malédiction pour ma cité et toute l'Ionie.

Sous ses mèches bouclées et humides, son visage prit une expression dubitative.

— Ne me juge pas trop vite, plaidai-je. La pythie m'a décrété innocent, sans avoir eu besoin de mâcher le laurier ni de se tenir sur le trépied sacré, ni de respirer les vapeurs délétères que dégorge l'abîme. Ma seule vue l'a plongée dans la divine transe.

Le sourire des sceptiques Ioniens me vint aux lèvres et j'ajoutai, après m'être assuré que nous n'étions pas écoutés :

— J'ai cru voir qu'elle aimait les mâles. Je ne doute point qu'elle soit une personne sainte mais les prêtres doivent avoir bien du mal à interpréter ses divagations d'une manière qui les satisfasse.

D'un geste de la main, il m'interrompit et dit d'une voix alarmée :

— Tu ne crois donc pas à l'oracle? Si tu blasphèmes contre les dieux, je n'ai plus rien à faire avec toi.

— Ne t'alarme point. Toute chose a deux faces, celles que nous voyons et celle que nous ne voyons pas. Je doute de l'oracle sous son aspect terrestre, c'est vrai, mais cela ne signifie pas que je ne le reconnais pas et que je ne me soumettrai pas à son jugement, m'en coûterait-il la vie. L'homme doit croire en quelque chose.

— Je ne te comprends pas, dit-il, effaré.

Cette nuit-là, nous nous en fûmes chacun de son côté mais le jour suivant, ou le surlendemain peut-être, il vint au-devant de moi et demanda :

— Est-ce toi, homme d'Ephèse, qui as mis le feu au temple de la déesse lydienne de la terre et par là à toute la ville de Sardes?

— C'est là mon crime, reconnus-je. Moi, Turms, d'Ephèse, j'en porte seul l'horreur. Je suis coupable de l'incendie de Sardes.

A ma grande surprise, le visage de Dorieos s'éclaira et, de ses deux mains, il me frappa les épaules :

— Pourquoi te considères-tu comme un criminel, toi le héros des Hellènes? Ignores-tu que l'incendie de Sardes a ranimé les flammes de la révolte, des bords de l'Hellespont jusqu'aux rives de Chypre?

Ses paroles me remplirent d'horreur.

— S'il en est ainsi, les Ioniens sont tous fous! Apprends la vérité : Certes, il ne nous fallut que trois jours après l'arrivée des vaisseaux athéniens pour nous précipiter contre Sardes comme un troupeau lancé derrière son bélier. Mais là, la ville et les murailles ont brisé notre élan et nous dûmes nous retirer aussi vite que nous étions venus. Beaucoup d'entre nous tombèrent sous les coups des auxiliaires perses et, dans les ténèbres et la confusion, nous allâmes jusqu'à nous entretuer. Non, notre expédition contre Sardes n'eut rien d'héroïque. Pour mettre le comble à notre déroute, nous nous sommes compromis avec des femmes qui s'adonnaient, aux portes d'Ephèse, à des festivités nocturnes. Les Ephésiens ont fait une sortie et ont encore massacré bon nombre d'entre nous. Tu vois que cette expédition inepte se termina en déroute honteuse.

Dorieos secoua la tête.

— Tu ne parles pas en vrai Grec. La guerre est la guerre et tous ses aléas ne doivent servir qu'à faire briller la gloire de la patrie et celle des morts, quelle que soit la manière dont ils sont tombés. Je ne te comprends pas.

— Je ne suis pas un Hellène, rétorquai-je. Je suis un étranger. Voilà maintenant de nombreuses années, j'ai repris mes sens au pied d'un chêne que la foudre venait de frapper. Un bélier me heurtait de son front cornu et des moutons morts gisaient alentour. L'éclair avait arraché mes habits et laissé une trace noire sur mes reins. Mais Zeus, en dépit de ses efforts, n'avait pu m'arracher à la vie.

6

L'hiver était presque sur nous lorsque les quatre prêtres me firent appeler. Entre-temps, le jeûne m'avait amaigri, le stade avait aguerri mon corps et je m'étais soumis à tant d'exercices de purification que je tremblais. Selon l'habitude des vieillards, les prêtres me firent commencer par le commencement et raconter ce que je savais de la révolte des cités ioniennes, sur la mise à mort ou le bannissement des tyrans à la solde des Perses.

Je rapportai tout ce que je connaissais de notre honteuse offensive contre Sardes, la ville du satrape. Puis je leur dis :

— Artémis d'Ephèse, la puissante déesse, m'a pris sous sa

protection lorsque je suis arrivé dans sa ville et désormais ma vie lui appartient. Ces dernières années, la Lydienne Cybèle, la sombre déesse, est entrée en rivalité avec l'Artémis des Hellènes pour obtenir leur dévotion. Les Ioniens sont un peuple frivole, avide de nouveautés et, sous la domination des Perses, nombre d'entre eux ont fait le voyage de Sardes pour sacrifier à Cybèle et s'adonner à ses honteux rites secrets. Lorsque je me joignis à l'expédition athénienne, on me dit, et j'avais toute raison de le croire, que la guerre que nous allions mener était aussi celle de la vierge à l'arc contre la sombre déesse. C'est pourquoi j'avais le sentiment d'accomplir un haut fait en mettant le feu au temple de Cybèle. Ce n'est pas ma faute si, au même moment, un vent puissant se leva, livrant aux flammes les maisons aux toits de roseaux et la cité tout entière.

Puis je décrivis de nouveau notre fuite et les escarmouches avec les Perses. Enfin, fatigué de raconter, je dis :

— Mais vous avez les tablettes de cire que j'ai apportées. Croyez-les si vous ne me croyez pas.

— Nous les avons ouvertes et nous les avons lues, répondirent les vénérables vieillards. Nous avons également établi la vérité sur les événements d'Ionie et l'expédition de Sardes. Que tu regrettes d'y avoir pris part, que tu t'abstiennes de la glorifier plaide en ta faveur. S'il se trouve des fous pour louer dans cette expédition le plus glorieux exploit des Hellènes, l'incendie d'un temple, fût-il celui de l'Asiatique Cybèle que nous abhorrons, est une affaire grave, car lorsqu'on commence à brûler les temples, même les dieux hellènes sont menacés.

Sur ma demande, ils relurent les tablettes de cire et me permirent même de prendre connaissance de leur contenu. Le premier des messages disait :

Artémisia du temple d'Artémis en Ephèse salue le saint conseil des prêtres d'Apollon de Delphes. Gardienne de la vierge divine, je connais mieux que personne ses manifestations et ses rituels. Je peux proclamer que Turms d'Ephèse a l'approbation pleine et entière de la déesse. C'est pourquoi je l'ai secrètement placé sous la protection de notre frère divin, Apollon. Permettez à l'oracle de le libérer car il n'a pas fait le mal mais le bien. La déesse elle-même guidait sa main lorsqu'il a jeté sa torche étincelante dans ce temple maudit.

La tablette racontait ensuite mon arrivée à Ephèse et ma rédemption par Héraclite, frère du roi sacrificiel, et concluait :

Portez-vous bien et rendez justice à ce jeune homme. C'est un loyal garçon.

L'autre tablette de cire commençait ainsi :

Epenides, au nom du Conseil des Anciens, salue respectueusement le très saint oracle de Delphes et ses prêtres. Sur la demande de notre roi sacrificiel, nous vous adjurons, ayant le bon droit à nos côtés, de bien vouloir condamner Turms, le sacrilège, le rebelle, l'incendiaire d'un temple. L'incendie de Sardes fut la plus grande calamité qui se soit jamais abattue sur l'Ionie.

Le message concluait :

Les temps que nous vivons sont durs, aussi devez-vous faire jeter Turms au bas de la falaise afin d'éviter qu'il n'attire sur notre cité des malheurs pires encore que ceux dont il est déjà la cause. Lorsque nous apprendrons sa mort, nous vous enverrons avec joie un trépied d'argent pour votre autel intérieur.

Après avoir lu ce message malveillant dont on m'avait assuré qu'il était destiné à me défendre, je m'écriai avec colère :

— Espèrent-ils que leur couardise apaisera le ressentiment des Perses ? Ils sont pourtant à bord du même vaisseau que les autres cités ioniennes. Quelle que soit mon origine, je suis fier à présent de n'être pas éphésien.

Ces derniers mots qui m'avaient échappé me plongèrent dans la confusion. Les prêtres s'en aperçurent et demandèrent :

— Quelles sont donc tes origines ?

— La foudre m'a frappé près d'Ephèse, je ne sais rien de plus. Après cela, je fus malade pendant des mois.

Pesant soigneusement mes mots, je leur racontai comment, pour me mettre à l'abri, on m'avait fait quitter Sybaris, en Italie, pour Milet, lorsque j'avais dix ans. Quand les habitants de Milet apprirent que ceux de Crotone avaient rasé Sybaris et détourné une rivière pour que son cours en noie les ruines, le chagrin de mes hôtes fut tel qu'ils s'arrachèrent les cheveux. Puis, oubliant les lois de l'hospitalité, ils me traitèrent avec rudesse. On m'apprit d'abord le métier de boulanger puis celui de berger, mais les coups que je recevais me jetèrent dans cette fuite au bout de laquelle, près d'Ephèse, la foudre devait me frapper.

Avec des gestes de découragement, les prêtres s'écrièrent :

— Quel embarrassant problème ! Comment serions-nous capables de le résoudre ? Turms n'est même pas un nom grec mais puisqu'on s'est occupé de l'éloigner de Sybaris, il ne peut s'agir d'un simple orphelin. Les quatre cents familles de cette cité savaient très bien ce qu'elles faisaient. Un grand nombre de barbares vivaient à Sybaris pour s'y frotter à la civilisation grecque. Mais si ce garçon était un barbare, pourquoi l'aurait-on envoyé à Milet plutôt que dans son pays ?

Poussé par mon amour-propre, je m'écriai :

— Considérez-moi avec attention. Est-ce que mon visage est celui d'un barbare ?

Les quatre vieillards au front ceint du bandeau divin me regardèrent de plus près :

— Comment savoir ? disaient-ils. Tes vêtements sont ioniens, ton éducation est celle d'un Grec. Il existe autant de visages que de peuples. Un étranger ne se reconnaît pas à ses traits mais à son vêtement, à sa coiffure, sa barbe, sa façon de parler.

Tandis qu'ils m'examinaient, leurs paupières se plissèrent et, se détournant de moi, ils échangèrent des coups d'œil inquiets. Car la fièvre divine, après le jeûne et les purges, me faisait trembler et la lumière des dieux brillait dans ma prunelle. En cet instant je vis dans le cœur des quatre vieillards. Ils étaient si troublés par ce qu'ils découvraient qu'ils perdaient confiance en eux-mêmes. Quelque chose en moi était plus puissant qu'eux. En moi était une connaissance supérieure à la leur.

L'hiver approchait. Bientôt le dieu serait parti pour l'extrême nord, pour le pays des lacs et des cygnes, abandonnant Delphes à Dionysos. Sur la mer les tempêtes se déchaînaient, les vaisseaux regagnaient les ports, les pèlerins ne venaient plus à Delphes. Les nobles vieillards aspiraient à la paix, craignaient les décisions et n'espéraient plus de l'avenir que la chaleur du foyer et l'assoupissement brumeux de l'hiver.

— Vénérables anciens, dis-je, accordez-moi la paix. Accordez-vous la paix à vous-mêmes. Sortons sous le vaste ciel pour guetter un présage.

Nous sortîmes, les prêtres serrant leurs robes contre eux, levant les yeux vers les cieux lugubres. Soudain la plume bleutée d'une colombe voltigea devant moi, je tendis la main et la saisis.

— Voici le présage! m'écriai-je, exultant.

Je remarquai alors la nuée de colombes qui passait dans le ciel au-dessus de nos têtes. Mais pour moi la plume demeurait un signe.

Les prêtres se pressèrent autour de moi.

— Une plume de colombe. L'oiseau de Cythère. Voyez, Aphrodite a étendu sur lui son voile d'or. Son visage resplendit de lumière!

Une bourrasque soudaine fit frémir nos tuniques et dans le lointain, vers l'ouest, la foudre frappa le sommet d'une montagne. Le roulement du tonnerre s'attarda dans la vallée de Delphes.

Nous demeurâmes un moment encore dans l'attente, mais comme rien d'autre n'advenait, les prêtres rentrèrent dans le temple, me laissant sous le portique. Je lus sur la muraille les maximes des sept sages, je contemplai les vaisseaux de Crésus et l'image d'Homère. L'odeur des branches de laurier brûlant dans le feu éternel de l'autel emplissait mes narines.

Enfin, les prêtres revinrent et rendirent leur jugement :

— Tu es libre d'aller où tu voudras, Turms d'Ephèse. Les dieux se sont manifestés par des signes et la pythie a parlé. Ce n'est pas ta volonté, mais celle des dieux qui s'est accomplie à travers toi. Continue d'honorer Artémis comme par le passé et fais des offrandes à Aphrodite qui t'a sauvé la vie. Mais si le dieu de Delphes ne condamne pas ton acte, il refuse de porter la responsabilité de ta faute car c'est Artémis qui est responsable, c'est elle qui s'est révoltée contre la déesse asiatique.

— Où dois-je aller? demandai-je.

— Va vers l'ouest d'où tu es venu un jour. Ainsi a dit la pythie et ainsi te disons-nous.

— Est-ce là l'ordre du dieu? interrogeai-je, déçu.

— Certainement pas! se récrièrent-ils. N'as-tu pas entendu que le dieu de Delphes ne veut rien avoir à faire avec toi? Il s'agit seulement d'un bon conseil.

— Je ne suis pas consacré à Artémis, dis-je, mais à l'époque de la pleine lune, elle m'est apparue en rêve, un chien noir à ses côtés. Sous la forme souterraine d'Hécate, elle s'est montrée à moi chaque fois que, à la demande de la prêtresse, j'ai dormi dans son temple les nuits de pleine lune. C'est pourquoi je sais que je serai riche un jour. Lorsque cela arrivera, j'enverrai une offrande votive à votre temple.

Mais ils ne voulurent rien entendre :

— N'envoie aucune offrande au dieu de Delphes, car nous ne l'accepterons pas.

Ils ordonnèrent même au gardien du trésor de me rendre mon argent en ne prélevant que le coût de mon entretien et de ma purification comme prisonnier du temple. Tant était grande leur méfiance à mon égard, et à l'égard de tout ce qui, à cette époque, venait de l'est...

7

J'étais libre de partir mais Dorieos n'avait pas encore reçu la réponse des prêtres. Nous quittâmes les jardins du temple, passant notre temps au pied de la muraille à graver nos noms dans la pierre. Là, sur le sol nu, gisaient les rochers qui furent consacrés aux divinités souterraines un millier d'années avant la venue d'Apollon à Delphes.

D'une badine de saule, Dorieos fouettait impatiemment la pierre.

— J'ai été éduqué pour la guerre et pour vivre avec mes semblables. La solitude et l'inaction font fermenter en moi de folles pensées. Après tout, mon problème est une affaire politique plutôt que divine. On le résoudrait plus aisément en maniant le glaive qu'en mâchant des feuilles de laurier.

— Laisse-moi être ton oracle, suggérai-je. Nous vivons une époque de soulèvements. Viens à l'est avec moi, de l'autre côté de la mer, dans l'Ionie où l'on a commencé de danser la danse de la liberté. Les représailles perses menacent les cités insurgées. Un soldat aguerri sera le bienvenu, il aura maintes occasions de butin et même d'accession au commandement.

— Nous autres, hommes de Sparte, avoua-t-il de mauvaise grâce, nous n'aimons guère la mer et nous ne la traversons jamais pour nous mêler de ce qui se passe au-delà.

— Tu es un homme libre, insistai-je, et tu n'es plus lié par les préjugés de ton peuple. La mer est superbe, même bouillonnante d'écume, et les cités d'Ionie sont belles, point trop froides en hiver, point trop chaudes l'été. Sois mon compagnon et partons ensemble vers l'est.

— Jetons chacun, suggéra-t-il, un os de mouton qui nous indiquera la direction que nous devons prendre.

Par trois fois, nous jetâmes des os de mouton au pied des roches dédiées aux divinités souterraines. Nous n'en croyions pas nos yeux. Chaque fois les os montraient l'ouest, à l'opposé de l'Ionie.

— Il y a quelque chose qui ne va pas, dans ces os, dit Dorieos avec dégoût. Ils n'ont rien de prophétique.

Ses paroles me révélaient involontairement son désir de se joindre à moi dans la guerre contre les Perses. C'est pourquoi, avec de feintes réticences, je lui dis :

— J'ai vu de mes propres yeux une réplique de la carte du monde tracée par Hécatée de Milet. Il ne fait pas de doute que le Grand Roi est un formidable adversaire car il règne sur des milliers de nations, de l'Egypte à l'Inde.

— Plus fort est l'adversaire plus glorieux le combat, répliqua Dorieos.

— Je n'ai rien à redouter, affirmai-je. Comment les armes humaines pourraient-elles m'atteindre, quand le tonnerre n'a pas réussi à m'égratigner ? Je crois que je suis invulnérable. Mais il n'en est pas de même pour toi. Aussi ne m'efforcerai-je pas plus longtemps de te convaincre de me suivre dans une aventure à l'issue incertaine. Les os indiquent l'ouest. Tu dois leur obéir.

— Pourquoi ne partirions-nous pas ensemble pour l'ouest ? Comme tu l'as dit, je suis libre, mais la liberté n'a pas de goût si je n'ai pas de compagnon avec qui la partager.

— Les os aussi bien que les prêtres me conseillent l'ouest mais c'est précisément pour cela que j'irai à l'est. Je dois me prouver que les présages et les avertissements divins ne peuvent m'interdire de faire ce que je dois faire.

Dorieos éclata de rire.

— Tu te contredis.

— Tu ne comprends pas. Je veux me prouver à moi-même que je ne peux échapper à mon destin.

A peine avais-je terminé que les serviteurs du temple venaient chercher Dorieos. Son visage s'éclaira. Il se leva de son rocher et courut vers le temple. Je restai à l'attendre près de l'énorme autel des sacrifices.

Lorsqu'il revint, son front était baissé.

— La pythie a parlé et les prêtres ont étudié les présages. Mon retour à Sparte y attirerait une malédiction. C'est pourquoi je dois aller au-delà des mers. Ils m'ont recommandé d'aller à l'ouest où quelque tyran d'une riche cité sera heureux de me prendre à son service. Ma tombe sera creusée à l'ouest, m'ont-ils dit. C'est aussi là-bas que je gagnerai une renommée immortelle.

— C'est pourquoi nous devons faire voile vers l'est, rétorquai-je avec un sourire. Tu es encore jeune. Pourquoi te hâter vers ta tombe?

Nous gagnâmes la côte le jour même, et ce fut pour découvrir que la mer était déchaînée et qu'aucun bateau ne naviguait plus. Nous poursuivîmes donc notre voyage par la terre, dormant dans des huttes de berger abandonnées. Après avoir passé Mégare, nous dûmes décider du meilleur chemin pour atteindre l'Ionie. J'avais des amis dans la cité d'Athènes, qui avaient participé à l'expédition de Sardes mais, comme une faction conservatrice avait pris le pouvoir dans leur ville, ils n'auraient peut-être nulle envie de voir évoquer le passé.

Corinthe, quant à elle, était la plus hospitalière des cités grecques. De ses deux ports les bateaux partaient vers l'est ou l'ouest et même les vaisseaux phéniciens y mouillaient librement. On m'avait dit aussi qu'on n'y craignait pas de fréquenter les étrangers.

— Dirigeons-nous sur Corinthe, suggérai-je. Là-bas nous pourrons recueillir les toutes dernières nouvelles de l'Ionie et nous serons en mesure de prendre la mer, au printemps au plus tard.

Dorieos s'assombrit.

— Nous sommes amis et comme Ionien tu es plus familiarisé

que moi avec les voyages et les cités étrangères. Mais comme Spartiate, il ne m'est pas possible de me ranger à l'avis d'un autre sans émettre de protestation.

— Jetons une nouvelle fois les os de mouton.

En m'aidant de la position du soleil, je dessinai les points cardinaux dans le sable et indiquai du mieux que je pus la direction de Corinthe et celle d'Athènes. Dorieos lança les os. Sans contestation possible, ils indiquaient Corinthe.

— Allons à Corinthe, dit-il d'un air morose. Mais c'est moi qui l'ai décidé et non toi.

Comme sa volonté était plus forte que la mienne, je capitulai :

— Les coutumes ioniennes m'ont amolli. Mon esprit a été gâté par l'enseignement d'un sage qui méprisait les hommes. Tout ce qui augmente le savoir diminue la volonté. C'est pourquoi nous nous conformerons à tes désirs et nous gagnerons Corinthe.

Son visage s'éclaira, il sourit, courut et lança sa javeline aussi loin qu'il put en direction de Corinthe. Mais lorsque nous fûmes auprès de son arme, nous vîmes qu'elle avait transpercé un morceau de bastingage pourri rejeté par la mer. Nous ne dîmes rien et évitâmes de nous regarder mais chacun sentit que le présage était défavorable. Dorieos libéra sa javeline et nous nous mîmes en marche vers Corinthe sans un regard en arrière.

Dans la cité aux deux ports, il n'est pas nécessaire d'habiter chez des amis, car on trouve des auberges qui fournissent la nourriture et le logement. On n'y juge pas l'étranger à sa mine, à ses vêtements ou même selon la couleur de sa peau, mais seulement d'après le poids du sac où il garde son argent. Je suspecte la majorité des habitants de cette ville de n'avoir aucune occupation honnête, leur seul travail paraissant être d'aider les étrangers à dépenser leur argent au plus vite.

Nous trouvâmes à notre arrivée un grand nombre de réfugiés des cités ioniennes. La plupart d'entre eux étaient des riches qui, s'ils craignaient la liberté et la volonté populaires, craignaient encore plus la vengeance des Perses. Ils étaient certains que des représailles menaçaient les cités ioniennes qui avaient banni leurs tyrans, détruit les bâtiments perses et relevé leurs murailles. Beaucoup de réfugiés attendaient le printemps pour prendre quelque vaisseau marchand en partance pour les grandes cités grecques de la Sicile ou de l'Italie, afin de mettre entre les Perses et eux la plus grande distance possible.

— A l'ouest existe une Grèce plus grande, avec de riches cités et de l'espace pour respirer, disaient-ils. L'avenir est à l'ouest, car à l'est règnent désormais l'oppression et la destruction.

Mais ils devaient admettre que la révolte s'était étendue jusqu'à Chypre, que les bateaux ioniens dominaient la mer et que toutes les cités ioniennes s'étaient de nouveau jetées dans la rébellion.

Lorsque arriva le printemps, nous fîmes voile vers l'Ionie à bord d'un des premiers vaisseaux qui appareillèrent.

Livre II

DIONYSIOS DE PHOCÉE

1

Dans la guerre contre les Perses j'acquis la réputation d'un homme qui riait parce qu'il ne craignait pas la mort. Dorieos pour sa part devint célèbre pour le sentiment de sécurité que procurait son commandement.

Mais lorsque les Perses eurent bloqué Milet du côté de la terre, Dorieos me dit :

— Bien que Milet protège encore les cités ioniennes qui se trouvent derrière elle, chaque Ionien ici craint pour sa propre patrie et cette crainte est responsable de la confusion qui nous entoure. En outre, les Perses nous surpassent sur terre tandis que notre flotte est encore intacte derrière l'île de Ladé.

Dorieos était à présent un géant barbu dont le casque s'ornait d'une crête de plumes et dont le bouclier portait des incrustations d'argent. Considérant ce qui l'entourait, il poursuivit :

— Cette cité avec ses richesses et ses murs imprenables est devenue pour moi un piège. Je n'ai pas l'habitude de défendre des murs car le bouclier du Spartiate est sa seule muraille. Turms, mon ami, quittons Milet. Cette cité sent déjà la mort !

— Allons-nous quitter la terre ferme et prendre comme terrain de bataille le plancher mouvant des vaisseaux ? demandai-je. Pourtant tu hais la mer et ton visage pâlit lorsque tanguent les galères.

Mais Dorieos tint bon :

— C'est l'été et la mer est calme. Je suis lourdement cuirassé et puis me battre sur le pont lorsque l'air est frais. Les galères bougent, pas les murailles. Allons voir ce qui se passe à Ladé.

Nous nous y fîmes transporter. Ce fut chose aisée car les vaisseaux, sans répit, labouraient la mer entre la cité et l'îlot. La flotte était régulièrement approvisionnée en vivres, fruits et vins et les marins venaient sans cesse en visite dans la cité dorée.

A Ladé nous vîmes d'innombrables vaisseaux de guerre de toutes les cités ioniennes, les plus grands appartenant à Milet. Chaque jour la flotte, passant par l'étroit chenal, gagnait la mer et se disposait en formation de combat, les pales des avirons étincelant au soleil. Alors, prenant de la vitesse au point de faire bouillonner la mer, les vaisseaux s'entraînaient à l'attaque des navires ennemis, à l'aide de leur gigantesque éperon métallique.

Mais le plus grand nombre de galères, pourtant, étaient tirées sur les plages de l'île et leurs équipages à terre utilisaient les voiles pour se protéger du soleil. Ladé tout entière retentissait des cris des marchands ambulants, des braillements des ivrognes, des disputes des commandants et des jacasseries dont les Grecs sont coutumiers. Mais, au milieu du vacarme, beaucoup d'hommes dormaient, profondément épuisés.

Dorieos apostropha un groupe de marins :

— Pourquoi restez-vous là, à boire du vin, quand la flotte perse approche ? On dit qu'ils ont plus de trois ou quatre cents bâtiments de guerre.

— Espérons qu'ils en ont un millier, répondirent les hommes, ainsi cette ennuyeuse guerre sera bientôt terminée. Nous sommes de libres Ioniens, habiles à combattre sur terre et encore plus habiles sur mer, où les Perses ne nous ont jamais vaincus.

Après quelques autres fanfaronnades, les hommes en vinrent aux récriminations :

— Ce qui nous tracasse, c'est seulement l'ambition de nos chefs et la folle manière dont ils conduisent la guerre. Ils nous font aller et venir, pousser sur les rames au plus fort de la chaleur et nous traitent comme des esclaves. Les Perses ne nous traiteraient pas plus mal.

Ils nous montraient leurs mains qui étaient en effet couvertes d'ampoules et d'écorchures. Pour des citadins qui avaient abandonné des vies paisibles de commerçants, aller et venir en poussant sur les rames jusqu'à épuisement des équipages était une activité dépourvue de sens.

— C'est pourquoi, dirent-ils, nous avons choisi de nouveaux chefs plus sages. A présent, nous nous reposons et reprenons des forces pour pouvoir combattre comme des lions lorsque les Perses attaqueront.

Lorsque l'air fraîchit avec la tombée du jour, au moment où la mer prenait une teinte vineuse, les cinq derniers vaisseaux vinrent mouiller devant le campement de leurs équipages. C'étaient de simples pentékontérès mais leurs cinquante avirons montaient et descendaient, plongeaient dans la mer et repoussaient les flots avec un tel ensemble et sur un rythme si harmonieux qu'on eût dit qu'un seul homme maniait toutes les rames à la fois.

Dorieos contemplait ce spectacle d'un air approbateur.

— Voyons d'où viennent ces galères et qui les commande.

Après avoir rentré les avirons, les rameurs sautèrent dans l'eau pour échouer leurs vaisseaux. Au même moment, on jetait par-dessus bord des hommes épuisés que l'eau stimula suffisamment pour qu'ils pussent nager jusqu'à la plage et s'effondrer sur le sable. Quelques-uns d'entre eux cependant se seraient noyés si leurs compagnons ne les avaient tirés au sec. Les galères ne portaient ni décorations ni effigies divines mais elles étaient solides, larges et fort propres à la navigation. Elles puaient le goudron et la poix.

Nous attendîmes jusqu'à ce que les feux de camp se missent à flamber. Lorsque les odeurs de pain chaud, de friture, de gruau et de légumes parvinrent aux narines de ceux qui s'affairaient encore au bord de l'eau, ils s'élancèrent auprès des marmites. Alors nous nous approchâmes et leur demandâmes d'où ils étaient originaires.

— Nous sommes de pauvres et humbles citoyens de Phocée, répondirent-ils, et notre chef est Dionysios, un homme impitoyable et brutal que nous tuerions volontiers si nous en avions le courage.

Mais ils riaient en prononçant ces paroles et, manifestement, la nourriture était savoureuse à leur palais, bien qu'elle ne fût pas aussi riche que celle que l'on servait à bord des vaisseaux de Milet. Ils nous montrèrent leur capitaine. Son aspect extérieur ne le distinguait pas de ses marins ; c'était seulement un homme barbu, de forte carrure et d'une grande saleté.

Dorieos alla au-devant de lui et ses jambières s'entrechoquaient, son plumet ondoyait, les décorations d'argent de son bouclier étincelaient.

— Dionysios, capitaine des bateaux phocéens, prends-nous à ton service, mon ami et moi, pour combattre les Perses.

Dionysios fut secoué d'un énorme rire.

— Si j'avais de l'argent, je te prendrais volontiers comme effigie de proue car ta fière apparence suffirait à effrayer les Perses. Moi-même je n'ai qu'un casque de cuir et un plastron. Je ne me bats pas pour l'argent mais pour la gloire de ma cité et ma propre gloire. Il est vrai qu'en plus d'une haute renommée, j'espère acquérir quelque richesse en mettant la main sur des bateaux perses. Sinon mes hommes me tueraient et jetteraient mon cadavre par-dessus bord, comme ils m'en menacent tous les jours.

— N'excite pas la colère de mon ami, dis-je. Il ne rit pas volontiers. En ce moment, un soldat lourdement armé se paie cinq et jusqu'à dix drachmes par jour.

— Moi-même, répondit Dionysios, je ne ris pas volontiers. Encore moins volontiers que ton ami. Mais ces derniers temps, j'ai dû apprendre à rire. Il circule dans ce camp plus d'or perse que je n'aurais cru possible. Nous buvons, nous nous bâfrons, nous dansons, chantons, accumulons les vantardises et les discussions et même moi, un homme sévère, j'ai appris à amuser mes hommes. Mais la plus folle histoire que j'aie jamais entendue, c'est celle que vous me racontez : deux guerriers apparemment expérimentés veulent se joindre à mes troupes, alors que les voiles de mes vaisseaux sont dépourvues d'ornements et mon bras de bracelets.

— Nous considérons la question en soldats, dit Dorieos. Avec ou sans solde, nous combattrons plus volontiers sur un vaisseau dont les rames obéissent aux ordres du capitaine, que nous ne servirons sur un bateau dont l'équipage désigne lui-même ses chefs. Je ne suis pas très féru sur les questions maritimes mais d'après ce que j'ai vu à Ladé aujourd'hui, tu es le seul véritable marin.

Dionysios, sur ces mots, se prit de sympathie pour nous. Dorieos et moi avions notre solde et un peu d'or perse. Nous achetâmes quantité de nourriture offerte à l'autel de Poséidon et la distribuâmes à l'équipage, ainsi que du vin. Notre munificence étonna Dionysios.

— Nous autres Phocéens, nous raconta-t-il ce soir-là, nous vivons et mourons sur la mer. Nos aïeux ont établi une colonie à Massilia, très loin par-delà la mer occidentale. Nos pères apprirent l'art de la guerre maritime en combattant les Tyrrhéniens, à l'ouest mais ils ne sont pas revenus pour nous l'enseigner. Aussi avons-nous dû nous instruire nous-mêmes.

Pour appuyer sa démonstration il ordonna soudain que l'alerte fût donnée en soufflant dans les conques. Les hommes, tirés d'un profond sommeil, gagnèrent en titubant leurs vaisseaux et dans les ténèbres détachèrent les mâts, les dressèrent, les mirent en place et déferlèrent les voiles avant même que j'eusse le temps de grimper sur le pont. Malgré leur célérité, Dionysios les étrillait à coups de corde en hurlant des malédictions et en les traitant d'escargots.

Le vacarme réveilla les autres campements de l'île, on sonna l'alarme et le bruit se répandit que les Perses arrivaient. Beaucoup d'hommes pleuraient de peur et tentaient de se réfugier dans les broussailles. Les capitaines hurlaient en vain des ordres et la confusion dans l'île fut encore plus grande que durant la journée. Lorsqu'on sut que Dionysios n'avait fait souffler dans les conques que pour entraîner ses marins à agir dans le noir, les autres chefs vinrent l'arme au poing nous menacer de mort si nous recommencions à troubler leur sommeil. Mais les hommes de Dionysios, à l'aide de cordes tendues, culbutèrent le groupe des capitaines, qui laissèrent glaives et boucliers leur échapper des mains. S'ils n'avaient pas été abrutis de sommeil, une véritable guerre aurait pu éclater entre les Ioniens.

2

La guerre maritime est une guerre impitoyable, à laquelle aucun combat terrestre ne peut être comparé. Pour l'avoir connue, je ne parlerai pas trop durement des vaisseaux de Milet et de ses alliés car ils étaient indéniablement excellents et leurs équipages intrépides. Le moment de grogne passé, les hommes faisaient force de rames pour gagner la mer et tiraient sur les avirons jusqu'à épuisement. Rien n'est plus dangereux qu'une poignée d'avirons entre des mains inexpérimentées car on a tôt fait de se cogner la tête ou se briser les côtes. Je le sais fort bien moi-même, pour avoir été assis au banc de nage par Dionysios et avoir eu la peau des mains à vif au bout d'une journée.

Ceux de Milet emmenaient au large des vaisseaux cibles, remplis de rondins et de fagots pour les empêcher de couler car leurs coques prenaient l'eau de toutes parts. Un grand nombre de capitaines refusaient d'attaquer les cibles. Ils craignaient de tordre l'éperon de bronze, de rompre leurs rames ou de disjoindre les coutures de leur galère.

Mais Dionysios déclara :

— Il nous faut éprouver la solidité de nos bateaux et de nos éperons ainsi que notre capacité à nous dégager rapidement une fois le coup porté.

Au premier craquement, je fus éjecté de mon banc, me cognai la tête et faillis laisser échapper mon aviron. Sur le pont, j'entendis, résonnant de la proue à la poupe, un vacarme semblable à celui qu'aurait fait un esclave en laissant tomber dans une rue pavée une pile de plats de bronze. Mais il s'avéra que c'était seulement Dorieos qui avait perdu l'équilibre lorsque nous avions éperonné la cible.

Lorsque je lui eus démontré ma bonne volonté, Dionysios me libéra du banc de nage et, comme je savais lire et écrire, me prit avec lui sur le pont. Il m'apprit à reconnaître les différents signaux et appels de trompes utilisés pour diriger le mouvement d'ensemble des galères. Lorsqu'il reçut des tablettes de cire envoyées par sa cité et le Conseil des Anciens, il me les fit lire à haute voix et me demanda d'écrire une réponse. Jusque-là, il s'était contenté de jeter les messages par-dessus bord. Après que je lui eus montré comment faire, il écrivit une courte missive et, à sa grande surprise, reçut en retour un bœuf sacrificiel, trois moutons et une cargaison de fruits et de légumes. J'expliquai que Phocée était obligée de fournir une contribution de semblable importance au dépôt des réserves alliées à Milet, où l'on trouvait aussi de bons joueurs de flûte, de l'huile et des plaques de cuivre décorées du lion, destinées à être portées comme insignes de leur rang par les timoniers.

— C'est incroyable, marmonna Dionysios, j'ai eu beau pleurer, blasphémer et taper du pied sur le seuil du dépôt, on ne m'a jamais donné le moindre sac de farine pour mes bateaux. Alors qu'en écrivant simplement des lettres dans la cire, tu m'as enrichi. Cette guerre n'est peut-être pas si néfaste que je pensais.

Sur tous les bateaux, à présent, on se doutait que la guerre avait pris très mauvaise tournure. Seule l'autorité de Milet maintenait encore la cohésion de la flotte. La plus riche cité du monde, mère d'une centaine de colonies, ne pouvait se permettre de tomber.

Puis vint une nuit où le ciel au-dessus de la ville prit une teinte sanglante et où le bruit courut que les Perses avaient pillé le temple ionien d'Apollon et l'avaient incendié pour donner un signal à leur flotte. Comme je contemplais la lueur rouge, je sus soudain que les Perses se vengeaient de l'incendie du temple de Cybèle à Sardes. Il était heureux que je fusse dans le camp phocéen, car si j'étais resté à Milet et que j'eusse été reconnu, j'aurais certainement été massacré par la populace déchaînée.

La peur et la confusion se répandirent sur Ladé mais, durant la nuit, les hommes retrouvèrent leur calme. Certains se disaient que les Perses avaient attiré sur eux une malédiction en détruisant l'oracle, d'autres en revanche affirmaient que rien ne pourrait sauver l'Ionie puisque le dieu avait été incapable de protéger même son propre temple. Mais tous se purifièrent, tressèrent leurs cheveux et s'oignirent le visage en prévision du combat qui allait venir.

3

Lorsque le ciel s'éclaircit, une immense colonne de fumée s'élevait encore au-dessus de Milet, comme un signal adressé aux centaines de galères perses qui affluaient pour nous livrer bataille. A son de trompe et de conque nous allâmes à leur rencontre, rangés dans l'ordre de bataille fixé par le Conseil, les vaisseaux les plus grands au centre et les plus légers sur les ailes. La cité dorée de Milet disparut derrière nous. Nous avancions lentement, car de nombreux avirons se brisaient et les vaisseaux se coupaient mutuellement la route. Plus nous approchions des Perses et plus nos galères se rapprochaient les unes des autres.

Nous vîmes bientôt l'éclat du bronze et de l'argent sur les vaisseaux des Phéniciens, et les statues de leurs divinités effroyables. Mais nous reconnûmes aussi dans la formation ennemie des vaisseaux grecs venus de Chypre ainsi que des galères ioniennes. Des prisonniers ioniens furent sacrifiés et leur sang répandu sous les proues phéniciennes.

Sous les étraves perses la mer disparaissait. Mais la flotte alliée couvrait aussi les flots. Plus rapide se fit le rythme des maillets sur les tambours de cuivre et le chant des rameurs toucha le paroxysme. L'eau bouillonna sous les proues lorsque les deux rangs de vaisseaux se heurtèrent. Ma gorge était sèche et la peur tordait mon estomac. Puis il n'y eut plus pour moi que les rugissements et les craquements, le chaos le plus extrême, les ondes éclaboussées et le cri des mourants.

Dans la première attaque la fortune fut à nos côtés. Sous les ordres de Dionysios, la course de notre vaisseau coupa en biais celle de nos ennemis, comme si nous avions délibérément offert notre flanc à leurs coups. Puis soudain nous virâmes de bord, éperonnant le plus proche de leurs bateaux. Le bâtiment s'inclina vers nous, ses hommes tombant à l'eau ou à notre bord. les avirons sifflaient dans l'air. Fendant l'eau et la repoussant tour à tour, nous tâchâmes de nous dégager du vaisseau qui coulait. Mais à peine nous étions-nous libérés que notre poupe heurtait une autre galère et qu'un essaim d'ennemis s'abattait sur notre pont. Le plancher gémit sous le poids du combat.

Nos cinq bâtiments formaient avec les bateaux ennemis un inextricable fouillis. L'arme à la main, nos rameurs bondirent sur le pont mais nombre d'entre eux tombèrent aussitôt sous les flèches perses. Dans le tumulte je me retrouvai aux côtés de Dorieos sur un vaisseau phénicien et avant même que j'eusse compris ce qui se passait, nous nous en étions rendus maîtres, avions jeté à la mer la divinité de sa proue et fait passer par-dessus bord tous ceux qui n'eurent pas le courage de se battre et de mourir sur le plancher souillé de sang.

Mais à cause de la maigreur de nos effectifs, nous fûmes contraints d'abandonner le bateau, le laissant dériver, rames brisées. Lorsque le vacarme s'apaisa et que Dionysios rameuta ses vaisseaux, tous les cinq répondirent et nous vîmes que nous avions percé le front ennemi. De toutes leurs forces rassemblées, nos galères bondirent vers le centre où combattaient les magnifiques navires de Milet.

A midi notre pentékontérès coulait sous nos pieds et pour sauver nos vies nous dûmes capturer une birème phénicienne. Lorsque Dionysios eut hissé son emblème, il regarda autour de lui.

— Qu'est-ce que cela signifie ? demanda-t-il.

Nous regardâmes et vîmes des bâtiments qui coulaient et dérivaient, des hommes qui nageaient et des cadavres qui flottaient, des mains qui dans l'eau s'agrippaient à des rames brisées, à des débris de bateau. Au-delà, les navires ioniens restés en arrière pour protéger le détroit de Ladé s'élançaient de toute la force de leurs rames et avant que nous ayons le temps de comprendre, ils attaquèrent les vaisseaux de leurs alliés.

— Ils ont attendu pour voir de quel côté pencherait la victoire, dit Dionysios, amer. Avec cette vilenie, ils essaient de mendier la clémence pour leur ville. La déesse de la victoire abandonne l'Ionie.

Nous poursuivîmes néanmoins la bataille et dans le combat inégal perdîmes deux vaisseaux. Nous réussîmes cependant à repêcher les survivants, de sorte que les trois navires qui nous restaient avaient leur équipage au complet. Dionysios ordonna aux rameurs, esclaves phéniciens en qui il n'avait pas confiance, de sauter par-dessus bord. Puis il se dégagea de la bataille et dirigea ses navires vers le grand large. De nombreux bateaux ioniens fuyaient vers le nord, poursuivis par les Perses infatigables. Les rameurs ioniens avaient à présent un pressant besoin de ces forces qu'ils avaient accumulées en se prélassant des semaines durant à l'ombre de leurs voiles.

Ayant combattu à Ladé, je devrais avoir plus à dire sur cette bataille navale. Mais j'étais un novice sur le chapitre de la guerre maritime, à peine capable de distinguer un bateau d'un autre. Plus révélatrice encore de mon inexpérience fut ma surprise à la vue des coffres débordant de richesses, des armes coûteuses, des vases rituels, des urnes et des joyaux d'or qui s'amoncelaient sur le pont de nos vaisseaux. Tandis que je défendais ma vie les armes à la main, Dionysios et les siens avaient trouvé le temps de rafler le trésor des vaisseaux capturés, de couper hâtivement les mains et les pouces portant des bracelets et des anneaux.

Dionysios fut conquis par la galère phénicienne dont il s'était emparé. Il donna des coups de poing dans ses planches de cèdre, examina l'aménagement intérieur et la disposition des bancs de nage et s'écria :

— Quel bateau ! Si j'en avais une centaine de cette espèce avec des équipages phocéens, je serais le maître de toutes les mers.

Bien loin de briser la statue de la divinité, il lui fit une offrande.

— Sois à mon côté, dieu phénicien, quel que soit ton nom et combats avec nous.

A la tombée de la nuit, la mer autour de nous était déserte. Dionysios ne tenta nullement de gagner la côte. Il fit poursuivre leur route à ses vaisseaux en les obligeant à rester à portée de voix les uns des autres, les équipes de rameurs se relayant sur les bancs. Les gémissements des blessés résonnaient d'un bout à l'autre du bateau. Les seuls remèdes que connaissait Dionysios étaient le lavage des plaies à l'eau de mer et les pansements de goudron. Dorieos avait gagné maintes bosses. Il avait reçu un coup de rame d'une telle force qu'il avait eu le cuir chevelu arraché avant d'avoir pu remettre son casque.

En contemplant la détresse qui m'entourait dans la pénombre et l'effrayante vacuité de la mer, je me sentis honteux de ma propre invulnérabilité et j'éclatais en sanglots bruyants, ce qui ne m'était plus arrivé depuis qu'Héraclite m'avait chassé de sa propre maison en me traitant d'ingrat. J'avais dansé la danse de la liberté et aidé le peuple à bannir Hermadoros d'Ephèse, ce qu'Héraclite ne m'avait pas pardonné.

4

Lorsque je m'éveillai, l'astre du jour était haut dans le ciel, la mer murmurait sous la proue, les rameurs chantaient en cadence avec le battement du bronze et à ma grande surprise, je vis d'après la position du soleil que nous faisions route vers le sud au lieu d'aller au nord, vers Phocée.

Dorieos était assis à la proue, pressant un linge humide sur son front. Je lui demandai, au nom de tous les dieux de la mer, quelle route nous suivions, car il y avait des collines ocre sur notre côté gauche et l'ombre d'îles bleues sur notre côté droit.

— Je ne sais, dit Dorieos, et je m'en moque. Un essaim d'abeilles bourdonne dans ma tête et la seule vue de la mer me soulève le cœur.

Le vent s'était levé, les vagues battaient nos flancs, et leurs éclaboussures parfois atteignaient les rameurs. Dionysios devisait gaiement avec le pilote, à propos d'ombres et de repères.

— Où nous sommes-nous fourvoyés ? demandai-je. Tu nous a dirigés vers les eaux perses.

Dionysios éclata de rire.

— Les navires ioniens fuient au nord vers leurs cités d'origine mais nous sommes derrière la flotte perse et nul n'aurait l'idée de venir nous chercher ici.

Un dauphin au dos luisant jaillit de l'onde amère. Me le montrant du doigt, Dionysios s'écria :

— Ne vois-tu pas que les nymphes de la mer, les nymphes aux hanches courbes s'emploient à nous tenter ? Tout signe qui nous éloigne des Perses et de l'Ionie perdue est un signe favorable.

A la lueur de moquerie que je pouvais voir dans ses yeux, je sus que sa décision était prise.

En me désignant une grande île bleue qu'il venait de signaler au pilote, il me dit :

— Voici Cos, l'île des guérisseurs. Cesse donc tes bavardages et descends dans l'entrepont. Examine combien d'entre nous auront besoin d'une pièce dans la bouche pour payer l'infernal passeur.

Laissant derrière moi le dauphin bondissant, le souffle glorieux de la mer et la mélopée des rameurs, je descendis sous le gaillard d'arrière où les blessés gisaient sur des madriers sanglants. Une faible lumière tombait des écoutilles et les gémissements avaient cessé.

— Quelques-uns sont morts, dis-je à Dionysios, d'autres ne peuvent pas lever la main, d'autres encore essaient de s'asseoir et réclament de l'eau et de la nourriture.

— Envoyez les morts chez Poséidon et ses nymphes, dit Dionysios. Je n'emmènerai avec moi que ceux qui seront capables de monter sur le pont, debout ou à plat ventre. Nous laisserons les autres dans le temple des guérisseurs à Cos.

Il cria des ordres semblables aux deux vaisseaux qui nous suivaient. Les Phocéens déshabillèrent les morts, leur glissèrent à chacun une pièce dans la bouche et les jetèrent à la mer. La plupart des blessés, en jurant et gémissant, tentaient de se hisser sur le pont, car personne ne voulait rester en arrière.

Pas un seul ne réussit à se traîner à l'air libre. L'effort rouvrit des blessures, le sang se répandit en bouillonnant sur les planches, les mains qui s'agrippaient s'ouvrirent et tous retombèrent dans les ténèbres.

— Tu ignores la pitié, cruel Dionysios, m'écriai-je à cette vue.

Il secoua la tête.

— Au contraire, je suis miséricordieux. Qui es-tu pour me parler ainsi, Turms ? Ces gens appartiennent à mon peuple. J'ai quitté mes foyers pour être leur chef, j'ai partagé avec eux le pain et le sel et je leur ai inculqué la manœuvre à coups de cordes. Mais pour se maintenir en vie, on ne peut compter que sur ses propres forces. Si je suis abandonné dans les ténèbres de l'entrepont, ce ne sont pas les immortels qui viendront me prendre par les cheveux pour me tirer sur le pont. C'est moi seul qui devrai fournir l'effort nécessaire, même s'il consiste à se hisser à l'air libre avec les dents. Je ne leur demande que ce que je me demande à moi-même.

Il ne consentait toujours pas à me dire quels étaient ses plans. Et nous repérant sur le temple d'Esculape, nous parvînmes dans le port de Cos. Seuls les bateaux des pêcheurs et des plongeurs étaient visibles : les Perses avaient réquisitionné tous les gros navires. Ils n'avaient pas, du moins, détruit la ville.

Prêtres et médecins nous attendaient sur la berge. Dionysios fit débarquer les blessés. Un grand nombre d'entre eux étaient inconscients, d'autres déliraient. Les prêtres acceptèrent de leur donner asile dans leur temple pour qu'ils puissent dormir du sommeil qui guérit.

— Nous ne craignons pas les Perses, dirent les prêtres. Un guérisseur ne s'intéresse pas à la nation ou à la langue de son malade, pas plus qu'à sa barbe ou à la coupe de sa tunique. Les Perses, comme vous, nous ont laissé leurs blessés.

Dionysios éclata de rire.

— Je respecte votre temple mais il est heureux que mes hommes soient plongés dans le délire ou l'inconscience. Car ils auraient autrement rampé sur les dalles du temple pour plonger leurs ongles dans les gorges des Perses. Mais même si un guérisseur ne s'intéresse pas à la langue du malade, j'ai toujours pensé qu'ils considéraient attentivement le poids de sa bourse.

Les prêtres le regardèrent bien en face.

— Beaucoup de ceux qui sont revenus des portes de la mort ont fait des offrandes votives au temple. Mais le bol d'argile donné par le pauvre a autant de valeur à nos yeux que la statue d'argent ou le trépied envoyé par le riche. Nous ne guérissons pas pour l'argent mais pour développer les dons divins dont Esculape nous a fait hériter. Cela, nous le jurons, au nom de l'œil, de la main et du nez, de la flamme, de l'aiguille et du couteau.

En hâte les habitants de la cité nous préparèrent un festin. Mais ils diluèrent le vin dans cinq parties d'eau, car ils avaient eu l'occasion dans le passé de voir des marins saouls à l'œuvre. Le jour déclinait, le sommet des montagnes flamboyait, des taches pourpres dansaient sur la mer mais Dionysios toujours différait notre départ. Les prêtres prirent des mines maussades et insinuèrent qu'il n'avait jamais été dans leurs intentions d'offrir l'asile à des navires de guerre.

— Je comprends, dit Dionysios. Sur terre comme sur mer, la liberté ionienne est morte et désormais vous accueillerez plus volontiers les Perses que ceux de votre peuple. Je partirai lorsque nous aurons reçu un présage favorable.

Lorsque l'île fut dans la pénombre et que le parfum des épices monta dans les jardins du temple, Dionysios me prit à part.

— Conseille-moi, Turms, toi qui es un homme instruit, car je suis dans le plus grand embarras. Je ne voudrais pour rien au monde insulter ces vénérables vieillards et leur dieu mais nous allons faire route sur des eaux dangereuses et je ne peux me permettre de perdre un seul marin. C'est pourquoi j'ai l'intention d'emmener avec nous l'un de ces héritiers d'Esculape. Il ne doit pas être trop vieux, car il lui faudra affronter les rigueurs de la mer et il doit être capable de guérir les blessures, les fièvres et les douleurs d'estomac. De plus, il serait bon qu'il parlât le phénicien, comme beaucoup de prêtres ici.

— Quel est donc ton projet? demandai-je.

Il me lança un regard coupable et finit par avouer :

— N'as-tu pas compris, Turms? Les Perses ont enrôlé tous les vaisseaux de guerre, de Chypre, de Phénicie et jusqu'en Egypte, laissant de ce côté la mer libre et sans plus de défense qu'une poitrine de vache. Que Kairos me vienne en aide, j'ai l'intention de servir le dieu de l'occasion qui se présente.

— Au nom des immortels, m'écriai-je avec réprobation, l'honnête guerre pour la liberté est une chose, la piraterie au long cours en est une autre. La vie du pirate est courte, sa mort effroyable et son nom maudit à jamais. On lui donne la chasse d'une extrémité à l'autre des mers, nul refuge n'existe pour lui et son simple nom frappe de terreur les gens respectables.

— Ne dis pas de stupidité, lança Dionysios. Toi, un incendiaire de temple, comment peux-tu m'accuser?

— Nous ne te suivrons certainement pas, Dorieos et moi.

— Alors reste ici, dit-il, sarcastique. Reste donc auprès de ces aimables prêtres. Tu expliqueras aux Perses qui tu es et d'où tu viens. Nous nous rencontrerons quelque jour dans les demeures d'Hadès, mais je te jure que j'arriverai là-bas bien plus tard que toi.

Ces paroles m'ébranlèrent.

— Il fera bientôt noir, me pressa-t-il. Dis-moi comment m'y prendre pour choisir et emmener un médecin. Nous aurons besoin de tous ses talents avant longtemps.

— Les médecins compétents tiennent à leur peau, remarquai-je. C'est compréhensible. Si une épée les touche, toute leur science difficilement acquise s'enfuira avec leur vie. Même les médecins de Milet ont refusé de monter à bord des vaisseaux, ils se sont contentés de promettre de soigner gratuitement tous les blessés ramenés dans la cité après la victoire. Non, tu ne trouveras personne pour monter volontairement comme guérisseur sur ton bateau pirate.

— Nous ne sommes pas des pirates si nous continuons la guerre navale dans les eaux ennemies après que les autres ont abandonné, se défendit Dionysios. Je ferai du médecin, comme de tous ceux qui m'ont suivi, un homme riche.

— Même s'il devait survivre, que ferait-il de ses richesses si son passé était découvert et qu'il fût reconnu ? Personne ne lui offrira d'asile.

— Turms, dit doucement Dionysios, je crains d'être obligé de te laisser sur Cos, que cela te plaise ou non, à moins que tu ne cesses tes bavardages et que tu fasses ce que je te demande.

Je m'écartai de lui avec un soupir et jetai un regard alentour. Mes yeux s'arrêtèrent soudain sur un petit homme qui se tenait à l'écart des autres. En lui, quelque chose m'était si familier que je le saluai avant même d'avoir remarqué qu'il tenait un caducée à la main. Son visage était rond, ses yeux inquiets et une ride profonde creusait son front entre ses sourcils.

— Qui es-tu ? lui demandai-je. Dans l'obscurité j'ai cru te reconnaître.

— Mon nom est Mikon. Je suis initié, mais à moins que tu ne me donnes le signe, je ne pourrai te reconnaître.

— Mikon, répétai-je. Durant l'expédition contre Sardes, j'ai rencontré un potier attique qui s'appelait Mikon. Il était parti en guerre dans l'espoir de gagner suffisamment de butin pour s'acheter son propre four, mais il est rentré à Athènes aussi pauvre qu'il l'avait quittée. C'était un homme très fort. Ses mains étaient comme des racines noueuses et on éprouvait un sentiment de sécurité à fuir les Perses avec lui. Encore ne me suis-je jamais trouvé aussi près de lui que de toi à présent.

— Tu surviens au moment opportun, étranger, dit Mikon. Mon esprit est inquiet et couve comme un feu mal éteint. Que veux-tu de moi ?

Pour éprouver ses opinions, je fis les louanges d'Esculape, je parlai de la renommée du temple et de la sagesse des médecins de Cos.

— Barbe blanche n'est pas toujours signe de sagesse, répondit-il. La tradition dispense autant d'embarras que de bienfaits.

Ses paroles me surprirent.

— Mikon, dis-je, le monde est vaste et le savoir ne croît pas lorsqu'on reste toujours au même endroit. Tu n'es pas encore vieux. Pourquoi rester ici, sur le chemin des Perses ?

Il me tendit une main amicale.

— Cos n'est pas le seul lieu que je connaisse. J'ai voyagé dans de nombreux pays et jusqu'en Egypte. Je parle plusieurs langues et je connais beaucoup de maladies inconnues ici. Que veux-tu de moi ?

Le contact de sa main m'était aussi familier que celui d'un vieil ami.

— Mikon, peut-être sommes-nous tous esclaves du destin. Tu es l'homme dont mon capitaine a besoin. Je vais te désigner à lui, afin que ses hommes t'assomment et t'embarquent à bord de notre vaisseau.

Il ne broncha pas et me considéra d'un œil inquisiteur.

— Pourquoi me préviens-tu ? Ton visage n'est pas celui d'un Grec.

Tandis qu'il me regardait, je sentis jaillir en moi une puissance irrésistible. Je levai les mains, paumes en bas, vers les rayons dorés de la nouvelle lune.

— Je ne sais pas pourquoi je te préviens, admis-je. Je ne sais même pas qui je suis. Je sais seulement que le moment du départ est arrivé, pour toi aussi bien que pour moi.

— Alors, partons!

Il rit, posa sa main sur mon bras et m'entraîna vers Dionysios. Déconcerté par la soudaineté de son geste, je lui demandai :

— Mais ne veux-tu pas dire adieu à quelqu'un ou réunir tes vêtements et tes affaires?

— Si je pars, je pars comme je suis, déclara-t-il. Autrement, mon départ aurait moins de sens. Il serait utile, bien sûr, que j'emporte ma boîte de remèdes mais je crains qu'on m'interdise de partir, bien que je n'aie pas encore prêté serment.

Dionysios le mit en garde contre la tentation du retour.

— Mais si tu viens volontairement avec moi, je te récompenserai de belle façon.

— Volontairement ou sous la contrainte, ce sont des mots, dit Mikon gaiement. Il ne m'arrivera que ce qu'il doit m'arriver et que je ne pourrai empêcher.

Nous l'escortâmes jusqu'à la galère. Dionysios avait fait rassembler les hommes à son de trompe. Nos trois vaisseaux plongèrent leurs rames dans la mer devenue améthyste. La lune de la vierge impitoyable brillait doucement dans le ciel quand nous quittâmes le port de Cos.

5

Nous nous enfonçâmes très loin dans les plaines de la mer, au point que l'ombre même d'une terre disparut. Les rameurs étaient hors d'haleine et certains d'entre eux rendirent le repas pris à Cos. Ils insultaient Dionysios et disaient avec colère que ramer ainsi n'avait aucun sens, puisque l'un des premiers principes de la navigation était de ne jamais perdre la terre de vue et de savoir où l'on allait.

Dionysios écouta en riant leurs récriminations furieuses et distribua quelques coups de garcette aux plus véhéments, non pas tant par colère que pour leur manifester sa bienveillance. Ils lui donnèrent les plus laides épithètes mais aucun ne cessa de ramer jusqu'au moment où il ordonna d'ancrer les galères bord à bord pour la nuit.

— Ce n'est pas que j'ai pitié de vous, dit-il, mais l'ivresse de la bataille s'est probablement dissipée et a laissé vos têtes en aussi piètre état que vos corps. Aussi, rassemblez-vous autour de moi, j'ai beaucoup à vous dire.

Dionysios parla et dans son discours, il ne rappela pas aux hommes la bravoure dont ils avaient fait preuve devant Ladé. Au lieu de quoi, il les compara à un pauvre paysan venu à la ville pour acheter un âne mais qui, ayant dépensé tout son argent en beuveries, est entraîné dans une rixe et se réveille le lendemain matin dans une maison étrangère, sanglant, la tunique déchirée, ayant perdu ses chaussures. Des coffres précieux et des richesses l'entourent, et il comprend qu'il s'est introduit par effraction chez quelque noble. Loin de lui faire plaisir, la vue des richesses le terrorise, car il se dit qu'en ce moment même on le cherche pour lui faire un mauvais parti et qu'il ne pourra jamais rentrer chez lui.

Dionysios se tut un instant et jeta un regard circulaire.

— Voilà la situation dans laquelle vous vous trouvez, mes amis. Mais remerciez les Immortels d'avoir choisi un capitaine qui sait ce qu'il veut. Moi, Dionysios, fils de Phocée, je ne vous abandonnerai pas. Je ne vous dirai pas que vous allez me suivre parce que je suis plus fort et plus malin, et meilleur navigateur, aussi, que n'importe lequel d'entre vous. Réfléchissez bien. L'un d'entre vous est-il plus apte que moi à vous commander ? Si oui, que celui-là s'avance et me le dise en face.

Personne ne sortant des rangs pour remettre l'autorité de Dionysios en question, il en vint enfin à dévoiler son plan.

— Comme l'Ionie est tombée, nous ne pouvons retourner à Phocée. Mais la flotte perse est occupée à réparer les dégâts subis et s'occupe encore de bloquer Milet et les ports alliés. C'est pourquoi la mer est libre pour nous et je sacrifierai à Poséidon pour qu'il daigne nous donner un fort vent d'ouest demain matin.

Les hommes se récrièrent violemment mais Dionysios couvrit leurs voix de sa voix triomphante :

— Oui, un vent d'ouest, afin que vous puissiez reposer vos

membres pitoyablement meurtris, afin que nous allions aussi loin que possible dans les eaux ennemies, jusqu'en Phénicie. Le long des côtes de ce pays, nous croiserons la route des lents vaisseaux marchands aux panses pleines des richesses de l'Orient et de l'Occident, car le commerce continue même en temps de guerre. Une rapide incursion dans les eaux ennemies et au bout d'un mois, je vous le promets, nous serons riches, plus riches que vous n'avez jamais rêvé lorsque vous viviez dans vos crasseuses cabanes phocéennes.

Mais les hommes manifestèrent peu d'intérêt pour ce plan. L'idée de voguer sur des eaux dangereuses où chaque voile pourrait apporter la mort ne leur souriait guère.

— Un mois, plaida Dionysios, je ne vous demande qu'un seul mois, pas plus. Ensuite, au nom des dieux, j'invoquerai le vent d'est et nous traverserons la mer sur toute sa largeur pour atteindre Massilia.

Quelques hommes firent doucement observer que depuis Ladé, on possédait déjà une belle quantité de butin. Le voyage sur des mers étrangères jusqu'à Massilia était d'une longueur effrayante et parfois une saison tout entière n'y suffisait pas. Aussi, s'ils décidaient de rallier cette cité, ils feraient mieux de tourner leurs proues tout de suite dans cette direction et d'invoquer les vents favorables. Mais le plus sage parti, dirent-ils, c'était de chercher refuge dans les cités grecques de Sicile ou d'Italie, dans cet Occident immense dont la réputation de richesse et de vie dissolue s'était répandue dans le monde entier.

Dionysios écouta, fronça le sourcil et demanda sur un ton ironique si quelqu'un avait encore un conseil à lui donner.

— Dites ce que vous avez à dire, ainsi nous saurons où en est chacun d'entre nous. Tout le monde a le droit de parler, de voter et d'exprimer son opinion, alors, parlez librement. Tout d'abord voyons qui veut gagner directement la Sicile ou l'Italie, où les cités grecques gardent jalousement les territoires qu'elles se sont répartis depuis des siècles.

Un certain nombre d'hommes discutèrent un moment entre eux avant de déclarer qu'une perdrix dans la main était toujours mieux que dix sur la branche. C'est pourquoi ils demandaient humblement leur part de butin et l'un des vaisseaux pour naviguer jusqu'en Sicile.

— Ces libres propos sont la preuve d'une mâle loyauté, dit Dionysios. Vous aurez droit à une part de butin, et à une part généreuse. Mais je ne peux pas vous laisser un vaisseau. Les galères sont à moi et tout votre butin ne suffirait pas à en acheter une. Pourtant, il vaut mieux pour tout le monde que nous nous séparions le plus tôt possible. Aussi allez-vous prendre votre part et commencer de nager en direction de la Sicile avec vos chaînes d'or autour du cou. Si votre résolution faiblit, je vous aiderai volontiers, de la pointe de mon épée, à passer par-dessus bord. L'eau est tiède et vous pourrez déterminer la direction à suivre d'après les étoiles.

Il fit quelques pas menaçants vers les malheureux qui avaient manifesté leur indépendance et les autres marins de les bousculer en riant et en menaçant de les jeter à l'eau. Regrettant amèrement leurs imprudentes paroles, les tenants de la Sicile insistèrent bruyamment pour accompagner Dionysios.

Il soupira en secouant la tête.

— Quelles créatures versatiles vous faites! Tout à l'heure vous vouliez cela, et maintenant vous voulez ceci. Mais allons, reformons de nouveau la même grande famille où chacun a le droit d'exprimer ses pensées et de voter suivant ses désirs. Que tous ceux d'entre vous qui veulent bien me suivre d'abord dans les eaux phéniciennes et ensuite à Massilia lèvent la main.

Tous les hommes, Dorieos et moi compris, levèrent la main. Seul Mikon s'abstint, muet et souriant.

Dionysios passa parmi ses hommes en les appelant des braves et leur tapant l'épaule. Mais arrivé à la hauteur de Mikon, le visage du capitaine s'assombrit.

— Qu'en est-il de toi, médecin? Aurais-tu l'intention de rentrer chez toi sur le dos d'un dauphin?

Mikon soutint sans broncher son regard.

— Je te suivrai volontiers, Dionysios, je te suivrai aussi longtemps qu'il faudra. Mais quelle route prendrons-nous après avoir quitté les eaux phéniciennes? La réponse est entièrement entre les mains de la destinée. C'est pourquoi je ne défie pas les Immortels en levant la main.

Le ton de sa voix et son maintien étaient si dociles que Dionysios ne trouva rien à lui reprocher. Se retournant vers ses hommes, le capitaine lança :

— Que souffle demain matin un bon vent d'ouest ! Pour cela, j'ai déjà sacrifié au dieu phénicien de notre proue. J'ai baigné son visage, ses mains et ses pieds avec du sang humain suivant la volonté des divinités phéniciennes. Mais à Poséidon et aux dieux de la mer, je vais à présent offrir cette chaîne d'or qui vaut plusieurs maisons et vignobles, afin de vous prouver combien fermement je crois à ma chance. Je fais joyeusement ce sacrifice, parce que je sais que très bientôt j'aurai un autre bijou de plus grande valeur.

Il dit et, s'avançant à la proue, jette à la mer son collier. En entendant le bruit de chute dans l'eau, les hommes grognèrent mais, convaincus de la détermination de Dionysios, ils éclatèrent en louanges à l'adresse de leur chef et griffèrent le pont pour invoquer le vent et participer au sacrifice.

Dionysios envoya les marins se coucher en promettant de veiller lui-même jusqu'à l'aube. De nouveau les hommes se répandirent en bénédictions à son adresse. Bientôt le concert puissant des ronflements fut le seul son qui montait au-dessus du soupir de la mer et du craquement des vaisseaux.

L'incertitude de l'avenir m'empêchait de trouver le sommeil. Les os de mouton avaient indiqué la direction de l'Occident et quelles qu'eussent été les méthodes de divinations employées, Dorieos et moi avions toujours obtenu la direction de l'ouest. Nous étions opiniâtres dans notre course vers l'Orient mais bientôt la destinée ailée nous emporterait sur un rivage à l'occident de la mer.

Lorsque je compris que j'avais perdu l'Ionie pour toujours, ma gorge se dessécha et je me frayais un chemin à tâtons parmi les hommes endormis, jusqu'à la réserve d'eau. Puis, me hissant sur le pont, je contemplai le ciel argenté et la mer sombre, j'écoutai le clapotis des vagues et sentis sous mes pieds le vaisseau qui doucement balançait.

Je fus tiré de mes rêveries par un faible cliquetis contre le flanc du navire. Pieds nus, j'avançai sans bruit et découvris Dionysios occupé à hisser quelque chose hors de l'eau.

— La pêche est-elle bonne ? demandai-je.

Dionysios sursauta et faillit perdre l'équilibre.

— Oh, ce n'est que toi, Turms, dit-il en tentant de cacher l'objet derrière son dos. Mais son effort fut vain, car même dans l'obscurité je reconnus le collier d'or qu'il avait si ostentatoirement jeté à la mer.

Il ne parut nullement embarrassé. Éclatant de rire, il me dit :

— En tant qu'homme instruit tu es très certainement dépourvu de préjugés sur la question des offrandes. Mon sacrifice à Poséidon était purement allégorique de même que les sages Ioniens appellent allégories leurs récits divins et les interprètent de maintes façons différentes. En homme économe j'ai naturellement attaché une ficelle à mon collier et j'en ai solidement fixé l'extrémité à la proue avant de jeter mon bijou par-dessus bord.

— Mais... et le vent d'ouest que tu as promis ? demandai-je.

— Je l'avais déjà prévu à la couleur de la mer et aux souffles du soir, avoua paisiblement Dionysios. Crois-moi sur parole, même sans collier nous aurons une jolie brise d'ouest. Tu verras le soleil se lever derrière un nuage et un grain venir avec le vent.

Son ton candide m'effraya. Les pires railleurs eux-mêmes gardent toujours dans quelque recoin de leur âme un certain respect pour les offrandes aux dieux.

— Tu ne crois pas vraiment aux divinités ? demandai-je.

— Je crois ce que je crois, éluda-t-il. Mais ce que je sais c'est que, eussé-je jeté à la mer cent colliers, le vent d'ouest n'aurait pas soufflé si la mer n'en avait pas auparavant annoncé la venue.

6

Comme Dionysios l'avait prédit, l'aube du lendemain nous apporta un grain qui fit craquer nos mâts en nous poussant vers l'est. Si violent fut le bouillonnement des eaux que Dorieos, qui souffrait encore du coup reçu sur la tête, vomit tant et plus. Nombre de marins souffrant des mêmes maux gisaient sur le pont, accrochés au plat-bord, incapables de manger.

Le vent contraire obligeait les navires marchands d'interrompre leur course vers l'ouest et livrait la mer désertée au seul Dionysios. La fortune était à son côté car lorsque nous eûmes atteint les détroits entre Rhodes et la terre, le vent tomba soudain. Au point du jour, le lendemain, une brise de terre poussa vers nous un gros troupeau de navires marchands, chargés à déborder d'huile et de grain pour la flotte perse au large de Milet. Leurs équipages nous saluèrent gaiement, trompés par le bateau phénicien et les emblèmes perses que Dionysios avait fait arborer.

Il est à présumer que c'étaient là des proies peu tentantes pour Dionysios et qu'il voulut simplement se prouver et prouver à ses hommes qu'il poursuivait la guerre de l'Ionie. Nous nous emparâmes des plus grands des vaisseaux avant même que leurs équipages eussent compris ce qui leur arrivait. Lorsque Dionysios apprit qu'il s'agissait de bateaux grecs au service des Perses, il ordonna immédiatement à ses deux pentékontérès de les envoyer par le fond. Nous n'avions nul besoin de grain et d'huile et n'étions pas davantage en mesure d'en transporter.

A force de rames et de voile, nous voguâmes vers Chypre et en chemin nous surprîmes un vrai gros vaisseau marchand transportant des passagers et une riche cargaison. Lorsque nous l'eûmes entouré, nous nous lançâmes à l'assaut de ses flancs escarpés, son équipage tentant vainement de résister. Les passagers, revenus du choc initial, s'avancèrent vers nous, levant les bras au ciel et nous promettant en différentes langues des rançons élevées pour eux-mêmes, leurs femmes et leurs filles. Mais Dionysios, en homme prudent, était peu soucieux d'épargner des gens qui pourraient un jour le reconnaître. C'est pourquoi, de quelques coups rapides de sa hache, il abattit lui-même les passagers mâles et abandonna les femmes à ses marins tandis que le bateau était livré au pillage.

— Hâtez-vous, compagnons, leur dit-il. Si je ne peux vous refuser les plaisirs que seule la femme peut donner, n'oubliez pas que je tuerai de mes propres mains quiconque tentera d'en dissimuler une sur l'un de nos quatre vaisseaux. Une femelle n'apporterait que chamaillerie et désordre.

Les hommes tiraient sur leurs barbes en jetant des regards

enflammés sur les femmes en pleurs. Dionysios éclata de rire.

— N'oubliez pas non plus, mes valeureux guerriers, que tout plaisir a son prix. Ceux qui consacreront le peu de temps dont nous disposons à satisfaire de frivoles passions au lieu de sagement ramasser les richesses de ce bateau perdront leur part de butin.

Si grande était l'avarice des hommes de Phocée que seul un petit nombre choisit de s'emparer des femmes. Le reste d'entre nous s'éparpilla à bord. Nous trouvâmes de l'or et de l'argent sous forme d'objets usuels et de pièces de monnaie, des statues et statuettes de belle facture, des bijoux de femme et des tissus colorés et même deux rouleaux de drap pourpre. Nous ne négligeâmes pas non plus les épices et les vins, ni les effets des passagers.

Le plus simple ensuite eût été de brûler le bateau, car notre éperon ne pouvait venir à bout des épais bordages de cèdre. Mais Dionysios ne voulut pas que le feu ou la fumée pussent trahir notre position. Aussi avons-nous creusé dans le fond du vaisseau. Lorsque ce dernier commença de sombrer, Dorieos réveilla ceux de ses hommes qui avaient choisi les femmes plutôt que leur part de butin et leur avaient ouvert la gorge, compensant par une mort facile le déshonneur qu'elles avaient subi.

Seul Dorieos n'avait participé ni au pillage ni aux viols et avait regagné notre bord immédiatement après la capture du navire marchand. Mikon, qui n'avait pas pris part au combat, en inspectant le bateau avait mis la main sur une boîte à remèdes en ivoire ciselé ainsi que sur divers instruments de médecin.

Lorsque Dionysios lui reprocha sa paresse, Dorieos répondit qu'il ne combattait que des hommes armés et le plus habile au combat qu'il se pût. Mais massacrer et détrousser des gens sans défense était indigne de lui. Cette explication satisfit Dionysios qui promit au Lacédémonien une part du butin qu'il n'avait pas amassé.

Cet épisode exposé tout du long, notre voyage dans son entier est décrit, car les choses ensuite allèrent toujours du même train. La seule différence résidait dans la taille et le nombre des vaisseaux, dans la vigueur de la résistance des équipages, l'importance du butin, et autres éléments d'importance secondaire.

Nous contournâmes Chypre et coulâmes plusieurs navires de Curium et Amathonte trompés par nos boucliers et nos emblèmes perses. Mais nous ne pûmes empêcher la fuite de quelques barques de pêche témoins de notre attaque. Pressentant le danger, Dionysios trépignant sur le pont appelait à l'aide un vent favorable qui nous pousserait jusqu'aux côtes phéniciennes. Personne ne soupçonnerait alors notre présence sur des routes commerciales si fréquentées, où nul pirate n'avait osé s'aventurer depuis des générations.

Mais la douce haleine de la mer continuait de nous pousser vers Chypre car tandis qu'au matin la brise nous éloignait de la terre, dans la journée toujours elle nous ramenait à la côte, quand ce n'était pas l'orage ou de capricieux coups de vent qui nous y rabattaient. Les dieux des pêcheurs leur permettaient ainsi de sortir avant l'aube et de rentrer avec les vents du jour.

Le vent n'était pas l'unique obstacle car un fort courant contre lequel les habitants de Salamine de Chypre nous avaient mis en garde rendait inutiles les efforts des rameurs.

Tandis que sur le pont Dionysios tapait du pied, entrechoquait des boucliers et invoquait les vents favorables, Mikon s'approcha de moi.

— Pourquoi ne commandes-tu pas au vent, Turms ? me suggéra-t-il. Fais-le, même sans y croire.

Il souriait et, entre ses sourcils, la ride familière était creusée.

Je ne puis expliquer pourquoi je le fis, mais je levai les bras et appelai le vent à trois, puis à sept reprises, et à douze encore, à voix de plus en plus forte, jusqu'à ce que, ivre de mes propres cris, la conscience de ce qui se passait autour de moi m'eût quitté.

Lorsque je revins à moi, Mikon me soutenait la tête et versait du vin dans ma gorge, Dorieos me jetait d'étranges regards et Dionysios semblait effrayé, comme s'il ne pouvait croire ce qu'il voyait. Le ciel, clair encore l'instant d'avant, avait changé de couleur et à l'occident, une masse de nuages d'un noir bitumineux approchait à toute vitesse, comme un millier de sombres chevaux lancés au grand galop. Tandis que Dionysios criait de déferler les voiles, nous entendions gronder les sabots des chevaux, la mer s'assombrissait et s'ourlait d'écume, l'éclair flambait au-dessus de nos têtes.

Puis nous plongeâmes en avant, les voiles craquant dans la grêle et les embruns aveuglants. Il nous était impossible de faire autre chose qu'obéir au vent, sous peine d'être engloutis par des vagues hautes comme des maisons.

Tandis que les éclairs fulguraient et que le bateau gémissait nous gisions sur le pont, agrippés à ce qui était à notre portée. Puis, lorsque le vin que Mikon m'avait fait boire m'eut porté à la tête, je me dressai en titubant et, m'accrochant aux cordages et sur le pont qui se dérobait, je tentai de danser la danse qui avait jailli en moi sur la route de Delphes. La danse fut dans mes membres et des mots que je ne connaissais pas me vinrent aux lèvres. Ce ne fut que lorsque la tempête s'apaisa que je m'effondrai épuisé sur le pont.

7

Jusqu'à une heure avancée de la nuit, nous suivîmes la ligne bleue des côtes de Chypre, cherchant en vain à gagner la haute mer. Une forte brise nous poussait sans relâche au nord-est et même en changeant toutes les voiles nous ne pûmes cesser de voguer dans une direction où il semblait qu'une volonté inflexible nous conduisît. Lorsque l'obscurité descendit sur nous, Dionysios fit carguer à demi les voiles et amarrer ensemble les bateaux pour qu'ils ne s'éparpillent pas durant la nuit. Tandis que la plus grande partie de l'équipage dormait, le capitaine et quelques autres veillèrent pour nous préserver d'éventuels récifs.

Mais rien n'arriva et nous nous éveillâmes à l'aube avec les cris étonnés des guetteurs. En grimpant sur le pont nous vîmes que la mer s'était calmée et que nous voguions au large de l'extrême pointe orientale de Chypre. Le soleil rouge et or monta sur la mer, et sur les montagnes au bout du promontoire nous vîmes le temple d'Aphrodite d'Akraia, ses terrasses et ses colonnes. Il était si proche que dans l'éblouissement du matin nous pûmes distinguer chaque détail du monument et que les cris des célèbres coqs noirs d'Aphrodite parvinrent jusqu'à nous.

Les hommes de Salamine s'écrièrent alors que c'était là un signe et un présage. La puissante Aphrodite d'Akraia, l'Aphrodite des marins, l'omnipotente Aphrodite de la mer orientale avait envoyé une tempête pour nous conduire jusqu'à elle. En outre, elle était originaire de Chypre, puisque dans ses parages elle était née d'une conque, ses cheveux d'or voilant son corps à la blancheur d'écume. Pour toutes ces raisons, disaient les hommes de Salamine, il fallait aborder pour faire un sacrifice si nous ne voulions pas encourir le courroux de la déesse.

Mais Dionysios hurla aux hommes de reprendre les rames car c'était miracle si, pendant que nous contemplions le temple, nous ne nous étions pas échoués sur les récifs affleurant entre les flots. Les hommes de Salamine protestèrent que c'était là un miracle d'Aphrodite et qu'ils ne voulaient pas endosser la responsabilité de s'éloigner sans faire une offrande.

— Je reconnais volontiers la puissance de la déesse aux cheveux d'or, dit Dionysios, et je promets de lui faire un sacrifice à la première occasion. Mais vous pouvez voir par vous-mêmes qu'il y a beaucoup de gros bateaux dans le port. Je préférerais affronter la colère d'Aphrodite que celle du dieu de la guerre.

Il ordonna de battre plus vite les tambours de bronze.

— Je vais vous arracher jusqu'à la plus petite envie de sacrifier à Aphrodite.

Mais en dépit des efforts extrêmes déployés par les rameurs, les timoniers remarquèrent que notre vitesse n'était pas ce qu'elle aurait dû être et les hommes eux-mêmes marmonnaient que jamais auparavant les rames n'avaient été aussi lourdes.

Enfin, lorsque les ombres du temple eurent disparu derrière l'horizon, notre vitesse s'accrut. Les cieux clairs nous souriaient, la mer nous soufflait sa douce haleine et tout autour de nous le monde était lumineux.

Soulagés, les hommes chantèrent plus fort, certains avec de belles voix, d'autres avec des croassements de corbeaux ou des cris aigus de mouettes. Plus ils chantaient haut et plus fort ils tiraient sur les rames, comme si le jeu avait remplacé le labeur. L'écume moussait sous nos proues et dans notre sillage l'onde bouillonnait et les rames fouettaient l'eau sur nos flancs.

A midi, les guetteurs crièrent d'une seule voix qu'ils apercevaient un mât et une voile colorée. Le vaisseau navigua droit sur nous et bientôt nous distinguâmes les plats-bords peints et sculptés, l'éclat de l'ivoire et de l'argent sur la divinité de la proue et celui du soleil sur les rames. C'était un étroit et rapide esquif, beau comme un rêve.

Lorsqu'il fut suffisamment près, il hissa ses guidons et montra ses boucliers. Les hommes de Salamine dirent :

— C'est là un vaisseau de Tyr. Tu n'as certainement pas l'intention d'offenser la déesse de la mer, n'est-ce pas, Dionysios ?

Mais sans l'ombre d'une hésitation, Dionysios fit arborer les boucliers perses et le signal ordonnant à l'étrange bateau de mettre en panne. Puis il lança ses marins à l'assaut. Lorsque nous enjambâmes les plats-bords, personne n'opposa de résistance. Les Phéniciens se contentaient de pousser des cris gutturaux en levant les mains dans un geste de protestation. Parmi eux étaient des prêtres dont les bandeaux de tête s'ornaient de perles et qui portaient autour du cou des chaînes d'argent et des clochettes.

— Pourquoi donc crient-ils ? demanda Dionysios en levant sa hache.

En tremblant les hommes de Salamine expliquèrent :

— Nous sommes sur un bateau sacré. Il transporte de l'encens et des offrandes au temple d'Aphrodite d'Akraia.

Dionysios se renfrogna et, secouant la tête avec perplexité, inspecta le navire. Sa cargaison était sans aucun doute précieuse bien que de peu d'intérêt pour nous. Lorsqu'il voulut franchir le seuil de la cabine, les prêtres tirèrent les rideaux de l'entrée. Les écartant, notre capitaine entra et ressortit en hâte, le rouge au front :

— Il n'y a rien là que quatre filles d'Astarté.

Les hommes de Salamine parlèrent avec les prêtres et apprirent que les quatre vierges étaient un don d'Astarté de Tyr à sa sœur Aphrodite d'Akraia et symbolisaient les quatre coins du monde dominés par Tyr, la reine des mers.

— C'est un présage! crièrent les hommes, et ils insistèrent pour voir les jeunes filles.

Un moment Dionysios fut tenté de mettre le bateau au pillage et de le couler. Puis la vue des cieux souriants, du gai soleil et des yeux bleu profond de la mer le mit en joie. Il ordonna d'amener les jeunes filles.

Elles sortirent de leur abri, glorieuses et fières. Elles ne portaient rien qu'un diadème, des colliers et la ceinture de la déesse. La première était blanche comme la neige, la seconde jaune comme la moutarde, la troisième avait la couleur du cuivre et la quatrième était aussi noire que le bitume. Nous poussâmes des cris d'étonnement car aucun de nous n'avait jamais vu un être à la peau jaune.

— Je ne nie pas, dit Dionysios, que ce soit là un signe et un présage. La déesse a compris que nous ne pouvions pas nous arrêter pour faire un sacrifice, c'est pourquoi elle nous a envoyé ce bateau. Il nous appartient et je le montre en plantant cette hache dans le plancher. J'offre ce vaisseau à la déesse d'Akraia.

Les hommes approuvèrent cette décision et déclarèrent qu'ils n'avaient nulle intention de guerroyer contre des dieux et des vierges sacrées. En toute amitié, ils prirent à titre de souvenir les bijoux et les clochettes des prêtres mais ils ne touchèrent pas aux jeunes filles.

Quand elles virent que nous allions quitter le bateau, les vierges se mirent à parler entre elles avec beaucoup d'animation en nous montrant du doigt. La Noire attrapa Dionysios par la barbe tandis que celle qui avait la blancheur de la neige caressa du bout de ses doigts tentateurs les coins de ma bouche.

Dionysios fronça le sourcil.

— Que veulent-elles?

De mauvaise grâce, les prêtres de Tyr nous expliquèrent que les jeunes filles voulaient que nous sacrifiions à Aphrodite. Comme nous ne pouvions tous le faire, elles désiraient choisir ceux dont elles recevraient l'offrande.

Dionysios éloigna de sa barbe les doigts de la jeune fille noire, fit un violent effort sur lui-même et dit :

— Celui qui a franchi le premier pas doit faire le suivant. Nous devions de toute façon profiter du calme de la mer pour nous arrêter et prendre un repas chaud. Mais je ne veux pas abuser de ma position. Tirons au sort les quatre qui nous représenteront.

La déesse distribua équitablement ses grâces car une pierre gagnante, rouge, noire et jaune fut tirée par chaque vaisseau. Mais aussi incroyable que cela paraisse, ce fut moi qui tirai de la barrique le caillou blanc. Je le considérai avec inquiétude, en me remémorant le contact léger des doigts sur mon visage. Je glissai subrepticement le caillou à Mikon.

Il baissa les yeux sur l'objet dans sa main.

— Je crois que la lune te dirige. Je comprends à présent seulement pourquoi la tempête que tu as appelée nous a conduits dans les parages d'Akraia.

Je le conjurai de cesser son bavardage et montrai à tous la pierre qu'il tenait à la main. Alors les rameurs lavèrent, frottèrent et oignirent ceux qui avaient tiré une pierre gagnante et ils les parèrent des colliers et des bracelets prélevés sur le butin.

Tandis que nous remplissions nos écuelles, les quatre gagnants, Mikon en tête, du fait de sa position, entrèrent dans la cabine. Les prêtres tirèrent les rideaux et, de leurs voix rauques, entonnèrent des hymnes.

Lorsque nous eûmes mangé et bu le vin servi par Dionysios pour célébrer l'événement, le soleil était déjà dangereusement bas sur l'horizon occidental. Dionysios sentait croître son impatience et à la fin, n'y tenant plus, il envoya chercher les quatre hommes.

Nos mains se portèrent involontairement à nos bouches lorsque nous les vîmes tituber vers nous, soutenus par nos compagnons. Leurs yeux étaient vitreux, leurs langues pendaient et ils pouvaient à peine tenir debout. Mikon lui-même s'accrochait aux épaules de deux rameurs et lorsqu'il tenta de monter à bord de notre navire, il tomba la face en avant.

Dionysios ordonna aux équipages de s'asseoir aux bancs et nos proues azurées se tournèrent vers le nord-ouest comme si notre intention avait été de regagner les eaux ioniennes en longeant la côte de Chypre qui fait face au continent. Dionysios supposait que les prêtres de Chypre informeraient au plus vite les Perses et il combina un plan audacieux : aussitôt que le vaisseau sacré eut disparu, nous virâmes de bord et prîmes la direction du sud-est. Une brise bienveillante souffla aussitôt sur la mer comme si Aphrodite elle-même nous eût dispensé ses faveurs.

Mikon se mit à genoux en tremblant et vomit avant d'avoir eu le temps de s'approcher du bord. Alors une lueur de raison revint dans ses yeux.

— Je n'ai jamais vécu pareils moments en quarante ans, dit-il avec un faible sourire. Je croyais connaître beaucoup de choses mais, en fait, je ne connaissais rien. Maintenant au moins je crois aux invisibles filets d'Aphrodite, aux pièges dans lesquels l'homme le plus fort est réduit à rien.

Il me rendit le caillou blanc et lisse que je lui avais donné.

— Garde-le, Turms. Il ne m'était pas destiné. Il était pour toi, le favori de la déesse.

J'acceptai de garder le caillou comme j'avais conservé celui provenant du temple de Cybèle à Sardes. Et, bien qu'à ce moment-là je n'en eusse pas conscience, ce caillou blanc marquait aussi la fin d'une époque de ma vie et le début d'une autre.

— Les dieux ne font pas que donner, m'avertit Mikon, ils prennent aussi. Il est manifeste qu'Artémis est ta déesse mais, pour quelque raison qui m'échappe, Aphrodite elle aussi a jeté sur toi son dévolu. Voilà qui pourrait t'être néfaste car les deux puissantes déesses sont jalouses l'une de l'autre. Tu dois prendre garde de ne pas sacrifier à l'une plus qu'à l'autre afin de conserver les faveurs de ces deux divines qui rivalisent pour toi.

Mais l'épuisant labeur des rames nous fit tout oublier tandis que nous voguions sur les eaux phéniciennes. La lune était dans son dernier quartier et tels les chiens féroces d'Artémis nous écumions les mers, massacrant, pillant et coulant des vaisseaux. Des feux signalaient notre passage le long des côtes phéniciennes. Dans une terrible bataille nous nous défîmes de deux navires de guerre qui nous avaient abordés par surprise. Nous perdîmes beaucoup d'hommes et nombre d'autres furent blessés. Mais d'invisibles boucliers me protégeaient et ma peau demeura intacte, sans une égratignure.

Plusieurs d'entre nous se plaignaient à présent d'avoir vu dans le noir les ombres de nos victimes ou bien d'avoir senti aux portes du sommeil des doigts froids les toucher. Une nuée d'esprits vengeurs nous accompagnaient, car la mer, autour de nos vaisseaux, s'obscurcissait souvent sans raison.

Dionysios fit de nombreux sacrifices pour conjurer les ombres et cracha dans la mer et griffa de ses ongles la proue pour se ménager les faveurs du vent. Mais lorsque la faucille d'argent de la nouvelle lune fut suspendue, menaçante, au-dessus de nos têtes, notre capitaine s'écria :

— J'ai suffisamment éprouvé ma bonne fortune et nos vaisseaux ne peuvent s'alourdir davantage. Ma cupidité n'est pas telle que je compromettrais la vélocité de mes navires par le poids des dépouilles. Notre expédition touche à présent à sa fin et nous n'avons plus qu'à sauver nos vies et notre butin. Ainsi donc, tournons nos proues vers l'Occident et que Poséidon nous soit en aide sur la mer démesurée.

Pendant que les hommes de Phocée criaient de joie, Dionysios invoquait les dieux de Phénicie et d'Ionie, barbouillait de sang le visage, les mains et les pieds de la divinité de proue et, sacrifiant plusieurs prisonniers, versait leur sang dans la mer. Les sacrifices qui n'étaient plus permis sur terre étaient encore tolérés sur les eaux profondes et personne ne protesta contre cette offrande barbare.

Le sang, le butin et notre succès les plongeant dans l'ivresse, les rameurs joignirent leurs voix aux invocations. La saison de la navigation touchait à sa fin, des bandes d'oiseaux passaient sans relâche au-dessus de la mer et les couleurs de l'eau changeaient. Mais le soleil nous griffait sans pitié, les cieux éblouissaient toujours nos yeux et le vent ne se levait pas.

Enfin, comme leurs gorges brûlaient et que la paume de leurs mains saignaient, les rameurs crièrent :

— Turms, invoque le vent pour nous ! Nous préférons mourir noyés qu'épuisés par ces rames et ce lourd chargement de butin.

Avec leurs cris, la clairvoyance me vint. Autour de nous étaient les trépassés aux grimaces vindicatives qui, de leurs mains agrippées aux plats-bords, nous empêchaient de fuir.

La transe s'empara de moi. Je me sus plus fort que les esprits et commandai au vent occidental de souffler. Les autres criaient avec moi, répétant des mots dont j'ignorais moi-même le sens. Trois, puis sept, puis douze fois, j'appelai. Mikon, effrayé, se couvrait le visage de ses mains mais il ne tenta pas de me retenir car, avec les Phéniciens et les Égyptiens à nos trousses, nos vies étaient en jeu.

Alors à l'orient la mer vira au jaune et une tempête nous jeta aux yeux en tourbillons la poussière des déserts lointains. La dernière vision que nous eûmes de la haute mer, derrière nous, fut une colonne d'eau qui se dressait au-dessus des vagues jusqu'au ciel. Puis je glissai inconscient sur le pont et Mikon et Dorieos me descendirent dans les entrailles du navire et m'attachèrent à une membrure pour que la danse du vaisseau ne me tuât pas.

Livre III

HIMÈRE

1

Plus digne encore d'éloges que sa vaillance à la bataille de Ladé ou que son expédition dans les eaux phéniciennes était l'habileté de Dionysios comme navigateur. En dépit des tempêtes d'automne devant lesquelles les autres navires fuyaient vers leurs havres d'hiver, il réussit en trois semaines à nous conduire en Sicile, sans jamais toucher terre et avec les montagnes de Crète pour seuls repères. Cet incroyable exploit mérite d'être salué.

Nous étions si malades et si sales, et nos chairs étaient si meurtries et rongées d'eau salée, que lorsque enfin nous atterrîmes et que nous sûmes que c'était la réalité, les hommes pleurèrent de joie et demandèrent que nous ne prenions plus jamais la mer, quel que fut ce territoire où nous avions accosté.

Nos vaisseaux faisant eau de toutes parts et l'automne étant fort avancé, Dionysios lui-même dut convenir que nous ne pouvions poursuivre notre route à travers les immenses déserts marins qui nous séparaient de Massilia. Réunissant ses capitaines et ses pilotes, il leur dit :

— D'après la gigantesque montagne couronnée de fumée que vous voyez là, nous sommes en Sicile. Si vous désirez ardemment gagner une grande cité, nous pourrons poursuivre vers le nord jusqu'à Crotone ou vers le sud jusqu'à Syracuse, la plus vaste cité de Sicile.

Les timoniers se réjouirent.

— Nous sommes des hommes riches à présent et dans une grande ville nous négocierons sans peine notre butin. Nous y trouverons aussi quelque bassin de radoub pour remettre promptement en état nos navires et appareiller au printemps vers Massilia. Mais par-dessus tout, nous avons besoin de repos, de bonne chère, de musique et de couronnes de fleurs pour chasser les fatigues de ces longues semaines en mer.

— Il est vrai que vous trouverez de tels plaisirs plus aisément dans une grande ville, admit Dionysios, mais les grandes cités sont aussi des cités fortifiées. Elles ont des murailles, des mercenaires et des ports gardés, peut-être même des galères de combat. Les nouvelles du monde extérieur y parviennent aussi plus vite que dans les petites cités.

«Notre conscience est claire, poursuivit-il avec un regard appuyé sur ses hommes, car nous savons que nous avons mené une guerre légale contre les Perses. Mais nous sommes trop riches pour ne pas éveiller les soupçons, quelle que soit la façon dont nous expliquerons l'origine de notre butin. Et le vin montant à la tête de nos hommes, plus d'un sera bavard. Nous savons que nous aimons à parler avec intempérance. Après tout, les Immortels ont choisi de faire des Ioniens le plus hâbleur de tous les peuples.

«Non, conclut-il, nous devons hiverner dans quelque cité écartée en y achetant l'amitié de son tyran. Trois vaisseaux de guerre et une bande aguerrie ne sont pas une force négligeable pour un tyran qui s'efforce de rester indépendant. Il existe sur la côte septentrionale des cités de cette espèce, d'où nous pourrons facilement appareiller pour Massilia lorsque le printemps sera venu. C'est pourquoi je dois vous demander de faire un dernier effort, frères valeureux. Lançons-nous intrépidement à travers ces détroits qui ont déjà détruit tant et tant de vaisseaux, car sinon nous perdrons tout ce que nous avons gagné.

Les hommes pâlirent à la pensée des tourbillons, des courants et des vents traîtres qui nous attendaient dans ces détroits légendaires, mais après avoir protesté un moment ils se calmèrent. Lorsque la nuit descendit sur nous, un grondement sourd nous parvint et le ciel s'illumina de rouge au-dessus de la montagne couronnée de fumée. Des cendres pleuvaient sur le pont et les rameurs perdirent toute envie de rester à terre.

Dorieos seul sourit et proclama :

— La terre où mon père a trouvé la mort me salue avec le tonnerre et des colonnes de feu. Ce signe me suffit. Je sais maintenant pourquoi les os de mouton montraient toujours l'ouest.

Mikon dit, quant à lui :

— La bonne fortune de Dionysios nous a conduits jusqu'ici. Qu'il continue à nous mener !

Il m'était même à moi difficile de concevoir que les dieux nous eussent protégés des terreurs de la mer pour nous faire honteusement couler dans ces détroits de sinistre mémoire. Ainsi prit fin la discussion et on laissa Dionysios suivre son plan. Dans le silence de la nuit, il sacrifia nos pilotes phéniciens aux dieux implacables des détroits. Lorsque, le lendemain matin, j'appris leur fin, j'en fus désolé car j'avais parlé avec eux et, tout étrangers qu'ils fussent, ils m'étaient apparus comme des gens de la même espèce que nous.

La sinistre renommée des détroits n'était pas imméritée et nous dûmes lutter durement pour les franchir. Nous étions plus morts que vifs et les récifs grondaient encore dans nos oreilles lorsque nous atteignîmes enfin le bleu automnal de la mer Tyrrhénienne. A présent un vent favorable nous poussait le long des côtes montagneuses. Dionysios fit des offrandes aux dieux pour les remercier, versa du vin dans la mer et enfin, tranchant de sa hache les pieds de la divinité phénicienne, il la jeta par-dessus bord avec ces paroles :

— Nous n'avons plus besoin de toi, dieu, quel que soit ton nom, car tu ne connais pas ces eaux.

Mais nos vaisseaux faisaient eau de toutes parts, plus délabrés encore après leur passage à travers les détroits, et n'avançaient plus qu'avec difficulté. Tous nous aspirions à sentir la terre sous nos pieds et à goûter la douceur de l'eau fraîche et des fruits, mais Dionysios nous faisait aller de l'avant, reniflant la brise, parlant aux pêcheurs auxquels il achetait du poisson. Et l'eau montait dans les cales.

Avec le soir le vent nous poussa vers la terre. Nous vîmes

l'embouchure d'une rivière et une cité entourée d'un large mur. Dans la campagne au pied des murailles montait la fumée de sources chaudes et à l'arrière-plan de hautes montagnes se dressaient.

Lorsque l'eau baigna leurs pieds, les hommes tirèrent désespérément sur les avirons. De gré ou de force, il nous fallait aborder, car le bateau coulait. Les rameurs s'étaient tous tant bien que mal hissés sur le pont lorsque, avec une secousse et un grand craquement, nous nous échouâmes. Nous étions sauvés, bien que le bateau se fût couché sur le côté et que les vagues atteignissent le pont. Les deux pentékontérès abordèrent sans encombre et, sautant à l'eau, nous les traînâmes sur le sable. Alors seulement, nous prîmes les armes et bien que la terre se dérobât sous nos pieds et qu'il nous fallût nous soutenir les uns les autres, nous nous préparâmes à nous défendre.

2

Un grand nombre de bateaux avaient été tirés sous leurs abris d'hiver, sur l'autre rive du fleuve. Une foule bigarrée, parlant avec excitation une multitude de langues, vint au-devant de nous. Lorsqu'ils aperçurent nos armes, ils s'arrêtèrent à bonne distance. Quelques-uns d'entre eux brisèrent des branches feuillues et les agitèrent au-dessus de leurs têtes en signe d'amitié.

Nous jetâmes à terre nos boucliers et nos glaives. La foule, encouragée, s'approcha et l'on nous parla, l'on nous tourna autour, l'on tripota nos vêtements comme font les curieux de tous les pays du monde. Beaucoup de gens parlaient le grec mais avec des tournures et un accent étranges. Les marchands ambulants nous proposèrent raisins et fruits et acceptèrent volontiers en paiement une pièce d'or perse. On nous dit que le nom de la cité était Himère, qu'elle avait été fondée par des gens venus de Zancle, auxquels par la suite s'étaient joints des Syracusiens lassés des guerres civiles qui ravageaient constamment leur cité. La majorité de la population était cependant constituée de natifs de Sicile auxquels les Grecs s'étaient mariés.

Au coucher du soleil les portes de la ville furent fermées et nous, qui ne désirions pas rencontrer davantage de monde ce soir-là, nous nous installâmes sur place pour la nuit. L'odeur de la terre et de l'herbe, le simple contact du sol après celui des durs madriers puants firent notre bonheur.

Lorsque au matin les portes se rouvrirent, Dionysios envoya chercher un taureau et quelques moutons. Nous couronnâmes le taureau de guirlandes et le sacrifiâmes. Les os de ses pattes et la graisse des moutons furent brûlés. Puis nous mîmes la viande à rôtir et mangeâmes à satiété. Les marchands ambulants revinrent, leurs paniers débordant de pains et de gâteaux au miel, et nous dépensâmes sans compter jusqu'à ce que Dionysios mît fin à nos prodigalités. Après tout, nous rappela-t-il, nous étions des Ioniens.

La matinée se passa en festins et danses bruyantes qui attirèrent tous les éléments douteux de la ville. Enfin, le tyran d'Himère, escorté de gardes armés et d'un grand nombre d'hommes à cheval, vint nous saluer et s'enquérir de nos intentions. C'était un vieil homme à la barbiche rare, au dos voûté, qui se tenait modestement au milieu de ses hommes et ne portait qu'un simple manteau de fabrication domestique.

Dionysios s'avançant lui raconta la bataille de Ladé, parla du butin que nous avions pris aux Perses et demanda un asile pour l'hiver. Il demanda aussi qu'on nous fournît des cordes, des bœufs et des charpentiers munis d'un treuil pour sauver le vaisseau échoué et mettre en cale sèche les pentékontérès.

Tandis que Dionysios parlait, le tyran nous examinait d'un regard sagace. On pouvait voir dans ses yeux qu'en dépit de ses dehors modestes, ce n'était pas un homme sans qualité.

Lorsque Dionysios eut parlé, le tyran déclara :

— La volonté de mon peuple a fait de moi, Krinippos, l'autocrate d'Himère, bien que j'aie la plus grande aversion pour le pouvoir. C'est pourquoi je discute toute décision importante avec mon peuple. Mais comme il est certaines matières qu'on ne peut traiter au grand jour, je suggère que tu viennes dans ma demeure où nous pourrons discuter entre quatre murs. Ou bien si tu te défies de moi, discutons ici mais hors de portée des oreilles de tes hommes. La présence de trop de monde me gêne parce que je manque d'éloquence et que je suis une nature solitaire.

Dionysios accéda à cette proposition et l'homme aux cheveux gris l'accompagna sans crainte à l'extrémité du champ où nous étions. Dionysios était pourtant bien plus grand que lui et de ses seules mains aurait pu rompre son cou frêle. Ils s'assirent à terre et commencèrent de parler avec des mines pénétrées.

Les guerriers de Krinippos sourirent de fierté.

— Nul ne peut être comparé à notre tyran et nous l'aurions mis sur le trône s'il n'avait abhorré le titre de roi. Il ne craint nul rival, car sa maison est pleine de talismans du monde souterrain qu'il a obtenus par quelque moyen mystérieux. En menaçant simplement de s'en servir, il est parvenu à mettre fin aux rivalités qui nous déchiraient et il nous gouverne si sagement que les Carthaginois aussi bien que les Tyrrhéniens sont nos amis et que Syracuse n'ose pas attenter à notre liberté.

Ils nous apprirent aussi que Krinippos s'était marié à une Carthaginoise et qu'il gouvernait tous les habitants de la cité, quelles que fussent leurs origines, avec la même impartialité. D'après les hommes de Krinippos, Himère était une ville heureuse où la crainte et l'injustice étaient inconnues.

A la fin, nous vîmes le tyran et Dionysios se lever, chacun débarrassant courtoisement l'autre de l'herbe collée à ses vêtements. Ils revinrent auprès de nous et lorsque Krinippos et ses hommes furent repartis vers la cité, Dionysios nous dit ce dont ils étaient convenus.

— Cet habile souverain et moi-même avons conclu un pacte. Dès à présent nous sommes libres d'entrer et de sortir dans la cité, avec ou sans nos armes. Nous pouvons louer des logements, construire des maisons, pratiquer le commerce, honorer nos dieux ou ceux de la cité, à notre gré, nous pouvons épouser des Himériennes ou gagner leurs faveurs, car leurs coutumes sur ce chapitre sont fort libres. Nous devons, cependant, promettre de défendre les murailles de la cité comme si elle était nôtre, aussi longtemps que nous vivrons à Himère.

— Tout cela est trop beau pour être vrai, répliquèrent les

hommes, sceptiques. Krinippos est sûrement moins candide que tu ne penses. Après nous avoir attirés dans sa ville, il va ordonner à ses hommes de nous tuer et de s'emparer de nos richesses, à moins qu'il ne nous ensorcelle avec ses objets magiques ou qu'il ne nous entraîne à tenter notre chance à quelque jeu de hasard où nous perdrons tout.

Dionysios invita ses hommes à garder leurs bouches closes car les assurances qu'il avait reçues de Krinippos étaient de celles qu'on ne peut mettre en doute. Mais plus décisive encore que les serments sacrés, l'identité de ses intérêts et des nôtres avait décidé Dionysios à déposer notre butin, enfermé dans des coffres scellés, dans les caves de Krinippos, en garantie de notre bonne volonté. Chacun d'entre nous ne recevrait que ce dont il aurait besoin pour vivre durant l'hiver. Le tyran était peu soucieux de voir soudain affluer de l'argent qui ferait monter les prix et troublerait la vie des habitants.

Les hommes soupçonnaient Dionysios d'avoir déjà été ensorcelé mais l'attrait de la ville était si grand qu'avant longtemps nous y entrâmes, les plus vieux restant seuls à garder les vaisseaux.

Les gardes de la porte nous laissèrent passer sans demander nos armes. Déambulant au long des rues, nous vîmes les artisans à l'œuvre, les teinturiers et les tisserands à leur métier. Nous vîmes la place du marché et les échoppes de professeurs, de scribes et de marchands. Nous vîmes aussi le magnifique temple de Poséidon aux piliers élancés ainsi que les temples de Déméter et de Baal. Partout où nous allions, les gens nous souhaitaient la bienvenue, les enfants couraient derrière nous et hommes et femmes nous agrippaient par le pan de la tunique pour nous inviter à entrer chez eux.

Après ce qu'ils avaient enduré sur la mer, les hommes ne pouvaient résister à de si pressantes invitations et peu à peu, par groupes de deux ou trois, ils nous quittaient pour jouir de l'hospitalité himérienne. De cette manière, notre groupe allait s'amenuisant jusqu'au moment où Dorieos, Mikon et moi, nous nous aperçûmes que nous étions seuls.

— Si je pouvais trouver un temple d'Héraclès, dit Dorieos, j'offrirais volontiers un sacrifice. Vous avez peut-être remarqué au-dessus de la porte de la cité et sur la monnaie d'Himère l'emblème du coq. Nous étions destinés à venir ici et c'est ici que s'accomplira notre destin.

Je humai les odeurs tentatrices de la ville et m'exclamai :

— Où donc trouver une maison digne de nous? La demeure de Krinippos ne me tente guère car on le dit frugal. Mais nous ne pouvons non plus condescendre à être les hôtes d'un homme humble.

Mikon, affectant la gravité, dit à Dorieos :

— Dis-nous ce que tu veux faire, toi le descendant d'Héraclès.

— Il ne fait aucun doute, rétorqua sans hésiter Dorieos, que nous devons aller aussi loin à l'ouest que la ville s'étend. Ainsi nous rapprocherons-nous du pays dont je suis l'héritier.

C'est pourquoi nous marchâmes jusqu'aux faubourgs occidentaux de la cité, où s'élevaient de grandes maisons dont les façades sur rue étaient dépourvues de fenêtres, et dont les jardins s'entouraient de hauts murs. Le silence régnait, la chaussée était sale et l'argile des maisons s'effritait. Soudain la lumière se fit dans mon esprit et mes yeux perçurent le tremblement de l'air.

— J'ai marché en rêve dans cette rue! m'écriai-je. Je connais ces maisons. Mais dans mon rêve un chariot dévalait en grondant la rue, un poète aveugle pinçait sa lyre et des auvents colorés abritaient portes et poternes. Oui, cette vue est bien celle de mes rêves. Ou alors...

Je me tus et regardai autour de moi, car la mémoire ne m'était revenue que brièvement et les écailles à nouveau couvraient mes yeux.

— La rue n'est pas inhabitée, observa Mikon. Les riches et les nobles y ont vécu, ainsi qu'il appert de la hauteur des murs, des portes de fer et de leurs ornements de bronze. Mais les jours de la noblesse se sont enfuis depuis que le peuple a pris le pouvoir et qu'un tyran protège les droits du peuple.

Je ne l'écoutai guère, car mon attention était captée par une plume blanche qui à cet instant tombait. En l'attrapant au vol, je jetai un coup d'œil circulaire et remarquai que nous nous tenions devant une petite porte ménagée dans un immense portail. Le heurtoir de bronze figurait un satyre étreignant une nymphe en fuite. Je n'eus pas besoin de le soulever car à peine m'y étais-je appuyé que la porte s'ouvrait en grinçant. Nous entrâmes dans une cour plantée d'arbres fruitiers et de noirs cyprès, où se dressait une fontaine de pierre.

Un vieil esclave vint en clopinant au-devant de nous. L'un de ses genoux avait été raidi par la brûlure d'une pierre chauffée au rouge, suivant la barbare coutume d'autrefois. Il nous salua d'un air soupçonneux mais nous ne prîmes pas garde à ses protestations. Mikon plongea ses doigts dans l'eau du bassin et poussa une exclamation : elle était brûlante. Nous supposâmes que c'était la même eau que nous avions vue bouillonner dans les sources chaudes des environs de la ville.

Pendant ce temps, le vieil esclave était allé chercher de l'aide à l'intérieur de la maison et bientôt nous eûmes devant nous une forte femme drapée de la tête aux pieds dans une robe de tissu rayé. Dans un grec accentué à la mode himérienne, elle nous demanda si nous étions des voleurs puisque nous nous introduisions ainsi dans la cour d'une veuve sans défense.

Sans défense, elle ne l'était pourtant pas totalement. Le vieil esclave s'était emparé d'une trique et un solide gaillard sur les marches tenait un arc phénicien passablement imposant. La femme elle-même nous considérait avec un air de fierté et on voyait qu'elle avait été belle, malgré les rides qui marquaient son nez busqué, les coins de ses yeux noirs et de ses lèvres moqueuses.

— Nous avons fui l'Ionie après avoir livré combat aux Perses, lui répondit humblement Mikon. Les dieux de la mer nous ont conduits au rivage d'Himère et votre souverain Krinippos nous a accordé, à nous qui sommes sans patrie, un foyer pour l'hiver.

Mais tant d'humilité déplut à Dorieos.

— Tu es peut-être sans patrie, lança-t-il à Mikon, mais moi, je suis un Spartiate et si je suis en quête d'un pays nouveau, ce n'est pas en mendiant, c'est parce que j'en suis l'héritier légitime. Nous sommes entrés dans ton jardin, poursuivit-il à l'adresse de la dame, parce que tous les autres citoyens d'Himère se sont disputé l'honneur d'offrir l'hospitalité aux humbles marins qui nous ont transportés. Nous n'avons pu trouver une maison digne de nous et il semble que nous avons frappé à la mauvaise porte. Nous ne voulons pas obliger une veuve sans défense à faire preuve d'hospitalité.

La dame, s'approchant, prit distraitement dans mes mains la plume que je tenais toujours.

— Pardonnez mon accueil discourtois. La vue de vos armes et de vos brillants boucliers m'avait alarmée. Quel que soit le dieu qui vous a conduits à ma porte, je le remercie et vous souhaite la bienvenue. Je m'en vais donner des ordres à mes servantes pour qu'on vous serve sur-le-champ un festin de qualité. Je vois à vos manières que vous n'êtes pas des hommes de basse extraction mais moi-même, ne suis pas non plus une femme de peu. Mon nom est Tanakil. Si cela a un sens pour vous, je peux vous assurer que beaucoup connaissent ce nom, bien au-delà d'Himère.

Elle nous introduisit chez elle et nous fit déposer nos armes dans l'entrée. Dans la salle des banquets, les matelas et les coussins à glands s'entassaient sur les lits conviviaux. Il y avait des coffres décorés de scènes orientales et un dieu domestique phénicien vêtu d'étoffes précieuses et dont le visage d'ivoire peint était couleur de flamme. Un large cratère corinthien pour la préparation du vin était placé au centre de la salle. Le long des murs alternaient les vases attiques de facture ancienne, avec des dessins noirs et de facture nouvelle, avec des dessins rouges.

— Comme vous le voyez, dit timidement Tanakil, ma salle des banquets est morne et les araignées ont tissé leurs toiles dans ses coins. Ma joie est d'autant plus grande d'avoir des hôtes de haute naissance qui ne mépriseront pas la modestie de ma maison. Si vous voulez bien faire preuve de patience, je vais mettre mes cuisiniers au travail et les cruches de vin à rafraîchir et envoyer mes esclaves acheter de la viande sacrificielle et engager des musiciens.

Elle sourit et dans ses yeux noirs une lueur dansa.

— Je suis moi-même vieille et laide mais je sais ce que les hommes désirent après un long voyage et je ne crois pas que vous serez déçus.

Tandis que l'on apprêtait le repas, elle nous engagea à nous baigner dans les eaux sulfureuses du bassin. Nous nous défîmes de nos vêtements et l'onde brûlante apporta à nos membres une détente exquise. Des esclaves vinrent nous frotter, nous apprêter les cheveux et nous oindre d'huile parfumée. Tanakil vint aussi près de nous un moment et nous contempla avec un plaisir visible.

Lorsque les esclaves eurent terminé, c'était pour nous comme une nouvelle naissance. On avait emporté nos vêtements et on nous donna des tuniques de la plus fine laine et des manteaux plissés. Lorsque nous fûmes vêtus, nous gagnâmes la salle des banquets et nous nous étendîmes sur les couches pendant que les esclaves nous offraient de savoureuses friandises telles qu'olives farcies de poisson salé ou viandes fumées en rouleaux contenant une pâte d'œuf, d'huile, de lait sucré et d'épices.

Les mets salés stimulèrent notre soif et notre appétit, de sorte que nous n'écoutâmes qu'avec un médiocre intérêt un joueur de flûte aveugle et trois jeunes filles chantant d'une voix douce de vieilles chansons himériennes. Enfin Tanakil parut, richement vêtue, son cou et ses poignets découverts portant une fortune d'or et d'argent. Sa chevelure avait été coiffée en forme de dôme, ses joues et ses lèvres étaient teintes en rouge et sous ses noirs sourcils ses yeux brillaient.

Une odeur délicate d'eau de rose se répandit autour d'elle tandis qu'avec un sourire enjoué, elle vidait une outre de vin dans le cratère corinthien et y ajoutait la quantité adéquate d'eau glacée. Les chanteuses se hâtèrent d'emplir des coupes peu profondes et vinrent nous les présenter à genoux.

— J'imagine combien vous devez être assoiffés, dit Tanakil. Étanchez votre soif avec le vin et l'eau. Vous venez probablement d'entendre la chaste chanson de la bergère qui dépérit d'amour. Bientôt vous entendrez la légende de Daphnis et Chloé, suffisamment ennuyeuse pour ne pas distraire votre appétit. Respectons néanmoins les traditions d'Himère. Le moment viendra où vous apprendrez pourquoi et comment nous honorons le coq comme emblème de notre cité.

Des plats de mouton et de bœuf ainsi que des oiseaux rôtis à la broche et désossés, accompagnés de raves, de sauce à la moutarde et d'une délicieuse bouillie nous furent servis. Chaque fois que nos coupes étaient vides, les jeunes filles nous en plaçaient d'autres dans les mains, dont le fond s'ornait chaque fois d'une figurine différente.

Enfin, gavés jusqu'à l'étouffement, nous demandâmes grâce. Alors Tanakil apporta des fruits et des raisins et ouvrit de ses propres mains une cruche de vin scellée. La boisson aromatisée à la menthe fut douce à notre bouche mais nous monta si promptement à la tête, que, alourdis comme nous l'étions, c'était pourtant comme si nous flottions au milieu des nuages. Le vin perfide fit palpiter nos membres et nous considérâmes d'un œil nouveau les jeunes filles qui avaient si modestement chanté.

Tanakil, remarquant nos regards, fit bouger ses vêtements de façon à nous montrer son cou et ses mains. Dans la pénombre elle n'était certes pas une femme laide et son âge n'était guère visible lorsqu'elle relevait le menton.

— Les jeunes filles qui ont chanté et vous ont servis vont maintenant danser, dit-elle, bien que les seules danses qu'elles connaissent soient de pudiques danses de pasteurs. Krinippos s'oppose à l'entrée de danseuses professionnelles à Himère.

Elle ordonna au joueur de flûte de sortir et fit un signe aux jeunes filles et celles-ci aussitôt de batifoler comme jeunes pouliches en ôtant peu à peu leurs vêtements. La danse n'avait rien d'artistique ni quoi que ce fût de précisément innocent, car la seule finalité en semblait être de déshabiller les jeunes filles.

Lorsque leur danse prit fin et qu'elles se tinrent devant nous, haletantes, je dis :

— Tanakil, munificente hôtesse! Ta chère fut exquise mais ton vin à la menthe est redoutable et ces filles nues sont un spectacle captivant. Ne nous induis pas en tentation car nous avons promis de ne pas faire de mal aux citoyens de cette cité.

Tanakil jeta un regard envieux aux trois jeunes filles, et dit en soupirant :

— Vos mains en se posant sur elles ne leur feront point mal. Ce sont des jeunes filles respectables mais, en raison de leurs humbles origines, elles sont autorisées à recevoir des cadeaux de ceux qu'elles séduisent, à condition que cela ne devienne pas une habitude. Ainsi peuvent-elles réunir une dot bien plus importante qu'en travaillant, et se marier avec quelque pêcheur, artisan ou paysan.

— Chaque pays a ses coutumes, observa Mikon. Les Lydiens agissent de même, tandis qu'à Babylone une jeune fille doit sacrifier sa virginité dans un temple contre de l'argent, avant de se marier. Et le plus grand honneur qu'un Scythe puisse faire à son hôte est de lui offrir pour la nuit la couche de sa femme. Pourquoi mépriserions-nous les coutumes d'Himère qui nous a si complaisamment offert le refuge de ses murailles?

Les filles se jetèrent sur nous, se suspendirent à nos cous et commencèrent de nous couvrir de baisers. Mais Dorieos repoussa avec colère les bras qui l'enlaçaient.

— Par le coq perché sur l'épaule d'Héraclès, je tiens mes passions en trop haute estime pour porter la main sur une jeune fille de basse extraction. Ce serait déchoir. Pourtant, je lui donnerai à coup sûr le cadeau qu'elle attend.

Mikon répandit un peu de vin sur le sol, donna un baiser à celle qui lui avait présenté la coupe, et dit :

— Le plus détestable des crimes est d'insulter aux lois de l'hospitalité. Le temps s'enfuit devant moi sur ses pieds ailés. Quand j'ai célébré le culte d'Aphrodite d'Akraia, je pensai ne plus jamais souhaiter jeter les yeux sur une mortelle. Mais je me trompais gravement, car en ce moment même Aphrodite enchante mes yeux et répand par tous mes membres le titillement du désir.

Il emporta la jeune fille dans le jardin noyé d'ombre. Avec un soupir, Tanakil demanda que les lampes fussent allumées. Mais Dorieos lui saisit la main.

— Ne fais point allumer les lampes, ô Tanakil. Cette douce lumière t'est seyante et adoucit la noble dureté de tes traits. Tes yeux brillants et ton nez d'épervier proclament ta haute naissance. Fais-nous l'honneur d'en convenir.

Je compris alors que Dorieos parlait déjà sous l'empire du vin.

— Prends garde à ne point outrager notre hôtesse, lui dis-je en manière d'avertissement.

La bouche de Tanakil s'ouvrit sous l'effet de l'étonnement. Elle se hâta de la couvrir de sa main pour cacher l'absence de ses dents.

— Tu as vu juste, Spartiate. Je suis fille de Carthage et mes ancêtres descendent de la reine Didon qui fonda la cité et était elle-même de divine extraction.

Le sujet la passionna tant qu'elle passa dans une pièce de sa maison dont elle revint bientôt, portant une table généalogique. Elle était rédigée en caractères phéniciens que je ne pus déchiffrer, mais elle entreprit de lire trente noms et plus, chacun plus étrange que le précédent.

— Et maintenant, me croyez-vous? demanda-t-elle pour conclure. Je ne puis que déplorer mon âge et les rides qu'il a mises sur mon visage car je serais plus qu'heureuse de vous manifester l'hospitalité que vous désirez.

Elle étendit le bras pour caresser la nuque de Dorieos, pressant ses mamelles pendantes contre l'épaule du Lacédémonien. Ce dernier se récria d'admiration.

— Vrai, tu es une forte femme et l'égale d'un homme! Ni tes mamelles ne semblent décrépites. La naissance, l'expérience d'une femme mûre importent plus que l'âge.

Tanakil se leva aussitôt, le visage empourpré par le vin, et tirant Dorieos pour le faire mettre debout, l'entraîna vers une chambre, la lourde table généalogique sous l'autre bras. Ainsi nous retrouvâmes-nous seuls, les deux jeunes filles et moi, en compagnie du joueur de flûte aveugle qui jouait de douces mélodies dans son coin.

3

Je m'éveillai tôt le matin au vacarme épouvantable que menaient les centaines de coqs d'Himère. Mes oreilles bourdonnaient, mes tempes battaient douloureusement, et je ne sus d'abord ni où j'étais ni même qui j'étais. Quand ma vue s'éclaircit, je constatai que j'étais étendu sur une couche dans la salle des banquets de Tanakil, une couronne de fleurs fanées sur le front et un manteau de laine légère pour toute couverture. Ma fine tunique était jetée sur le sol et je vis qu'elle était maculée de fard. Ma mémoire avait pris la fuite et je ne savais plus ce qui m'était arrivé, mais j'aperçus Mikon, le médecin de Cos, vautré sur une autre couche, la bouche grande ouverte, ronflant à pleins poumons.

Les jeunes filles et le joueur de flûte avaient disparu. Je me frottai les yeux et me souvins, comme d'un rêve, de la caresse des membres lisses de la jeune fille contre les miens. J'avais un goût amer dans la bouche et il régnait dans la pièce un désordre indescriptible. Des éclats de vases et de coupes d'un grand prix jonchaient le sol et nous avions, dans nos ébats titubants, renversé la statue du dieu phénicien de la maison. Les criailleries incessantes des coqs me blessaient les oreilles et je pris la résolution de ne toucher jamais plus au vin aromatisé de menthe.

— Mikon, dis-je, réveille-toi. Réveille-toi et vois comme nous nous sommes montrés dignes de l'hospitalité de la femme la plus distinguée d'Himère!

Je le secouai et il s'assit sur son séant, tenant sa tête à deux mains. Avisant un miroir de bronze, j'y jetai un regard avant de le tendre à Mikon. Il s'absorba longtemps dans la contemplation de son reflet et finit par demander d'une voix pâteuse :

— Quel est cet homme dissolu, aux traits bouffis, qui me dévisage avec insistance?

Il poussa un profond soupir, puis, comprenant brusquement, il s'écria :

— Turms, ami, nous sommes perdus! Du moins est-ce sur moi-même que j'ai attiré la pire malédiction, car si mon souvenir est fidèle, j'ai parlé fort avant dans la nuit et t'ai révélé tous les secrets des initiés. Je me rappelle que tu as cherché à m'interrompre mais que, saisissant ton bras, je t'ai contraint à m'écouter.

— Ne t'alarme point, lui dis-je alors. Nul mal n'a sans doute été fait car je ne puis me rappeler aucune de tes paroles. Mais si ton réveil est déplaisant, frère Mikon, songe à celui qui attend Dorieos. Je crains que, dans son ivrognerie, il n'ait déshonoré non seulement lui-même et notre hôtesse, mais encore nous, ses compagnons, et même Dionysios à qui incombe en définitive la responsabilité de notre comportement à tous.

— Où est-il? s'enquit Mikon en jetant alentour des regards de ses yeux injectés de sang.

— Je l'ignore et préfère l'ignorer. Je me refuse absolument à explorer la maison car qui sait l'horrible spectacle qui risque d'y heurter ma vue! Le meilleur parti que nous puissions prendre est de nous glisser discrètement hors de la demeure. Je ne pense guère que Dorieos souhaite voir ses amis ce matin.

Enjambant soigneusement l'esclave qui cuvait son vin en travers de la porte, nous sortîmes. Les rayons dorés du soleil montaient à l'assaut du ciel, les coqs chantaient dans toutes les demeures himériennes et l'air automnal embaumait de fraîcheur. Nous nous baignâmes dans l'eau chaude de la fontaine et découvrîmes nos vêtements, lavés et soigneusement pliés à côté de nos armes dans l'entrée. D'un commun accord, nous regagnâmes la salle des banquets pour prendre un peu de courage en vidant de ses dernières gouttes le cratère de vin, avant d'affronter la ville.

Tandis que les Himériens rallumaient les feux de leurs cuisines, nous retrouvâmes nombre de nos compagnons qui, tous, grognaient en se tenant la tête à deux mains. Notre petite troupe s'enfla peu à peu et, quand nous franchîmes les portes de la cité, nous étions près d'une centaine, tous plus mal en point les uns que les autres.

Dionysios s'affairait près des vaisseaux, dirigeant de nombreux attelages de bêtes de trait, ânes et bœufs. A notre vue, il poussa d'épouvantables jurons, car lui-même et ses timoniers avaient passé la nuit dans la demeure de Krinippos où on ne leur avait servi que de l'eau pour leur soif et de la soupe de pois chiches pour leur faim. Fouettant à coups de corde ses hommes déjà mal en point, il les mit au travail, leur ordonnant de décharger le trésor et de l'enfourner dans des sacs, des tonneaux et des coffres. Mikon et moi-même joignîmes nos forces aux leurs par pure humilité, car cette tâche ne nous incombait pas.

Le plus difficile était de décharger la grande galère qui s'était profondément enfoncée dans la vase. La force conjuguée des hommes et des bêtes de trait ne parvint pas à l'en arracher, non plus que le treuil puissant que les techniciens de Krinippos avaient fait assembler avec de grosses poutres. Il ne restait plus qu'à alléger le lourd vaisseau d'une partie de sa cargaison, et, pour ce faire, il fallait plonger. Les pêcheurs de corail d'Himère eussent volontiers accompli cette tâche mais Dionysios n'avait nul désir de leur faire connaître la richesse exacte de notre trésor. Il proclama que l'eau rafraîchissante de la mer ferait le plus grand bien aux ivrognes luxurieux qui composaient sa troupe et éclaircirait leurs idées.

Tandis que certains d'entre nous s'occupaient à trier et compter le butin embarqué sur les deux pentékontérès, des paniers lourdement lestés furent largués dans le vaisseau coulé depuis de petites embarcations, et les meilleurs plongeurs de la troupe, se guidant le long des cordes accrochées aux paniers, descendirent jusqu'à l'épave. Là, dans l'obscurité sous-marine, ils chargèrent les paniers de butin, ne remontant que pour respirer. Tremblant de froid et de peur, ils demeuraient vautrés au fond des bateaux jusqu'à ce que Dionysios les contraignît à plonger de nouveau à grands coups de corde. Nombreux furent ce jour-là les infortunés qui maudirent l'insouciance de la jeunesse, avec laquelle ils avaient appris à pratiquer ce périlleux exercice, quand ils étaient enfants en Ionie.

Mikon et moi-même nous vîmes confier la tâche de répertorier le contenu des sacs et des tonneaux sur lesquels Dionysios en personne apposait un numéro d'ordre. Il fut assez vite rendu à la limite de ses connaissances arithmétiques. Il se contenta dès lors de sceller chaque récipient à l'aide d'un cachet d'or pris aux Perses, sans tenir le compte exact de leur nombre.

— Par Hermès, déclara-t-il, la pensée qu'on pourrait me voler me met à la torture, mais je préfère encore encourir ce risque qu'encombrer ma cervelle de chiffres et de listes!

Vers le soir, les deux pentékontérès avaient été vidés. Tous les visages étaient souriants quand Dionysios, mettant fin à la journée de travail, nous autorisa à aller retrouver l'hospitalité des demeures himériennes dans lesquelles nous avions été reçus.

Mais notre joie fit vite place à l'amertume de la déception, quand Dionysios nous enjoignit à tous de nous dépouiller de tous nos vêtements les uns après les autres. Dans les plis des vêtements, il récupéra une étonnante provende de joyaux, de pièces d'or et d'autres objets de valeur. Certains avaient même dissimulé de l'or ou des pierreries dans leur chevelure, et, de la bouche d'un rameur qui marmonnait des protestations, Dionysios fit sortir un poisson d'or qu'il brandit sous nos yeux étonnés.

Les hommes poussaient des cris de stupéfaction devant la malhonnêteté dont tous avaient fait preuve.

Tandis que, voyant ce qui m'attendait, je préférai renoncer de moi-même à la lourde chaîne d'or que j'avais dissimulée sous ma tunique, Mikon sortit de sous son aisselle un petit lion d'or ailé. La colère et la déception nous poussèrent alors à exiger le droit d'inspecter à notre tour les vêtements de Dionysios, car nous avions remarqué sa démarche de plus en plus lourde et empruntée.

Son visage s'empourpra :

— Qui est votre chef? rugit-il. Qui vous a permis de vous couvrir d'une gloire immortelle à la bataille de Ladé? Qui vous a faits riches avant de vous guider hors du péril en cette contrée nouvelle? En qui vous fierez-vous, sinon en moi?

Ses propres paroles l'émurent tant que sa barbe se mit à trembler et que ses yeux s'emplirent de larmes.

— L'homme est cruel et ingrat! Je vois que chacun mesure les autres, et même moi, à l'aune de sa propre nature corrompue!

— Cesse de brailler! exigeâmes-nous avec colère. Tu es notre chef parce que tu es sans conteste le pire et non le meilleur de nous tous. A vrai dire, nous n'éprouverions point pour toi de respect si tu ne cherchais à nous escroquer et à tirer parti de nous!

Avec des vociférations et des rires nous nous jetâmes sur lui, le précipitâmes sur le sol et arrachâmes ses vêtements. Autour de sa taille, sous ses aisselles et entre ses cuisses, il avait suspendu de petites besaces dont nous fîmes sortir un flot de pièces d'or, de pierreries, de joyaux, de sceaux, de chaînes et de bracelets. A lui seul, il en avait pris plus que tous les autres ensemble.

Devant ce grand tas de richesses, nous redoublâmes d'éclats de rire, l'aidâmes à se remettre sur pied et lui assenâmes force claques amicales sur l'épaule.

— Quel grand chef tu fais! Vrai, tu es le plus malin de nous tous et jamais nous ne voudrons d'autre capitaine que toi!

Après de longues discussions, on décida que chacun serait autorisé à conserver ce qu'il avait dérobé. Seuls les plongeurs nus protestèrent.

— Comment! se récrièrent-ils, nous qui avons accompli la tâche la plus périlleuse et la plus pénible, nous devrions nous satisfaire de rien.

Dionysios les couvrit de jurons.

— Nul n'est meilleur que les autres, avides compagnons. Allez! Plongez donc et rapportez-nous ce que vous avez dissimulé au fond des eaux. Celui qui reviendra les mains vides n'aura à s'en prendre qu'à lui-même.

Échangeant des clins d'œil entre eux et avec nous, les plongeurs regagnèrent le rivage. Plongeant dans la mer, ils entreprirent de rouler des pierres sous sa surface vineuse. Bientôt, ils remontèrent portant toutes sortes d'objets précieux qui, tous, étaient plus gros que ceux qu'il nous avait été possible de dissimuler sous nos vêtements. Mais nous ne voulûmes pas leur disputer leur part du butin après l'effort qu'ils avaient consenti dans l'obscurité des profondeurs, parmi les pieuvres, les crabes et les méduses à la cuisante piqûre.

— Offrons donc aux dieux himériens une part généreuse du butin, proposa alors Dionysios, pour les remercier du caractère pacifique et bon enfant qui a présidé au partage de notre trésor!

Cette proposition nous étant apparue juste et sensée, nous consacrâmes quelques trépieds de cuivre, quelques pots et un bélier de bronze phénicien aux divers temples himériens, ainsi qu'un bouclier perse au temple des marchands carthaginois.

4

La journée entière se passa sans qu'apparût Dorieos. Quand l'obscurité fut tombée et que les étoiles se furent allumées dans le ciel étranger d'Himère, je ne fus plus en mesure de contenir mon malaise. Je dis à Mikon :

— Il nous faut retourner à la demeure de Tanakil, quelle que soit notre répugnance à le faire. Il est arrivé quelque chose à Dorieos et je ne serais pas surpris que cette fière matrone lui ait transpercé la gorge avec une épingle à cheveux pendant son sommeil afin de laver la perte de son honneur.

— Écoute-moi, car je suis médecin et puis t'assurer que dans notre état, j'entends la tête lourde encore de vin et la bouche pleine d'amertume, l'homme s'exagère d'ordinaire ses forfaits et se figure que jamais plus il n'osera regarder en face un honnête homme. Mais qu'avons-nous réellement fait de si terrible? Je crois bien me souvenir de t'avoir vu danser la danse du Phénix sur la table pour impressionner les jeunes filles par ton agilité, mais de grands chefs et de nobles conseillers en ont fait tout autant sous l'empire du vin, et leur réputation n'en a nullement été ternie.

«Dorieos est un homme dangereux, poursuivit Mikon, et, comme la plupart des soldats ses semblables, sa réflexion limitée le porte à juger que la meilleure solution de tous les problèmes est le carnage. Il est né pour allumer la discorde et je ne me lamenterais pas si nous devions lui organiser d'honorables funérailles. Mais je crains que tes sombres pressentiments ne soient hélas! trompeurs et prématurés. Donc, marchons courageusement au-devant de la découverte de ce qui a pu se passer et portons du même coup des présents à Tanakil pour la remercier de son hospitalité.

Ce projet me réjouit profondément.

— Tu es le mortel le plus sage qu'il m'ait été donné de rencontrer. En vérité, je ne suis guère avide de richesses et j'éprouve peu d'intérêt pour les objets de valeur. La divine Artémis m'est apparue sous la forme d'Hécate et m'a promis, brandissant un épieu, tandis qu'aboyait son chien noir, que jamais je ne connaîtrais le besoin. Offrons donc à Tanakil la chaîne de dix mines que j'ai volée. J'ignore moi-même pourquoi je l'ai glissée sous ma tunique, mais c'etait peut-être pour être à même d'apaiser Tanakil par des présents comme nous nous proposons de le faire.

Quand nous parvînmes à la place du marché, nous découvrîmes que de nombreux marchands étaient encore présents. Nous partageâmes une petite outre de vin qui me réjouit profondément le cœur. Nous mangeâmes aussi du poisson accompagné d'un bon pain d'Himère à la croûte frottée de cendre. Puis nous reprîmes notre chemin, trébuchant par les rues ténébreuses jusqu'à l'extrémité occidentale de la cité. Par bonheur une torche tremblotait faiblement devant la demeure de Tanakil. Nous sûmes à ce signe qu'elle nous attendait, et, ouvrant le portail grinçant, nous pénétrâmes dans la maison, accrochâmes nos armes dans l'entrée, et passâmes dans la salle des banquets qui était éclairée.

Là, vautré sur l'une des couches, nous trouvâmes Dorieos, bien vivant mais le visage morose et vêtu à la phénicienne d'une parure si magnifique qu'il nous fut difficile de le reconnaître au premier regard. En face de lui, sur une autre couche, Tanakil avait pris place et semblait d'aussi méchante humeur que lui. Elle avait la joue creuse et l'œil cerné sous le fard dont elle avait tenté de rehausser son apparence. Entre les divans, une table aux pieds de bronze était couverte de mets et le cratère était à moitié plein d'un vin jaunâtre. La pièce avait été nettoyée, la mosaïque du sol lavée à grande eau, et la satue du dieu relevée.

— Tanakil, implorai-je, daigne nous pardonner notre honteuse conduite de la nuit dernière. Ton hospitalité fut grandiose et nous, pauvres hères épuisés, peu habitués que nous sommes au vin aromatisé de menthe, n'avons pas été à la hauteur.

Tanakil jeta les yeux sur Mikon, et, une main devant la bouche, demanda :

— Tu es bien un médecin grec, n'est-ce pas? Dis-moi, peut-on fabriquer de nouvelles dents pour remplacer celles qu'une personne a perdues?

Pris d'horreur, je m'enquis :

— Dorieos t'aurait-il, dans un accès d'ivrognerie brutale, fait sauter quelques dents?

Dorieos poussa un juron.

— Assez d'inepties, Turms.

D'une main qui tremblait, il emplit sa coupe au cratère et but à longs traits, renversant du vin sur son menton.

— Dorieos ne m'a fait aucun mal, protesta Tanakil, et ne mérite donc pas l'outrage de tes cruelles insinuations. Il s'est comporté en tout comme il convient à un homme de noble naissance avec une femme de mon rang.

J'allai exprimer mon incrédulité quand Dorieos s'écria :

— Où donc étiez-vous passés, au nom d'Hadès? Misérables vauriens au cœur de pierre! Je ne sais pourquoi j'ai des amis tels que vous et les protège dans la bataille s'ils doivent m'abandonner à l'instant même où j'ai le plus grand besoin d'eux!

— Oui, renchérit Tanakil, où vous cachiez-vous? Je souffre atrocement de ces quelques dents manquantes, dont je ne m'étais pourtant jamais souciée avant que Dorieos m'apprît que c'était là mon seul défaut. On dit que les médecins tyrrhéniens fabriquent des dents d'ivoire qu'ils fixent au moyen de bracelets d'or. Je ne me soucie point de mes dents du fond, car plus l'on mange de mets délicats, plus vite elles s'usent, et les mauvaises dents sont donc un signe d'une haute naissance. Mais cette idée ne me console point, puisqu'il me manque aussi quelques dents du devant. Désormais, je n'ose même plus parler devant Dorieos sans dissimuler ma bouche.

Dorieos reposa sa coupe avec une telle violence qu'elle se brisa.

— Cesse donc de parler de tes dents, ma précieuse! Tu n'as donc rien d'autre à dire? Je n'y ai fait allusion que pour t'avoir vue la bouche ouverte en m'éveillant à midi. En vérité, je voulais te faire compliment, en disant que c'était là ton seul défaut, car plus d'une femme de ton âge est totalement édentée.

Tanakil se répandit en bruyants sanglots, maculant de fard ses traits tirés.

— Voici que tu te plains de mon âge auquel tu n'as rien trouvé à redire hier soir!

— Silence, femme! explosa Dorieos, les veines de ses tempes enflant sous l'effet de la colère. je n'en supporterai pas plus! Si tu persistes, je vais quitter ta demeure et ce sera ta faute si je tue tous les Himériens que je croiserai sur mon chemin.

Prenant sa tête à deux mains, il se mit à geindre.

— Amis, amis, pourquoi donc m'avoir abandonné? J'ai la tête en feu, le ventre me brûle et mes membres ont perdu leur vigueur. J'ai vomi tout le jour et n'ai pu qu'à l'instant avaler quelques bouchées.

Soucieux, Mikon lui palpa la tête, souleva ses paupières, examina ses yeux, sa gorge et pressa son ventre. Tandis que Dorieos grognait, je tendis à Tanakil la chaîne d'or, espérant compenser par ce présent le mal que nous avions fait.

Elle l'accepta avec empressement et la mit autour de son cou.

— Je ne suis point mesquine, déclara-t-elle. A quoi bon les richesses sinon à offrir des festins à ses amis? il est vrai que vous avez brisé des vases précieux, mais tous les vases finissent par se briser. je ne crois même pas que le dieu de la maison a été outragé car, tôt ce matin, je lui ai offert de nouveaux vêtements et j'ai fait brûler de l'encens pour lui. Je n'ai donc souffert nul dommage et n'accepte ton beau présent que pour t'être agréable. La seule conséquence néfaste de votre visite est que l'une des jeunes filles qui sont venues vous distraire a été frappée d'un soudain mutisme.

Mikon et moi échangeâmes un regard coupable, car nous avions l'un et l'autre oublié ce qui s'était passé. Mikon supposa que la jeune fille avait été effrayée par ma danse sauvage, mais il s'avéra qu'il s'agissait en fait de celle qu'il avait lui-même emportée dans le jardin. Il déclara qu'elle devait s'être assoupie dans l'herbe humide et que sa gorge en avait enflé. Du moins ne croyait-il pas avoir rien fait qui pût la blesser.

Tanakil répliqua que l'affaire était d'importance et risquait de mettre une ombre sur notre réputation d'étrangers.

— Les Himériens sont une engeance supertitieuse, dit-elle. Et ma demeure elle-même risque d'en souffrir, car chacun sait qu'un mutisme soudain ne peut résulter que d'un enchantement, à moins que celui ou celle qui en est atteint n'ait offensé quelque divinité particulièrement sensible aux outrages.

Mikon fut pris de l'agitation que connaissent tous les coupables.

— La seule divinité que nous risquions d'offenser est la fille de l'écume, mais je jure par sa ceinture magique que nous l'avons au contraire honorée de toutes les manières qu'on m'a apprises à bord du vaisseau sacré d'Aphrodite. Et la jeune fille ne s'est nullement montrée muette en cette occasion! En vérité, elle a au contraire exprimé à grands cris la satisfaction qu'elle éprouvait devant l'étendue de mon savoir.

— Je ne te fais point porter le reproche, répondit Tanakil. Car tu es un homme doux et inoffensif. J'ai déjà fait porter à la jeune fille quelques dédommagements de ta part, mais ses parents s'inquiètent. Ils craignent qu'elle ne trouve jamais de mari si elle demeure muette.

Tanakil envoya chercher la jeune fille afin que nous puissions juger de sa condition. Quand elle entra enfin, accompagnée de son père et de sa mère, j'eus quelque peine à soutenir le regard accusateur de ces gens simples.

Mikon tenta de se dissimuler derrière nous, mais quand la jeune fille l'aperçut, elle courut joyeusement jusqu'à lui, s'agenouilla pour lui baiser les mains et les porta tendrement à ses joues. Jetant un regard d'impuissance aux parents, Mikon la fit relever, l'entoura de ses bras et baisa ses lèvres.

Il n'en fallut pas plus, car la jeune fille prit alors une profonde inspiration et se mit à parler sans fin. Elle parlait, versait des sanglots, poussait des cris et des éclats de rire, tant et si bien que ses parents, malgré leur joie, finirent par en avoir honte et lui enjoignirent de se taire. Mikon leur donna une poignée de pièces d'argent et ils prirent congé en se réjouissant de cette bonne fortune et en emmenant leur fille avec eux.

Quand l'affaire eut connu un dénouement si heureux, je remerciai Tanakil de toutes ses bontés et lui appris qu'il nous fallait nous mettre en quête d'un logement permanent dans la cité.

Elle se hâta de répondre :

— Vous être probablement accoutumés aux luxueuses résidences d'Ionie et ma demeure est trop modeste, je le sais. Mais si vous ne la tenez pas en trop piètre estime, elle vous est ouverte. Soyez mes hôtes aussi longtemps que vous le désirez. Plus longtemps vous demeurerez, plus heureuse je serai.

Pour appuyer cette invitation et bien montrer qu'elle n'en escomptait nul profit, elle disparut dans la maison et revint portant des présents pour chacun de nous. Au pouce de Dorieos, elle glissa un anneau d'or, à Mikon, elle offrit une tablette de cire dans un cadre d'ivoire et, à moi, une pierre de lune montée au bout d'une tresse. Ces cadeaux précieux firent beaucoup pour nous dérider.

Tanakil fit alors aligner trois lits pour nous. Ils avaient des pieds de cuivre et un fond de fer tressé, comme les lits tyrrhéniens. Ils étaient recouverts d'un moelleux matelas. Nous nous serions endormis aussitôt sans les grognements de Dorieos qui ne cessait de s'agiter. Il finit par rejeter les couvertures en décrétant d'un ton sans réplique qu'en vrai soldat il préférait dormir à même le sol rugueux, allongé sous son bouclier. Dans l'obscurité, il quitta la pièce en tâtonnant, heurtant des coffres et renversant des objets. Puis nous n'entendîmes plus rien et dormîmes profondément la nuit entière.

5

Ainsi nous installâmes-nous dans la demeure de Tanakil, où nous menâmes l'existence insouciante des hôtes. Une fois le trésor déposé en sécurité derrière les portes de fer des caves de Krinippos, la vie s'écoula sans plus de heurt qu'un fleuve majestueux. L'unique mésaventure que connut Dionysios résulta de son désir tenace de renflouer la grosse galère. La jugeant suffisamment allégée, il tenta de nouveau de la faire haler jusqu'au rivage. Mais les treuils étaient si puissants et les cordes si résistantes que le vaisseau se brisa en deux par le milieu.

Il nous fallut donc plonger de nouveau et fouiller la vase à la recherche des restes de notre butin. Puis nous fûmes libres d'aller à notre guise. Mais bientôt, les Himériens demandèrent à Krinippos de mettre fin à l'agitation causée par la présence des Phocéens.

— Les Phocéens ont complètement bouleversé l'économie de nos journées, se plaignaient-ils. Naguère, nous nous éveillions au premier chant du coq pour vaquer à nos affaires, mais désormais nos demeures retentissent de ronflements jusqu'à midi. Si nous tentons d'éveiller nos hôtes, ils s'enragent. Et si nous ne sommes pas des gardiens particulièrement sourcilleux de la vertu de nos épouses et de nos filles, il nous est cependant pénible de les voir du matin au soir se pendre aux barbes des marins ou épouiller amoureusement leurs chevelures. Et quant à ce qui se passe du soir au matin, nous n'osons pas même en parler.

Se levant de son siège, une simple chaise de bois recouverte de la peau de son malchanceux prédécesseur, Krinippos dit :

— Votre requête, citoyens, vient fort à propos. Mes talismans m'ont averti qu'un péril menaçait Himère, et mes espions à

Syracuse me l'ont confirmé. Aussi allons-nous confier aux hommes de Dionysios la tâche de surélever nos murs de trois aunes en remerciement de notre hospitalité. Lorsque ceux de Syracuse sauront que nos murailles sont beaucoup plus hautes, je suis persuadé qu'au lieu de nous attaquer, ils se dirigeront vers une autre cité.

Dionysios ne croyait guère aux vertus des talismans de Krinippos mais il comprenait que, libérés de toute discipline, les marins ne seraient plus bientôt qu'un troupeau de bêtes sauvages. Dans leur oisiveté, ils se cherchaient déjà querelle les uns aux autres, les hommes d'un bateau se battaient contre ceux d'un autre, les rameurs assis sous le vent contre ceux assis au vent.

Aussi Dionysios s'empressa-t-il d'approuver :

— Ton plan est excellent, Krinippos, et tu peux tenir pour assuré que mes marins, en hommes disciplinés, s'attelleront gaiement à la besogne de surélever les murailles de votre accueillante cité. Cependant, lorsque tu parles de trois aunes, s'agit-il de mesures grecques ou bien phéniciennes ?

Le rusé Krinippos saisit fort bien où son interlocuteur voulait en venir et l'admiration était dans sa voix lorsqu'il répondit :

— Tu es un homme selon mon cœur, Dionysios, mais naturellement je voulais parler de l'aune phénicienne. La simple courtoisie envers mes alliés carthaginois exige que je l'emploie.

Dionysios déchira sa tunique et, s'arrachant les poils de la barbe, il ameuta ses hommes :

— Entendez-vous cela, vous tous, entendez-vous ce méprisable tyran insulter notre honneur d'Ioniens ? Naturellement, nous, nous élèverons ces murailles de trois aunes grecques et pas un pouce de plus !

Les hommes se mirent à hurler et les plus emportés d'entre eux coururent même à leurs logements prendre leurs armes.

— L'aune grecque, l'aune grecque ! réclamaient-ils à grands cris, car ils savaient que la mesure grecque est plus courte de trois épaisseurs de doigt que la phénicienne.

Krinippos se réfugia derrière son célèbre siège et entama des pourparlers avec Dionysios. A la fin, il dut consentir à l'emploi de l'aune grecque. Entendant cela, les hommes de Dionysios laissèrent exploser leur allégresse, s'embrassant les uns les autres comme s'ils venaient de remporter une grande victoire. C'est ainsi que Dionysios parvint à les faire travailler de leur plein gré durant tout un hiver. Cependant, n'ayant en rien troublé la paix, ni Dorieos, ni Mikon, ni moi, nous n'eûmes à travailler sur les murailles d'Himère.

Nous n'étions pas depuis plus de quelques jours dans la demeure de Tanakil que les Siciliens et leur fille reparaissaient. Elle était pâle et roulait des yeux égarés.

— A notre grande honte, nous devons vous troubler une nouvelle fois. Notre fille semble maudite. A peine rentrée sous notre toit, elle a perdu de nouveau l'usage de la parole et depuis lors ne l'a pas retrouvée. Nous ne vous reprochons rien, bien que l'aisance avec laquelle ce médecin grec a dénoué la langue de notre fille simplement en l'embrassant, soit fort bizarre. Qu'il essaie de nouveau, nous verrons bien ce qui adviendra.

Mikon protesta qu'il y avait un temps pour tout et qu'il n'était pas convenable d'embrasser des femmes quand on méditait sur les matières sacrées. Tanakil et Dorieos furent cependant d'avis que, volontairement ou non, il avait lié la jeune fille à lui et qu'il était donc obligé de la libérer.

Mikon se rendit à leurs raisons et prit la fille dans ses bras. Mais rien ne se passa. Alors, le sang lui monta au visage et il l'embrassa avec un enthousiasme plus marqué. Lorsqu'il la lâcha, la jeune fille une nouvelle fois se répandit en bavardages, rit et pleura. Ce n'était pas de sa faute si elle était victime d'un charme. Loin de Mikon, sa gorge enflait et sa langue était paralysée. Aussi suppliait-elle qu'on lui permît de rester auprès de lui.

Mikon la réprimanda pour ces paroles et lui dit que ce qu'elle demandait était impossible. Les parents, eux aussi, protestèrent. Rien ne s'opposait, dirent-ils, à ce que, occasionnellement, leur fille dansât et chantât pour des étrangers, afin d'accroître sa dot. Mais il était impensable qu'elle pût venir vivre auprès d'un étranger dans une maison qui n'était pas la sienne. Pour respectable qu'elle fût, une jeune fille serait perdue de réputation et aucun homme honorable ne consentirait plus à l'épouser.

La fille hurla qu'elle ne pouvait vivre sans Mikon et, prise de syncope, s'effondra inconsciente sur le sol. Le père la gifla sur les joues et Tanakil lui versa une amphore d'eau glacée sur le visage, la mère la piqua à la cuisse avec une épingle à cheveux mais elle ne bougea pas. Mais lorsque Mikon se pencha pour lui frictionner les membres, ses paupières frémirent, ses joues reprirent de la couleur et elle s'assit en demandant ce qui s'était passé.

A son corps défendant, Mikon sentait s'éveiller en lui de l'intérêt pour ce cas médical. Il invita les parents à emmener la fille avec eux pour l'éprouver une fois encore. Ils revinrent annoncer qu'aussitôt dans la rue, la jeune fille était redevenue muette.

Avec une mine grave, Mikon nous prit à part, Dorieos et moi.

— Je soupçonnais depuis longtemps que nous étions le jouet de forces obscures, dit-il. Je n'aurais pas dû me fier au présage de la plume qui nous a incité à nous arrêter ici. Aphrodite nous a pris dans ses rets. C'est elle qui a conduit cette fille jusqu'ici afin de me lier à elle. La possibilité m'était enfin donnée de méditer à loisir et j'étais sur le seuil de la divine sagesse. C'est ce qui a dû irriter la déesse à la chevelure d'or. Elle ne saurait souffrir que l'homme ait d'autres pensées que celles qu'elle lui inspire. Si nous renvoyons la jeune fille et qu'elle reste muette, la ville tout entière médira de nous et on nous fera comparaître devant Krinippos. Que vais-je faire ?

Dorieos et moi, nous rétorquâmes aussitôt que c'était son affaire, car c'était lui qui avait emmené la fille dans le jardin et qui lui avait sans doute fait quelque chose qu'on ne devait pas faire à une jeune fille sensible.

— Voilà la seule raison, dis-je pour conclure, nul besoin d'avoir recours aux explications surnaturelles.

— Ne tente pas de te décharger sur moi de ta culpabilité, protesta Mikon. C'est toi qui as glissé dans ma main la pierre blanche et c'est toi encore qui m'as fait entrer ici. Aphrodite nous a enveloppés de ses rets, comme Dorieos le sait. Sinon, comment aurait-il pu céder aux charmes de cette vieille ensorceleuse ?

Dorieos grinça des dents.

— Tanakil est une femme intelligente et désintéressée. Tu exagères sans nécessité son âge. Pour ma part, je ne comprends pas comment toi, oui, toi et Turms aussi bien, vous avez pu vous abaisser à toucher des filles de basse extraction. Vous voyez maintenant le résultat. Tanakil est une dame distinguée et elle n'oserait pas seulement rêver tirer de moi autre chose que ce qui est possible.

— Qu'il en soit ainsi ou autrement, dit Mikon, tu te débats en tout cas dans des rets dorés, même si tu ne t'en rends pas compte. Moi aussi je suis pris au piège. Mais c'est à toi, Turms, que va ma compassion. La déesse se joue de nous pour le seul plaisir de prouver sa puissance, mais je n'ose imaginer dans quel effroyable piège elle va t'attirer, toi qui es son préféré.

— Tu divagues! lançai-je avec arrogance. Tu exagères la puissance de la déesse. J'accepte volontiers ses bienfaits et me réjouis de son amitié mais je n'ai nullement l'intention de me plier à sa loi. Il faut qu'il y ait quelque chose de brisé en vous pour que vous permettiez à cette frivole déesse d'affaiblir votre volonté. En cela, je suis plus fort que vous.

A peine ces paroles insensées avaient-elles franchi mes lèvres que je portai ma main à ma bouche avec épouvante, car je venais de défier ouvertement la déesse née de l'écume.

Incapables de donner à Mikon le moindre conseil, nous rejoignîmes les autres. La jeune fille s'opiniâtrait toujours, menaçant à présent de se pendre au flambeau de la porte. Après quoi, nous n'aurions plus qu'à nous expliquer devant le peuple et Krinippos.

Ses menaces nous plaçaient dans une position fort inconfortable. Enfin, fatigué par cette discussion stérile, Mikon dit :

— Qu'il en soit ainsi. Je prendrai la fille, je l'achèterai comme esclave si vous m'en demandez un prix raisonnable. Je ne peux la payer une fortune car je ne suis qu'un pauvre médecin itinérant.

Les parents de la fille échangèrent un regard horrifié puis se jetèrent sur Mikon, le frappant à coups de poing.

— Crois-tu que nous allons vendre notre propre fille comme esclave? hurlaient-ils. Nous sommes de libres Siciliens, les vrais habitants de ce pays!

— Alors, que voulez-vous?

Il n'est guère vraisemblable que les parents aient su en arrivant ce qu'ils voulaient exactement, mais leurs idées s'étaient clarifiées au cours de la conversation, devant l'attitude de leur fille.

— Tu dois l'épouser, déclarèrent-ils. Tu n'as à t'en prendre qu'à toi-même, car tu l'as ensorcelée. Nous donnerons à notre enfant la dot habituelle, qui est plus importante que tu n'imagines, car nous ne sommes pas aussi pauvres que nous en avons l'air.

Mikon s'arrachait les cheveux.

— Voilà qui est intolérable! Ce n'est qu'une traîtrise de la déesse pour détourner mon esprit des matières divines. Un homme affublé d'une femme peut-il réfléchir à autre chose qu'aux petits problèmes de la vie de tous les jours?

Les parents prirent la main de leur fille et la mirent dans celle de Mikon.

— Son nom est Ahura, dirent-ils.

Comme ils prononçaient le nom dans leur propre langue, Mikon se prit la tête dans les mains.

— Aura— si tel est bien ton nom— nous ne pouvons rien car les dieux se moquent de nous. Aura, souvenez-vous, était une jeune fille aux pieds ailés, l'une des compagnes de chasse d'Artémis. Dionysos l'aimait mais elle se refusa à lui jusqu'à ce qu'Aphrodite la rendît folle. Ce nom est un présage car Dionysos et Aphrodite se sont alliés pour me faire tomber dans ce piège.

Je ne puis dire que cette solution nous rendit heureux mais il n'y avait rien d'autre à faire. Nous célébrâmes le mariage avec des chants et des danses, dans la maison sicilienne, au milieu des vaches et des chèvres. La dot était exposée à l'admiration des voisins et les parents avaient cuit au four, cuisiné et rôti plus de nourriture, et massacré plus de bêtes que nous n'en pûmes avaler. Lorsque, conformément à la coutume sicilienne, on eut sacrifié une colombe et que son sang eut été répandu sur les nouveaux époux, la musique s'éleva et le vin coula. Sous l'influence de la boisson divine, je dansai la danse de la chèvre, soulevant beaucoup d'admiration chez ces simples paysans.

Avant la cérémonie, Mikon avait été d'humeur noire. Il répétait qu'il devrait probablement acheter une maison et, suspendant le caducée au-dessus de sa porte, demeurer à Himère pour pratiquer sa profession. Mais Tanakil ne voulut pas en entendre parler. Après la cérémonie, Mikon eut l'air infiniment plus heureux. La faute en était peut-être au vin, mais il fut le premier à dire qu'il était temps de rentrer chez Tanakil. De ce moment, et pour longtemps, il ne fut plus question des divines matières.

6

Lorsque nous eûmes gagné sa confiance, Aura nous conduisit hors de la cité, par les bois et les montagnes, nous montrant les sources, les arbres et les pierres sacrés des Siciliens.

Un étranger n'aurait pu les distinguer mais Aura nous expliqua :

— Lorsque je touche cette pierre sacrée, je sens un picotement dans les membres, lorsque je place ma main sur cet arbre, elle s'engourdit et lorsque je plonge mon regard dans cette source, c'est comme si j'entrais en transe.

Tandis que nous marchions de conserve, je m'aperçus que moi aussi, je commençais de percevoir l'approche de ces lieux consacrés. Tenant la main d'Aura, je m'exclamais soudain :

— Voilà l'endroit! Cet arbre, cette source!

D'où me venait ce savoir, je ne puis l'expliquer.

Bientôt je n'eus plus besoin de tenir la main d'Aura. Il suffisait qu'elle m'indiquât la direction. Très loin en avant des autres, je m'arrêtais pour dire :

— Je sens ici la puissance divine. Cet endroit est un endroit sacré.

Dionysios m'avait demandé de me lier d'amitié avec ces Tyrrhéniens qui vendaient dans leurs marchés réservés des objets de fer et des bijoux d'or d'une incomparable beauté. Notre capitaine avait hâte d'en savoir davantage sur la mer qu'il nous faudrait traverser pour atteindre Massilia. Mais quelque chose me poussait à éviter ces hommes taciturnes, bizarrement vêtus, qui refusaient de marchander et de bavarder à la manière grecque et laissaient l'excellence de leurs marchandises se défendre seule. En les entendant parler, j'avais le sentiment que, dans un rêve fort lointain, leur langage avait déjà résonné à mes oreilles et que je parviendrais à le comprendre, si jamais je réussissais à franchir un seuil mystérieux.

Lorsque j'interrogeai les Himériens sur ce peuple, ils me dirent que les Tyrrhéniens étaient des gens cruels et voluptueux et que la licence de leurs mœurs était telle que dans leurs banquets, les femmes de haute condition prenaient place sur les lits à côté des hommes. En mer, les Tyrrhéniens étaient des adversaires formidables et pour le travail du fer, personne ne les égalait. On disait aussi qu'ils avaient inventé l'ancre et l'éperon métallique des vaisseaux de guerre. Eux-mêmes s'appelaient Rasenna mais les autres peuples du continent italien les désignaient sous le nom d'Étrusques.

Sans pouvoir expliquer mes propres hésitations, je décidai cependant de visiter le marché tyrrhénien. Mais à peine avais-je posé le pied dans sa cour que la certitude s'imposait à moi d'avoir pénétré dans le domaine de dieux étrangers. Au-dessus de moi, le ciel parut s'obscurcir et sous mes pieds le sol se dérober. Je m'assis néanmoins sur un banc que m'offrait un employé du marchand et commençai de discuter le prix d'un magnifique brûle-parfum à trépied.

J'étais ainsi occupé lorsque le marchand apparut sur le seuil de l'arrière-boutique. Ses yeux oblongs, son nez droit et son long visage me semblèrent étrangement familiers. Il demanda aux autres de sortir, puis me sourit et dit quelque chose dans sa langue. Je secouai la tête et expliquai dans le jargon himérien que je ne comprenais pas.

Il me répondit dans un grec excellent :

— Est-ce que, réellement, tu ne comprends pas, ou bien le prétends-tu seulement ? Même si ton aspect est celui d'un Grec, tu te rends sûrement compte que si tu peignais ta chevelure comme nous, si tu rasais ta barbe frisée et que tu revêtais notre costume tu passerais partout pour un Etrusque.

Alors seulement je compris pourquoi sa vue m'était si familière. Le visage oblong, le pli au coin des yeux, le nez droit et la bouche large ressemblaient à ceux que mes regards rencontraient dans les miroirs.

Je lui expliquai que j'étais un réfugié ionien originaire d'Ephèse et ajoutai sur le ton de la plaisanterie :

— Il est sans doute vrai que la coupe de ses cheveux et celle de ses habits font qu'un homme est ce qu'il est. Même les dieux de peuples différents sont plus faciles à reconnaître d'après leurs vêtements que d'après leurs visages. Je n'ai aucune raison de mettre en doute mes origines ioniennes mais je me souviendrai de ta remarque. Parle-moi de ces Étrusques auxquels je ressemble et dont on dit tant de mal.

— Nous sommes douze cités alliées mais chaque cité a ses propres coutumes, ses lois et son gouvernement. Nous avons douze dieux souriants, douze oiseaux et douze parties dans le foie, qui président à nos vies. Nos mains ont douze lignes et nos vies sont divisées en douze périodes. Veux-tu en entendre davantage ?

Il y avait du sarcasme dans ma voix lorsque je lui répondis :

— Nous autres Ioniens, nous avons aussi douze cités qui combattent contre les douze satrapies perses et nous les avons défaites au cours de douze batailles. Nous avons également douze dieux célestes et douze divinités souterraines. Mais je ne suis pas un pythagoricien pour me lancer dans une discussion sur les chiffres. Parle-moi plutôt de vos coutumes et de l'état de vos affaires.

— Nous autres Étrusques, nous savons plus de choses qu'on ne le suppose d'ordinaire, mais nous savons aussi tenir notre langue. Ainsi, sur votre bataille navale et sur vos expéditions, j'en sais plus long que toi et ton chef ne le désireriez. Mais vous n'avez rien à craindre car vous n'avez pas offensé la puissance maritime des Étrusques, du moins pour l'instant. Nous partageons la mer occidentale avec nos alliés les Phéniciens de Carthage, et les vaisseaux étrusques voguent dans les eaux carthaginoises aussi librement que les navires de Carthage dans les nôtres. Mais nous sommes aussi amis avec les Grecs et nous leurs avons permis de s'établir sur nos côtes. Nous troquons volontiers ce que nous avons de meilleur contre ce que les autres peuples ont de meilleur mais notre savoir n'est pas objet d'échanges. Et à propos de vendre, es-tu d'accord pour payer le prix de ce brûle-parfum.

J'expliquai que je n'avais pas encore eu le temps de marchander suffisamment.

— Je n'aime pas vraiment marchander, mais en commerçant avec des Grecs et des Phéniciens j'ai remarqué que le marchandage est pour le marchand source de plus de plaisir que la vente elle-même. Un marchand authentique sera profondément blessé si on accepte très vite le prix qu'il a demandé.

— Tu peux prendre le brûle-parfum sans rien débourser, dit l'Étrusque, je t'en fais cadeau.

Je lui jetai un regard suspicieux.

— Quelle raison as-tu de me faire un cadeau? Je ne sais même pas si j'ai quelque chose de convenable à te donner en retour.

Soudain grave, l'homme baissa le front, se couvrit les yeux de la main gauche et, levant la main droite, déclara :

— Je te fais ce cadeau sans rien attendre en retour. Mais je serais heureux si tu acceptais de vider une coupe de vin avec moi et de te reposer un moment sur ma couche.

Je me mépris sur le sens de ces paroles et répliquai sèchement :

— Bien que Ionien, je ne partage pas ces goûts.

Lorsqu'il comprit ce que je voulais dire, il fut profondément blessé.

— Non, non, dans ce domaine, les Étrusques n'imitent pas les Grecs. Je n'oserais pas même poser une main sur toi, car tu es ce que tu es.

Il appuya tant sur ces derniers mots qu'une soudaine tristesse s'abattit sur moi. N'hésitant pas plus longtemps à me confier à un inconnu, je demandai :

— Qui suis-je, et qu'y a-t-il en moi? Comment savoir? Car chacun de nous porte en lui un autre lui-même, un étranger qui s'impose à lui par surprise et le pousse à des actes contraires à sa volonté.

Les yeux ovales de l'Étrusque posèrent sur moi un regard rusé et un sourire léger plissa ses lèvres.

— Non point chacun de nous, protesta-t-il. C'est tout le contraire. La grande masse est-elle autre chose qu'un troupeau qu'on conduit à la rivière pour l'y désaltérer avant de le ramener à la pâture?

Une émotion profonde me nouait la gorge.

— Le sort de celui qui se satisfait de la vie qui lui est faite est le plus enviable, dis-je. Mais celui qui ne se satisfait pas de ce qui lui échoit et vise ce qui est à la portée de la main humaine, celui-là est encore digne d'envie. Mais moi, j'aspire à quelque chose qui se trouve hors des possibilités de l'homme.

— Et qu'est-ce donc ?

— Je ne sais, admis-je. Je n'ai connu ma mère qu'en rêve et c'est un sombre ami de la sagesse qui a fait office de père pour moi. Je suis né de la foudre, non loin des murs d'Ephèse, et j'ai été sauvé par Artémis de la lapidation à laquelle des bergers me promettaient.

De nouveau l'Étrusque se couvrit les yeux de la main gauche, inclina la tête et leva la main droite comme pour saluer. Il ne dit rien cependant et je commençai de regretter d'avoir accordé tant de confiance à un parfait inconnu. Il me conduisit dans une petite salle de banquet, prit une amphore de vin dont il mélangea dans un cratère quelques rasades avec de l'eau fraîche. La pièce s'emplit du parfum des violettes.

Répandant quelques gouttes sur le sol, il dit :

— Je bois à la déesse dont la tête porte une couronne de murailles et dont l'emblème est une feuille de lierre. Elle est la déesse des remparts mais les remparts du corps devant elle tombent en poussière.

Solennellement, il vida sa coupe.

— De qui parles-tu ? demandai-je.

— De Turan.

— Je ne la connais pas.

Mais il ne dit rien, se contentant de sourire d'un air mystérieux, comme s'il doutait de mes paroles. Je vidai courtoisement ma propre coupe.

— Je ne sais pas si je devrais boire avec toi. Ton vin au goût de violette pourrait me monter à la tête. Quoi qu'il en soit, je me suis aperçu que je ne pouvais plus boire avec modération comme une personne civilisée. A deux reprises déjà dans cette cité, j'ai sombré dans une telle ivresse que j'ai dansé la danse obscène de la chèvre jusqu'au point d'en perdre la mémoire.

— Remercies-en le vin. Il est heureux que tu trouves dans la boisson un soulagement à ce qui t'accable. Mais que veux-tu de moi ? Mon nom est Lars Alsir.

Je le laissai remplir la coupe noire et avouai :

— Je sais ce que j'attendais de toi en venant. Tu pourrais m'être de la plus grande utilité en me livrant un itinéraire sur ta mer, avec des indications sur ses côtes, ses repères, ses vents, ses courants et ses ports, de façon que nous puissions atteindre Massilia au printemps.

— Ce serait un crime car nous ne sommes pas les amis des Phocéens. Il y a plusieurs générations de cela, nous avons été contraints d'engager une guerre navale contre eux, car ils tentaient de prendre pied en Corse et en Sardaigne où nous avons des mines. Et même si j'avais l'intention de te fournir un itinéraire, vous ne pourriez atteindre Massilia avant que Dionysios ait d'abord obtenu la permission de naviguer auprès des Étrusques et des Carthaginois. Et cela vous ne l'achèterez pas avec votre trésor volé.

— Me menacerais-tu ?

— Certainement pas. Comment pourrais-je te menacer si tu es le fils de la foudre, comme tu le prétends ?

— Lars Alsir...

— Que désires-tu de moi, Lars Turms ? interrogea-t-il avec une gravité affectée.

— Pourquoi m'appelles-tu ainsi ? Mon nom est Turms, c'est vrai, mais Lars Turms, non.

— Je faisais seulement preuve de respect. Nous utilisons ce mot pour rendre hommage à la naissance de celui à qui nous nous adressons. Et parce que tu es un Lars, rien de mal ne peut t'arriver.

Je ne compris pas mais expliquai que j'avais lié mon sort à celui des Phocéens. S'il ne pouvait me vendre un itinéraire, il pourrait peut-être nous trouver un pilote qui consentirait à nous guider jusqu'à Massilia.

Lars Alsir dessinait sur le sol sans me regarder.

— Les marchands carthaginois gardent leurs routes maritimes avec un soin si jaloux que lorsqu'un capitaine découvre que son vaisseau est suivi par un navire grec, il préfère s'échouer et se détruire lui-même avec le bateau grec plutôt que de révéler la bonne direction. Nous autres Étrusques n'avons pas un goût si terrible du secret, mais comme maîtres de la mer nous avons aussi nos traditions.

Il releva la tête et plongea son regard dans le mien.

— Comprends-moi bien, Lars Turms. Rien ne s'opposerait à ce que je te vende au prix fort un itinéraire falsifié ou que je vous donne un pilote qui vous jetterait sur un récif. Mais je ne le ferai pas parce que tu es un Lars. Laisse Dionysios moissonner ce qu'il a semé. Abandonnons ces déplaisantes considérations et parlons plutôt des matières divines.

Je rétorquai avec quelque amertume que je ne pouvais comprendre pourquoi, dès qu'on avait bu une coupe de vin avec moi, on insistait toujours pour discuter des matières divines.

— Est-ce que vraiment je porte sur le front un signe maudit? demandai-je.

Je lui racontai comment Artémis m'avait sauvé et déclarai que depuis je ne craignais plus rien.

— Je ne crains pas même toi, Lars Alsir, ni tes dieux souriants. En réalité, en ce moment précis, il semble que je sois assis tout près du plafond. Je te regarde à mes pieds et tu es bien petit à mes yeux.

Sa voix me parvint, lointaine et faible comme un murmure.

— Présicément, Lars Turms. Tu es sur un siège rond et ton dos s'appuie à son dossier arrondi. Mais qu'as-tu dans les mains?

Je les levai, paume tournée vers le ciel, et les considérai avec étonnement.

— D'une main, je tiens une grenade et de l'autre un cône!

Très loin au-dessous de moi, agenouillé sur le sol dans la pénombre, Lars Alsir me contemplait.

— Précisément, Lars Turms. Dans une main tu tiens la terre et dans l'autre le ciel, et tu ne crains nul mortel. Mais tu ne connais pas encore nos dieux souriants.

Ses paroles résonnaient comme un défi. Quelque chose en moi se dilata à l'infini et le voile terrestre se déchira. Je vis la forme brumeuse d'une déesse. Elle portait une couronne de murailles et tenait une feuille de lierre mais son visage restait invisible.

— Que vois-tu?

Les paroles d'Alsir me parvenaient aux oreilles à travers une incommensurable distance.

— Que vois-tu, fils de la foudre?

— Je la vois! criai-je. Pour la première fois je la vois, elle que je n'avais jusqu'à présent aperçue qu'en rêve. Mais un voile couvre son visage et je ne puis la reconnaître.

Je tombai soudain de toute ma hauteur. Le voile du monde s'appesantit, redevint opaque et je fus de nouveau conscient de mon corps. J'étais étendu sur la couche et Lars Alsir me secouait par les épaules.

— Que t'arrive-t-il? Tu es entré soudain en transe.

Je me pris la tête entre les mains, bus le vin qu'il m'offrait, et rejetai la coupe loin de moi.

— Quel poison me donnes-tu là? Je n'ai jamais été ivre aussi rapidement. J'ai cru voir une femme au visage voilé, plus grande qu'un mortel, et j'étais comme un nuage à son côté.

— Ce n'est qu'un innocent vin à la violette, se récria Lars Alsir. Mais peut-être as-tu été stimulé par la forme de la coupe noire dans ta main. Tu vois, les dieux étrusques suivent les Etrusques, quel que soit l'endroit où ils peuvent renaître.

— Prétendrais-tu que je suis originaire d'Etrurie et non point grec?

— Tu peux être le fils d'une esclave ou d'une prostituée mais tu as été élu par la foudre divine. Laisse-moi te donner un conseil. Ne révèle rien de ton identité et ne te vante pas de ta naissance si un jour tu te trouves dans notre pays, ainsi que je crois qu'il arrivera. Lorsque le moment sera venu, on te reconnaîtra. Il te faudra errer au hasard et laisser les dieux te conduire. Je ne puis t'en dire davantage.

Avec le temps nous devînmes amis mais Lars Alsir ne fit plus jamais allusion à ma naissance.

j'expliquai à Dionysios que les Tyrrhéniens étaient difficiles à approcher et qu'un étranger ne pouvait espérer leur soutirer le secret de leurs routes maritimes.

Il entra dans une violente colère.

— Les os des Phocéens reposent sur leurs rivages et puisque les Tyrrhéniens veulent mordre dans le fer plutôt que de nous permettre de naviguer en paix jusqu'à Massilia, s'ils s'écorchent les lèvres et se brisent les dents, ils n'auront à s'en prendre qu'à eux-mêmes.

Dionysios avait entrepris la construction d'un nouveau vaisseau de combat en même temps qu'il faisait rehausser les murs d'Himère de trois aunes grecques. Il ne forçait pas les hommes à travailler trop durement, car il s'agissait seulement de maintenir la discipline. Beaucoup de Phocéens avaient épousé des Himériennes et projetaient de les emmener à Massilia.

L'hiver sicilien est clément et doux. J'étais heureux de vivre à Himère dans un moment où j'étais en quête de moi-même. Mais alors je connus Kydippe, la fille du tyran Krinippos.

7

Krinippos était un homme malade qui ne se nourrissait que de légumes, bien qu'il ne fût pas pythagoricien. En fait, il avait banni les Pythagoriciens parce qu'ils avaient commis l'erreur de prôner l'oligarchie des sages et des vertueux plutôt que le gouvernement des riches et des aristocrates.

Dans ses souffrances, Krinippos avait coutume d'adresser des réflexions fort amères à son fils Terillos, qui était devenu chauve à force d'attendre vainement la mort de son père et le moment d'hériter de ses talismans. Accompagnant par curiosité Mikon dans la maison du tyran, j'eus l'occasion d'entendre discourir ce dernier. Les potions du médecin soulageaient les souffrances de Krinippos mais Mikon l'avertit :

— Je ne peux pas te guérir, car le pouvoir dont tu as usé est tombé dans ton ventre et te dévore comme un crabe.

— Ah! soupira Krinippos, comme j'aimerais mourir! Mais je ne peux prendre en considération mes propres désirs car mon cœur est lourd d'inquiétudes pour Himère et je ne vois pas comment je pourrais abandonner le gouvernement entre les mains inexpérimentées de mon fils. Pendant près de quarante ans je l'ai guidé pas à pas. J'ai essayé de lui apprendre à gouverner l'Etat mais il ne faut pas demander aux gens plus qu'ils ne peuvent donner.

Terillos porta la main à la couronne de feuilles d'or qu'il arborait pour dissimuler sa calvitie et geignit :

— Mon cher père, j'ai du moins appris que la paix et l'indépendance d'Himère étaient garanties par son amitié avec Carthage. La déesse d'Eryx m'a donné une épouse originaire de Ségeste que j'ai supportée toutes ces dernières années dans l'unique dessein de nous assurer un allié en cas de menace du côté de Syracuse. Mais le seul enfant qu'elle m'ait donné est Kydippe. A cause de la façon dont tu as conduit les affaires de l'Etat, je n'ai pas même de fils à qui léguer tes talismans.

Mikon tâtait le pouls de Krinippos qui gémissait, couché sur une peau de mouton crasseuse.

— Ne t'agite pas, Krinippos, chef des hommes, car la colère et la contrariété ne feront qu'accroître tes souffrances.

— Ma vie tout entière a été marquée par la colère et les contrariétés, dit Krinippos d'un ton maussade. J'aurais le loisir de sentir la souffrance si je n'avais sans arrêt des raisons de me tourmenter. Quant à toi, Terillos, ne t'inquiète pas pour ton successeur, car j'ai bien peur que tu n'aies plus guère de pouvoir à lui léguer. Fais donc épouser à Kydippe une cité et un souverain dignes de confiance afin que lorsque tu perdras Himère, ta fille puisse te donner un quignon de pain à ronger.

Terillos, qui était un homme sensible, éclata en sanglots en entendant ces paroles paternelles peu aimables. S'adoucissant, Krinippos, de sa main aux veines saillantes, tapota le genou de son fils.

— Je ne te reproche rien, mon garçon. Tu es le fruit de ma graine et j'en supporterai les conséquences. Tu es né dans une période plus dure que la mienne et je me demande si même avec mes talismans je pourrais convaincre l'Himère d'aujourd'hui de faire de moi son tyran. Les gens ne sont plus aussi superstitieux que dans les jours bénis d'autrefois. Mais je me réjouis, mon fils, de ce que bientôt tu seras soulagé des responsabilités du pouvoir et de ce que tu pourras couler des jours paisibles sous la protection de Kydippe.

« Fais donc venir ta fille, pour qu'elle embrasse son grand-père. Je veux la montrer à ces hommes. Il ne sera pas mauvais que le renom de sa beauté passe les limites de cette cité.

Je ne m'attendais pas à être ébloui, car l'affection trouble souvent la vue des grands-pères, mais lorsque Terillos introduisit la jeune fille, ce fut soudain comme si l'aurore avait illuminé la sinistre pièce où nous étions. Elle avait à peine quinze ans mais ses yeux dorés brillaient, sa peau était comme du lait et lorsqu'elle souriait, ses dents avaient l'éclat des perles.

Après nous avoir adressé un salut timide, elle s'élança pour embrasser son grand-père et tirailler sa barbe éparse. Krinippos la faisait tourner sur elle-même comme une génisse qu'on met en vente, il lui soulevait le menton et demandait fièrement :

— Avez-vous déjà vu jeune fille plus désirable ?

Mikon fit observer avec fermeté qu'il n'était guère sage d'attirer l'attention d'une jeune vierge sur sa beauté.

Krinippos eut un petit rire sec.

— S'il s'agissait d'une jeune fille plus stupide qu'elle, tu aurais certainement raison, mais Kydippe est aussi intelligente que belle. C'est moi-même qui ai fait son éducation. Ne te fie pas à la douceur de ses yeux ni à la timidité de son sourire, car elle t'a déjà soupesé et a décidé quel bénéfice elle pouvait tirer de toi. N'est-ce pas, Kydippe ?

De la paume rose de sa main, Kydippe barra la bouche édentée de son grand-père et dit, rougissante :

— Oh, grand-père, pourquoi es-tu toujours si cruel ? Même si j'essayais, je ne pourrais faire de tels calculs. Sans doute aux yeux de ces hommes, ne suis-je même pas belle. Tu me rends honteuse.

D'une seule voix, Mikon et moi nous nous récriâmes. Elle était la plus belle fille que nous ayons jamais vue et Mikon remercia les dieux d'être déjà marié, ce qui lui évitait d'être tenté de désirer la lune.

— Ce n'est pas la lune, le corrigeai-je, mais le plus lumineux, le plus éblouissant des levers de soleil. Quand je te vois, Kydippe, j'aimerais être un roi pour pouvoir gagner ton cœur.

Penchant la tête, elle me lança un long regard qui me fouilla le sang.

— Je ne suis pas encore en âge de songer aux hommes. Mais si tel était le cas, je m'intéresserais à quelqu'un de plaisant à regarder, dont je pourrais soigner le foyer et pour qui je tisserais la laine de mes troupeaux. Mais je suis sûre que tu te moques de moi. Mes vêtements sont sans doute plissés à l'ancienne mode et mes chaussures doivent être ridicules.

Elle portait de mignonnes sandales de peau teintes en rouge et maintenues par un ruban pourpre qui montait jusqu'au genou.

— Moi qui vous parle, dit fièrement Krinippos, j'ai marché pieds nus durant la moitié de ma vie et aujourd'hui encore, j'enlève souvent mes chaussures afin qu'elles ne s'abîment pas inutilement. Mais cette frivole fillette me ruine avec ses demandes continuelles. Tantôt elle me tiraille la barbe et murmure doucement : «Grand-père, achète-moi des chaussures étrusques», tantôt elle me baise le front et susurre : «Grand-père, j'ai aperçu aujourd'hui un peigne phénicien qui irait très bien dans mes cheveux.» Si je me mets en colère contre la futilité de ses préoccupations, elle m'explique que ce n'est pas pour elle-même qu'elle se pare mais pour faire honneur à ma position.

— Oh, grand-père, le gronda Kydippe, comment peux-tu me taquiner ainsi devant des étrangers? Tu sais bien que je ne suis ni frivole ni quémandeuse. Toi, tu n'as pas ton pareil. Même pieds nus et vêtu d'une robe déchirée, tu demeures l'autocrate d'Himère. Mais mon père doit porter une couronne d'or pour se distinguer du peuple et quant à moi, si je ne me vêtais avec recherche pour assister aux cérémonies et aux processions, quelque bouvier ou marin se méprenant sur mon compte me pincerait au passage.

Comme nous sortions de chez Krinippos, Mikon me mit en garde :

— Cette Kydippe est une fillette cruelle, dans l'âge précisément où elle et ses semblables ont besoin d'éprouver leur pouvoir sur les hommes. N'essaie pas de gagner son cœur. Tout d'abord, tu n'y arriveras pas car ses ambitions sont sans freins. Mais quand bien même tu y parviendrais, elle ne te procurerait que des souffrances et pour finir Krinippos te ferait tuer comme on écrase une mouche agaçante.

Dans mon esprit, pourtant, nulle pensée déplaisante ne pouvait s'attacher à l'image de cette exquise beauté. Pour moi, son innocente frivolité n'exprimait qu'un puéril désir de charmer. Lorsque je songeais à elle, c'était comme si le soleil m'avait baigné de lumière, et bientôt je fus incapable de penser à quoi que ce fût d'autre. Je me mis à tourner autour de la demeure de Krinippos, à la limite de la place du marché, dans l'espoir de l'entrevoir.

Ma seule chance de rencontrer Kydippe était de lui parler lorsqu'elle sortait visiter les échoppes, en compagnie de ses servantes et de deux gardes aux mines rébarbatives. Elle marchait les yeux chastement baissés mais portait une couronne dans sa chevelure, des boucles à ses oreilles, des bracelets aux poignets et de mignonnes sandales aux pieds.

A bout de ressources, je fis appel à Lars Alsir. Il consentit à m'aider en maugréant :

— Te satisferais-tu vraiment, Turms, de passe-temps aussi niais, alors que les jeux miraculeux des dieux t'attendent? Mais puisque tu t'es entiché de cette vierge au cœur sec, pourquoi ne pas employer tes pouvoirs pour la conquérir? Ce ne sont pas de vulgaires cadeaux qui l'attendriront.

Je lui expliquai que toutes mes forces s'évanouissaient à la seule vue de Kydippe.

Lorsqu'elle vint examiner les bijoux de l'Etrusque, elle tomba en admiration devant un collier de grains d'or que Lars Alsir avait placé sur un tissu noir de façon que la lumière tombant d'une lucarne l'éclairât en plein. Elle demanda son prix.

Avec regret, Lars Alsir secoua la tête.

— Je l'ai déjà vendu.

Comme nous en étions convenus, lorsque Kydippe demanda le nom de l'acquéreur, il lui donna le mien.

— Turms d'Ephèse! s'exclama-t-elle. Je le connais. Que peut-il vouloir faire d'un tel bijou? Je croyais que c'était un homme solitaire.

Lars Alsir avança que j'avais peut-être un ami à qui je voulais l'offrir. Il m'envoya chercher et, naturellement, je n'étais pas loin.

Kydippe m'adressa son plus radieux sourire, prononça un salut timide et dit :

— Oh, Turms, je brûle de désir de posséder ce collier. Consentirais-tu à t'en défaire en ma faveur?

Affectant le plus grand embarras, je répondis que j'avais déjà promis le bijou à quelqu'un d'autre.

— Je te prenais pour un homme sage, dit-elle. C'est ce qui m'attirait en toi et m'empêchait d'oublier tes yeux ovales. Tu me déçois profondément.

Je suggérai à voix basse que de telles questions ne pouvaient être débattues devant des servantes curieuses. Elle les renvoya aussitôt dans la cour et bientôt nous ne fûmes plus que trois, Lars Alsir, elle et moi.

— Vends-le moi, implora Kydippe. Sinon je serais forcée de te considérer comme un homme frivole qui fréquente des femmes de mauvaise vie, car seule une femme légère pourrait accepter d'un étranger un cadeau si précieux.

Je fis mine d'hésiter :

— Quel prix veux-tu le payer?

Par discrétion, Lars Alsir s'écarta. Kydippe plongea la main dans sa bourse et dit d'un air malheureux :

— Hélas, je n'ai guère plus de dix pièces et grand-père me reproche déjà de dilapider son argent. Ne peux-tu me faire un prix doux?

— Il le sera, Kydippe. Je ne te demanderai qu'une seule pièce d'argent si tu me permets seulement de baiser ta bouche.

Elle prit un air profondément outragé.

— Tu ne sais pas ce que tu dis. Aucun homme, excepté mon père et mon grand-père, ne m'a jamais embrassée sur la bouche. Grand-père m'a prévenue qu'une jeune fille qui permettait à un homme de lui donner un baiser était perdue. Abstiens-toi même d'en parler, Turms.

— Il est vrai que j'avais l'intention d'offrir ce collier à certaine femme légère mais il me sera plus facile de l'oublier si tu me permets de baiser ta bouche innocente.

Kydippe hésita.

— Me promets-tu de ne le dire à personne? Je désire très violemment ces grains dorés mais je voudrais encore plus passionnément t'arracher à ces néfastes tentations. Si je pouvais seulement croire qu'après cela tu ne penseras plus qu'à moi...

Je promis le secret. La bouche de Kydippe s'ouvrit sous mon baiser et même les pans de sa toge s'écartèrent. Puis brusquement elle me repoussa, mit de l'ordre dans sa tenue, tira de sa bourse une pièce d'argent et se saisit du collier.

— Prends ta drachme, dit-elle, glaciale : grand-père avait raison. Mais tu ne m'as en aucune façon émue et, sincèrement, c'était comme si j'avais baisé le nez humide d'un veau.

Elle était plus rusée que moi et je n'avais rien gagné en lui donnant ce baiser. Tout au contraire, je devais de l'argent à Lars Alsir pour le précieux collier. Cela aurait dû me servir de leçon mais je gardais amoureusement la pièce d'argent et tremblais chaque fois que je la tenais dans ma main.

J'adressais de vaines prières à Aphrodite. Je me croyais abandonné d'elle mais, en vérité, la déesse s'apprêtait à me faire tomber dans un piège tout différent dont Kydippe ne serait que l'appât.

Lorsque les vents du printemps se levèrent, Dorieos me prit à part :

— Turms, j'ai beaucoup réfléchi durant ces derniers mois et ma décision est prise. J'ai l'intention de me rendre à Eryx par terre, de façon à me familiariser avec les régions de l'est dans toute leur étendue. Tanakil m'accompagnera, car les orfèvres d'Eryx savent fabriquer des dents d'ivoire et d'or. Les gens la croiront lorsqu'elle prétendra avoir besoin d'honorer Aphrodite, à cause de son veuvage. Mikon et Aura, eux aussi, seront du voyage. Et naturellement, j'aimerais que toi aussi tu voies la cité de Ségeste et le pays d'Eryx.

Je n'accordai guère d'attention à son sourire ironique car je songeais à Kydippe.

— Ton plan est excellent, dis-je amèrement. J'ai moi aussi une affaire à soumettre à Aphrodite d'Eryx. Après tout, elle est la plus fameuse Aphrodite de la mer occidentale. Partons sans tarder.

Le jour suivant, à dos d'âne et de cheval, et en litière, nous prenions la route d'Eryx. Nous laissâmes nos boucliers chez Tanakil et n'emportâmes que les armes nécessaires pour nous défendre contre les brigands et les bêtes sauvages. Les sens embrasés par Kydippe, j'étais tout disposé à faire ce voyage. Je pensais qu'avec l'aide d'Aphrodite mes désirs se réaliseraient. Mais la déesse était plus rusée que moi.

Livre IV

LA DÉESSE D'ERYX

1

Le Turms qui faisait route d'Himère vers Eryx était un être bien différent de celui qui avait dansé dans la tempête sur la route de Delphes. Durant chaque période de sa vie, l'homme peu à peu se transforme, jusqu'au moment où, à sa grande surprise, il s'aperçoit qu'il a du mal à retrouver dans sa mémoire celui qu'il a été, et à se reconnaître en lui. Ainsi la vie est-elle une série de renaissances et le début de chaque période, comme un bondissement soudain par-dessus un abîme qui, à peine franchi, se creuse et s'étend, interdisant à jamais tout retour en arrière.

Tandis que nous progressions vers l'ouest, le voile ténu des brumes du printemps enveloppait les monts escarpés de la Sicile et les douces averses printanières arrosaient ses forêts épaisses, gonflant de crues soudaines ses rivières. La chère de Tanakil et ses lits moelleux nous avaient engourdis durant les mois d'hiver. Dorieos et moi, et Mikon lui-même, nous nous réjouissions de sentir jouer nos muscles gonflés de force.

Nous suivions la route des pèlerins et les Sicanes qui vivent dans les bois nous laissèrent en paix. Tout en conservant leurs coutumes primitives et se considérant comme les premiers habitants du pays, ils respectent la déesse.

Ayant franchi des montagnes presque infranchissables et traversé d'immensurables forêts, nous approchions des riantes vallées de Ségeste lorsque nous vîmes une meute de vigoureux chiens de chasse lancés à la poursuite du gibier. Les chasseurs étaient de haute naissance et vêtus à la manière grecque. Ils nous affirmèrent que leurs bêtes descendaient directement de Krimisos, le dieu-chien qui avait épousé la nymphe Ségeste.

Lorsqu'ils eurent passé leur chemin, Mikon contempla les champs qui nous entouraient et déclara :

— Le sang de bien des peuples a fertilisé cette terre. Des Phocéens aussi sont enterrés ici. Obéissons à la suggestion de Dionysios et offrons un sacrifice aux dieux.

Nous n'avions nul besoin de le faire en secret, car les Ségestiens avaient eux-même dressé des autels aux hommes qui avaient tenté de conquérir leur terre. Montrant du doigt les monuments érigés au bord des champs de blé, ils disaient fièrement :

— Beaucoup ont tenté de prendre pied ici mais peu s'en sont retournés.

Leurs pères et leurs grands-pères avaient coutume de brûler dans leurs champs les corps des ennemis vaincus. Mais ils nous dirent d'un ton rassurant :

— Nous vivons dans des temps civilisés. Nous n'avons plus à guerroyer pour défendre Eryx. Si quelqu'un nous attaquait, Carthage considérerait cela comme un cas de guerre et personne, certainement, n'est assez téméraire pour chercher querelle à Carthage.

Lorsque nous eûmes accompli notre sacrifice sur l'autel des Phocéens, Dorieos se mit à jeter des regards alentour comme s'il cherchait quelque chose.

— S'ils dressent des autels aux héros, où est donc l'autel de mon père ? Il devrait avoir le plus bel autel de tous car n'est-il pas venu conquérir le pays, en descendant d'Héraclès ?

Fort heureusement, les Ségestiens ne comprenaient pas son dialecte. Lorsque je les interrogeai à propos d'un monument à la mémoire de Dorieos de Sparte, ils secouèrent la tête.

— S'il est vrai que nous avons défait des Spartiates en grand nombre, pas un ne méritait vraiment de passer à la postérité et nous n'avons pas consigné leurs noms. Cependant, avec eux était venu Philippe de Crotone, perpétuel vainqueur des jeux olympiques de son temps et le plus beau de tous ses contemporains. Il était si beau, même mort, que nous lui avons érigé un temple et que tous les quatre ans nous célébrons des jeux en son honneur.

Ils nous montrèrent un haut monument et un stade qui s'étendait auprès. Tout d'abord, Dorieos ne put articuler un mot puis le sang lui afflua au visage et son torse dilaté de rage fit craquer les lanières de son plastron.

— Absurdités! rugit-il. Mon père Dorieos a remporté toutes les couronnes de laurier d'Olympie et il fut en son temps le plus beau de tous les hommes. Comment un quelconque Crotonien aurait-il pu rivaliser avec lui?

Devant sa colère les Ségestiens s'enfuirent. Mikon eut beaucoup de mal à le calmer. Lorsqu'il eut quelque peu retrouvé son souffle, Dorieos dit :

— Je comprends à présent pourquoi l'esprit de mon père ne me laissait pas en repos et pourquoi les os de mouton indiquaient avec tant de constance la direction de l'ouest. La terre tremble sous mes pieds car ces vallées et ces champs sont le patrimoine d'Héraclès et donc de mon père. Ce pays est le mien. Mais je ne le convoite plus désormais dans le seul dessein de le gouverner. Mon plus profond désir désormais est de redresser le tort épouvantable qui a été fait à mon père afin que son esprit repose en paix.

Je craignis qu'il fût cause de troubles et de retard dans notre voyage.

— Moins tu parleras de ton père et de ton patrimoine dans cette cité, mieux cela vaudra pour nous. Songe que nous sommes en route pour Eryx et que nous n'avons nul dessein de faire ériger des monuments à notre mémoire dans les champs de Ségeste.

Tanakil à son tour prononça des paroles apaisantes.

— Tu penses en roi, Dorieos, mais permets-moi de te parler, comme nous l'avons convenu, en conseillère. J'ai déjà enterré trois maris et j'ai de l'expérience dans ces domaines. A Eryx, tu recevras réponse à tout.

Mikon lui aussi avait un conseil à lui donner :

— Tu es plus redoutable pour toi-même que pour les Ségestiens. Si tu laisses tes passions l'emporter, tes veines éclateront avant que tu aies le temps de t'en apercevoir. Le coup de rame que tu as reçu à la bataille de Ladé t'a peut-être plus gravement affecté que nous n'avions pensé. Ton aïeul Héraclès fut lui aussi la proie d'explosions de rage après avoir été frappé à la tête et il croyait entendre pleurer un enfant.

Dorieos protesta avec fureur que ce n'était pas un coup de rame qu'il avait reçu, mais bel et bien un honorable coup d'épée. De plus, il n'avait pas été blessé à la tête, c'était seulement son casque qui avait été fendu. Notre conversation prit ainsi un cours normal et le Lacédémonien cessa d'alarmer les Ségestiens par ses menaces.

Ségeste était, avec ses temples, ses marchés et ses bains, une cité civilisée et aimable, plus proche qu'Himère des mœurs et des coutumes de la Grèce. Les habitants prétendaient être d'origine troyenne. Leur mère à tous, affirmaient-ils, était une femme d'Ilion que Krimisos, le dieu-chien de la rivière, avait aimée.

Durant notre séjour dans cette ville, nous jouîmes de l'hospitalité des fils de Tanakil, fruits de son deuxième mariage. La maison respirait la prospérité avec ses cours nombreuses, ses innombrables entrepôts et ses vastes greniers. Nous y fûmes accueillis avec les plus grands honneurs mais Tanakil interdit à ses fils de paraître à ses yeux tant qu'ils n'auraient pas coupé leur barbe et apprêté leur chevelure. Cette exigence avait probablement éveillé quelque amertume car les deux fils étaient des hommes d'âge respectable, ce qu'un menton rasé et une coupe juvénile de la chevelure ne sauraient dissimuler. Ils obéirent cependant, par respect pour leur mère, et pendant toute la durée de notre séjour, ils tinrent éloignés leurs enfants, des adultes dont la seule présence rappelait à Tanakil son âge.

Il nous fut permis de faire connaissance librement avec la ville et ce qu'elle contenait de remarquable. Dans le temple de Krimisos le dieu de la rivière, nous vîmes dans un enclos le chien sacré auquel chaque année la plus belle vierge de la cité est mariée suivant des rites secrets. Dorieos, pour sa part, préféra monter sur les murailles de la cité qui, laissées à l'abandon, se trouvaient à demi ruinées. De là le Spartiate assista aux combats de lutte et de pancrace que se livraient des athlètes payés, pour l'amusement des nobles. Mais il se tint coi et s'abstint de critiquer les coutumes barbares de cette cité.

Le matin du jour fixé pour notre départ, Dorieos se leva en soupirant, secoua la tête.

— Toute la nuit, se plaignit-il, j'ai attendu que l'esprit de mon père m'apparaisse en rêve. Mais je n'ai rien rêvé, nul signe ne s'est montré à moi et je ne sais que penser de mon père.

Le jour de notre arrivée, des vêtements neufs nous avaient été offerts et les servantes avaient lavé nos effets salis par le voyage. Comme nous nous préparions à partir, Dorieros remarqua que son épais manteau de laine lui manquait. Nous le cherchâmes partout tandis que Tanakil accablait ses fils de reproches. Enfin nous le découvrîmes, suspendu à un pieu où on l'avait mis à sécher. Du fait de son épaisseur, il avait séché beaucoup plus lentement que les autres habits et les servantes l'avaient oublié.

Tanakil déclara sur un ton acerbe que pareille chose ne serait jamais arrivée chez elle et Dorieos observa qu'un homme exilé loin de chez lui avait l'habitude de telles humiliations. Une brouille complète menaçait d'être le seul remerciement de l'hospitalité dont nous avions jouie.

Écartant violemment les servantes terrorisées, Dorieos enleva le manteau du poteau. A cet instant, un petit oiseau se glissa hors des plis du manteau et se mit à voleter en cercle autour de Dorieos. Il fut bientôt rejoint par un autre qui exprima avec force pépiements coléreux son extrême déplaisir.

Etonné, Dorieos secoua son manteau. Un nid tomba de ses plis et deux œufs roulèrent et se brisèrent à terre.

Dorieos ne montra nulle colère. Il sourit, au contraire.

— Voyez, ceci est le présage que j'attendais. Je peux bien m'en aller, mon manteau, lui, veut rester ici. Je ne pouvais espérer présage plus favorable.

Mikon et moi échangeâmes un regard, mal à l'aise. Nous trouvions tous deux que la destruction du nid et des œufs n'était pas de bon augure. Mais Tanakil elle aussi desserra les lèvres pour sourire, non sans se couvrir aussitôt la bouche d'une main honteuse.

— Je me souviendrai de ce présage, Dorieos, et à Eryx, je t'en ferai souvenir.

Le jour suivant, nous distinguâmes au loin le cône immense de la montagne sacrée d'Eryx. Le sommet en était environné de moelleux nuages qui, en se défaisant, découvrirent à nos regards l'antique temple d'Aphrodite d'Eryx.

Le printemps dans tout son éclat régnait sur la contrée, mille fleurs parsemaient les prairies et les colombes roucoulaient dans les taillis, bien que sur la mer les tempêtes ne fussent pas encore apaisées. Nous nous lançâmes sans attendre sur la route qui serpentait à l'assaut de la montagne lugubre. Nous atteignîmes la petite cité qui se dressait au sommet à l'instant précis où le soleil couchant illuminait de rouge la mer et le pays d'Eryx tout entier. Ayant repéré notre approche, les gardes retardèrent la fermeture des portes pour nous permettre d'entrer avant la nuit dans la ville.

A peine avions-nous franchi l'enceinte que nous étions entourés par une foule de gens bruyants qui se bousculaient pour s'accrocher à nos robes et nous offrir l'hospitalité. Mais Tanakil, qui connaissait la cité et ses mœurs, dispersa les importuns avec des paroles brutales et nous guida à travers la ville, jusqu'au temple. A proximité, se trouvait une maison dont le gardien nous reçut fort gracieusement. Nos ânes et nos chevaux furent conduits à l'étable et l'on nous alluma un feu de résineux craquants, car dans les premiers jours du printemps, le froid mordait encore rudement après le coucher de soleil sur la montagne sacrée.

L'aubergiste à la sombre figure nous souhaita la bienvenue dans un grec excellent.

— Ce n'est pas encore le temps du festival de printemps. La mer est incertaine et la déesse n'est pas encore arrivée d'au-delà des eaux. Aussi ma maison est-elle encore dans son sommeil d'hiver et je ne sais si je pourrai vous offrir un banquet digne de vous. Mais si vous voulez bien vous accommoder de mes chambres glaciales, de mes lits durs et de ma pauvre chère, cette maison sera la vôtre aussi longtemps que vous demeurerez à Eryx.

Il ne tenta pas d'en savoir plus long sur ce qui nous amenait et, se retirant avec dignité, envoya ses esclaves prendre soin de nous. Son comportement m'impressionna vivement et je demandai à Tanakil s'il n'était pas par hasard de haute naissance.

Tanakil éclata d'un rire sarcastique.

— C'est l'homme le plus cupide, le voleur le moins scrupuleux de la cité et il nous fera payer chacune des bouchées qu'il nous offrira au poids de l'or. Mais sa demeure est la seule convenable pour nous et, tant que nous vivrons chez lui, il nous protégera contre les autres rapaces qui pullulent dans cette ville sacrée.

— Mais devrons-nous attendre aux portes du temple jusqu'au festival de printemps? l'interrogeai-je, désappointé. Nous n'avons pas le temps.

Tanakil eut un sourire matois.

— Comme toutes les autres divinités, Aphrodite d'Eryx a ses mystères. Au début de la saison de la navigation, elle arrive avec sa suite, sur un vaisseau aux voiles pourpres, venant d'Afrique. Mais pour qui connaît ses secrets, le temple n'est pas pour autant vide durant les mois d'hiver. Au contraire, c'est durant la saison calme, lorsque la cohue des pèlerins, des marins et des marchands ambulants ne vient pas troubler les mystères, c'est à ce moment-là que les gens importants viennent et que les plus riches offrandes sont faites. La fontaine consacrée à la déesse de temps immémoriaux coule été comme hiver et bien qu'elle ne s'y baigne pas avant le festival de printemps, Aphrodite peut se manifester du moins à l'intérieur du temple.

Ses paroles m'emplirent de doute. Je considérai ses joues peintes et ses yeux rusés et lui demandai :

— Crois-tu vraiment à la déesse?

Elle me lança un long regard appuyé.

— Turms d'Ephèse, dit-elle enfin, tu ne sais pas ce que tu dis. La fontaine de la déesse d'Eryx est d'origine immémoriale. Elle est plus vieille que les fontaines grecques, plus vieille que les fontaines étrusques, plus vieille même que les fontaines phéniciennes. C'était une fontaine sacrée avant même que la déesse apparût aux Phéniciens sous les traits d'Astarté et aux

Grecs sous la forme d'Aphrodite. En quoi donc pourrais-je croire si je ne croyais pas à la déesse?

La chaleur ardente des braises m'incita à sortir respirer l'air glacé des sommets. Les faibles étoiles printanières clignotaient dans les cieux et dans l'air rare me parvenaient les senteurs de la terre et des pins. Sur sa terrasse, le temple puissant se dressait contre le ciel nocturne et j'eus soudain l'intuition que la déesse et ses caprices posaient une énigme bien plus redoutable que je n'avais cru jusqu'alors.

2

Mais lorsque je m'éveillai avec l'aube suivante, tout était différent. Une ville étrangère où l'on arrive à la tombée du jour paraît toujours plus grande et plus mystérieuse qu'en pleine lumière. En regardant autour de moi avec des yeux reposés, je vis que la cité sacrée d'Eryx faisait en réalité assez piètre figure, avec ses cahutes de rondins et ses masures de pierres. Après tout, j'avais vu Delphes, j'avais vécu à Ephèse et, à Milet, j'avais vu une vaste cité moderne comme il n'en existait nulle part ailleurs dans le monde. Cette minuscule ville étrangère avec ses habitants braillards et ses marchands ambulants me parut d'une insignifiance pitoyable, comparée à ce que j'avais vu auparavant, et son insignifiance s'aggrava encore à mes yeux lorsque, monté sur l'amas de cailloux et de boue qui lui servait de muraille je contemplai les alentours. Les plaines infinies de la mer entouraient la cité. C'était là l'extrême pointe occidentale du monde civilisé et, au-delà, il n'y avait plus que les eaux parcourues des seuls Phéniciens, un inconnu s'étendant jusqu'aux colonnes d'Héraclès et au-delà encore jusqu'à la mer du monde. Du côté de la terre, les forêts de châtaigniers alternaient dans la plaine avec les champs cultivés et les oliveraies, jusqu'aux montagnes escarpées du pays d'Eryx.

Les oreilles pleines du gémissement du vent et les yeux éblouis par l'infini de la mer, je me tournai vers les murs du temple et sa colonnade d'une barbare grossièreté. Que pouvais-je espérer trouver dans ce modeste sanctuaire? Soudain s'imposa à moi l'idée que j'étais seul au monde et que je ne croyais plus aux dieux.

L'accès au temple nous ayant été accordé par l'entremise de Tanakil, chacun de nous se baigna, se vêtit d'une robe immaculée et, se coupant une touffe de cheveux, la brûla. Puis, nos offrandes votives à la main, nous nous dirigeâmes vers le temple.

On nous permit d'entrer librement et de contempler les offrandes votives disposées dans le pronarchos aussi bien que le piédestal nu dans la chambre de la déesse. Quelques prêtres de méchante humeur nous guidaient. Ils prirent nos offrandes sans un mot de remerciement. Nous vîmes quelques offrandes de grand prix renfermées dans plusieurs urnes d'argent mais les prêtres nous expliquèrent que les vêtements et les bijoux de la déesse étaient déposés dans la cave du trésor. Lorsque Aphrodite aurait quitté ses habits d'hiver et qu'elle se serait baignée dans l'antique fontaine elle se revêtirait une nouvelle fois de ses robes et ses voiles brodés de perles et de pierres précieuses, d'une beauté sans pareille.

En vérité, il semblait que ce fût là quelque banal édifice public que nous visitions. Ce n'est que lorsque nous approchâmes de la fontaine et que les tourterelles de la déesse s'envolèrent, ce n'est qu'à cet instant que je sentis la présence de la puissance divine. La fontaine était large et profonde et ses parois concaves s'enfonçaient hors de portée des regards dans la chair de la montagne. L'eau l'emplissait à moitié et la surface noire et lisse reflétait nos visages. Tout autour, à l'intérieur d'un péristyle moderne, se dressait une rangée d'antiques pierres coniques et les prêtres nous affirmèrent qu'un homme qui aurait perdu sa virilité la retrouverait immédiatement par une simple apposition des mains sur ces roches.

Je ne vis aucune des habituelles jeunes femmes ordinairement attachées aux temples. Les prêtres m'expliquèrent qu'avec la déesse, elles viendraient participer au festival de printemps et servir les visiteurs les plus exigeants mais qu'elles reprendraient le chemin de l'Afrique à l'automne. En outre, Aphrodite d'Eryx n'aimait guère voir les sacrifices de cette espèce s'accomplir dans son temple. La ville était là pour remplir ces besoins. Avec l'été, les prostituées affluaient de toutes parts à Eryx et dressaient leurs cahutes de branchages au pied des murailles et sur les pentes de la montagne.

L'un des prêtres me demanda sur le ton de la dérision si je n'avais pas d'autre problème à soumettre à Aphrodite d'Eryx.

— Il en est peu parmi vous, les Grecs, qui comprennent Aphrodite, lança-t-il avec hargne. L'extase des sens et les plaisirs érotiques ne sont pour elle qu'un travestissement, une feinte, de même qu'elle se pare de neuf rangs de perles dans le seul dessein de mettre en valeur l'éclat vivant de sa peau par la lueur morte des bijoux.

Tanakil lui dit des paroles apaisantes :

— Ne te souviens-tu pas de moi? Deux fois déjà la déesse m'est apparue pour me montrer mon futur mari. La première fois, elle m'a fait épouser Ségeste et la deuxième Himère et, chaque fois, je lui ai fait une offrande, que ce fût en recevant un nouveau mari ou en inhumant le corps de l'ancien. A présent, j'espère de tout mon cœur que la déesse fera pour moi une troisième apparition.

Pour la première fois, le prêtre posa son regard sur elle puis il jeta un coup d'œil à Dorieos et dit avec une grimace :

— Certes, je me souviens de toi, Tanakil, femme incorrigible. La déesse t'a dispensé ses faveurs mais même son pouvoir n'est pas sans limites.

Comme il se tournait vers nous, Mikon se hâta d'expliquer :

— Je suis initié et en tant que médecin, j'aspire à me familiariser avec les matières divines. Par un caprice de la déesse, j'ai dû me marier à cette Sicilienne. Lorsque je l'ai touchée, elle a perdu l'usage de la parole mais à présent que nous sommes mariés, elle parle même trop, en particulier lorsque je désire me plonger dans les questions surnaturelles. En conséquence, je me suis affaibli et maintenant je suis tout à fait impuissant. C'est pourquoi nous espérons que la déesse nous apparaîtra et qu'elle fera en sorte que notre vie conjugale soit plus harmonieuse.

— Aphrodite, dis-je à mon tour, m'a un jour accordé ses faveurs en enveloppant ma nudité des laineux liens sacrés. Nuit et jour, un seul nom résonne dans mon esprit, mais je n'oserai le mentionner qu'à la déesse elle-même, si elle m'apparaît.

Je considérai la cour salie par les colombes, les roches qu'aucun ciseau n'avait touchées et dans les murs, les têtes de taureaux rongées par l'érosion, et je vis comme tout cela avait l'air bon marché et insignifiant.

— Je ne crois pas, cependant, qu'elle m'apparaîtra.

Sans relever ces derniers mots, le prêtre nous invita dans son logement, mêla d'eau un peu de vin de qualité médiocre qu'il nous offrit avant de nous expliquer comment nous nourrir et nous purger dans l'attente de l'apparition de la déesse. En nous conseillant ainsi, il s'adressait tour à tour à chacun de nous en agitant les mains en l'air.

Posant ses mains sur mes épaules, il dit :

— Ne doute pas et ne cède pas au désespoir. Je crois que la déesse t'apparaîtra et te délivrera de ce qui pèse sur toi.

Son contact dissipa ma léthargie, mes muscles se délièrent et le prêtre cessa à mes yeux d'être un vieillard coléreux pour m'apparaître comme un guide digne de confiance.

Les mots me vinrent d'eux-mêmes aux lèvres :

— J'ai été confronté à l'oracle de Delphes. Elle m'a dit qu'elle me reconnaissait; mais c'était une femme exaltée et violente. Toi, je te crois.

Il autorisa les autres à sortir mais, me retenant par les épaules, il plongea son regard dans le mien et dit :

— Tu es revenu de loin.

— En effet, dis-je, et j'irai encore plus loin.

— T'es-tu déjà lié?

— Je ne sais ce que tu veux dire mais un certain nom me lie et me force à venir adorer la déesse.

— Tel était le but poursuivi. Il semble que la déesse désirait t'avoir ici. Laisse aller ton esprit, car elle va à coup sûr t'apparaître. Qui que ce soit qui te lie peut aussi défaire tes liens.

Le même soir, Dorieos et Tanakil allèrent ensemble au temple pour y passer la nuit auprès du piédestal vide, dans l'attente d'une apparition de la déesse. Mikon et moi demeurâmes tous deux à boire.

Un peu plus tard, nous bûmes en compagnie de l'habile artisan qui un peu plus tôt dans la soirée avait pris une empreinte à la cire molle des dents manquantes de Tanakil. Il nous parla de ce talent qu'il avait acquis à Carthage. La nouvelle dent était sculptée dans l'ivoire et maintenue par des rubans d'or aux dents saines.

— Mais après cela, dit-il, on ne peut plus manger que de la nourriture déjà coupée. Les Etrusques prétendent qu'ils sont capables de fixer des dents plus fermement encore que les dents naturelles, mais ce sont là probablement des vanteries.

C'était un homme qui avait beaucoup voyagé et qui disait avoir vu au temple de Baal, à Carthage, les peaux de trois hommes entièrement couverts de poils qu'une expédition phénicienne avait ramenées d'un voyage au sud des colonnes d'Héraclès. De tous les peuples, déclara-t-il, seuls les Phéniciens connaissaient les secrets de l'océan. Ils avaient vogué si loin au nord que devant eux les eaux s'étaient transformées en glace, et si loin à l'ouest que leurs vaisseaux avaient été pris dans une mer d'herbes.

Il nous fit encore beaucoup de contes incroyables sur les Phéniciens de Carthage et nous bûmes tant et tant qu'à la fin l'hôte envoya ses servantes ramener le sculpteur de dent chez lui et qu'Aura en larmes emmena Mikon dans leur lit. Je ne sais si le vent nous rendit plus réceptifs à la déesse mais ce dont je suis certain, c'est que les jours suivants les aliments qu'il me fut permis de prendre eurent tous dans ma bouche un goût de bitume.

Lorsque Dorieos et Tanakil le lendemain matin revinrent du temple, ils s'accrochaient l'un à l'autre, ne regardaient personne et refusaient de répondre à nos questions. Ils s'empressèrent d'aller se coucher et dormirent jusqu'au soir, jusqu'au moment où Mikon et Aura à leur tour se rendirent au temple.

Dorieos en se levant me confia qu'il avait l'intention d'épouser Tanakil. Il l'appelait la colombe d'Aphrodite.

— En premier lieu, déclara-t-il, Tanakil est la plus belle femme du monde. Je l'ai toujours respectée mais lorsque Aphrodite est entrée en elle, son visage s'est illuminé comme le soleil, son corps est devenu aussi brûlant qu'un bûcher funéraire et j'ai compris que désormais elle serait pour moi la seule femme au monde. En second lieu, ses richesses sont immenses. En troisième lieu, du fait de ses précédents mariages et de sa propre naissance, elle est liée à tout ce que le pays d'Eryx compte de gens importants. Jusqu'à présent, elle n'a jamais utilisé ces amitiés dans un dessein politique parce qu'elle est femme. Mais j'ai réussi à éveiller l'ambition en elle.

— Au nom de la déesse, m'écriai-je, as-tu vraiment l'intention de lier ta vie à cette sorcière phénicienne qui pourrait être ta grand-mère ?

Mais ces paroles ne réussirent pas même à mettre Dorieos en colère.

— Le fou, ce n'est pas moi, mais toi, rétorqua-t-il en secouant la tête d'un air apitoyé. Quelque charme qui voile ton regard te dissimule la beauté rayonnante de son visage, l'éclat de sa prunelle et l'épanouissement de son corps.

Ses yeux se mirent à briller comme ceux d'un taureau et, se levant d'un bond, il dit :

— A quoi bon perdre mon temps à bavarder avec toi ? Ma colombe, mon Aphrodite, sans nul doute m'attend, ayant achevé l'essai de ses nouvelles dents.

Plus tard, dans la nuit, lorsque le calme fut revenu dans la maison, Tanakil se glissa hors de la chambre et vint me demander joyeusement :

— Dorieos t'a-t-il confié notre grand secret ? A Himère, tu as déjà probablement remarqué qu'il avait abusé de ma position de veuve. A présent, grâce à la déesse, il promet de me rendre l'honorabilité.

Je répondis durement qu'en tant que Spartiate, Dorieos était un novice dans les affaires de cœur. Elle, Tanakil, qui avait été trois fois veuve, elle aurait dû savoir qu'elle avait mieux à faire qu'à séduire un homme facile à émouvoir.

— Mais c'est Dorieos qui m'a séduite, rétorqua Tanakil sur un ton accusateur. Lorsque je vous ai accueillis dans ma demeure, je ne songeais point à l'induire en tentation, car je suis une vieille femme. La nuit dernière encore, je l'ai repoussé trois fois et trois fois il a su m'attendrir.

Elle parlait avec tant de conviction que je me vis forcé de la croire. Je ne sais si la déesse m'avait ensorcelé ou si le vin tout simplement m'affaiblissait la vue, mais à la lueur des torches, les traits de Tanakil étaient beaux et l'étincelle de son regard m'attirait. Brusquement, l'attitude de Dorieos me parut compréhensible.

Sentant que mon cœur fléchissait, Tanakil s'assit près de moi et, posant une main sur mon genou, elle m'expliqua :

— L'attirance que Dorieos éprouve pour moi n'est pas aussi contraire à la nature que tu le penses. Il feint de connaître beaucoup de choses auxquelles il n'entend rien mais moi qui ai enterré trois maris, je saisis les intentions d'un homme à demi-mot. Il m'a raconté que son aïeul, cet Héraclès, bien qu'il eût été d'ordinaire un homme très belliqueux, pendant un an avait filé le lin, déguisé en femme, et s'était consacré à d'autres travaux féminins. Un jour, une partie du troupeau qu'il avait volé gagna la Sicile à la nage en traversant les détroits de l'Italie. Un taureau de grande valeur nommé Europe avait fui avec ces bêtes et Héraclès, délaissant le reste du troupeau, partit à sa recherche. C'est ainsi qu'il atteignit le pays d'Eryx dont il tua le roi et qu'il restitua aux Elymes. Avant de repartir, il annonça que quelque jour l'un de ses descendants viendrait faire valoir ses droits sur le pays.

Tanakil s'enfouit honteusement le visage dans les mains.

— Pardonne si dans ma joie je me laisse aller à babiller ainsi. Mais si j'ai bien compris, Dorieos, en tant qu'héritier d'Héraclès, se considère comme le seul souverain légal d'Eryx et donc aussi de Ségeste. Comme femme, je ne m'intéresse pas autant que lui à ces questions. Il faut que l'homme se consacre à toutes sortes d'activités politiques, cela l'aide à tuer le temps. Mais j'ai remarqué que Dorieos goûtait fort cet épisode qu'il m'a raconté maintes fois, d'Héraclès déguisé en femme. Il m'a expliqué aussi que les jeunes Spartiates sont séparés de leur mère à l'âge de sept ans pour vivre ensuite uniquement parmi des hommes. Je vois bien que le malheureux Dorieos aspire en secret aux soins et à la tendresse qu'il n'a jamais connus. Cela explique son inclination pour une femme de mon âge. Je comprends ses désirs secrets mieux qu'aucune autre femme.

— Mais nous nous sommes liés au sort de notre capitaine, Dionysios. Dès que commencera la saison de la navigation, nous devrons appareiller avec lui pour Massilia.

Tanakil secoua la tête et dit avec fermeté :

— Dorieos restera docilement au foyer et ne se lancera plus sur les mers incertaines. Après tout, c'est pour la guerre terrestre qu'il a été formé. Pourquoi irait-il sur quelque terre barbare alors que c'est ici qu'il doit faire valoir ses droits ?

— Es-tu vraiment disposée à encourager Dorieos dans les dérèglements de son imagination ? Ces autels et ces monuments à la mémoire des envahisseurs ne sont-ils pas à tes yeux un avertissement suffisant ? Tu as déjà enterré trois époux. Pourquoi permettre aux Ségestiens d'enterrer le quatrième ?

Tanakil songea un moment, le menton dans la main.

— Les hommes doivent poursuivre les desseins qui leur sont propres, dit-elle enfin. En toute bonne foi, je ne sais pas ce que je ferai. Pour la figure, Dorieos mérite certes d'être roi et sous la couronne du chien de Ségeste, il aurait fière mine. Je crains cependant que son entendement soit vraiment trop limité pour régner dans les conditions politiques compliquées de la Sicile d'aujourd'hui. Faire sonner les boucliers et fendre les crânes à coups d'épée ne sont pas l'essentiel dans les affaires du gouvernement. Mais s'il aspire à faire de moi une reine en même temps qu'il me rendra mon honorabilité, je dois me plier à sa volonté.

3

Au matin Mikon et Aura revinrent du temple, pâles comme la mort, et les ombres noires de leur nuit de veille encerclaient leurs yeux. Mikon mit Aura au lit, la couvrit et la baisa au front. Puis il me rejoignit. Ses genoux tremblaient.

— Je t'ai promis de te raconter l'apparition de la déesse afin de te préparer, dit-il en s'essuyant le front, mais c'est si déconcertant que je ne peux trouver de mots pour le décrire. Je suppose qu'elle apparaît de façon différente à chacun, suivant ses besoins. En outre, j'ai dû jurer de ne pas révéler sous quelle forme elle s'est manifestée à nous. Tu as remarqué que, depuis notre retour, Aura a gardé le plus complet silence. Tout cela n'est pas sans avoir quelque ressemblance avec les guérisons opérées dans le temple d'Esculape, car une simple apposition de mes mains suffit à replonger Aura dans le silence, me permettant ainsi de me consacrer aux questions surnaturelles.

Vers la fin de l'après-midi, la jeune femme s'éveilla et se mit à réclamer Mikon. Avec un clin d'œil à mon adresse, il s'assit au bord du lit, tira la couverture et du bout des doigts lui effleura la pointe des seins. Laissant échapper un profond soupir, elle pâlit davantage encore, son regard se voila, son corps se convulsa puis retomba, apaisé.

— Vois, Turms, quels pouvoirs Aphrodite m'a donnés, dit fièrement Mikon. Mais ceux sur qui la déesse répand de tels bienfaits mourront jeunes. Je ne parle pas de moi mais d'Aura. Je n'éprouve pas de telles extases physiques, ma satisfaction, toute spirituelle, vient de la conscience du pouvoir que j'exerce sur son corps.

— Mais comment sais-tu que toi, et toi seul, peux l'émouvoir ainsi? demandai-je. Ce pouvoir, tu le partages peut-être avec d'autres hommes. Si tel est le cas, en vérité, je ne t'envie point.

Mikon me regarda fixement.

— Je suis celui qu'elle n'a cessé de désirer depuis le jour où je l'ai initiée aux étreintes de l'Aphrodite d'Akraia. Aujourd'hui, c'est l'Aphrodite d'Eryx qui se révèle en nous, dans toute sa puissance, en éveillant les sens d'Aura au point que le simple contact d'un doigt la plonge dans le délire érotique. Cela m'épargne bien du tracas et me donne un temps précieux pour la contemplation des divines réalités. Mais je ne vois vraiment pas comment quelqu'un d'autre pourrait provoquer chez elle la même émotion.

La déesse obscurcissait mon entendement, car je suggérai :

— Il serait plus sage de vérifier, ne serait-ce que par goût de la connaissance. Si elle est devenue si sensible, je ne vois pas pourquoi, aux yeux d'Aura, tu devrais être si différent des autres hommes.

Mikon eut un sourire condescendant.

— Tu ne sais ce que tu dis, Turms. Tu es plus jeune que moi et tu as moins d'expérience dans ce domaine. Mais pourquoi ne vérifies-tu pas par toi-même, si tel est ton désir? Allons, nous verrons bien.

Je lui assurai que ce n'était pas à moi que je songeais et lui proposai de faire appel à quelqu'un d'autre, notre hôte, par exemple. Mais Mikon dit qu'il lui répugnait de laisser un étranger porter la main sur les seins de sa femme.

Plus je protestais, plus il s'entêtait dans son désir de me faire éprouver son bonheur. Comme une grenouille qui s'emplit d'air, il se gonflait de suffisance. Puis les paupières d'Aura palpitèrent, elle s'assit dans le lit et demanda d'une voix faible ce qui s'était passé. Alors Mikon me poussa vers la jeune femme. Hésitant, je tendis le bras et, du bout de l'index, effleurai sa poitrine.

Le résultat de cette malheureuse expérience dépassa toutes nos attentes. Une étincelle jaillit sous mon doigt et je sentis comme le claquement d'un fouet invisible sur mon bras. Un spasme souleva le corps d'Aura, sa bouche s'ouvrit, le sang afflua à son visage, et elle retomba sur sa couche, les membres convulsivement agités. L'air se rua hors de sa poitrine en un râle profond. Ses yeux perdirent l'éclat de la vie et son cœur déjà affaibli lui manquant, elle s'éteignit avant même que nous eussions compris ce qui se passait.

Mais, même morte, elle montrait dans ses yeux voilés et dans le sourire de ses lèvres entrouvertes les signes d'une déchirante extase dont le souvenir ne me quittera jamais. Mikon se précipita pour lui frictionner les mains mais bientôt il reconnut la futilité de ses efforts.

A nos cris de détresse, Tanakil et Dorieos accoururent et les servantes alertèrent notre hôte. D'abord, il se tordit les mains, sanglota, maudit les cieux puis, reprenant ses esprits, il dit, en montrant le visage d'Aura :

— Nul ne saurait désirer une fin plus heureuse. Son visage montre de quoi elle est morte.

Tandis que Mikon demeurait assis, la tête entre les mains, écrasé de chagrin, Tanakil s'entendait avec l'hôte pour que le corps fût enlevé et lavé, et le lit nettoyé. Dorieos était si affecté par l'événement qu'il se coupa une touffe de cheveux et la brûla. Il tapa sur l'épaule de Mikon en lui murmurant des paroles de réconfort.

Le soir même, nous étions réunis dans la cour du temple, entourant Aura dans ses plus beaux atours, les joues et les lèvres teintes et la chevelure ornée de peignes. Etendue ainsi sur le bûcher de peuplier blanc, elle nous parut plus belle qu'elle n'avait jamais été de son vivant. Les prêtres offrirent sur le bûcher de l'encens et des parfums et Mikon y porta la flamme.

— A la déesse, dit-il.

Sur la suggestion des prêtres, nous n'avions pas engagé de pleureuses mais des jeunes filles qui dansaient autour du bûcher les danses de la déesse et chantaient ses louanges dans des hymnes élymiens. Lorsque les flammes s'élancèrent vers le ciel limpide et que l'odeur de la chair brûlée se perdit dans le parfum entêtant de l'encens, la scène nous émut tant que nous versâmes des larmes de joie sur le sort d'Aura et fîmes le vœu d'avoir une mort aussi prompte et belle dans pareil lieu sacré.

— En aucune façon, une longue vie n'est un bienfait des dieux, dit Mikon pensivement. Elle indique plutôt que celui qui en bénéficie est lent et rétif car il lui faut plus longtemps qu'aux autres hommes pour accomplir sa mission. Une longue vie s'accompagne ordinairement d'un affaiblissement de la vue et de l'impression de plus en plus vive que tout était mieux autrefois. Si j'étais plus avisé, je me jetterais peut-être dans le bûcher d'Aura pour la suivre dans son voyage. Mais il me faudrait pour cela un signe décisif. Dans tout ce qui vient d'arriver, je n'aperçois point de présage décisif, je vois seulement que ce mariage fut une erreur. Cette pensée m'aide à supporter virilement mon chagrin.

Mais durant tout ce temps, mon esprit fut troublé par la question que me posait la mort d'Aura. Le contact de n'importe quel homme l'aurait-il tuée ou bien étais-je, à mon corps défendant, la seule cause de sa mort ? Considérant mes ongles, je me dis que j'étais semblable aux autres êtres humains. Mais le jeûne imposé par la déesse et le vin que j'avais bu depuis trois jours, à la demande des prêtres, affaiblissaient mon entendement. J'étais hanté par le souvenir de la tempête sur la route de Delphes et par l'image de la mer écumante à mon appel. J'avais aussi reconnu les lieux sacrés des Siciliens et lorsque ma main avait étreint la coupe étrusque, j'avais pris mon essor jusqu'au plafond. Peut-être était-ce pour cela qu'Aura était morte lorsque j'avais, aiguillonné par la curiosité, imprudemment porté la main sur elle.

Avec le coucher du soleil, le bûcher s'écroula et la mer prit une teinte améthyste. Pendant que Mikon invitait l'assistance au festin funèbre, les prêtres s'approchèrent de moi.

— Le moment est venu de t'apprêter pour la déesse.

J'aurais cru que cette mort inattendue repousserait mon entrée dans le temple. Mais lorsque le prêtre me toucha, je sus qu'il en était comme il devait être. La chaleur du brasier funéraire, l'odeur de l'encens dans mes narines, la mer virant au noir et les premières étoiles, tout cela, j'en eus la soudaine certitude, je l'avais déjà connu, au cours de ma vie passée. Lorsque je suivis le prêtre dans son logement, je me sentais si léger que mes pieds touchaient à peine le sol.

Le prêtre me demanda de retirer mes vêtements, après quoi il m'étudia, m'examina le blanc des yeux, souffla dans ma bouche et me demanda ce qui avait causé les marques blanches sur mes bras. J'expliquai sans mentir que je m'étais brûlé mais je ne jugeai pas nécessaire de dire que c'était aux braises jaillies des toits de Sardes. Lorsqu'il eut terminé son examen, il m'oignit les aisselles, la poitrine et les aines d'un baume cuisant, puis me tendit une poignée d'herbes odorantes dont je dus me frotter la paume des mains et la plante des pieds. Chacun des attouchements du prêtre délestait un peu plus mon corps de son poids et je sentis bientôt en moi la légèreté de l'éther. La joie bouillonnait dans mon cœur et, à chaque instant, je pensais éclater de rire.

Pour finir, il m'aida à endosser un manteau de laine décoré de colombes et de feuilles de myrte. Puis il me conduisit d'un air indifférent jusqu'aux marches du temple et dit :

— Entre.

— Que dois-je faire?

— C'est ton affaire. Fais ce que bon te semble, mais dans un moment, tu sentiras l'engourdissement te gagner, se glisser dans tes membres, fermer tes paupières. Bientôt tu seras incapable de les rouvrir et tu jouiras d'un repos que tu n'as jamais connu. Mais tu ne dormiras pas. Quelque chose alors se passera, tu ouvriras les yeux et tu verras la déesse.

Il me poussa en avant et regagna son logement. Je m'avançai dans le temple obscur et silencieux, attendant que mes yeux se fussent accoutumés à une pénombre à peine trouée par la lueur du ciel nocturne tombant d'une ouverture du toit. Alors je distinguai le piédestal vide de la déesse et, devant ce dernier, une couche aux pieds en pattes de lion, dont la seule vue me donna sommeil. A peine m'y étais-je étendu que je me sentis incroyablement lourd, au point de me demander comment un lit si fragile pouvait supporter mon pcids et pourquoi je ne traversais pas le sol de pierre et ne m'enfonçais dans les entrailles de la terre. Mes yeux se fermèrent. Je savais que je ne dormais pas mais je me sentais sombrer, interminablement sombrer.

La brillante lumière du jour descella soudain mes paupières. Je me vis assis sur un banc de pierre, dans un marché. Les ombres des passants glissaient sur les dalles usées. Lorsque je relevai la tête, je ne reconnus pas l'endroit. Des gens affairés vendaient leurs marchandises, des paysans conduisaient des ânes chargés de paniers de légumes, et à côté de moi une vieille femme ridée avait étalé quelques fromages.

J'errai dans la ville et je sus bientôt qu'après tout j'avais déjà marché dans ces rues. Les maisons étaient couvertes de tuiles peintes, les pavés étaient érodés par l'usage et lorsque je tournai au coin d'un bâtiment, je vis devant moi un temple avec sa colonnade. J'entrai et un gardien ensommeillé m'aspergea de quelques gouttes d'eau sacrée. A cet instant, je perçus un bruit léger, un tintement.

J'ouvris les yeux dans la pénombre du temple d'Aphrodite d'Eryx et je sus que ma vision n'avait été qu'un rêve, bien que je n'eusse pas dormi.

Un nouveau tintement me fit mettre sur pied. Jamais encore je ne m'étais senti si reposé, l'esprit vif et les sens en alerte. Dans les ténèbres je vis une femme voilée, assise au bord du piédestal de la déesse. Une robe brillante alourdie de broderies la couvrait du cou jusqu'aux chevilles. Dans sa chevelure, une couronne étincelante maintenait le voile qui lui dissimulait le visage. Elle bougea et de nouveau je perçus le tintement de ses bracelets. Elle bougeait, elle vivait, et elle était réelle.

— Si tu es la déesse, dis-je en tremblant, montre-moi ton visage.

J'entendis rire derrière le voile. La femme prit une position plus confortable et dit dans un grec compréhensible :

— La déesse n'a pas de visage propre. Quel visage désires-tu voir, Turms, toi l'incendiaire du temple?

Le soupçon s'empara de moi, car son rire était un rire humain, sa voix une voix humaine et personne à Eryx ne pouvait savoir que j'avais autrefois mis le feu au temple de Cybèle à Sardes. Seuls Dorieos ou Mikon étaient susceptibles de m'avoir trahi en bavardant avec cette inconnue.

— Quel que soit ton visage, il fait trop sombre ici pour que j'en distingue les traits, dis-je durement.

— Sceptique Turms, dit-elle riant. Crois-tu que la déesse craigne la lumière?

Ses bracelets tintèrent quant elle fit jaillir une flamme et alluma une lampe à son côté. Plissant mes yeux accoutumés à la pénombre, je parvins à voir le dessin de perles sur sa robe et respirai le faible parfum d'ambre.

— Tu es un être mortel comme moi, dis-je, désappointé. Tu es une femme comme les autres femmes. J'espérais voir la déesse.

— La déesse n'est-elle pas femme? Plus femme que n'importe quelle femme mortelle. Qu'attends-tu de moi?

— Montre-moi ton visage, demandai-je, et je fis un pas vers elle.

Elle se raidit et me dit d'une voix changée :

— Ne me touche pas. Cela n'est pas permis.

— Est-ce que je vais être réduit en cendres? me moquai-je. Est-ce que je vais m'écrouler à terre, sans vie?

— Ne plaisante pas sur de tels sujets, me dit-elle d'une voix alarmée. N'oublie pas ce qui est arrivé aujourd'hui à l'être humain que tu as sacrifié à la déesse.

Je me souvins d'Aura et perdis tout désir de plaisanter.

— Montre-moi ton visage, demandai-je encore, que je puisse te connaître.

— Comme tu voudras, dit-elle, mais rappelle-toi que la déesse n'a pas de visage qui lui soit propre.

Soulevant la couronne sur sa tête, elle ôta le voile. Levant son visage vers la lumière, elle cria :

— Turms, Turms, te souviens-tu de moi?

Ebranlé jusqu'au plus profond de mon être, je reconnaissais la voix joyeuse, les yeux rieurs et la rondeur puérile du menton.

— Dioné ! m'exclamai-je. Comment es-tu venue jusqu'ici?

Un instant, je crus vraiment que Dioné avait fui vers l'Occident pour échapper aux Perses qui menaçaient l'Ionie et que quelque miraculeux tour du destin l'avait conduite au temple d'Aphrodite d'Eryx. Puis je me dis que les années avaient inexorablement passé depuis que Dioné m'avait jeté la pomme. Elle ne pouvait pas plus être demeurée la même jeune fille que moi le même jeune étourdi.

La femme couvrit son visage du voile et dit :

— Ainsi, tu m'as reconnue, Turms.

— Les ombres et la lumière dansante de la lampe ont trompé mes yeux, répliquai-je avec irritation. J'ai cru reconnaître une jeune fille que j'ai connue dans ma jeunesse à Ephèse. Mais ce n'est pas toi.

— La déesse n'a pas d'âge. Elle ne connaît ni l'âge ni le temps et son visage change suivant son adorateur. Que veux-tu de moi?

— Si tu étais la déesse, dis-je, déçu, tu saurais pourquoi je suis là sans que j'aie besoin de te le dire.

Tandis qu'elle maintenait d'une main le voile sur son visage, de l'autre elle balançait la couronne étincelante, dans un mouvement dont mes yeux ne pouvaient se détacher.

— Allonge-toi, me pressa-t-elle. Tu as sommeil. Repose-toi.

D'un pas léger, balançant toujours la couronne, elle gagna le bord de ma couche. L'acuité de mes sens disparut et un sentiment engourdissant de sécurité m'envahit.

Elle se redressa brusquement, dévoila son visage et demanda :

— Turms, où es-tu?

Sous mes yeux son visage devint noir et lumineux. Son manteau s'ornait des seins des Amazones, la lune brillait comme un diadème dans sa chevelure et les lions étaient couchés à ses pieds. Je sentis les liens sacrés d'Artémis emprisonner mes membres. Artémis elle-même se tenait devant moi et ce n'était plus une statue tombée du ciel, elle vivait, elle me menaçait, un sourire impitoyable était sur ses lèvres.

— Où es-tu? répéta la voix.

Dans un effort terrible, je parvins à mouvoir ma langue :

— Artémis! Artémis! criai-je.

Une main miséricordieuse se posa sur mes yeux, mon corps tout entier soupira et je fus libéré du poids qui m'oppressait. La lune ne me tenait plus en son pouvoir.

— Je t'arracherai à l'emprise de la déesse étrangère si tu le désires et si tu me promets de ne servir que moi. Rejette la mélancolie de la lune et je te donnerai la gaieté et la lumière solaire.

Je murmurai, ou du moins me sembla-t-il que je murmurais :

— O, toi, fille de l'écume, je me suis consacré à toi bien avant qu'Artémis m'ait tenu en son pouvoir. Ne m'abandonne plus jamais.

Un rugissement résonna à mes oreilles, la couche se déroba sous moi et une voix répéta, encore et encore :

— Où es-tu, Turms ? Réveille-toi, ouvre les yeux.

J'ouvris les yeux et dis, étonné :

— Je vois une merveilleuse vallée au-dessus de laquelle se dressent des montagnes couronnées de neige. Je sens l'odeur forte des herbes et, sur les flancs de la vallée, il est doux de s'étendre. Je n'ai jamais vu plus belle vallée, mais je suis seul. Je ne vois ni maison, ni chemin, ni être humain.

De très loin, un murmure me parvint.

— Reviens, Turms, reviens. Où es-tu ?

De nouveau j'ouvris les yeux. Il faisait nuit et je me tenais dans une chambre inconnue. Le souffle court, je reconnus Kydippe étendue sur le lit. Elle dormait, la bouche entrouverte, et soupirait dans son sommeil. Elle s'éveilla soudain, me vit et tenta de couvrir sa nudité. Mais en distinguant mes traits, elle se mit à sourire et laissa retomber ses mains. Je m'élançai, l'étreignis. Un cri lui échappa puis elle mollit dans mes bras et me laissa faire suivant mon désir. Mais les lèvres de la jeune fille étaient froides sous ma bouche, son cœur ne battait pas contre le mien et lorsque je la lâchai, honteuse, elle se couvrit les yeux car je savais que je n'avais rien de commun avec elle.

Un grognement de déception m'échappa et lorsque j'ouvris de nouveau les yeux, j'étais couché sur le lit du temple d'Aphrodite d'Eryx et mes bras se dressaient, rigides. Sur le bord de la couche était assise l'étrangère qui m'avait parlé et qui essayait de me faire baisser les bras.

— Qu'est-il arrivé, Turms? demanda-t-elle et elle inclina la tête pour examiner mon visage à la lumière de la lampe.

Je vis qu'elle avait retiré sa robe aux lourdes broderies, son collier et ses bracelets. Ils gisaient sur le sol, avec le voile et la couronne. Elle ne portait qu'une chemise légère et sa magnifique chevelure était relevée sur le sommet de sa tête. Sous ses hauts et minces sourcils, ses yeux dans son visage paraissaient obliques. Quand elle se pencha sur moi, je sus que, bien que sa personne me fût familière, je ne l'avais jamais vue auparavant.

Mes bras se détendirent et retombèrent à mes côtés. Mes membres étaient épuisés, comme après un dur labeur. Du bout des doigts, elle toucha mes sourcils, mon menton et ma bouche et d'un air absent décrivit un cercle sur ma poitrine. Soudain son visage pâlit et je remarquai à ma grande surprise qu'elle pleurait.

— Que s'est-il passé? demandai-je, effrayé.

— Rien, dit-elle sèchement et elle retira sa main.

— Pourquoi pleures-tu?

Elle secoua si violemment la tête qu'une larme tomba sur ma poitrine.

— Je ne pleure pas.

Puis elle me donna une tape sur la joue.

— Qui est cette Kydippe dont tu répétais le nom avec tant de transports?

— Kydippe? C'est à cause d'elle que je suis ici. C'est la petite-fille du tyran d'Himère. Mais je ne la désire plus. J'ai pris ce que je voulais et la déesse m'a délivré d'elle.

— Voilà qui est bien, dit-elle d'une voix capricieuse. Voilà qui est très bien. Pourquoi ne pas t'en aller puisque tu as eu ce que tu voulais?

Elle leva la main comme pour me frapper une nouvelle fois mais je saisis son poignet. Il était étroit et beau dans ma main.

— Pourquoi me frappes-tu? Je ne t'ai fait aucun mal.

— En es-tu si sûr? Aucun homme ne m'a fait mal comme tu l'as fait. Qu'attends-tu pour t'en aller d'ici et d'Eryx, pour toujours?

— Je ne peux pas, tu es assise sur moi. Et puis tu me retiens par ma robe.

De fait, elle avait entouré ses genoux d'un pan de ma robe comme si elle avait eu froid.

— Qui es-tu ? demandai-je en caressant son cou laiteux.

Elle sursauta et hurla :

— Ne me touche pas ! Je déteste ces mains, tes mains !

Comme je faisais mine de me redresser, elle me repoussa, se pencha sur moi et baisa ma bouche d'un baiser brûlant. C'était si inattendu que je ne m'étais pas encore rendu compte de ce qui se passait qu'elle relevait déjà le buste et s'asseyait sur le bord de ma couche, le menton hautainement levé.

Je lui pris la main.

— Parlons avec bon sens, comme des êtres humains, car tu es de la même espèce que moi, une humaine. Qu'est-il arrivé ? Pourquoi as-tu pleuré et pourquoi m'as-tu frappé ?

Elle serra le poing mais laissa sa main dans la mienne.

— Tu ne pouvais espérer trouver de l'aide ici, car tu connais mieux la déesse que moi. Je ne suis que le corps par lequel elle se manifeste mais ton pouvoir s'est emparé de moi et je ne peux rien faire. Je ne comprends pas ce qui s'est passé. J'aurais dû remettre mes vêtements et m'en aller. A ton réveil, tu aurais considéré ta vision comme la réponse à ton problème. Je ne sais pas pourquoi je reste ici. Dis-moi, es-tu réellement réveillé ?

Je m'examinai.

— Je pense, dis-je. Tout à l'heure pourtant j'aurais aussi juré être éveillé. Je n'avais jamais vécu de tels moments.

— Sans doute. Et je suppose que ces femmes ne t'ont jamais accordé un regard puisque tu as eu recours à l'aide de la déesse.

Serrant le petit poing dans ma main, je la regardai fixement.

— Tes lèvres sont belles. Je connais la courbe de tes sourcils et tes yeux, et tes joues. Es-tu de ceux qui sont revenus ? Il me semble te connaître.

— Ceux qui sont revenus ? demanda-t-elle, je ne sais de quoi tu parles.

Encerclant ses épaules de mes bras, je l'attirai à moi. Son corps se durcit mais elle ne résista pas.

— Tes bras sont froids, dis-je. Permets-moi de te réchauffer contre mes flancs. Ou bien est-ce déjà le matin ?

Elle leva les yeux vers le ciel qui se découpait dans l'ouverture du toit.

— Ce n'est point encore le matin. Mais pourquoi t'intéresser à moi, à présent ? A quoi bon me réchauffer contre tes flancs ? Tu as déjà eu tout ce que tu désirais de moi.

Brusquement, elle enfouit son visage au creux de mon épaule et éclata en sanglots désespérés.

— Je suis agaçante, mais ne te mets pas en colère. La nouvelle lune me rend toujours capricieuse. D'ordinaire je fais humblement ce qui est demandé, mais avec toi je deviens rétive.

Sous le fin tissu je sentais la douceur de ses membres. Des frissons parcoururent mon corps. Il me sembla que j'hésitais sur un seuil au-delà duquel il n'y avait pas de retour possible.

— Dis-moi ton nom, l'implorai-je, pour que je puisse te connaître et te parler.

Elle secoua la tête d'un air têtu. Echappant aux peignes, sa chevelure se déroula sur ma poitrine. Son visage retrouva le creux de mon épaule et ses bras m'enlacèrent.

— Si tu connaissais mon nom, tu me tiendrais en ton pouvoir. Ne comprends-tu pas ?... J'appartiens à la déesse. Je ne peux ni ne dois me placer sous la domination d'un homme.

— Tu ne peux m'échapper. En commençant une nouvelle vie, on choisit un autre nom. Dès maintenant, je te donne un nouveau nom. Ce sera le tien et par lui tu seras à moi... Arsinoé.

— Arsinoé, répéta-t-elle lentement. Comment as-tu trouvé ce nom ? As-tu connu une Arsinoé ?

— Jamais. Il s'est simplement imposé à mon esprit. Il m'est venu d'ailleurs ou bien il était déjà en moi, car on ne trouve pas tout seul un nom.

— Arsinoé, dit-elle à nouveau, comme si elle savourait le mot. Et si je n'accepte pas le nom que tu m'as donné ? De quel droit changes-tu la façon dont on m'appelle ?

— Arsinoé, murmurai-je, lorsque tu te réchauffes ainsi contre mes flancs et dans le cercle de mes bras et que le laineux manteau de la déesse t'enveloppe, tu m'es plus familière que quiconque, bien que je ne te connaisse pas.

Je songeai un instant.

— Tu n'es pas grecque si j'en crois ton accent. Tu n'es pas phénicienne non plus, car ton visage n'a pas la couleur du cuivre. Tu es blanche comme l'écume. Le sang des réfugiés troyens coulerait-il dans tes veines ?

— Que t'importe ma nation ? La déesse ne distingue pas plus entre nations qu'entre clans, langues ou couleur de la peau. Elle choisit ses sujets et ses victimes au hasard, elle rend celui qui est beau encore plus beau et même celui qui est laid, elle le transfigure. Mais dis-moi, Turms, vois-tu à présent mon visage comme il est vraiment ?

Elle releva la tête et je l'examinai.

— Je n'ai jamais vu traits plus vivants et changeants que les tiens, Arsinoé. La moindre de tes pensées se reflète en eux. Je comprends maintenant. La déesse t'a donné une infinité de visages et tout homme qui dort du sommeil sacré doit voir dans le tien celui de l'être qu'il aime ou a aimé. Mais lorsque tu te penches ainsi sur moi, comme ferait une mortelle, je crois que je vois ton vrai visage.

S'écartant un peu, elle caressa les coins de ma bouche et de mes yeux.

— Turms, implora-t-elle, jure-moi que tu n'es qu'un mortel.

— Au nom de la déesse, je jure que je connais la faim et la soif, la fatigue et le sommeil, la convoitise et le désir ardent, comme tout être humain. Mais ce que je suis, je ne saurais le dire, ne le sachant pas moi-même. Veux-tu me jurer de ne pas brusquement disparaître entre mes bras et de ne pas changer de visage ? Pour moi, c'est le plus beau visage que j'aie jamais vu.

Elle prononça le serment et dit :

— Un jour la déesse m'est apparue et j'ai cessé de me connaître moi-même. A certains moments, mes devoirs me répugnent et je sais que je ne fais qu'abuser ceux qui croient dans leurs rêves avoir affaire à la déesse. Turms, quelquefois, je ne crois même plus en la déesse et rêve d'être libre de mener la vie d'une femme ordinaire. Le monde pour moi s'est réduit à la montagne d'Eryx et la fontaine de la déesse sera mon tombeau lorsque je serai trop usée et qu'une autre prendra ma place au service de la divinité.

Du bout du pied, elle toucha ses vêtements sur le sol et dit en secouant la tête :

— Il n'est pas convenable que je te parle ainsi, toi un étranger. Dis-moi, as-tu le pouvoir d'ensorceler les gens, pour que je ne puisse pas partir quand il le faudrait ?

Mais une étrange pensée me tourmentait.

— Dans mon rêve, si c'était simplement un rêve, j'étais à Himère, dans la chambre de Kydippe. Je l'étreignais comme un homme étreint une femme et elle se laissait aller dans mes bras. J'ai pris mon plaisir et j'ai su que seule la concupiscence m'avait aveuglé et qu'en réalité je n'avais rien de commun avec elle. Mais ce qui s'est passé n'était pas un rêve. Je le sais et le sens dans mon corps. Qui donc, alors, ai-je pris dans mes bras, si mon corps était ici et non pas à Himère ?

Eludant la question, elle répliqua avec colère :

— Ne me parle pas de cette Kydippe. J'en ai déjà trop entendu.

Elle poursuivit d'une voix triomphante :

— En tout cas, elle n'est pas pour toi. Son père a déjà obtenu une prophétie de la déesse. Un équipage de mules conduira Kydippe à sa chambre nuptiale et un lapin courra devant elle. Le lapin est l'emblème de Rhegion et Rhegion commande les détroits du côté italien comme Zancle du côté sicilien. Comme la déesse poursuit des desseins politiques jusque dans les prophéties et les visions, je ne puis avoir toujours foi en elle.

« En fait, poursuivit-elle, le temple d'Eryx règle des mariages sur toute la mer occidentale. Seuls les plus sages ne croient qu'à demi en la déesse et négocient directement avec les prêtres les alliances les plus avantageuses. Beaucoup d'hommes et de femmes dignes de confiance ont reçu un signe qui les a poussés à venir ici où ils ont eu la vision de leur époux ou épouse futurs, qui était souvent quelqu'un dont ils n'avaient jamais entendu parler. La déesse sait fléchir les plus réticents.

— Et qu'en est-il de moi ? demandai-je. Suis-je aussi la victime de quelque plan tortueux ?

Elle prit une mine sérieuse.

— Ne te méprends pas sur le sens de mes paroles. La déesse est plus puissante que nous le pensons et quelquefois elle brouille les plans les mieux conçus pour imposer son propre caprice. Comment comprendre autrement ce qui me pousse à rester près de toi et à tout te révéler sur mon compte ?

D'un geste craintif, elle effleura ma bouche.

— Non, Turms, je me sens tour à tour brûlante et glacée quand mon regard se pose sur tes yeux ovales et ta bouche charnue. Quelque chose de plus fort que moi me lie à toi et fait trembler mes genoux au point que tu me vois incapable de ramasser mes vêtements à terre. Quelque chose va arriver. Quelque chose d'effroyable.

Elle leva la tête vers l'ouverture du toit.

— Le ciel pâlit, s'écria-t-elle. Qu'elle fut courte, cette nuit! Je dois m'en aller et nous ne nous reverrons plus jamais.

Je lui pris la main.

— Arsinoé, ne t'en va pas encore. Nous devons nous revoir, mais comment? Dis-moi ce que je dois faire.

— Tu ne sais de quoi tu parles, protesta-t-elle. Il ne te suffit pas qu'une femme soit morte à ton seul contact? On en a beaucoup parlé dans le temple. Tu veux que moi aussi je meure?

A cet instant, nous perçûmes un battement d'ailes. Quelqu'un avait traversé la cour du temple et une bande de colombes avait pris son essor. Quelque chose flotta dans l'ouverture du toit et descendit en tourbillonnant jusque dans le cercle de lumière à nos pieds. Je ramassai la petite plume.

— La déesse nous fait signe! m'écriai-je dans mon exaltation. Elle s'est placée elle-même à nos côtés. Si je n'avais pas cru en elle jusqu'à présent, je crois désormais, car ceci est un miracle et un présage!

Je sentis son corps trembler contre ma poitrine.

— Quelqu'un marche dans la cour, murmura-t-elle, mais déjà des mensonges grouillent dans ma tête comme d'innombrables lézards. Peut-être la déesse fait-elle entrer en moi son habileté dans l'intrigue. Turms, pourquoi m'ébranles-tu ainsi?

Je baisai ses lèvres qui protestaient jusqu'à ce qu'elle mollît et mêlât son souffle passionné au mien.

— Turms, dit-elle ensuite, les yeux pleins de larmes. Je suis saisie d'une crainte affreuse. Reconnaîtrais-tu mon visage si tu le voyais à la lumière du jour? La lumière de la lampe est trompeuse. Peut-être suis-je plus laide et vieille que tu ne croyais et peut-être serais-tu déçu.

— Et mon propre visage? demandai-je.

— Tu n'as rien à craindre, Turms, dit-elle en riant. Tu as le visage d'un dieu.

A cet instant, un tremblement me parcourut de la tête aux pieds et, plongé dans une extase profonde, je sentis que j'étais plus que moi-même. Il n'était rien que je ne pusse conquérir.

— Arsinoé ! Tu es née pour moi et non point pour la déesse, et de même suis-je né pour toi. C'est pour cela que je vins à Eryx, pour te connaître. Je suis ici, libre, fort. Par conséquent, va et ne sois plus dans la crainte. Si nous ne nous voyons pas le jour nous nous verrons la nuit, et nulle puissance au monde ne pourra s'y opposer.

Je l'aidai à rassembler ses affaires et ses bijoux répandus sur le sol. Elle souffla la lampe et, l'emportant avec elle, quitta le temple par une étroite porte située derrière le piédestal de la déesse. Je m'étendis sur la couche, tirai sur moi le manteau laineux qui sentait la myrrhe et, caressant les colombes brodées sur le vêtement, levai les yeux vers le ciel et contemplai la progression du jour.

4

Le soleil était déjà haut dans le ciel lorsque je fus éveillé par l'un des prêtres qui était entré dans le temple, un cratère superbement décoré à la main. Lorsque je le vis, je ne sus plus d'abord dans ce que je venais de vivre ce qui était réellement un rêve. Mais lorsque la mémoire me revint, ma joie fut extrême et j'éclatai de rire.

— Oh, prêtre, la déesse m'a libéré des angoisses de l'amour ! La nuit dernière j'ai vu la jeune fille que je croyais aimer et je l'ai même étreinte, bien qu'elle fût loin, à Himère. Mais elle s'est transformée en lapin et s'est enfuie de mes bras. Je ne la désire plus, désormais.

— Bois cela, dit-il en me tendant la coupe. Je vois sur ton visage que tu es encore dans le délire. Cette liqueur te calmera.

— Je ne veux pas me calmer. Bien au contraire, cet état est

délicieux et je le prolongerais volontiers. Mais tu connais les secrets de la déesse. A quoi bon te cacher que moi, un étranger, j'ai désiré l'impossible ? J'ai aimé Kydippe, la petite-fille du tyran d'Himère. Mais heureusement, la déesse m'a libéré de cette folie.

Tout en bavardant, je bus le mélange de vin et de miel qu'il m'offrait. Il me lança un regard inquisiteur, fronça le sourcil et dit :

— Prétends-tu que cette Kydippe s'est vraiment transformée en lapin pour te fuir ? Si tel est bien le cas, la déesse t'a accordé une véritable faveur car ce présage confirme d'autres présages antérieurs concernant cette Kydippe.

— Kydippe, répétai-je lentement. Hier encore ce nom faisait trembler tout mon corps. A présent, peut me chaut de la revoir jamais.

— Qu'as-tu encore vu ? me demanda le prêtre avec une curiosité pressante. Essaie de te souvenir.

Me couvrant les yeux, je feignis de réfléchir.

— Je crois que j'ai vu un équipage de mules et de chariots incrustés d'argent. Les mules traversaient la mer par les détroits mais comment cela était possible, je ne sais. Il y a un instant les visions étaient encore claires mais à présent le vin que tu m'as donné les a brouillées. Non, je ne vois plus rien, je ne me souviens plus de rien. Mais cela est sans importance. Kydippe au moins ne jettera plus le trouble dans ma vie.

— Tu as sans aucun doute quelque don de divination, dit le prêtre.

Je quittai le temple et regagnai l'auberge. Sur le sol alternaient les reliefs du festin funéraire, la vaisselle brisée et les flaques de vin. Mikon cuvait son chagrin, si profondément endormi que je ne pus l'éveiller. Tanakil, elle, était debout. L'orfèvre lui plaçait ses nouvelles dents. Ses gencives saignaient mais elle buvait du vin pour affermir son courage et, sans une plainte, elle laissa l'homme jouer de la tenaille et ajuster les fils d'or qui maintenaient les dents. L'orfèvre louait sa bravoure et s'ébaudissait sur la beauté de son propre travail. Lorsque les dents furent en place, il frotta les gencives sanglantes avec un onguent d'herbes et reçut la rétribution de son travail. Elle n'était pas mince, mais il s'employa encore à l'arrondir en présentant à Tanakil des poudres pour nettoyer ses dents, des onguents pour le visage, du noir pour les sourcils et, pour ses joues, des colorants carthaginois qui effaçaient les rides.

Lorsqu'il fut enfin sorti, je pris les deux mains de Tanakil dans les miennes et dis :

— Nous ne sommes plus des enfants, ni toi ni moi. Les rites secrets célébrés à Eryx en l'honneur de la déesse te sont familiers mais j'ai moi des pouvoirs que tu ignores. N'oublie pas ce qui est arrivé à Aura lorsque je l'ai touchée. Qui est la femme à travers qui la déesse se manifeste dans le temple à ses adorateurs ?

Tanakil eut un mouvement de recul et jeta autour d'elle des regards inquiets.

— Parle bas, bien que je ne sache pas de quoi tu parles.

— C'est une femme, dis-je fermement, un être de chair et de sang comme moi. Souviens-toi qu'il dépend de moi que beaucoup de choses soient révélées à Dorieos, qui risqueraient de le détourner de toi, en dépit de tes dents neuves. Aussi, parle sans détours et dis-moi ce que tu sais.

Elle examina un moment la question.

— Que veux-tu exactement ? demanda-t-elle enfin. Soyons amis. Certes, je t'aiderai si je le puis.

— Je veux revoir la femme du temple. Le plus promptement possible et de préférence à la lumière du jour.

— C'est interdit, trancha-t-elle. Et puis ce n'est qu'un vase de peu de prix dans lequel la déesse verse son vin si tel est son bon plaisir. Le vase change mais le vin de la déesse reste le même. Le pouvoir n'est pas en cette femme. Elle n'est rien de plus qu'une esclave élevée à l'école de la déesse.

— Tu as peut-être raison mais c'est précisément ce vase de peu de prix que je désire, et de préférence, vide de tout breuvage car j'ai l'intention d'y verser mon propre vin.

Tanakil m'observa pensivement. Puis elle tapota l'une de ses nouvelles dents et dit :

— Je suis initiée, comme tu l'as deviné. Je dois avouer que j'ai souvent prêté la main aux tours que cette femme joue aux hommes qui dorment du sommeil de la déesse. C'est elle qui m'a fait paraître aux yeux de Dorieos plus belle qu'Hélène de Troie, c'est elle qui lui a fait découvrir des voluptés insoupçonnées dans mon étreinte.

— Qui est-ce ?

Tanakil haussa les épaules.

— Comment le saurais-je ? Ces femmes-là ont été achetées très jeunes et élevées dans le temple. Celle-ci, je crois, a été élevée à Carthage et a voyagé dans de nombreux pays pour développer les talents nécessaires. Les temples échangent souvent les femmes capables mais celle qui est venue à Eryx ne peut aller plus loin. Elle mène la vie d'une déesse et en connaît tous les plaisirs, jusqu'à ce qu'elle sombre dans la folie ou cesse d'être utilisable. Ne songe pas à elle, Turms. Tu ne ferais que gaspiller ton temps.

— Tanakil, dis-je, un jour tu m'as dit que tu croyais en la déesse. Moi aussi je crois en elle, comme il se doit, après tous les signes qu'elle m'a adressés. Elle a le pouvoir de tromper les calculs égoïstes des hommes, y compris même ceux de ses propres prêtres. Ses capricieux désirs m'ont conduit à Eryx. Ses mêmes capricieux désirs ont mis cette femme sous mes yeux et ce sont encore eux qui me poussent à la revoir. Comment pourrais-je leur résister ? Aide-moi, Tanakil. Dans ton propre intérêt aussi bien que dans le mien et celui de cette femme.

Tanakil rétorqua d'une voix irritée :

— Pourquoi ne pas te confier au prêtre ? Il te démontrera mieux que moi que tu es dans l'erreur.

— Pourquoi n'irais-tu pas, toi, voir le prêtre ? l'implorai-je. Dis-lui qu'il te faudrait encore un conseil que seule une femme peut donner. Sa condition ne peut être celle d'une prisonnière. Elle doit pouvoir quitter le temple, accompagnée par une personne digne de confiance. Elle apparaît aux adorateurs sous de multiples déguisements et, au fond, il est probable que ni les prêtres ni toi, ni à plus forte raison les servantes, ne connaissent son vrai visage. Il lui est certainement possible d'aller et venir comme une femme parmi d'autres en dépit du fait qu'elle sert la déesse pendant la nuit.

— Certes, elle a ses propres plaisirs. Pour parler franchement, c'est la pire catin que je connaisse. En été, elle apparaît même aux marins, aux bouviers et aux pasteurs sur les pentes de la montagne. Non Turms, détourne tes pensées d'elle. Si je suis une vieille femme qui connaît la vie et ses ruses, elle en connaît là-dessus bien plus long que moi.

Ces cruelles paroles m'inquiétèrent mais je me persuadai que c'était pour me dégoûter d'Arsinoé et me tirer de ce mauvais pas que Tanakil rabaissait ainsi la jeune femme. J'évoquai les hauts sourcils obliques, le visage si vivant, la bouche magnifique et le cou laiteux. Dans mes membres je sentais encore sa tiédeur féminine et tout en moi criait qu'il ne pouvait rien y avoir de mauvais en elle.

— Tanakil, dis-je, regarde-moi dans les yeux. Tu dois m'obéir. Puisque cela ne présente aucune difficulté, tu vas me l'amener. Au nom de la déesse, je te demande de satisfaire ma requête. Si tu désobéis, elle t'abandonnera.

Ces derniers mots ébranlèrent Tanakil. En tant que femme, elle savait mieux que moi combien la déesse est capricieuse. Elle eut peur d'être vraiment délaissée par elle.

— Qu'il en soit selon tes désirs, soupira-t-elle. Mais seulement si elle accepte de te rencontrer en public et en plein jour. J'ai du mal à le croire, car il n'y a pas grand-chose à voir sur son visage.

Lorsqu'elle eut peigné sa chevelure, peint son visage et mis tous ses bijoux, elle partit enfin pour le temple. Ses nouvelles dents la faisaient marcher le buste droit et le menton levé.

Elle ne fut pas longtemps partie. Elle réapparut bientôt, accompagnée d'une femme enveloppée de la tête aux pieds dans un vêtement phénicien. Un parasol à franges protégeait des ardeurs du soleil le visage de cette femme. Traversant la maison, elles gagnèrent la terrasse et se placèrent dans l'ombre des arbres fruitiers en fleur. Tanakil fit asseoir la femme sur un banc de pierre et dit qu'elle allait apporter des fruits et des rafraîchissements.

— Turms, me lança-t-elle, viens et assure-toi que ces misérables servantes n'importuneront pas cette déesse du temple. Je veux la servir de mes propres mains.

Comme je faisais les quelques pas qui me séparaient d'Arsinoé, mes membres se liquéfièrent et mes lèvres tremblèrent. Les fleurs tombaient sur le sol devant moi, et au pied de la montagne la mer mugissait. Elle ferma son parasol, leva la tête et me regarda en face.

Je reconnus les hauts sourcils obliques mais non point les yeux ni la cruelle bouche peinte.

— Arsinoé, murmurai-je, et je tendis la main.

Mais je n'osai la toucher.

Un pli impatient apparut sur le front bombé.

— La lumière du soleil me fait battre les tempes et je n'ai pas assez dormi. Si je n'avais tenu Tanakil en si haute estime, je ne me serais certainement pas levée de si grand matin pour lui rendre visite. Mais je ne te connais point. Est-ce bien à moi que tu parles? Que veux-tu?

Le fard durcissait ses traits. Quand elle parlait, ses yeux plissés n'étaient qu'une fente et des rides en striaient les coins. Son visage n'était pas aussi candide qu'il m'avait paru à la lumière de la lampe, mais plus je la regardais et plus je distinguais l'autre visage sous le fard.

— Arsinoé, répétai-je dans un souffle, est-il bien vrai que tu ne me reconnaisses point?

Les coins de sa bouche tremblèrent. Elle ouvrit les yeux. Ils ne me fuyaient plus et rayonnaient de joie.

— Turms, oh Turms! s'écria-t-elle. Est-il bien vrai que tu reconnaisses mon visage à la lumière du jour, que tu me reconnaisses telle que je suis? Est-il bien vrai que tu aies peur de moi, comme un petit garçon tremblant devant une porte interdite? Oh, Turms, si seulement tu savais à quel point j'avais peur, moi-même!

Elle se dressa d'un bond et se jeta dans mes bras. Comme je l'enlaçais, je sentis son corps frissonner sous le mince vêtement.

— Arsinoé, Arsinoé, murmurai-je, comment ne pas te reconnaître?

Son visage resplendit comme si la déesse elle-même eût été dans mes bras. Le ciel vira au bleu profond et mon propre sang rugit à mes oreilles.

— Arsinoé, dis-je, je suis né pour cet instant, j'ai vécu pour lui et de lui je n'ai cessé de rêver. Le voile ne couvre plus ta face. Tu m'as montré ton visage et désormais je peux mourir.

Elle posa sur mon torse les paumes de ses mains.

— Une flèche m'a transpercée, et mon sang cesse de courir dans mes veines chaque fois que tu me regardes, Turms. Quand tu souris de ton divin sourire, mes forces m'abandonnent. Comme il est fort et beau, ton corps d'homme! Etreins-moi plus fort si tu ne veux pas que je tombe. Et moi qui croyais être une invulnérable servante de la déesse!

Elle pressa sa bouche contre mon cou, mordit ma poitrine, ondulant contre moi jusqu'à ce que la broche à son épaule se défît. Sa robe glissa à terre. La plainte du vent s'éleva, nous fûmes enveloppés d'un tourbillon de pétales et nulle puissance au monde n'aurait pu nous séparer. Un seul coup de lance nous eût-il transpercés, que nous ne l'aurions pas davantage senti que le reste du monde. Puis ses lèvres devinrent glacées, ses paupières frémirent et tout son corps mollit.

Alors seulement je revins à moi et regardai alentour. Le vent hurlait dans les arbres fruitiers et Tanakil se tenait devant nous, sa robe ondoyant dans la bourrasque. Dans son regard se lisait la terreur.

— Avez-vous tous deux perdu l'esprit! hurla-t-elle d'une voix où la peur mettait des tonalités suraiguës. N'avez-vous pas au moins assez de bon sens pour vous chercher un abri dans les fourrés, comme tous les gens décents?

De ses mains tremblantes, elle aida Arsinoé à remettre sa robe. Fleurs et branches brisées fuyaient dans le ciel et la chaume des toits de la ville assombrissait le jour. Loin au-dessous de nous, la mer écumait et sur l'horizon des montagnes de nuages s'amoncelaient et roulaient vers Eryx.

— Votre conduite obscène a déchaîné la colère des immortels, nous remontra Tanakil tandis que dans ses yeux noirs passait une lueur d'envie. Mais la déesse miséricordieuse a jeté sur vous son voile. Même mes yeux ont été abusés au point que vous me paraissiez environnés de brouillard. Comment avez-vous fait?

— Une tempête a éclaté, dis-je, encore hors d'haleine. Une tempête venue du Ponant. Je ne m'étonne point. Une tempête est en moi, une tempête est dans mon corps et elle balaie le pays d'Eryx.

Arsinoé baissait les yeux comme une petite fille prise en faute. Tenant dans sa main la main de Tanakil, elle l'implora :

— Pardonne-nous, ô toi, bénie entre toutes les femmes. Accorde-moi encore ton aide, car je dois me laver.

— Allons tous trois chercher l'abri de murs de pierre, suggéra Tanakil.

Elle conduisit Arsinoé dans sa chambre où tout avait été préparé, car cette femme pleine de ruse et d'expérience s'était procuré de l'eau chaude et des tissus pour se sécher. Arsinoé put ainsi se baigner et moi à sa suite. Tandis que je me lavais, le rire nous gagna et toute gêne entre nous trois s'évanouit.

Essuyant des larmes de gaieté, Tanakil s'exclama :

— Ne t'avais-je pas prévenu ? Turms, elle est bien la plus sale catin que je connaisse ! En vérité, tout à l'heure, lorsque je l'ai entendue crier dans tes bras, je l'ai enviée, bien qu'elle y ait peut-être mis beaucoup d'affectation pour te flatter et prendre plus d'ascendant sur toi. Ne crois jamais une femme, Turms, car son corps peut mentir avec autant d'habileté que ses yeux ou sa bouche.

— N'écoute pas cette femme jalouse, me dit Arsinoé avec un sourire radieux. Tu as toi-même senti la montagne se fendre sous nos pieds et la terre trembler.

Elle me parlait par-dessus son épaule, les yeux fixés sur le miroir de bronze de Tanakil, et d'une main experte s'essuyait les joues et les lèvres. Son visage qu'un instant auparavant la passion grandissait avait repris des dimensions enfantines mais ses yeux brillaient toujours d'un sombre éclat que soulignaient les hauts sourcils bleus.

— De nouveau, tu changes de visage, mais pour moi ces traits-là sont les traits véritables. Ne me les masque plus jamais.

Elle secoua la tête et sa chevelure, l'antique et splendide chevelure de celle qui est née de l'écume se déroula sur son dos nu. Tandis qu'elle étudiait son reflet, son nez se fronçait et chacune de ses pensées vivait sur son visage changeant et capricieux. Jaloux du miroir, je posai la main sur son épaule pour la faire tourner vers moi. Lâchant la poignée de bronze, elle se cacha le visage dans les mains.

— Au nom de la déesse, s'exclama Tanakil, sincèrement étonnée, elle rougit au moindre de tes attouchements. A coup sûr, tu n'es pas sérieusement amoureux de quelqu'un d'autre ?

C'est cela qu'annonçait ton mystérieux sourire, Turms. La déesse d'Eryx t'a ensorcelé.

— Tanakil, demandai-je, va donc nous chercher les rafraîchissements que tu nous as promis car je me sens incapable de comprendre ce que tu dis.

Elle opina du menton avec la vigueur d'un volatile picorant le sol, eut un petit rire entendu et dit :

— Fermez donc la porte au verrou, pour que je songe à frapper à mon retour.

Tanakil sortit et nous demeurâmes tous deux à nous regarder fixement. Peu à peu, Arsinoé pâlit et ses pupilles se dilatèrent jusqu'à ce que mon regard plongeât dans deux lacs noirs. Je tendis les bras mais elle leva la main dans un geste de défense.

— N'approche pas, implora-t-elle.

Mais en moi la force bouillonnait et ses protestations, bien loin de m'arrêter, décuplèrent ma joie car je compris qu'elle ne pouvait plus que se plier à ma volonté. La violence de la tempête s'accrut et les volets furent secoués comme si des puissances d'un autre monde avaient tenté d'entrer dans la pièce. Le toit craquait et le vent sifflait par les fissures de la porte. Dans une tumultueuse allégresse, les esprits de l'air se pressaient autour de nous tandis qu'il semblait que nous flottions sur un nuage au centre de la tempête.

Lorsque enfin nous fûmes sans force, étendus sur la couche, appuyant sa joue contre mon épaule elle dit :

— Jamais un homme ne m'avait aimée avec de si terribles emportements.

— Arsinoé, pour moi tu es intacte et pure. Peu importe combien de fois je porterai la main sur toi, tu seras toujours intacte et pure.

La tempête sifflait à travers les fissures et faisait craquer les volets. Nous entendions les cris des hommes, les pleurs des enfants et les beuglements des bestiaux. Mais rien de tout cela ne nous troublait. Je pris ses mains dans les miennes. Nos yeux ne se quittaient point.

— C'est comme si j'avais bu un poison, dit-elle. Des ombres noires se dressent devant moi et mes membres se glacent. Il me semble, lorsque tu me regardes, que je meurs doucement.

— Arsinoé, jamais jusqu'à présent je n'avais craint l'avenir... J'allais toujours de l'avant, impatient et avide. Mais aujourd'hui, j'ai peur. Non pour moi, mais pour toi.

— La déesse est en moi. Sinon rien de tout cela ne serait arrivé. J'écoute en moi-même. Des ondes de flammes parcourent mon corps et la béatitude des immortels me pénètre. Que la déesse nous protège, ou bien je ne croirai plus en elle!

A cet instant, on frappa à la porte.

Lorsque j'eus déverrouillé, Tanakil entra, une petite outre de vin sous les bras et des coupes dans les mains.

— Ne craignez-vous pas la tempête? demanda-t-elle. Des toits ont été emportés, des murs se sont effondrés, beaucoup de gens ont été blessés. Poséidon ébranle la montagne et la mer écume de rage. Il me faut boire pour reprendre courage.

Elle brandit l'outre, et le vin s'écoula en longs filets dans sa bouche. Lorsqu'elle eut assez bu, elle emplit les coupes et nous les présenta, tout en bavardant :

— Dorieos mon héros s'est recroquevillé au fond de son lit en gémissant. Il se plaint de ce que la terre danse sous ses pieds; Mikon quant à lui s'arrache les cheveux car il croit être dans les enfers. Il fait nuit en plein jour et personne n'a le souvenir d'une si violente et soudaine tempête, bien qu'en Eryx le printemps réserve souvent des surprises. Mais pendant ce temps, vous, vous batifolez bouche contre bouche comme si vous étiez ivres sans avoir bu.

Plein d'une dédaigneuse exaltation, je jetai un regard sur la femme tremblante et Arsinoé qui baissait un front soumis. Quelque pouvoir en moi me fit lever les bras et jeta mon corps dans une danse qui semblait jaillir de mon être. A travers la chambre, je dansai la danse de la tempête, je frappai le sol du pied et tendis les mains comme pour agripper les nuages. La tempête répondit à ma danse, avec ses tambours, ses trompes et ses flûtes.

Je m'arrêtai et je prêtai l'oreille et quelque chose fit crier à ma bouche :

— Silence, vent, calme-toi, tempête, car je n'ai plus besoin de toi!

A peine quelques instants plus tard, le hurlement du vent dans les fentes de la porte s'amenuisait en un curieux gémissement, les craquements et le tumulte s'éloignaient, la lumière du jour revenait dans la pièce et tout s'apaisait. La tempête m'avait obéi.

La transe s'évanouit et je regardai autour de moi. La raison me disait que ce n'était pas possible. Quelque chose en moi avait dû simplement pressentir l'apogée de la tempête et avait provoqué mon délire.

Mais Tanakil fixait sur moi des yeux écarquillés.

— Est-ce toi, Turms, me demanda-t-elle d'une voix craintive, ou bien celui qui apaise les tempêtes est-il entré dans ton corps?

— Je suis Turms, le fils de la foudre, le seigneur de la tempête. Les esprits de l'air se soumettent à ma voix... Quelquefois, ajoutai-je, pour obéir à ma raison. Lorsque le pouvoir est en moi.

Tanakil montra Arsinoé d'un doigt accusateur.

— Hier déjà tu as tué une jeune femme innocente d'un simple attouchement du doigt. Aujourd'hui bien plus de gens encore ont souffert par toi. Si tu ne veux pas songer aux vies humaines, considère au moins les dommages que tu causes aux biens de cette innocente cité.

En sortant, nous vîmes que la tempête courait sur la plaine en direction de Ségeste et déracinait les arbres sur son passage. Au-dessus d'Eryx le soleil brillait mais la mer bouillonnait toujours et les vagues battaient si fort les falaises que la montagne tremblait. Des toitures avaient été emportées, des murs s'étaient effondrés et les oiseaux étaient morts. Le sol était blanc des pétales tombés des arbres fruitiers. Mais, par chance, les foyers avaient été éteints à temps, de sorte que l'incendie n'avait pas éclaté.

Mikon vint au-devant de nous d'une démarche incertaine. Des larmes coulaient sur son bon visage.

— Seriez-vous morts, vous aussi et descendus dans les enfers? nous demanda-t-il en s'accrochant à nous. Je crains de m'être par mégarde abreuvé au fleuve de l'oubli car je ne me rappelle rien de ce qui est arrivé. Est-ce Koré qui vous accompagne et où est l'ombre d'Aura, ma malheureuse femme? Mais si elle est aussi bavarde que de son vivant, je préfère ne pas la voir pour l'instant.

Ce n'est qu'après avoir tâté mes membres et tiré les cheveux d'Arsinoé qu'il revint de son erreur.

— Vous êtes donc toujours vivants, faits de chair et de sang! Mais alors, je vis encore! Par pitié, Turms, prends une pierre et ouvre-moi le crâne pour chasser l'essaim furieux dont le bourdonnement trouble mes méditations.

S'arrachant une touffe de cheveux, il la piétina s'exclamant :

— Voyez le cochon. C'est le plus paisible des animaux. Mais quand il est en colère il découvre ses crocs. Moi qui suis un homme paisible et ne vaux pas mieux qu'un cochon, je ne sais pas me défendre autrement qu'en buvant dans le chagrin comme dans la joie.

Il nous fallut un moment pour le calmer et après quoi Dorieos sortit, un morceau de drap froissé sur les épaules.

— Que s'est-il passé? demanda-t-il. J'ai fait un rêve frappant de vérité. J'étais sur un bateau qui dansait sous moi et les vagues battaient si violemment ses flancs que j'ai pensé qu'il valait mieux me coucher sur le ventre et m'agripper aux bois de mon lit.

Il considéra ce qui l'entourait et son regard s'alluma.

— Je vois qu'une guerre a éclaté sans que j'en sois avisé! Pourquoi ai-je laissé mon bouclier à Himère? Au moins qu'on m'apporte mon épée et qu'on me montre sur qui diriger mes coups. Je vais vous montrer comment un Spartiate se bat.

En voyant l'état de confusion où étaient Dorieos et Mikon, je sus qu'il n'était pas dû seulement à la boisson, et quelques soupçons me vinrent, quant à ma propre personne. Après les rêves du temple, le désordre de mes sens était tel que j'avais pu perdre la notion de la réalité et exagérer ce que je vivais.

Mais du moins le chaos qui régnait dans la cité était-il réel. Les habitants d'Eryx affluaient dans le temple, transportant des blessés et tirant par la main des enfants en pleurs. Nul ne prit garde à nous. Riches et pauvres, marchands et bergers, maîtres et esclaves se mêlaient en une bruyante cohue.

— Écoutons les conseils de la sagesse, dit Tanakil. Rassemblons sans bruit mes servantes, les ânes et les chevaux, laissons les cadeaux d'adieu à l'aubergiste et quittons le pays. Je sais, et tu sais encore mieux que moi, Turms, pourquoi ce cataclysme s'est abattu sur la cité. Les prêtres et le peuple risquent aussi d'en avoir bientôt une idée.

Ces paroles en effet étaient sages mais lorsque mon regard se posa sur le visage d'Arsinoé, sur sa bouche suave et ses yeux lumineux, je sus qu'il me serait impossible de la laisser en arrière.

— Oui, dis-je hardiment, partons. Mais toi, Arsinoé, tu nous accompagneras.

Tandis que mes compagnons interloqués nous considéraient tour à tour, Arsinoé et moi, j'exposai mon plan :

— Tu vas mettre les vêtements d'Aura et imiter son allure avec autant de justesse que lorsque tu changes de visage suivant les vœux de la déesse. Rien de ce qui est arrivé n'était l'œuvre du hasard. Les cendres d'Aura demeureront à Eryx à ta place. Nous n'aurons aucun mal, au milieu de ce désordre, à quitter Eryx.

Mais mes paroles horrifièrent Arsinoé.

— Tu ne sais pas ce que tu dis, Turms. Comment pourrais-je avoir confiance en toi, un homme et un étranger ? Que pourrais-tu m'offrir ? Prêtresse de l'Aphrodite d'Eryx, j'ai atteint la plus haute position à laquelle une femme puisse prétendre. Vais-je abandonner le luxe, les bijoux et les merveilleux habits de la déesse simplement parce que, au milieu de l'ennui hivernal, j'ai éprouvé quelque inclination pour toi ? Tout au contraire, il me faut te craindre et te fuir à cause précisément du pouvoir que tu exerces sur moi et sur mon corps.

« Ne me regarde pas ainsi, poursuivit-elle en me pressant la main. Ne me regarde pas avec cet air de reproche. Tu sais bien que je te pleurerai et désirerai ardemment ta présence. Mais la déesse va arriver d'au-delà de la mer. Les processions et les rites secrets, l'allégresse générale, les plaisirs variés et les foules nombreuses me distrairont de mon chagrin. Fais preuve de bon sens en ne me tentant pas avec l'impossible.

La colère faisait saillir les muscles de mes mâchoires.

— Mais, tout à l'heure, tu pleurais des larmes de joie en me jurant au nom de la déesse que tu ne pourrais pas vivre sans moi.

La mine boudeuse, Arsinoé baissa les yeux et gratta le sol du pied.

— Tout à l'heure c'est tout à l'heure, et maintenant c'est

maintenant. Je ne t'ai pas menti lorsque j'ai dit que je ne pouvais imaginer d'aimer un autre homme comme je t'aime. Mais maintenant, j'ai mal à la tête, les yeux me brûlent et ma poitrine est douloureuse. Je n'oserais même pas essayer de revivre de tels moments. Cette seule idée me rend malade de peur.

Tanakil intervint brutalement :

— N'as-tu point compris, espèce de fou, qu'elle est l'esclave de la déesse? Si tu l'enlèves au temple, tu auras tout le pays d'Eryx à tes trousses.

Je lui intimai l'ordre de se taire et, me retournant vers Arsinoé :

— Es-tu une esclave ou une femme libre? lui demandai-je sèchement.

Évitant mon regard, elle rétorqua :

— Et quand bien même? Me mépriserais-tu si j'étais une esclave?

— Cela dépend, répondis-je avec un serrement de cœur, tu peux être esclave de naissance ou avoir été vendue dans ton enfance. Mais, quoi qu'il en soit, même les esclaves de naissance qu'on a autorisés à se consacrer à une divinité sont considérés comme libres.

Laissant éclater sa fureur, Tanakil hurla :

— Dorieos, donne un coup sur la tête de Turms pour le faire taire, et toi, femme, retourne à l'abri du temple. Tu devrais déjà y être.

Arsinoé s'élança, mais s'arrêtant au bout de quelques pas :

— Où est mon parasol? demanda-t-elle en revenant. Je l'ai oublié dans le verger.

Je lui répondis que la tempête l'avait probablement emporté jusqu'à la mer, et elle fondit en larmes, disant qu'il coûtait fort cher. Alors je me mis à sa recherche et le découvris à la fourche d'une branche, si profondément enfoncé que, lorsque je le tirai à moi, le tissu gaiement bariolé se déchira.

Éclatant de nouveau en sanglots, elle me lança sur un ton accusateur :

— Vois quelles infortunes tu m'attires! Le tissu est déchiré et le manche d'ivoire brisé.

Tant de mesquinerie quand des questions d'une tout autre

importance se posaient me mit hors de moi. Je demandai à Tanakil de me prêter quelques pièces d'or afin d'acheter à Arsinoé un parasol neuf et encore plus beau. Tanakil se plaignit de ce qu'elle avait déjà dépensé beaucoup trop d'argent. Néanmoins, sur la demande de Dorieos elle alla ouvrir son coffret et compta l'argent. Sur quoi Arsinoé sourit, battit des mains d'allégresse et dit qu'elle connaissait un marchand phénicien qui vendait toutes sortes de parasols, ronds et carrés, à franges ou à glands.

Je la regardais avec incrédulité.

— Arsinoé, comment peux-tu parler de parasol quand la cité autour de nous n'est plus que ruines et que toi-même tu mets en jeu ma vie et ma mort?

A travers ses cils palpitants, elle me lança un regard badin.

— Mais, Turms, je suis une femme. Tu n'as toujours pas compris ce que cela signifie? Tu as encore beaucoup à apprendre.

C'est ainsi qu'elle nous conduisit chez le marchand, en sautillant gaiement par-dessus les madriers brisés et les pans de mur effondrés. La boutique du Phénicien était une solide construction qui avait à peine souffert de la tempête. En nous voyant arriver, l'homme alluma de l'encens pour la statue de Baal, se frotta les mains et se disposa à faire de profitables affaires.

Pendant que Tanakil et Arsinoé examinaient des parasols et d'autres marchandises, Mikon nous dit :

— Turms et Dorieos, mes amis, la folie règne sur cette cité. A voir ces deux femmes, je pressens que cela va durer jusqu'au soir. En les attendant, la seule chose sensée qui nous reste à faire est de nous enivrer.

— En vérité, pourquoi s'inquiéter du lendemain? demandai-je. Le vin n'empirera pas les choses, car elles ne peuvent pas aller plus mal.

Le Phénicien envoya son esclave acheter du vin. L'odeur d'encens et les essences nous donnant des nausées, nous sortîmes pour nous asseoir sur le dos des lions de pierre qui gardaient l'entrée. En quelques instants, nous vidâmes une amphore d'un vin doux fort cher.

— Nous nous conduisons comme des barbares, dis-je. Nous

n'avons pas de cratère pour mêler l'eau au vin. Moi qui vous parle, je n'avais jamais bu à même l'amphore.

— Ce vin a le goût du moisi, dit Dorieos. Les parfums ajoutés pour le conserver provoquent des relâchements de ventre. Contentons-nous plutôt d'un honnête vin résiné.

Nous en bûmes une outre, nous aspergeant les uns les autres en guise de libations. Arsinoé vint sur le seuil faire l'essai d'un fragile anneau de nez et nous demanda notre opinion.

Cachant son visage dans ses mains, Mikon gémit :

— J'ai cru qu'Aura ma femme était morte, mais la voici de retour, bien vivante !

— Ne te laisse pas aller à tes visions, comme tu fis hier soir, lança dédaigneusement Dorieos. Ce n'est que la déesse qui se montre au temple. Je la reconnais à ses oreilles. Mais elle n'égale en rien Tanakil. Connaître cette fille est comme tremper un doigt dans le miel et le lécher ensuite : bien vite il n'en reste plus rien. Mais étreindre Tanakil est comme tomber la tête la première dans un puits. Bientôt nous serons mari et femme suivant les lois phénicienne et dorienne, et vous pourrez tous deux connaître le bonheur de l'étreindre, si vous le désirez. Un Spartiate ne refuse rien à ses amis.

Les yeux brouillés par le vin, il demeura un moment plongé dans ses pensées, puis ajouta :

— Mais, dans ce cas, je vous tuerai. Cela vaudra mieux pour vous, car, ayant connu une fois l'étreinte de Tanakil, vous n'aurez plus goût à la vie. Il n'est guère facile de remonter du fond d'un puits.

Se cachant le visage dans les mains, il éclata en gros sanglots qui secouaient ses épaules. Mikon à son tour se mit à pleurer.

— Nous trois, nous sommes seuls au monde. Seuls nous sommes venus ici et seuls nous nous en retournerons. Ne nous querellons pas, mais buvons modérément et sans hâte, comme nous avons commencé de faire. Vous ai-je déjà dit que, la nuit dernière, je suis descendu aux Enfers pour accompagner ma femme Aura ou du moins pour la voir pendant son dernier voyage ?

A cet instant, Arsinoé parut sur le seuil de la boutique et nous montra le parasol qu'elle avait choisi. N'ayant guère plus de quelques largeurs de mains, de forme carrée, avec des bords à franges, c'était sans aucun doute un fort bel objet. Mais, quant à protéger du soleil ne serait-ce qu'une grenouille, ce n'était pas dans ses attributions possibles.

— Oh, Turms, ce parasol m'enchante! s'exclama-t-elle. Le marchand m'a promis de réparer aussi le vieux, de sorte que j'en aurai deux. Mais je dois partir à présent. Je me souviendrai certainement de toi, Turms, en particulier lorsque je verrai ce merveilleux parasol. Voyage en paix et ne m'oublie pas tout de suite.

— Arsinoé, lançai-je d'une voix menaçante, n'oublie pas que je t'ai donné un nouveau nom. J'exerce grâce à lui un pouvoir sur toi, que tu le veuilles ou non.

Elle eut un petit rire badin et me tapota la joue.

— Certes, mon cher Turms, il en sera selon ton bon plaisir. Mais, pour l'instant, tu es trop ivre pour répondre de tes paroles.

Elle me tourna le dos et s'éloigna vers le bas de la rue, d'une main tenant son parasol délicatement posé sur l'épaule et de l'autre soulevant le bord de sa robe chaque fois que, légère, elle sautait les obstacles semés par la tempête. Je me lançai à sa poursuite mais trébuchai sur le premier madrier en travers de ma route. Je demeurai sans pouvoir me relever jusqu'à ce que Mikon et Dorieos m'eussent remis sur pieds. Nous soutenant mutuellement, nous reprîmes le chemin de l'auberge, et Tanakil nous emboîta le pas, un vaste parasol sur l'épaule.

5

Je me réveillai au milieu de la nuit. Un malaise glacé se répandait en moi, comme si le venin d'un serpent eût couru dans mes veines. En ouvrant les yeux, je me souvins de ce qui était arrivé et je compris que la déesse me tenait en son pouvoir. Elle me faisait aimer une femme légère qui n'avait à la bouche que des propos trompeurs et dont je n'étreignais que le corps.

Mais, tandis qu'en moi-même je l'accablais de reproches, je

voyais distinctement son visage mouvant, ses sourcils obliques et ses yeux qui viraient au noir. Peut-être avait-elle connu plus de mille hommes. Peut-être était-ce une catin, comme l'affirmait Tanakil. Mais, à sa seule évocation, la passion, le désir et la tendresse se déchiraient mon âme, et je compris que chaque instant loin d'elle serait pour moi plus terrible que la mort.

Je me précipitai en titubant dans la cour pour boire de l'eau froide à un vase d'argile suspendu à la porte. Dans la cité les bruits s'étaient éteints et les lampes avaient été mouchées. Des milliers d'étoiles trouaient le firmanent et, au bord de l'horizon, la cruelle faucille d'argent de la nouvelle lune me menaçait.

Dans l'étable, je trouvai un panier contenant les piquets de la tente de voyage de Tanakil. Je me glissai dans la nuit jusqu'à la porte du temple. Elle était fermée, mais la garde n'était pas sur le mur, et aucun son ne se faisait entendre à l'intérieur. Je contournai l'enceinte jusqu'à ce que j'aperçusse l'endroit favorable. Je plantai l'un des piquets entre deux pierres, me haussai jusqu'à lui, en plantai un autre. C'est ainsi que peu à peu j'atteignis le sommet de la muraille. En rampant sur le ventre, je finis par découvrir l'escalier de la garde et descendis dans la cour intérieure.

Elle était encore jonchée de moellons et de débris de la tempête. Je distinguai vaguement la lueur du péristyle de marbre entourant la fontaine et me frayai un chemin à tâtons jusqu'à elle.

Je me prosternai devant le bassin et priai :

— Toi qui es née de l'écume par ta fontaine éternelle, guéris-moi de la fièvre de l'amour. Tu l'as allumée en moi, et toi seule peux l'éteindre.

Je me penchai par-dessus le rebord et parvins à effleurer la surface du bout d'une badine de bouleau et bus ainsi quelques gouttes d'eau sacrée. Doucement, je laissai tomber dans la fontaine une pièce d'argent. La nouvelle lune brillait; du haut des cieux, menaçante, Artémis me regardait faire. Mais je n'éprouvai nul regret. Je ne craignais pas ses traits mortels, et à mon cou pendait la pierre de lune qui éloigne la folie.

— Viens, appelai-je, apparais à mes yeux, toi la plus belle de toutes les divinités... Montre-toi sans prêtre, sans l'intercession d'une femme mortelle, apparais-moi, dussé-je être réduit en cendres.

Des profondeurs de la fontaine me parvint un gargouillis, comme si quelqu'un m'avait répondu. Plongeant mon regard dans l'eau, je crus voir des ondes la parcourir. Pris de vertige, je dus m'asseoir et me frotter les yeux pour rester éveillé.

Pendant un long moment, rien ne se passa. Puis un corps de brume lumineuse lentement prit forme sous mes yeux. Il était ailé et nu, et d'une substance si peu matérielle que je voyais les colonnes à travers lui. Elle était plus belle que n'importe quelle mortelle, et même la mouvante beauté d'Arsinoé n'était que l'image dans l'argile périssable du corps de lumière.

— Aphrodite, Aphrodite! murmurai-je. Est-ce toi, toute divine?

Elle secoua tristement la tête et posa sur moi un regard plein de reproche.

— Ne me connais-tu point? Non, je vois bien que tu ne sais pas qui je suis. Mais quelque jour mes bras t'enlaceront et je t'emporterai sur mes ailes puissantes.

— Qui es-tu, toi que je devrais connaître?

Elle sourit d'un sourire radieux qui me transperça le cœur.

— Je suis ton esprit tutélaire. Je te connais et je suis liée à toi. N'invoque plus les dieux terrestres et ne te plie plus à leur loi. Pour être toi-même un immortel, il ne te manque que d'oser reconnaître ce que tu es.

Tristement, elle secoua la tête.

— On sculptera de toi des images dans la pierre et on te fera des offrandes. Je serai en toi et de toi je procéderai jusqu'à l'instant où tu me reconnaîtras et où je cueillerai sur tes lèvres l'haleine de ton agonie. Oh, Turms, ne te lie pas à des divinités terrestres. Aphrodite et Artémis ne sont que des esprits jaloux, malveillants et capricieux qui règnent sur la terre et dans les airs. Chacune d'elles use de charmes puissants, et toutes deux rivalisent pour t'y soumettre. Mais ni la lune ni le soleil ne te donneront l'immortalité, elles n'auront que les profondeurs de l'oubli à t'offrir. Et de nouveau tu devras revenir, de nouveau tu me lieras à la douleur de ta naissance et à la vie de ton avide corps humain.

Mes yeux mortels se délectaient de sa splendeur. Puis le doute s'insinua dans mon esprit.

— Tu n'es qu'une vision, comme les autres visions, dis-je. Pourquoi m'apparaître en cet instant précisément, si tu m'as accompagné durant toute ma vie?

— Tu cours le danger de te lier. Jamais auparavant tu ne l'avais désiré. Et voici que tu t'apprêtes à le faire pour l'amour d'une mortelle, pour l'écume des plaisirs sensuels. Tu es venu ici pour te lier à Aphrodite, bien que tu sois le fils de la tempête. Si seulement tu avais une foi suffisante en toi-même, Turms, tu saurais mieux conduire ta vie.

Je répondis avec entêtement :

— Cette femme, Arsinoé, est le sang de mon sang. Sans elle je ne pourrai et ne voudrai pas vivre. Jamais auparavant je n'avais désiré avec une si terrible ardeur, et je suis prêt à me lier à toute déesse qui me fera posséder cette femme pour le reste de ma vie présente. Je ne demande pas d'autre vie. Aussi n'essaie point de me tenter, toi, déesse inconnue, si belle que tu sois.

— Tu penses vraiment que je suis belle? demanda-t-elle, et ses ailes frémirent.

Puis, furieuse contre sa propre vanité, elle me réprimanda sèchement :

— Ne tente pas de me troubler, Turms. Je voudrais être l'une de ces exaspérantes divinités terrestres pour pouvoir un instant prendre le corps d'une femme et te gifler. Tu es si pervers et difficile à protéger, Turms.

— Alors pourquoi ne disparais-tu pas? C'est la déesse et non pas toi que j'ai invoquée. Tu es libre de m'abandonner si tu le veux. Je n'ai nul besoin de toi.

Le corps de lumière frémit de rage. Puis, la mine lugubre, elle baissa les yeux et dit d'une voix soumise :

— Qu'il en soit selon ton désir, Turms, mais, pour l'amour de ton immortalité, jure-moi que tu ne te lieras point. Même sans cela, tu obtiendras tout ce que tu veux. Tu parviendras à tes fins grâce à tes seuls pouvoirs si seulement tu crois en toi-même. Tu obtiendras même Arsinoé, cette immonde chienne en chaleur. Mais ne va pas t'imaginer que je veux être avec toi lorsque tu étreindras son méprisable corps d'argile. Artémis aussi s'est montrée à tes yeux et t'a promis des richesses terrestres. Laisse-les te corrompre si tel est ton bon plaisir, mais en aucun cas, tu ne dois te lier à elles. Leurs faveurs ne méritent pas que tu te croies endetté envers elles. Accepte tout ce qui t'est offert sur la terre, car aux immortels on doit des sacrifices. N'oublie jamais cela.

Ses paroles se pressaient à présent sur ses lèvres et ses ailes flamboyaient.

— Turms, pour être plus qu'un homme, il ne te manque que de te croire tel. Tu n'as rien à craindre ni dans ce monde ni au-delà. Turms, il faut le plus grand des courages pour se croire plus qu'humain. Si las, si découragé que tu sois, ne succombe jamais à la tentation de te lier à une divinité terrestre. Jouis de ton corps corrompu autant que tu le voudras. Cela ne me concerne pas. Mais ne te lie point.

Tandis que je prêtais l'oreille à ses paroles persuasives, mon assurance s'affermit. Pour gagner Arsinoé, il me fallait compter sur ma propre force, et la force était en moi. J'avais été initié par la foudre, et cette initiation suffirait pour guider ma vie tout entière.

Elle lut mes pensées, et son corps et son visage resplendirent de lumière.

— Il me faut partir, Turms, mon Turms. Mais songe à moi quelquefois, ne serait-ce qu'un instant. Désire-moi, ne serait-ce qu'à peine. Tu dois comprendre que je soupire après le moment où, mourant, je t'envelopperai dans mes bras.

Son corps perdit toute substance à mes yeux, et je revis les colonnes de marbre. Mais je ne doutais plus de sa réalité.

Une allégresse inexprimable me submergea. Je levai la main en signe d'adieu et criai :

— Je te remercie, esprit tutélaire! Je te crois. Et de toi je me languirai comme jamais je ne me suis langui d'aucune mortelle. Plus je vivrai, plus je me languirai profondément de toi. Tu es sans doute mon seul amour véritable et si tu l'es, efforce-toi de me comprendre. Ainsi, lorsque j'étreindrai une mortelle, ce sera peut-être toi encore que j'étreindrai, ce sera toi que je chercherai à travers elle.

Elle avait disparu. Je me retrouvai seul près de la fontaine de l'Aphrodite d'Eryx. Je posai la main sur le sol de marbre. Il était froid au toucher. Je poussai un long soupir. Je savais que je vivais et existais, et que cela n'avait pas été un rêve. Dans le silence de la nuit, sous le ciel étoilé et la lueur menaçante de la faucille lunaire, je m'assis auprès de la fontaine de la déesse et sentis en moi un vide.

A cet instant, une porte grinça, je distinguai une lumière et un prêtre s'avança vers moi à travers la cour, une lanterne phénicienne à la main. Il en dirigea les rayons vers moi, reconnut mon visage et demanda d'une voix furieuse :

— Comment t'es-tu introduit en ces lieux et pourquoi m'as-tu arraché à mon rêve, maudit étranger?

A cette apparition, le venin de la déesse courut de nouveau dans mon sang, et, comme un fer rouge appliqué sur mes chairs, la passion me brûla.

— Je suis venu pour la voir, elle, cette prêtresse qui se montre dans le temple et fait croire à de pauvres fous qu'ils ont vu la déesse.

— Que lui veux-tu? demanda-t-il avec une expression de profond mécontentement.

Mais sa grimace ne m'impressionna point.

— Je la veux. Le venin de la déesse est passé de son corps dans le mien et je ne peux me libérer d'elle.

Il me regarda un moment comme s'il avait voulu me tuer, puis il perdit contenance, et la lampe trembla dans sa main.

— Tu blasphèmes, étranger. Dois-je appeler les gardes? J'ai le droit de te faire occire, comme profanateur du temple.

— Appelle les gardes si tu le veux, dis-je d'un ton amène. Qu'ils me tuent. Je suis sûr que cela ne fera qu'ajouter à la réputation du temple.

Il me considéra d'un air soupçonneux.

— Qui es-tu?

— Tu devrais le savoir, rétorquai-je avec arrogance. Le bûcher funéraire dans la cour n'est-il pas une indication suffisante? Ne me reconnais-tu pas à la tempête qui a emporté les toits des maisons et jeté des gravats devant le temple? Mais tu peux encore me mettre à l'épreuve si tu le désires.

Avec un rire caverneux, il lança un objet qui tomba dans la fontaine en jetant des éclaboussures.

— Regarde dans le bassin, étranger, afin que je puisse te mettre à l'épreuve.

Tandis qu'il levait sa lampe, je me penchai par-dessus le rebord. Je vis dans l'onde noire le reflet de la lanterne et des mouvements de contraction et de dilatation. Je gardai les yeux fixés sur l'eau jusqu'à ce qu'elle se fût calmée, puis je me relevai, essuyai mes genoux et demandai :

— Eh bien?

Il me fixait, incrédule.

— As-tu vraiment regardé dans la fontaine ou bien tes yeux étaient-ils fermés?

— J'ai vu le reflet de ta lampe et des rides dans l'eau, c'est tout.

Il balançait doucement la lanterne.

— Suis-moi dans le temple, dit-il enfin.

Je le remerciai, et il me montra le chemin. L'air était si calme que la flamme de sa lampe ne tremblait même pas. En marchant dans ses pas, je sentis sur ma peau la fraîcheur de la nuit, mais mon corps était si brûlant que je ne frissonnai point. Nous entrâmes dans le temple. Ayant placé la lanterne sur le piédestal vide de la déesse, il s'assit sur un siège à pieds de cuivre et demanda :

— Que veux-tu?

— Cette femme, quel que soit son nom, répondis-je avec un paisible entêtement. Cette femme au visage mouvant. Pour ma part, je l'ai appelée Arsinoé, car tel était mon bon plaisir.

— Tu as bu trop de vin scythe, dit-il. Dors ton content, et demain, lorsque ta tête sera redevenue claire, reviens implorer mon pardon.

— Bavarde autant que tu voudras, vieillard. Je la veux et je la posséderai. Avec ou sans le secours de la déesse.

Le sillon entre ses sourcils s'approfondit tant que sa tête parût sur le point de se fendre. A la lueur de la lampe phénicienne, il me soupesait avec des regards sournois.

— Pour cette nuit? Je peux peut-être arranger cela si tu es assez riche et si tu sais te taire. Nous trouverons un accommodement. Je suis un vieil homme qui préfère éviter les querelles. La déesse t'a sans doute frappé de folie, car tu ne peux plus répondre de tes actes. Combien offres-tu?

— Pour une nuit? Rien. Une nuit, je peux l'avoir quand je le désire. Non, vieillard, tu ne me comprends pas. Je la veux définitivement. J'ai l'intention de la prendre avec moi et de vivre avec elle jusqu'à ma mort ou la sienne.

Il se dressa d'un bond, convulsé de fureur.

— Tu ne sais pas ce que tu dis! Tu pourrais mourir plus tôt que tu ne penses.

— Ne gaspille pas tes forces déclinantes, ricanai-je. Mets-moi plutôt à l'épreuve, et tu comprendras que je parle très sérieusement.

Il leva la main dans un geste de conjuration, et ses yeux écarquillés eurent bientôt la taille de deux calices. J'en aurais été effrayé si mon pouvoir n'était pas demeuré en moi. Le sourire aux lèvres, je soutins un moment son regard. Brusquement, pointant le doigt vers le sol, il s'écria :

— Prends garde au serpent!

Je baissai les yeux, eus un mouvement de recul. Un gigantesque serpent prenait forme à mes pieds. Il avait la longueur de plusieurs hommes et la largeur d'une cuisse, et tandis qu'il déroulait ses monstrueux anneaux, les écailles diaprées de son dos luisaient. Il leva sa tête plate vers moi.

— Ah! vieillard, tu es plus puissant que je ne pensais. J'ai entendu dire qu'un serpent semblable vivait près de Delphes et gardait l'Omphalos.

— Prends garde à toi! lança le prêtre d'une voix menaçante.

Plus prompt que l'éclair, le serpent se dressa, s'enroula autour de mes membres jusqu'à m'enserrer tout entier dans sa chair lisse. Devant mon visage, sa tête se balançait, menaçante. Le froid de sa peau me pénétra. Son poids devint insupportable. La panique me submergea.

Alors j'éclatai de rire.

— Je jouerai volontiers avec toi, si tu le désires, vieillard. Mais je n'ai pas peur. Je ne crains ni les êtres infernaux, ni ceux de la terre, ni même ceux du ciel. Encore moins craindrais-je ce qui n'est pas même réel. Mais je veux bien jouer avec toi à ces jeux puérils si cela te divertit. Peut-être pourrais-je à mon tour te montrer quelque chose d'amusant si j'essayais.

— Non, fit-il, haletant.

Il passa la main devant ses yeux et le serpent disparut. Mais ses anneaux pesaient encore sur ma peau. Je mé secouai, frottai mes membres et souris.

— Tu es un vieillard puissant, concédai-je. Mais ne gaspille pas tes forces pour moi. Assieds-toi. Je vais te montrer quelque chose que tu aurais peut-être préféré ne pas voir.

— Non, répéta-t-il.

Il reprit place en tremblant sur son siège. De nouveau, il n'était plus qu'un vieillard aux yeux durs, avec un sillon entre les sourcils. Après avoir haleté un moment, il reprit son souffle et demanda d'une voix totalement changée :

— Qui es-tu, étranger?

— Si tu ne veux pas me reconnaître, je préfère rester inconnu.

— Mais tu dois te rendre compte que ce que tu demandes est impossible. Ta requête est déjà un blasphème contre la déesse. Même si tu oses me provoquer, moi un homme sans pouvoir, tu n'as assurément pas l'intention d'encourir son divin courroux.

— Je ne veux provoquer ni courroucer personne, dis-je d'une voix aimable. Je ne blasphème certainement pas contre la déesse. Tout au contraire. Ne comprends-tu pas, vieillard, que c'est un honneur que je fais à la déesse en demandant pour moi sa prêtresse?

Soudain, il éclata en sanglots. Le visage dans les mains, il se balançait d'avant en arrière.

— La déesse m'a abandonné, gémit-il.

Essuyant les larmes qui coulaient dans sa barbe, il poursuivit d'une voix suraiguë :

— Tu ne peux être un mortel, bien que tu en aies l'apparence! Un homme n'aurait pas résisté au maléfice du serpent. Ce monstre est le symbole de la terre, de son poids et de son pouvoir. Ceux qui ne plient pas devant lui ne peuvent être de simples mortels!

Je poussai mon avantage :

— Pour en revenir à ma demande, je la fais sur un ton amical, je n'exige point. Moi aussi je fuis les querelles et pour cette raison je souhaite que le problème soit résolu dans un esprit de compréhension réciproque. Mais je suis prêt à exiger, si cela s'avère nécessaire. Dans ce cas, à mon tour, je devrai montrer ma force.

Sa voix reprit des tonalités aiguës :

— Même si tu n'es pas un mortel, ta requête est sans précédent. Sais-tu seulement si cette femme veut te suivre ?

— Elle ne le désire pas, concédai-je gaiement. Mais en l'affaire, c'est ma volonté qui prime, non la sienne ou la tienne.

Je levai la main pour frotter mes yeux fatigués mais il se méprit sur mon geste et se rejeta en arrière en levant les mains.

— Non, implora-t-il encore. Laisse-moi le temps de réfléchir.

Il poursuivit d'une voix désespérée :

— C'est une femme exceptionnelle. Il en est peu de semblables et elle vaut plus que son poids d'or.

— Je ne l'ignore point.

Le souvenir d'Arsinoé tendait tout mon être.

— J'ai connu son étreinte.

— Son corps répond à toutes les sollicitations de la déesse. C'est un savoir-faire divin qui n'a rien de rare car il peut s'enseigner. Mais la mobilité de son visage est merveilleuse. Cette femme est ce que je veux, de la façon qui me convient et sert mes desseins quels qu'ils soient. En outre, ce n'est pas une sotte, ce qui est bien le plus merveilleux.

— Peu m'importe son intelligence, répliquai-je sans prendre garde à ce que je disais là. Mais tout le reste est pure vérité. Elle est l'égale de la déesse.

Dans un geste suppliant, le prêtre tendit vers moi ses mains aux veines gonflées :

— Ici, au temple d'Eryx, elle sert toute la mer occidentale, Carthage, la Sicile, les Tyrrhéniens, les Grecs. Sur son corps des intérêts contradictoires trouvent un terrain d'entente. Il n'est pas un membre d'un Conseil, pas un tyran qu'elle ne sache persuader de croire en la déesse.

Je grinçai des dents à la pensée de tous les hommes qui avaient cru trouver la divinité dans l'étreinte d'Arsinoé.

— Il suffit, coupai-je. Je veux oublier son passé et l'accepte telle qu'elle est. Je lui ai même donné un nouveau nom.

Le vieil homme se remit à pleurer dans sa barbe et ouvrit la bouche pour crier.

— Silence! lui ordonnai-je. T'imagines-tu que les gardes peuvent quelque chose contre moi? Et n'éveille pas ma colère.

Sa bouche demeura ouverte, sa langue se tordit, pas un son ne sortit d'entre ses lèvres. Sa bouche ne se refermait pas. Je le considérai avec étonnement et compris enfin que mon pouvoir l'affectait de la même façon que celui qu'il maîtrisait m'avait abusé, quelques instants auparavant. De nouveau, j'éclatai de rire.

— Tu peux refermer ta bouche, dis-je, et retrouver la parole.

Ses mâchoires se refermèrent avec un claquement et il se passa la langue sur les lèvres.

— Si je te permets de l'emmener, c'est moi qui en subirai les conséquences, s'entêta-t-il. Quels que soient les contes que j'inventerai, on ne me croira pas. Nous vivons des temps civilisés et ce n'est pas aux prêtres, mais à travers eux, que la déesse manifeste sa volonté.

Il délibéra un moment, puis son visage prit une expression rusée.

— La seule façon pour toi de l'enlever est de la prendre dans l'état de nudité où elle était à sa venue au monde. Il ne sied point qu'elle ait sur elle le moindre objet appartenant à la déesse. Je fermerai les yeux quand tu te saisiras d'elle et laisserai passer quelques jours avant de révéler sa disparition. Il n'est nul besoin qu'on sache qui l'a enlevée mais naturellement tous les étrangers seront suspectés. Lorsqu'elle reviendra, elle doit pouvoir se défendre en disant que tu l'as prise de force.

— Elle ne reviendra pas, dis-je fermement.

— Quand elle reviendra, reprit-il avec une égale fermeté, elle pourra de nouveau se parer des divins bijoux et elle aura gagné en sagesse. Peut-être est-ce là précisément le dessein que poursuit la déesse. Pour quelle autre raison serais-tu venu ici?

Une joie malicieuse se peignit sur son visage.

— Mais toi, poursuivit-il, jamais plus tu ne connaîtras le repos. Non point seulement parce que Carthage et toutes les cités siciliennes seront à tes trousses. Mais parce qu'elle-même restera comme une épine dans ta chair. Même si tu n'es pas un mortel, tu as encore un corps dont elle fera la source de terribles souffrances.

Il pouffa en tirant sur sa barbe.

— En vérité, tu ne sais pas ce que tu demandes. Te voilà entortillé dans l'écheveau de la déesse. Ses fils te mordront jusqu'au cœur, et si cruellement que tu souhaiteras être mort.

Mais ses paroles ne firent que m'exciter davantage et le merveilleux venin de la déesse courut dans mes veines. Je gémis d'impatience :

— Arsinoé, Arsinoé...

— Son nom est Istafra, grogna le vieillard. Cela aussi, pourquoi te le cacher plus longtemps? Aujourd'hui ou demain, je mourrai et je préférerais que ce fût demain. C'est bien là ma seule vraie inquiétude. Quelque jour il faudra bien que je meure et, eu égard à cela, ce qui t'arrivera ou ce qui lui arrivera à elle n'a guère d'importance. J'ai usé en vain de mes pouvoirs et je me suis en vain arraché à ma couche molle. Fais ce qu'il te plaira, cela ne me concerne point.

Nous ne disputâmes pas plus longtemps. Prenant la lampe, il me conduisit derrière le piédestal vide, ouvrit une porte étroite et je le suivis dans un escalier qui s'enfonçait sous la terre. Le passage était si resserré que je devais progresser l'épaule en avant. Nous traversâmes la salle du trésor et pénétrâmes dans la chambre d'Arsinoé. Il la réveilla.

Sur sa couche, elle portait pour tout vêtement une mince tunique de laine et tenait dans sa main le parasol. Mais elle ouvrit les yeux, et sa fureur éclata lorsqu'elle nous vit.

— Où donc as-tu été élevé, Turms, que tu ne permettes pas à une femme de dormir en paix? Il faut que tu sois fou pour t'être introduit de force dans les chambres secrètes de la déesse.

Courroucée, nue et serrant dans sa main le parasol, elle était si délicieuse à voir que je fus sur le point de pousser le prêtre hors de la chambre pour la prendre dans mes bras. Mais comme je savais que nous serions demeurés là toute la nuit, je contins mon impatience.

— Arsinoé, dis-je, réjouis-toi. La déesse te donne à moi mais il nous faut partir sur-le-champ et en grand secret. Et tu dois t'en aller telle que tu es.

Le prêtre hocha du chef.

— C'est ainsi, Istafra. Le pouvoir de cet étranger surpasse le mien. C'est pourquoi il vaut mieux que tu le suives. Lorsque tu t'en seras débarrassée, tu pourras revenir. J'attesterai que tu as été enlevée de force. Mais auparavant tu me feras plaisir en lui rendant la vie aussi difficile que tu pourras et en lui faisant subir les souffrances que mérite sa folie.

Arsinoé protesta d'une voix ensommeillée :

— Je ne veux pas aller avec lui et je ne lui ai jamais promis de le suivre. Et puis je ne sais quel vêtement je mettrais.

Je lui rétorquai avec impatience qu'elle devait venir dans la tenue où elle était parce que j'avais promis de ne rien prendre de ce qui appartenait à la déesse. Je ne voulais pas voler la divinité, expliquai-je, et pour ma part, je trouvais que la peau de lait d'Arsinoé serait son plus beau vêtement, tant que je ne pourrais pas lui en acheter de nouveaux.

Comme elle me répondait qu'elle n'avait nullement l'intention de m'accompagner et qu'elle n'était pas une stupide fillette qui se jetterait à la tête du premier étranger venu, je la coupai, courroucé :

— Puisque c'est ainsi, je vais t'assommer et te tirer par les épaules au risque d'abîmer ta peau adorable.

Ces paroles parurent la calmer et elle dit que du moins elle emporterait le parasol puisque c'était un cadeau que je lui avais fait. Cette idée l'ayant apaisée, elle nous tourna le dos et affecta de se perdre dans la contemplation de la muraille.

Le prêtre me tendit le bol et un couteau de pierre :

— Initie-toi à présent.

— M'initier? Que veux-tu dire?

— Qu'il faut te lier éternellement à Aphrodite. C'est bien le moins que tu puisses faire, que tu sois ou non mortel.

Comme je gardais le silence, il crut que j'hésitais parce que je ne possédais pas la connaissance. Il m'expliqua d'une voix irritée :

— Entaille-toi la cuisse avec le couteau de la déesse qui est aussi vieux que sa fontaine. Répands ton sang dans le bol tourné dans le bois divin. Tandis que les gouttes tomberont, tu répéteras après moi les mots de l'initiation.

— Non, m'écriai-je, je n'ai pas la moindre intention de me

consacrer à Aphrodite. Je suis ce que je suis. Que cela suffise à la déesse de qui j'accepte cette femme comme une offrande.

Le prêtre me fixait, n'en croyant pas ses oreilles. Puis la colère fit battre ses tempes et trembler ses lèvres, les mots lui manquèrent et il tomba à terre. Le bol et le couteau lui échappèrent des mains, roulèrent sur le sol. Je craignis pour lui l'apoplexie mais je n'avais pas le temps de le ramener à la vie.

Tandis que je passai la main dans ses cheveux pour m'assurer qu'il ne s'y trouvait rien qui appartînt à la déesse, Arsinoé regardait droit devant elle, la bouche obstinément close. Puis, la prenant par la main, je la couvris de mon manteau et nous sortîmes de sa chambre. Soumise, elle me suivit dans le temple sans prononcer un mot.

Nous traversâmes la cour sombre en trébuchant sur les branches arrachées par la tempête et nous montâmes sur la muraille. Je descendis le premier, guidant ses pieds jusqu'aux piquets de tente. Ainsi atteignîmes-nous le sol au prix de quelques craquements. Puis je regrimpai jusqu'au sommet du mur d'enceinte et revins en ôtant les piquets de façon que personne ne soupçonnât comment j'étais entré dans le temple. J'entourai Arsinoé de mon bras et, le cœur battant, la conduisis à l'auberge. Elle n'avait toujours pas prononcé une parole.

6

Mais à peine étions-nous entre les quatre murs d'argile que son attitude changea totalement. Comme un animal furibond, elle cracha une poignée de bijoux, épingles à cheveux et bagues d'or, et se jeta sur moi, à coups de pieds, de poings et d'ongles. Elle dévida sans reprendre haleine les plus grossières imprécations, mais, par bonheur, sa connaissance du grec fut bientôt épuisée et elle dut se contenter d'insultes phéniciennes dont le sens m'échappait. Trop occupé à la tenir pour l'empêcher de me donner des coups de pied et à lui faire un bâillon de ma main pour éviter qu'elle ne réveillât toute l'auberge, je n'eus pas le loisir de lui reprocher d'avoir volé la déesse.

Puis je m'aperçus qu'en réalité elle ne criait pas très fort et semblait prendre garde à ne pas troubler le sommeil de mes compagnons et des gens de l'auberge. Il est vrai que dans le silence nocturne sa voix résonnait à mon oreille comme mille tambours d'alarme. Enfin à son contact le feu d'Aphrodite se répandit en moi, ma bouche remplaça la paume de ma main et bientôt nous fûmes étendus l'un contre l'autre. Je sentais les coups violents de son cœur à l'unisson du mien. Enfin son corps mollit, elle jeta ses bras autour de mon cou et, renversant la tête, me souffla son haleine brûlante au visage.

— Oh, Turms, murmura-t-elle alors. Pourquoi m'émeus-tu ainsi ? Je ne voulais pas. J'ai résisté de toutes mes forces mais tu es plus fort que moi. Je te suivrai jusqu'aux extrémités du monde.

Etreignant furieusement mes reins, elle baisa mon visage et mes épaules et caressa l'empreinte sanglante de ses ongles.

— Je ne t'ai pas fait mal, n'est-ce pas, mon amour ? chuchota-t-elle. Je ne voulais pas te faire du mal. Oh, Turms, aucun homme n'a été pour moi ce que tu es. Je suis à toi, uniquement et totalement à toi.

Se soulevant sur un coude, elle m'effleura le visage du bout des doigts et me considéra amoureusement.

— Je te suivrai jusqu'aux extrémités du monde, jura-t-elle. Pour l'amour de toi, j'abandonne la déesse, et ma vie de luxe et tous les autres hommes. Même si tu étais le plus misérable des mendiants, je partagerais volontiers ton maigre brouet et me satisferais de boire de l'eau parce que tu es ce que tu es. Je t'aime jusqu'au délire, Turms, et tu dois m'aimer un peu puisque tu as couru de si grands dangers pour m'enlever au temple.

Sentant que toutes mes forces m'avaient abandonné, je l'assurai prudemment de mon amour. Elle m'écouta avec satisfaction puis se mit à marcher de long en large en décrivant avec enthousiasme les vêtements qu'elle avait l'intention de se faire offrir. Soudain son regard tomba sur la pierre de lune qui pendait à mon cou.

— Elle est belle, dit-elle en la tapotant d'un air distrait. Puis-je l'essayer ?

La détachant de mon cou, elle la suspendit au sien. Elle se tortilla pour mieux voir l'effet qu'elle produisait sur sa poitrine.

— Elle est belle, ne trouves-tu pas, sur ma peau? Mais il me faudra une chaîne d'or fin comme en font les Etrusques.

Je lui fis remarquer que l'attache de corde était tressée de fibres d'Artémis et convenait donc à la pierre de lune.

— Mais garde-la, si tu la veux, dis-je en souriant. Elle ne me protégera pas de la folie puisque j'ai été assez fou pour t'aimer.

Elle me jeta un long regard puis demanda :

— Que veux-tu dire? Serait-ce folie de m'aimer? En ce cas, finissons-en, je vais rentrer au temple. Garde cette pierre ridicule puisque tu lui es si mesquinement attaché.

Elle cassa l'attache, me jeta la pierre au visage et répandit des pleurs amers. Je sautai hors du lit pour la consoler, lui remis de force la pierre dans la main, promis de lui acheter une chaîne d'or dès que nous serions à Himère.

— Je n'en ai pas vraiment besoin, lui assurai-je. La pierre n'a pas grande valeur à mes yeux.

Elle me lança un regard accusateur à travers ses larmes.

— Voilà maintenant que tu m'obliges à accepter des cadeaux sans valeur! Assurément, tu n'as pas de grands égards pour moi. Oui, je comprends, tu penses me garder comme si j'étais ton chien. Oh, pourquoi as-tu enflammé mon cœur?

Fatigué de son bavardage, je lui dis :

— Cette pierre est magnifique, mais pour moi tu pourrais aussi bien la jeter par la fenêtre. Il y a un instant à peine, elle brillait sur ta poitrine mais mon regard s'égarait plus volontiers sur les douces rondeurs qu'elle frôlait. Ce sont là les plus beaux ornements de ta personne. En tous lieux, ils feront toujours de toi la plus belle des femmes.

— Assurément, quand il s'agit de te suivre aux extrémités de la terre pour partager ton gruau, tu ne comptes point me laisser toute nue?

— Ecoute-moi, Arsinoé, ou Istafra, peu importe. Pour lors il nous faut agiter de plus importantes questions. Nous avons le reste de nos vies pour disputer de parures et de bijoux. Mais même si j'étais assez riche pour t'offrir tous les vêtements dont tu parlais, ils rempliraient dix paniers et nous devrions nous procurer d'autres mules et d'autres muletiers. Il nous faut fuir aussi vite et aussi discrètement que possible. Pour le moment, et jusqu'à notre arrivée à Himère, tu porteras les vêtements d'Aura et adopteras son maintien. Lorsque nous serons au terme de notre voyage, je verrai ce que je pourrai faire pour toi.

— Comment porterais-je les grossiers habits d'une Sicilienne de basse extraction ? Comment me montrerais-je, sans peigne et sans diadème dans mes cheveux ? Non, non, tu ne te rends pas compte de ce que tu me demandes, Turms. Je suis prête à tous les sacrifices pour toi mais je ne puis imaginer que des sacrifices si humiliants, tu les exiges de moi.

A la lueur de la lampe son visage était sans fard, car je l'avais arrachée à son lit dans l'état de nature. Une larme tombant de ses yeux roula sur sa joue. Je m'efforçai d'expliquer qu'Aura, en fait, était l'épouse d'un médecin grec qui avait dû lui fournir une garde-robe passable. Il est vrai qu'Aura était si jeune que, dans son esprit, il n'était sans doute pas indispensable de se rougir les lèvres et de se noircir les yeux. Mais elle, Arsinoé, disposerait des fards de Tanakil pour se redonner l'éclat de la jeunesse.

Quelle paroles imprudentes venaient de franchir la barrière de mes dents ! Pour ma défense, je dirai seulement qu'à cette époque je n'entendais rien aux femmes.

— Ainsi donc, à tes yeux, je suis bien décrépite ! s'exclama-t-elle.

Et notre querelle prit une tournure plus virulente que jamais. A ma grande horreur, je vis l'aube grise se glisser dans notre chambre et j'entendis les premiers coqs chanter, quand je n'étais toujours pas parvenu à la calmer.

Sans oser ajouter un mot qui se serait peut-être révélé encore plus malheureux, je me hâtai d'aller réveiller Dorieos et Mikon. Puis je courus tout raconter à Tanakil.

En femme d'expérience, elle comprit que l'inévitable était arrivé et elle ne perdit pas de temps en stériles remontrances. A Arsinoé elle fit revêtir les plus beaux atours d'Aura, et les pieds de cette dernière étant trop grands, la Phénicienne confia à mon aimée ses propres chaussures brodées de perles. Elle l'aida ensuite à se peindre le visage pour ressembler à Aura.

Puis, à grands coups de fouet, elle éveilla ses servantes, fit préparer nos bagages et régla son dû à l'aubergiste. Tandis que les sommets du pays d'Eryx se teintaient d'un rouge rosé, nous

nous hâtions déjà à travers les rues de la cité. Nous atteignîmes ses murailles à l'instant où les gardes ensommeillés ouvraient la porte. Nous sortîmes sans encombre et, comme nous attaquions la sinueuse route des pèlerins, nos chevaux hennirent et nos ânes firent entendre des braiments joyeux.

Tanakil avait pris Arsinoé avec elle dans la litière. Nous étions à mi-chemin sur la pente de la montagne lorsque le soleil parut. Les cieux nous sourirent, comme auraient fait des yeux bleus pétillants de malice, et la mer paisible et ses vagues espiègles appelaient les bateaux à ouvrir la saison de la navigation. Le cône nu de la montagne verdissait, dans la vallée, les bœufs blancs et noirs tiraient la charrue, les paysans répandaient les graines sur le sol retourné. La contrée éclatait de mille et mille fleurs.

L'esprit de Mikon était encore obscurci par ses beuveries et il nous suivait, plongé dans l'hébétude, ballotant comme un sac sur le dos de son mulet. En voyant Arsinoé, il poussa un profond soupir, l'appela Aura et lui demanda comment elle se portait. Manifestement, il avait oublié la mort de son épouse à moins qu'il ne la considérât comme une hallucination d'ivrogne. Il est à présumer qu'il se dit que toutes choses étaient comme elles devaient être, bien qu'il eût l'air moins satisfait que durant les jours précédents.

Moi-même, pendant tout le temps que nous descendîmes la montagne, je n'osai adresser la parole à Arsinoé. Mais lorsque nous eûmes atteint la vallée, comme nous faisions boire nos bêtes avant de prendre la route de Ségeste, ma bien-aimée tira le rideau et m'appela doucement.

— Oh, Turms! que l'air est donc délicieux à respirer! Est-il possible que ce pain souillé de cendre soit aussi exquis? Oh, Turms, jamais je n'ai été si heureuse! Jamais plus tu ne seras cruel avec moi comme tu le fus ce matin, n'est-ce pas?

Nous prîmes la route de Ségeste et à la fin atteignîmes Himère sans encombre. Certes, le voyage avait été éprouvant et nous avait rendus irritables mais du moins nous étions vivants et personne ne nous avait poursuivis. Immédiatement après notre arrivée dans la cité, sur la suggestion de Dorieos, nous sacrifiâmes sur l'autel d'Héraclès le plus gros coq d'Himère.

Livre V

VOYAGE A ERYX

1

Notre arrivée à Himère n'attira pas l'attention. Cinq nous avions pris la route et cinq nous revenions. Les expressions et le maintien d'Aura avaient été si parfaitement assimilés par Arsinoé que Mikon, dont les perceptions demeuraient brouillées par ses débordements continuait à la prendre pour son épouse. Durant le voyage, j'eus quelques difficultés à lui interdire d'approcher Arsinoé lorsqu'il prétendit exercer ses prérogatives conjugales.

Des affaires plus importantes que notre retour occupaient les esprits himériens. Un courrier avait bravé les tempêtes du printemps pour porter en Sicile la nouvelle de la chute de Milet. Après un long siège, les Perses avaient fait irruption dans la ville, l'avaient mise à sac et incendiée, massacrant la population et réduisant les survivants en esclavage. Sur l'ordre exprès du Roi des rois, pour sa participation à la rébellion, Milet avait été rasée jusqu'aux fondations. Détruire une ville qui avait compté des centaines de milliers d'habitants n'avait pas été une tâche aisée mais l'armée en était venue à bout en employant ses engins de guerre et des milliers d'esclaves grecs.

Ainsi prit fin la danse de la liberté. Les autres cités ioniennes eurent moins à souffrir. Certes, les tyrans grecs avaient retrouvé leurs trônes mais les cités conquises n'eurent pas à subir plus que le lot habituel de massacres, d'incendies, de viols et de pillages.

Lorsque la révolte étouffée ne fut plus que cendres, les autochtones se révélèrent, comme toujours, plus impitoyables que les conquérants étrangers. Les tyrans rétablis dans leur pouvoir éliminèrent les danseurs de la liberté avec tant de férocité que ceux qui avaient été assez sages pour fuir en Occident avec leur famille et leurs biens pouvaient sans conteste s'estimer heureux de leur sort.

Telles étaient les nouvelles d'Ionie. Pour moi qui me sentais dégagé de toute obligation envers la rébellion, le destin de Milet ne me toucha que médiocrement. Mais on ne peut passer sous silence que beaucoup des richesses, des raffinements et des charmes de la vie disparurent à jamais avec la destruction de Milet. Dorieos et moi bûmes du meilleur vin de Tanakil, en répandant quelques gouttes sur le sol à la mémoire de la cité dorée. Mais notre chagrin n'alla pas jusqu'à nous faire couper une touffe de cheveux. Cela, pensions-nous, aurait été pure hypocrisie.

C'est de Dionysios que nous obtînmes les informations les plus sûres car, étant lui-même très versé dans l'art de l'exagération, il savait séparer les rumeurs insensées et les vérités originelles.

— Athènes n'est pas encore en ruine, nous rassura-t-il. Il est vrai que nombreux sont ceux qui assurent que le roi des Perses lui-même a pris la mer pour aller demander réparation de l'expédition athénienne contre Sardes. Mais il lui faudra plusieurs années. Les Perses devront d'abord affermir leur domination sur les îles, et lancer une attaque contre le continent grec nécessite de longs préparatifs. Cependant on dit, et cela je le crois volontiers, qu'il a ordonné à son esclave favori de lui murmurer à l'oreille chaque jour avant le banquet du soir : « Maître, souvenez-vous des Athéniens. »

« Ainsi va le monde, conclut Dionysios. La chute de Milet livre la mer occidentale aux Phéniciens et les innombrables vaisseaux de l'Ionie sont perses désormais. Que le continent tombe et il ne restera plus que la Grèce occidentale où nous sommes, prise entre Carthage et les Tyrrhéniens. C'est pourquoi le plus sage en ce qui nous concerne serait de retirer en toute hâte notre trésor des caves de Krinippos et de gagner Massilia avec toute la vélocité dont nos navires sont capables. Peut-être avant la fin de nos vies verrons-nous la main des Perses s'étendre jusqu'à la colonie phocéenne.

Mikon leva les mains dans un geste horrifié.

— Tu exagères certainement, Dionysios! Je sais, pour avoir étudié le passé, que même l'Egypte et Babylone n'ont jamais dominé le monde entier. C'est pour cela que personne ne pouvait imaginer la chute de l'Egypte. Je devais avoir douze ans lorsque la rumeur courut dans les îles que le grand roi Cambyse, deuxième du nom, avait conquis le pays du Nil. Mon père qui était un homme instruit ne voulut pas d'abord le croire, puis lorsqu'il ne fut plus possible de refuser la vérité, il se couvrit la tête d'un voile, s'étendit sur sa couche et mourut. Alors les potiers d'Attique commencèrent de tourner des vases à figures rouges car le monde avait changé de base. Mais même Darius n'a pu vaincre les Scythes.

Dorieos laissa éclater son indignation.

— Silence, médecin! Tu n'entends rien à la guerre. Les Scythes ne peuvent être vaincus parce qu'ils mènent une vie errante à la traîne de leurs troupeaux. Ils n'ont pas de véritables royaumes. Une victoire contre les Scythes ne contribuerait guère à la gloire d'un guerrier. Les Grecs qui servent comme mercenaires dans les armées perses ont peut-être choisi le meilleur bord. Mais mon destin me pousse ailleurs et je dois m'employer à reprendre mon héritage quand il est encore temps.

Il se tut et, la mine maussade, se mordillant les lèvres, il soupesa un moment Dionysios du regard.

— Sur mer, tu as droit à tout mon respect,dit-il enfin. Car dans les questions maritimes, nul n'est plus habile que toi. Mais je suis né pour combattre sur terre et puis les événements survenus dans notre patrie ont jeté le trouble dans mon esprit. Le destin de la Grèce est en suspens. Ne devrions-nous pas, pendant qu'il est encore temps, nous employer à raffermir la puissance de la Grèce occidentale? Dans un premier temps il nous faudrait libérer Ségeste et tout le pays d'Eryx et débarrasser la Sicile des établissements carthaginois.

— Ton plan est excellent, Spartiate, dit Dionysios d'un ton apaisant. Mais nombreux sont ceux qui ont tenté d'en suivre de semblables. Les corps des Phocéens ont nourri les champs de Ségeste. Durant ton voyage dans cette région tu as certainement eu l'occasion de rendre hommage à l'âme de ton père.

« Mais pourquoi perdre notre temps à ces futilités? Il nous faut gagner Massilia en toute hâte. Près de cette cité nous fonderons une nouvelle colonie, au grand dam des Carthaginois.

Dorieos perdit toute patience.

— Tu peux bien gagner les demeures d'Hadès, pour ce qui me concerne! On m'a tant rebattu les oreilles avec Massilia que j'en ai mal à la tête.

— C'est ce coup de rame que tu as reçu à Ladé, opina Dionysios, compatissant.

— C'était un coup d'épée, par Héraclès! vociféra Dorieos. Ne me pousse pas à violer les lois de l'hospitalité en te tuant sur-le-champ. Mon intention n'est nullement de voguer jusqu'à Massilia mais de faire valoir mes droits de descendant d'Héraclès sur Eryx et Ségeste. Pour cela, j'aurai besoin de tes vaisseaux et de tes hommes, Dionysios, et de notre trésor. L'aventure semble pleine de promesses car les fils du second mari de ma femme préparent déjà la révolte à Ségeste et, avec les richesses de Tanakil, nous saurons nous ménager des alliés chez les Sicanes qui vivent dans les bois.

Il s'échauffait au fur et à mesure qu'il exposait ses projets.

— La conquête de Ségeste ne présentera pas la moindre difficulté car les nobles ne se préoccupent que d'élever leurs chiens de chasse et payent des athlètes professionnels pour les remplacer sur le stade. Le mont Eryx serait peut-être imprenable si je ne disposais d'une femme...

Il se tut, me jeta un coup d'oeil et se corrigea en rougissant :

— ...Si nous ne disposions d'une femme, prêtresse d'Aphrodite, qui connaît parfaitement les passages secrets d'Eryx. Avec son aide nous nous emparerons du temple et de ses offrandes votives.

A présent, c'était mon tour de me lever d'un bond et de demander d'une voix que la fureur faisait trembler :

— Quand et comment as-tu trouvé le temps de discuter de ces questions avec Arsinoé, derrière mon dos? Pourquoi ne m'en a-t-elle soufflé mot?

Les yeux de Dorieos évitaient les miens.

— Vous aviez sans doute d'autres questions à discuter, balbutia-t-il en manière d'excuse. Arsinoé songe aussi beaucoup à ton propre intérêt.

Plissant les yeux, Mikon secoua la tête et demanda :

— Pardonnez-moi, mais qui est cette Arsinoé?

— La femme que tu crois être Aura, expliquai-je, n'a jamais été Aura mais une prêtresse d'Aphrodite que j'ai enlevée au temple d'Eryx. Elle n'a pris l'apparence d'Aura que pour s'enfuir sans être remarquée.

Comme Mikon enfouissait son visage dans ses mains, je poursuivis, l'encourageant à retrouver ses esprits :

— Ne te souviens-tu pas qu'Aura est morte à cause de ton imprudente curiosité? Tu as de tes propres mains entassé les branches de peuplier blanc sur le bûcher funéraire. Toi-même, tu oignis son corps.

Mikon releva brusquement la tête et poussa un cri d'allégresse :

— C'était donc bien vrai! Grâce en soit rendue à la déesse! Et moi qui croyais que c'était seulement l'effet de la boisson sur ma pauvre tête! Bénis soient les ossements d'Aura!

Une joie sans mélange se peignait sur son visage, il bondit de sa couche et gambada autour de la table, riant et frappant dans ses mains.

— Ainsi je n'avais pas tort de trouver étrange la transformation d'Aura. Je l'attribuais à la déesse. Maintenant je comprends pourquoi j'ai trouvé récemment de telles extases dans son étreinte!

Lorsque ces mots se furent frayé un chemin dans mon entendement, ma bouche s'ouvrit toute grande. Puis mes doigts devinrent des griffes et cherchèrent sa gorge.

Mais Dorieos fut plus rapide que moi. La face empourprée de rage, il fracassa une coupe en hurlant :

— Misérable charlatan! Comment as-tu osé porter la main sur Arsinoé?

Il se serait jeté sur Mikon si ma voix ne l'avait retenu.

— L'erreur de Mikon est compréhensible, dis-je doucement tandis que mes mains s'ouvraient et se refermaient convulsivement. Mais pourquoi te soucies-tu de défendre l'honneur et la chasteté d'Arsinoé? Comment as-tu pu la séduire au point de la faire conspirer avec toi contre la sûreté d'Eryx?

Dorieos s'éclaircit la gorge.

— Je ne l'ai nullement séduite, Turms, cela je le jure par le nom de la déesse. J'ai simplement été affligé d'entendre Mikon tenir de si grossiers propos sur une femme si honorable et susceptible sur la question de l'honneur.

Je me disposai à hurler, pleurer et casser des bols d'argile mais Dorieos se hâta de dire :

— Maîtrise-toi, Turms. Pourquoi traiter de ces affaires devant un étranger ?

Il jeta un coup d'œil à Dionysios qui lança :

— J'ai écouté avec intérêt vos projets politiques mais en toute sincérité, je dois dire que j'éprouve plus d'intérêt encore pour la femme qui soulève tant de passions chez trois hommes de talent comme vous.

Il avait à peine prononcé ces derniers mots qu'Arsinoé faisait son entrée, suivie d'une Tanakil qui avait revêtu ses plus belles parures et dont les bijoux s'entrechoquaient dans un grand bruit de ferraille. Arsinoé en revanche était simplement vêtue, et même beaucoup trop simplement à mon goût car elle ne portait qu'une tunique retenue à une épaule par une grande broche d'or. L'ensemble révélait beaucoup plus qu'il ne cachait. Elle avait relevé sa chevelure dorée à la manière de la déesse et les bijoux qu'elle avait volés au temple maintenaient sa coiffure. Sur son sein la grosse pierre de lune jetait de malfaisantes lueurs. La chaîne d'or étrusque à laquelle elle pendait n'avait pas été offerte par moi, car j'avais oublié ma promesse, ayant été fort occupé depuis notre arrivée à Himère.

— Dionysios, puissant guerrier des plaines de la mer, dit-elle en le saluant, quel bonheur, en vérité, de te voir après qu'on m'ait tant parlé de tes hauts faits et aussi, en grand secret, des trésors que tu as entassés dans les caves de Krinippos le tyran.

Dionysios l'examina de la tête aux pieds puis grogna :

— Etes-vous devenus fous, vous trois, ou bien un lapin enragé vous a-t-il mordus pour que vous osiez révéler nos secrets à une femme ?

Arsinoé baissa humblement la tête.

— Je ne suis qu'une faible femme, mais crois-moi, beau Dionysios, les plus graves secrets des hommes sont plus en sécurité dans mon coeur que ne le sont tes trésors dans les caves du cupide Krinippos.

Elle sourit, d'un sourire nostalgique que je ne lui avais jamais vu.

Dionysios se frotta les yeux et secoua sa tête massive.

— La seule chose que ma mère esclave a été capable de m'apprendre c'est de ne pas croire la parole des marins. J'ai appris par moi-même qu'il ne fallait pas croire un mot de ce que disent les femmes. Mais lorsque tu me regardes avec ces yeux mélancoliques, prêtresse, j'ai beaucoup de mal à résister à la tentation de penser que parmi toutes les femmes tu es l'exception.

— Arsinoé, criai-je, je t'interdis de regarder un autre homme que moi de cette façon!

Mais j'aurais pu aussi bien m'adresser à la muraille. Sans même m'accorder un regard, elle s'assit avec aisance au bord de la couche de Dionysios. Tanakil nous présenta un nouveau pichet de vin et Arsinoé tendit à notre capitaine un gobelet empli jusqu'au bord.

D'un air absent, Dionysios répandit sur le sol quelques gouttes de vin.

— Je ne me souviens plus de ce que je disais mais tes paroles m'ont rempli d'étonnement. Les hommes comme les femmes m'ont souvent jugé fort, mais personne, pas même ma mère, n'avait jamais osé prétendre que j'étais beau. Pourquoi as-tu employé ce mot?

Arsinoé posa le menton dans sa main et, la tête inclinée sur le côté, étudia le visage de Dionysios.

— Ne me trouble pas avec ton regard perçant, homme de la mer, car tu me fais rougir. Il n'est peut-être pas convenable qu'une femme parle ainsi à un homme mais lorsque je suis entrée ici et que je t'ai aperçu avec ces énormes boucles d'or à tes oreilles, je n'ai pu m'empêcher de trembler. J'ai cru avoir devant moi un dieu à barbe noire, immense, terrible et beau.

«La beauté virile est chose rare, poursuivit-elle avec emportement. Si rare et si différente de la beauté féminine. Certains admirent les jeunes gens minces. Ce n'est pas mon cas. Non, qu'on me présente un homme avec des membres durs comme des troncs de chêne, une barbe bouclée à laquelle une femme puisse se pendre de tout son poids et des yeux plus grands que ceux du plus beau des bœufs.

«Oh, Dionysios, soupira-t-elle, j'ai le plus grand respect pour ta gloire mais ce pour quoi je t'admire par-dessus tout, c'est pour ta beauté qui surpasse celle de tous les hommes que j'aie jamais vus.

Elle déplia le bras et de ses longs doigts minces toucha les anneaux d'or qui pendaient aux oreilles du capitaine.

Il recula comme sous un coup de fouet.

— Par Poséidon, marmonna-t-il.

Il tendit la main vers la joue d'Arsinoé, comme pour la caresser puis, se reprenant, il se jeta de l'autre côté de sa couche et se leva d'un bond. Deux fois, puis trois fois, il jura.

— Catin, rugit-il ensuite! Catin et encore catin! Il n'est pas un mot de toi que je croie!

Jurant toujours, il sortit de la pièce. Nous l'entendîmes ramasser son bouclier dans l'entrée et tituber dans les escaliers mais avant que nous l'ayons rattrapé, il s'était ressaisi et avait bondi dans la rue, claquant la porte derrière lui.

Nous regagnâmes la salle du banquet en échangeant des regards d'impuissance. Arsinoé la première retrouva une contenance.

— Mon cher Turms, me dit-elle d'un ton câlin, allons-nous-en tous les deux. Tu t'agites sans nécessité. Il faut que je discute de certaines questions avec toi.

Comme nous sortions, je vis Dorieos frapper Mikon au visage, si rudement que le médecin fut projeté contre le mur et glissa sur le sol, une main contre la joue.

2

Lorsque nous fûmes seuls, je regardai Arsinoé comme si elle avait été une étrangère. Comme je cherchais par quoi commencer, des paroles maladroites me vinrent aux lèvres.

— N'as-tu point honte de te montrer ainsi dévêtue en présence d'un étranger?

— Mais tu m'as demandé de m'habiller avec simplicité,

protesta-t-elle aussitôt. D'innombrables fois tu as répondu à mes modestes demandes que tu ne pouvais les satisfaire, prétendant qu'en quelques jours mes folles dépenses t'avaient endetté pour des années. Pouvais-je m'habiller plus simplement encore?

Comme j'ouvrais la bouche pour lui répondre, elle posa une main sur mon bras pour me retenir.

— Non, Turms, supplia-t-elle. Ne parle pas sans avoir bien pesé tes paroles, car je n'en supporterai pas davantage.

— Tu n'en supporteras pas davantage? me récriai-je, ahuri.

— Exactement. Même la patience d'une femme qui aime n'est pas sans limites. Depuis que nous sommes à Himère, j'ai bien dû admettre que, quoi que je fasse, tu serais toujours mécontent. Hélas, Turms, comment cela a-t-il pu nous arriver?

Se jetant sur le lit, elle cacha son visage dans ses mains et éclata en sanglots. Chaque pleur qu'elle versait déchirait un peu plus mon âme. A la fin, j'en vins à me demander si tout cela n'était pas le fruit de mes erreurs. Puis, songeant au regard fuyant de Dorieos et à l'expression coupable de Mikon, j'oubliai l'attitude d'Arsinoé devant Dionysios. Le sang me monta à la tête et je levai la main pour la frapper. Mais ma main resta en l'air car mon regard détaillait les charmes fragiles de son corps tremblant sous le fin tissu. Il s'ensuivit naturellement que ses bras se suspendirent à mon cou et que je connus une fois encore l'un de ces moments où le reste du monde s'évanouissait, tandis qu'Arsinoé et moi flottions sur un nuage.

Puis elle s'arracha à sa torpeur et de ses doigts frais toucha mon front humide.

— Pourquoi es-tu toujours si cruel avec moi, Turms, quand je t'aime si furieusement?

Et son visage ne démentait point ses paroles, car c'était en toute sincérité qu'elle parlait.

— Comment peux-tu parler ainsi? lui dis-je sur le ton du reproche. N'as-tu point honte de me regarder avec ces yeux clairs alors que je viens d'apprendre que tu as abusé de ma confiance avec mes deux meilleurs amis?

— Ce n'est pas vrai, protesta-t-elle, mais son regard m'évitait.

— Si tu m'aimais vraiment... commençai-je, mais je ne pus poursuivre car la colère et l'humiliation m'étranglaient.

Arsinoé devint grave et poursuivit sur un ton totalement différent :

— Je suis un être faible, je le sais bien. Il ne faut pas oublier que je suis une femme. Peut-être ne peux-tu être tout à fait sûr de moi car je ne suis pas sûre de moi-même. Ce dont tu peux être certain, maintenant et à jamais, c'est que je t'aime, toi et toi seulement. Sinon, pourquoi donc aurais-je abandonné une vie de luxe ?

Elle parlait avec tant de sincérité dans la voix que je sentis que ces paroles étaient vraies. Mon amertume devint du regret.

— Je tiens de la bouche même de Mikon...

Elle pressa la douce paume de ses mains contre mes lèvres.

— Ne va pas plus loin. Je le reconnais, mais c'était contre ma volonté. Ce n'est que pour l'amour de toi que j'ai accepté, Turms. Tu m'avais toi-même dit que ta vie serait menacée s'il se révélait trop tôt que je n'étais pas Aura.

— Mais Mikon disait...

— Certes, admit-elle. Mais tu dois comprendre qu'il ne faut pas négliger que, dans ce domaine, l'orgueil d'une femme joue aussi un rôle. Quand, par amour pour toi, j'ai été contrainte de prendre du plaisir, je ne pouvais me contenter de me conduire comme une Sicilienne de basse extraction.

— Tais-toi, la suppliai-je. Comment peux tu te vanter ainsi ? Mais qu'en est-il de Dorieos ?

— Certes, je lui ai parlé, concéda Arsinoé, après que Tanakil m'eut fait part de ses projets. C'est un homme bien fait et il tenterait n'importe quelle femme. Peut-être s'est-il mépris sur mon intérêt pour lui et ce n'est pas de ma faute si je suis belle.

— Lui aussi, grognai-je et je tendis la main vers mon épée.

Arsinoé m'apaisa :

— Il ne s'est rien passé. J'ai expliqué à Dorieos que ce n'était pas possible. Il m'a demandé pardon et nous avons été d'accord pour rester bons amis.

Elle regardait droit devant elle, pensivement.

— Vois-tu, Turms, je lui serai peut-être de quelque utilité dans l'accomplissement de ses desseins politiques. Il n'est pas dépourvu de jugement au point de se faire une ennemie de quelqu'un qui peut l'aider.

En moi l'espoir le disputait au doute.

— Me jures-tu que Dorieos ne t'a pas touchée?

— Touchée, touchée, cesse donc de répéter cela! Il m'a peut-être un peu touchée mais il ne m'a pas soumise à ses désirs d'homme, cela je le jurerai sur le nom de tous les dieux que tu voudras.

— Me le jures-tu sur notre amour?

Elle eut un instant d'hésitation et répéta :

— Sur notre amour.

Mais j'avais vu le trouble de ses yeux.

— Allons, dis-je en me levant. Je vais m'en assurer par moi-même.

— Non! s'écria-t-elle, suppliante.

Puis elle haussa les épaules :

— Va, si tel est ton bon plaisir, va puisque tu ne me crois pas. Cela vaut mieux ainsi. Mais je ne me serais pas attendue à pareil traitement de ta part, Turms.

Je ne pouvais détacher mon esprit de la vision de ses yeux accusateurs et noyés de larmes. Mais il me fallait apprendre la vérité de la bouche de Dorieos. Alors seulement je serais libéré du doute. Combien j'étais niais alors! Comme si mon cœur avait pu connaître un instant de repos quand Arsinoé régnait sur lui sans partage!

Je trouvai Dorieos dans le jardin, mollement étendu dans la fontaine chaude. A travers l'onde jaune qui sentait le soufre son corps puissant me parut plus vaste que la vie même. M'efforçant au calme, je m'assis au bord du bassin et laissai pendre mes pieds dans l'eau.

— Dorieos, souviens-toi du stade de Delphes. Souviens-toi des os de mouton que nous avons jetés pour demander aux dieux la direction que prendraient nos voyages. Souviens-toi de Corinthe et de la guerre d'Ionie. En vérité, notre amitié est au-dessus de tout. Je ne me laisserai pas aller à la colère si tu me dis simplement la vérité. Au nom de notre amitié, as-tu commis l'acte de chair avec Arsinoé?

Son regard vacilla. Il hésita, lâcha enfin :

— Comment dire... Une ou deux fois, peut-être. Je ne voulais rien faire de mal. Mais ses charmes sont irrésistibles.

L'honnête aveu de Dorieos montre qu'il était dans ce domaine aussi naïf que je l'étais alors. Mais de cela, dans l'instant, je n'eus point conscience. Des frissons glacés me parcouraient l'échine.

— L'as-tu prise de force ?

— De force ?

Il me considéra avec étonnement.

— Par Héraclès, comme tu la connais mal ! Est-ce que je ne viens pas de te dire que je n'ai pas pu lui résister ?

Mis ainsi sur la voie des aveux, il ne songeait plus qu'à se décharger de sa faute.

— N'en parle pas à Tanakil, je t'en conjure. Je ne voudrais pas la chagriner. Vois-tu, c'est Arsinoé qui a commencé. Elle était en admiration devant mes muscles. Elle disait que tu n'avais rien d'un homme comparé à moi.

— En vérité ? coassai-je.

— En vérité. Il semble que Tanakil ait tant vanté ma force qu'Arsinoé en a été jalouse. Tu sais bien ce qui se passe lorsque cette femme tâte les reins d'un homme. En toute honnêteté, je n'ai plus songé à l'amitié, ni à l'honneur, ni au reste du monde. Veux-tu en savoir davantage ?

— Non. Je comprends.

Mais je ne comprenais pas.

— Dorieos, m'obstinai-je, pourquoi prétend-elle que tu ne l'attires pas ?

Il rit, faisant jouer ses muscles dans l'eau.

— Elle prétend cela ? Peut-être est-ce par pitié qu'elle parle ainsi. Mais pour te détromper, il aurait fallu que tu la voies et l'entendes.

Je me levai si brusquement que je manquai choir dans le bassin.

— C'est ainsi, Dorieos. Je ne te hais pas pour cela et je ne veux pas non plus remâcher cette affaire. Mais ne recommence jamais.

Je courus jusqu'à la maison, les yeux noyés de larmes brûlantes. Je sus alors que je ne pourrais jamais plus avoir confiance en quiconque et en Arsinoé moins que personne. Tôt ou tard, chacun d'entre nous doit reconnaître cette amère vérité. Elle fait partie de ces réalités qui composent une vie, comme le pain noir et la dysenterie, et auxquelles nul ne peut prétendre échapper. Une impression de soulagement me gagna lorsque je me rendis compte que je n'avais plus d'obligation envers Dorieos. Je ne me sentais plus lié à lui par l'amitié puisqu'il en avait violé les lois.

Lorsque j'entrai dans notre chambre, Arsinoé se dressa sur sa couche, la bouche mauvaise.

— Ainsi donc, Turms, tu as parlé à Dorieos? N'as-tu point honte à présent de tes soupçons cruels?

— Comment peux-tu être aussi impudente, Arsinoé? Dorieos a avoué.

— Avoué quoi?

— Avoir commis l'acte de chair avec toi.

Écrasé de désespoir, je me jetai sur le lit.

— Comment as-tu pu mentir ainsi, et jurer sur notre amour? Plus jamais je ne pourrai te croire, Arsinoé.

Elle m'enlaça.

— Mais, Turms, quelle folie est-ce là? Dorieos ne peut pas avoir avoué. Ne crois-tu pas que ce Lacédémonien s'efforce de nous séparer en semant les germes du doute dans ton esprit? Je ne vois pas d'autre raison.

A mon corps défendant, je levai sur elle des yeux affamés d'espérance. Elle lut dans mon regard le désir ardent de croire et se hâta d'expliquer sa pensée :

— Je comprends, à présent, Turms. J'ai dû sans doute heurter sa vanité de mâle en rejetant ses avances et, sachant combien tu es crédule, il s'est vengé par des calomnies.

— Cesse, Arsinoé, l'implorai-je. Je suis à l'agonie. Dorieos n'a pas menti, je le connais mieux que toi.

Elle prit ma tête entre ses mains, étudia mon visage un moment puis se rejeta en arrière.

— C'est ainsi. Je n'ai plus la force de combattre pour notre amour. Tout est fini, Turms. Adieu. Demain, je retournerai en Eryx.

Que pouvais-je dire? Que pouvais-je faire sinon me jeter à ses pieds et implorer son pardon pour mes soupçons si vils? Elle était le sang de mon sang et je ne voulais pas la perdre. De nouveau nous flottâmes dans un éblouissant nuage, et, là où nous étions, les choses de la terre, y compris le mensonge et la tromperie, perdaient toute importance.

3

La saison de la navigation était arrivée et, après avoir travaillé tout l'hiver à hausser les murs d'Himère, les hommes de Phocée se sentaient l'âme inquiète, humaient le vent et étudiaient les signes célestes. Dionysios avait mis un nouveau bateau à la mer et les deux pentékontérès n'avaient jamais été aussi méticuleusement calfatés et goudronnés. Il n'y avait pas une rame, pas un mât, pas un nœud du bois que Dionysios n'eût inspecté de ses propres yeux. Le soir, des marins aiguisaient leurs armes légères tandis que d'autres, qui avaient engraissé durant l'hiver, bataillaient pour remettre leurs plastrons et leurs cuirasses de bronze, et perçaient de nouveaux trous dans leurs ceintures. Les rameurs chantaient de criards chants d'adieu tandis que les hommes qui à l'automne avaient épousé une Himérienne commençaient de se demander si, tout bien considéré, ce n'était pas folie d'exposer une frêle femme aux dangers de la mer. Et les femmes, quant à elles, après avoir bien pleuré et imploré, s'apprêtaient à demeurer à Himère.

Mais Krinippos décréta que tout homme marié devrait laisser un pécule à son épouse, suivant son rang sur le bateau : trente drachmes pour qui maniait la rame et cent pour celui qui jouait de l'épée. En outre, toute femme Himérienne, mariée ou non, qui aurait été engrossée durant l'hiver, recevrait dix drachmes d'argent sur le trésor de Dionysios.

Furieux de ces demandes exorbitantes, les marins s'assemblèrent sur la place du marché et crièrent sur tous les tons que Krinippos était le tyran le plus ingrat et l'homme le plus cupide qu'ils eussent jamais connu.

— Sommes-nous les seuls hommes d'Himère? gémissaient-ils. Votre propre symbole n'est-il pas le coq? Ce n'est pas de notre faute si nous avons été pervertis par la paillardise de vos femmes. Tout l'hiver nous avons travaillé comme des esclaves pour vous, et le soir nous étions si épuisés que nous pouvions à peine nous traîner jusqu'à nos lits. Et ce n'est certes pas non plus de notre faute si les jeunes filles de la cité, et aussi, il faut le dire, les matrones, se glissaient jusqu'à nos couches pour se frotter contre nous.

Mais Krinippos ne se laissa pas attendrir.

— La loi est la loi et ma parole est la loi d'Himère. Mais je consens volontiers à vous laisser emmener vos femmes et aussi celles des jeunes filles que vous avez engrossées. C'est à vous de choisir.

Pendant que ses hommes menaient ainsi grand tapage, Dionysios se tenait à l'écart. Il ne fit pas un mouvement pour les défendre car il lui fallait encore obtenir de l'eau et des vivres pour ses navires et, par-dessus tout, le trésor renfermé dans les caves de pierre de Krinippos. Tandis que ses hommes sur la place du marché s'agitaient en tous sens et dans leur fureur déchiraient leurs vêtements, le capitaine les examinait de son regard sagace.

Soudain il agrippa par le bras l'un des rameurs les plus bruyants.

— Qu'est-ce que cette marque sur ton dos?

L'homme jeta un coup d'œil par-dessus son épaule et répondit avec irritation :

— C'est une marque sacrée qui me protégera dans la bataille et qui ne m'a coûté qu'une drachme.

Des hommes se bousculèrent autour de Dionysios, chacun d'eux tenant à lui montrer sa propre marque sacrée en forme de croissant.

— Combien d'entre vous portent ce signe, et qui vous l'a tatoué? vociféra Dionysios.

Plus de la moitié des marins s'étaient empressés d'acquérir ce charme. Le tatouage n'était pas encore sec car le magicien venait à peine d'arriver à Himère. Sur l'épaule gauche de chaque homme, il avait avec un couteau pointu dessiné un croissant sur lequel il avait répandu de l'indigo sacré, puis appliqué de la cendre sacrée et enfin craché un crachat sacré.

— Qu'on m'amène ce magicien! ordonna Dionysios. J'aimerais beaucoup étudier sa propre omoplate.

Mais l'homme qui, quelques instants auparavant, était encore assis dans un coin de la place du marché, occupé à tracer sur une tablette des symboles sacrés, avait brusquement disparu et on eut beau le chercher dans toute la cité, on ne le trouva nulle part.

Ce soir-là, Dionysios vint nous voir, accompagné du chef des timoniers de son grand bateau.

— Cette marque bleue nous fait courir le plus grand danger, dit-il. Krinippos va venir ici ce soir pour discuter de la question. Ne disons rien de nos propres affaires et contentons-nous de l'écouter.

— Mes plans sont prêts, à présent, rétorqua sèchement Dorieos. Je suis heureux de voir que toi, Dionysios, tu viens joindre tes forces aux miennes. Ainsi nous n'aurons pas à lutter pour le commandement.

Dionysios soupira.

— Comme tu voudras, dit-il patiemment. Mais ne souffle pas un mot de Ségeste en présence de Krinippos car il s'opposerait à notre départ. Pouvons-nous nous entendre pour que je commande sur mer et toi sur terre ?

Dorieos balança un instant.

— Ce sera parfait ainsi, concéda-t-il. Cependant lorsque nous serons arrivés à bon port, nous n'aurons plus besoin des vaisseaux, alors je les brûlerai.

Dionysios hocha distraitement du chef.

— Pourquoi donc, demanda Mikon intrigué, s'inquiéter de cette marque bleue et d'un charlatan qui gagne sa vie en abusant de la crédulité des marins ?

Dionysios envoya son timonier vérifier qu'aucune femme n'était aux aguets derrière les tentures avant de s'expliquer :

— Un vaisseau carthaginois a été signalé croisant au large d'Himère. Un guetteur, sans doute, qui préviendra la flotte carthaginoise lorsque nous appareillerons.

— Mais Himère n'est pas en guerre avec les Phéniciens, protestai-je. Bien au contraire, Krinippos cultive l'amitié de Carthage. Quel rapport, en outre, avec le magicien et la marque ?

De son index épais, Dionysios tapota mon omoplate gauche et sourit, d'un sinistre sourire.

— C'est ici, précisément, que le prêtre sacrificiel commence d'écorcher vif les pirates. Il épargne la tête, les mains et les pieds afin que la victime survive plusieurs jours. Voilà comment Carthage punit la piraterie.

« Oui, poursuivit-il, nous avons été découverts. Les Carthaginois savent que notre butin ne provient pas de la bataille de Ladé, et pour cette raison nous ne serons plus en sûreté nulle part sur la mer. Ils auront probablement averti leurs alliés étrusques mais cela n'a guère d'importance puisque nous savons déjà qu'ils ne nous autorisent pas à naviguer sur leurs eaux.

Mikon, qui buvait depuis le matin, se mit à trembler.

— Je ne suis pas un couard mais je suis las de la mer et, avec ta permission, Dionysios, je resterai à Himère.

Dionysios éclata d'un rire tonitruant et lui assena de grandes tapes sur l'épaule.

— Reste si tu préfères rester. Ce qui peut t'arriver de pire, c'est simplement qu'un jour Krinippos soit contraint de te livrer aux Phéniciens qui cloueront ta peau à l'entrée du port de Carthage. Leur espion a certainement gravé dans sa mémoire les traits de nos visages ainsi que ceux de nos timoniers car les Carthaginois nous poursuivront sans relâche. Dix ans encore après notre arrivée à Massilia, ils penseront toujours à nous.

— Mais nous n'irons pas à Massilia, le coupa Dorieos.

— Certes, approuva promptement Dionysios. Ils le croient seulement parce que la rumeur en a circulé. C'est pour cela qu'ils ont marqué jusqu'au dernier de nos marins car ils veulent pouvoir nous reconnaître où que nous soyons, en n'importe quelle circonstance.

Il rit de nos expressions horrifiées.

— Un homme qui enfonce son poing dans un essaim d'abeilles pour leur voler leur miel doit savoir ce qu'il fait. Vous n'ignoriez pas ce qui vous attendait lorsque vous vous êtes joints à nous.

Ce n'était pas la stricte vérité, mais nous n'avions nulle envie de discuter là-dessus. Aux yeux des Phéniciens, et cela seul comptait désormais, nous étions liés à Dionysios comme la chair à la peau.

Puis le timonier reparut sur le seuil. La dame de la maison et son amie, dit-il avec un geste d'impuissance, insistaient pour entrer. Arsinoé se glissa devant lui, serrant contre elle un animal à fourrure brillante. Elle me le brandit sous le nez.

— Regarde ce que j'ai acheté, Turms!

Mon regard se posa sur la bête aux yeux luisants qui montrait les dents et crachait. Je reconnus un chat. Les Egyptiens le tenaient pour sacré mais on en rencontrait rarement ailleurs que sur les rives du Nil. J'en avais néanmoins vu un à Milet, où les femmes de la noblesse en gardaient dans leur demeure.

— Mais c'est un chat! m'écriai-je. Pose immédiatement cet animal dangereux à terre. Ignores-tu qu'il cache des griffes pointues dans ses pattes si douces?

J'étais furieux, et, s'il y avait plusieurs raisons à ma colère, la moindre n'était pas que je me demandais où Arsinoé avait pu trouver l'argent pour acquérir cet animal de grand prix.

Arsinoé rit d'un rire joyeux.

— Turms, ne sois pas méchant. Prends-le contre toi et caresse-le. Tu vas voir, c'est délicieux.

Elle me lança le chat qui s'empressa de planter ses ongles dans ma poitrine, grimpa sur ma tête et, de là, sauta sur l'épaule du dieu domestique phénicien.

— Toute ma vie j'ai rêvé de posséder un animal aussi merveilleux, babillait Arsinoé. Crois-moi, il est parfaitement apprivoisé. C'est toi qui l'as effrayé, Turms, avec tes cris d'orfraie!Songe à la douceur de sa présence dans mon lit, lorsqu'il surveillera mon sommeil avec ses yeux qui luisent dans les ténèbres comme deux lumières rassurantes! Tu ne peux pas me refuser ce bonheur.

Je sentis sur moi les regards de pitié de mes trois compagnons et rougis violemment.

— Je ne pousse pas de cris d'orfraie, protestai-je, et je n'ai pas peur non plus de cette créature. Mais c'est un animal inutile que nous ne pourrons embarquer. Nous serons très bientôt en mer et...

— Dis plutôt dans les demeures d'Hadès, coupa Dionysios, sarcastique. En vérité, Turms, je ne pensais pas que, de nous tous, tu serais celui qui tiendrait le moins bien ta langue!

— Mais toute la cité sait déjà que vous êtes sur le point d'appareiller, lâcha innocement Arsinoé. Le Conseil de Carthage a demandé à Krinippos de vous garder prisonniers ou de vous livrer. Même le marchand qui m'a vendu ce superbe animal ne l'ignorait pas. C'est pour cela qu'il m'a fait un prix si léger, pour qu'il nous porte chance sur mer.

Dionysios leva les mains au ciel.

— Que les dieux aient pitié de nous! s'écria-t-il.

— Voilà certainement un tour des Phéniciens, dis-je. Ils ont mis le chat entre les mains d'Arsinoé pour qu'il nous porte malheur. Le marchand devait être phénicien.

Arsinoé serra l'animal contre son sein.

— Au contraire, le marchand est étrusque. C'est l'un de tes amis, Turms. Il s'appelle Lars Alsir. C'est pour cette raison qu'il m'a vendu le chat à crédit.

Je me sentis soulagé car Lars Alsir ne pouvait pas me vouloir de mal. Dionysios éclata de rire et tendit vers le chat une main prudente, lui caressant le menton de son énorme index.

Arsinoé jeta au capitaine un regard de reconnaissance.

— De tous, c'est toi qui me comprends le mieux, Dionysios, murmura-t-elle. Turms n'est-il pas comme un enfant qui ne voit pas même ce qu'il a sous le nez? Aucun marchand phénicien ne pouvait me le vendre puisqu'ils ont tous fermé leurs boutiques et ont dissimulé à l'intérieur des gardes armés de haches de bataille. En outre, ils ont interdit aux autres marchands de commercer avec nous sous peine de se voir refuser à l'avenir les biens carthaginois. Voilà qui est stupide, à mon avis, car la tâche des commerçants est de commercer!

Tout en grattant toujours distraitement le crâne du chat, Dionysios fit un signe à son timonier et lui ordonna :

— Va immédiatement réveiller les prêtres de Poséidon. Qu'on sacrifie dix taureaux pour nous, quel que soit le prix. Si cela s'avère nécessaire, trouve un habitant digne de confiance qui achètera les taureaux à son nom. Les fémurs et la graisse seront abandonnés à l'autel mais nous embarquerons dès cette nuit la viande sur les vaisseaux.

Il se retourna vers Arsinoé :

— Pardonne-moi pour t'avoir interrompue mais en vous contemplant, toi et ton chat, j'ai soudain été pris d'un grand désir de sacrifier à Poséidon.

Les paupières mi-closes, Arsinoé badinait :

— Lars Alsir n'aurait pas pu me vendre le chat si les gens avaient su que je suis la compagne de Turms. Mais tous l'ignorent, évidemment, bien que je soulève beaucoup de curiosité lorsque je me promène par les rues de la ville avec l'enfant qui tient mon parasol.

Je levai les mains, dans ma consternation, car j'avais rigoureusement interdit à Arsinoé de quitter la maison ou d'attirer l'attention sur elle. Mais elle me regarda durement :

— J'y songe, Lars Alsir m'a dit quelque chose à propos de toi et de la petite-fille de Krinippos. Que s'est-il passé entre toi et cette fille ?

A cet instant, comme il était inévitable, le messager de confiance de Krinippos vint nous avertir que son maître approchait, et, un peu plus tard, Krinippos en personne, hors d'haleine, les sandales à la main, fit son entrée. A sa suite venait un Terrillos tremblant dont le crâne chauve portait une couronne d'or et, comme si elle avait été appelée par les esprits malfaisants, Kydippe fermait la marche.

En la voyant, Arsinoé laissa le chat sauter à terre et se leva, menaçante.

— Depuis quand les jeunes filles poursuivent-elles les hommes ? Je m'attendais à toutes les turpitudes dans une cité comme Himère mais qu'un père aide sa fille à venir se jeter à la tête d'un homme qui ne s'intéresse pas à elle...

Elle fit un pas vers Kydippe, éclata de rire :

— Quoi ! Mais sa poitrine est plate ! Et ses yeux sont trop écartés ! Et elle a de grands pieds !

Tout ce que je pus faire pour imposer silence à Arsinoé, ce fut de la prendre dans mes bras et de l'emporter dans notre chambre tandis qu'elle me donnait de violents coups de pied. Le chat courait devant nous et se trouvait déjà sur le lit lorsque j'y jetai Arsinoé si brutalement qu'elle eut du mal à retrouver sa respiration.

— Turms, comment peux-tu me traiter si cruellement ? me demanda-t-elle enfin. Serait-ce parce que tu aimes cette fille perverse ? C'est par amour pour elle que tu es venu en Eryx. Pourquoi alors m'avoir séduite et enlevée, si je ne suis pour toi qu'un jouet ?

— Épargne tes forces. Cette nuit même nous allons peut-être appareiller. Prépare tes bagages et adresse des prières à la déesse.

Elle s'agrippa à ma robe et hurla :

— Ne te dérobe pas, traître! Avoue! Avoue sur-le-champ ce que cette fille a été pour toi. Je la tuerai.

— Tu te trompes, tu te trompes totalement, j'ai été encore plus surpris que toi de voir Kydippe et je ne peux comprendre pourquoi son rusé grand-père l'a amenée dans cette assemblée secrète. Comme je ne comprends pas pourquoi Lars Alsir, dont je croyais qu'il était mon ami, a jacassé ainsi sur des questions si vulgaires.

Arsinoé sourit, visiblement satisfaite.

— Je me souviens à présent. Lars Alsir t'envoie un message, mais en quoi il consiste, c'est ce que je ne saurais dire pour l'instant, car tu l'as chassé de mon esprit. Je suis heureuse, car il n'y aura pas près de toi de ces stupides fillettes pour te troubler, comme elles semblent le faire avec une incroyable facilité.

A cet instant seulement je me rendis compte que, sur un bateau, il n'y avait que des hommes, et qu'une femme comme Arsinoé, même sans son chat, pouvait conduire un équipage à sa perte.

Elle se dressa soudain sur son séant, plongea une main entre ses seins.

— Je me rappelle à présent le message de Lars Alsir.

Elle me tendit un minuscule hippocampe sculpté dans une pierre noire.

— Il t'envoie ceci en souvenir. Il a dit en plaisantant que tu pourrais solder tes dettes envers lui un jour, lorsque tu retrouveras ton royaume, alors j'ai choisi en plus du chat quelques petits bijoux. Il m'a aussi donné un hippocampe d'or pour être sûr que je te donnerai celui de pierre.

— Quel était le message? demandai-je impatiemment.

— Ne me bouscule pas.

Elle fronça les sourcils dans un effort pour se souvenir.

— Il a dit que rien de mal ne pourrait probablement t'arriver mais que tu t'étais lié à la terre. Il a dit aussi, cela il a insisté pour que je ne l'oublie pas, il a dit que deux vaisseaux de guerre carthaginois étaient dissimulés sur une plage à l'ouest d'Himère et qu'à l'extérieur des murailles de la cité, près de l'autel de Iacchus, un bûcher sera allumé pour signaler votre départ si vous appareillez pendant la nuit. D'autres vaisseaux de guerre font route vers Himère, m'a-t-il dit, aussi le plus sage parti à prendre est-il de s'enfuir tant qu'il est encore temps.

Avec des poses provocantes, elle s'étira sur la couche. Je n'osai m'attarder à la contempler. Les nouvelles qu'elle venait de m'apprendre étaient trop graves.

— Je dois m'en aller, dis-je précipitamment. La conférence secrète à commencé et Dionysios a besoin de moi.

— Me donneras-tu au moins un baiser? demanda-t-elle, timide.

Je me penchai sur elle en fermant les yeux. Elle me maintint la tête contre sa poitrine juste assez longtemps pour que partir me fût difficile, puis me repoussa. Elle se laissa aller sur sa couche et, comme elle tendait le bras pour se saisir du chat, une lueur de triomphe passa dans son regard.

4

S'il avait osé, le cupide Krinippos aurait certainement gardé le trésor pour lui et fait massacrer Dionysios et son équipage. Mais, rusé lui-même, il tenait en haute estime la ruse de notre capitaine et ne pouvait ignorer que toutes précautions étaient prises contre une attaque surprise.

Ce vieillard malade qui savait que la mort était descendue dans son ventre et le rongeait comme un crabe s'accrochait à son serment de gouverner Himère. Je le trouvai discutant avec Dionysios de la part du trésor qui lui revenait. Il prétendait l'augmenter d'un impôt nouveau.

Kydippe nous considéra les uns après les autres avec des sourires pleins de sous-entendus mais lorsque je croisai son froid regard virginal, je me hâtai de leur faire part de ce que je venais d'apprendre. J'avais à peine terminé que le timonier venait nous annoncer que les feux du sacrifice brûlaient déjà. Dionysios l'envoya détruire le bûcher qui devait être allumé à l'extérieur de la ville pour signaler notre départ. Ensuite l'homme aurait pour tâche de rassembler en toute hâte les équipages.

Devant les dangers du moment, Krinippos cessa de gémir et mit au point un plan d'action. Les plus sûrs des hommes de Dionysios s'introduiraient de force dans la demeure du tyran aux premières lueurs de l'aube, ils battraient les gardes et forceraient l'entrée de la cave. Le cadeau d'adieu serait répandu sur le sol comme s'il était tombé d'un sac déchiré.

Krinippos pouffa en tirant sur sa barbiche.

— Je ne sais si les Phéniciens croiront le récit de votre évasion mais les gens du Conseil de Carthage sont des hommes de sens rassis. Aux stupides querelles, ils préfèrent la paix et le commerce et ils comprendront vite qu'ils ont tout intérêt à croire ce que je leur dirai. Ainsi, bien que j'aie offert un asile d'hiver à des pirates, ma réputation restera intacte.

Nous dîmes adieu à Krinippos, le remerciâmes pour son hospitalité et lui souhaitâmes longue vie.

Le plan s'exécuta avec promptitude et facilité. Après avoir émis quelques faibles protestations, les gardes de Krinippos nous remirent leurs armes et les hommes de Dionysios les lièrent et les rouèrent de coups en riant pour qu'il fût visible qu'ils ne s'étaient pas rendus sans se battre. L'économe Krinippos avait laissé en évidence la clé de la cave de façon qu'il ne nous fût pas nécessaire de briser son verrou compliqué.

Nous découvrîmes que notre trésor avait été largement entamé mais il était encore beaucoup trop lourd pour les marins qui devaient lui faire passer les portes de la ville et l'emporter jusqu'à la mer. A leur tour, les gardes battus se moquèrent de nos efforts et de nos halètements.

La viande du sacrifice fut embarquée, les réserves d'huile et de pois secs complétées et, dans ces ultimes instants, les hommes trouvèrent même le temps de voler quelques outres de vin. Pour autre chose encore, certains trouvèrent du temps, car nous entendîmes de différentes maisons monter des gémissements et des cris de femmes.

Le vent du printemps nous enveloppait tandis que nous

sautions du quai humide sur la trière dont les amarres étaient déjà larguées. Les deux galères plus petites glissèrent devant nous, leurs rames battant à grand bruit le flot, et elles disparurent dans les ténèbres, de sorte que nous ne perçûmes plus bientôt que le sourd battement rythmé du gong au-dessus des eaux. Puis, sur l'ordre de Dionysios, notre propre vaisseau s'élança. Les trois rangs de rames s'abattirent en s'entrechoquant. De la cale montaient les cris de douleur des rameurs qui, peu habitués à ce nouveau navire, s'étaient blessé les doigts aux manches des avirons. Nous progressions tant bien que mal, un vent de terre nous sauvant des récifs et nous poussant jusqu'à ce que, les hommes ayant affermi leur prise sur les rames, le navire obéît au timonier.

Ainsi quittâmes-nous Himère, et la tristesse du départ emplit mes yeux de larmes brûlantes. Mais je pleurai moins sur Himère que sur mon propre asservissement. Quand Dionysios me demanda d'appeler le vent, je compris pourquoi Lars Alsir avait dit à Arsinoé que j'étais lié à la terre. C'était Arsinoé qui me tirait vers le sol, qui troublait mes pensées et me faisait paraître importantes des questions triviales. A la simple idée d'invoquer le vent, j'eus brusquement conscience de l'effroyable pesanteur de mon corps. Arsinoé avait tari le pouvoir en moi.

Tandis que je m'épuisais en vains efforts pour appeler la tempête, Dionysios écoutait mon souffle torturé. Enfin il me donna une claque sur l'épaule :

— Ne te fatigue pas, ce n'est pas nécessaire. Il vaut mieux pour nous user des rames. Nous devons nous familiariser avec ce navire et voir comment il affronte la vague. Une tempête pourrait briser le mât et nous envoyer par le fond.

— Quelle est notre direction ? demandai-je.

— Laisse cela à Poséidon, répondit-il d'une voix aimable. Mais assure-toi que ton glaive cet hiver n'a pas rouillé dans son fourreau. Nous allons sous peu saluer ces deux navires de guerre phéniciens. Ils ne nous attendent pas et c'est là une bonne raison pour les attaquer. J'ai passé quelques moments à pêcher le long de ces côtes et à regarder bondir les dauphins. Je connais donc les repères du rivage vers l'ouest et je crois deviner dans quelle crique les Carthaginois, s'ils sont bons marins, auront échoué leurs galères.

— Je croyais que ton intention était de leur échapper à la faveur des ténèbres. Le feu qui devait signaler notre départ a été étouffé et nous pourrions être hors de leur vue lorsque l'aube se lèvera.

— Mais ils se lanceraient à nos trousses comme deux chiens courants. Car leur dessein n'est pas de nous livrer bataille mais de nous jeter dans les filets de la flotte qui fait voile vers nous. Pourquoi ne pas tirer parti de la situation? Et puis les rameurs maîtriseront beaucoup plus vite leurs avirons s'ils savent qu'il faut éviter le choc meurtrier d'un éperon de bronze. Mais s'il te répugne tant de combattre, Turms, reste donc dans la cale, couché auprès de ton Arsinoé.

Tandis que nous voguions dans les ténèbres et que sous nos pieds le bateau roulait avec les vagues, je sentis le désespoir m'envahir. Je ne connaissais rien aux courants ni à la houle et ne savais pas non plus lire dans les nuages comme Dionysios. Le vent ne répondait plus à ma voix. Je n'étais plus qu'un corps de glaise. Autour de moi les événements obéissaient au seul hasard et la pensée qu'Arsinoé m'attendait, à l'abri sous le pont, ne me réconfortait pas. La certitude de tous les chagrins et tous les plaisirs qu'elle gardait pour moi était le plus amer des savoirs.

Au point du jour, nos trois galères ensemble ralliaient une crique. En nous voyant soudain, comme des esprits surgis des brumes de la mer, les guetteurs carthaginois d'abord ne durent pas en croire leurs yeux. Puis cornes et tambours sonnèrent promptement et, avant même que nous fussions à l'abri de la crique, les marins phéniciens avaient saisi leurs armes et mis leurs vaisseaux à la mer. Cependant, dans la confusion créée par notre attaque surprise, des ordres contradictoires avaient été criés et, le gong ne donnant pas le rythme, leurs rames s'emmêlèrent.

Dionysios hurlait des encouragements à ses hommes. L'étonnante bonne fortune de notre capitaine nous permit de bousculer l'une des galères et de la drosser à la côte rocheuse. Des cris de terreur s'élevèrent au-dessus des flots lorsque les soldats lourdements armés tombèrent à l'eau et que les rameurs tentèrent de s'enfuir à la nage. Seuls deux archers nous opposèrent une résistance mais la javeline de Dionysios cloua l'un sur le pont tandis qu'un coup d'aviron envoyait l'autre par-dessus bord.

Voyant l'étendue du désastre, l'équipage de la deuxième galère l'échoua sur le sable et courut se réfugier dans les bois. Ceux du premier bateau qui avaient réussi à fuir les rejoignirent et, bientôt, une pluie de flèches s'abattit sur nous. Certaines en pénétrant par les ouvertures blessèrent plusieurs rameurs et Mikon, à son grand soulagement, put descendre dans la cale. Les traits tombaient si dru sur nous que Dionysios ordonna de battre en retraite sans plus tarder.

— Suivant la coutume phénicienne, ils ont plus d'archers que d'hoplites, dit-il. Ce n'est pas par lâcheté que je m'éloigne mais parce que je ne veux pas exposer notre vaisseau aux récifs.

Pendant tout ce temps, les Carthaginois avaient tiré à terre leurs blessés, s'encourageant mutuellement de la voix, nous montrant le poing et nous injuriant en diverses langues.

Avec emportement, Dorieos saisit son bouclier.

— Qu'on aborde, il nous faut les tuer. Nous ne saurions sans honte tolérer d'être ainsi insultés, quand nous les avons vaincus.

— Si nous abordons, ils nous attireront dans les bois où ils nous tueront un à un, rétorqua Dionysios.

« Le vaisseau drossé sur les rochers ne pourra plus reprendre la mer, poursuivit pensivement notre capitaine, mais nous devons brûler l'autre, même si la fumée risque de nous trahir. Je ne veux pas l'avoir à nos trousses.

— Permets que j'ajoute à ma gloire en allant sur le rivage tenir ces Carthaginois à distance pendant qu'on boutera le feu au navire.

Bouche bée, Dionysios l'enveloppa d'un regard admiratif. Il se hâta de donner son accord.

— Je ne pouvais espérer davantage. Je l'aurais suggéré moi-même si je n'avais craint de t'entendre répondre que cette tâche était trop humble pour toi.

Dorieos alors interpella les marins, demandant qui, parmi eux, voulait conquérir une gloire immortelle en combattant à ses côtés, mais les hommes de Phocée se découvrirent soudain un intérêt pressant pour d'autres travaux. Ce n'est que lorsque

Dionysios eut fait observer que la galère phénicienne devait contenir des objets de valeur, que l'un des pentékontérès s'approcha, prit Dorieos à son bord et le déposa sur la rive. Deux hommes munis d'amadou, de silex et de poix s'empressèrent de grimper à bord du vaisseau carthaginois mais Dorieos, d'une voix calme, les invita à ne point se hâter.

A la vue de Dorieos qui s'avançait seul sur la plage, un faisceau de javelines sous le bras, et le bouclier brandi en signe de défi, les Carthaginois un instant cessèrent leurs hurlements. Puis, apercevant un filet de fumée qui montait au-dessus de leur galère rouge et noire, le capitaine et dix hoplites à sa suite s'élancèrent hors du bois en hurlant de rage. Ils courent sus à Dorieos qui lance ses épieux pointus à la sûreté mortelle. Quatre hommes tombent à terre. Puis, tirant l'épée du fourreau, le Lacédémonien appelle sur lui les regards d'Héraclès son aïeul et bondit au-devant des ennemis. Plusieurs s'échappent mais les autres, et leur capitaine avec eux, tombent sous ses coups.

Dionysios jurait, admiratif, en contemplant le haut fait.

— Quel guerrier! Pourquoi a-t-il fallu qu'il reçoive ce coup sur la tête devant Ladé?

Il y eut un instant de répit et Dorieos se pencha sur le capitaine carthaginois. Il eut le temps d'arracher aux oreilles de l'homme des boucles d'or et à son cou une chaîne portant un lion en effigie, puis les flèches venues du bois recommencèrent de pleuvoir sur lui. Le poids des dards fichés dans son bouclier le tirait vers la terre et nous entendions les pointes de bronze claquer sur son plastron. Bientôt un trait perçait sa cuisse, et, un instant plus tard un autre entra dans sa bouche ouverte et se ficha dans sa joue.

Avec un hurlement de triomphe, les Phéniciens jaillirent de l'abri des fourrés mais lui, à grands pas, marcha sur eux, si effrayant à voir et si haut de stature qu'ils se retournèrent pour fuir. Ils coururent vers le bois, implorant leur dieu de leur venir en aide.

A cette vue Dionysios répandit des larmes amères.

— Je ne puis laisser mourir un homme si brave, quoique cela eût mieux valu pour nous tous.

Je sus alors que moi aussi j'avais secrètement désiré que le pire advînt. Le cœur déchiré par la culpabilité, j'avais contemplé le combat inégal sans même tenter de venir en aide au Spartiate. Dionysios intima à l'un de ses pentékontérès l'ordre de naviguer au plus près du rivage et Dorieos entra dans l'eau pour le rejoindre rougissant derrière lui l'onde stérile du sang qui s'écoulait de ses blessures.

J'avais suivi les exploits de Dorieos avec tant d'inquiétude que je ne remarquai pas, avant qu'il fût sur le pont, qu'Arsinoé se tenait derrière moi, les yeux écarquillés d'admiration. Elle ne portait qu'une courte tunique, maintenue par une large ceinture qui accentuait la minceur de sa taille.

Dionysios et les timoniers la dévoraient des yeux, oubliant Dorieos. Mais Dionysios recouvra promptement ses esprits et, avec force rugissements, insultes et coups de garcette, il renvoya les hommes à leur poste. Et la mer de nouveau glissa sous notre étrave et nous laissâmes derrière nous la rive où fumait la carcasse du vaisseau phénicien.

Après avoir débarrassé Dorieos de son armure, j'observai un moment les gestes de Mikon qui appliquait un baume cicatrisant sur les blessures du Spartiate, puis me tournai vers Arsinoé et donnai libre cours à ma colère :

— Comment oses-tu te montrer ainsi dévêtue devant les hommes de l'équipage? Ta place est sous le pont, prends soin d'y demeurer. Une flèche aurait pu te blesser.

Sans m'accorder un regard, elle s'approcha de Dorieos pour le mieux contempler, éperdue d'admiration.

— Ah, Dorieos, quel héros tu fais! J'ai cru avoir sous les yeux le dieu de la guerre lui-même et non point un simple mortel. Qu'il est cramoisi le sang qui coule sur ta gorge! Comme je voudrais pouvoir le guérir d'un baiser de mes lèvres.

Le tremblement quitta les membres du Spartiate et sa bouche se détendit. Ses yeux s'emplirent de reconnaissance et de désir en se posant sur Arsinoé, mais lorsqu'il se tourna vers moi, ce fut du mépris que j'y lus.

— J'aurais été heureux d'avoir Turms à mon côté comme autrefois, dit-il. Je l'attendais mais il n'est pas venu. Si j'avais su que tu me regardais, Arsinoé, j'aurais tué encore plus de Carthaginois en hommage à ta beauté.

Arsinoé baissa les yeux sur moi, eut une moue dédaigneuse puis s'agenouilla sur le plancher grossier auprès de Dorieos.

— Quel combat mémorable! J'aurais aimé prendre sur le rivage, ne serait-ce qu'une poignée de sable ou un coquillage, en souvenir de ton héroïsme.

Dorieos eut un rire de triomphe.

— Certes, comme guerrier je ne vaudrais pas grand-chose si je me satisfaisais pour toute dépouille de sable et de coquillages. Prends ceci, afin que ces moments demeurent dans ta mémoire.

Il lui tendit les anneaux d'or auxquels pendaient encore les lobes déchirés du capitaine carthaginois.

Joyeuse, Arsinoé battit des mains et, recevant sans dégoût ce don sanglant, elle s'émerveilla de la beauté des boucles d'oreille.

— Puisque tu m'en presses, je ne puis qu'accepter. Je les chérirai, tu peux en être sûr, non pour leur poids d'or mais parce qu'elles me rappelleront ton courage.

Elle se tut, avec l'air d'attendre quelque chose mais, comme Dorieos gardait le silence, elle secoua la tête.

— Non, en fin de compte, je ne puis les prendre car il ne te restera rien à montrer pour preuve de ton haut fait.

Pour la détromper Dorieos brandit la chaîne et le médaillon. Arsinoé prit le bijou pour l'examiner de plus près.

— Je sais ce que cela signifie, s'exclama-t-elle. C'est l'emblème d'un capitaine de vaisseau de guerre. Dans l'école des prêtresses, l'une des jeunes filles avait reçu un lion et une chaîne semblables des mains d'un hôte satisfait d'elle. Je me souviens parfaitement avoir beaucoup pleuré, car je savais que jamais on ne me ferait semblable cadeau.

Dorieos grinça des dents car les Spartiates ne sont pas d'un naturel prodigue.

— Prends donc ce collier aussi, s'il te plaît, dit-il. Je n'attache guère d'importance à ces objets et je doute que Turms sera jamais en mesure de t'en offrir un.

Feignant l'étonnement, Arsinoé refusa son offre à plusieurs reprises.

— Non, non, je ne puis accepter ou alors ce serait pour me permettre d'oublier mon humiliation de jeunesse. Seule la grande amitié qui vous lie, Turms et toi, me pousse à accepter ce présent. Mais comment pourrais-je jamais te rendre tes bontés?

Tandis que je contemplais cette scène avilissante, l'amitié était bien loin d'emplir mon cœur. Mais lorsqu'elle fut sûre que Dorieos n'avait plus rien à lui offrir, Arsinoé se releva en frottant ses genoux nus et dit qu'elle ne voulait pas le troubler plus longtemps car il devait certainement souffrir de ses blessures.

Pendant ce temps, Dionysios avait fait disposer ses vaisseaux les uns derrière les autres et les hommes peinaient sur les rames pour échapper aux courants côtiers. Après nous avoir observés un moment à la dérobée, il s'approcha, caressant pensivement les grands anneaux d'or pendant à ses oreilles.

— Arsinoé, dit-il sur un ton pénétré de respect, les hommes se réjouissent d'avoir une déesse à bord. Mais en contemplant la beauté de tes formes, ils oublient de tirer sur l'aviron et ils risquent même d'en venir à des pensées plus dangereuses. Pour Turms aussi, il vaudrait mieux que tu retournes en bas et ne te montres pas trop fréquemment.

En voyant Arsinoé prendre un air d'entêtement, je me hâtai d'intervenir :

— Je sais que personne ne peut aller contre ta volonté, mais quelle pitié de voir ta peau laiteuse en grand danger d'être brûlée par le soleil!

Elle poussa un cri d'épouvante et s'efforça de couvrir sa nudité.

— Pourquoi ne pas m'avoir prévenue tout de suite? me reprocha-t-elle, et elle s'empressa de regagner la cabine douillette que lui avaient aménagée les timoniers. Il ne me restait plus qu'à lui emboîter le pas comme un petit chien familier.

5

Pendant trois jours en haute mer nous avions peiné sur les rames et nul vent ne s'était levé pour nous pousser en avant. La nuit, nous arrimions les navires ensemble et le chat d'Arsinoé grimpait subrepticement aux cordages, ses yeux flamboyaient dans les ténèbres, soulevant les terreurs superstitieuses des marins. Mais ils ne grognaient pas et ramaient volontiers, persuadés que chaque coup d'aviron les éloignait un peu plus des galères carthaginoises tant redoutées.

Cependant, au soir du quatrième jour, Dorieos, après avoir adressé un long discours à son glaive, le passa à sa ceinture, entonna un chant de guerre pour se donner du cœur et vint finalement se planter devant Dionysios.

— Peut-on connaître tes desseins véritables, Dionysios de Phocée ? demanda-t-il. Nous avons depuis longtemps échappé aux nefs de Carthage. Je vois d'après les étoiles et le soleil que nous voguons toujours plus au nord. En suivant cette route, nous n'atteindrons jamais Eryx.

Dionysios en convint bien volontiers puis, sur un geste de lui, l'équipage bondit sur Dorieos et le lia si promptement qu'il n'eut pas même le temps de porter la main à son épée. Il rugit sous l'outrage puis, retrouvant la dignité naturelle de son rang, il se contenta de lancer des regards assassins.

Dionysios lui tint un discours plein d'onction :

— Nous t'honorons comme un héros et ta naissance te place très au-dessus de nous tous mais tu dois connaître que depuis ce coup sur la tête que tu as reçu à Ladé, ton esprit bat parfois la campagne. Lorsque je t'entends parler à ton épée, lorsque tu prétends discuter d'étoiles, de soleil et de navigation, toutes choses auxquelles tu n'entends rien, je comprends qu'il vaut mieux te garder à fond de cale jusqu'à notre arrivée à Massilia.

Les hommes eux-mêmes donnaient au Spartiate des claques amicales dans le dos.

— Ne sois pas courroucé contre nous, disaient-ils, car c'est pour ton propre bien que nous agissons ainsi. L'immensité de la mer ébranle souvent les esprits qui n'y sont pas accoutumés. Même Ulysse l'avisé s'est fait lier au mât lorsque a retenti à ses oreilles le chant des sirènes.

Dorieos frémissant de fureur hurla :

— Nous n'irons pas à Massilia ! Au lieu d'une dangereuse traversée, je vous offre une honnête bataille terrestre et lorsque j'aurai gagné la couronne de Ségeste, je diviserai le pays d'Eryx entre vous tous et vous permettrai de bâtir des maisons où vous pourrez élever vos fils et en faire des soldats. Je vous donnerai des esclaves pour vos champs et vous pourrez vous amuser à chasser les Sicanes et à prendre leurs femmes. C'est de tous ces plaisirs que Dionysios vous prive par sa traîtrise.

Pour le faire taire, Dionysios éclata d'un long rire tonitruant et s'écria en se tapant les cuisses :

— Écoutez donc ce bavardage insensé. Allez-vous, hommes de Phocée, abandonner la mer pour vous lier à la glèbe ? Je n'ai jamais entendu propos plus ridicules.

Mais les hommes se dandinaient d'un pied sur l'autre en échangeant des regards perplexes. Les rameurs quittèrent leurs bancs et les équipages des pentékontérès se pressèrent à la poupe de leurs vaisseaux et se penchèrent pour mieux entendre.

Dionysios redevint sérieux.

— Nous ferons route vers le nord jusqu'à Massilia. Nous sommes déjà dans les eaux tyrrhéniennes. Mais la mer est vaste et la fortune ne m'abandonnera pas. S'il le faut, nous vaincrons aussi les navires étrusques et nous nous ouvrirons un passage jusqu'à Massilia. Là coule le vin vermeil, là, même les esclaves trempent leur pain dans le miel, là les femmes à la peau de lait ne coûtent que quelques drachmes.

— Écoutez, hommes ! lança Dorieos. Au lieu de périls inconnus et de dieux étrangers, je vous offre un pays familier dont les temples sont bâtis suivant la coutume grecque et dont les habitants se flattent de parler le langage de la Grèce. Je vous offre une courte traversée et une guerre facile. Vous m'avez vu combattre. Je vous propose à présent une vie de plaisirs sous la protection de ma couronne.

Dionysios tenta de l'assommer mais ses hommes s'interposèrent.

— Il y a beaucoup de vrai dans les paroles de Dorieos, dirent-ils. Car nous ne savons même pas si nos compatriotes de Massilia nous accueilleront avec plaisir. Les Etrusques ont sans mal envoyé par le fond les cent vaisseaux de nos aïeux et nous n'en avons que trois qui portent à peine trois cents hommes. Nos forces ne pourront leur résister lorsque la mer disparaîtra sous leurs vaisseaux noirs et rouges.

— Trois cents hommes derrière mon bouclier valent une

armée! s'écria Dorieos. Je ne vous demande pas de m'ouvrir la route mais de me suivre. Vous n'obéirez pas à votre intelligence tant que vous aurez foi dans la parole de cet homme qui trahit ses serments.

Dionysios leva la main pour faire le silence.

— Permettez-moi de dire quelques mots. Il est vrai que j'ai négocié avec Dorieos. Il est également vrai que nous n'avons rien à perdre à guerroyer contre Eryx parce que, quoi qu'il advienne, Carthage ne nous pardonnera jamais. Mais je pensais nous engager dans cette entreprise au cas seulement où les dieux ne nous seraient pas favorables et nous interdiraient d'atteindre Massilia. Ce n'est qu'en désespoir de cause que nous passerions à l'attaque en quelque point de la côte d'Eryx.

Sur mer, Dionysios surpassait Dorieos. Après d'interminables débats, les hommes décidèrent de tenter la route de Massilia. Tout bien considéré on pouvait pour l'instant s'en tenir au plan primitif.

Mais la mer étrangère était sans merci et les vents capricieux. Bientôt notre eau potable pua et beaucoup furent malades, la fièvre leur donnant des visions. Ce n'étaient pas les éclats soudains de la colère de Dorieos montant de la cale qui pouvaient rendre les choses plus faciles. Arsinoé pâlissait chaque jour davantage, se plaignait sans arrêt de nausées et appelait la mort à son secours. Chaque nuit elle me suppliait de libérer Doreios afin qu'il pût susciter une mutinerie car il n'était pas de sort pire que de dériver ainsi, sans but, avec pour toute pitance une farine rongée de vermine et de l'huile rance.

Enfin la terre fut en vue. Dionysios sentit et goûta l'eau, sonda les fonds et examina la vase collée à la sonde de cire.

— Je ne connais pas ce pays, dut-il reconnaître. Il s'étend aussi loin vers le nord et le sud que porte le regard. Je crains que ce ne soit le continent étrusque. Nous avons été poussés trop à l'est.

Bientôt notre route croisa celle de deux vaisseaux marchands grecs qui nous apprirent que devant nous était en effet le territoire des Etrusques. Nous leur demandâmes de l'eau fraîche et de l'huile mais l'équipage jeta des regards méfiants sur nos barbes broussailleuses et les cicatrices de nos visages avant de refuser et de nous inviter à gagner la côte. Les pêcheurs, dirent-ils, nous aideraient volontiers.

Comme ils étaient grecs, Dionysios ne voulut pas les rançonner et les laissa aller. Bravement, il mit le cap sur la côte. Bientôt nous trouvâmes l'embouchure d'un fleuve et distinguâmes un groupe de huttes aux toits de roseaux. C'était manifestement une région civilisée, car les gens ne s'enfuirent pas à notre approche. Les maisons étaient en rondins, il y avait devant les portes des marmites de fer et des images des dieux en argile. Les femmes portaient des bijoux.

La simple vue de ce pays souriant, avec ses montagnes bleues, était source de tant de délices que nul d'entre nous ne sentit dans son cœur le moindre désir de violence. Nous fîmes provision d'eau potable sans nous hâter car personne, pas même Dionysios, ne se souciait de reprendre déjà la mer.

Soudain un char parut et un homme en armes s'adressa à nous d'une voix ferme. Bien que sa langue fût étrangère, nous en comprîmes assez pour savoir qu'il demandait à voir nos documents de bord. Comme nous affections de ne pas comprendre, l'homme examina nos armes avec attention, nous fit signe de ne pas bouger et disparut dans un nuage de poussière. Un peu plus tard, une troupe de lanciers haletants s'approcha et prit position non loin de nous.

Ils ne s'opposèrent pas à notre embarquement mais, comme nous commençâmes de pousser les vaisseaux à la mer, ils nous crièrent des menaces et nous lancèrent des javelines. Tandis que, sans encombre, nous nous éloignions du rivage, une série de feux furent allumés tout le long de la côte et, au nord, parut une flottille d'esquifs de guerre, à la coque étroite et légère, qui firent force voile vers nous. De nouveau, nous mîmes le cap sur la haute mer, mais nos rameurs étaient si épuisés que les galères furent bientôt sur nous. Comme nous ne répondions pas à leurs signaux, une flèche portant une masse de plumes sanglantes vint se ficher sur le pont de notre vaisseau.

Dionysios l'arracha et la regarda.

— Je sais ce que cela signifie, dit-il, mais je suis un homme patient et n'engagerai pas le combat à moins d'être attaqué.

Les nefs nous poursuivirent sans relâche jusqu'à la tombée de la nuit. Alors elles se déployèrent en éventail et, soudain, passèrent à l'attaque. Nous perçûmes le craquement des rames brisées, le fracas des éperons de bronze heurtant les flancs de nos pentékontérès et les hurlements d'agonie de nos rameurs accablés de flèches et de javelines par les écoutilles. Nos galères donnèrent de la bande et mirent en panne au moment même où un vaisseau étrusque passant par l'arrière de notre trière brisait nos gouvernails. Furieux, Dionysios saisit un grappin au bout d'une longue chaîne et le lança si adroitement qu'il s'accrocha à la poupe du navire ennemi et l'immobilisa. Du haut de notre pont, nous n'eûmes aucune peine à tuer les rameurs qui tentaient d'arracher le grappin. Une attaque ennemie à notre poupe échoua car les frêles esquifs étrusques ne pouvaient, en dépit de tous leurs efforts, percer de leur éperon chétif nos épais bordages de chêne.

Bien que la bataille tout entière n'eût duré que quelques instants, elle se solda pour nous par d'importants dégâts, en particulier aux deux navires les plus légers. Nous parvînmes à réparer les gouvernails de la trière et, sur les pentékontérès, on aveugla les voies d'eau avec des peaux de mouton. Mais la nuit était fort avancée lorsque nous finîmes d'écoper. L'eau de mer avait souillé l'eau potable et les provisions que nous venions d'acheter.

Plus grave encore, nous n'avions pas échappé aux galères étrusques. Bien que la plupart d'entre elles eussent regagné la côte, deux navires restaient dans notre sillage, et lorsque les ténèbres se firent, ils allumèrent à leurs poupes des feux signalant notre position.

— Je crois entendre la rumeur de chasse qui se répand dans toutes les cités et les capitaines qui rassemblent en hâte leurs équipages avec l'espoir d'être les premiers qui fondront sur nous, dit amèrement Dionysios. En vérité, je n'ai jamais entendu dire que les Étrusques écorchaient vivants les pirates, car eux-mêmes autrefois ne dédaignaient pas la piraterie, mais ce peuple est cruel et affectionne les plaisirs terrestres.

Le chat d'Arsinoé glissa, sans bruit dans les ténèbres, en route pour l'une de ses rondes nocturnes, il s'arrêta pour se frotter à la cheville de Dionysios et s'étira en griffant le pont.

Le capitaine sursauta.

— Cet animal sacré est plus sage que nous! Comme vous pouvez voir, il tourne la tête vers l'est et gratte le pont pour appeler le vent d'est. Grattons ensemble, sifflons comme le vent et invoquons la tempête.

Sur son ordre, les hommes griffèrent le pont. D'autres dansèrent une danse phocéenne de la pluie, mais en vain. Même la brise légère qui avait soufflé jusque-là mourut et la bonace régna. Dionysios à la fin renonça et fit amarrer ensemble les vaisseaux pour que les hommes puissent se reposer et honorer les dieux, débroussailler leur chevelure, se laver et oindre leur corps afin d'être prêts à mourir au point du jour.

Les feux tyrrhéniens disparurent et, dans l'obscurité, je lançai à Dionysios :

— Ta bonne fortune ne nous a pas abandonnés. Les Étrusques redoutent de passer la nuit en mer et regagnent la côte.

Il perdit un temps précieux à scruter les flots obscurs et soudain un craquement se fit entendre à la poupe. Nous allumâmes des torches et vîmes que les Étrusques, profitant des ténèbres, s'étaient approchés furtivement et avaient brisé nos gouvernails. Retournés à bonne distance de nous, ils rallumèrent leurs feux.

Je sentis la culpabilité me submerger en songeant à Arsinoé. Elle aurait encore été en sécurité au temple, si je ne l'avais enlevée pour la livrer à une mort certaine. Je descendis dans la cabine où elle était étendue, maigre et pâle, ses yeux plus sombres que jamais à la lueur vacillante de la chandelle de suif.

— Arsinoé, dis-je, les Étrusques sont sur nous. Nos gouvernails sont brisés et lorsque le jour se lèvera, les galères lourdes des Étrusques viendront défoncer notre coque. Plus rien ne peut nous sauver.

Arsinoé soupira et dit simplement :

— J'ai compté les jours et j'ai été surprise. Puis j'ai désiré avec une ardeur terrifiante manger des coquilles d'escargot écrasées, comme on en donne aux poules.

J'ai cru son esprit dérangé par la peur et j'ai tâté son front mais elle n'avait pas de fièvre.

— J'ai eu tort de t'enlever au temple mais tout n'est pas

encore perdu, dis-je doucement. Nous pouvons faire des signaux aux Étrusques et te remettre entre leurs mains avant la bataille. Lorsque tu leur diras que tu es une prêtresse d'Eryx, ils ne te feront aucun mal car les Étrusques craignent les dieux.

Elle me lança un regard incrédule et éclata en sanglots.

— Je ne peux pas vivre sans toi, Turms! Je suis peut-être un peu légère mais je t'aime plus que je ne croyais possible d'aimer un homme. Et puis, j'ai grand-peur d'être enceinte de tes œuvres. Cela a dû arriver la première fois au temple, lorsque j'ai perdu mon anneau d'argent magique.

— Au nom de la déesse, m'écriai-je, ce n'est pas possible!

— Pourquoi cela? répondit-elle. Mais, pour une prêtresse, c'est un déshonneur. Cette nuit fatale dans tes bras, j'ai tout oublié. Je n'ai jamais vécu moment plus merveilleux que celui-là que nous vécûmes ensemble.

— Ah, Arsinoé, dis-je en la pressant contre ma poitrine. Moi non plus je n'avais jamais vécu de tels moments. Comme je suis heureux!

— Heureux! répéta-t-elle en fronçant le nez. Je suis bien loin moi-même d'être heureuse. Je me sens si misérable que je crois que je te hais. Si tu avais l'intention de te lier à moi, Turms, tu as réussi.

Je la pris dans mes bras, frêle, amère et sans défense et j'éprouvai pour elle une tendresse d'une intensité que je n'avais jamais connue jusqu'alors. Quelle que fût l'étendue de ses fautes avec Mikon et Dorieos, cela n'avait rien à voir avec nous et je lui pardonnai. Telle était encore ma confiance en elle.

Alors je me rappelai où nous étions et ce qui se passait et je sus que, seule, ma propre force pouvait sauver Arsinoé et notre enfant à naître. Malgré la faim, la fatigue et le manque de sommeil, je me sentis brusquement libéré de l'argile terrestre. Mon pouvoir avait jailli et tremblait en moi comme une flamme. J'avais cessé d'être un mortel. Je relâchai mon étreinte sur Arsinoé, me relevai et m'élançai sur le pont.

Triomphant, la tête haute et les bras au ciel, je fis face successivement aux quatre points cardinaux et je criai :

— Viens, vent, éveille-toi, car c'est moi, Turms, qui t'invoque!

Mon cri retentit si fort au-dessus de la mer obscure que Dionysios accourut à moi.

— Tu invoques le vent, Turms? Si c'est le cas, tu ferais bien d'appeler le vent d'est. C'est celui-là qui servirait le mieux notre dessein.

Déjà mes pieds étaient lancés dans les figures de la danse sacrée.

— Silence, Dionysios, ne fais pas honte aux dieux. Laisse-les décider de notre direction. Je ne fais qu'invoquer la tempête.

Déjà la mer soupirait, nos vaisseaux tanguaient, les mâts craquaient. L'air s'alourdit d'humidité et une bouffée de vent passa sur nous. Dionysios ordonna d'éteindre les torches, ce qui fut promptement exécuté. Mais les Etrusques furent surpris par la bourrasque et, sur la galère la plus proche de nous, les flammes bondirent hors du brasero et se répandirent sur le pont. En quelques instants le vaisseau s'embrasa. Mêlé au hurlement du vent nous parvint le craquement du mât du second vaisseau.

Ma danse se déchaînait, mes invocations au vent s'élevèrent toujours plus fort jusqu'au moment où Dionysios, pour m'imposer silence, m'envoya à terre d'un coup de poing. Tandis que la tempête rugissait, notre capitaine trancha lui-même les filins qui nous amarraient ensemble. On nous cria de l'un des pentékontérès que l'eau avait crevé les peaux de mouton et se ruait dans la cale. Dionysios, furibond et chagrin, ordonna aux hommes d'abandonner le navire qui coulait et de grimper à bord de la trière qui donnait elle-même dangereusement de la bande. Le deuxième pentékontérès disparut dans les ténèbres grondantes.

Je ne sais comment Dionysios parvint à redresser notre embarcation, il maintint le mât dressé et une partie de la voile déferlée, et la trière, ses gouvernails provisoirement réparés, obéit de nouveau à son capitaine.

Au lever du soleil, la mer resplendit de lumière et la bourrasque devint une brise fraîche qui enflait nos voiles. Nous courions vers l'ouest, poussés par les vagues géantes, le vaisseau bondissant sous nos pieds comme une cavale hennissante. Les hommes éclatèrent de rire et poussèrent des hurlements de joie. Dionysios distribua à chacun une mesure de vin. Il en sacrifia quelques gouttes à Poséidon mais beaucoup avaient le sentiment que ce n'était pas nécessaire.

Une voile fut signalée devant nous, à grande distance. Le marin dont le regard portait le plus loin monta en haut du mât et cria joyeusement que c'était la voile rayée de notre pentékontérès perdu. Vers le milieu du jour, nous l'avions rattrapé. Il n'avait pas trop souffert de la tempête.

Le vent d'est continuait de souffler et le troisième matin nous aperçûmes des sommets bleus flottant comme des nuages au bord de l'horizon. Le courant nous ayant durant la nuit fait dériver vers elle, une montagne aux flancs pansus apparut à nos yeux avec l'aube du quatrième jour.

— Par tous les dieux de la mer, s'exclama Dionysios stupéfait, je reconnais cette montagne, pour l'avoir entendu si souvent décrire! De quel rire les immortels ne doivent-ils pas être secoués! Car nous voici revenus à notre point de départ! Cette montagne se dresse sur la côte sicilienne, nous avons devant nous les rivages d'Eryx et derrière la montagne s'étendent le port et la ville de Panorme. Je vois, tout bien pesé, que les dieux ne veulent pas nous permettre d'atteindre Massilia. Je ne peux que le regretter pourtant, car nous eussions causé moins de troubles s'ils nous avaient guidés tout droit jusqu'à la colonie phocéenne. Que Dorieos désormais assure le commandement puisqu'il semble que telle soit la volonté des dieux. Qu'il commande et je lui obéirai.

Il envoya ses hommes voir si Dorieos était toujours vivant. Si c'était le cas, ils devaient le délier et l'emporter sur le pont. Mais, pour dire la vérité, Mikon et moi l'avions libéré de ses fers depuis longtemps car il était dans un bien piètre état.

Enfin Dorieos parut, les cheveux collés par l'eau de mer, clignant des yeux comme une chauve-souris aveuglée par une lumière soudaine. D'une voix faible, il réclama son glaive et son bouclier. Je lui apportai l'épée mais je dus avouer que le bouclier avait été jeté par-dessus bord en offrande aux dieux. Il hocha du chef et dit qu'il comprenait très bien qu'il eût fallu une offrande si noble pour sauver le vaisseau.

— Ainsi, remerciez mon bouclier d'être toujours vivants, misérables hommes de Phocée! Je me serais moi-même volontiers sacrifié à la déesse marine Thétis qui m'est fort favorable. J'ai vécu d'étranges moments pendant que vous me supposiez gisant à fond de cale. Mais de cela, je ne dirai rien.

Ses yeux prirent la couleur du sel gris lorsqu'il se tourna vers notre capitaine. Du doigt, il effleura le tranchant de la lame qui lui battait la cuisse.

— Je devrais te tuer, Dionysios de Phocée, mais à la vue de ton front épais incliné devant moi, je te pardonne. Je vais même reconnaître que ce coup de rame que j'ai reçu à Ladé doit quelquefois me troubler l'esprit.

Il rit, poussant Dionysios du coude.

— Oui, un coup de rame et non d'épée. Je ne comprends pas pourquoi j'avais honte d'avoir reçu un coup d'aviron. Lorsque Thétis et moi avons devisé en égaux dans les profondeurs de la mer, alors seulement j'ai su que rien de honteux ne pouvait m'arriver et que tout ce que je vivais était toujours en quelque manière digne d'un dieu. Pour cette raison, Dionysios, je te remercie de ce que tu m'as fait.

Soudain, se redressant, il hurla :

— Il suffit! Assez de niais bavardages! Aux armes, mes hommes! Nous allons aborder et conquérir Panorme comme j'en avais le dessein.

Les hommes se précipitèrent sur leurs javelines, leurs flèches et leurs boucliers. Lorsque nous nous comptâmes, nous vîmes que, outre Arsinoé et le chat, cent cinquante d'entre nous avaient survécu. Nous étions trois cents en appareillant d'Himère et qu'il restât exactement la moitié de l'équipage parut aux hommes un excellent présage.

Mais Dorieos leur ordonna de se taire sur ces questions auxquelles ils n'entendaient rien.

— Trois cents nous étions, trois cents nous sommes encore, trois cents nous serons toujours! Quel que soit le nombre de ceux qui succomberont sous le glaive ennemi. Mais vous ne succomberez point car désormais vous êtes les trois cents de Dorieos. Que trois cents soit notre cri de guerre et que trois cents années durant il ne soit bruit que de nos exploits.

— Trois cents, trois cents! hurlèrent les hommes en frappant leurs boucliers du plat de leurs épées.

Plongés dans le délire par la soif et la faim, nous oubliâmes nos misères passées et courûmes en tous sens sur le pont, impatients de nous battre.

L'eau chantait en filant sous nos étraves et lorsque nous eûmes contourné la montagne aux flancs pansus, le port et la ville de Panorme s'étendirent devant nous. Quelques barques et galères étaient au mouillage. Le rempart faisait piètre figure mais, au-delà, on découvrait une plaine fertile, parsemée de champs et de bois. Enfin, tout au fond, les pentes escarpées des montagnes d'Eryx dressaient leurs formes merveilleusement bleues.

Livre VI

DORIEOS

1

La surprise est mère de la victoire. Je doute qu'un seul Carthaginois de Panorme eût pu reconnaître dans la galère délabrée qui pénétrait dans le port en plein jour le vaisseau pirate qui avait fui Himère un mois auparavant. La tête d'argent de la Gorgone de Lars Tular, balançant à notre proue, trompa les guetteurs qui nous crurent étrusques et nos hommes s'employèrent à ajouter encore à l'incertitude en multipliant les gestes pacifiques et en vociférant des mots d'un jargon incompréhensible. Les guetteurs se contentèrent donc de nous dévisager, les yeux écarquillés, sans sonner l'alarme sur leurs tambours d'airain.

Des flancs arrondis d'un gros navire de transport amarré à la rive nous parvinrent des cris et des mises en garde : nous ramions trop vite. Puis quand les hommes, paisiblement assis, et les jambes pendantes au-dessus de l'eau, aperçurent les éraflures de notre coque éventrée, ils rirent de tout leur cœur. Des citadins curieux commencèrent à s'assembler sur le rivage.

Même quand notre éperon eut heurté leur navire avec une telle force qu'il le précipita sur le rivage, brisant son mât et renversant tous ceux qui se tenaient sur le pont, les marins crurent encore à quelque accident. Leur capitaine se précipita vers nous, brandissant le poing et vociférant des jurons, exigeant réparation des dommages causés par notre maladresse.

Mais les hommes de Phocée, entraînés par Dorieos, bondirent sur le vaisseau, massacrant tous ceux qui se trouvaient sur leur passage, et coururent jusqu'au rivage. Fendant la foule qui se hâtait à leur rencontre, ils escaladèrent la colline et pénétrèrent dans la cité avant que les hommes qui montaient la garde aux portes eussent compris ce qui se passait. Tandis que l'avant-garde venait rapidement à bout de la faible résistance que lui opposèrent les membres, frappés de terreur, de l'infime garnison, l'arrière-garde, emmenée par Dionysios, s'empara sans coup férir des navires échoués sur le rivage. Ayant été témoin du sort du premier bateau, l'équipage des autres navires de transport n'esquissa pas un geste de résistance. Se jetant à genoux devant le bout de corde que Dionysios faisait claquer comme un fouet, les marins implorèrent sa pitié. Quelques-uns seulement tentèrent de s'enfuir mais, quand Dionysios eut ordonné à ses hommes de les lapider, les fuyards s'immobilisèrent avant de rebrousser chemin.

Dionysios fit ouvrir le vaste hangar dans lequel les habitants de Panorme logeaient les esclaves qui travaillaient à décharger les navires. Il y fit jeter les prisonniers, tandis que les esclaves libérés, et, parmi eux, un grand nombre de Grecs, se prosternaient devant nous, nous acclamant comme leurs sauveurs. Dionysios leur enjoignit de préparer un repas, ce qu'ils firent volontiers, allumant de grands brasiers sur le rivage et abattant quelques bœufs du voisinage. Mais avant que la viande ne fût rôtie, bon nombre d'entre nous calmèrent la faim qui les dévorait en avalant des poignées de farine crue mêlée d'huile.

La conquête de Panorme fut un succès si prompt et si total qu'un vent d'audace soudaine parcourut les rangs des Phocéens qui jurèrent témérairement de suivre Dorieos où il lui plairait de les mener. Certes, leur courage provenait pour partie du vin qu'ils avaient volé dans les maisons après avoir tué les hommes valides de la cité.

En vérité, la garnison entière de la ville et du port consistait en une cinquantaine d'hommes armés, la longue histoire paisible des habitants de Panorme les ayant conduits à regarder les armes comme inutiles. Les seuls hommes présents dans cette cité de navigateurs étant des artisans, c'est-à-dire des gens faciles à tuer, la rapide victoire de Dorieos n'était guère étonnante. Les hommes de Phocée considérèrent toutefois comme un miracle le fait que nul d'entre eux n'avait été blessé et, la tête chauffée par le vin, en vinrent à se croire invulnérables. Le soir tomba. Ils se comptèrent et, se trouvant trois cents — mais seulement parce qu'ils voyaient double — crièrent de nouveau au miracle.

A l'honneur des Phocéens, il faut toutefois dire qu'ayant vaincu leur propre peur, ils ne tourmentèrent pas inutilement les paisibles habitants de la cité. Certes, ils vaguèrent de maison en maison, en quête de butin, mais ils ne se livrèrent à nulle violence, se contentant de désigner ce qu'ils convoitaient. Considérant leurs traits burinés par la mer et leurs mains couvertes de sang, les propriétaires tremblants abandonnaient volontiers ce qu'on leur demandait. Si d'aventure quelqu'un rechignait, les hommes gagnaient en riant la maison suivante. Tant ils étaient satisfaits de leur victoire, des aliments et du vin qu'ils avaient absorbés et de l'avenir que leur promettait Dorieos qui avait juré de faire d'eux les maîtres d'Eryx.

Ayant organisé un tour de garde, Dorieos installa ses quartiers dans le bâtiment de rondin qui abritait le Conseil de la cité. Quand il constata qu'en fait de trésor, il renfermait seulement la carte de la ville et les roseaux sacrés du dieu de la rivière, il entra dans une violente colère et convoqua devant lui les membres du Conseil. Tremblant de tous leurs membres sous leur longue robe carthaginoise, le front ceint d'un bandeau de couleur, les patriarches lui jurèrent que Panorme était une cité malheureuse, écrasée de pauvreté et dont les seules richesses prenaient toutes le chemin de Ségeste sous forme d'impôts. C'était à tel point, se lamentèrent-ils, que s'ils désiraient donner un festin en l'honneur des dieux ou de quelque visiteur de marque, il fallait que chacun d'eux apportât sa propre vaisselle.

Menaçant, Dorieos leur demanda s'ils ne le jugeaient pas digne d'un banquet, lui, un descendant d'Héraclès. S'étant brièvement concertés, les vieillards l'assurèrent d'une seule voix que leurs épouses et leurs esclaves étaient déjà à l'œuvre pour s'acquitter des préparatifs nécessaires et polir leur maigre argenterie en son honneur. Mais on ne pouvait songer à donner un festin digne de ce nom tant que la sécurité des biens et des personnes n'était pas assurée. Dorieos sourit tristement.

— Vous avez donc des écailles sur les yeux, vieillards, que vous ne me reconnaissiez pas? Sentez du moins le vent chaud de ma présence. Mon pouvoir n'est pas fondé seulement sur mes droits héréditaires incontestables ou sur les armes de mes hommes, il est sanctifié par l'approbation de la déesse de la mer, Thétis. Peut-être ne la reconnaissez-vous pas sous son nom grec, mais vous devez l'adorer sous une forme ou une autre, puisque vous pratiquez la pêche et le commerce maritime.

Les hommes se couvrirent craintivement les yeux d'un coin de leur robe et se hâtèrent d'expliquer :

— Nous avons notre Baal et l'antique divinité d'Eryx, mais le nom des dieux carthaginois de la mer ne peut être prononcé qu'à voix basse.

— Pour moi, reprit Dorieos, je puis parler librement. J'ai conclu un pacte éternel avec Thétis, la déesse de la mer, tout comme j'ai épousé, de manière toute terrestre, une femme de haute naissance, descendante des fondateurs de Carthage. Mais puisque vous ne savez presque rien des divinités marines, il est inutile que je vous décrive plus longuement mes aventures matrimoniales.

Les membres du Conseil firent préparer des aliments de choix dans leur propre maison et apportèrent leurs plats d'argent au siège du Conseil. Non seulement Dorieos ne s'en empara pas, mais lui-même offrit aux vieillards une grande aiguière d'argent phénicienne, soustraite au trésor de Dionysios.

Aux protestations de ce dernier, Dorieos répliqua :

— J'ai appris bien des leçons amères au cours de ma vie, la plus amère de toutes étant peut-être que le cœur de l'homme se trouve toujours là où il garde ses trésors. Grâce à mon divin ancêtre, j'ai toujours été un peu plus qu'humain et c'est un fait que j'ai toujours eu du mal à comprendre. Pour moi, je puis seulement dire que, là où est mon glaive, là je suis. Je ne convoite point ton trésor, Dionysios, mais tu dois reconnaître que toi et ton navire seriez aujourd'hui au fond de la mer si je ne vous avais sauvés en passant une alliance avec la déesse Thétis.

— J'en ai assez entendu à propos de Thétis et de tes pérégrinations au fond de la mer, répliqua Dionysios avec colère. Je n'ai nullement l'intention de te laisser disposer du trésor à ta guise, comme s'il t'appartenait.

Dorieos lui répondit avec un sourire de pitié :

— Demain matin, nous nous mettrons en marche sur Ségeste et rien ne vaut un rapide parcours à pied pour effacer les épreuves de la mer. Le trésor, il faudra l'emporter avec nous, puisque nous ne pouvons l'abandonner sur le navire. A tout moment, les vaisseaux de guerre de Carthage peuvent pénétrer dans le port. Dans cette plaine fertile, nous nous procurerons facilement des ânes, des chevaux et d'autres bêtes de somme pour transporter le trésor. J'ai déjà donné l'ordre de les assembler, leurs propriétaires pourront nous suivre pour veiller sur leurs bêtes, puisque les marins craignent les chevaux.

Ce fut au tour de Dionysios de grincer des dents, mais il dut reconnaître que la décision de Dorieos était la seule possible. La mise en cale sèche de la trière et les réparations de sa coque prendraient des semaines au cours desquelles nous serions vulnérables à une attaque des navires de guerre phéniciens. Une seule possibilité nous était offerte : nous enfoncer dans les terres. Le plus vite serait le mieux. Emportant le trésor avec eux, les Phocéens seraient contraints de se battre pour lui, malgré leur répugnance pour les rigueurs d'un voyage terrestre.

— Qu'il en soit donc ainsi, répondit Dionysios, maussade. Demain matin, nous partons pour Ségeste avec le trésor. Mais c'est pour moi comme si je me résignais à abandonner mon propre enfant que de laisser ma trière sans défense à Panorme.

Dorieos lui répliqua vertement.

— Des enfants tu en as probablement laissé derrière toi dans tous les ports que tu as visités! Brûlons donc ton navire et tous ceux de Panorme afin que nul ne soit tenté de fuir.

Dionysios fit une épouvantable grimace à cette seule idée.

— Que l'on mette la trière en cale sèche et que le Conseil de la cité veille à la faire réparer, suggérai-je à mon tour. Le bouclier d'argent de la Gorgone sera son protecteur. Des navires de guerre phéniciens pénétreraient-ils dans le port que le Conseil pourrait donner l'assurance que la trière appartient au nouveau roi de Ségeste. Les capitaines carthaginois n'oseront rien entreprendre à Panorme sans en référer d'abord à Carthage. Ce faisant, nous ne perdrons rien.

Dorieos se gratta le crâne.

— Que Dionysios se charge donc seulement des affaires maritimes. S'il y consent, je n'exigerai point que les vaisseaux soient brûlés. Ce serait d'ailleurs pur gaspillage de détruire ce qui devrait par la suite être rebâti et nous aurons besoin de bâtiments de guerre pour la protection ultérieure d'Eryx.

Dorieos remit le sort de Panorme entre les mains du Conseil de la cité, promettant de revenir quand il serait roi de Ségeste afin de distribuer châtiments et récompenses comme il le jugerait bon.

2

Le lendemain, Dorieos organisa les Phocéens pour une marche revigorante, comme il dit, pour les aider à se remettre des épreuves de la mer. Les hommes avaient répandu le bruit de ses exploits à travers toute la ville et, quand il fit ses offrandes aux dieux, avant le départ, le calme se fit sur la place du marché. Les habitants de Panorme l'observèrent avec un respect mêlé de crainte. Il dépassait d'une tête les simples mortels, se disaient-ils les uns aux autres, était invulnérable et semblable à un dieu.

— Allons, en route! dit-il, et, sans jeter un regard en arrière, il sortit de la cité, revêtu de son armure malgré la chaleur.

Nous autres, les trois cents, comme il nous avait nommés, nous partîmes à sa suite, Dionysios fermant la marche, armé d'une longue corde. Nous avions déchargé le trésor de la trière et l'avions entassé sur le dos des bêtes de somme sans trop de difficulté car une bonne part en avait coulé avec nos pentékontèrès.

Parvenus dans la plaine, nous jetâmes des regards en arrière et, à notre grand ébahissement, nous vîmes que les hommes de Panorme nous suivaient en grand nombre. Quand nous atteignîmes les premiers contreforts de la montagne, au crépuscule, notre arrière-garde s'était grossie de centaines de bergers et de laboureurs qui, tous, s'étaient armés du mieux qu'ils pouvaient. Quand nous installâmes le camp pour la nuit, le flanc entier de la montagne se piqua de petits feux. Il semblait que tous les misérables habitants des campagnes étaient avides de se joindre à la révolte contre Ségeste.

Au troisième jour de notre marche épuisante, les Phocéens, peu accoutumés à voyager par terre, commencèrent à grommeler et à montrer les blessures qui leur venaient aux pieds. Alors Dorieos leur adressa quelques mots.

— Je marche moi-même en tête de votre troupe et je prends plaisir à cette marche malgré ma lourde armure. Comme vous pouvez le voir, je ne sue même pas. Et vous, vous n'avez que vos armes à porter.

— Tu en parles à ton aise, lui répliquèrent-ils, toi qui n'es pas comme nous.

Au premier ruisseau, ils se jetèrent sur le sol, plongèrent la tête dans l'eau et se répandirent en plaintes lamentables. Les paroles de Dorieos ne firent rien pour améliorer la situation, mais il leur fallut bien se laisser convaincre par la corde de Dionysios et poursuivre le voyage.

Dorieos parla alors à Dionysios.

— Tu n'es pas stupide, reconnut-il, et selon toute apparence, tu commences à comprendre les responsabilités d'un capitaine de guerre sur la terre. Nous approchons de Ségeste et, avant la bataille, un bon capitaine doit faire marcher ses hommes jusqu'à épuisement afin qu'ils n'aient plus l'énergie nécessaire à la fuite. La distance qui sépare Panorme de Ségeste s'y prête parfaitement, comme si elle avait été calculée par les dieux pour servir nos desseins. Nous allons gagner directement Ségeste et nous déployer en ordre de combat.

L'air sombre, Dionysios répondit :

— Tu sais mieux que moi ce dont tu parles, mais nous sommes des marins et non des soldats. Pour cette raison, nous refuserons très certainement de nous déployer en ordre de bataille car nous resterons groupés pour nous protéger mutuellement, côte à côte et dos à dos, comme sur le pont du navire. Mais si tu ouvres la marche, nous te suivrons certainement.

Mais Dorieos s'emporta et déclara qu'il mènerait la bataille en accord avec les lois de la guerre pour l'édification des générations à venir.

Au beau milieu de cette discussion, un petit parti de Sicanes sortit des bois et se glissa jusqu'à nous armé de frondes, d'arcs et d'épieux. Ils étaient vêtus de peaux de bêtes et avaient peint leur visage et leur corps de rouge, de noir et de jaune. Leur chef, dont le visage était dissimulé par un masque de bois effrayant, dansa devant Dorieos. Après quoi, les Sicanes déposèrent aux pieds de notre capitaine les têtes à demi pourries et puantes de plusieurs nobles de Ségeste.

Ils expliquèrent que des voyants les avaient cherchés dans les bois, leur avaient donné du sel et leur avaient prédit la venue d'un nouveau roi. Encouragés par ces prédictions, ils avaient lancé des expéditions contre les cultures de Ségeste et, quand des nobles s'étaient jetés à leur poursuite avec des chevaux et des chiens, ils les avaient attirés dans une embuscade et tués.

Désormais, redoutant une vengeance, ils venaient se placer sous la protection de Dorieos. Aussi loin que remontait leur mémoire, ajoutèrent-ils, ils s'étaient toujours transmis de père en fils le récit des exploits d'un puissant étranger qui était venu dans la contrée, avait vaincu le roi en duel, puis avait donné les terres aux autochtones en annonçant qu'il reviendrait un jour réclamer son héritage. Ils appelaient Dorieos «Erkel» et exprimèrent le souhait qu'il chasse les Elymiens pour rendre les terres aux Sicanes.

Dorieos accepta leur hommage comme son dû. Il tenta de leur apprendre à dire «Héraclès» mais, constatant que leurs bouches ne pouvaient former les syllabes de ce mot, il secoua la tête d'un air dépité. Il avait peu de joie à attendre de tels barbares.

Barbares, ils l'étaient sans conteste. Ils ne possédaient pas d'armes métalliques en dehors de la tête de leurs javelots, de quelques poignards et du glaive de leur chef, car les maîtres de Ségeste interdisaient aux marchands ambulants de leur en vendre. Mais ils avaient d'autres talents. Jamais ils n'abattaient un arbre dans lequel habitait une nymphe ni ne s'abreuvaient à une source abritant quelque divinité malveillante. Leur prêtre, expliquèrent-ils, avait avalé la veille une potion divinatoire et avait vu l'arrivée de Dorieos pendant qu'il était en transe.

Quand Dorieos leur demanda de se joindre à nous dans la bataille rangée contre les Ségestiens, ils refusèrent. Ils redoutaient trop les chevaux et les chiens furieux pour s'aventurer hors des bois, mais ils seraient heureux d'encourager Dorieos en frappant sur leurs tambours faits de bûches évidées.

Tandis que nous reprenions notre marche, des Sicanes de plus en plus nombreux vinrent nous regarder passer en criant «Erkel, Erkel!» La vue de cette peuplade émerveilla les paysans de Panorme qui savaient les Sicanes trop farouches d'ordinaire pour se montrer aux regards des autres peuples. Pour commercer, ils avaient coutume de déposer leurs marchandises dans des lieux connus et passaient ensuite ramasser ce qu'on leur avait laissé en échange.

Puis les champs fertiles de Ségeste s'étendirent sous nos yeux, avec leurs autels et leurs monuments. Mais nous ne vîmes personne, car tous les habitants s'étaient réfugiés à l'intérieur de la cité. Parvenu devant le mausolée de l'imposteur Philippe de Crotone, Dorieos s'immobilisa et dit :

— Ici nous combattrons, afin que les mânes de mon père soient vengés de l'humiliation qu'ils ont subie et s'apaisent.

Nous apercevions une grande agitation sur les remparts de Ségeste et Dorieos enjoignit aux Phocéens de frapper leurs boucliers afin de prouver qu'il n'avait nulle intention de s'emparer de la ville par surprise. Puis il dépêcha un héraut proclamer aux Ségestiens ses droits héréditaires sur le trône et provoquer le roi en combat singulier. Sur quoi nous dressâmes le camp autour du mausolée, pour nous restaurer, étancher notre soif et prendre du repos. Malgré les mises en garde de Dorieos, il nous fut impossible de ne pas fouler aux pieds le blé des champs car nous devions être plusieurs milliers en comptant les Sicanes de notre arrière-garde.

Je crois que les Ségestiens virent la destruction de leurs récoltes d'un plus mauvais œil encore que les exigences de Dorieos. Ayant compris que leur blé était irrémédiablement perdu et que la bataille était désormais inévitable, leur roi assembla ses athlètes et la jeunesse noble. Il fit atteler les chevaux aux chars de combat qui, depuis des dizaines d'années, ne servaient plus qu'aux courses pacifiques. Encore que le roi n'eût guère plus de pouvoir que les rois sacrificiels des cités d'Ionie, la couronne du chien lui imposait certaines obligations. Nous apprîmes par la suite qu'il n'était guère désireux de la conserver et que, tandis que l'on harnachait les chevaux, il l'avait ôtée pour la proposer à ceux qui l'entouraient. Mais personne, à ce moment précis, n'était désireux de ceindre la couronne.

Ils s'encouragèrent mutuellement par le récit des exploits de leurs ancêtres contre l'envahisseur dont les os avaient fertilisé leurs champs en si grand nombre. Pendant ce temps, les hérauts du roi allaient de porte en porte pour appeler aux armes les hommes valides mais les citoyens ne cachèrent pas que cette querelle politique autour de la couronne du chien ne les concernait nullement. Aussi les nobles et les propriétaires burent-ils du vin et firent-ils les libations rituelles aux dieux souterrains pour se donner du courage et mourir dignement si tel était le sort qui les attendait. Ils consacrèrent aussi un temps très long à s'oindre le corps et à coiffer leur chevelure.

Ayant mandé le chien sacré et l'ayant conduit à sa place rituelle au sein de la meute, les Ségestiens, enfin prêts pour la bataille, firent ouvrir toutes grandes les portes de la cité. Ils lancèrent les chars qui se précipitèrent vers nous dans un grondement de tonnerre. C'était un spectacle imposant, comme on n'en avait plus vu au combat depuis bientôt une génération. Nous en dénombrâmes vingt-huit, disposés en phalange pour protéger les portes. Les chevaux étaient splendides, avec leur plumet et leurs harnais brodés d'argent.

Derrière les chars s'avançaient les guerriers cuirassés, les nobles, les mercenaires et les athlètes. Dorieos nous interdit de compter les boucliers afin de nous éviter l'inquiétude. Derrière les guerriers venaient les chiens et les maîtres de meute, suivis des frondeurs puis des archers.

Nous entendions les conducteurs de char encourager leurs chevaux de la voix. Voyant s'approcher les naseaux frémissants et les sabots qui lançaient des éclairs, les hommes de Phocée commencèrent à trembler et leurs boucliers s'entrechoquèrent. Calmement, Dorieos, qui se tenait devant eux, les exhorta à viser fermement de leur javelot le ventre des bêtes. Mais quand les chars furent sur eux, les Phocéens se réfugièrent derrière le mausolée, déclarant qu'ils laissaient volontiers Dorieos se charger de ce problème tout seul car, pour eux, ils n'avaient aucune connaissance en ce domaine. Sur quoi, le reste de nos forces se replia derrière un large fossé d'irrigation.

Dorieos lança deux javelots, blessant l'un des chevaux d'un quadrige et tuant le conducteur dont le cadavre fut traîné sur le sol. Je lançai l'un de mes javelots en pure perte mais, voyant un cheval se cabrer devant moi, je lui plantai de toutes mes forces mon second javelot dans le ventre. J'étais déterminé, quoi qu'il arrive, à ne pas quitter Dorieos et à me montrer au moins aussi brave que lui, alors même que je ne l'égalais pas en vigueur ni en habileté à manier les armes.

En me voyant m'avancer de quelques pas à la rencontre des chevaux, Dorieos fut pris de fureur et se précipita, glaive brandi, contre l'attelage le plus proche qu'il jeta contre le sol. La flèche d'un archer frappa un autre cheval à l'œil. L'animal blessé se cabra puis tomba à la renverse, entraînant le char et les trois autres bêtes dans sa chute.

Quand le roi de Ségeste vit que plusieurs de ses bêtes sans égale avaient été tuées ou blessées, il perdit courage en criant aux chars de faire demi-tour. Les chars intacts reprirent le chemin de la cité, tandis que le conducteur dont l'attelage avait été renversé, oubliant la bataille, étreignait ses bêtes mourantes, flattant leur encolure et baisant leurs naseaux pour tenter de les rappeler à la vie.

Parvenus au pied de la muraille, ceux qui avaient fait demi-tour descendirent de leur char et entreprirent de calmer les bêtes frémissantes et couvertes de sueur en agitant le poing dans notre direction et en nous criant des injures. Les Phocéens s'aventurèrent alors hors de leur abri et entourèrent Dorieos, bouclier contre bouclier, ceux de l'arrière soutenant les premiers rangs. A leur tour, les rebelles d'Eryx retraversèrent le fossé d'irrigation et, couverts de boue, brandirent bravement leurs gourdins et leurs haches en poussant de farouches cris de guerre.

Alors les guerriers lourdement armés de Ségeste livrèrent passage aux chiens et les maîtres de meute jetèrent les molosses contre nous. Ventre à terre, ils se précipitèrent découvrant leurs crocs luisants. J'avais revêtu ma cuirasse et mes jambières, comme Dorieos, et les Phocéens utilisèrent quant à eux leur bouclier pour se garder des molosses. A vrai dire, Dorieos ne prit même pas la peine de tuer les bêtes qui bondissaient vers sa gorge. Il se contenta de leur assener sur le mufle des coups de poing qui les faisaient retomber rampant et gémissant sur le sol. Par-dessus les grognements et le fracas de la bataille, nous entendîmes les hurlements de terreur des Sicanes qui se repliaient en désordre à l'abri des bois. La débandade des Sicanes amusa tant Dorieos qu'il éclata de rire, ce qui contribua plus que tout à redonner du courage aux Phocéens.

La meute assoiffée de sang nous avait maintenant dépassés et se lançait à l'attaque des rebelles d'Eryx. Les molosses déchirèrent des gorges mal protégées, arrachèrent des lambeaux de chair à des cuisses nues et broyèrent des bras entre leurs puissantes mâchoires. Mais les paysans soutinrent fermement l'assaut des brutes écumantes puis poussèrent des hurlements de triomphe quand ils découvrirent qu'ils pouvaient les tuer net d'un grand coup de gourdin. Le meurtre d'un chien de race était un crime grave dans le pays d'Eryx et, plus d'une fois, les paysans et leurs épouses avaient dû subir stoïquement les morsures des bêtes haïes qui attaquaient les moutons et terrorisaient les enfants.

Je ne crois pas que Krimisos, le chien sacré de Ségeste, fût alors lâché de propos délibéré. Avait-il rompu sa laisse? Son gardien avait-il malencontreusement relâché son étreinte? Toujours est-il que le doux animal au museau gris qui avait vécu paisiblement dans son enclos sacré pendant des années s'engagea à la suite des autres chiens d'un petit trot raide. Gras, d'une taille gigantesque, il jetait alentour des regards ahuris, incapable de comprendre ce qui se passait. Les aboiements et les grognements de ses congénères le troublaient et son museau sensible était offensé par la puanteur de sang répandu qui se dégageait du sol.

Dorieos appela le chien et ce dernier vint en trottinant, lui renifla gentiment les genoux et leva les yeux vers son visage, tandis que Dorieos lui caressait la tête, lui promettant de le marier chaque année à des jeunes filles plus belles encore, une fois qu'il aurait ceint la couronne. Lentement, le chien sacré, tout pantelant d'avoir brièvement trottiné, s'étendit de tout son long aux pieds de notre capitaine. Puis, tournant sa grosse gueule grise vers les guerriers lourdement cuirassés de Ségeste, il fronça le museau et découvrit en grondant ses crocs jaunes.

Des cris de stupeur s'élevèrent dans les rangs de Ségeste et le roi lui-même, voyant son pouvoir sur le point de lui échapper, daigna siffler le chien sacré, mais en vain. L'animal leva un regard aimant sur Dorieos et lécha son soulier d'airain.

Dorieos parla de nouveau au chien sacré, lui demandant de monter la garde devant le mausolée de son père. C'était en vérité un mausolée à Philippe de Crotone, mais Dorieos l'avait probablement oublié. Le chien posa son museau gris entre ses pattes et demeura allongé sur le sol.

Dorieos reporta alors ses regards sur les Phocéens, frappa son bouclier du plat de son glaive et marcha à la rencontre des guerriers lourdement armés de Ségeste. Je me portais à ses côtés, et, quand Dionysios comprit que le moment de la décision approchait, il passa son bout de corde dans sa ceinture, saisit son glaive et son bouclier, et vint se placer à la droite de Dorieos.

Dorieos ne jeta pas un regard en arrière. Dionysios non plus. Comme nous marchions de front, notre pas s'accéléra forcément du fait que nul de nous trois ne voulait se laisser distancer par les deux autres — Dorieos parce qu'il tenait à son rang, Dionysios par sens de l'honneur et moi par pure vanité. De telle manière que notre marche devint vite un petit trot. Derrière nous, nous entendîmes les cris de bataille des hommes de Phocée et le grondement de leurs pas précipités sur le sol. Au même instant, les rebelles d'Eryx s'agitèrent sur nos arrières et, dans le lointain, les bûches creuses des Sicanes résonnèrent, indiquant qu'ils s'apprêtaient à ressortir des bois.

Les quelques centaines de pas qui nous séparaient des Ségestiens me parurent le plus long voyage de ma vie. Par vanité encore je gardais les yeux fixés sur nos pieds et ne levais mes regards qu'en entendant rugir Dorieos. Son bouclier et le mien s'élevèrent du même geste pour recevoir la pluie de javelots que l'ennemi nous décochait. Mon bras ploya sous le poids des javelines qui s'étaient fichées dans mon bouclier qu'une lance avait même transpercé, ce dont je ne m'aperçus pas sur l'instant. Soudain, comme il l'avait déjà fait une fois dans le passé, Dorieos brandit et abattit son glaive en un éclair, tranchant net le manche des javelots plantés dans mon bouclier, juste à temps pour me permettre de l'élever de nouveau, à l'instant même où nous nous heurtâmes de plein fouet au premier rang des guerriers de Ségeste.

Je doute que quiconque a vraiment participé à une grande bataille soit vraiment en mesure de rendre compte de son déroulement. Car on est tout entier préoccupé de sauver sa propre vie. Le premier rang des Ségestiens avait lié ensemble ses boucliers au moyen de crochets de telle sorte que les premiers d'entre eux qui tombèrent sous nos coups entraînèrent tout le rang dans leur chute comme une vague qui s'abat. Enjambant les boucliers, nous attaquâmes le second rang et ce fut alors que le vrai combat commença, homme contre homme et glaive contre glaive.

Les Ségestiens étaient faibles, mais la colère qu'ils avaient éprouvée à voir tant de leurs animaux tués ou blessés en faisait des adversaires redoutables. Les nobles combattaient pour leurs biens et pour le pouvoir héréditaire sans lequel leur vie eût perdu tout son sens. Mais plus redoutables encore étaient les athlètes professionnels qui avaient consacré leur vie entière à développer leur force et leur talent de lutteurs, pour le plus grand amusement de leurs maîtres. Dans ce combat au corps à corps, si rapproché qu'il était presque impossible de brandir son glaive, les athlètes abandonnèrent armes et boucliers et se battirent avec leurs cestes de fer, broyant des visages et rompant des nuques à chaque coup.

Amaigris par notre périple et épuisés par la longue marche, nous n'étions pas en mesure de soutenir une bataille prolongée. Notre unique espoir résidait dans la soudaineté et la rapidité de notre attaque. Pour cette raison, Dorieos avait escompté enfoncer les rangs des Ségestiens en leur milieu. Mais le combat ne fut pas facile car, sous notre pression, les rangs de Ségeste se refermèrent sur nous en tenaille. Avec des cris de joie, les Ségestiens encerclèrent ce qui restait de nos forces. La sueur et le sang m'aveuglaient, tout mon corps était comme engourdi et mes bras étaient si fatigués que je ne savais où je trouvais encore la force de frapper, de frapper encore et sans relâche.

Dorieos nous lançait des paroles d'encouragement :

— Hommes de Phocée, nos ancêtres se sont battus dans ces champs! Nous sommes chez nous, défendons notre vie!

A ceux qui hésitaient, tout chancelants, il cria :

— Souvenez-vous que vous vous battez pour votre trésor! Déjà la racaille d'Eryx nous croit perdus et s'apprête à le mettre au pillage!

Un rugissement de rage s'éleva de la gorge des hommes épuisés. Un instant, les Ségestiens baissèrent le glaive et ce fut alors que Dorieos leva ses regards vers le ciel.

— Ecoutez! cria-t-il. Ecoutez battre les ailes de la déesse de la victoire!

Il avait parlé dans l'un de ces brefs instants de silence qui s'abattent parfois au milieu de la bataille. Etait-ce seulement le sang qui battait à mes tempes? J'entendis distinctement un bruit d'ailes feutré au-dessus de nos têtes. Les Phocéens l'entendirent aussi — du moins fut-ce ce qu'ils déclarèrent après la bataille.

Une exaltation surnaturelle s'empara alors de Dorieos, décuplant ses forces à tel point que nul ne pouvait lui résister. A ses côtés, Dionysios chargea, tête baissé comme un taureau furieux, dégageant une trouée sanglante à coups redoublés de sa hache. Aveuglés par la rage, les hommes de Phocée se jetèrent à leur suite et ce fut ainsi qu'avec l'énergie née du désespoir nous parvînmes à enfoncer les lignes d'hoplites lourdement armés de Ségeste. Derrière, les guerriers aux armes légères s'enfuirent dans le plus grand désordre.

La violence de cette charge inattendue prit le roi de Ségeste par surprise et il n'eut pas l'occasion de s'échapper. Dorieos le tua d'un coup si rapide qu'il eut à peine le temps de lever son glaive pour se défendre. La couronne du chien roula sur le sol. Dorieos s'en saisit et la brandit au-dessus de sa tête, aux regards de tous.

En vérité, cela ne signifiait pas grand-chose, dans la mesure où les Ségestiens ne tenaient ni le roi ni la couronne en très haute estime. De fait, la défection du chien sacré, venu se coucher aux pieds de Dorieos, avait produit sur eux une plus forte impression que la mort du roi et la perte de la couronne. Mais les hommes de Phocée l'ignoraient. Ils se mirent à crier victoire alors que les rangs des Ségestiens s'étaient refermés derrière nous et que l'accès de la cité nous était encore interdit par une multitude de guerriers et de chevaux.

Soudain, des cris alarmés nous parvinrent des portes mêmes de la ville. Les conducteurs de chars, qui tentaient de reconduire leurs bêtes de grand prix en sûreté firent de nouveau demi-tour en criant que tout était perdu. Car le peuple de la ville, qui suivait du haut des murailles le déroulement de la bataille, avait cru à notre victoire dès que les chars avaient repris le chemin de la cité. Désarmant par surprise les quelques gardes demeurés à leur poste, le peuple de Ségeste avait fait refermer les portes et avait pris le pouvoir.

Parvenus aux portes, nous nous arrêtâmes pour essuyer le sang de nos blessures et reprendre haleine. Dorieos s'avança jusqu'à la porte qu'il martela de son bouclier, exigeant qu'on la lui ouvrît, tout en brandissant la couronne aux yeux de tous. Elle était trop petite pour lui, car les nobles de Ségeste avaient la tête plus étroite que les Grecs, comme leurs chiens de race au museau effilé.

A notre grande surprise, la porte pivota sur ses gonds en grinçant et nous vîmes sortir les deux fils de Tanakil qui avaient pris la tête des rebelles. Ils saluèrent Dorieos d'un air maussade, nous firent entrer, et refermèrent à la hâte quand les quarante Phocéens survivants eurent pénétré dans la ville. De tous côtés, le peuple acclamait Dorieos, chantant sa vaillance au combat.

Bientôt, nous vîmes Tanakil s'avancer à notre rencontre, vêtue d'une riche robe, la tête ceinte d'un bandeau carthaginois, protégée du soleil par un parasol que tenait une esclave, pour montrer qu'elle comptait des divinités carthaginoises parmi ses ancêtres. J'ignore si l'arbre généalogique de Tanakil était considéré comme authentique à Carthage, mais, à Ségeste, les gens s'écartaient devant elle avec respect.

Elle inclina la tête et étendit les deux mains pour accueillir Dorieos qui lui remit la couronne du chien pour libérer ses propres mains et jeta à la ronde des regards assez désemparés et stupides.

Pour moi, j'estimais qu'il aurait pu manifester plus de chaleur à retrouver son épouse mortelle, malgré son union en mer avec Thétis aux bras blancs. Aussi m'empressai-je de prendre la parole :

— Tanakil, je te salue de tout mon cœur ! En cet instant, tu es plus resplendissante à mes yeux que le soleil, mais Arsinoé est demeurée auprès du mausolée avec nos biens et nous devons songer à l'aller secourir avant que les nobles ségestiens ne l'attaquent.

Dionysios prit la parole à son tour :

— Il est un temps pour tout, et je répugne à t'importuner en un moment aussi solennel, ô Dorieos. Mais notre trésor est resté auprès du mausolée et je crains fort que les paysans qui nous ont accompagnés ne fassent main basse sur nos richesses.

Dorieos recouvra rapidement ses esprits.

— Il est vrai et j'ai manqué un instant l'oublier, reconnut-il. J'ai vengé les ossements de mon père et rendu le repos à son esprit. Que le nom de l'imposteur Philippe soit sur-le-champ effacé du fronton du mausolée et qu'en ses lieu et place, on grave les paroles suivantes : *A Dorieos, père du roi de Ségeste Dorieos, Spartiate, le plus beau d'entre les hommes de son temps, trois fois vainqueur des Jeux olympiques*. On y ajoutera son lignage, en commençant par Héraclès, du mieux que je serai capable de m'en souvenir.

Nous expliquâmes les choses aux fils de Tanakil qui poussèrent un soupir de soulagement et déclarèrent qu'ils n'avaient rien contre la rectification des erreurs. Ils ajoutèrent qu'ils étaient profondément soulagés de constater que Dorieos bornait là ses prétentions.

Dorieos dit alors :

— Je n'ai que faire du trésor et Arsinoé est très capable de prendre soin d'elle-même, puisqu'elle est entourée d'hommes. Mais j'ai laissé Krimisos, le chien sacré, au pied du mausolée de mon père, et il convient de le ramener dans la cité. Quelqu'un désire-t-il l'aller chercher ? Pour moi, je suis extrêmement épuisé par le combat et je préfère ne pas franchir à pied une telle distance.

Nul Ségestien ne désirait y aller et les hommes de Phocée déclarèrent qu'ils étaient eux-mêmes si fatigués et couverts de blessures qu'ils tenaient à peine debout. Dorieos soupira :

— Je vois que les charges de la royauté sont lourdes. Je me sens déjà isolé parmi les mortels et ne puis faire confiance à personne. Mais un roi est au service de son peuple, il est donc le premier de ses propres serviteurs. Ainsi, j'imagine qu'il me faut aller chercher le chien en personne. Après tout, je ne puis oublier qu'il m'a fait sa soumission et m'a léché le pied.

Tanakil se répandit en sanglots et l'implora de ne point partir ; les hommes de Phocée le dévisageaient en ouvrant des yeux ronds et Dionysios déclara qu'il avait perdu l'esprit. Mais Dorieos fit ouvrir les portes et sortit seul de la ville, les bras ballants sous l'effet de la fatigue.

Nous gagnâmes le sommet des remparts pour observer sa marche. Les nobles ségestiens avaient formé un cercle protecteur autour des chevaux ; à quelque distance, les soldats s'étaient regroupés pour une discussion animée et les rebelles d'Eryx s'étaient de nouveau repliés derrière le fossé d'irrigation. A la lisière des bois, à peine visibles, s'agitaient les Sicanes qui frappaient encore à l'occasion sur leurs tambours de bois creux.

Dorieos traversa le champ de bataille jonché de cadavres sanglants et de blessés qui pleuraient en réclamant de l'eau et en appelant leur mère. Il salua par son nom chacun des Phocéens qui étaient tombés et loua leur bravoure.

— Tu n'es pas mort, proclamait-il à chaque fois. Tu es invulnérable et nous sommes toujours trois cents, comme nous le serons pour l'éternité.

Tandis qu'il se déplaçait ainsi entre les corps, toutes les autres voix se turent de sorte que la sienne seule résonnait. Les Ségestiens le contemplaient avec incrédulité et nul ne s'avisa de l'attaquer. Les nuages lourds qui s'amassent toujours dans le ciel des batailles commencèrent à se déchirer et le soleil darda ses rayons éblouissants sur la forme ensanglantée de Dorieos.

Les hommes de Phocée chuchotaient à l'adresse les uns des autres :

— Il est donc vraiment un dieu et non un simple mortel, comme nous hésitions encore à le croire.

A quoi Dionysios ajouta :

— Certes, ce n'est pas un mortel comme les autres, c'est un dément.

Parvenu devant le mausolée, Dorieos héla le chien sacré par son nom. L'animal se leva aussitôt, trotta à sa rencontre en remuant la queue et l'enveloppa d'un regard plein d'amour.

Dorieos invoqua alors l'esprit de son père à haute voix.

— Es-tu satisfait, ô Dorieos, mon père? Reposeras-tu en paix, cessant désormais de me tourmenter?

Par la suite, on a dit qu'une voix caverneuse se fit entendre à l'intérieur du mausolée :

— Je suis satisfait, ô mon fils, et je vais connaître le repos, aurait dit la voix.

Pour ma part, je ne l'entendis point et je ne crois pas qu'elle se fît entendre, car les Ségestiens avaient élevé le mausolée pour Philippe de Crotone, plusieurs dizaines d'années auparavant, et avaient enterré le père de Dorieos dans leurs champs avec les autres morts de la guerre. Mais il se peut que Dorieos ait entendu cette voix résonner à l'intérieur de lui-même. Cela, je le crois possible et ne veux point accuser Dorieos de mensonge.

Les bêtes de somme avaient été menées jusqu'au fossé d'irrigation par leurs maîtres qui se réjouissaient déjà à l'idée de s'enfuir avec notre trésor. Mais les ponts s'étaient écroulés et les hommes n'osèrent point les faire traverser, de peur qu'elles ne périssent noyées dans la vase. Dorieos leur intima donc joyeusement l'ordre de rebrousser chemin.

Entendant sa voix, Arsinoé l'appela de derrière un âne, accusant les misérables créatures d'avoir voulu s'emparer d'elle et du trésor sans céder à ses objurgations. Elle avait fait charger Mikon dans un grand panier vide, après qu'il se fut saoulé au point de perdre conscience, au plus fort de la bataille.

Quelques gestes menaçants de Dorieos suffirent à faire revenir à la hâte les conducteurs des bêtes. Mais lorsque Arsinoé s'approcha, portant son chat dans une cage, le chien sacré de Ségeste hérissant son poil sacré se mit à gronder sourdement et Dorieos jugea plus prudent de reprendre le chemin de la cité en précédant largement Arsinoé. Cette fois, les nobles s'exhortèrent mutuellement à sauter sur Dorieos pour le tuer, mais la vue des crocs écumants de Krimisos suffit à les renvoyer à l'abri de leur forteresse de boucliers.

Les bergers et les laboureurs d'Eryx voulurent alors pénétrer dans la cité, mais on leur referma proprement la porte au nez. Tout d'abord, Dorieos s'en montra chagrin, mais quand les fils de Tanakil lui eurent expliqué que ces paysans pauvres et indisciplinés ne pourraient que créer des troubles en ville, il se rangea à leur avis et concéda qu'il ne devait rien à ces hommes.

Entre-temps, les blessés avaient commencé à se plaindre.

— Pourquoi avoir amené avec nous un savant médecin? L'avons-nous engraissé et payé pour qu'il se saoule à mort quand nous avons le plus grand besoin de lui?

En raison de notre amitié, je me hâtai d'extraire Mikon de son panier et de le faire revenir à lui. Il parvint à tenir debout mais il ne comprenait rien à ce qui se passait autour de lui. Cependant, son expérience et sa maîtrise étaient telles qu'il s'acquitta de ses devoirs avec autant de dextérité — certains dirent même avec plus de dextérité — que s'il n'avait pas bu.

De moi-même, je dirai seulement que j'avais les genoux écorchés, une blessure de javelot au bras et un trou laissé par une flèche dans le cou. Mikon dut m'ouvrir la nuque pour en extraire la pointe de la flèche qui s'y était brisée. Il déclara toutefois que mes blessures étaient seulement de nature à me rappeler le caractère mortel de mon corps. Je parle de ces blessures pour l'unique raison que Dorieos entreprit alors de rassembler ses hommes pour dénombrer ceux qui tenaient encore debout.

— Il me déplairait d'être importun, leur dit-il, mais vous voyez que les nobles de Ségeste s'attardent dans la plaine, derrière leurs boucliers. Il conviendrait peut-être de sortir pour reprendre le combat.

Cette fois c'en était trop pour les hommes de Phocée. Vociférant des protestations, ils exigèrent qu'il se satisfît de la couronne du chien qui était sienne désormais.

Dionysios compta ses hommes et pleura amèrement.

— Nous étions trois cents et voilà qu'il ne reste même plus assez de Phocéens pour former l'équipage d'un pentékontérès. Les esprits ne peuvent manier l'aviron et hisser la voile.

Pour finir, Dorieos consentit à ôter son casque.

— Peut-être ma tâche est-elle achevée, concéda-t-il.

Les fils de Tanakil déclarèrent eux aussi que trop de sang avait été versé et que Ségeste avait besoin de ses guerriers lourds pour maintenir son pouvoir sur la terre d'Eryx. Ils promirent de se charger de toutes les négociations nécessaires pour épargner cette peine à Dorieos.

— Mes fils ont raison, dit Tanakil. Il est temps pour toi de prendre du repos. Pour le moment, ton devoir le plus sacré est de reconduire le chien jusqu'à son enclos, après quoi nous pourrons nous retirer pour discuter des événements.

Mais les yeux de Dorieos regardaient en tous sens, incapables de trouver le repos. Il prit la parole d'une voix mourante :

— Comme tu me sembles distante, Tanakil. J'ai l'impression que de nombreuses années se sont écoulées depuis notre rencontre à Himère.

Tanakil tenta de sourire.

— J'ai maigri à force de me faire du souci pour toi. Mais je retrouverai à coup sûr mes forces quand nous serons seuls et tu me regarderas avec des yeux différents quand tu te seras reposé.

A ces mots, Dorieos n'insista plus et se laissa retirer sa cuirasse. On le vêtit d'une robe phénicienne décorée de la lune et des étoiles, de l'image d'une nymphe de Ségeste et de celle du chien sacré. Le peuple forma alors une procession de fête pour le conduire jusqu'au temple mais, là, le chien sacré refusa de rentrer dans son enclos. Il jetait des regards implorants à Dorieos qui dut l'y traîner de force. Le chien s'assit aussitôt sur son arrière-train et se mit à pousser des hurlements plaintifs et menaçants. Il refusa de manger et de boire la nourriture et l'eau qu'on lui présentait.

Dorieos rajusta nerveusement sa couronne et déclara :

— Les hurlements de ce chien me blessent les oreilles et me donnent de sombres pensées. Si vous ne parvenez pas à le faire taire, je vais fouetter cet animal.

Fort heureusement, le peuple ne comprit pas cette menace. Mais les hurlements de mauvais présage m'attristaient moi aussi. Me tournant vers Tanakil, je demandai :

— Si ma mémoire est fidèle, la coutume de la cité est de marier chaque année la plus belle vierge du pays au chien sacré.

Pourquoi son épouse du moment n'est-elle point présente pour le réconforter ?

— Ce n'est plus qu'une tradition qui n'entraîne aucune responsabilité, expliqua Tanakil. De fait, la vierge partage seulement le gâteau de noce avec le chien, puis elle s'en va. Mais, en l'honneur de Dorieos, nous pourrions trouver une autre vierge pour consoler le chien.

Le visage de Dorieos nous indiquait qu'il n'y avait pas de temps à perdre. Tanakil en appela au peuple et, aussitôt, une petite fille se précipita dans l'enclos, noua ses bras autour du cou de l'animal sacré et se mit à lui parler doucement à l'oreille. Le chien, surpris, voulut d'abord se dégager, mais l'étreinte de la fillette était ferme. Pour finir, l'animal cessa de hurler et s'abandonna aux caresses de la petite. Des envieux déclarèrent alors que ce n'était point là la place d'une mendiante et qu'elle n'était point digne de réconforter le chien sacré. Mais Tanakil répliqua posément que plus d'une coutume ancienne avait été violée ce jour-là. Si Krimisos, le chien sacré lui-même, acceptait sa compagne et s'en montrait satisfait, nul ne pouvait trouver à y redire.

L'enclos était attenant à la résidence royale dans laquelle Tanakil avait déjà fait préparer un repas et un bain. Le bâtiment était inoccupé depuis longtemps et, contenant une série de reliques sacrées, provenant en partie de divers animaux, sentait extrêmement mauvais. Le roi précédent y avait seulement fait de brèves visites, à l'occasion de certaines cérémonies officielles. Mais Dorieos parut content de s'y installer, il enjoignit aux Phocéens de prendre leurs quartiers dans une maison voisine et demanda que les Ségestiens prennent soin des blessés.

Tanakil s'affairait, veillant au confort de Dorieos par tous les moyens imaginables. Quand il eut été baigné, oint et massé aussi complètement que le permettaient ses blessures, des serviteurs le transportèrent jusqu'à un lit de banquet. Il tenta de manger mais ne put retenir les aliments qu'il absorbait. Avec un soupir, il se tourna vers Tanakil et dit :

— Les nourritures terrestres ne conviennent apparemment plus à mon corps depuis que Thétis l'a rendu invulnérable dans ses demeures sous-marines.

— Qu'entends-tu par là, mon noble époux ? demanda Tanakil

en nous jetant des regards soupçonneux. La tête te fait-elle mal? A n'en pas douter, c'est l'épuisement qui te fait ainsi vomir et t'agiter. Il n'y a pas si longtemps que les repas que je faisais préparer te convenaient à merveille.

Dorieos sourit tristement et vomit une fois de plus.

— Je ne comprends pas ce qui m'arrive, avoua-t-il d'un air contrit. Depuis que j'ai atteint mon but, je me sens faible, car je ne sais plus ce que je veux. Emporte loin de moi cette maudite couronne du chien car elle pue affreusement. Tout dans cette demeure empeste le chien. Voilà ce qui doit me soulever le cœur.

— Hume mon parfum, ô mon époux! le pressa Tanakil. En me préparant à te recevoir, j'ai ordonné à mes esclaves de m'oindre tout le corps d'essences odorantes.

Plein d'espoir, Dorieos tendit le cou pour renifler son épouse, mais il se recula, plissant le front.

— Toi aussi, tu sens le chien, Tanakil.

Il se prit le ventre et s'épancha en plaintes amères.

— C'est comme si j'étais de retour sur le navire. Je me balance sur cette couche comme je me balançai entre les bras de mon aimée. Ah, Thétis, Thétis, toujours je te regretterai quand je serai sur la terre ferme.

Tanakil nous jeta un regard morose. Je m'empressai de lui exposer ce qui avait eu lieu pendant notre voyage, tandis que Mikon lui murmurait à l'oreille diverses considérations d'ordre médical.

Elle dévisageait Arsinoé d'un air soupçonneux mais finit par hocher la tête. Puis, caressant la joue de Dorieos, elle dit pour l'apaiser :

— Je comprends ton union avec cette Thétis et ne m'en formalise point, car je ne suis pas jalouse de nature. Mais mieux vaudrait pour toi garder la chambre quelques jours. Plus le roi s'abstient de participer aux choses triviales, plus il est respecté. Je t'ai fait apporter des vêtements de femme pour que, semblable à ton ancêtre Héraclès, tu puisses accomplir des tâches féminines afin de calmer le courroux des dieux.

Les hommes de Phocée écoutaient bouche bée, mais nul ne rit. Dionysios déclara aussitôt que Dorieos avait fait montre d'une telle virilité qu'il serait effectivement bien avisé de se vêtir en femme durant quelques jours pour calmer la jalousie des immortels.

La gentillesse de Tanakil et la compréhension de Dionysios calmèrent Dorieos. Ses yeux se fermèrent et sa tête retomba mollement sur la couche. Nous le transportâmes dans la chambre à coucher et l'y laissâmes, la tête contre le sein de Tanakil.

3

Dorieos demeura caché douze jours, période pendant laquelle les affaires de Ségeste se réglèrent au mieux. Les nobles attaquèrent par surprise les rebelles d'Eryx qu'ils contraignirent à rendre les armes et à retourner travailler pour leurs maîtres. Aux Sicanes, les gens de Ségeste offrirent du sel et des vaisseaux d'argile, leur enjoignant de regagner leurs forêts.

Le peuple fit la paix avec les nobles, qui purent revenir en ville avec leurs chevaux, leurs chiens et leurs athlètes, convaincus qu'en confiant au peuple la gestion des affaires publiques ils allégeraient leurs propres tâches et ne s'en porteraient que mieux. Autorisés à conserver les symboles de leur rang et dégagés des responsabilités du gouvernement, ils auraient encore plus de temps à consacrer à l'élevage des chevaux, au dressage des chiens, et à l'organisation des compétitions athlétiques. Toutefois, ils furent désormais tenus d'autoriser le mariage de leurs filles avec les commerçants les plus riches et les artisans les plus habiles, qui pourraient ainsi hériter des terres, et de tolérer que les membres du gouvernement entretiennent des meutes, malgré leur basse naissance.

Dorieos était impatient de dépêcher des hérauts auprès des grandes cités grecques de Sicile pour y annoncer son accession au trône du chien sacré, mais Tanakil s'y opposa avec véhémence.

— Tu n'y songes pas! Le Conseil de Carthage te soupçonnerait de bercer des plans d'alliance avec les Grecs. Il s'est passé bien des choses tandis que tu étais en mer. Anaxilaos, de Rhegion, a conquis Zancle avec l'aide de réfugiés qui fuyaient les Perses. Quand Krinippos a appris la nouvelle, à Himère, il s'est empressé de marier sa petite-fille Kydippe à Anaxilaos, qui a changé le nom de Zancle en Messine, a signé un traité d'amitié avec Carthage, et règne désormais sur les deux rives du détroit. Ainsi, par ce mariage, tout le rivage septentrional de Sicile est tombé sous l'influence de Carthage. Mes fils devront donner bien des explications avant que Carthage ne reconnaisse tes droits légitimes sur la couronne du chien.

Après la moisson, deux émissaires arrivèrent de Carthage par Eryx pour examiner les affaires de Ségeste. S'ils étaient deux, c'était que le Conseil de Carthage répugnait à confier les questions importantes à un homme seul, mais aussi que trois eût été un chiffre trop élevé. Mais les deux hommes étaient évidemment accompagnés de toute une suite de serviteurs, de scribes, de fonctionnaires et d'experts des questions militaires.

Dorieos laissa à Tanakil le soin d'organiser un banquet en leur honneur. Elle y apporta sa table généalogique et assura ses hôtes que Dorieos ne tarderait pas à apprendre la langue et les coutumes élymiennes. Pour sa part, Dorieos emmena ses hôtes voir le chien sacré. Il n'avait guère autre chose à leur montrer.

Après de laborieuses négociations, que Dorieos autorisa le Conseil de la cité à mener pour lui, les Carthaginois reconnurent Dorieos comme roi de Ségeste et de tout Eryx. Mais ils lui firent commandement de verser des compensations pour les dommages qu'il avait causés à Panorme. A vrai dire, ils avaient déjà confisqué la trière. Ils exigèrent aussi que la ville même d'Eryx fût reconnue comme cité carthaginoise et que Carthage, lieu de résidence d'hiver de la déesse, continuât à percevoir les revenus que rapportaient les pèlerinages à Eryx. Carthage se réservait aussi un droit de regard sur les traités commerciaux que Ségeste pourrait conclure avec les cités grecques de Sicile, ainsi que sur toutes les affaires concernant la guerre et la paix. Enfin Dionysios et ses hommes seraient livrés à Carthage, afin d'être jugés pour piraterie.

Dorieos dit oui à tout, le traité n'étant au fond que la reconnaissance des conditions existantes, mais il refusa fermement de livrer les Phocéens. Il résista même à Tanakil qui tenta de le convaincre qu'il ne devait rien à Dionysios et que, bien au contraire, ce dernier n'avait pas hésité à lui faire du tort.

— Ce qui s'est produit sur mer est une chose, déclara Dorieos. Mais je ne puis rompre les liens de fraternité que nous avons scellés de notre sang sur la terre ferme.

Cependant, quand Dionysios apprit que les négociations menaçaient d'achopper à cause de lui, il vint trouver Dorieos.

— Je ne veux point faire courir de risque à la couronne que nous avons généreusement contribué à placer sur ta tête, lui dit-il. Aussi allons-nous nous écarter de ton chemin et reprendre la mer.

Dorieos accueillit cette suggestion avec plaisir.

— C'est peut-être la meilleure chose à faire, acquiesça-t-il. Pourtant, j'avais espéré tenir ma promesse et faire de toi un seigneur de la terre ferme. Mais que puis-je faire si Carthage refuse son accord?

Pour quelque raison ignorée de moi, les Carthaginois n'avaient réclamé ni Arsinoé, ni Mikon, ni moi-même et nous demeurions chez Dorieos, jouissant comme autrefois à Himère de l'hospitalité de Tanakil. Pendant ce temps, les Phocéens ne s'amusaient guère à Ségeste. Ils étaient contraints de rester enfermés chez eux et de payer leur propre entretien, alors même que les émissaires de Carthage les faisaient garder jour et nuit afin d'éviter la répétition des événements d'Himère. Hélas! dans cette dernière ville, nous étions sur le rivage même de la mer et les navires étaient prêts à prendre le large.

A l'approche de l'automne, les hommes de Phocée commencèrent à penser qu'on leur avait passé au cou un nœud coulant qui se resserrait de plus en plus. Ils se mirent à frotter la marque bleue qu'ils portaient à l'épaule, se demandant ce que ressent un homme que l'on écorche vif. Chaque jour, les émissaires de Carthage passaient devant les quartiers des Phocéens avec leur visage cuivré et leur barbe mêlée de fils d'or. Leurs gardes proféraient des menaces. Sur l'ordre de Dionysios, les Phocéens supportaient les injures en silence.

Comme il était compréhensible, Dorieos commença à se lasser de leur présence qui constituait un obstacle sur sa route. Les émissaires carthaginois perdirent patience et exigèrent la reddition des Phocéens avant la fin de la saison de la navigation. Quand je devisais avec eux, ils jouaient l'indulgence, m'assurant que ces racontars à propos des écorchés vifs étaient pure calomnie. Certes la loi maritime de Carthage était sévère, mais pas insensée. Carthage possédait des mines en Ibérie et avait le plus grand besoin d'esclaves. Quand ces derniers se montraient rétifs, il arrivait qu'on les aveuglât ou qu'on leur désarticulât le genou pour les empêcher de fuir, mais rien de plus redoutable.

Quand je rapportai ces paroles à Dionysios, il se caressa la barbe et répliqua que les Phocéens n'avaient nul désir d'aller travailler dans la pestilence des mines ibériques ni même de faire tourner des roues de moulin à Carthage, pour le seul plaisir de complaire à Dorieos.

Dorieos avait cessé de me confier ses plans, mais nous restions amis. Un jour, voyant une épaisse fumée s'échapper de la cour du bâtiment où les Phocéens étaient logés, je me hâtai d'y courir et vis qu'ils avaient creusé un puits dans le sol et étaient occupés à y faire fondre les beaux vaisseaux d'argent de leur trésor. Ils les avaient mis en pièces et actionnaient un gros soufflet de forge. Ils cassaient aussi les coffrets sertis de joyaux pour récupérer les pierres précieuses et brisaient les ivoires sculptés.

Soupçonnant quelque chose, j'observai un moment leurs activités et constatai qu'après avoir fondu l'argent, ils le taillaient en morceaux qu'ils pesaient pour les répartir entre eux.

— Mes yeux ne peuvent supporter la vue d'une telle destruction d'œuvres d'art inestimables! m'écriai-je, indigné. Mais je remarque que vous répartissez ces richesses entre vous après les avoir pesées et que vous jetez les osselets pour que le sort désigne ceux qui prendront les perles et les pierres précieuses. Je crois avoir droit à une part de ce trésor, tout comme Mikon. Et Dorieos lui-même serait gravement offensé s'il ne recevait pas la part qu'il a conquise à la pointe de son glaive.

Dionysios découvrit ses dents blanches en un large sourire.

— Ah, Turms, tu as dépensé plus que ta juste part à Himère. Ne te souviens-tu pas d'avoir contracté un emprunt auprès de moi, avant de te mettre en route pour Eryx? Et après ton retour, tu as emprunté de nouveau pour satisfaire les caprices de cette femme que tu avais ramenée avec toi. Dorieos, quant à lui, nous doit plus que nous ne lui devons. Mais, pour Mikon, nous serions fort heureux de lui remettre sa juste part de médecin, s'il est prêt à nous accompagner devant le tribunal de Carthage. Peut-être sera-t-il assez habile pour nous recoudre la peau, une fois qu'elle aura été arrachée de notre carcasse!

Couverts de sueur et de crasse, les Phocéens éclatèrent alors de rire.

— Oui, oui! Turms, Mikon, et toi Dorieos, venez donc réclamer votre juste part de butin, s'écrièrent-ils en chœur. Mais n'oubliez pas votre glaive, il pourrait y avoir quelques divergences d'opinion!

Devant leur attitude menaçante, je jugeai préférable de dire seulement à Dorieos qu'ils étaient occupés à sacrifier aux dieux avant de se rendre. Dorieos poussa un soupir de soulagement.

— Quels hommes remarquables! C'était vraiment le meilleur service qu'ils pouvaient encore me rendre. Je vais enfin être en mesure de me consacrer en paix aux affaires politiques de Ségeste.

Toute la ville se réjouit quand il commença d'apparaître que cette délicate et désagréable affaire était sur le point de trouver une conclusion facile. Parce que l'on est toujours tenté de croire volontiers ce que l'on désire croire, les Ségestiens se convainquirent facilement que Dionysios et ses hommes étaient enfin revenus à la raison. Cette nuit-là, les dirigeants de Ségeste écoutèrent la rumeur qui s'échappait de la maison des Phocéens où ces derniers festoyaient et buvaient du vin pour se donner du courage. Les émissaires de Carthage hochaient du chef d'un petit air satisfait.

— Il est plus que temps, car notre navire n'a que trop attendu à Eryx. Ces pirates sont plus bêtes que nous ne l'imaginions d'accorder ainsi leur confiance aux lois carthaginoises!

Pleins de gratitude, ils firent des sacrifices à Baal et à d'autres divinités et firent préparer des entraves et des cordes pour emmener les Phocéens jusqu'à Eryx. Le lendemain, ils se rendirent de nouveau devant la maison des Phocéens et y demeurèrent dans l'expectative. Bientôt, Dionysios en sortit avec ses hommes et, plus vite qu'il ne m'est possible de le raconter, ils massacrèrent les gardes et se saisirent des émissaires médusés. Ils ne tuèrent pas les Ségestiens, se contentant d'avertir les sentinelles de se tenir en dehors d'une affaire qui ne les concernait point.

Dionysios s'avança dans la rue, sa hache à la main, à la rencontre de Dorieos et des dirigeants ségestiens.

— Nous nous sommes rendus aux honorables émissaires de Carthage et les avons humblement prié de bien vouloir nous conduire à Eryx où se trouve leur vaisseau, expliqua-t-il froidement. Nous ne pouvons que déplorer le malheureux incident créé par la sauvagerie avec laquelle les guerriers carthaginois se sont jetés sur nous tandis que nous tentions de négocier avec les émissaires. Dans leur sauvage précipitation, ils ont trébuché et se sont mutuellement embrochés sur leurs glaives et leurs propres lances. Nous autres, qui nous mettons facilement en colère, il est possible que nous ayons contribué à ce désastre en en frappant quelques-uns un peu trop fort, peu habitués que nous sommes à nous servir d'armes de métal. Mais les émissaires de Carthage nous ont déjà accordé leur pardon et le droit de conserver nos armes jusqu'à l'embarquement sur leur navire. Si vous ne croyez pas mes paroles, entrez dans la maison et interrogez-les vous-mêmes.

Mais les dirigeants ségestiens ne tenaient guère à pénétrer dans la maison des Phocéens et Dorieos s'empressa de soutenir que tout cela ne le concernait plus, puisque Dionysios s'était rendu aux Carthaginois.

Dionysios poursuivit donc :

— Votre animosité a été seule responsable de nos actes. Les très honorables émissaires carthaginois partagent notre sentiment et craignent que vous ne nous attaquiez en chemin, les empêchant ainsi d'accomplir leur mission, qui est de nous ramener vivants à Carthage. Si vous nous attaquez effectivement, ils sont décidés à se tuer de leur propre main, afin que leur sang retombe sur vos têtes, ce que Carthage ne vous pardonnera jamais.

Tandis que les dirigeants de Ségeste méditaient ces fortes paroles, Dionysios sourit joyeusement et déclara :

— Nous autres, les Phocéens, nous préférerions gagner Carthage à partir de Panorme, car c'est l'itinéraire que nous connaissons. Mais les émissaires de Carthage tiennent à partir d'Eryx et nous sommes contraints de leur obéir. En tant que prisonniers, nous-mêmes ferons humblement la route à pied, mais des hommes aussi honorables que les deux émissaires ne peuvent s'abaisser à cela. C'est pourquoi vous devez nous fournir des mules, ainsi qu'un guide qui nous conduira jusqu'à Eryx.

Désemparés, les Ségestiens comprirent qu'ils étaient impuissants et n'avaient d'autre issue que de faire semblant de croire les promesses de Dionysios. Ils formèrent donc un cortège d'honneur pour mener à travers la cité, jusqu'aux portes de l'ouest, les émissaires carthaginois autour desquels les Phocéens dressaient le rempart de leurs boucliers. Ils virent bien que les émissaires étaient bâillonnés et ficelés à leur mule, mais ils firent semblant de ne rien remarquer.

Mikon et moi accompagnâmes les Phocéens jusqu'aux portes de la cité. Là, avec une infinie arrogance, Dionysios s'immobilisa pour déclarer :

— J'allais oublier que l'argent, les documents et les tablettes des honorables émissaires sont restés là où ils logeaient. Allez vite les chercher et apportez aussi de la viande fraîche et du vin en abondance, ainsi que deux vierges pour réchauffer les deux honorables Carthaginois pendant la froide nuit.

Quand les bagages des émissaires lui eurent été apportés, Dionysios se moqua des dirigeants de Ségeste en s'affublant d'une robe de cérémonie carthaginoise. Incapable de déchiffrer les rouleaux de parchemin et les tablettes de cire, il les examina rapidement et les jeta à ses hommes qui y tracèrent des dessins obscènes qu'ils se montraient les uns aux autres avec force éclats de rire.

Sous l'effet de la rage, l'un des dirigeants de Ségeste fut pris d'une attaque et mourut sous nos yeux. Alors seulement Dionysios jugea enfin qu'il était temps de partir. Les Phocéens virent dans cette mort un mauvais présage et, poussant devant eux les mules, ils prirent le chemin d'Eryx.

Ils ne perdirent pas de temps. Ayant fait halte pour se reposer seulement pendant les heures les plus sombres de la nuit, ils arrivèrent au port d'Eryx le lendemain soir, envahirent le navire qui attendait les émissaires, jetèrent son équipage à la mer, lancèrent des torches enflammées sur les autres vaisseaux, et plongèrent le port tout entier dans le chaos.

Ils gagnèrent la haute mer, emmenant les deux émissaires. Ils en ligotèrent un à la proue, afin qu'il leur portât chance quand ils éperonneraient le premier navire dont la route croiserait la leur. Quant au second, ils le sacrifièrent en riant à Baal, après avoir pillé le trésor de plusieurs galères lourdement chargées, non loin des côtes de l'Afrique. Dionysios renonça tout à fait à rallier Massilia et préféra se consacrer à la piraterie, comme semblaient le souhaiter les dieux eux-mêmes. Parce qu'il ne s'attaquait jamais aux vaisseaux hellènes, les cités grecques de Sicile en vinrent vite à le protéger en secret, lui et la flottille qu'il avait fini par rassembler. A vrai dire, tout au long des années qui suivirent, les exploits maritimes de Dionysios firent beaucoup pour détériorer encore les relations déjà mauvaises que Carthage entretenait avec les colonies grecques de Sicile.

J'ai relaté tout cela parce que Dionysios et ses marins méritent de demeurer dans la mémoire des hommes. Je citerais le nom de ses trente-trois compagnons si je ne l'avais oublié aujourd'hui.

Au cours de cet hiver à Ségeste un étrange sentiment d'oppression s'abattit sur moi. Il était dépourvu de raison apparente car, en tant que compagnon de Dorieos, j'étais entouré du respect de tous. Arsinoé, quant à elle, avait renoncé à ses caprices et gardait la chambre en attendant notre enfant. Elle grossissait et devenait de plus en plus calme. Dans ses moments de frayeur, elle se tournait vers moi avec plus de tendresse qu'elle ne m'en avait jamais montrée. Mais elle parlait peu et, par instants, j'avais l'impression de partager la vie d'une étrangère. Chaque fois que je songeais à notre futur enfant, lui aussi m'apparaissait comme un étranger.

Mais si je souffrais, que dire de Dorieos? Il avait atteint son but et, l'ayant atteint, l'avait perdu, de telle sorte qu'il ne savait plus ce qu'il voulait. Ce qu'il avait vécu en mer l'avait si profondément troublé que, pendant ses fréquents accès de mélancolie, il demeurait comme égaré, les yeux dans le vide, tout en lui semblait alors de la couleur grise du sel. Il n'éprouvait plus rien pour Tanakil et lui parlait souvent d'un ton désagréable.

L'élevage des chiens et les courses de chevaux n'avaient aucun attrait pour lui. Il tenta plutôt d'intéresser la jeunesse de Ségeste aux activités du stade et à la gymnastique grecque. Les jeunes gens le regardaient évoluer avec respect, admiraient ses performances, mais faisaient remarquer qu'il n'y avait rien de bien excitant à s'épuiser ainsi, quand les athlètes professionnels étaient capables de faire bien mieux que n'importe quel amateur.

Dorieos parvint en revanche à réunir tous les hommes valides, sans distinction de rang ni de profession, pour des exercices militaires réguliers. Nombreux furent ceux qui se plaignirent de douleurs et se firent porter malades à plusieurs reprises mais, dans l'ensemble, le peuple comprit qu'il lui faudrait apprendre à manier les armes s'il voulait conserver son pouvoir. Dorieos fit d'ailleurs remarquer qu'une cité bien armée est plus respectable dans les négociations et que, le printemps venu, le Conseil de Carthage ne manquerait pas de tenir Ségeste responsable du sort de ses émissaires. Les Ségestiens comptaient bien se décharger de toute responsabilité sur Dionysios, mais un sentiment de culpabilité les poussait tout de même à répandre leur sueur et à fatiguer leurs membres dans des exercices qu'il méprisaient pourtant de tout cœur.

Au bout de quelque temps, ils acceptèrent volontiers la proposition de Dorieos : créer une garnison permanente d'un millier de jeunes gens, choisis parmi ceux qui avaient montré le plus d'aptitudes et ne désiraient point embrasser quelque autre carrière. Dorieos répartit les jeunes gens en groupes de cent, les fit loger dans divers bâtiments. Il dormit même souvent avec eux, afin d'éviter la couche de Tanakil. Il imposa une stricte discipline, tous devant obéir aux chefs élus par lui. Pourtant, les vols et les scandales se multiplièrent. La seule différence fut que les coupables étaient moins facilement découverts que par le passé.

Lorsque l'un des jeunes guerriers de Dorieos s'était rendu coupable d'un crime, il était sévèrement fouetté.

— Je ne te punis pas pour ton crime, lui expliquait alors Dorieos. Je te punis pour t'être fait prendre.

Cette morale plaisait infiniment à ses hommes qui avaient plus d'admiration pour lui que le Conseil de la cité, qui payait leur solde.

Ainsi Dorieos passait-il le temps mais, quand la mélancolie le saisissait, il se retirait pendant des jours et des jours, refusant même d'adresser la parole à Tanakil. A travers le mur de sa chambre, nous l'entendions invoquer à grands cris son ancêtre Héraclès et tenter de faire réapparaître devant lui Thétis aux bras blancs.

Quand il se remettait, il nous faisait venir, Mikon et moi, partageait le vin avec nous et nous expliquait :

— Vous n'avez pas idée de la difficulté qu'il y a à être roi. A porter la responsabilité du bien-être d'une ville entière. Mon héritage divin complique encore les choses et me rend solitaire. J'ai apaisé l'esprit de mon père et remis la main sur ce qui me revenait, et pourtant la douleur me point à l'idée que je ne laisserai derrière moi que le souvenir de ma gloire. Il me faudrait un héritier afin de conférer un sens à tout ce qui a été accompli. Mais Tanakil ne peut plus m'en donner et je n'ai pas la moindre envie d'adopter ses fils, comme elle me le suggère.

Je reconnaissais volontiers que ce genre de problème était poignant.

— Et pourtant, de nous trois, tu es celui qui devrait envisager l'avenir avec le plus de confiance, ajoutais-je pour le consoler. Car les dieux t'ont tracé le chemin avec une telle sûreté que tu n'aurais guère pu faire autre chose que ce que tu as fait. A ta place, je ne me ferais pas de souci pour mon héritier, car tu en auras sans doute au moment voulu, si tel est ton destin.

Je jugeai le moment venu d'annoncer l'état d'Arsinoé, qui ne pouvait d'ailleurs passer inaperçu plus longtemps. J'étais étonné que l'œil exercé du médecin Mikon n'eût rien remarqué encore.

— La fortune n'accorde pas les mêmes faveurs à tous, ô Dorieos. Je n'ai rien gagné à nos expéditions, je suis encore ton compagnon et ne possède même pas de foyer et, pourtant, la pauvre Arsinoé va bientôt donner naissance à un enfant. Cela ne peut plus être caché, car l'accouchement se fera d'ici peu, dans la période la plus sombre de l'année.

Emporté par l'enthousiasme, je poursuivis mon discours.

— Toi, Dorieos, tu ne connais pas grand-chose aux affaires

des femmes, mais toi, Mikon, il y a longtemps que tu aurais dû t'en apercevoir. Aussi, félicitez-moi et serrons-nous la main. Tu possèdes tout le reste, ô Dorieos, mais moi, je vais posséder ce que jamais tu ne posséderas, à moins que la situation ne change de manière inattendue.

Dorieos se leva d'un bond, renversant un vase précieux, et s'écria :

— Est-ce bien la vérité? Comment une prêtresse peut-elle avoir un enfant?

Mikon, dont le regard fuyait le mien, marmonna :

— Tu es sûr que tu n'es pas dans l'erreur? Je ne t'aurais pas souhaité une chose pareille.

Dans ma joie, je ne compris pas le sens de ses paroles et me hâtai d'aller chercher Arsinoé pour qu'elle leur confirmât le fait. Tanakil nous suivit, le cœur plein de soupçons.

Arsinoé se tint devant nous, dans une posture un peu empruntée, les yeux rêveurs.

— C'est vrai, reconnut-elle humblement, j'attends un enfant qui va naître à l'époque la plus lugubre de l'année. Mais je vous assure que je demeure sous la protection de la déesse. Mes songes et les présages l'ont clairement montré.

Le visage de Tanakil s'assombrit sous l'effet de l'envie. Jetant des regards tour à tour à Arsinoé et Dorieos, elle hurla :

— Je le soupçonnais mais n'osais en croire le témoignage de mes propres yeux! Tu jettes la honte sur ma demeure. Et ne mêle pas impudemment la déesse à cette affaire! Elle n'est que le fruit de ta propre ruse dans ta tentative de me dépasser en sagacité et en habileté!

Dorieos, les yeux fixés sur Arsinoé, leva la main pour faire taire Tanakil.

— Silence, mégère phénicienne, ou tu deviendras plus exécrable encore à mes yeux que tu ne l'es déjà! Ce n'est point ta demeure, mais la résidence du roi que j'ai conquise à la pointe de mon glaive. Loin d'envier Arsinoé, tu devrais considérer son état comme un présage. Mais il va me falloir réfléchir de toutes mes forces afin de parvenir à l'interpréter.

Il se couvrit un instant les yeux, puis son visage s'adoucit et il sourit.

— N'aie crainte, Arsinoé. Je te prends sous ma protection et tout ira bien. L'enfant ne t'apportera point la honte mais bien la gloire. Dis-moi, penses-tu que ce sera un garçon, ou une fille?

Arsinoé répondit timidement que personne ne pouvait en être sûr à l'avance mais qu'elle était presque certaine que ce serait un garçon.

Je n'ai guère conservé de souvenir de cette naissance, sinon qu'elle eut lieu par la nuit la plus sinistre de l'année. Le garçon vint au monde à l'aube tandis qu'une pluie froide s'abattait sur le pays. Arsinoé le nourrit elle-même car, malgré sa fragilité apparente, la déesse lui avait donné du lait en abondance. Le garçon lui-même était vigoureux et poussa très tôt des cris perçants. Mon soulagement fut tel que je voulus lui donner un nom au plus vite, mais Dorieos intervint :

— Ne nous hâtons point. Attendons un présage.

Arsinoé était de cet avis.

— Ne vexe pas Dorieos en te hâtant de choisir un nom. Il vaudrait mieux pour nous et pour l'enfant lui-même que Dorieos choisisse son nom.

Je voyais sans plaisir Dorieos se mêler d'affaires qui ne le concernaient point. Il semblait aussi amusé que moi, observait l'enfant avec intérêt et fit même présenter une offrande votive au temple qu'il avait dérobé au dieu du feu phénicien pour le consacrer à Héraclès.

Quand revint le printemps, avec ses ondées, ses orages violents qui abattaient des arbres dans la forêt, Dorieos se montra d'humeur plus sombre. Il me dévisageait fréquemment d'un air étrange et je le surprenais tout le temps en contemplation devant l'enfant ou en conversation avec Arsinoé. Dès que j'arrivais, ils se taisaient l'un et l'autre et Arsinoé se mettait à babiller de quelque frivolité.

A l'approche de la pleine lune, je fus pris d'une agitation fébrile. Je fis de mauvais rêves et me mis à marcher dans mon sommeil, ce qui ne m'était jamais arrivé dans le passé. Convaincu qu'Artémis me hantait, je tentais par tous les moyens de ne pas quitter ma chambre, mais en vain. Plus inquiétant encore, le chat d'Arsinoé m'accompagnait toujours dans ces marches nocturnes, se glissant silencieusement hors de la maison à ma suite. Je m'éveillais brusquement au milieu de la rue, l'animal frottant sa tête contre ma jambe nue.

Une nuit, je m'éveillai en sursaut, la lumière de la lune baignant mon visage. Je vis que je me tenais près de l'enclos de Krimisos, le chien sacré, et que la petite mendiante que Tanakil avait chargée de veiller sur le saint animal était assise non loin sur les marches de pierre. Le menton dans la main, elle contemplait la lune comme prisonnière d'un charme. Je fus ému de constater que la lune tourmentait une autre personne que moi, fût-ce une simple petite fille. Au cours de la festivité traditionnelle, elle avait finalement été mariée au chien sacré, avait cuit, puis partagé avec lui, le gâteau nuptial. Depuis, elle vivait aux abords de l'enclos et, comme les esclaves et les serviteurs, était nourrie par les cuisines royales. Elle n'avait nulle part où aller, étant de basse extraction et ayant perdu ses parents.

— Pourquoi es-tu éveillée, fillette ? lui demandai-je en m'asseyant près d'elle sur la marche de pierre.

— Je ne suis pas une fillette, me répondit-elle. J'ai dix ans. D'ailleurs, je suis l'épouse du chien Krimisos et une sainte femme.

— Comment te nomme-t-on, sainte femme ?

— Ségeste, dit-elle fièrement, tu devrais le savoir, ô Turms. Mais mon vrai nom est Hanna. C'est pourquoi les gens me jettent des pierres dans la rue et me crient des insultes.

— Pourquoi donc es-tu éveillée ? demandai-je de nouveau.

Elle me jeta un regard de détresse.

— Krimisos est malade. Il reste allongé, le souffle lourd, et refuse toute nourriture. Je crois qu'il est trop vieux et ne désire point vivre plus longtemps. S'il meurt, on va m'en blâmer.

Elle me fit voir des traces de morsure sur ses bras grêles, étouffa un sanglot et dit :

« Il ne veut même plus se laisser toucher par moi, alors que nous étions si bons amis. Je crois qu'il a mal aux oreilles, car il remue souvent la tête. Mais quand je le touche, il me mord.

La fillette ouvrit la porte de l'enclos et me montra le chien sacré vautré, pantelant, sur le sol, un vase plein d'eau intact près de son museau. Il ouvrit les yeux mais n'eut même pas la force de découvrir les crocs quand le chat d'Arsinoé se glissa comme une ombre dans l'enclos et se mit à tourner autour du saint animal. Le chat se mit alors à laper l'eau du pot d'argile, prit de l'assurance, vint se frotter les flancs au garrot du chien et se mit à lui lécher doucement l'oreille.

— C'est un miracle! m'écriai-je. Ainsi les animaux sacrés se reconnaissent entre eux! Le chat est sacré, si sacré qu'en Egypte quiconque lui fait mal est mis à mort sur-le-champ. Toutefois, j'ignore pourquoi il est sacré.

Effarée, la fillette déclara à son tour :

— Mon époux est malade, il souffre et je ne puis le réconforter, mais un chat possède ce pouvoir. Est-ce ton chat?

— Non, répondis-je, il appartient à ma femme, Arsinoé.

— Tu veux dire Istafra, corrigea la fillette, la prêtresse qui s'est enfuie d'Eryx. Serait-elle ta femme?

— Bien sûr. Nous avons même un enfant. Tu dois l'avoir vu.

La fillette pouffa derrière sa main, puis reprit son sérieux.

— C'est ton fils, vraiment? C'est Dorieos qui le porte dans ses bras, tandis que cette femme le suit, accrochée à la robe royale. Mais c'est une femme très belle, cela, je ne le nierai pas.

Je ris.

— Dorieos est notre ami et il aime mon garçon parce que lui-même est sans héritier. Mais le garçon et la femme sont les miens.

La fillette secoua la tête, incrédule, puis me regarda.

— Si j'étais plus belle, me prendrais-tu dans tes bras pour m'étreindre tendrement? J'ai envie de pleurer.

Son maigre visage de petite fille m'émut et je lui touchai doucement la joue.

— Certes, je puis te prendre sur mes genoux et te consoler. Moi-même, je suis souvent malheureux alors que j'ai femme et enfant, ou peut-être est-ce précisément pour cela.

Je la hissai sur mes genoux. Elle appuya son visage marqué de larmes contre ma poitrine, noua ses bras autour de mon cou et poussa un profond soupir.

— Comme c'est bon! Personne ne m'a plus tenue ainsi depuis que ma mère est morte. Je t'aime plus que Dorieos ou que ce bouffi de Mikon. Quand je lui ai demandé d'examiner le chien, il m'a répondu qu'il ne soignait que les gens et qu'il voulait savoir qui le paierait. Oh oui, répéta-t-elle, je t'aime beaucoup parce que tu es bon pour moi. Cela ne te fait-il penser à rien?

— Non, dis-je distraitement.

Brusquement, elle m'étreignit de toutes ses forces.

— Je suis travailleuse, ô Turms, et très désireuse d'apprendre. Je supporte bien les corrections et je mange peu. Si le chien meurt, me prendras-tu sous ta protection, ne serait-ce que pour veiller sur ton fils?

Je la regardai avec surprise.

— Je puis en parler à Arsinoé, finis-je par concéder. Tu sais donc t'occuper des enfants?

— Je me suis même occupée d'un prématuré et l'ai maintenu en vie avec du lait de chèvre alors que sa propre mère l'avait abandonné, dit-elle. Je sais filer et tisser, laver le linge, préparer le repas et lire l'avenir dans les os de poulet. Je pourrais t'être fort utile, mais j'aimerais encore mieux être belle.

Considérant son petit visage renfrogné dans lequel brillait son clair regard de fillette, je lui dis doucement :

— Toute jeune femme est belle si elle veut l'être. Tu devrais apprendre à te baigner comme les Grecques, à porter des vêtements propres et à peigner tes cheveux.

Elle recula.

— Je ne possède même pas de peigne, avoua-t-elle. Et ce sont là mes seuls vêtements. Pour la fête, on m'avait baignée, peignée, ointe et vêtue. Mais sitôt avalé le gâteau nuptial, on m'a repris les vêtements de cérémonie. Je ne puis aller nue au puits pour laver ceci.

— Demain, je te porterai un peigne et l'une des vieilles robes de ma femme, promis-je.

Mais j'oubliai.

Le jour suivant fut d'une chaleur écrasante. L'air était immobile et le soleil brûlant, comme au milieu de l'été. Les chiens hurlaient sans relâche dans leurs enclos et plusieurs s'enfuirent, rompant leur longe, et quittèrent la ville. Des troupes d'oiseaux sortaient de la forêt et volaient à tire-d'aile vers les montagnes trop bleues. Les fils de Tanakil vinrent se concerter avec leur mère, se retirant en sa compagnie entre quatre murs.

Puis, avant l'heure du repos, Dorieos fit mander Arsinoé, lui ordonnant d'amener l'enfant.

— Il est temps que la déesse apparaisse, dit-il durement. Ma patience est à bout, j'ai entendu trop d'excuses. Prouve-moi que tu es toujours prêtresse et montre ton adresse. Tu dois décider s'il convient ou non que je lance une expédition militaire contre Eryx dès demain.

Je tentai de l'en dissuader.

— As-tu perdu l'esprit, Dorieos? Ou bien as-tu seulement abusé du vin? Tu ne peux choisir de propos délibéré la guerre avec Carthage!

Arsinoé intervint en chuchotant à mon oreille :

— Ne l'excite pas inutilement en lui parlant durement. Je vais tenter de le calmer, car il a confiance en moi.

Le corps dégouttant de sueur du fait de la chaleur, j'allai attendre derrière la porte. Leurs voix me parvenaient en un murmure confus, comme s'ils se querellaient.

La porte finit par s'ouvrir en grinçant et Arsinoé parut, serrant contre elle notre enfant endormi. Son visage était baigné de larmes.

— O Turms, murmura-t-elle en proie à la détresse, Dorieos a complètement perdu l'esprit. Il se prend pour un dieu et voit en moi Thétis, la déesse de la mer. J'ai fini par parvenir à le faire dormir. Il ronfle pour l'heure mais, dès son réveil, il va vous tuer tous les deux, toi et Tanakil.

Je la dévisageai en ouvrant des yeux incrédules.

— C'est toi qui as perdu l'esprit, Arsinoé. La chaleur t'a dérangée. Quelle raison aurait-il de me tuer, quand bien même il s'est lassé de Tanakil?

Avec un grognement, Arsinoé se couvrit les yeux.

— La faute m'en incombe, avoua-t-elle. Pourtant, je croyais faire pour le mieux et n'aurais pas cru qu'il parviendrait à cette extrémité. Vois-tu, pour quelque raison, Dorieos croit que l'enfant est de lui et, pour cette raison, il désire vous écarter de son chemin, Tanakil et toi, afin de pouvoir m'épouser. Mais telle n'a jamais été ma propre intention. Mon plan était tout différent.

Je lui secouai le bras.

— Mais quel projet caressais-tu donc et comment Dorieos a-t-il bien nourri l'idée que notre fils était le sien?

— Ne crie pas, implora Arsinoé. C'est bien de toi : tu t'attardes à des détails sans importance quand ta propre vie est en jeu! Tu sais combien Dorieos est entêté une fois qu'il s'est convaincu d'une idée. Il aura remarqué une quelconque ressemblance imaginaire entre l'enfant et lui, sur quoi, et pour plaisanter, j'ai peint sur la cuisse du garçon une marque semblable à celle que portent, dit-on, les vrais descendants d'Héraclès. Mais je ne pensais pas que Dorieos s'en prendrait à toi. Je l'ai fait seulement pour qu'il prenne le petit comme successeur et héritier.

Voyant mon visage, elle se dégagea de mon étreinte et recula vivement.

« Si tu me frappes, je vais réveiller Dorieos. Je le croyais assez raisonnable pour cacher ses sentiments, mais il me convoite et te hait tant, depuis la naissance du garçon, qu'il ne veut plus respirer le même air que toi.

Mes pensées étaient comme un essaim de guêpes furieuses. J'aurais dû deviner que, derrière son apparente docilité, Arsinoé avait entrepris de manigancer quelque chose de plus périlleux encore que ses habituelles manœuvres pour obtenir des vêtements et des bijoux. Dans mon cœur, je savais qu'elle disait vrai et que Dorieos avait résolu de me tuer. Un froid brusque me glaça tout entier.

— Sans doute espères-tu que je vais lui trancher la gorge pendant son sommeil. Mais d'abord, dis-moi comment tu es parvenue à le calmer.

Arsinoé ouvrit de grands yeux et dit innocemment :

— Je lui ai seulement tenu la main en l'assurant qu'il allait retrouver la déesse dans ses rêves. Quels sont donc tes soupçons, ô Turms? demanda-t-elle en pâlissant. Si tu as jamais douté de mon amour, cela ne t'est plus permis désormais, car il eût été plus avantageux pour moi de garder le silence et de le laisser te tuer. Mais je ne pourrais supporter de te perdre. Et je ne veux pas non plus de mal à Tanakil qui m'a pourtant blessée si souvent.

Cette dernière phrase, sans doute l'ajouta-t-elle parce qu'elle avait aperçu Tanakil qui s'approchait.

— Je puis te remercier, ô Istafra, non seulement pour mon

mariage, mais encore pour mon infortune. Tu as tenté de mordre plus que tu ne pourras avaler, et je souhaite que cette bouchée t'étouffe. Je te soupçonne aussi d'avoir dépensé ton savoir-faire en mer, sinon, pourquoi Dorieos délirerait-il comme il le fait à propos de Thétis aux bras blancs ?

— Tanakil, ta haine d'Arsinoé te fait déraisonner, l'avertis-je. Pendant la traversée, Arsinoé était malade et sentait mauvais, elle était trempée d'embruns salés et incapable de prendre soin de sa beauté. Elle n'a donc aucune responsabilité dans les visions de Dorieos.

Mes paroles l'atteignirent dans sa vanité, car elle répliqua, devançant Tanakil :

— Que sais-tu des miracles de la déesse, Turms ? Tanakil est plus avisée que toi. Je puis t'assurer que tout s'est passé comme il était dit, car la déesse a toujours désiré prendre une forme marine.

Tanakil me considéra d'un air rusé et me conseilla :

— Tu serais bien avisé de t'emparer de ce chandelier pour en fracasser le crâne d'Arsinoé. Ainsi t'épargnerais-tu bien du chagrin. Mais nous bavardons inutilement. Que comptes-tu faire, ô Turms ?

— Oui, demanda à son tour Arsinoé, que comptes-tu faire ?

La confusion de mon esprit atteignit à son comble.

— Serait-ce donc mon devoir de résoudre le problème que toi seule as créé ? Qu'il en soit ainsi ! Je vais aller chercher mon glaive et lui en transpercer la gorge. Mais je le ferai sans plaisir, car il a été mon ami.

— Oui, c'est ce que tu dois faire, me pressa Arsinoé. Du même mouvement, empare-toi de la couronne du chien, gagne les soldats à ta cause, apaise le Conseil de Carthage et fais de moi la prêtresse d'Eryx par des moyens pacifiques. Je ne saurais demander plus.

Tanakil secoua la tête d'un air apitoyé.

— Pauvre Turms, les choses tourneraient mal pour toi si l'on découvrait Dorieos la gorge tranchée. Mais n'aie crainte. J'ai déjà porté trois époux au tombeau et, j'ose le dire, il me reste assez de force pour en coucher un quatrième dans la tombe. Le devoir me dicte de lui rendre cet ultime service avant qu'il n'attente à mes jours et n'entraîne tout Eryx dans le désastre. Allez-vous-en tous les deux, emmenez ce maudit bâtard avec vous et faites comme si vous ignoriez tout.

Elle nous envoya dans notre chambre où nous nous assîmes en silence, croisant les mains. Je contemplai notre fils, cherchant ce qui, dans ses traits, avait pu conduire Dorieos à sa fatale illusion. Mais j'avais beau regarder, je voyai que sa bouche était la mienne et son nez celui d'Arsinoé.

Soudain, la terre trembla avec un grondement plus effroyable que tout ce que j'avais pu entendre jusqu'alors. Le sol se déroba sous nos pieds, le plancher se fendit et nous entendîmes des murs s'effondrer. Arsinoé arracha l'enfant à son berceau et, leur faisant un rempart de mon corps, je l'entraînai jusque dans la rue, par le portail tordu et arraché de ses gonds. Le chat d'Arsinoé nous passa comme l'éclair entre les jambes en crachant de terreur.

De nouveau, le sol trembla et les murs se fendirent. Puis le ciel s'obscurcit, le vent se mit à souffler et l'air se refroidit brusquement.

— Dorieos est mort, dis-je lentement. Cette terre était sienne, elle a tremblé quand il est passé. Peut-être descendait-il réellement des dieux, encore qu'il fût difficile de le croire, quand il sentait si fort la sueur et répandait le sang des hommes.

— Dorieos est mort, répéta Arsinoé, puis elle se hâta de demander :

— Que va-t-il advenir de nous, ô Turms ?

Des gens effrayés étaient occupés à transporter des objets de leur demeure dans la rue, tandis que des bêtes de somme affolées couraient en tous sens par les rues. Mais sous les souffles du vent, l'air avait fraîchi et je me sentis libre de nouveau.

Tanakil parut sur le seuil de la demeure royale. Elle avait lacéré ses vêtements en signe de deuil et, dans sa chevelure, il y avait des fragments de mortier tombés du plafond. Ses fils la suivaient, discutant d'une voix forte, comme à l'accoutumée.

Arsinoé et moi-même les accompagnâmes jusqu'à la chambre de Dorieos où Mikon était déjà en train d'examiner le cadavre d'un air effaré. Dorieos gisait sur sa couche, le visage noir, la langue enflée, les lèvres couvertes de cloques.

Mikon déclara lentement :

— Si nous étions en été, à la saison des guêpes, je jurerais qu'un de ces insectes lui a piqué la langue. Ce sont des choses qui arrivent aux ivrognes qui s'assoupissent la bouche ouverte et aux enfants qui s'introduisent une guêpe dans la bouche en mangeant des baies. Mais, quelle qu'en soit la cause, la langue de Dorieos a enflé et l'a étouffé.

Les fils de Tanakil s'écrièrent d'une seule voix :

— C'est le destin et une coïncidence singulière! Nous nous souvenons bien que notre propre père est mort d'une manière exactement identique! Sa langue aussi avait enflé et son visage était noir.

Tanakil contemplait le visage noirci de Dorieos et son corps dont la mort n'avait point diminué la stature divine.

— Rien n'importe plus à mes yeux désormais, mais que personne n'ose lever la main sur Turms!

Elle tourna son visage vieilli et creusé de rides vers Arsinoé.

— Que Turms aille en paix, mais quant à cette catin de la déesse, renvoyons-la au temple où elle paiera le prix de sa fuite honteuse. Elle est une esclave du temple et son fils aussi est un esclave. En tant que tel, il appartient au temple. Que cet enfant soit castré et formé à la prêtrise ou à la danse. Mais tout d'abord, que cette femelle soit châtiée comme il convient à une esclave fugitive.

Je contemplai Tanakil, ses cheveux teints maculés de poussière, ses vêtements déchirés, son vieux visage ravagé par la fureur. Elle semblait l'incarnation de quelque divinité étrangère.

Elle sourit d'un sourire sinistre, chassa les mouches qui commençaient à tourner autour des yeux et de la bouche de Dorieos.

— La déesse m'a déjà fait connaître sa colère par votre présence. Ayant perdu Dorieos, que je chérissais plus qu'aucun de mes autres époux, je n'ai plus rien à redouter, des dieux ou des mortels.

Soudain, elle perdit toute retenue. Du poing, elle frappa sa propre bouche, brisant ses dents d'ivoire et le sang jaillit de ses lèvres minces. Labourant ses seins de ses ongles, elle gémit :

— Vous ignorez la profondeur de l'amour d'une vieille

femme! J'ai voulu sa mort, je l'ai préférée à son dédain.

Alors, entourant Arsinoé de mon bras, je pris la parole :

— Je suis lié à Arsinoé et je vais l'emmener avec moi, ainsi que l'enfant, sans égard pour vos lois. Si tu tentes de m'en empêcher, Tanakil, gare à toi!

Une nouvelle fois, j'étais prêt à brandir le glaive pour enlever Arsinoé et à mourir plutôt que d'être séparé d'elle et de l'enfant.

Tout bouffi pas l'abus du vin qu'il était devenu, Mikon n'en rassembla pas moins les restes de son esprit embrumé pour déclarer d'un ton ferme :

— Je suis moi aussi un étranger dans cette cité et mon témoignage quant à la cause de la mort de Dorieos ne serait pas désirable. Au nom de notre amitié, ô Turms, je me sens tenu d'empêcher Arsinoé et cet enfant de tomber entre les mains de mauvais prêtres.

Les fils de Tanakil lui jetèrent des regards incertains.

— Appellerons-nous les gardes pour les faire tuer, ô mère? Ce serait la manière la plus facile de nous débarrasser d'eux. Tu resterais maîtresse du sort de cette femme.

Tanakil pointa un doigt accusateur sur Arsinoé.

— Voyez ce trop beau visage, cria-t-elle. Voyez ce visage qui change au moindre de ses caprices! Si je la renvoie au temple, elle saura certainement gagner les prêtres à sa cause. Je la connais trop bien. Non, son meilleur châtiment sera de suivre Turms, pour mener avec lui et l'enfant une existence de fugitive. Que le soleil tanne son beau visage blanc, que la faim amaigrisse et flétrisse ses membres ronds. Tu n'emporteras pas un vêtement, pas un bijou, pas une pièce d'argent de ma maison, Istafra!

Devant le visage de pierre de Tanakil, Arsinoé comprit que c'était là son dernier mot et que sa décision était prise. Un bref instant, elle sembla soupeser les chances qui lui restaient de retrouver la position qui avait été la sienne dans le temple. Puis elle redressa la tête.

— Les vêtements et les joyaux, je pourrai toujours m'en procurer, mais jamais je ne retrouverai Turms si je l'abandonne aujourd'hui. Tu devrais me vouer de la reconnaissance, Tanakil. Sans moi, c'est toi qui serais gisante, ton affreux visage noirci, la marque des doigts de Dorieos sur ton vieux cou. Si je m'étais tue, laissant Dorieos exécuter sa menace, tout serait bien différent. Mais je ne voulais point perdre Turms, pas plus que je n'hésite à le suivre maintenant, même si tu me dérobes tout ce que je possède.

A cet instant, ce fut comme si je sortais de moi-même pour assister à tous les événements d'une position écartée. Je souris. Mon regard fut irrésistiblement attiré par un caillou, sur le sol. Je me courbai pour le ramasser, me rendant à peine compte de ce que je faisais. C'était un caillou fort ordinaire, que quelqu'un avait sans doute apporté dans la maison d'un coup de pied distrait. Pourquoi me sentis-je contraint de le ramasser, je ne saurais l'expliquer, car je n'avais nul moyen de savoir qu'il signifiait une fois encore la fin d'une période de ma vie et le début d'une autre.

Je pris cette pierre sur le sol sans me soucier de Tanakil qui tapait du pied en criant :

— Allez-vous-en ! Partez vite, avant que je ne sois prise de regrets ! Partez dans l'état même où vous êtes présentement, car vous n'emporterez pas une croûte de pain, pas un vêtement de sous mon toit !

Ainsi nous bannit-elle, mais elle n'osa point porter la main sur nous ni lancer les gardes à nos trousses. Arsinoé parvint à se saisir d'une peau de mouton pour l'enfant et je pris quant à moi le lourd manteau de laine de Dorieos, outre mon glaive et mon bouclier. Mikon emportait son caducée et sa boîte de médecin, mais sur le seuil, il fit main basse sur une outre à demi pleine de vin.

Dans la confusion née du tremblement de terre, notre fuite n'attira pas l'attention. Des foules se pressaient aux portes de la ville pour se réfugier dans les champs avec toutes leurs possessions. A vrai dire, le séisme avait été léger et n'avait causé que peu de dégâts. C'était probablement un soupir de soulagement dont la terre d'Eryx avait salué la mort de Dorieos qui, s'il eût vécu, l'eût à coup sûr entraînée à sa perte.

Comme nous nous hâtions vers la porte du nord, au milieu d'une foule gémissante, la petite orpheline, Hanna, épouse du chien sacré, courut après nous. Tirant sur ma tunique, elle me dit en pleurant :

— Le chien Krimisos est mort. Ce matin, il s'est traîné dans le coin le plus sombre de son enclos et, quand la terre a tremblé et que j'ai voulu l'entraîner au-dehors, il ne bougeait déjà plus. Mais ton chat est venu me sauter dans les bras, tremblant de frayeur.

Elle avait enveloppé l'animal dans un pan de sa robe qu'elle avait relevée de sorte que le bas de son corps était nu. J'avais déjà beaucoup à faire pour me frayer un chemin à travers la foule avec le bébé qui pleurait dans mes bras et je ne pus me débarrasser de la fillette. Arsinoé s'accrochait à mon bras, Mikon haletait à mes côtés et la petite fille était agrippée à ma robe. Notre fuite de Ségeste fut dépourvue de dignité!

Personne ne nous arrêta. Nous traversâmes les champs aussi vite que nous le pûmes, nous nous emparâmes d'un âne abandonné et prîmes le chemin de la montagne à travers la forêt. Nous passâmes la nuit sous un arbre, serrés les uns contre les autres pour nous tenir chaud. Nous n'osâmes pas allumer de feu avant d'avoir rencontré une petite troupe de Sicanes près de leur rocher sacré. Ils nous accueillirent amicalement et nous vécûmes cinq années en leur compagnie. Pendant cette période, Mikon disparut, Arsinoé donna naissance à une fille et Hanna devint une jeune fille.

Mais avant d'en venir à ce récit, il me faut décrire le sort que connut Tanakil après la mort de Dorieos. Les fils de Tanakil affermirent leur pouvoir dans la cité et achetèrent le soutien des chefs militaires formés par Dorieos, de sorte que les dirigeants de Ségeste ne purent protester. Pour sauver les apparences, ils firent dresser un splendide bûcher funéraire pour Dorieos et, avant de porter la torche enflammée sur ses bûches de chêne, déclarèrent à leur mère qu'ils étaient lassés de son insatiable appétit de pouvoir et allaient donc la renvoyer à Himère. Sur quoi Tanakil déclara à son tour que la vie sans Dorieos n'avait plus guère de sens et qu'elle préférait partager son bûcher, sur lequel elle se précipita, caressant le faible espoir de l'accompagner dans le séjour souterrain.

Livre VII

LES SICANES

1

Ainsi donc, nous rencontrâmes les Sicanes auprès de leur rocher sacré. Comme c'est leur coutume, ils nous expliquèrent qu'ils nous attendaient, ayant prévu notre arrivée. Un esprit sceptique pourrait imaginer que de jeunes hommes de leur peuple avaient secrètement suivi notre cheminement, car les Sicanes excellent à se déplacer à travers monts et forêts en demeurant invisibles tant qu'il ne leur convient pas de se montrer.

Mais il est vrai aussi qu'ils possèdent le don de prévoir qui s'aventure sur leur territoire, et en quel nombre sont les intrus. A tout moment, ils savent où se trouvent tous les membres de leur tribu et même à quelle occupation tel ou tel chef est en train de vaquer. Dans ce domaine, leur pouvoir est digne de celui d'un oracle. Mais, chez eux, ce talent n'est pas réservé aux seuls prêtres, la plupart des Sicanes l'ont en eux, plus ou moins développé, et ne peuvent expliquer comment ils l'exercent. Et de même que les oracles se trompent parfois, ou du moins sont mal interprétés, il leur arrive de se tromper, mais c'est un événement fort rare. A leurs yeux, ce pouvoir n'a rien de bien extraordinaire et ils sont persuadés que tous les autres peuples en sont dotés comme eux.

Ils avaient enduit d'huile leur rocher sacré et dansaient tout autour une ronde sacrée en nous attendant. Leurs prêtres arboraient des masques de bois sculpté, des queues et des cornes rituelles. Un brasier crépitait et, sur le feu, des pots d'argile attendaient de recevoir la viande de l'âne qu'ils sacrifièrent à notre arrivée. Ils tiennent l'âne pour sacré et comme nous survenions parmi eux sous la protection de cet animal, ils nous accueillirent avec le plus grand respect. Habiles chasseurs, ils ne manquent pas de viande mais croient la dure chair de l'âne source de force et de patience. Ils convoitent surtout sa tête qu'ils fichent au sommet d'un pieu et honorent dans leurs rites secrets. Ils pensent que le crâne de la bête les protège contre la foudre. Notre monture ne résista pas et se soumit avec douceur au sacrifice. Cela aussi constituait à leurs yeux un présage favorable.

Le chat seul les effraya, ils ne lui trouvèrent pas de nom et l'auraient tué si Arsinoé ne l'avait pris contre elle pour leur montrer que c'était un animal domestique. Ils la respectèrent parce qu'elle était arrivée sur un âne, un enfant mâle dans les bras. Après le sacrifice, le prêtre bondit triomphalement devant l'enfant, le fit déposer sur le rocher sacré et répandit un peu du sang de la victime sur lui. Puis tous crièrent d'une seule voix :

— Erkel ! Erkel !

Mikon avait conservé au fond d'une outre quelques gouttes de vin. Je ne pense pas qu'il aurait supporté les rigueurs du voyage sans le secours de la boisson. Il offrit aux Sicanes ses dernières réserves pour fêter notre amitié mais, après avoir goûté le liquide vermeil, les hommes des bois secouèrent la tête, et certains crachèrent même. Les prêtres en riant proposèrent à Mikon le contenu d'un morceau de bois évidé. Le médecin y trempa ses lèvres et déclara que cela ne valait pas le jus de la vigne. Mais un instant plus tard, les yeux écarquillés, il prétendit que ses membres s'engourdissaient, que la racine de ses cheveux lui piquait le crâne, qu'il voyait à travers le tronc des arbres et jusque dans les profondeurs de la terre.

Au cours des cérémonies secrètes, les prêtres et les chefs sicanes absorbent cette drogue sacrée distillée à partir de baies toxiques, de champignons et de racines collectées suivant les saisons et les phases de la lune. Ils y ont recours chaque fois qu'ils veulent invoquer les esprits infernaux pour en obtenir quelque conseil. Je les suspecte d'en boire aussi pour s'enivrer comme nous avec du vin. Au cours de notre séjour chez les Sicanes, Mikon s'habitua à cette potion et finit même par y prendre goût.

Tandis que les rites du sacrifice se poursuivaient, la fatigue du voyage, la proximité du rocher sacré et le soulagement d'avoir trouvé refuge auprès de ce peuple qui, au lieu de l'hostilité attendue, nous faisait des démonstrations d'amitié, tout cela me transporta loin de moi-même. Dans le silence, tandis que chacun attendait un signe, le hululement d'une chouette résonna au plus noir de la forêt, avec une grande insistance.

— Arsinoé, dis-je, notre fils n'a pas de prénom. Appelons-le Hiouls, d'après le cri de la chouette.

Mikon éclata de rire et lança, en se frappant les cuisses :

— C'est cela, Turms. Qui es-tu pour lui donner un nom? Que la chouette des forêts lui donne un nom mais pour ce qui est du patronyme, inutile d'en parler!

Arsinoé était si épuisée qu'elle n'émit aucune protestation. Lorsque la chair dure de l'âne nous eût rassasiés, elle voulut s'occuper de l'enfant mais la fatigue du voyage et l'horreur de la mort de Dorieos avaient tari son sein. Hanna prit le garçon contre elle, le nourrit d'un bouillon chaud qu'elle lui fit têter grâce à une corne de cerf et, l'ayant enveloppé d'une peau de mouton, le berça et l'endormit. Quand ils virent l'enfant assoupi, les Sicanes nous conduisirent par un passage secret dans une grotte enfouie au plus profond d'un roncier. Une litière de roseau avait été disposée sur le sol.

Lorsque je m'éveillai à l'aube du jour suivant, que je me rappelai où nous étions et ce qui était advenu, mon premier mouvement fut de me demander quelle serait notre prochaine étape. Mais comme je m'avançais sur le seuil de la caverne, je trébuchai sur un hérisson qui se roula en boule. L'animal était un avertissement et je compris que nous devions rester chez les Sicanes. C'était là sans doute le meilleur parti à prendre. Il était inutile de poursuivre notre route aussi longtemps que je ne saurais pas où elle devait nous conduire.

Lorsque j'eus pris cette décision, un sentiment d'indescriptible soulagement me submergea, comme si je m'étais retrouvé après avoir longtemps erré. Je marchai jusqu'au fleuve pour m'y désaltérer et l'eau me parut d'un goût exquis. J'étais encore jeune et fort et plein de joie de vivre.

Arsinoé, elle, en ouvrant les yeux, ne se réjouit nullement à la vue du plafond et de l'âtre noirs de suie ainsi que des plats de terre cuite aux formes biscornues. Elle se répandit en reproches amers.

— Voilà donc ce que tu as fait de moi, Turms, une misérable réprouvée. En ce moment, avec les roseaux qui me piquent le corps, je ne sais plus de nouveau si je t'aime ou te hais.

En dépit de ces paroles, un rire joyeux me monta aux lèvres.

— Arsinoé, ma bien-aimée, tu n'as cessé de me réclamer un foyer où tu puisses jouir de la paix et de la sécurité. Un foyer est un foyer, même s'il n'est fait que de cailloux crasseux. Tu disposes même d'une servante et d'un médecin pour prendre soin de la santé de notre enfant. Avec l'aide des Sicanes j'apprendrai bientôt à chasser et cueillir de la nourriture pour toi et notre fils. Pour la première fois de ma vie, je me sens tout à fait heureux.

Quand elle comprit que j'étais sérieux, elle se jeta sur moi, les ongles en avant, en crachant et réclamant à grands cris d'être conduite en Sicile dans quelque ville grecque digne d'elle. Je ne dirai pas dans le détail à quelles extrémités atteignit sa fureur car tout ce que cette période de ma vie m'apporta de déplaisir est sorti de ma mémoire. Cependant, vers la fin de l'été, lorsqu'elle vit à quel point notre fils avait gagné en taille et en robustesse, en dépit de la grossièreté de notre existence, son sort lui parut moins effroyable.

Jusque-là, jour et nuit, elle avait dissimulé ses cheveux sous un voile, en signe de deuil, disait-elle, pour la vie heureuse que je lui avais fait perdre. Mais je pensais pour ma part qu'elle agissait ainsi pour me tracasser car elle savait combien j'aimais sa merveilleuse chevelure. Un jour, enfin, dans un moment d'abandon, elle défit son voile pour me montrer que, depuis notre arrivée chez les Sicanes, ses magnifiques boucles blondes étaient devenues totalement noires.

— Vois de tes propres yeux ce que tu m'as fait, m'accusa-t-elle. Comprends-tu enfin ma souffrance? Autrefois mon front s'ornait de la splendide chevelure de la déesse. Tu m'as plongée dans un élément qui a déteint sur moi et mes superbes cheveux ont laissé la place à la grossière crinière noire des femmes sicanes.

Incrédule, je touchai sa chevelure. Elle était toujours aussi douce mais bel et bien noire. Je crus d'abord à un miracle. Je me souvins de son étrange faculté de transformation et me dis que la pénombre des sous-bois et les ténèbres effrayantes des nuits sylvestres avaient pu noircir ses cheveux. Mais ma raison l'emporta et j'éclatai de rire.

— Que tu es donc vaine, ô Arsinoé! Comme prêtresse, il te fallait sûrement teindre ta chevelure car celle de la déesse est dorée comme le soleil. Je ne m'étonne plus de tes lamentations au sujet de la perte de ton coffret à fards. Ce sont là tes vrais cheveux et je les aime comme j'aime tout ce qui t'appartient. Et même ta vanité, car elle me prouve que tu voudrais paraître à mes yeux plus belle que tu n'es. Certes, un miracle n'est pas impossible mais comment, même la plus capricieuse des divinités aurait-elle pu s'abaisser à te noircir les cheveux?

La colère brillait dans ses yeux.

— Je suis une femme de la déesse et la déesse est la plus capricieuse des divinités. Tu devrais le savoir, Turms, et croire en elle. Voilà où se découvre ta cruauté envers moi. Si je réussissais à me gagner les faveurs de la déesse, peut-être redonnerait-elle sa splendeur à ma chevelure.

— Certes, la taquinai-je, si nous retournons un jour dans une cité civilisée et que tu disposes d'assez d'argent pour t'acheter les teintures nécessaires. Là-dessus, tu ne saurais m'abuser et me faire croire possible ce qui ne l'est point.

Ses longs doigts fins agrippèrent mon épaule et ses yeux devinrent deux lacs sombres comme dans les moments où la passion nous emportait.

— Turms, au nom de la déesse et au nom de notre fils, je te jure que c'est la vérité. Il est vrai que je suis une femme et que je mens parfois sur des questions sans importance. Je le reconnais. Mais pourquoi mentirais-je sur ce qui change ainsi mon extérieur et ma vie tout entière, qui fait de moi une femme complètement différente? Il faut que tu me croies.

En plongeant mes yeux dans les siens tandis qu'elle prononçait ce serment, je sentis un tremblement me gagner. Eût-elle juré sur le seul nom de la déesse que je ne l'aurais pas crue, car, dans le passé déjà, elle l'avait invoquée et avait menti. Aphrodite est la plus trompeuse des déesses et l'on continue néanmoins à l'honorer. Mais qu'Arsinoé eût menti en jurant sur le nom de notre fils, cela je ne pouvais le croire.

Couvé du regard par Hanna, le petit Hiouls rampait sur le sol de la grotte. Je le pris dans mes bras et lui donnai un os graisseux à sucer.

— Pose ta main sur la tête de mon fils, dis-je à Arsinoé, et répète ton serment. Alors je te croirai, même sans comprendre.

Sans hésiter, Arsinoé étendit sur notre enfant une main brunie par le soleil et, caressant le duvet du crâne puéril, elle répéta son serment. Désormais, il me fallait la croire. Avec l'âge, les cheveux d'une femme grisonnent. Pourquoi le ressentiment ne noircirait-il pas la chevelure d'une femme tout entière dominée par ses humeurs? Ce n'était pas un événement ordinaire mais Arsinoé n'avait rien d'une femme ordinaire.

Voyant que j'étais convaincu, elle sourit, essuya ses larmes et, jetant ses bras autour de mon cou, m'adressa de tendres remontrances :

— Comment peux-tu être si dur avec moi alors que nous flottions ensemble sur un nuage il y a quelques instants à peine? Lorsque tu as mis ma parole en doute, j'ai cru que je t'avais perdu. Je sais maintenant que tu m'appartiens comme il faut que tu m'appartiennes : totalement.

Elle me caressa la tête et demanda d'une voix timide :

« Est-ce que je suis beaucoup plus laide maintenant qu'autrefois?

Je la contemplai un moment. Les épaules nues, ses cheveux noirs soulignant la blancheur de son corps, elle était plus belle qu'elle ne l'avait jamais été. Elle s'était fait un collier de baies rouges et, sur son sein, luisait la pierre de lune. A sa vue mon cœur se dilatait.

— Arsinoé, jamais tu n'as été aussi belle. Nulle ne peut t'être comparée. Chaque fois que je te prends dans mes bras, il me semble que c'est une nouvelle femme que j'étreins. Je t'aime.

A la suite de cette conversation, Arsinoé adopta les façons des femmes sicanes, leurs pierres colorées, leurs plumes, leurs coraux et leurs douces fourrures. D'elles aussi elle apprit quelles substances employer pour maquiller ses sourcils obliques et agrandir sa bouche. Les Sicanes aimaient à se graver des cercles sur les joues et des bandes sinueuses sur le corps mais ces marques étaient indélébiles et Arsinoé ne tenait nullement à se taillader la peau. Je compris ainsi qu'elle n'avait pas l'intention de finir sa vie au milieu du peuple des bois.

2

Mikon demeura un an avec nous. De très loin les Sicanes lui amenaient leurs malades. Mais il pratiquait son métier sans s'y intéresser. Il déclara que les prêtres sicanes étaient aussi capables que lui quand il s'agissait de panser des plaies, de poser des attelles sur des membres brisés et de plonger les malades dans un sommeil réparateur en jouant d'un petit tambour.

— Ils n'ont rien à m'apprendre mais je n'ai rien à leur apprendre non plus, dit-il. Tout est égal. Peut-être convient-il de soulager les douleurs du corps mais qui guérira des souffrances de l'âme lorsque même là celui qui est initié ne trouve pas la paix dans son cœur ?

Je ne pouvais l'arracher à ces sombres dispositions. Un matin qu'il s'était éveillé tard, Mikon contempla les montagnes bleues et la radieuse lumière solaire, toucha l'herbe, huma les chaudes émanations de la forêt et prit ma main dans sa main tremblante.

— Voici venu le moment de la lucidité. Je suis encore assez médecin pour savoir que je suis malade ou que la drogue sicane m'empoisonne lentement. Je vis dans un brouillard où je ne puis distinguer le réel de l'irréel. Mais peut-être y a-t-il des passages entre les mondes, à moins qu'il en existe un à l'intérieur du nôtre ce qui fait que je vis parfois dans deux mondes en même temps.

Il m'adressa l'un de ses rares sourires.

— La lucidité dont je me prévaux ne s'étend sans doute pas

très loin car je te vois d'une taille surnaturelle et, sous tes vêtements, ton corps flamboie. Du jour où j'ai commencé de penser, j'ai supputé le sens de toute chose. Pour cette raison, on m'a initié et mes connaissances sont allées bien au-delà de la réalité. Même de tels savoirs secrets ne sont pas sans limites. Seul le poison des Sicanes me permet de comprendre pourquoi je suis né et ce qu'est le sens de la vie.

Lâchant ma main, il revint à l'herbe verte qu'il toucha et aux montagnes bleues qu'il se remit à contempler.

— Je pourrais me réjouir de mon savoir, dit-il, mais rien ne peut me réjouir. C'est comme si j'avais couru trop longtemps. Je ne trouve nulle consolation dans l'idée qu'un jour je m'éveillerai de nouveau, que la terre sera verte et belle et qu'il fera bon vivre.

Je le considérai avec pitié mais, tandis que je le regardais, je vis la mort sur son visage bouffi. J'aurais voulu faire preuve de douceur pour mon ami mais mon regard eut le don d'exciter sa colère.

« Il ne faut pas que tu aies pitié de moi, dit-il sèchement. Il ne faut pas que tu aies pitié de quiconque, car tu es ce que tu es. Ta pitié m'offense car, si je n'ai su être davantage, du moins ai-je été ton héraut. Je te demande seulement de me reconnaître lorsque nous nous reverrons. Cela suffira.

A cet instant son visage était horrible à voir et l'envie qui luisait dans son regard ternissait la radieuse lumière matinale. Il s'en aperçut et se couvrit les yeux, se leva, s'éloigna d'un pas chancelant.

Comme j'essayais de le retenir, il dit :

« Ma gorge est sèche. Je vais me désaltérer au fleuve.

Je voulus l'y conduire mais il me repoussa avec fureur. Il s'en fut sans se retourner et jamais il ne revint des rives du fleuve. Nous l'y cherchâmes en vain et les Sicanes fouillèrent les criques et les gorges jusqu'au moment où je compris que Mikon avait parlé d'un tout autre fleuve.

Je ne condamnai pas son acte car, étant son ami, je lui reconnaissais le droit de continuer à vivre ou de mettre fin à son existence si elle était devenue pour lui un fardeau trop lourd. Après l'avoir pleuré nous fîmes un sacrifice à sa mémoire et dès lors je me sentis plus léger car sa mélancolie depuis longtemps déjà jetait une ombre sur nos vies. Mais il manquait beaucoup à Hiouls, auquel il avait appris à marcher, qu'il avait écouté babiller ses premiers mots et pour qui il taillait des jouets de bois de ses couteaux acérés de médecin.

Quand elle apprit ce qui était arrivé, Arsinoé s'indigna et m'accabla de reproches pour n'avoir pas surveillé Mikon.

— Peu m'importe sa mort, dit-elle. Mais s'il avait du moins attendu la naissance de l'enfant, il m'aurait assistée. Il savait très bien que j'étais de nouveau enceinte et que je tenais à accoucher d'une façon civilisée, sans avoir recours à ces sorcières sicanes.

Je ne reprochai pas ces méchantes paroles à Arsinoé, car la grossesse la rendait capricieuse et il est vrai que Mikon aurait dû attendre quelques mois encore, en l'honneur de notre amitié. Lorsque vint le moment, Arsinoé mit au monde une fille, sans rencontrer de difficultés et sans faire appel aux femmes sicanes, bien qu'elle eût réussi à semer le trouble dans la tribu tout entière, pendant le temps que dura l'enfantement. Elle refusa d'utiliser une chaise percée et insista pour donner naissance à l'enfant dans un lit, suivant la coutume civilisée.

3

Je chanterai volontiers les louanges des infinies forêts sicanes, des chênes éternels, des montagnes bleues et des fleuves suaves. Mais durant tout le temps que je vécus chez ce peuple, j'ai su que sa terre n'était pas la mienne. Elle m'est restée étrangère, de même que les Sicanes eux-mêmes restaient des étrangers.

Cinq années durant, j'ai vécu parmi les Sicanes, apprenant leur langue et leurs coutumes, souvent surprenantes, et Arsinoé était heureuse de partager ma vie, bien qu'elle me menaçât souvent de s'enfuir avec l'un de ces marchands qui s'aventuraient dans les forêts. Ces hommes, que l'amour du commerce poussait à s'enfoncer dans les bois, étaient pour la plupart des habitants d'Eryx mais certains arrivaient des cités grecques de Sicile, parfois même d'aussi loin que Sélinonte ou Agrigente. Un

Etrusque venait de temps en temps, apportant aux Sicanes des sacs de sel dans lesquels, pour faire de plus grands profits, il dissimulait des couteaux et des lames de hache en fer. Les hommes de la forêt disposaient en échange sur le sol des peaux, des plumes brillantes, des écorces tinctoriales, du miel sauvage et de la cire. Eux-mêmes restaient cachés mais lorsque je les eus rejoints, il m'arriva souvent de discuter en leur nom avec les marchands qui, la plupart du temps, ne voyaient aucun Sicane durant tout leur voyage.

C'est ainsi que j'appris les nouvelles du monde et que je compris que nous vivions une époque troublée. Les Grecs se répandaient avec un acharnement croissant sur les terres sicules. Les Ségestiens, de leur côté, pénétraient toujours plus avant dans les forêts, avec leurs chiens et leurs chevaux. Plusieurs fois, nous dûmes nous réfugier au sommet des montagnes pour échapper à de telles expéditions. Mais les Sicanes laissaient derrière eux des pièges à l'intention de leurs poursuivants et les effrayaient avec leurs terribles tambours. Je dissimulai mon identité et les marchands me prenaient pour un Sicane qui avait appris à parler d'autres langues que la sienne. Bien que ces gens fussent des barbares qu'on ne pouvait croire sur parole, je les écoutai raconter que les Perses, à partir de leur point d'appui ionien, avaient conquis les îles grecques et même Délos la sacrée. Les habitants des îles avaient été réduits en esclavage, les vierges les plus belles offertes au Roi des rois et les jeunes gens les mieux tournés châtrés pour devenir ses serviteurs. Les Perses étaient allés jusqu'à piller et brûler les temples pour venger l'incendie du temple de Cybèle à Sardes.

Mon acte revenait me hanter dans les profondeurs des forêts siciliennes et troublait mon repos. Serrant dans ma main la pierre de lune d'Arsinoé, j'invoquai Artémis.

— O toi, vierge aux pieds légers, toi, sacrée et éternelle, toi pour qui les Amazones sacrifient leur sein droit, toi pour qui j'ai brûlé le temple de Cybèle à Sardes! Souviens-toi de moi lorsque les autres dieux me persécuteront à cause de la destruction de leurs propres temples.

Le trouble de mon âme me poussait à me concilier les dieux. Les Sicanes adorent les divinités infernales et donc aussi Déméter qui est beaucoup plus que la déesse du blé en gerbes. Et puisque notre fille était née parmi les Sicanes, j'ai jugé que le meilleur nom pour elle serait Mismê, comme s'appelait celle qui avait offert à boire à Déméter lorsqu'elle était à la recherche de sa fille.

Quelques jours après sa naissance, le prêtre sicane s'approcha et me dit :

— Quelque part se livre une terrible et grandiose bataille. Beaucoup d'hommes meurent.

Il porta son regard et prêta l'oreille aux quatre directions puis pointa le doigt vers l'est :

— Très loin, par-delà la mer.

— Comment le sais-tu ? demandai-je, incrédule.

Il me considéra avec ébahissement.

— N'entends-tu pas le grondement des combats et les cris des mourants ? Il faut que ce soit une grande bataille pour que son bruit nous vienne de si loin.

Les autres Sicanes se rassemblaient autour de nous en tendant l'oreille et en jetant des regards vers l'est. J'écoutais moi aussi mais ne perçus que le bruissement de la forêt. Tous me confirmèrent les paroles de leur prêtre et gagnèrent en hâte le rocher sacré pour célébrer des cérémonies propitiatoires aux dieux infernaux, afin que les esprits des trépassés innombrables ne vinssent se glisser dans le corps des nouveau-nés sicanes et dans celui des animaux sauvages. Avec patience, ils s'efforcèrent de m'expliquer que lorsque beaucoup d'hommes tombaient sur le champ de bataille, leurs âmes se répandaient à travers le monde et qu'il était même possible que des esprits étrangers atteignissent les forêts sicanes dans leur quête d'un lieu de repos. Cependant, nul ne fut capable de m'expliquer qui combattait qui.

Le prêtre buvait la drogue sacrée et, dans mon trouble, je lui en demandai. Je savais que c'était un poison mais, en l'absorbant, j'espérais acquérir le pouvoir d'entendre ce qui se passe au loin, comme les Sicanes. Bien que je visse le prêtre, les yeux révulsés, étendu de tout son long sur le sol, les membres tordus, j'avalai avidement la drogue. Mais je n'entendis pas le fracas de la bataille. Simplement, le monde qui m'entourait devint translucide, les arbres et les rochers prirent la forme de voiles de brume que j'eusse pu traverser de la main. Pour finir, je m'enfonçai dans les entrailles de la terre, parmi les voraces racines des arbres et, dans ma transe, je vis l'or et l'argent luire sous le rocher sacré.

Je m'éveillai et vomis sans désemparer jusqu'à l'aube. Je fus, plusieurs jours durant, la proie d'une hébétude telle que je n'en avais connu même après avoir abusé du vin. Dans ces sombres dispositions d'esprit, je n'ajoutai plus aucune foi aux dires des Sicanes, considérant cette prétendue bataille comme un pur délire. Tout était devenu égal à mes yeux et je comprenais fort bien Mikon d'avoir voulu mourir après avoir trop souvent absorbé de ce poison.

Pourtant, cet automne-là, nous vîmes arriver un marchand grec d'Agrigente que j'avais déjà rencontré auparavant, au bord de la rivière. L'homme exposa avec complaisance la victoire de l'armée athénienne sur les Perses dans la plaine de Marathon. C'était là, dit-il, la plus grandiose et glorieuse bataille de tous les temps, car les Athéniens avaient défait les Perses sans même attendre les renforts promis par les Spartiates.

Pour moi, son récit semblait incroyable, car je me souvenais des Athéniens fuyant de conserve avec nous de Sardes jusqu'à Ephèse, où ils s'étaient réfugiés sur leurs vaisseaux. Peut-être les Perses avaient-ils été défaits en tentant de débarquer en Attique. Sans doute n'avaient-ils pu transporter par mer beaucoup de cavaliers et l'usage du bateau avait-il en lui-même limité la taille de leur armée. Une telle défaite ne diminuerait guère les ressources militaires du Roi des rois. Tout au contraire elle le pousserait à lancer une véritable expédition contre la Grèce à la première occasion.

La destruction de l'indépendance grecque n'était plus qu'une question de temps. Au lieu de me réjouir, les nouvelles de Marathon firent lever en moi de sombres pressentiments Pour l'incendiaire du temple de Cybèle à Sardes, la Sicile ne serait plus lontemps un refuge sûr.

Un matin, comme je me penchais sur la source pour boire, une feuille de saule voltigea devant mes yeux et se posa à la surface de l'eau. Je levai la tête et vis une troupe d'oiseaux qui filaient vers le nord, si haut que je sus qu'ils s'apprêtaient à traverser la mer. Je crus entendre leurs appels et le froissement des ailes. Je compris alors que le moment du départ approchait.

Sans prendre le temps de boire ni de manger, je m'en allai à travers la forêt jusqu'aux pentes de la montagne et, juché sur un rocher déchiqueté, j'écoutai en moi-même et scrutai les présages. Mon départ avait été si brusque que j'avais pour toute arme un couteau ébréché. Comme je redescendais vers la vallée, une odeur de fauve me parvint aux narines et j'entendis des gémissements. Je fouillai les buissons et découvris une tanière de loup, et sur le seuil, quelques os rongés et un louveteau chancelant. Le loup est un adversaire formidable quand il s'agit de défendre ses petits. Je me dissimulai dans les broussailles et attendis. Comme la louve ne se montrait pas et que le louveteau pleurait de faim, je le pris dans mes bras et regagnai notre grotte.

Hiouls et Mismê furent émerveillés par ce bébé laineux mais le chat tourna autour de lui, le dos arqué. D'un coup de pied je chassai le chat et demandai à Hanna de lui donner du lait de la chèvre volée par les Sicanes aux Elymes. Le bébé avait si grand faim qu'il suçait avidement le doigt qu'Hanna trempait pour lui dans la coupe. Les enfants rirent et battirent des mains et je ris avec eux.

C'est à cet instant que je vis quelle belle jeune fille Hanna était devenue. Ses membres bruns paraissaient fermes et doux, ses yeux étaient grands et larges et ses lèvres souriantes. Elle portait dans les cheveux une couronne de fleur et c'était sans doute pour cela que je l'avais regardée avec des yeux différents.

Arsinoé suivit mon regard, hocha du chef et dit :

— Nous en tirerons un bon prix lorsque le moment du départ sera venu.

Ses paroles me transpercèrent le cœur, car je n'avais nul désir de vendre Hanna dans quelque cité côtière, même pour nous procurer un pécule de voyage, même si elle pouvait espérer atteindre une position enviable en servant aux plaisirs de quelque riche marchand. Mais je savais qu'il serait plus sage de ne rien laisser soupçonner à Arsinoé de mon affection pour cette jeune fille qui subissait sereinement les dangers de la forêt sicane pour nous servir et élever nos enfants.

Arsinoé était si sûre de son pouvoir sur moi et de l'empire de sa beauté qu'elle ordonna à Hanna de se dénuder des pieds à la tête pour que je pusse contempler de quelle excellente marchandise on nous avait fait don.

Honteuse, Hanna évitait mes yeux mais elle s'efforçait de garder haut le menton. Brusquement, elle plongea son visage dans ses mains, éclata en sanglots et s'enfuit en courant de la grotte. Ses pleurs effrayèrent les enfants qui en oublièrent leurs jeux. Tirant parti de notre inattention, le chat saisit le louveteau entre ses dents et se glissa dehors.

Lorsque je parvins à le retrouver, sa petite proie était morte et il la dévorait. Pris d'une aveugle fureur, je me saisis d'une pierre et écrasai la tête du chat. En faisant cela, je compris que j'avais toujours secrètement haï cet animal. Il me sembla qu'en tuant le chat, je m'étais libéré de tout le mal qui me hantait.

Je regardai autour de moi pour m'assurer que je n'avais pas été vu, trouvai une crevasse dans le sol et m'empressai d'y jeter le cadavre avant de fermer l'ouverture par une pierre. Comme je me penchais pour ramasser de la mousse afin de dissimuler toute trace de l'événement, j'aperçus Hanna qui s'était approchée sans bruit.

Je lui lançai un regard coupable et avouai :

— Dans ma colère j'ai tué le chat, sans le vouloir.

Hanna hocha la tête.

— Cela est bon, murmura-t-elle.

Elle effaça les traces sur le sol avec autant de zèle que moi. Nous répandîmes de la mousse et des branches et nos mains se touchèrent. Le frôlement des doigts de cette loyale enfant fut une douce sensation.

— Je ne compte pas dire à Arsinoé que je l'ai tué, dis-je.

Hanna leva sur moi des yeux pétillants de malice.

— Tu n'as pas besoin de le lui dire. Le chat disparaît souvent dans la forêt la nuit et la maîtresse craint qu'il ne soit la proie de quelque bête sauvage.

— Hanna, te rends-tu compte qu'en partageant un secret avec moi, tu te lies à moi ?

Elle soutint bravement mon regard et dit :

— Turms, je me suis liée à toi lorsque j'étais petite fille, la nuit où tu m'as prise dans tes bras sur les marches du temple du chien Krimisos.

— Ce secret n'a pas grande importance, repris-je. Je veux seulement éviter une querelle inutile, comprends-tu? Jamais auparavant je n'avais menti à Arsinoé.

J'aimais ses yeux lumineux, même si je ne la désirais point. En vérité, il ne me venait pas à l'esprit que je pourrais désirer jamais une autre femme qu'Arsinoé. Hanna le comprit sans doute, car elle baissa la tête humblement et se releva avec tant de vivacité que la couronne de fleurs glissa de sa chevelure et tomba à mes pieds.

— Est-ce un mensonge, Turms, de garder par-devers soi un secret? demanda-t-elle tandis que ses orteils bruns jouaient avec les fleurs.

— Cela dépend sans doute de la personne elle-même. Je sais que moi, je mentirai en laissant croire à Arsinoé que son chat a disparu et en ne lui avouant pas que je l'ai tué dans un accès de colère. Mais parfois, c'est faire preuve de bienveillance que de s'abstenir de dire ce qui pourrait faire souffrir, même si le mensonge doit te brûler le cœur.

Plongée dans ses pensées, elle porta la main à son cœur et l'y laissa un instant.

— Oui, Turms, dit-elle, le mensonge me brûle le cœur, je le sens qui me consume.

Puis elle eut un bizarre sourire, inclina la tête sur le côté et s'exclama :

— Oh, Turms, elle est merveilleuse la brûlure du mensonge, quand c'est pour toi que je la subis!

Brusquement, elle s'enfuit. Nous regagnâmes la grotte par des chemins séparés et n'abordâmes plus la question. Arsinoé pleura son chat mais elle avait assez à faire avec les deux enfants. Ce n'était pas tant pour lui-même qu'elle pleurait l'animal que par pure vanité car elle était la seule à en posséder un parmi les Sicanes.

Quant à moi j'étais surtout troublé par l'inquiétude qui rongeait mon âme et par des présages que j'étais encore incapable d'interpréter. Je savais qu'il me faudrait partir bientôt mais j'ignorais toujours dans quelle direction. J'étais démuni au point de ne pouvoir retourner dans le monde civilisé où l'on peut espérer trouver l'hospitalité, même lorsqu'on n'y connaît personne. Mon seul ami était Lars Alsir. Peut-être vivait-il toujours à Himère. Mais retourner dans la cité de Krinippos aurait signifié pour Arsinoé et moi une mort certaine. En outre, j'étais endetté envers Lars Alsir et la pensée de cette dette ne me laissait pas en repos.

Je m'aperçus que j'étais aussi pauvre que lorsque Tanakil nous avait chassés de Ségeste et mes seules possessions étaient mes armes et les vêtements que je portais.

Dans mon anxiété, j'adressai des reproches à la déesse secourable :

— Vierge sacrée, toi à qui les Amazones rendaient hommage en accrochant leur sein tranché à tes habits. Tu nous as porté secours, à moi et à ma famille, de sorte que nous n'avons manqué ni de nourriture ni de quoi nous couvrir. Mais lorsque tu m'es apparue à Ephèse sous la forme d'Hécate, tu m'as promis que jamais je ne manquerai des richesses terrestres. Rappelle-toi ta promesse, car maintenant j'ai besoin d'or et d'argent.

Quelques jours plus tard, comme la lune était presque pleine, Artémis m'apparut en songe sous la forme d'Hécate. Je vis ses trois visages effroyables, elle maniait le trident et un chien aboyait furieusement à ses pieds. Lorsque je m'éveillai, tout mon corps était baigné de sueur froide car même quand elle est d'humeur bienveillante, Hécate est effrayante à voir. Mais le trident m'affermit dans la conviction que je devais traverser la mer.

Une telle exaltation s'empara de moi que je ne pus retrouver le sommeil et sortis marcher dans la forêt. Près du rocher sacré je vis un groupe de Sicanes qui jetaient des regards et tendaient l'oreille dans toutes les directions. Ils prétendirent que des étrangers approchaient.

— Allons au-devant d'eux pour être sûrs de les rencontrer, suggérai-je. Peut-être apportent-ils du sel et des étoffes ?

Sur la rive du fleuve, nous découvrîmes un marchand étrusque. A bord d'un petit vaisseau à voile transportant du sel, il était arrivé à Panorme et de là, après avoir acquitté les taxes demandées, il avait emmené sa cargaison à dos d'âne jusque dans le pays des Sicanes. Des serviteurs et trois esclaves l'accompagnaient. Ils avaient allumé un feu pour la nuit, autant pour se protéger des bêtes sauvages que pour signifier leurs intentions pacifiques. Dans cet esprit, ils avaient décoré leurs ânes et leurs sacs de sel avec des branches de sapin et ils dormaient eux-mêmes avec une branche de sapin entre leurs mains fermées. La forêt sicane avait une inquiétante renommée, bien que ses habitants n'eussent pas souvenance d'avoir jamais tué un marchand qui se fût aventuré à l'intérieur de leur territoire sous la protection de la branche de sapin.

Lorsque l'aube vint, j'eus beaucoup de mal à contenir mon impatience, car à côté du marchand tyrrhénien, j'avais aperçu un homme étrange qui dormait dans un magnifique manteau de laine tissée. Sa barbe était bouclée et une odeur d'huiles rares me parvint aux narines. Je ne pouvais comprendre ce que faisait un tel homme dans une forêt sicane en compagnie d'un modeste marchand.

Je l'observais tandis que la lumière du jour gagnait sur la rive et que les poissons commençaient leurs bonds au-dessus des eaux calmes de la rivière. Enfin, l'étranger bougea dans son sommeil, ouvrit les yeux et se dressa brusquement sur son séant avec un cri de terreur. A la vue des Sicanes aux visages peints qui se tenaient en silence près du feu, l'homme cria de nouveau et tendit la main vers son arme posée à son côté.

Le marchand instantanément réveillé rassura son compagnon, pendant que les Sicanes se levaient et disparaissaient sans un bruit dans la forêt, me laissant le soin de marchander comme à l'accoutumée. Je savais néanmoins qu'ils verraient et entendraient tout ce que je ferais et dirais, même s'ils échappaient à nos regards. Grâce à leur coutume de se peindre des bandes en travers du visage, les Sicanes immobiles se fondaient dans l'ombre des sous-bois.

Lorsque l'étranger se leva en frottant ses yeux ensommeillés, je remarquai qu'il portait de larges pantalons. Je sus alors qu'il devait venir de loin et servir le roi des Perses. Il était encore jeune, sa peau était blanche. Déjà il se coiffait d'un chapeau de paille à large bord pour se protéger de la morsure du soleil.

Stupéfait, il demandait :

— Etait-ce un songe ou bien ai-je vraiment vu des arbres s'éloigner du feu du campement ? Du moins ai-je aperçu dans mon rêve un dieu étranger qui m'a effrayé au point que mon propre cri m'a réveillé.

Dans son trouble, il parlait grec et l'Etrusque ne comprenait pas. Ne désirant point montrer que je n'étais pas un Sicane, je lui répondis dans un grec mêlé de mots sicanes et élymiens.

— De quel pays viens-tu, étranger ? demandai-je. Tes vêtements sont étranges. Que fais-tu dans notre forêt ? Tu n'es à coup sûr pas un marchand. Serais-tu prêtre ou devin ? A moins que tu n'accomplisses un vœu ?

— Non, je n'accomplis pas de vœu, répondit-il aussitôt, heureux de m'entendre parler un grec compréhensible.

L'Etrusque ne comprenait que fort mal la langue de l'étranger mais il lui avait permis de l'accompagner contre paiement d'une certaine somme, m'apprit-il. J'affectai de me désintéresser de l'homme et me lançai dans une discussion avec le marchand, goûtant son sel et examinant ses tissus. Avec un clin d'œil, il me fit comprendre qu'il avait dissimulé des objets de fer dans les sacs de sel. Il avait sans doute corrompu les collecteurs d'impôts carthaginois qui se souciaient peu de l'interdiction dont les Elymes avaient frappé la vente d'objets métalliques aux Sicanes.

Je parlai avec le Tyrrhénien le jargon de la mer qui contient des mots grecs, phéniciens et étrusques. De ce fait, il pensait qu'enfant j'avais été enlevé et embarqué comme esclave sur quelque galère dont je m'étais enfui à la première occasion pour retourner dans mes forêts. Je l'interrogeai sur l'étranger.

Il secoua la tête d'un air méprisant.

— Ce n'est qu'un Grec fou qui voyage de l'Orient vers l'Occident pour se familiariser avec des peuples et des pays différents. Il achète des objets inutiles et je crois qu'il s'intéresse aux couteaux de silex des Sicanes et à leurs bols en bois. Vends-lui tout le rebut que tu voudras pour autant que tu n'oublies pas ma commission. Il ne sait pas marchander et il n'y a pas de mal à l'abuser. Il faut bien dire que c'est un homme gâté par la richesse et qui ne sait pas comment dépenser son argent.

L'étranger nous observait d'un air soupçonneux et lorsqu'il parvint à capter mon regard, il se hâta d'expliquer :

— Je ne suis pas un homme de peu. Tu trouveras beaucoup plus de profit à m'écouter qu'à me voler.

Voulant me tenter comme il ferait avec un barbare, il fit sonner le sac où il tenait son argent.

Je baisai ma main, non pour manifester du respect à l'étranger, mais pour remercier la déesse qui sous la forme d'Hécate ne m'avait pas abandonné. Puis je secouai la tête.

— Nous autres, Sicanes, n'utilisons pas l'argent.

Il écarta les bras, paumes vers le ciel.

— Alors, choisis ce que tu voudras dans les marchandises que voilà et je les paierai au marchand. Lui connaît la valeur de l'argent.

— Je ne puis accepter de présent avant de savoir de quoi il retourne, dis-je, revêche. Je n'ai pas confiance en toi à cause des vêtements que tu portes. Je n'en avais jamais vu de semblables.

— Je suis un serviteur du roi des Perses, expliqua-t-il. C'est pourquoi je porte ces vêtements qu'on appelle des pantalons. Je viens de Suse, la cité de mon roi, et j'ai quitté l'Ionie en compagnie de l'ancien tyran de Messine, Skythes. Mais il semble que les habitants de Messine ne veulent plus de Skythes, et préfèrent obéir à Anaxilaos de Rhegion. C'est pourquoi je voyage à travers la Sicile pour mon propre plaisir et pour accroître mes connaissances sur les différents peuples du monde.

Je ne dis rien. Il scruta mon visage puis secoua la tête, l'air chagrin.

« As-tu compris vraiment ce que je te disais ?

— J'ai compris plus que tu ne le crois, rétorquai-je. Après tout, Skythes a creusé une chausse-trappe sous ses propres pieds en invitant certains habitants de Samos à fonder une nouvelle colonie. Quel bénéfice le grand roi escomptait-il de Skythes ?

Ma connaissance de la politique éveilla en lui le plus grand intérêt.

— Mon nom est Xénodote, dit-il. Je suis un Ionien, élève du célèbre Hécatée de Milet, mais je suis devenu esclave du roi durant la guerre.

Devant ma moue de dégoût, il se hâta d'ajouter :

« Ne te méprends point. Je ne suis esclave que de nom. Si Skythes avait retrouvé son pouvoir sur Messine, j'aurais été son conseiller. Skythes s'est réfugié à Suse parce que le roi est l'ami de tous les exilés, comme il est l'ami de la sagesse et du savoir. Son médecin, un Grec de Crotone, a éveillé en lui l'intérêt pour les cités grecques d'Italie et de Sicile. Mais le roi s'intéresse à tous les autres peuples. Et même à l'existence de ceux dont il pourrait n'avoir pas encore entendu parler. Il est prêt à envoyer des présents à leurs chefs pour en apprendre le plus possible sur leur compte.

Il scruta mon visage en caressant sa barbe bouclée, puis reprit :

« En ajoutant sans cesse de nouvelles connaissances à ce qu'il sait des peuples du monde, le Roi des rois ajoute à celles de tous les hommes et œuvre donc pour la sagesse du genre humain. Parmi ses trésors, il compte une copie gravée dans l'airain de la carte du monde d'Hécatée de Milet. Mais il ne s'en contente point et, dans la soif qui l'anime, désire connaître le contour des côtes, le cours des fleuves, la répartition des forêts et la position des montagnes de tous les pays. Rien de ce qu'il apprend n'est indifférent à ses yeux, puisque les dieux le destinent à être le père de tous les peuples du monde.

— Certes, et c'est de manière toute paternelle qu'il a traité les cités ioniennes, ironisai-je. Tout particulièrement Milet, la plus douée de ses enfants.

Cette remarque sarcastique éveilla les soupçons de Xénodote.

— Où donc as-tu appris à parler grec, ô Sicane à la face peinte ? Et que peux-tu savoir de l'Ionie ?

Je jugeai plus politique de faire le fanfaron :

— Je sais lire et écrire et j'ai beaucoup voyagé. Pourquoi et comment, je ne désire point te le faire savoir, étranger, mais je connais plus de choses que tu ne penses.

Son intérêt pour moi parut encore s'accroître.

— S'il en est ainsi, si tu connais et comprends ces questions, tu dois certainement te rendre compte que même un père indulgent est parfois contraint de châtier ses enfants lorsqu'ils s'obstinent dans la faute. Il doit même quelquefois être très sévère, comme le roi le fut avec Milet. Mais avec ses amis le roi est un maître très généreux, plein d'équité et de sagesse.

— Tu oublies la jalousie des dieux, Xénodote.

— Nous vivons des temps nouveaux. Laissons les contes sur les dieux aux commères. Les sages d'Ionie possèdent un savoir qui va bien au-delà. Le seul dieu qu'honore le Roi des rois est le feu. Toute chose a son origine dans le feu et tout finit par y retourner. Mais le grand roi, tu peux en être sûr, respecte les divinités des peuples qu'il commande et envoie des offrandes à leurs temples.

— N'est-ce point l'un de ces sages de l'Ionie qui enseignent que tout n'est que mouvement, courant et tremblement du feu? demandai-je. Il se nomme Héraclite d'Ephèse, si je me souviens bien. Crois-tu que c'est aux Perses qu'il a emprunté sa doctrine?

Xénodote me regardait à présent avec respect.

— Tu es un homme savant, admit-il. J'aurais aimé connaître Héraclite d'Ephèse, mais on m'a dit qu'il s'est pris de dédain pour le monde et qu'il s'est enfui dans les montagnes où il se nourrit d'herbes. Le roi lui avait écrit une lettre pour lui demander des détails sur sa doctrine mais il a refusé la lettre. En vérité, il a lapidé le messager et n'a pas accepté les présents que l'autre avait laissés. Le roi, pourtant, n'en a pas pris ombrage et a dit que, plus il vieillissait, plus il connaissait les hommes, et plus il avait lui-même envie de se mettre à bêler et à brouter de l'herbe.

— Ton histoire est la plus belle que j'aie jamais entendue à propos du Roi des rois, dis-je en riant. Peut-être que si moi-même je ne m'étais enfui dans la forêt pour y vivre vêtu de peaux de bêtes, j'aurais pu être son ami.

De nouveau, Xénodote tira sur sa barbe.

— Nous nous comprenons, décida-t-il. Mène à bien tes transactions avec l'Étrusque et après quoi j'aimerais jouir de votre hospitalité, rencontrer vos chefs, voir vos maisons et discuter avec toi.

Je secouai la tête.

— Si tu parvenais à poser la main sur la pierre fuligineuse d'un foyer sicane, tu jouirais de l'hospitalité de son usager et de toute sa tribu jusqu'à la fin de tes jours. Apprends que les

Sicanes ne se montrent aux étrangers que pour les combattre, et encore leurs chefs portent-ils alors des masques de bois et les guerriers se peignent-ils le visage d'une manière qui les rend méconnaissables.

— Sont-ils habiles à la guerre? De quelles armes usent-ils? Combien de tribus et de familles compte ce peuple?

Sentant sur moi le regard des Sicanes, je donnai un coup de pied dans un sac de sel et fis mine d'examiner une pièce de tissu.

— Ils ne savent pas combattre en plaine et la vue d'un chien ou d'un cheval les remplit de terreur. Mais dans leurs propres forêts, ce sont des guerriers sans pareil. Ils mettent des éclats de silex au bout de leurs flèches et trempent au feu la pointe métallique de leurs javelines de bois. Le fer est pour eux le plus précieux des métaux et lorsqu'ils peuvent s'en procurer, ils s'entendent fort bien à le forger.

Pour montrer ce que je voulais dire, j'ouvris un sac de sel dont j'extirpai un couteau et une lame de hache étrusques. Lorsque je les brandis, la forêt tout entière fut parcourue d'un frémissement. Xénodote jeta autour de lui des regards ahuris tandis que le marchand, à coups de poing sur les oreilles, forçait ses serviteurs à se jeter face contre terre. Après quoi, il ouvrit volontiers les sacs de sel pour en extraire les objets de fer qu'il y avait dissimulés. Nous nous assîmes et commençâmes de marchander.

Bientôt l'impatience gagna Xénodote, il fit sonner sa bourse et me lança :

— Combien tout cela coûte-t-il? Je vais acheter ces objets et les donner aux Sicanes pour que nous puissions en venir à ce qui m'importe.

Son manque de finesse me déplut. J'acceptai le sac d'argent et dis :

— Va donc au bord de la rivière observer le vol des oiseaux en compagnie du marchand. Emmenez les serviteurs avec vous. Lorsque le soleil sera à son zénith vous reviendrez et alors tu en sauras plus sur les Sicanes.

Furieux, il me traita de voleur mais l'Etrusque le prit par le bras et l'entraîna. Lorsqu'ils eurent disparu, les Sicanes sortirent de la forêt. Il y avait, avec ceux de la mienne, des membres d'autres tribus. En voyant les objets de métal, ces derniers laissèrent tomber à terre leur chargement et coururent chercher d'autres marchandises. Ceux de ma tribu laissèrent éclater leur allégresse et se mirent à danser la danse sicane du soleil.

A midi, plus de cent hommes étaient venus déposer près du feu du campement les objets dont ils faisaient commerce, auxquels ils ajoutèrent du gibier, des canards sauvages et du poisson fraîchement pêché. Mais ils ne touchèrent pas encore aux marchandises de l'Etrusque car ils craignaient que les leurs ne fussent point suffisantes. Il appartenait au marchand de décider des quantités qui lui conviendraient en échange de ses biens.

Pour preuve de mon honnêteté, je montrai à ceux de ma tribu les pièces d'or perses de la bourse de Xénodote mais elles n'éveillèrent aucun intérêt chez eux. Dans leurs regards la cupidité ne s'allumait que lorsqu'ils voyaient du fer. Pour moi, je choisis un rasoir en forme de demi-lune car il me serait utile pour transformer mon apparence. Il était du plus pur fer étrusque et coupait les barbes les plus dures sans écorcher la peau.

A son retour, Xénodote vit le sol piétiné et l'amoncellement d'objets autour du feu du campement. Aussi me crut-il lorsque je lui dis qu'à mon appel cent et même mille Sicanes pouvaient se rassembler si besoin était. Je lui expliquai que personne, pas même eux, ne savait combien ils étaient au total, mais que s'il s'agissait de défendre la forêt contre un envahisseur, chaque arbre pouvait se changer en un Sicane.

— Les Sicanes évitent les terres cultivées, les villages et les cités. Ils n'entreront jamais en guerre de leur propre initiative, même contre les Elymiens. Lorsqu'ils font en petits groupes des expéditions contre des établissements sicules ou élymiens, ils se contentent de voler quelques chèvres et ne tuent pas volontiers. Mais si les soldats ségestiens pénètrent dans la forêt avec leurs chiens, les Sicanes tueront tous ceux qu'ils rencontreront de la plus brutale façon.

Je lui laissai le temps de se pénétrer du sens de mes paroles, puis lui rendis la bourse.

« J'ai compté ton argent, dis-je. Tu as quatre-vingt-trois pièces d'or de Darius ainsi que des pièces d'argent de différentes cités grecques. Il paraît que tu te soucies peu de transporter du cuivre. Bien qu'esclave, tu es néanmoins un noble. Mais garde ton argent, tu ne peux m'acheter pour une si faible somme. Tu auras mon savoir comme un don qui reviendra sans doute à l'avantage des Sicanes. Les pièces de monnaie, ils en font des bijoux pour leurs femmes et ne leur accordent pas davantage de valeur qu'aux plumes brillantes et aux pierres colorées.

L'avarice propre aux Ioniens le disputa en lui à la générosité apprise à la cour du roi perse. Enfin il se domina et me dit en tendant de nouveau la bourse :

— Garde l'argent en souvenir de moi et comme un cadeau du Roi des rois.

Je lui dis que si j'acceptais l'argent, c'était uniquement par respect pour les coutumes civilisées et pour lui épargner l'affront d'un refus. Cependant, je lui demandai de conserver provisoirement la bourse pour moi afin que je n'eusse pas à partager son contenu avec les membres de ma tribu. Puis j'acceptai pour ces derniers quelques objets de fer et une certaine quantité de sel et de tissus bariolés. J'autorisai le marchand à garder une partie de ses marchandises pour les autres tribus. La mienne aurait eu des soupçons si j'avais obtenu un meilleur prix qu'à l'ordinaire pour ses objets.

L'Etrusque empila ses acquisitions sous des écorces, et marqua clairement l'emplacement de ces richesses car il savait que les Sicanes n'y toucheraient pas. Puis il ordonna à ses serviteurs de cuire dans un pot de fer le gibier apporté par les hommes de la forêt, le sala vigoureusement, en sacrifia une petite partie à son dieu Turnus, et étala ce qui en restait sur des aiguilles de pin. Lorsqu'il eut terminé, le soir était tombé. Il entraîna de nouveau Xénodote et les serviteurs le long de la rivière. Cette fois cependant, ils étaient armés car, avec le crépuscule, les animaux pacifiques venaient boire à la rivière et les bêtes féroces les attendaient en embuscade. Comme toute personne civilisée, Xénodote craignait fort les ténèbres de la forêt et chaque bruit le faisait bondir, mais le marchand lui promit de le protéger contre les esprits malfaisants des Sicanes. Pour appuyer ses dires, il exhiba des amulettes qu'il portait autour du cou et des poignets et, dont la plus grosse était un hippocampe rongé de vert-de-gris.

Cette vue me fit trembler mais les voyageurs s'éloignèrent et je fis signe aux Sicanes. Sans bruit, ils réapparurent, engloutirent la viande salée et partagèrent ensuite paisiblement les marchandises obtenues, suivant les besoins de chacun. Le prêtre de la tribu, qui était venu, par curiosité, observer les étrangers, ne prit rien pour lui car il savait qu'il pourrait toujours avoir tout ce dont il avait besoin et ne tenait pas à se charger inutilement.

— L'étranger qui accompagne le marchand vient d'au-delà de la mer, à l'orient. Il est animé de bonnes intentions envers les Sicanes. C'est mon ami, il est intouchable. Que ta main protectrice s'étende sur lui durant son voyage à travers la forêt. C'est un homme subtil parmi ceux de son espèce mais dans les bois il risque fort de se faire piquer les fesses par un serpent s'il sort du chemin pour satisfaire ses besoins.

— Ton sang est notre sang, admit le prêtre.

Dès lors, je savais que des yeux invisibles surveilleraient Xénodote et que les jeunes gens de la tribu le protégeraient tout le temps qu'il suivrait la tournée du marchand. Les Sicanes disparurent en emportant leurs biens, sans plus de bruit qu'ils n'en avaient fait en apparaissant. Je demeurai auprès des braises rougeoyantes. L'obscurité s'épaississait dans la forêt, l'air fraîchit et les poissons firent à la surface de l'eau des cercles qui luisaient faiblement. Je perçus les appels incessants des colombes sauvages dont une bande enfin passa au-dessus de ma tête dans un grand froissement d'ailes. Il me sembla sentir l'haleine de leur vol.

C'était là un signe définitif. Apaisé et heureux, je sus que tout était pour le mieux. Sous la forme d'Hécate, Artémis avait rempli sa promesse et Aphrodite, jalouse, me faisait voir qu'elle non plus ne m'avait pas abandonné.

Je me souvins de mon esprit tutélaire au corps de feu ailé et, à cet instant, j'eus l'impression qu'elle était à portée de ma main. Mon cœur s'illumina et je tendis les bras pour l'étreindre. Alors, aux confins du sommeil et de la veille, je sentis ses longs doigts effleurer mon épaule nue et je sus qu'elle aussi me donnait un signe bien qu'elle ne pût m'apparaître car je n'étais pas préparé. Jamais je n'ai connu plus merveilleuse sensation que le frôlement des doigts de mon esprit tutélaire sur mon épaule. On eût dit le tremblement de la flamme.

4

Lorsque je perçus les pas du Tyrrhénien et de ses compagnons qui revenaient, je tisonnai le feu et rajoutai un peu de bois ramassé par les Sicanes car le roucoulement des colombes laissait présager une nuit fraîche. En dépit de leurs manteaux de laine, Xénodote et le marchand grelottaient. Ils se hâtèrent de venir réchauffer leurs membres à la flamme.

— D'où viens-tu et où t'es-tu procuré ton sel ? demandai-je à l'Etrusque, pour patienter en attendant que Xénodote se décidât à converser avec moi.

Je ne voulais pas me montrer trop inquiet. L'Etrusque haussa les épaules :

— Je viens du nord, au-delà de la mer, et rentrerai avec les vents du sud sans avoir à suivre les côtes italiennes et payer de droits aux cités grecques. Les Grecs font leur propre sel en Sicile mais le mien est moins cher.

J'extirpai de ma bourse l'hippocampe de pierre que Lars Alsir m'avait fait porter à mon départ d'Himère.

— Reconnais-tu cela ?

Il siffla comme pour appeler le vent, leva la main droite et, touchant son front, s'enquit :

— Comment t'es-tu, toi un Sicane, procuré cet objet sacré ?

Sollicitant la permission de le prendre dans sa main, il cogna du doigt replié sa surface usée puis voulut l'acheter.

— Non, dis-je. Tu sais bien qu'on ne vend pas de tels objets. Au nom de l'hippocampe noir, je te demande de me raconter dans le détail d'où tu viens et comment tu t'es procuré du sel.

— Aurais-tu l'intention d'entrer en rivalité avec moi ?

Mais cette seule pensée le fit éclater de rire.

Nul n'avait jamais entendu parler de Sicanes traversant les mers. Leurs embarcations n'étaient que des troncs d'arbre évidés au feu ou des radeaux de roseaux avec lesquels ils traversaient les rivières.

— Je trouve le sel à l'embouchure de l'un des grands fleuves de mon pays, m'expliqua-t-il. Nous autres Etrusques nous avons deux grands cours d'eau et celui-ci est le plus au sud. Le sel est séché sur les rivages de la mer mais en amont du fleuve s'étend la ville de Rome que nous avons fondée. La route du sel à travers le pays Etrusque commence là.

— En amont du fleuve, dis-tu ?

Ma curiosité était excitée. Je me souvins de la feuille de saule qui était tombée dans la source sous mes yeux.

Le visage du Tyrrhénien s'assombrit.

— Cette cité nous appartenait et nous avions bâti un pont sur le fleuve. Voilà plusieurs dizaines d'années que les hommes de diverses origines qui peuplaient la cité ont banni le dernier roi étrusque de la brillante maison des Tarquin. A présent, les plus grands brigands et criminels trouvent refuge à Rome. Les mœurs de cette ville sont grossières, ses lois sont dures et tout ce qu'ils savent des dieux, ils l'ont appris sous nos rois.

— Pourquoi ne reprenez-vous pas la cité aux usurpateurs ?

Il secoua la tête.

— Tu ne comprends pas nos coutumes. Chez nous, chaque cité se gouverne à son gré. Comme les Grecs, nous connaissons les rois, les tyrans et les peuples souverains. Seules les cités de l'intérieur sont encore dirigées par les lucumons et Tarquin de Rome n'était pas un lucumon. Chaque automne, les chefs de nos douze cités se réunissent sur les rives de notre lac sacré et c'est devant l'une de ces assemblées que Tarquin, après avoir été banni, vint plaider sa cause. Rome fut d'abord tirée au sort mais personne n'en voulut, et il fallut que le fameux chef de l'intérieur, Lars Porsenna, acceptât de se charger de sa reconquête. Il s'empara de Rome mais l'abandonna en raison des conspirations de jeunes Romains contre sa vie.

— Tu n'aimes pas Rome, observai-je.

— Je suis un marchand itinérant qui se procure son sel auprès des marchands de Rome. Un commerçant n'aime ni ne hait, il fait du profit. Mais les Romains ne sont pas un peuple de l'hippocampe mais le peuple du loup.

Sur ma nuque, mes cheveux se dressèrent au souvenir du signe que j'avais reçu.

— Qu'entends-tu par le peuple du loup?

— Selon leur légende, la cité a été fondée par des jumeaux dont la mère était la vierge gardienne de la flamme sacrée dans une cité en amont. La jeune fille prétendit que le dieu de la guerre l'avait engrossée. Le lucumon de la cité avait fait placer les nouveau-nés dans un panier de saule qu'on avait lancé sur les flots de la rivière. Le panier dériva jusqu'au pied d'une colline où une louve découvrit les enfants, les emmena dans sa tanière et les allaita avec ses propres louveteaux. Si cela est vrai, quelque dieu a très bien pu féconder la jeune fille. Il aurait donc dû protéger ses descendants. Il est plus probable que les nourrissons étaient d'un sang étranger car, lorsqu'ils eurent grandi, l'un d'eux tua l'autre avant d'être à son tour tué par le peuple de la cité qu'ils avaient fondée. Puis les Etrusques s'emparèrent du gouvernement et rétablirent l'ordre. Mais aucun lucumon n'était désireux de gouverner une cité si violente. C'est pourquoi ses souverains étaient de simples rois surveillés par le lucumon Tarquin.

Bien que le récit du Tyrrhénien ne fût guère rassurant, je n'hésitai point car les signes que j'avais reçus étaient trop clairs pour s'y méprendre. La feuille de saule indiquait un fleuve, le louveteau, Rome, et les oiseaux volaient vers le nord avec de bruyants appels. C'est là que je devais fuir avec ma famille et je n'avais rien à craindre dans une cité qui, après avoir banni ses rois, accueillait même les criminels et les réprouvés.

Xénodote avait écouté notre conversation avec une impatience croissante. A la fin, il n'y tint plus :

— De quoi parles-tu avec tant d'intérêt? Serais-tu déjà las de converser avec moi, Sicane civilisé?

— Le marchand me parlait de sa ville. Les Etrusques ne sont d'ordinaire guère bavards. Mais parlons grec, si tel est ton désir.

Le marchand dit avec irritation :

— Jamais je ne me serais montré si bavard si je n'avais vu l'hippocampe sacré. C'est une œuvre des anciens, bien plus précieuse que mon propre emblème d'airain.

Puis, furieux contre lui-même, il se coucha et se couvrit la tête de son manteau. Ses serviteurs eux aussi s'installèrent pour la nuit.

Lorsque nous fûmes seuls face à face, je dis à Xénodote :

— J'ai une femme et deux enfants, mais à cause des signes et des présages que j'ai reçus, il me faut quitter la forêt sicane.

— Accompagne-moi. Skythes et moi allons regagner l'Ionie et ensuite Suse. Le grand roi te donnera un rang dans sa suite comme chef sicane. Peut-être, lorsque tu auras appris la langue et les coutumes perses, le Roi des rois fera-t-il de toi le souverain des Sicanes.

Je secouai la tête.

— Mes signes indiquent le nord et non pas l'est. Mais si tu peux me prendre sous ta protection jusqu'au moment de mon départ de Sicile, je t'apprendrai tout ce que je sais sur les Sicanes et sur Eryx, et ce n'est pas peu de chose.

Il se récria et me traita de fou pour ne pas saisir une occasion que des gens de mon espèce ne pouvaient rencontrer qu'une fois dans leur vie.

Je restai ferme pourtant :

« Etant ionien, tu es nécessairement d'un naturel railleur, et le savoir a dû approfondir ton incrédulité. Mais même un incrédule doit croire les présages, ne serait-ce qu'à la façon des concurrents de Darius, lorsque ses chevaux hennirent les premiers.

Nous rîmes l'un et l'autre mais, bientôt, jetant un regard vers la forêt ténébreuse, Xénodote se couvrit la bouche de la main et dit :

— Mais je ne nie point l'existence des esprits infernaux ou souterrains. Je sais trop bien qu'il existe des ombres errantes capables de glacer et cailler le sang de ceux qu'elles rencontrent.

Nous devisâmes encore de bien d'autres sujets, tandis qu'il peignait sa barbe, oignait son visage et tressait ses cheveux pour la nuit. Déplorant de ne pouvoir m'offrir du vin en raison des difficultés de transport, il déclara courtoisement :

« Mais ton amitié est pour moi plus enivrante que le vin. Tu es un homme vigoureux. J'admire tes muscles puissants et le hâle superbe de ta peau brune.

Il se mit à me caresser les épaules et les joues de ses douces mains, insistant pour que je consentisse à lui donner un baiser en gage d'amitié. Bien qu'il fût très charmant et que son odeur fût suave, je me gardai d'en rien faire, car je savais trop bien où il voulait en venir.

Lorsqu'il eut retrouvé son sang-froid, nous convînmes qu'il accompagnerait l'Etrusque pendant le reste de sa tournée, d'un lieu de troc à l'autre, de manière à découvrir de ses yeux la plus grande partie possible du territoire sicane et d'en porter sur une carte les cours d'eau, les sources, les sites de troc et les montagnes, autant qu'il lui serait possible dans ce pays couvert d'une déroutante forêt. Je lui dis que je le retrouverai en ce même lieu avec ma famille quand l'Etrusque aurait épuisé sa marchandise. Il s'étonna que je n'apportasse pas d'autre précision, déterminant à l'avance le jour et l'heure de nos retrouvailles. J'eus du mal à le convaincre que je ne manquerais pas d'être prévenu de son arrivée.

Tandis que je m'approchai de notre grotte à travers les fourrés, les voix joyeuses des enfants me parvinrent. Hiouls et Mismê ne savaient pas jouer sans bruit comme les enfants sicanes. Suivant la coutume des hommes de la forêt, j'entrai sans saluer et m'accroupis près de la pierre chaude du foyer, sur laquelle je posai la main. Les enfants se précipitèrent vers moi et me grimpèrent sur les épaules, et du coin de l'œil je vis une joie muette se peindre sur le visage sombre d'Hanna. Mais Arsinoé en colère gifla les petits et me demanda où j'avais disparu ainsi sans un mot.

— Je dois te parler, Turms, dit-elle et elle envoya Hanna et les enfants dans la forêt.

Je fis mine de l'enlacer mais elle me repoussa.

— Turms, ma patience est à bout. Ma lassitude est à son comble. La vue de tes enfants grandissant comme des barbares sans compagnons convenables ne te fait-elle pas souffrir ? Il sera temps bientôt qu'Hiouls reçoive l'enseignement de quelque précepteur capable, dans une cité civilisée. Peu m'importe où nous irons, du moment que je respirerai l'air d'une ville, que je marcherai dans des rues pavées, que je visiterai des échoppes et me baignerai dans des eaux chaudes. Tu m'as réduite à une telle misère, Turms, que je ne te demanderai pas l'impossible. Mais tout cela, du moins, tu me le dois, et pense aussi au bonheur des enfants.

Elle parlait si vite que je n'eus pas la possibilité de placer un mot, et lorsque j'essayai de la prendre dans mes bras, elle me repoussa de nouveau.

— Oui, voilà tout ce que tu attends de moi et que je sois couchée sur une litière de mousse ou sur un triple matelas ne fait pour toi aucune différence. Mais il y a trop longtemps que j'écoute tes excuses et tu ne me toucheras plus tant que tu ne m'auras pas promis de m'emmener loin d'ici. Sinon, je partirai avec le premier marchand venu en prenant les enfants avec moi. Je crois que, bien que tu aies fait de ton mieux pour ruiner ma santé et ma beauté, je suis encore assez femme pour séduire un marchand.

Elle reprit sa respiration. Je la considérai avec des yeux différents et n'éprouvai plus aucun désir de l'étreindre. La haine conférait à son visage la dureté de la pierre, sa voix était stridente et ses tresses noires sur ses épaules étaient un nid de serpents. J'eus, pendant un terrible moment, la sensation d'avoir devant moi la Gorgone. Je me frottai les yeux.

Elle crut que je cherchais de nouvelles excuses pour rester chez les Sicanes et se leva d'un bond, hurlant d'une voix furieuse :

« Dans ta lâcheté, tu te caches derrière les arbres et te satisfais d'une vie misérable. Si j'avais écouté Dorieos, je serais aujourd'hui reine de Ségeste, incarnation de la déesse pour tout le pays d'Eryx. Je ne comprends pas comment j'ai seulement pu t'aimer et je ne regrette pas d'avoir pris des plaisirs que tu ne connais pas.

Comprenant qu'elle avait trop parlé, elle se corrigea, doucereuse.

« Je veux dire que j'ai revu la déesse et qu'elle est entrée dans mon corps comme autrefois. A présent que la déesse m'a pardonné, je n'ai plus aucune raison de fuir le monde.

C'était son tour d'éviter mon regard. Calmée, elle me saisit le bras et dit :

« Turms, souviens-toi que c'est moi qui t'ai sauvé la vie lorsque Dorieos voulait te tuer.

Ayant appris à lui mentir, il m'était aisé maintenant de cacher mes pensées à Arsinoé. Un grondement résonnait à mes oreilles et soudain, comme si un rideau sombre de nuages s'était déchiré, la compréhension se fit en moi.

Je lui dis, en maîtrisant le tremblement de ma voix :

— S'il est vrai que la déesse t'est apparue, cela suffit. Nous partirons dans quelques jours, car j'ai déjà tout arrangé. Mais le plaisir de ma surprise est anéanti par tes paroles cruelles.

D'abord elle ne me crut pas, mais lorsque je lui racontai ma rencontre avec l'Etrusque et Xénodote, elle sanglota de joie, se rapprocha tendrement de moi et voulut m'enlacer. Pour la première fois, il fallut qu'elle se livrât à mille agaceries pour que je consentisse à la prendre dans mes bras. Lorsque je la lâchai, je lui contai en riant la tentative de séduction de Xénodote.

De ses yeux, semblables à des lacs noirs, Arsinoé me fixa et dit :

— Il se trompe gravement en croyant trouver chez un homme des plaisirs aussi grands que chez les femmes. Si tu n'étais pas si ridiculement jaloux, Turms, tu me laisserais lui en donner la preuve, avec l'aide de la déesse.

Cette preuve, elle me l'administra de si terrible et merveilleuse manière que mon bonheur fut plus proche que jamais de la souffrance. Je savais que, quelles que fussent ses fautes, je l'aimerais toujours parce qu'elle était ce qu'elle était et ne pouvait pas être autrement. Jetant violemment les bras en arrière, elle souffla dans ma bouche son haleine brûlante, me fixa de ses yeux rétrécis et soupira :

— Turms, ô Turms, lorsque nous nous aimons tu es semblable à un dieu et il n'est pas d'être plus merveilleux que toi !

Elle se dressa paresseusement sur un coude et me caressa le cou.

— Si je t'ai bien compris, ce Xénodote voudrait te conduire sous sa protection jusqu'à la cour du roi des Perses. Nous verrions les grandes cités du monde et tu recevrais des cadeaux royaux au nom des Sicanes. Je suis sûre que je pourrais te gagner beaucoup d'amis parmi ceux qui ont l'oreille du roi. Pourquoi donc jeter ton dévolu sur cette Rome barbare dont tu ne sais rien ?

— Il y a un instant à peine, tu disais que tu te satisferais de n'importe quelle cité, du moment que je t'emmènerais loin d'ici. Il semble que, pour toi, l'appétit vienne en mangeant, Arsinoé.

Elle m'enlaça, écarquilla les yeux et souffla :

— Oui, Turms, pour moi l'appétit vient en mangeant. Serais-tu déjà las de moi ?

Bien que je fusse bien certain qu'elle me cajolait ainsi pour mieux m'enchaîner à sa volonté, je ne lui résistai pas. Lorsqu'elle recommença à parler de Suse et de Persépolis, je me levai, m'étirai et marchai jusqu'au seuil de la grotte.

— Hiouls ! appelai-je, Hiouls !

Comme un Sicane, le garçon rampa jusqu'à mes pieds et, se dressant brusquement, le visage à la hauteur de mes genoux, il me contempla éperdument. Dans la brillante lumière du matin, j'étudiai les membres musculeux de cet enfant de cinq ans, la moue maussade de sa lèvre inférieure, ses sourcils et ses yeux. Je n'avais nul besoin de voir la marque de naissance des Héraclides sur sa cuisse pour savoir que ce n'était pas une écorchure qu'il s'était faite après sa venue au monde. Derrière ces yeux, les yeux mélancoliques de Dorieos me regardaient et dans ce menton, cette bouche et ces sourcils, je reconnaissais les traits impitoyables de Dorieos.

Je ne haïs point l'enfant pour cela, car comment aurais-je pu haïr un enfant ? Je ne haïssais pas non plus Arsinoé car elle était ce qu'elle était et elle n'y pouvait rien. C'était mon propre aveuglement que je haïssais, mon incapacité à comprendre plus tôt la vérité. Même Tanakil s'était montrée plus sagace que moi et les Sicanes, dans leur secrète sagesse, avaient appelé le nourrisson Erkel dès qu'ils l'avaient vu près du rocher sacré. Mais l'amour aveugle, même sur ce qui devrait paraître clair comme le jour. Je me demandai si, en dépit des joies douces-amères qu'il me donnait, mon amour pour Arsinoé n'était pas à présent sur le déclin ou bien si c'était seulement ma période d'aveuglement qui prenait fin.

Lorsque j'entrai dans la grotte, tenant le garçon par la main, j'étais parfaitement calme. Je m'assis auprès d'Arsinoé et lorsqu'elle recommença à jacasser à propos des splendeurs de Suse et des faveurs du roi, j'attirai le garçon contre moi.

Le tenant serré entre mes genoux, je lui tapotai les cheveux et dis avec une fausse indifférence :

— Ainsi donc, Hiouls est le fils de Dorieos. C'est pour cela qu'il voulait me tuer, pour vous avoir, toi et lui.

Prise dans ses pensées, Arsinoé eut encore le temps de dire que Suse serait une meilleure solution pour l'enfant aussi, avant que le sens de mes paroles eût fait son chemin dans son esprit. Inquiète, elle se dressa sur son séant, une main sur la bouche. J'eus un petit rire.

— C'est pour cela qu'il t'était si facile de jurer sur la tête de *notre* fils. J'aurais dû croire tes cheveux plutôt que ta langue trompeuse.

Mon calme étonnait Arsinoé. Qu'aurais-je gagné à m'empoisonner de haine?

Elle serra l'enfant contre elle dans un geste protecteur.

— Pourquoi es-tu toujours si cruel, Turms? Pourquoi toujours raviver les vieilles plaies? Certes, Hiouls est le fils de Dorieos, bien que je n'en aie pas été sûre tant que je n'avais pas vu la marque de naissance de Dorieos sur sa cuisse. Je craignais terriblement ta colère. Je te l'aurais dit plus tôt si je n'avais été sûre que tu finirais bien par le remarquer. Je ne suis qu'une femme et je suis parfois contrainte de te mentir à cause de la violence de ton tempérament.

Je me demandai lequel de nous deux avait le tempérament le plus violent mais je ne dis rien. Je tirai de ma ceinture mon vieux couteau et le donnai au garçon.

— Tu as le droit d'avoir un couteau car bien qu'enfant, tu dois être un homme et fier de ta naissance. Je t'ai appris tout ce que tu pouvais comprendre à ton âge et je te donnerai mon bouclier et mon épée, car j'ai un jour jeté le bouclier de ton père à la mer en offrande aux dieux dans un moment de péril. N'oublie jamais que le sang d'Héraclès et de la déesse d'Eryx coule dans tes veines et que tu es donc d'origine divine. Je suis sûr qu'après notre départ, les Sicanes demanderont aux pythagoriciens de te donner une éducation conforme à ton rang car je ne doute pas qu'ils attendent beaucoup de toi.

Arsinoé poussa un cri perçant :

— As-tu perdu l'esprit? T'apprêtes-tu vraiment à abandonner notre fils unique aux barbares?

Elle s'accrochait à mes cheveux et me bourrait le dos de coups de poing tandis que je traversai la grotte. Sous une dalle je pris mon bouclier. Les cris d'Arsinoé effrayaient l'enfant mais il se mit très vite à jouer avec le bouclier et l'épée. Il n'était que de le voir serrer dans son poing menu la poignée de l'épée pour comprendre qu'il était le fils de Dorieos.

Voyant que rien ne pouvait m'ébranler, Arsinoé s'effondra sur le sol en répandant des larmes amères. Ses larmes n'étaient pas feintes car elle aimait le garçon plus intensément que la louve ses petits. Emu par son chagrin, je m'assis près d'elle et caressai sans rien dire sa chevelure noire.

— Arsinoé, je n'abandonne pas l'enfant par haine ou par désir de revanche. Si je le pouvais, je l'emmènerais volontiers avec nous en souvenir de l'amitié qui me lia à Dorieos. Je ne garde pas rancune à Dorieos parce que tu es ce que tu es et qu'il n'y pouvait rien. Quel homme pourrait te résister?

La vanité l'incita à me prêter l'oreille.

« C'est ici la place d'Hiouls, car il est le fils de Dorieos et donc l'héritier du pays d'Eryx. Les Sicanes de tout temps l'ont appelé Erkel et sourient chaque fois qu'ils le voient. En vérité, je ne crois pas qu'ils nous permettraient de l'emmener. Ils nous tueraient plutôt. Cependant, rien ne t'empêche de rester avec ton fils si tu le désires.

— Non, non, dit-elle hâtivement. Je ne resterai dans la forêt à aucun prix.

Pour atténuer son chagrin, je lui dis :

— Je signalerai Hiouls à Xénodote. Ce dernier apprendra aux Perses qu'un futur roi, descendant d'Héraclès, grandit dans les forêts sicanes. Peut-être ton fils quelque jour commandera-t-il non seulement à la forêt et au pays d'Eryx mais encore à toute la Sicile, sous la protection du roi des Perses. Je veillerai à cela, car le Roi des rois un jour gouvernera le monde connu tout entier et cela se fera peut-être au cours de notre vie.

A cette pensée, les yeux d'Arsinoé se mirent à briller et elle frappa des mains.

— Ton plan est plus avisé que celui de Dorieos. Il est arrivé en étranger à Ségeste et là personne ne l'aimait, sauf Tanakil.

— A présent que nous sommes tombés d'accord là-dessus, dis-je, le cœur lourd, parlons donc de Mismê. Je me souviens de ton sourire sarcastique lorsque je lui ai donné son nom. Etait-ce à cause de sa ressemblance avec celui de Mikon? Quelque chose déjà devait me faire pressentir la vérité et m'a poussé à lui donner un nom si proche de celui de Mikon.

Arsinoé feignit l'étonnement mais je la saisis par les poignets, et, la secouant, lui lançai :

— Le temps des mensonges est passé. Mismê est la fille de Mikon. Tu as dormi avec lui durant le voyage d'Eryx à Himère et c'est à cause de toi qu'il s'est adonné à la boisson. Tu jouais avec lui comme ton chat avec les souris, pour éprouver ton pouvoir, et tu as été enceinte de lui. Il a bu la drogue sicane et s'est noyé dans le marécage parce qu'il ne pouvait plus supporter mon regard. C'est la vérité, n'est-ce pas? Ou dois-je appeler Mismê et te montrer les yeux ronds de Mikon et sa bouche pleine?

Frappant ses genoux à coups de poing, Arsinoé cria :

— Non, ses yeux, ce sont les miens! La déesse vindicative a donné à la pauvre fille la courte stature de Mikon mais peut-être plus tard ses membres se développeront-ils. Qu'il en soit selon ton désir, Turms, mais tout cela est arrivé par ta faute, car à l'époque tu me laissais seule des jours durant. Le pauvre Mikon m'aimait d'un amour si terrible que je n'ai pu m'empêcher quelquefois d'avoir pitié de lui. Mais il n'était certes pas dans mes desseins de porter un enfant de lui. Même cela est de ta faute, car tu m'as enlevée si hâtivement d'Eryx que j'ai laissé là-bas mon anneau d'argent.

Voyant que je gardais mon calme, elle poursuivit, soulagée sur le ton du bavardage :

— Mikon fanfaronnait si souvent à propos des moments qu'il avait vécus sur le vaisseau doré d'Astarté que j'ai voulu lui montrer ce qu'un homme pouvait encore découvrir de nouveau dans les bras d'une femme. Il croyait que nulle ne pouvait lui résister parce qu'Aura perdait l'esprit à son simple contact, mais c'était à cause de sa faiblesse à elle. Sous ce rapport, il ne pouvait rivaliser avec toi, Turms, bien qu'il eût des formes plaisantes.

— Je n'en doute pas! hurlai-je, incapable de me contenir plus longtemps. Je comprends et pardonne tout, mais quel est donc le mal dont je suis atteint, moi? Suis-je stérile ou bien faut-il qu'il y ait toujours quelqu'un pour réussir avant moi à plonger dans la source de la pleine lune?

Arsinoé resta un moment songeuse.

— Je crois qu'en vérité tu dois être stérile, mais que cela ne te trouble point. Un homme voué à la méditation n'a pas besoin d'enfants et, de nos jours, beaucoup d'hommes t'envieraient le pouvoir de connaître tous les plaisirs sans avoir à porter la responsabilité des conséquences. Peur-être est-ce là l'effet de la foudre dont tu m'as parlé ou peut-être as-tu été malade dans ton enfance. Ce pourrait être aussi une faveur de la déesse car elle a toujours privilégié le plaisir et ce n'est jamais qu'avec répugnance qu'elle en accepte les conséquences.

Je ne me serais pas cru capable d'entrer dans une discussion avec Arsinoé sur ces difficiles questions, avec tant de compréhension et sans désir de revanche. Cela montre combien j'avais mûri, sans même m'en rendre compte, durant mon séjour chez les Sicanes. Une fois qu'un pot est brisé, la colère ne sert de rien. Il vaut mieux rassembler les débris et en tirer ce qui est encore possible.

Mais lorsque j'eus confirmation de ce que Mismê non plus n'était pas ma fille, je me sentis nu et froid, si froid que rien ne parvenait plus à me réchauffer. En tant qu'homme seul, c'était à moi à donner une direction à ma vie, et rien sans doute n'est plus difficile. Il est beaucoup plus simple d'engendrer des enfants et de leur laisser le soin de conférer un sens à l'existence.

Je me sentais si nu que je me retirai dans la solitude des montagnes pour quelques jours. Je ne vis ni signes ni présages, j'écoutai simplement en moi-même. Le doute s'empara de moi et je cessai de croire en mon pouvoir d'invocation du vent. Ma vie n'était que le fruit du hasard aveugle. C'était pour Dorieos que la terre avait tremblé et que la montagne avait craché du feu lorsque nous avions approché les rivages siciliens. Elle avait encore bougé au moment de sa mort. Il avait même engendré un enfant. Quant à moi, j'errais sans savoir d'où je venais, où j'allais ni pourquoi. J'étais stérile comme une pierre et mon amour m'apportait plus de souffrance que de bonheur.

5

A mon retour de la montagne, je collectai quelques objets sicanes que j'avais l'intention de faire porter en cadeau au Roi des rois par Xénodote : un arc et des flèches à pointe de silex, un tambour peint, des vêtements d'écorce, une javeline de bois, des lacets et des hameçons d'os, un appeau de bois et un collier de dents de bêtes féroces. Nul ne m'interdit de prendre quoi que ce fût car les Sicanes ne se prennent jamais que ce dont ils ont besoin.

Douze vieillards portant d'effroyables masques de bois nous attendaient près du rocher sacré. Aux queues d'animaux dont ils étaient affublés je reconnus en eux des prêtres, des chefs et des hommes vénérables de différentes tribus. Ils ne me dirent pas un mot à notre arrivée, ils oignirent le rocher, hissèrent Hiouls à son faîte et lui donnèrent des baies sucrées à manger pour le faire patienter.

Ils me demandèrent ensuite de me déshabiller. Lorsque ce fut fait, je dus revêtir une peau de cerf et me dissimuler le visage derrière un masque portant les andouillers de la bête, peint et sculpté avec beaucoup d'art. Ensuite, chacun à notre tour, suivant notre rang, nous bûmes à la coupe de bois une gorgée de la drogue sacrée. Je fus le dernier. Puis s'alignant les uns derrière les autres, ils se mirent à tourner autour de la roche sacrée. Je me plaçai à la fin du cortège. Le battement des tambours et le sifflement des flûtes de bois emplit la forêt. Nos pas devinrent des bonds, et l'effet de la potion se faisant sentir, la danse se déchaîna et chacun de nous émit le cri de son animal. Hiouls s'amusait beaucoup et chaque fois que l'un d'entre nous lançait le cri de la bête dont il portait la queue, Hiouls hululait comme une chouette. Les Sicanes virent là un présage favorable.

La danse était à chaque instant plus sauvage, la terre sous mes pieds perdait toute substance et mon sang battait au rythme des tambours. Soudain à ma grande surprise, je vis des animaux sortir de la forêt. Se glissant à travers notre cercle, ils s'enfuyaient aussitôt après avoir atteint la roche. Un sanglier aux défenses écumantes jaillit des fourrés mais personne ne fit mine de l'attaquer et il replongea dans l'épaisseur des bois. Le dernier animal qui se montra fut une douce biche qui s'arrêta près du rocher et tendit le cou pour humer Hiouls puis elle détala et disparut.

Je ne puis expliquer comment les Sicanes accomplirent ce prodige. Ils étaient nombreux dans la forêt autour de nous, s'il fallait en croire les flûtes et les tambours. Peut-être avaient-ils enduit la roche de matières aux odeurs attirantes, à moins qu'ils n'eussent relâché durant la danse des animaux captifs. Mais il est fort possible que les bêtes eussent été simplement des ombres évoquées par les Sicanes, que la potion révélait à nos yeux. Si tel était le cas, je ne puis expliquer comment Hiouls pouvait les voir et ensuite les décrire dans le détail.

Lorsqu'il n'y eut plus d'animaux, la danse prit fin et les Sicanes allumèrent un feu. Puis ils descendirent Hiouls du rocher et lui suspendirent au cou un collier de dents de bêtes féroces et lui attachèrent aux chevilles et aux poignets des bracelets de cuir coloré. Chaque homme se fit une entaille à la main et la fit sucer à l'enfant. Ils me demandèrent de m'écorcher moi aussi la main et de lui faire goûter mon sang. Lorsque ce fut fait, ils éclatèrent en rires d'allégresse et aspergèrent Hiouls de leur sang jusqu'à ce que l'enfant en fût couvert de la tête aux pieds.

Puis brusquement, saisissant chacun un tison dans le feu, ils disparurent dans la forêt. Le prêtre de la tribu et moi, prenant chacun une torche, nous emmenâmes Hiouls. Lorsque les branches de pin eurent fini de brûler, nous jetâmes le tronçon noirci. Le prêtre retira son masque et le mit sous son bras. A mon tour je retirai mon masque de cerf. Nous ramenâmes Hiouls dans son foyer et le couchâmes mais le prêtre interdit de le laver tant que le sang resterait collé à la peau.

Je crus que nous en avions terminé avec les animaux et leurs esprits mais, le lendemain, avant l'aube, le prêtre vint me chercher et me montra en riant des traces de pattes et de queue sur le sol. Touchant le rocher, il me dit que, durant la nuit, les bêtes avaient si bien léché la pierre qu'un étranger n'aurait pu la distinguer des autres.

Lorsque nous fûmes accroupis sur le sol, je dis au prêtre :

— Je vais quitter les Sicanes car le temps qui m'était imparti pour prendre du repos parmi vous s'achève. Hiouls restera avec vous mais sa mère, Mismê et notre esclave Hanna m'accompagneront.

Le prêtre sourit, montra la direction du nord et agita la main en signe d'adieu.

— Je sais cela, dit-il. Nous craignions que tu emmènes le garçon avec toi. D'aussi loin qu'on se souvienne, notre tradition a toujours prédit son arrivée parmi nous.

Appuyé sur un coude, il se mit à tracer du bout d'un bâton des dessins sur le sol.

« Je suis un vieil homme, dit-il. Mes yeux ont vu beaucoup de choses changer. Aujourd'hui les attelages de bœufs retournent la terre sur laquelle nos pères chassaient les fauves. Certains Sicanes se sont bâti des huttes en lisière des forêts et font pousser des fèves. Au cours de ma vie, les Grecs se sont répandus plus loin que les Elymes l'avaient jamais fait. Ils grouillent comme de la vermine et ont forcé les Sicanes à cultiver la terre et à bâtir des cités. Celui qui construit une hutte est l'esclave de sa hutte. Celui qui cultive le sol est l'esclave de son sol. Seul Erkel peut maintenant sauver les Sicanes mais comment, cela nous ne le savons pas.

Se couvrant la bouche de la main, il rit.

« Je ne suis qu'un vieux fou, reprit-il, et bientôt, lorsque mes genoux se déroberont et que mon savoir ne sera plus utile à ma tribu, il sera temps pour moi de gagner le marais. Voilà pourquoi je parle tant, parce que je suis parfaitement satisfait. Si tu avais tenté d'emmener le garçon avec toi, nous aurions dû te tuer. Mais tu as conduit Erkel jusqu'à nous et tu nous l'abandonnes. C'est pourquoi nous t'avons initié au cerf, c'est pourquoi, avant ton départ, tu auras de nous tout ce que tu voudras.

J'en profitai pour demander quelques cornes pleines de la drogue sacrée et un certain nombre d'épines empoisonnées dont les Sicanes parsemaient le sol à l'approche des Ségestiens.

Il sourit encore et dit :

« Tu auras tout ce que tu désires. Les Sicanes n'ont plus de secrets pour toi, hormis certaines formules sacrées dont tu n'auras pas besoin. Ne veux-tu vraiment rien d'autre ?

Je me souvins de l'éclat de l'or et de l'argent aperçu sous la roche sacrée au cours d'une transe. Je m'aperçus que, sans le vouloir, ils m'avaient initié au cerf d'Artémis. La déesse m'était apparue sous la forme d'Hécate et tout cela faisait partie d'un jeu dont les Sicanes étaient de simples instruments.

Je montrai le rocher sacré du doigt et dis :

— Votre trésor secret d'or et d'argent gît sous la pierre.

Le sourire du prêtre s'effaça.

— Comment le sais-tu? Ce savoir passe de prêtre en prêtre comme un héritage de père en fils, et le trésor n'a pas été touché depuis des générations.

Il est probable que les chefs sicanes m'auraient attribué quelques parcelles du trésor pour me remercier de leur avoir amené Hiouls, même si je n'avais rien demandé. Le trésor, pourtant, n'était pas comme j'avais cru à tort sous le rocher sacré. Au contraire, il nous fallut, au prêtre et à moi, une demi-journée de marche à travers une dangereuse forêt de chênes semée de lacets et d'épines empoisonnées. Le vieil homme me révéla l'entrée d'une grotte si bien cachée qu'elle échappait à toute investigation possible. Ensemble nous déplaçâmes de la terre et des pierres jusqu'à ce que nous trouvâmes un trou couvert d'écorce et, sous les écorces, un entassement de plats et d'amulettes d'or et d'argent. Le prêtre fut incapable de m'expliquer comment les Sicanes avaient amassé ce trésor. Mais il pensait qu'il s'agissait d'un butin de guerre amassé à l'époque où les Sicanes dominaient la Sicile.

Les objets avaient été apparemment rassemblés à des époques différentes car certains étaient merveilleusement ouvragés et d'autres d'un travail plus grossier. Le plus précieux était une tête de taureau en or qui devait peser un talent. Le prêtre m'invita à choisir et à prendre tout ce qui me conviendrait. Tandis que je m'y employais, son œil perçant guettait tous mes gestes. Si je m'étais laissé emporter par l'avarice, il m'aurait sans doute tué car il tenait fermement en main une javeline. La révélation du trésor devait être l'épreuve finale qui déterminerait si j'étais digne de la confiance des Sicanes et s'ils me laisseraient partir en paix.

Je pris seulement un simple gobelet d'or qui devait peser

quinze mines, une petite main d'or qui pesait moins d'une mine mais qui me convenait comme amulette, et enfin un bracelet en spirale d'environ quatre mines que je comptais offrir à Arsinoé. Je ne voulus que des objets d'or car ce métal avait pris beaucoup de valeur depuis que les cités grecques battaient monnaie d'argent. Je ne demandai pas davantage. Parce que la déesse, sous la forme d'Hécate, m'avait montré qu'elle tenait ses promesses, je savais que je pourrais me procurer des richesses matérielles chaque fois que le besoin s'en ferait sentir.

Le prêtre sicane relâcha sa prise sur le javelot et tous deux nous replaçâmes le trésor dans sa cache. Tandis que nous suivions le chemin selon les indications du prêtre, je ne fis aucune tentative pour graver dans ma mémoire les sommets des montagnes ou autres repères. Cela plut au vieillard et lorsque nous fûmes de retour dans la forêt dépourvue de piège, il se mit à bondir de joie.

Voyant que j'avais tout à fait gagné sa confiance, je lui demandai d'envoyer chercher un pythagoricien ou quelque autre professeur grec itinérant, qui, après notre départ, dirigerait l'éducation de Hiouls. Je le pénétrai de l'idée que l'enfant devait apprendre à lire et à écrire, à compter, à tracer des figures géométriques et à les mesurer. Outre les langues sicane et grecque, il devait savoir le phénicien et l'élymien pour pouvoir au mieux remplir son rôle de premier des Sicanes. L'étrusque aussi pouvait se révéler d'une grande utilité, s'il montrait quelque aptitude à l'apprentissage des langues. Apprendre à jouer d'un instrument à corde ne lui ferait pas de mal. Je ne m'inquiétais pas pour ce qui concernait son éducation physique car la vie dans la forêt y pourvoirait. Et quant au maniement des armes, le sang de Dorieos serait son meilleur maître. Encore que mon cœur fût plein de tristesse à l'idée de laisser Hiouls parmi les Sicanes, je savais qu'ils le choieraient et le protégeraient.

Aussi, m'endurcissant le cœur, je dis au prêtre :

— Apprenez-lui à obéir à sa tribu. Seul celui-là qui a appris à obéir saura un jour commander. Si vous le voyez tuer pour l'amour de tuer, tuez-le de vos propres mains et oubliez Erkel.

Le bracelet plut beaucoup à Arsinoé et elle m'affirma que c'était là un ouvrage des anciens Crétois que les amateurs d'art antique de Tyr paieraient sûrement plusieurs fois son poids d'or. Je m'abstins de lui dire où je me l'étais procuré, présentant le bijou comme un cadeau des Sicanes à celle qui leur confiait l'enfant.

Les affres du chagrin d'Arsinoé furent adoucis par ce cadeau.

A l'instant du départ, Hiouls ne manifesta nul désir de nous suivre. Suivant la coutume sicane, nous partîmes sans dire adieu à quiconque et nous fîmes en sorte de retrouver Xénodote et l'Étrusque au moment précis où ils arrivaient à l'emplacement des marchandises entassées près de la rivière.

Le marchand déclara que nous étions les premiers Sicanes qui se montraient en famille devant des étrangers et Xénodote se réjouit à la vue des objets que je lui apportais. Après une nuit auprès du feu, nous prîmes la route de Panorme.

Déguisé en Sicane, après tant d'années, je ne craignais pas d'être reconnu dans cette cité. De même je pensais qu'Arsinoé, avec ses cheveux noirs et son visage changé, ne serait pas reconnue si elle était prudente. Les Elymes n'attaquaient pas les Sicanes désarmés qui, de temps à autre, traversaient les régions cultivées, une branche de sapin à la main. Je me fiais aussi à la protection de Xénodote, car il était douteux qu'on désirât offenser le Roi des rois en la personne d'un de ses serviteurs venu en Sicile avec Skythes.

Notre voyage était lent car, en chemin, le marchand faisait de profitables affaires. C'est pourquoi Arsinoé, bien qu'elle dût marcher, ne se fatiguait pas, et qu'Hanna ne sentait pas trop lourdement le poids de Mismê.

La nuit, nous dormions en plein air ou dans quelque cabane élymienne bâtie en rondins. Je racontais alors à Xénodote tout ce que je savais sur les Sicanes, qu'il pourrait leur être utile de faire connaître. Je lui confiai la vérité sur Hiouls et la légende d'Erkel, mais je lui fis jurer de garder le secret et de ne le réveler qu'au roi lui-même ou à ses conseillers les plus sûrs sur les questions d'Occident.

— Peu m'importe quand et comment le Roi des rois utilisera ces renseignements, dis-je. Mais il peut lui être de quelque utilité de savoir que les Sicanes élèvent Erkel. Et je ne crois pas que les Sicanes survivront comme nation indépendante sans la protection du roi, car ils sont opprimés tout à la fois par les Elymes et par les Grecs. Le roi saura décider sur quel ennemi il convient de lancer les Sicanes qui se battront si on leur garantit le droit de vivre dans les forêts et d'exister en tant que nation.

Xénodote déclara que j'étais le plus bel homme qu'il eût jamais vu et que je lui plaisais encore plus à présent que j'avais rasé mon menton.

Il approcha, beaucoup trop près à mon goût, son nez de ma peau pour y respirer l'odeur de résine et de fumée que les années de forêt lui avaient donnée. Il me dit aussi que mes yeux étaient beaux comme ceux du cerf. Il semblait chaque jour davantage attiré par moi et ce n'est pas sans mal que j'éludais ses avances sans trop le heurter.

Mais bien que je fusse sûr de son amitié, je ne lui appris ni mon vrai nom, ni ce que j'étais vraiment, et je prévins Arsinoé contre tout excès de confiance. Lorsqu'il eut compris l'inutilité de ses tentatives de séduction et qu'il se fut rendu compte que je n'avais nullement l'intention de l'accompagner à Suse, en homme avisé, il reporta toute son attention sur Arsinoé. Et comme il était insensible aux charmes féminins d'Arsinoé, il fit preuve d'autant plus d'habileté pour la faire entrer dans ses desseins.

Je n'éprouvai aucun soupçon et fus simplement soulagé qu'il me laissât en paix et conversât avec Arsinoé sur la déesse d'Eryx, la fontaine antique et les cérémonies secrètes. La curiosité de Xénodote était inépuisable. Tandis qu'ils bavardaient ainsi, j'eus l'occasion de demander au marchand des détails sur Rome. Mais c'était un homme sans éducation que seul son commerce intéressait. J'appris cependant que Rome avait de perpétuels différends avec ses voisins et que la rivalité entre les pauvres et les riches Romains était si virulente que de temps à autre les pauvres se rebellaient contre l'obligation de servir dans l'armée, afin d'obtenir quelques concessions.

Cela ne m'inquiétait point car une situation semblable prévalait dans toutes les autres cités. La danse de la liberté avait été superbe dans les jours de ma fière jeunesse, lorsque, étranger, j'avais voulu m'affirmer, pour l'amour de Dioné, l'égal des autres jeunes gens d'Ephèse. Mais j'avais déjà oublié le visage de

Dioné et, dès le moment où le chaume enflammé des toits de Sardes avait voltigé dans le ciel et marqué mes bras de traces ineffaçables, j'avais commencé à trembler à l'idée de ce que je venais de faire. Certes, je m'étais ménagé les faveurs d'Artémis mais, désormais, sur l'Ionie tout entière, le destin allait répandre la fumée et la puanteur de la mort.

A tout cela je songeais sous les étoiles d'automne, tandis qu'accroupi près du feu, je bavardais avec l'Étrusque morose. En face de nous, Arsinoé et Xénodote discutaient avec animation. Enroulée dans sa peau de mouton, Mismê dormait du robuste sommeil des enfants de trois ans. Et parfois je croisais le regard brillant d'Hanna. Distraitement, je traçais des dessins sur le sol du bout d'une baguette, et je sus que dans l'époque où je vivais, le tumulte régnerait jusqu'au jour où le roi perse restaurerait l'harmonie dans tous les pays du monde.

6

Notre arrivée à Panorme fut semblable à une procession de fête autour de laquelle se bousculent les curieux. Nous gagnâmes directement le port et le vaisseau étrusque, et lorsque je vis ce dernier, mon cœur bondit dans ma poitrine. Il était lent, pansu et ponté seulement en partie. Je me demandai comment il avait pu faire le voyage depuis Rome jusqu'en Sicile avec sa lourde cargaison.

Les hommes de la douane de Carthage saluèrent en riant l'Étrusque et levèrent poliment leurs paumes vers le ciel pour s'extasier sur le succès de son expédition commerciale. Ils traitèrent Xénodote avec le plus grand respect et se contentèrent de nous regarder de loin, Arsinoé et moi, qui portais le masque de bois, sans oser toucher nos vêtements. Ils se dirent entre eux que c'était un bon signe de voir des Sicanes de haute naissance s'aventurer hors de leurs forêts pour visiter le monde civilisé et apprendre des langues et des usages sensés. Cela servirait le commerce et donc les intérêts de Carthage.

Panorme et tout le pays d'Eryx avaient de bonnes raisons d'être en excellents termes avec les Étrusques de Rome, car ces dernières années les administrateurs de Rome avaient acheté de grandes quantités de blé à Eryx pour prévenir une famine consécutive aux désordres civils.

Le peuple d'Eryx espérait que ce commerce se poursuivrait à l'avenir. Panorme, en particulier, en tirait profit depuis que Rome ne transportait plus seulement le blé dans des vaisseaux étrusques mais aussi dans des bateaux de Panorme.

Mais l'Etrusque qui, comme tous les marchands, se plaignait toujours, dit avec amertume :

— Si les temps étaient semblables à ceux d'autrefois, et si un commerce raisonnable était possible, je pourrais vendre les objets sicanes ici à Panorme, acheter du blé à bas prix et le revendre ensuite au prix fort à Rome. Mais les préteurs romains ont fixé une limite au prix du blé de la même façon qu'ils ont mis la main sur le commerce du sel et ont déterminé son prix à Rome. J'aurais pu encore, il n'y a guère, voguer jusqu'à Cumes pour troquer quelques objets sicanes contre des vases attiques. Nous autres Etrusques, nous admirons tant la beauté de leurs formes et l'élégance de leur décor que nous les plaçons même dans les tombes de nos souverains et lucumons. Mais leur victoire à Marathon a rendu les Grecs arrogants et le tyran de Cumes confisque les cargaisons de blé des vaisseaux romains qui mouillent dans son port.

Il se répandit en anathèmes contre les Grecs avant de poursuivre :

« Non, je n'oserai pas gagner Cumes. Tout ce que je peux faire est attendre qu'un bon vent du sud se lève. Alors, m'exposant aux dangers de la haute mer, je naviguerai jusqu'à l'embouchure du fleuve romain.

Entassant ballot sur ballot, sac sur sac et panier sur panier, il chargea son navire. Les hommes de la douane consignèrent la cargaison sur leurs tablettes de cire, et avec un profond soupir, l'Etrusque paya la location de ses ânes puis il renvoya les conducteurs avec force insultes, disant qu'il n'avait jamais rencontré d'aussi fieffés voleurs que dans le pays d'Eryx. A la vérité, c'était là un mensonge car les gens d'Eryx l'avaient autorisé à commercer librement avec les Sicanes tandis que lui avait vendu en fraude des objets de fer aux hommes de la forêt.

Je parlai fort peu aux Carthaginois car je jugeais plus sage de leur laisser croire que j'étais un Sicane ignorant leur langue. Même Arsinoé sut maîtriser sa langue. Mais lorsque nous fûmes dans les murs de la maison que le Conseil de Panorme louait aux étrangers, quand les esclaves et les compagnons de Xénodote nous eurent salués avec la plus grande humilité, Arsinoé ne put se contenir plus longtemps.

Déchirant le voile qui lui enserrait la tête, elle hurla en trépignant :

— Je n'ai déjà encouru que trop de périls en mer, pour l'amour de toi, Turms ! Jamais je ne consentirai à poser le pied sur le baquet malodorant de cet Étrusque. Quand bien même je ne craindrais pas pour moi-même, il me faudrait encore songer à Mismê. O, Turms, au nom de la déesse, qu'irions-nous faire à Rome, au moment où ton ami Xénodote se propose de nous faire gagner Suse en toute sécurité et t'offre un avenir assuré comme ambassadeur sicane à la cour du Roi des rois ?

A présent, de retour parmi ses compagnons, Xénodote prenait de tout autres airs. Son menton à la barbe bouclée fièrement levé, il nous considéra du coin de l'œil :

— Ne nous querellons pas à peine le seuil franchi, dit-il d'une voix apaisante. Baignons-nous d'abord et, en les frottant et les oignant, effaçons de nos corps les rigueurs du voyage. En gens civilisés, régalons-nous de quelque plat relevé et refraîchissons-nous l'esprit avec du vin. Alors seulement nous aurons un entretien, ô Turms, toi qui ne m'avais pas même révélé ton vrai nom. Je le garde soigneusement en mémoire. Je t'assure que ta femme est plus avisée que toi. Ne méprise pas son intelligence.

Je devinais qu'ils s'étaient alliés dans le dessein d'obtenir que je fusse du voyage lorsque Xénodote et Skythes regagneraient l'Ionie et de là la cour du grand roi à Suse. Je soupçonnais aussi Arsinoé d'avoir étourdiment bavardé sur des sujets qu'il eût mieux valu que Xénodote ignorât toujours.

Mais, chez les Sicanes, j'avais appris à maîtriser les expressions de mon visage. Je ne dis rien, me contentant de suivre calmement Xénodote au bain que les servantes nous avaient préparé. Arsinoé nous accompagna car elle ne voulait pas nous laisser seuls.

Ainsi tous trois nous baignâmes-nous ensemble et la chaleur de l'eau et les fragrances des huiles fines après les fatigues du voyage alanguirent nos chairs. Xénodote me regardait plus qu'Arsinoé, bien qu'il louât courtoisement sa beauté, disant qu'il ne pouvait croire qu'elle eût déjà mis au monde des enfants et l'assurant que peu de femmes à la cour du roi perse pourraient rivaliser avec elle.

— Lorsque je te contemple, dit-il d'une voix cajoleuse, je regrette que les dieux m'aient fait comme je suis. Turms est bien le plus fortuné des hommes, lui qui peut goûter ta beauté sans pareille. En vérité, lorsque tous deux je vous regarde et vous admire, je ne parviens pas à croire que vous êtes d'origine sicane et que votre peuple est vraiment ce peuple à la peau noire et aux jambes arquées.

Inquiet de sa curiosité, je demandai abruptement :

— Combien de Sicanes as-tu rencontrés au cours de ton voyage, Xénodote? Les Sicanes authentiques sont bien découplés et de haute stature. Vois notre esclave Hanna. Tu n'as aperçu que des êtres rejetés par leur tribu et qui font pousser des pois près de leurs misérables huttes.

— Mais Hanna n'est pas une Sicane, dit Arsinoé en toute franchise. C'est une Elyme native de Ségeste. Je reconnais cependant que beaucoup d'hommes parmi les Sicanes sont remarquablement forts.

Étirant ses bras blancs hors de l'eau, elle se dressa et appela une servante pour se faire laver les cheveux.

En cet instant, ses formes attirantes n'éveillèrent en moi que répulsion. Je ne pouvais lui pardonner ses bavardages inconsidérés avec Xénodote. Ma colère ne fit que croître lorsque nous mangeâmes et bûmes. Nous avions tous deux été privés depuis trop longtemps de vin et nous fûmes promptement ivres. Alors le rusé Xénodote suscita une querelle entre nous.

Pour finir, je me levai d'un bond de la couche et jurai sur la lune et le cheval marin.

— Mes signes et mes présages sont plus puissants que ta

cupidité, ô Arsinoé. Si tu ne veux pas m'accompagner, j'irai seul.

— Laisse donc le sommeil éclaircir tes esprits avant de proférer des serments si néfastes, me conseilla Xénodote.

Mais j'étais ivre de vin et d'amertume et je criai, dans mon insouciance :

— Suis donc Xénodote, Arsinoé, si tel est ton bon plaisir. Tu jouiras de plus de repos que je ne t'en puis donner. Lui pourra te vendre à quelque noble Perse. Mais je crains que, lorsque tu te retrouveras derrière les volets à claire-voie de la maison des femmes, tu ne désires plutôt la liberté qu'une vie de luxe.

Arsinoé jeta son vin à travers la pièce.

— Ô, Turms, tu sais combien j'ai souffert par amour pour toi. J'ai même risqué ma vie. Mais il me faut songer à mon enfant. Année après année, tu es devenu plus têtu et tes propos n'ont cessé d'être toujours plus immondes. Je me demande ce que je voyais en toi. Xénodote attend le vent d'ouest pour gagner Rhegion où il rencontrera Skythes. Le vent pourrait être favorable demain et c'est pourquoi tu dois décider maintenant. Quant à moi, au nom de la déesse, j'ai déjà tranché.

Quand elle vit que je n'étais pas ému par ses menaces, sa colère s'accrut et elle hurla d'une voix aiguë :

— Séparons-nous à l'instant et ne te risque pas à essayer de te frayer un chemin jusqu'à mon lit! J'ai assez vu ton sinistre visage, et tes membres à la dureté barbare me dégoûtent tant que j'en vomirais.

Xénodote essaya de la faire taire mais elle lui mordit la main, se mit à hurler de toute son âme et vomit le vin qu'elle avait bu. Puis, aussitôt après, elle sombra dans le sommeil, trempée de vin. Je la traînai jusqu'à sa couche et priai Hanna de veiller sur elle car j'éprouvais moi-même tant de ressentiment que je n'avais nul désir de dormir dans la même pièce.

A peine étais-je de retour dans la salle des banquets que Xénodote s'assit près de moi, posa ses mains sur mes genoux et dit :

— Je te sais grec, Turms, car Arsinoé m'a tout raconté. Mais fais-moi confiance. Si tu es un réfugié ionien et si tu crains la colère du roi, je peux t'assurer que le Perse n'aime pas la vengeance pour la vengeance. Le service que tu peux lui offrir pèsera bien plus lourd dans la balance que les erreurs possibles de ton passé.

Je ne mettais pas sa parole en doute, mais comment ignorer les signes que j'avais reçus? J'essayai de m'expliquer là-dessus mais il s'entêta dans ses efforts pour me convaincre.

Après m'avoir beaucoup cajolé, il me mit en garde :

« Ô Turms, n'abuse point de ma patience. Si tu songes au temple de Sardes, ne sois pas dans l'inquiétude. Ta femme a eu la sagesse de me confier tes craintes. Je sais même que tu es coupable de piraterie. Tu es entre mes mains, Turms. Que j'appelle les gardes de la cité et tu es perdu.

En cet instant, je haïs Arsinoé pour la légèreté avec laquelle elle m'avait mis à la merci d'un étranger pour me forcer à renoncer à mes desseins et à suivre Xénodote vers l'Orient. La haine longtemps contenue jaillit de moi comme les pierres fondues des montagnes qui tremblent et elle me brûla au point que plus rien d'autre n'existait.

Je rejetai les mains de Xénodote et dis :

— Je te croyais mon ami mais me voilà détrompé. Qu'il en soit ainsi, je vais appeler les gardes et me livrer pour être écorché vif comme pirate par les prêtres de Carthage. Mais qu'en même temps l'on mène Arsinoé au marché pour être vendue comme esclave évadée du temple. Que l'on vende aussi Mismê, comme fille d'esclave. Il ne fait pas de doute qu'aux yeux du roi, ta réputation gagnera beaucoup à provoquer de tels scandales à Panorme.

«Mes signes sont clairs et indiscutables, poursuivis-je. L'Artémis d'Ephèse et l'Aphrodite d'Eryx rivalisent pour m'accorder leurs faveurs. En me frappant, c'est elles que tu frapperas. Je te mets en garde contre leur pouvoir et leur esprit de vengeance. J'accomplis le destin qui est en moi et nul mortel ne peut s'y opposer. Je ne te suivrai pas à Suse.»

Lorsqu'il comprit que ma décision était inébranlable, Xénodote s'efforça de me calmer et me demanda de lui pardonner ses menaces. Il m'adjura de reconsidérer la question après avoir dormi. Le jour suivant, Arsinoé à son tour changea tout à fait d'attitude et tenta de me fléchir par tous les moyens dont elle disposait. Mais je restai ferme et ne la touchai pas. Sur quoi, elle envoya Hanna acheter au temple de la déesse des onguents et des fards, elle s'enferma dans sa chambre puis monta sur le toit faire sécher ses cheveux par le feu solaire. Grâce aux teintures, elle avait redonné à ses cheveux la couleur de l'or et tandis qu'elle se reposait ainsi, ses cheveux épars autour d'elle, c'était en vérité un spectacle qui valait d'être vu. Néanmoins, ses cheveux avaient un reflet rouge dont elle fit grief à Hanna, cette stupide fillette ayant, d'après ses dires, accepté des teintures de mauvaise qualité.

Il fallait qu'elle eût perdu l'esprit pour reprendre ainsi son ancienne apparence à Panorme où les curieux la dévoraient du regard depuis les terrasses de leurs toits. Mais elle s'exposait au danger de ces regards dans le seul dessein de se rendre aussi désirable que possible, et donc irrésistible pour moi.

Xénodote m'entraîna sur le port pour me montrer la trière qu'il avait affrétée à Rhegion où il avait laissé Skythes en conférence avec Anaxilaos. Je l'interrogeai sur Kydippe et il m'apprit que, depuis son mariage avec Anaxilaos, elle avait eu plusieurs enfants, conduisait deux mules et élevait des lapins dans sa maison. Elle était célèbre pour sa beauté dans la Sicile tout entière et dans les cités grecques d'Italie, et son père gouvernait Himère.

Le vaisseau de Xénodote, avec ses aménagements douillets, ne me tenta point. Je me dirigeai au contraire vers le temple étrusque aux piliers de bois où je trouvai le marchand de sel qui suppliait les dieux de lui accorder un vent du sud. Je lui demandai de me prendre avec lui jusqu'à l'embouchure du fleuve romain. Emmener un homme qui pouvait se montrer utile pour pousser la rame et tirer les cordages le réjouissait fort, mais comme tous les marchands, il dissimula ses sentiments et déclara qu'il me faudrait emporter mes provisions et payer le voyage.

L'efficacité des prières de l'Etrusque fut telle que quelques jours plus tard, le vent tourna à l'ouest et fraîchit. Cela servait parfaitement les plans de Xénodote.

— O Turms, me dit-il, j'attendrai jusqu'au soir que tu aies repris tes esprits. Mais au crépuscule je prendrai la mer car on m'a dit qu'il n'était pas de temps plus favorable pour appareiller de Panorme pour l'est. Je te supplie de m'accompagner, car j'ai juré d'emmener avec moi ta femme Arsinoé, sa fille Mismê et sa servante Hanna.

Durcissant mon cœur, je me rendis auprès d'Arsinoé :

— Le moment de la séparation est arrivé, mais cela c'est toi qui le veux et non moi. Je te remercie pour les années que tu m'as données et j'oublierai le mal que tu as causé. Je me souviendrai seulement du bonheur que nous avons partagé. Outre le cadeau des Sicanes, je te donnerai les pièces d'or que m'a offertes Xénodote et je ne garderai pour moi que ce qui doit payer mon voyage à Rome. Mais tu n'emmèneras pas Hanna avec toi. Je sais que dans ton avarice tu la vendras à la première occasion et je ne veux pas que le malheur s'abatte sur elle.

Eclatant en sanglots, Arsinoé cria :

— Ton cœur est comme la pierre! Je suis trop fière pour te rappeler le chagrin que tu m'as causé mais il n'est que trop juste que tu me donnes ton argent. Quelques pièces d'or ne sont qu'une piètre compensation pour tout ce que j'ai perdu par ta faute. Et tu n'as aucun droit sur Hanna. C'est moi qui l'ai élevée, qui lui ai tout appris, et voilà qu'elle me souille les cheveux!

Nous nous disputâmes Hanna jusqu'au moment où je lui montrai le gobelet d'or que j'avais pris dans le trésor sicane. Je le lui offris. Je ne tins caché que la petite main d'or qui avait plus de valeur comme amulette que comme monnaie d'échange.

Arsinoé soupesa le gobelet, me demanda avec un regard souçonneux :

— Que veux-tu de cette fille et en quoi son sort t'inquiète-t-il?

Je m'exclamai avec indignation :

— Je lui trouverai quelque parti convenable et qui lui convienne. Cela, je sais que je le lui dois parce qu'elle a élevé tes enfants.

— Il ne fait pas de doute que je pourrai acheter une esclave plus habile. C'est avec soulagement que je te verrai me débarrasser de cette fille, car voilà trop longtemps que je subis ses regards malveillants. Même sans elle, pourtant, tu auras encore ton content de malheur. Souviens-toi de mes avertissements chaque fois que les désastres s'abattront sur ta vie, ô Turms.

Même dans mon courroux, sa proximité me faisait trembler et

me remplissait de flamme et je ne savais pas comment je pourrais vivre sans elle. Durant les nombreux jours que nous avions passés à Panorme, elle ne s'était pas rétractée et je n'avais pas porté la main sur elle. Elle avait espéré me lier à elle en aiguillonnant mon désir et elle éprouvait un profond désappointement de ce que je ne tentais pas de l'enlacer au moment de notre séparation. Mais si je l'avais fait, j'aurais été de nouveau en son pouvoir et je me maîtrisai.

Tandis que le jour déclinait, je la conduisis de la cité au port, embrassai Mismê et présentai mes vœux de bonne route à Xénodote.

— Au nom de notre amitié, lui demandai-je, si le temps vous contraint à faire relâche au port d'Himère, enquiers-toi d'un marchand étrusque de haute naissance du nom de Lars Alsir. Tu le salueras pour moi et tu lui paieras ce que je lui dois, car il m'est pénible de quitter un pays en laissant des dettes derrière moi. C'est un homme savant qui pourra te donner beaucoup d'informations de valeur sur les Etrusques.

Xénodote me promit ce que je lui demandai mais Arsinoé m'adressa d'amers reproches :

— Est-ce là ton seul adieu ? Es-tu vraiment plus inquiet de ta dette envers un étranger que de ta dette envers moi ?

Couvrant sa tête de son voile, elle gravit l'échelle du vaisseau. Xénodote la suivit avec Mismê. Jusqu'au dernier instant, j'attendis qu'Arsinoé fût vaincue par le remords et sautât par-dessus le bastingage. Mais les marins hissèrent l'échelle, la fixèrent au plat-bord et, poussant avec les rames, mirent le navire à la mer. Tandis qu'ils s'éloignaient du rivage, ils hissèrent la voile, le coucher de soleil teignit le navire en rouge et je crus qu'Arsinoé avait disparu de ma vie pour toujours. Là, sur la côte de Panorme, je tombai à genoux et, dans la plus grande détresse, je pris mon visage dans mes mains. Le désespoir m'envahit et dans mon cœur je maudis les dieux qui se jouaient de moi. Je n'éprouvai nul soulagement à me rappeler la cupidité et la frivolité d'Arsinoé, car il était vrai qu'elle avait tout abandonné à Ségeste pour me suivre. Et jusqu'au dernier instant, j'avais espéré qu'elle agirait de même.

Puis je sentis un timide frôlement de doigts sur mon épaule et je perçus la voix alarmée d'Hanna.

— Les Phéniciens te regardent.

Me souvenant de la précarité de ma position et de mon apparence sicane, je remis le masque de cerf et jetai sur mes épaules le manteau de laine colorée que Xénodote m'avait offert au moment du départ. L'allure hautaine, je marchai jusqu'au navire étrusque et Hanna suivait, portant sur la tête un ballot de peau contenant nos maigres effets.

Seul le timonier boiteux de l'Etrusque était de garde à bord. en nous voyant monter sur le vaisseau, il remercia les dieux et dit :

— Il est bon que tu viennes, Sicane. Tu surveilleras la cargaison et le bateau pendant que j'irai assister au sacrifice et prier pour le vent.

Quand la nuit fut noire, le son des instruments musicaux phéniciens et les beuglements des ivrognes nous parvinrent de la place du marché et je compris pourquoi le timonier bondissait de joie à l'idée de participer au sacrifice. Lorsqu'il fut parti, Hanna et moi trouvâmes une place pour nous dans le navire. Dans les ténèbres protectrices, les larmes brûlantes jaillirent enfin de mes yeux. Je pleurai sur ce que je perdais et sur les exigences des signes et des présages. Je ne pouvais détacher mes pensées d'Arsinoé.

Dans la nuit du vaisseau, je sentis Hanna se glisser à mes côtés tandis que je gisais sur les ballots puants. Du bout de ses doigts, elle m'effleura le visage, essuya les larmes de mes yeux, baisa mes joues, caressa ma chevelure et dans sa détresse fondit en larmes à son tour. Elle n'était qu'une jeune fille mais, dans mon chagrin, la simple présence d'une autre personne était bienfaisante. La tristesse d'Hanna atténuait ma propre douleur mais je ne voulais pas qu'elle pleure à cause de moi.

— Ne pleure pas, ô Hanna. Mes larmes ne sont que des larmes de faiblesse et sécheront d'elles-mêmes. Mais je suis un homme pauvre et mon avenir est incertain. Je ne sais si j'ai bien fait en te prenant avec moi. Peut-être aurait-il mieux valu pour toi suivre ta maîtresse.

Dans les ténèbres, Hanna se mit à genoux et déclara :

— Plutôt me jeter à la mer! Je te suis reconnaissante de m'avoir prise avec toi, où que tu ailles.

Elle tendit la main vers mon visage.

« Je serai ce que tu voudras et c'est avec bonheur que je travaillerai pour toi. Si tu le désires, tu peux marquer au fer rouge mon front ou mes reins du signe des esclaves.

Son ardeur m'émut. Caressant ses cheveux, je lui dis :

— Tu n'es pas une esclave, Hanna. Je ferai tout mon possible pour te protéger jusqu'à ce que je te trouve un homme qui te convienne.

Elle repoussa cette idée.

— Non, Turms. Je ne crois pas que je trouverai un tel homme. Toi, garde-moi, je t'en prie. Je m'efforcerai de me rendre utile.

Elle ajouta d'une voix hésitante :

— La maîtresse Arsinoé m'a expliqué que c'était en m'offrant dans une maison de prostitution dans une grande cité que je pourrais gagner le plus d'argent. Si tu le veux, je suis prête à te procurer ainsi de l'argent, même si ce n'est pas d'un cœur léger.

Sa suggestion m'horrifia tant que je la serrai dans mes bras.

— Y songes-tu ? Je ne te le permettrai jamais, car tu es une fille intacte et une brave enfant. Je veux te protéger et non pas être cause de ta perte.

Son plus grand plaisir fut de m'avoir fait oublier un instant mon chagrin. Elle me contraignit à manger et à boire le vin qu'elle avait apporté. Nous nous assîmes ensuite, nos pieds ballottant contre le flanc du vaisseau, les yeux fixés sur les lumières rouges du port, et nous prêtâmes l'oreille aux sons cuivrés des instruments phéniciens. La proximité d'Hanna réchauffait mon cœur car du moins était-ce quelqu'un à qui je pouvais parler.

Je ne sais comment cela arriva, mais le vin et la présence d'une jeune fille doivent en être la cause. Pour ma défense, je dirai seulement que dans les extrémités de la douleur l'exacerbation des sens est telle qu'on cherche l'oubli dans le grondement de son propre sang. Arsinoé s'était refusée à moi et la bonne chère, l'oisiveté dont j'avais joui dans la cité avaient rendu mon corps faible devant la tentation. Je ne puis blâmer la jeune fille car je suis tout autant responsable. Lorsque nous allâmes prendre du repos, au contact de ses membres lisses, je fus submergé par le désir. Elle se soumit sans protester et entoura mon cou de ses bras. Mais tandis que je prenais mon plaisir en elle, je savais que ses membres sveltes n'étaient pas ceux d'Arsinoé et qu'avec elle son corps ne pouvait rivaliser.

Lorsque je m'écartai d'elle, nous restâmes étendus un long moment dans le noir. Puis je perçus ses sanglots étouffés.

Je touchai son épaule nue et dis ces paroles amères :

— Je n'aurais pas imaginé que la toute première nuit tu pleurerais à cause de moi. Tu vois à présent quelle sorte d'homme je suis. Je t'ai violentée et j'ai compromis tes chances de mariage. Je comprends bien pourquoi tu pleures.

Mais Hanna, se serrant passionnément contre moi, murmura :

— Je ne pleure pas pour cela. Je pleure de joie parce que tu as daigné me toucher. Je ne regrette pas la perte de ma virginité car c'est pour toi que je l'avais préservée. Je n'ai rien d'autre à t'offrir.

Avec ferveur, elle baisa mes épaules et mes mains.

« Tu m'as donné tant de bonheur! J'ai attendu ce moment depuis cette nuit de pleine lune où tu m'as prise dans tes bras alors que je n'étais qu'une enfant. Ne prends pas garde à mes larmes, car je ne pleure que sur mon peu de valeur. Comment le cuivre bon marché satisferait-il celui qui est accoutumé à l'or?

— Ne dis pas cela, protestai-je. Tu étais bien séduisante dans mes bras et jamais encore je n'avais étreint une vierge. Mais je t'ai fait un grand tort. Ma seule consolation est de savoir que je suis stérile et que tu n'as pas à craindre de conséquence. Tu sais sans doute que Hiouls n'est pas mon fils, ni Mismê ma fille.

Hanna ne dit rien. Je compris qu'elle le savait depuis toujours et admirai sa perspicacité. Elle avait voulu m'avertir plusieurs fois, mais dans mon aveuglement je ne l'aurais pas crue. Je croyais entendre les paroles sarcastiques d'Arsinoé : «Comment peux-tu croire une esclave jalouse?»

En vérité, il me semblait entendre la voix d'Arsinoé et sentir la chaleur de son corps. Pour chasser ce souvenir, je pris une nouvelle fois Hanna dans mes bras et l'étreignis aussi violemment que si elle avait été Arsinoé. Une fois que le dommage a été commis, il n'y a plus de mal à le répéter.

Enfin, elle poussa des cris rauques, couvrit mon visage de baisers et souffla :

— O Turms, je t'aime et je t'ai aimé dès le premier instant et je ne crois pas que quiconque puisse t'aimer autant, même si je ne compte pas pour toi. Mais si tu m'aimes un tout petit peu, je te suivrai partout où tu iras. Ta cité sera ma cité et je n'aurai pas d'autre dieu que toi.

Je sentis dans mon âme que j'agissais mal en usant de cette jeune fille pour lutter contre le désespoir mais les froids raisonnements me convainquirent qu'il valait mieux pour moi avoir une compagne bien disposée et que peu importait qu'il y eût ou non de l'amour dans mon cœur, puisqu'elle était heureuse ainsi. Il était inutile de remâcher le passé ou de se laisser aller aux regrets car tout ce qui arrivait devait arriver et je n'y pouvais rien.

Elle se dressa pour aller se laver et je l'imitai. Lorsque je la touchai, je sentis que ses joues étaient encore chaudes et que les veines de son cou battaient. Se serrant contre moi, elle m'aida à trouver le sommeil. J'entendis à peine l'Etrusque et ses hommes tituber sur le pont et se disputer des places pour dormir. Il me sembla sentir la présence de mon esprit tutélaire dans le corps de cette jeune fille qui me réchauffait et se réchauffait avec mon corps. Je crus que la déesse que j'avais connue seulement capricieuse voulait à présent se montrer à travers Hanna sous un aspect que j'avais jusque-là tout à fait ignoré. Avec un soupir, je m'enfonçai dans un sommeil dont me tira l'éclatante lumière du jour.

7

A coup sûr, mon esprit tutélaire veillait sur moi. Ce fut lui qui, ayant éveillé Hanna à l'aube, la fit ramper à l'écart. Quant à moi, je n'ouvris pas les yeux avant qu'Arsinoé, tenant Mismê dans ses bras, ne m'eût bourré les côtes d'abord, la tête ensuite, de coups de ses pieds à la sandale brodée d'argent.

Je n'en crus pas mes yeux d'abord et je me dis que je rêvais. Mais elle était bel et bien là devant moi et il ne me fallut pas longtemps pour comprendre le tour qu'elle m'avait joué. Je m'étais moi-même étonné qu'on pût appareiller pour l'ouest à la tombée du jour. La manœuvre était certainement concertée entre Xénodote et Arsinoé qui espéraient qu'au dernier moment, je me joindrais à eux. Comme je n'avais pas cédé, leur navire avait croisé au large du port durant toute la nuit et à l'aube Arsinoé avait regagné le rivage sur quelque barque de pêcheur. Xénodote, cependant, avait été assez sage pour ne pas s'attarder davantage et profiter d'un bon vent d'ouest pour mettre cap à l'est.

Lorsque Arsinoé eut donné libre cours à sa colère, elle me dit, brusquement humble :

— O Turms, croyais-tu vraiment que je pouvais t'abandonner avec tant de légèreté ? Tu es pour moi toute la vie depuis que la déesse nous a liés l'un à l'autre. Tu ne connais pas grand-chose de l'amour puisque tu étais prêt à me laisser à cause de tes stupides présages.

Mon corps qui tremblait et mes mains qui la cherchaient à tâtons l'adoucirent et elle me sourit. La beauté de son visage inondait de lumière la pouilleuse embarcation et elle dit à voix basse :

« A présent, Turms, appelle un vent du sud, toi qui crois pouvoir commander aux vents. Appelle-le, car il est déjà en moi et c'est un vent de tempête.

Hanna s'était approchée sur ses pieds nus. Elle resta pétrifiée à la vue d'Arsinoé. La culpabilité était sur son visage mais fort heureusement Arsinoé ne pouvait pas même imaginer qu'elle eût une rivale, et surtout pas dans cette fillette pieds nus et vêtue d'écorce.

Se méprenant sur les causes de sa stupeur, qu'elle attribua à la seule surprise, Arsinoé mit son enfant dans les bras d'Hanna et lança :

« Nourris-la, trouve ce que tu pourras dans cette embarcation crasseuse pour la changer et disparais de notre vue. Nous voulons être seuls pour invoquer le vent.

Une joie violente rayonnait en moi, je sentis ma force, et en regardant Hanna, je ne compris plus comment j'avais pu être attiré par cette fille à la peau sombre quand Arsinoé vivait dans le même monde que le mien. La magie de la déesse s'empara de moi et je courus secouer l'Etrusque et son timonier boiteux et chassai du bateau les esclaves qui se grattaient la tête avec perplexité.

— Hâtez-vous, toi et tes hommes, d'aller prier le vent. Je me propose de faire voler ton bateau sur les ailes de la tempête plus vite que tu n'as jamais navigué. Faites promptement vos sacrifices, car à midi nous hisserons les voiles.

L'Etrusque, plongé dans l'abrutissement de l'ivrogne, m'obéit. Il fit bien, car dans le cas contraire, je l'aurais jeté par-dessus bord afin de rester seul avec Arsinoé. Avec fureur, nous nous jetâmes dans les bras l'un de l'autre. Un vent brûlant était dans son corps et dans mon sang rugissait une tempête.

L'extase monta en moi, la danse sacrée commença de me tordre les membres et j'entrais en rivalité avec Arsinoé pour invoquer le vent. Trois, sept puis douze fois, j'appelai le vent du sud, jusqu'au moment où nous fûmes debout dans la cale, main dans la main et criant dans une frénésie sacrée. Je ne sais combien de temps cela dura ni d'où me venaient ces mots qui se pressaient sur mes lèvres mais nous ne cessâmes pas jusqu'au moment où l'air s'obscurcit, le vent tourna, et les nuages à la noire chevelure, aux yeux étincelants d'éclairs, dévalèrent les flancs pansus de la montagne de Panorme et se ruèrent sur la mer. Au-delà de Panorme, les sommets du pays d'Eryx noircirent et des bourrasques jetèrent bas les échoppes des marchands et renversèrent les paniers sur la place du marché. Les claquements des portes dans la cité vinrent jusqu'à nous et avec eux, des paquets de chaume arrachés aux toits qui voltigèrent dans le ciel.

Alors seulement nous cessâmes. La frénésie sacrée s'évanouit et nous regardâmes autour de nous avec stupeur. Nous vîmes le marchand et ses hommes, leurs tuniques claquant au vent, courir vers leur vaisseau tandis que les hommes de la douane et les soldats carthaginois se tenaient sur la berge, fixant notre vaisseau, une main sur la bouche.

Comme l'Etrusque atteignait son bateau, un violent tourbillon arracha la coque au rivage et le navire prit la mer. En hâte, il cria aux hommes de hisser la voile et se saisit des gouvernails pour nous maintenir sous le vent. Sur la rive, les Phéniciens agitaient des bandes de tissu noir pour signaler la tempête et nous indiquèrent par un bouclier brandi qu'ils s'opposaient à notre départ. Mais le vent arracha le bouclier des mains de celui qui le tenait et le projeta dans la mer écumante. Sa proue ronde oscillant sur l'onde bouillonnante, le bateau bondit vers la haute mer, de toute la vitesse de ses voiles gonflées.

Tandis que les vagues battaient les flancs du navire et que le vent sifflait dans les cordages, Mismê pleurait de terreur et Hanna alla se recroqueviller parmi les ballots de la cargaison. Mais Arsinoé n'avait pas peur puisqu'elle m'avait retrouvé. Je constatai, quant à moi, avec quelle vigueur le navire résistait à la vague et combien le timonier de l'Etrusque connaissait son affaire. En riant, je lui montrai dans la paume de ma main le cheval marin de pierre noire et je lui assurai qu'il pouvait déferler davantage de voile.

Mais en dépit de mon extase, je ressentis tant de rancœur contre Xénodote que je souhaitai tout à coup qu'un coup de vent du sud se mît à souffler et menaçât son lisse navire. De fait, le vent le prit par le travers au milieu de sa route, le poussant le long de la côte italienne jusqu'à Possidonia. Là seulement il put atterrir et il eut à subir les pires humiliations à cause de ses pantalons perses. Abandonnant son vaisseau en réparation, il voyagea par terre, suivant l'ancienne route de Sybaris à Crotone, et de là gagna Rhegion où Skythes l'attendait.

Mais je n'appris tout cela que bien plus tard. Moi, je voguais vers le nord sur un bâtiment qui craquait, porté sur les ailes de la tempête, comme les présages l'avaient ordonné. Après avoir aidé l'Etrusque et le timonier à tenir ferme le gouvernail, je descendis voir comment se portait Arsinoé. Tandis que j'oscillais avec le bateau en me frayant un chemin au milieu de la cargaison, mes yeux furent accrochés par un petit caillou resté collé à l'un des ballots qu'on avait un moment posés sur le rivage. Il ne s'était détaché que pour tomber à bord. Sans me rendre compte de ce que je faisais, je me penchai pour le ramasser et je le gardai dans ma main. Sa coloration grise et blanche me rappela le plumage des colombes. Je sus que ce minuscule galet m'était destiné et je le mis dans ma bourse avec les autres cailloux, la main d'or et l'hippocampe de pierre.

C'étaient là mes seules richesses lorsque je quittai la Sicile car la manœuvre d'Arsinoé avait au moins abouti à ce qu'elle possédât toute ma fortune. Mais je ne m'inquiétai pas pour autant, car j'avais une confiance inébranlable en Hécate.

Tandis que le navire m'éloignait de la côte sicilienne, je détournai mes regards des montagnes d'Eryx. Je ne regardai plus que vers l'avant, vers le nord.

Livre VIII

LES PRÉSAGES

1

Nos cheveux étaient raidis par les embruns, nos visages avaient pris une teinte grisâtre du fait du manque de sommeil et nos paumes étaient déchirées par les cordages quand nous aperçûmes le rivage de l'Italie. Le timonier reconnut aussitôt divers points de repère et déclara que nous étions à une journée de l'embouchure du fleuve romain. L'Etrusque battit des mains et jura n'avoir jamais connu traversée si rapide ni vent du sud plus régulier et soutenu, après la tempête du premier jour.

A l'embouchure du fleuve romain, nous croisâmes toutes sortes de vaisseaux de tous les pays qui montaient ou descendaient le cours majestueux du Tibre. Dans le lointain, j'apercevais le scintillement éblouissant des blanches salines dont la nature avait généreusement doté Rome. Les esclaves pataugeaient à mi-jambe dans le sel qu'ils pelletaient en tas avant de l'emporter.

Sans même faire escale, le marchand loua des bœufs et des esclaves qui, passant une corde à la proue relevée de notre navire, entreprirent de nous haler contre le courant rapide du fleuve. L'onde était si large et si profonde que les navires de haute mer pouvaient remonter jusqu'à Rome où, près de la rive sur laquelle se tenait le marché aux bestiaux, ils rencontreraient les esquifs plus frêles de l'amont.

Des navires qui redescendaient le fleuve nous croisaient sans cesse et de majestueux troncs d'arbre, assemblés pour former des espèces de radeaux, flottaient lentement jusqu'aux chantiers navals. Les matelots des autres embarcations nous hélaient dans la langue des marins, tandis que les convoyeurs du bois flotté parlaient étrusque et que les esclaves du halage s'exprimaient en latin. En entendant les divers dialectes de ces derniers, le marchand déclara avec un sourire de mépris que la langue romaine n'était point une langue véritable. Tous les mots se rapportant à des sujets culturels avaient été empruntés à l'étrusque et soumis à des déformations barbares.

Le maître d'équipage fouettait impitoyablement les esclaves et aiguillonnait ses bœufs, afin d'accélérer le voyage et de gagner plus rapidement la somme convenue. Mais j'avais le temps d'apercevoir les bouquets de saules sur les berges, les troupes d'oiseaux criards qui accompagnaient notre navire et les éperviers qui tournoyaient sans cesse au-dessus des champs moissonnés et des prairies, fendant l'air de leurs ailes immobiles. J'avais l'impression que les environs de Rome n'étaient que champs et jardins et j'avais du mal à croire qu'une cité aussi prospère fût contrainte de faire venir du grain depuis la lointaine Sicile afin d'échapper à la famine.

Mais le marchand m'indiqua du doigt les ruines de nombreuses cabanes incendiées par les Romains eux-mêmes. Dans leurs querelles intestines, les Romains ne s'épargnaient même pas entre eux et, au cours des guerres qui avaient lieu chaque année, les cultures avaient souffert tandis que Rome étendait sa puissance. Jadis, les Etrusques avaient fait fructifier une plaine immense voisine de Rome par un système de drainage et d'irrigation. Sous le règne des rois étrusques, la brutale population romaine s'était tenue tranquille mais, quand les Romains eurent chassé leur roi, l'agriculture et le commerce avaient pâti de leurs guerres incessantes et nulle cité du voisinage ne se sentait à l'abri de la rapacité romaine.

Puis j'aperçus les collines de Rome, les villages qui s'accrochent à leurs flancs, la muraille, le pont et quelques temples. Le pont, que les Etrusques avaient bâti afin de relier entre elles les innombrables cités que séparait le fleuve, était une experte construction de bois, la plus longue que j'eusse jamais vue, encore qu'une île, en son milieu, aidât à la soutenir. Les Romains avaient un tel sentiment de l'importance du pont que leur grand-prêtre s'appelait le «grand pontife», titre hérité des Etrusques. Le manque de raffinement des Romains trouve là sa meilleure illustration. L'entretien du pont incombait à leur grand pontife, alors que les Etrusques, en lui conférant ce titre, l'avaient symboliquement chargé de jeter un pont entre les dieux et les mortels. A leurs yeux, le pont de bois n'était que le symbole d'un pont invisible, mais les Romains prenaient au pied de la lettre ce que les Etrusques leur avaient enseigné.

Quand les gardiens du port nous eurent indiqué un emplacement le long de la berge boueuse que soutenaient de lourdes piles, les inspecteurs montèrent à bord du navire. Et l'Etrusque ne tenta même pas de les amadouer par des présents ou de les inviter à sacrifier avec lui. Il expliqua au contraire que les fonctionnaires romains étaient incorruptibles, du fait de la rigueur de leurs lois.

A la limite du marché aux bestiaux, non loin d'un pilier, se tenait un bourreau prêt à faire son œuvre. Son insigne, que le marchand nous dit être hérité des Etrusques, était une longue hache entourée de lanières de fouet. Les Romains l'appelaient un «licteur». Ils n'avaient pas de roi, mais élisaient chaque année deux chefs, les préteurs, qu'accompagnaient douze de ces bourreaux, ou licteurs. Ces derniers avaient le pouvoir d'arrêter les criminels en flagrant délit, de leur infliger le fouet ou de trancher la main des voleurs. Pour cette raison, un ordre exemplaire régnait dans le port et on n'avait pas à y redouter les voleurs qui abondent dans tous les ports du monde.

L'Etrusque fit d'abord inspecter par les questeurs les biens d'Arsinoé et les miens. Ils inscrivirent nos noms sur leurs tablettes et ne firent pas de difficulté pour croire que nous étions des Sicanes, originaires de Sicile. Le marchand nous avait interdit de leur cacher quoi que ce fût et ils comptèrent soigneusement les pièces d'or d'Arsinoé avant de peser les objets d'or que nous possédions. Nous dûmes acquitter une forte taxe pour avoir le droit de les introduire dans la ville où seule avait cours une monnaie de cuivre. Quand ils demandèrent si Hanna était libre ou esclave, Arsinoé s'empressa de déclarer que c'était une esclave, tandis que j'affirmai qu'elle était libre. Les fonctionnaires, qui comprenaient fort mal le grec, firent venir un interprète mais Hanna, incapable de se défendre, fut déclarée esclave, les questeurs estimant que j'avais cherché à la faire passer pour libre afin d'éviter la lourde taxe qui frappait les esclaves.

Avec un sourire indulgent, ils demandèrent à l'interprète de m'expliquer que, l'eussent-ils inscrite sur leurs tablettes comme femme libre, elle eût été en droit d'aller à sa guise, sous la protection des lois romaines. Ainsi, en leur mentant, je m'étais mis à deux doigts de perdre une petite fortune. Cette plaisanterie leur parut excellente et ils rirent du meilleur cœur tout en pinçant Hanna, faisant mine de supputer ce qu'elle pourrait rapporter sur le marché. Mais ils nous considéraient avec respect à cause de notre or. Les Romains sont un peuple rapace, qui divisent les citoyens en différentes classes selon leurs possessions, de telle sorte que les plus pauvres sont rarement admis à voter dans les affaires de la cité. Dans le service militaire, en revanche, les plus riches se voyaient imposer les tâches les plus difficiles, les moins riches s'en tiraient à meilleur compte, et les plus pauvres n'avaient pas à servir du tout, car les Romains considéraient la canaille comme un poids inutile dans l'armée.

Quand nous débarquâmes, le marchand nous conduisit rapidement jusqu'à un nouveau temple de Turnus pour sacrifier. Les Romains adoraient ce dieu sous le nom de Mercure mais, dans ce même temple, les Grecs de Rome l'appelaient Hermès et c'était donc probablement un seul et même dieu.

Le temple était plein de marchands venus de diverses cités qui bavardaient avec animation, s'informant du prix du cuivre, des peaux de bœuf, de la laine et du bois de construction. En hausse ou en baisse, les cours étaient fixés chaque jour, selon les fluctuations de l'offre et de la demande, dans le temple de Mercure. Seul, le prix du grain était fixé autoritairement par le gouvernement romain, car Rome avait si gravement offensé ses voisins que ces derniers refusaient désormais de lui fournir des céréales.

Quand nous eûmes sacrifié et déposé nos offrandes dans le temple, l'Etrusque nous fit ses adieux.

Il refusa tout paiement pour le voyage, alors que je croyais qu'il nous avait menés au temple pour régler cette question sous l'œil du dieu. Bien au contraire, il me restitua même le dépôt que j'avais fait entre ses mains à Panorme.

— Je ne crois pas que la chance me serait favorable si j'acceptais un paiement pour cette traversée. Je me souviens trop bien de la magie noire qui a présidé à notre départ et j'ai vu pousser des ailes à mon navire afin de ne pas mouiller mon chargement dans la tempête. Je ne suis qu'un pauvre homme et me contenterai de ta bénédiction, si tu consens à me la donner. Cela constituera un paiement suffisant et, pour tout le reste, je te demande de m'oublier.

Posant la main droite sur son épaule, je me cachai les yeux de la main gauche pour le bénir, mais je ne puis dire pourquoi j'accomplis ce geste saint. Aussitôt, le marchand conçut une telle inquiétude qu'il s'enfuit jusqu'au rivage, me regardant en arrière à travers ses doigts.

Ainsi Arsinoé, Hanna, Mismê et moi-même nous retrouvâmes-nous devant le temple de Mercure avec toutes nos possessions. Et puisque je ne connaissais ni la ville ni ses usages, puisque j'en ignorais jusqu'à la langue, je décidai de demeurer là dans l'attente d'un présage qui nous indiquerait la marche à suivre.

Arsinoé ne se lassait pas de contempler la foule qui défilait sous nos yeux, car nombre d'hommes lui décochaient des regards, et certains, même, se retournaient sur elle. Elle me fit remarquer que tout le monde portait des souliers, à l'exception des esclaves qui allaient pieds nus, mais elle jugeait les femmes maussades et bouffies et déclara que leurs vêtements étaient hideux. Elle n'eut pas le temps d'en dire plus, car un vieil homme qui portait un bâton terminé par une crosse nous aborda alors. Sa robe sale était maculée de taches d'aliments, il avait les yeux rouges et sa barbe grise était crasseuse.

— Attends-tu quelque chose, étranger ? me demanda-t-il.

A sa crosse, je compris ce qu'était son métier, bien que son apparence ne fût point faite pour inspirer la confiance. Mais comme il était le premier à m'adresser la parole, je lui répondis avec bienveillance.

— Je viens d'arriver dans la ville et j'attends quelque présage favorable.

Il manifesta aussitôt un vif intérêt et la crosse se mit à trembler dans sa main tandis qu'il expliquait :

— J'avais deviné que tu étais grec, encore que j'en aie jugé par l'apparence de ta femme plutôt que par la tienne. Si tu le souhaites, je puis interpréter pour toi le vol des oiseaux. Mais je puis aussi te mener à un mien ami qui sacrifiera pour toi un mouton et lira des présages dans ses entrailles. Cette dernière opération est plus coûteuse, toutefois, que l'étude du vol des oiseaux.

Sa connaissance du grec était rudimentaire, aussi lui suggérai-je de parler sa propre langue, afin que je la comprisse mieux. Il se mit à parler la langue de la cité, qui sonnait aussi rude et cruelle que la réputation de ceux qui la parlaient. Je secouai la tête.

— Je ne comprends pas un mot. Parlons la vraie, l'antique langue. Je l'ai un peu apprise par mes contacts avec un Etrusque.

En devisant avec le marchand, j'avais eu le sentiment que la langue étrusque, apprise jadis à Himère, auprès de Lars Alsir, m'était revenue d'un seul coup, après des années de sommeil. Ou plutôt comme si je l'avais autrefois parlée, puis oubliée. Les mots m'étaient venus si facilement aux lèvres que le marchand avait peu à peu cessé d'employer avec moi la langue des marins pour adopter son langage maternel.

L'intérêt du vieil homme s'accrut encore.

— Tu es à vrai dire un Grec d'exception si tu connais la langue sacrée. Je suis moi-même étrusque, et un véritable augure, car je ne me contente pas de débiter des formules apprises par cœur. Aussi, ne me méprise pas, bien que ma vue chaque jour plus basse me contraigne à chercher ma pitance, car les gens ne viennent plus me consulter.

Protégeant ses yeux d'une main, il m'examina de près et demanda :

« Où donc ai-je déjà vu ton visage et pourquoi m'est-il si familier?

C'était là le langage que tiennent les devins errants de tous les pays, mais il avait parlé si sincèrement et paraissait si vénérable malgré sa pauvreté que je le crus. Je ne lui révélai toutefois pas la certitude qui m'habitait : c'étaient les dieux qui l'avaient envoyé à moi, en ce lieu et cet instant précis.

Aussitôt envieuse, Arsinoé vint placer son joli visage devant le nez du vieillard et demanda :

— Et moi ? Ne reconnais-tu point mon visage, si tu es un augure véritable ?

Le vieil homme porta une main à son front et se mit à trembler, les yeux fixés dans ceux d'Arsinoé.

— Certes, je te reconnais. Et les jours de ma jeunesse me reviennent tandis que je contemple ton visage. N'es-tu pas Calpurnia, que je rencontrais près de la source, dans les bois ?

Mais il se reprit et secoua la tête.

« Non, tu ne peux être Calpurnia qui serait une vieille femme aujourd'hui, si elle avait vécu. Mais dans ton visage, ô femme, je vois celui de toutes les femmes qui m'ont fait trembler au cours de ma vie. Se pourrait-il que tu sois la déesse elle-même sous les traits d'une mortelle ?

Riant de plaisir, Arsinoé lui toucha le bras et me dit :

— Ce vieux bonhomme me plaît. C'est certainement un véritable augure. Autorise-le à étudier les présages pour toi, ô Turms.

Mais l'augure me dévisageait de nouveau avec effarement.

— Où donc ai-je vu ton visage ? demanda-t-il en étrusque. J'ai l'impression d'avoir déjà vu un portrait souriant de toi au cours de mes voyages d'apprentissage dans les cités sacrées.

Je ris de nouveau.

— Tu te trompes, ô vieillard. Jamais je n'ai visité de cité étrusque. Si vraiment tu reconnais mon visage, peut-être te sera-t-il apparu en songe, pour te permettre de me donner mes présages.

De nouveau, le vieillard s'était tassé sur lui-même et la flamme, en lui semblait éteinte. Il dit humblement :

— S'il en est ainsi et que tu le désires, je lirai gratuitement les présages, bien que j'aie fort peu mangé au cours de ces derniers jours. Un peu de soupe me donnerait de la vigueur et une goutte de vin réjouirait mon âme de vieillard. Mais veuille ne pas me considérer comme un mendiant importun pour avoir ainsi avoué mes besoins.

— Ne te fais point de souci, vieillard, le rassurai-je. Je te dédommagerai du mal que tu te seras donné. Il ne conviendrait d'ailleurs point à ma dignité de recevoir quelque service gratuitement, car je suis moi-même un grand dispensateur de présents.

— Dispensateur de présents, répéta-t-il en portant la main à sa bouche. Où donc as-tu appris ces mots et comment oses-tu te parer d'un tel titre ? Ne serais-tu pas grec, en définitive ?

Son inquiétude me fit comprendre que j'avais involontairement utilisé le nom secret de quelque divinité étrusque, mais comment ces mots m'étaient-ils venus, je l'ignore. Je n'en ris pas moins et, posant une main sur son épaule, je dis pour le rassurer :

— Je parle mal ta langue et aurai utilisé des mots à mauvais escient. Je ne songe nullement à t'offenser toi, ou moins encore ta religion.

— Non, protesta-t-il, tu utilisais des mots parfaitement corrects mais déplacés. Ce sont les mots réservés aux saints lucumons. Les temps sont durs et nous vivons vraiment les jours du loup, si même un étranger est capable de répéter les paroles sacrées comme un corbeau sans cervelle qui a appris à parler.

Sans m'offenser de ces paroles blessantes, je m'enquis plutôt avec curiosité :

— Qui sont les lucumons ? Explique-moi les choses de manière à ce que plus jamais à l'avenir je n'erre et n'utilise des mots corrects mais déplacés.

Il me dévisagea avec animosité et expliqua :

— Les lucumons sont les rois sacrés des Etrusques. Mais il en naît rarement de nos jours.

Nous nous retrouvâmes dans le quartier de la cité où logeaient les paysans et les maquignons de passage. Mais les aubergistes aux bras velus qui nous adressaient des signes de leur louche ne nous plaisaient guère et je n'entendais point leur langage. Les ruelles étroites étaient crasseuses et transformées en bourbiers. Arsinoé déclara qu'au visage des femmes, elle devinait leur profession. Cet endroit, que le vieillard appelait Suburre, avait été maudit et seuls y vivaient des individus louches et les gens du cirque.

Le vieil homme nous mena jusqu'à l'autel que les Grecs avaient érigé à Héraclès et nous demanda si nous désirions nous installer parmi les exilés grecs venus pratiquer à Rome leurs diverses professions. L'autel semblait fort ancien et notre guide nous expliqua que, selon les Grecs, la fondation de Rome avait été l'œuvre des descendants d'Enée, fuyant la chute de Troie.

— Libre à eux de le croire, dit-il. Les Grecs sont des conteurs prolixes qui ont tôt fait de contaminer avec leurs propres coutumes les peuples primitifs sur les terres desquels ils s'installent.

« Si je ne risquais de t'offenser, je dirais que les Grecs et leurs coutumes sont partout comme une maladie contagieuse.

— Tu ne m'offenses point et je ne désire pas vivre au milieu des Grecs, répondis-je.

Il expliqua alors que Rome abritait aussi des marchands et des artisans phéniciens, venus d'Orient et de Carthage. Mais je ne souhaitais pas non plus demeurer parmi eux. Pour finir, le vieillard nous montra un antique figuier au pied duquel l'onde avait déposé les jumeaux nouveau-nés Romulus et Remus dans leur panier d'osier. Là, la louvre les avait nourris avant qu'ils ne fussent recueillis par des bergers.

— Leurs noms ont été déformés, déclara le vieil homme. Leurs vrais noms étaient Ramon et Remon, comme ceux des deux fleuves, celui-ci se jetant dans celui-là. Mais les Romains l'ont nommé le Tibre, en souvenir d'un certain Tiburinus qui s'y est noyé.

Je remarquai que, tout en devisant, nous étions parvenus dans une rue pavée de larges dalles. Le vieil homme nous apprit que nous étions dans le quartier étrusque et que cette rue s'appelait Vicus Tuscus, car « Tuscans » étaient le nom que les Romains donnaient aux Etrusques. Ici demeuraient de riches marchands, d'habiles artisans, et les plus vieilles familles étrusques de Rome. Puis, jetant les yeux alentour, l'augure déclara :

« Mes pieds sont bien fatigués et ma bouche est sèche d'avoir tant parlé.

— Penses-tu qu'un Etrusque consentirait à me loger, moi et ma famille, bien que je sois étranger ? demandai-je.

Sans plus attendre, il heurta de sa crosse un portail peint et nous conduisit dans une cour à demi couverte, entourée de colonnes, dont le centre s'ornait d'un bassin d'eau de pluie et dans laquelle étaient disposées les divinités de la maison sur leurs autels. Tout autour de la cour étaient situés des bâtiments qu'on louait aux voyageurs, tandis que la maison principale comportait plusieurs pièces ornées de fresques et meublées de tables et de sièges. L'aubergiste était un homme réservé qui accueillit le vieil augure sans grande chaleur. Mais, quand il nous eut examinés, il nous accepta pour hôtes et ordonna à ses esclaves de préparer un repas. Laissant Hanna et Mismê dans un des bâtiments de la cour pour veiller sur nos biens, nous entrâmes nous restaurer.

La pièce était meublée de deux couches, et l'augure nous expliqua :

— Les Etrusques permettent aux femmes de manger dans la même pièce que les hommes, étendues sur une couche. Si la femme le désire, elle peut même s'étendre sur la même couche que son époux. Les Grecs, eux, l'autorisent tout juste à s'asseoir dans la pièce. Quant aux Romains, ils jugent indécent qu'une femme mange en compagnie d'un homme.

Lui-même s'adossa humblement au mur dans l'attente des miettes de notre charité. Mais je l'invitai à partager notre repas et enjoignis aux esclaves d'apporter une autre couche. Aussitôt, il partit se laver et l'aubergiste fit porter une étoffe propre pour protéger le double coussin de la couche. Tandis que nous mangions les aliments bien préparés et buvions le vin du pays, le visage du vieil homme s'illumina, les rides de sa face s'atténuèrent et ses mains cessèrent de trembler.

Pour finir, il se laissa aller à la renverse, un gobelet de vin dans la main gauche et une grenade dans l'autre, la crosse reposant sur la couche, à sa gauche. Je fus envahi par le sentiment étrange d'avoir déjà vécu cet instant dans une ville inconnue, dans une pièce inconnue, au plafond orné de poutres peintes.

Le vin me montait à la tête et je dis :

— Vieillard, qui que tu sois, j'ai surpris les regards que tu échangeais avec l'aubergiste. Je ne suis pas familier de vos coutumes, mais pourquoi me sert-on dans des coupes noires, tandis que mon épouse a reçu une assiette d'argent et un gobelet de Corinthe?

— Si tu l'ignores et ne le comprends pas, cela ne fait nulle différence, répondit-il. De toute façon, n'y vois point un manque de respect : ce sont des coupes fort anciennes.

L'aubergiste lui-même s'empressa de m'apporter un gobelet d'argent pour remplacer ma coupe d'argile noire. Toutefois, je le refusai et continuai de brandir la première dont la forme était familière à ma paume.

— Je ne suis pas un saint homme, dis-je. Tu te trompes certainement. Pour quelle autre raison me ferais-tu boire dans une coupe sacrificielle?

Sans répondre, l'augure me lança la grenade et je la reçus dans la coupe d'argile, sans la toucher de la main. Ma robe avait glissé, de sorte que la moitié supérieure de mon corps était nue. Ainsi étais-je allongé sur la couche appuyé sur le coude, la coupe d'argile noire dans la main gauche. La grenadc, que je n'avais pas touchée de la main, reposait au creux de l'argile. Ce que voyant, l'aubergiste s'approcha et me passa une guirlande de fleurs d'automne autour du cou.

L'augure se toucha le front de la main et déclara :

— Tu as du feu autour de la tête, étranger.

— Ta profession serait-elle de voir ce qui n'existe point? protestai-je. Mais je te pardonne, puisque moi-même, je te verse le vin. Ne vois-tu point du feu autour de la tête de mon épouse?

Le vieillard regarda longuement Arsinoé puis secoua la tête.

— Non, pas de feu. Rien que la lumière déclinante du soleil. Elle n'est pas comme toi.

Brusquement, je me rendis compte que je voyais à travers les murs. Le visage d'Arsinoé se mua en celui de la déesse et le vieillard, perdant sa barbe, prit l'apparence d'un homme dans la force de l'âge. L'hôte avait cessé d'être un simple aubergiste et semblait plutôt quelque érudit. J'éclatai de rire.

— Que signifie? Pourquoi me mettre à l'épreuve, moi, un étranger?

Le vieil homme porta un doigt à ses lèvres et montra Arsinoé que bâillait profondément. Un instant plus tard, elle dormait et l'augure se leva, alla lui soulever les paupières et déclara :

— Elle dort profondément et rien ne lui arrivera. Mais toi, étranger, il te faut tes présages. N'aie pas peur. Tu n'as ni mangé ni bu de poison, tu as seulement goûté l'herbe sacrée. Moi-même, j'en ai pris pour éclaircir mes yeux. Tu n'es pas un homme ordinaire et un présage ordinaire ne suffirait pas. Partons! Nous devons gravir la colline sacrée.

Rayonnant, je quittai Arsinoé assoupie pour suivre l'augure. Mais je commis l'erreur de traverser le mur pour gagner directement la cour, tandis que le vieillard dut passer par la porte, et je me retrouvai donc dans la cour, attendant sa venue. J'aperçus alors mon corps qui marchait docilement au côté de l'augure et le rejoignis aussitôt, car je ne pouvais parler sans son aide. Jamais je n'avais rien connu d'aussi absurde et j'en conçus une grande frayeur à l'idée que j'avais bu beaucoup plus de vin que je n'étais en mesure de supporter. Mes jambes n'étaient pas mal assurées et l'augure me conduisit jusqu'à la place du marché, indiquant de son bâton le bâtiment qui abritait le sénat, la prison qui lui faisait face et bien d'autres choses dignes d'être vues. Il voulut me faire longer la voie sacrée mais, après quelques pas, je la quittai délibérément pour me diriger vers une falaise escarpée. Tournant les yeux, j'aperçus un temple rond, au toit de roseaux soutenu par des colonnes de bois et je m'écriai :

— Je sens la proximité d'un lieu sacré!

— C'est le temple de Vesta, m'expliqua le vieil homme. Six vierges y gardent le feu sacré, nul homme ne peut y pénétrer.

Je tendis l'oreille.

— J'entends le murmure de l'eau. Il y a quelque part une source sacrée.

Le vieillard cessa de protester et me laissa ouvrir le chemin, gravir des marches taillées à même le roc et pénétrer dans la grotte. Elle contenait un vieil abreuvoir de pierre dans lequel un filet d'eau s'écoulait, jailli d'une fente dans la paroi rocheuse. Au bord de l'abreuvoir étaient posées trois couronnes de feuillage dont la fraîcheur semblait indiquer qu'elles étaient là depuis peu. La première était de saule, la deuxième d'olivier, la troisième de lierre.

L'augure jetait des regards inquiets.

— Il est interdit de pénétrer ici car c'est la demeure de la nymphe Egérie, que les Etrusques nomment Végoé. Le seul lucumon qui ait dirigé Rome vient ici le soir pour la rencontrer.

Je plongeai mes deux mains dans l'eau fraîche, en répandis quelques gouttes sur ma personne, me saisis de la couronne de lierre et déclarai :

— Poursuivons jusqu'au mont sacré. Je suis prêt.

A cet instant, la grotte s'assombrit et je vis sur le seuil une femme enveloppée d'une étoffe grossière. Il était impossible de voir si elle était jeune ou vieille car elle avait couvert sa tête, son visage et même ses mains et l'extrémité seule de ses doigts était visible, agrippée à l'étoffe brune. Son regard inquisiteur se posa sur moi par une fente du tissu mais elle s'écarta sans prononcer une parole.

Or, sans que je sache comment cela se produisit, à cet instant, alors que je quittai l'obscurité de la caverne pour ressortir à la lumière du jour, moi, Turms, j'ai connu mon immortalité pour la première fois avec une certitude bouleversante. J'ai entendu le rugissement de l'immortalité dans mes oreilles, j'ai senti l'odeur glacée de l'immortalité dans mes narines, j'ai goûté la saveur métallique de l'immortalité dans ma bouche, et la flamme de l'immortalité a dansé dans mes yeux. Alors j'ai su qu'un jour je reviendrais, que je gravirais les mêmes marches de pierre, que je toucherais la même eau et que, ce faisant, je me connaîtrais de nouveau moi-même. Tout cela ne dura pas plus que l'instant qu'il me fallut pour ceindre mon front de la couronne de lierre. Puis tout disparut.

Je baisai la terre, mère de mon corps, pressentant qu'un jour les yeux de mon corps verraient plus que la terre. La femme avait pris place sur le siège divin, sous un parasol, et c'était à ses pieds que j'avais baisé la terre. Mais cela se produisit-il dans quelque songe, dans la réalité ou dans une existence antérieure, c'est ce que je ne saurais dire.

Un fin brouillard commença à descendre sur la vallée, entre les collines, brouillant le contour des maisons et dérobant la place du marché à ma vue. L'augure dit :

— Les dieux viennent. Hâtons-nous.

Il gravit le sentier escarpé. Il me précédait, perdant peu à peu l'haleine. Ses jambes finirent par trembler et je dus le soutenir.

Les couleurs de la jeunesse que lui avait données le vin se retirèrent de son visage, ses joues se creusèrent et sa barbe se fit plus longue à chaque pas. Plus nous nous élevions, plus il vieillissait. Il devint plus antique à mes yeux qu'un chêne séculaire.

Le sommet était clair et dégagé, mais en contrebas, de l'autre côté de la crête, la piste du cirque était voilée de brume. Sans hésiter, je me dirigeai vers une roche lisse.

L'augure demanda :

— A l'intérieur des murs?

— A l'intérieur des murs, acquiesçai-je. Je ne suis pas encore libre. Je ne me connais toujours pas moi-même.

— Choisis-tu le nord ou le sud? me demanda-t-il.

— Je ne choisis pas, répondis-je. Le nord m'a choisi.

Je m'assis sur la roche, le visage tourné vers le nord. Mais je n'aurais pu faire face au sud même si j'avais essayé, tant était forte l'emprise de mon pouvoir. Le vieillard s'installa à ma gauche, la crosse dans sa main droite, et mesura les quatre points cardinaux en prononçant leur nom à haute voix. Il ne dit mot des oiseaux ni de la manière dont il s'attendait à les voir voler.

— Te contenteras-tu d'une simple réponse négative ou affirmative? me demanda-t-il comme il convient à un augure.

— Non, répondis-je. Les dieux sont arrivés. Je ne suis pas initié, mais les dieux sont contraints de me donner leurs signes.

L'augure se couvrit la tête, fit passer la crosse dans sa main gauche, éleva la droite jusqu'à son crâne et attendit. A cet instant une douce brise froissa la cime des arbres et une feuille de chêne tomba sur le sol entre mes pieds. Dans le lointain, sur une autre colline, j'entendis cancaner des oies. Un chien surgit de nulle part, nous contourna, museau collé contre le sol, et disparut, comme s'il suivait avec acharnement quelque piste. Les dieux semblaient rivaliser entre eux pour manifester leur présence car, plus loin encore, le bruit sourd de la chute d'une pomme rompit le silence et un lézard rampa sur mon pied avant de disparaître dans l'herbe. Les sept autres dieux étaient probablement présents eux aussi, encore qu'ils ne l'eussent pas clairement manifesté. Après avoir attendu encore quelques instants, j'invoquai ceux des dieux qui avaient manifesté leur présence.

— Maître des nuées, je te connais. Regard plein de douceur, je te connais. Pied ailé, je te connais. Fille de l'écume, je te connais. Toi, la souterraine, je te connais.

L'augure répéta alors le vrai et saint nom de ces cinq divinités et les présages se produisirent.

Des roseaux qui bordaient le fleuve, une troupe d'oiseaux aquatiques s'essora, volant vers le nord à tire-d'aile, le cou tendu, et disparut aux regards.

— Ton lac, dit l'augure.

Un épervier qui décrivait des cercles au zénith plongea vers le sol avant de remonter. Une fragile troupe de colombes surgit alors de la brume et partit vers le nord-est.

« Ta montagne, dit l'augure.

Vinrent alors les noirs corbeaux qui tournoyèrent dans le ciel au-dessus de nos têtes. L'augure les compta.

« Neuf ans, dit-il.

Cela marquait la fin des présages mais, sur mon pied, un scarabée noir et jaune passa alors en rampant. L'augure se couvrit de nouveau la tête, fit repasser sa crosse dans sa main droite et dit :

« Ta tombe.

Ainsi les dieux avaient-ils choisi, dans leur jalousie, de me rappeler le caractère mortel de mon corps pour tenter de m'effrayer. Mais je chassai le scarabée d'un violent coup de pied, me levai et pris la parole.

— C'en est fini, vieillard, et je ne te remercierai pas pour les présages, puisqu'ils n'appellent point de remerciements. Il y avait cinq divinités et, seul, le maître de l'éclair était mâle. Il y a eu trois présages, deux concernant des lieux et le troisième la durée de mon emprisonnement. Mais ces divinités n'étaient que des divinités terrestres et leurs présages ne concernaient que cette vie. Elles m'ont rappelé la mort, parce qu'elles savent que la mort est le destin humain, mais elles-mêmes sont liées à la terre comme le sont les hommes et ainsi, bien qu'immortelles, elles sont semblables à des humains. Pour moi, j'adore les divinités voilées.

— N'en parle pas, m'interrompit l'augure, menaçant. Il suffit de les connaître. Les dieux eux-mêmes ne les nomment pas.

— La terre ne les limite pas, répliquai-je. Le temps et le lieu ne les limitent pas. Ils règnent sur les dieux comme les dieux règnent sur les hommes.

— N'en dis pas plus, reprit l'augure. Ils existent. Cela suffit.

2

Nous regagnâmes le quartier étrusque et rentrâmes à l'auberge où je devais remettre son dû au vieillard. L'hôte vint nous accueillir en se tordant les mains.

— Il est bon que tu sois de retour, étranger, car des choses se produisent ici que je ne comprends point. Je ne sais si je puis vraiment vous autoriser à demeurer ici, toi et ta famille. Car mon commerce risque de pâtir de la crainte que la maison inspirera.

Les esclaves s'agitaient, prétendant que des objets étaient tombés des murs et que le dieu de la maison avait tourné le dos au foyer. Je me hâtai de gagner la pièce où nous avions mangé. Assise au bord de la couche, Arsinoé croquait une pomme d'un air contrit et, sur un siège aux pieds d'airain, un vieil homme décrépit était assis non loin d'elle. Il soulevait du doigt la paupière tombante de son œil droit. Il portait une toge blanche bordée de pourpre et, à son pouce, un gros anneau d'or. Quand il m'aperçut, il entreprit de débiter laborieusement quelques explications en latin, mais l'aubergiste le pria de ne se point fatiguer.

« C'est l'un des pères de la cité, expliqua notre hôte. Tertius Valerius, le frère de Publius Valerius, l'ami de la plèbe. Depuis qu'il a autorisé l'exécution de ses deux fils, sous le coup d'une loi proposée par son frère et ratifiée par le sénat, voilà quelques années, les événements l'affectent profondément. Il se trouvait au sénat tout à l'heure. Le tribun a mis en accusation Caius Marcius, le vainqueur des Volsques. La plèbe s'est soulevée. Tertius Valerius a perdu conscience et ses serviteurs l'ont transporté ici, chez moi, car ils craignaient de le voir mourir en route s'ils se risquaient à l'emporter jusque chez lui. Quand il est revenu à lui, il prétend qu'il a vu son épouse, alors que cette malheureuse est morte de chagrin après la perte de ses deux fils.

Le vieillard prit alors la parole en étrusque.

— J'ai vu ma chère épouse, je l'ai touchée et nous avons devisé de sujets qu'elle et moi seuls connaissons. Je ne sais ce que cela signifie car, au bout d'un moment, l'obscurité s'est faite et mon épouse s'est transformée en cette femme que j'ai sous les yeux.

— Le plus effarant, reprit alors l'hôte, c'est que, quelques instants auparavant, j'ai moi aussi vu mon épouse, alors que je la sais en visite chez des parents à Véies, qui est à une journée de voyage d'ici. Mais je l'ai vue, de mes yeux vue, traverser la cour. Au nom de mon esprit tutélaire, je jure que je l'ai vue et que je l'ai touchée, car aussitôt j'ai couru jusqu'à elle pour la prendre dans mes bras en lui demandant : «Quand donc es-tu rentrée de Véies, et pourquoi si vite?» Ce fut alors seulement que je me rendis compte que j'avais touché cette femme-ci qui venait de s'éveiller et se promenait à travers la maison.

— Il ment, déclara Arsinoé. Ils mentent l'un et l'autre. Je viens de m'éveiller à l'instant et n'ai conservé le souvenir de nulle anomalie. Le vieil homme était là à me dévisager. Il n'a pas cherché à s'étendre avec moi et n'en serait d'ailleurs pas capable.

Plein de colère, je répliquai :

— Tu mettrais sens dessus dessous n'importe quelle demeure avec tes tours, mais peut-être aussi la déesse est-elle entrée en toi pendant ton sommeil et ignores-tu en vérité ce qui s'est passé.

Tertius Valerius était suffisamment cultivé pour parler quelques mots de grec. Je me tournai vers lui et déclarai :

« Tu as eu cette vision dans un état de demi-inconscience. A l'évidence, un vaisseau s'est rompu dans ton cerveau sous l'effet du choc que tu as subi au sénat. Je puis en juger par le fait qu'une de tes paupières se referme toute seule. Ta femme t'est apparue en la personne de la mienne pour t'exhorter à prendre soin de ta santé et à éviter de participer à des disputes qui ne peuvent que la mettre en danger. Cette vision ne signifiait rien de plus.

— Serais-tu médecin? demanda Tertius Valerius.

— Non, mais j'étais l'ami d'un des médecins les plus réputés de l'île de Cos. Et il savait qu'un certain Alcmaeon a établi que les troubles de la tête affectent différentes parties du corps. Ce dont tu souffres est à l'intérieur même de ton crâne et ta paralysie n'en est qu'un signe, et non une maladie en elle-même. Voilà ce que l'on nous apprend.

Le vieil homme soupesa un moment sa décision puis déclara :

— Ce sont à l'évidence les dieux qui m'ont envoyé dans cette maison pour y faire la connaissance de ton épouse et de toi et pour trouver la paix du cœur. Je crois ma propre épouse. Si je l'avais crue autrefois mes fils seraient encore vivants. L'ambition m'aveuglait. Je me suis cru l'égal de mes frères et n'ai point voulu garder le silence sur les affaires publiques. Aujourd'hui, mon foyer est éteint, ma vieillesse est sans joie et les Furies me chuchotent à l'oreille tandis que je demeure assis tout seul dans les ténèbres.

Agrippant la main d'Arsinoé, il poursuivit :

« Vous devez l'un et l'autre m'accompagner chez moi et accepter mon hospitalité.

L'aubergiste me prit à part.

— C'est un homme respecté qui possède des milliers de *jugera*[1] de terre. Mais voilà longtemps que son esprit est troublé et la maladie n'a rien fait pour éclaircir sa raison. Je douterais de sa vision si je n'en avais moi-même eu une semblable. Tu vas t'attirer la haine de ses parents si tu acceptes son hospitalité.

Après avoir soupesé le pour et le contre, je dis enfin :

— Il ne m'appartient pas de mettre en doute les événements. Je te remercie de ton hospitalité, dont je te dédommagerai dès que tu auras fait sur une tablette le compte de ce que je te dois. J'accompagnerai ce vieillard, mon épouse le mettra au lit et ma propre servante veillera sur lui. Telle est ma décision.

Le rouge monta aux joues de l'aubergiste qui s'empressa de tirer une tablette de sa ceinture et d'écrire dessus au moyen d'un stylet. Il me jeta un regard d'excuse et dit :

— Tu dois comprendre, étranger, que je préférerais de beaucoup t'offrir mon hospitalité sans en estimer le prix. Certaines

1. Mesure romaine équivalant à 28 pieds carrés. (*N.d.T.*)

raisons me pousseraient même à t'adorer à genoux, mais c'est mon métier et nous sommes à Rome.

Il jeta les yeux autour de la salle mais ne vit que Tertius Valerius, accroché au bras d'Arsinoé comme s'il implorait sa protection.

« Les dieux souhaitent peut-être que tu ailles chez Tertius Valerius. Mais souviens-toi que son frère aîné a été préteur à plusieurs reprises et s'est attiré le courroux des patriciens. Son autre frère aussi a été préteur, et Manius, le fils de ce dernier, a même été dictateur. Il a remporté de tels succès guerriers qu'on a attribué à sa famille un siège d'honneur en ivoire au cirque. Tout au long de sa vie, Tertius s'est démené pour égaler ses frères. La seule ambition le poussa à envoyer ses fils au bourreau quand Publius y envoya les siens, et à assister à leur flagellation puis à leur mise à mort d'un œil ausi impassible que celui de son frère. Les jeunes gens s'étaient assemblés en secret pour jurer allégeance au dernier Tarquin.

Tout en bavardant ainsi à perdre haleine, l'hôte additionnait des nombres en chiffres étrusques. Il me tendit enfin la tablette de cire avec un soupir. Elle était entièrement gravée, au recto comme au verso.

« Tu as mangé et reçu tout cela, m'assura-t-il. J'y ai inclus aussi ce qu'ont mangé ton épouse, ta fille et ton esclave, ainsi que ce que, dans ta générosité, tu as donné à mes propres esclaves et aux pauvres.

J'entrepris à mon tour d'additionner les chiffres et fus horrifié :

— Mais tu as nourri la ville entière de Rome à mes frais ! Telle n'était pas mon intention.

Arsinoé caressa la main veineuse de Tertius Valerius.

— Ne te montre pas toujours si mesquin, ô Turms, murmura-t-elle en inclinant la tête pour chercher le regard vitreux du vieillard.

Tertius Valerius se leva aussitôt et se drapa étroitement dans sa toge prétexte.

— Le compte est pour moi, déclara-t-il. Que l'aubergiste envoie chez moi son esclave chercher la monnaie de cuivre ! Partons !

Je tentai de protester, mais il était têtu et insista pour nous traiter en amis, tandis que l'aubergiste se grattait la nuque avec son stylet avant de se récrier :

— S'il m'est arrivé d'être sceptique, m'en voilà à tout jamais revenu ! Un Romain — payer les dettes d'un invité ! Non, dès qu'il aura de nouveau les idées claires, il va se mettre à temporiser, mon esclave aura le temps d'aller et venir entre nos deux maisons jusqu'à ce que ma chevelure devienne grise et jamais je ne verrai mon argent !

Le vieillard arracha d'un geste courroucé la tablette des mains de l'aubergiste et, de ses doigts tremblants, grava ses initiales dans la cire. Puis, sans un autre regard pour l'aubergiste, il prit le bras d'Arsinoé.

— Conduis-moi, ô ma chère épouse défunte, car je suis vieux et mes genoux tremblent. Et ne m'adresse point de reproches pour mon extravagante prodigalité. Cela ne se reproduira plus. C'est le pur effet de la joie que j'éprouve à te retrouver aussi jeune et belle que pendant les jours de notre bonheur.

En l'entendant, je commençai déjà à regretter ma décision hâtive, mais il était trop tard. Car Arsinoé entraîna le vieillard dans la cour où ses esclaves attendaient pour le transporter chez lui.

Le trajet ne fut pas long et nous fûmes bientôt dans la cour de la demeure à l'ancienne que, pour imiter ses frères, Tertius Valerius avait fait bâtir au pied de Velia. L'esclave préposé à la porte était aussi vieux et tremblant que son maître et le lien qui rattachait les fers qui l'entravaient au chambranle de la porte était depuis longtemps pourri. Aussi ne le portait-il, par respect des apparences, que s'il se présentait quelque visiteur. Le reste du temps, il se promenait en boitillant à travers la cour ou dans la rue, à la recherche d'un coin ensoleillé pour y réchauffer ses vieux membres.

Les esclaves transportèrent la litière dans la cour et Arsinoé réveilla doucement le vieillard. Puis nous le fîmes porter jusque dans son lit par les esclaves auxquels nous enjoignîmes de préparer un brasero afin de réchauffer la chambre obscure. Tandis qu'ils s'acquittaient de ces tâches, nous remarquâmes que, tenue par des esclaves décrépits, la maison était dans un piètre état. Avec un profond soupir, le vieil homme posa sa joue sur l'oreiller mais, juste avant de s'endormir, songea à dire aux esclaves de nous obéir car nous étions ses hôtes. Puis il nous fit signe d'approcher et, caressant les cheveux d'Arsinoé mais aussi les miens — par courtoisie —, s'endormit aussitôt.

De retour dans la cour, j'ordonnai aux esclaves de retourner à l'auberge pour y aller chercher Hanna, Mismê et nos bagages. Au lieu de quoi, ils secouèrent la tête comme s'ils ne comprenaient rien et nous regardèrent d'un air dédaigneux. Mais l'intendant à la tête chenue vint finalement s'incliner devant moi, reconnut qu'il était étrusque de naissance, et leur enjoignit de m'obéir. Il dit qu'il comprenait la langue mais que les Romains évitaient de la parler en public depuis l'exil du roi. Les plus fanatiques ne voulaient plus faire apprendre la vieille langue à leurs enfants, m'expliqua-t-il, mais les fils des plus nobles familles allaient encore passer une partie de leur jeunesse à Véies ou Tarquinia, pour y apprendre la culture et les bonnes manières.

— Dis-moi ton nom, celui de ta famille et le nom de ton épouse. Et apprends-moi d'où vous êtes venus, pour que je sois en mesure de t'adresser la parole comme il convient, demanda-t-il humblement. Je n'avais nul désir de cacher mon véritable nom à l'intendant qui jouissait de la confiance de Tertius Valerius.

— Je suis Turms d'Ephèse, réfugié ionien, par conséquent. Le nom de mon épouse est Arsinoé. Elle ne parle que le grec et le langage des marins.

— Turms, répéta-t-il. Ce n'est pas un nom grec. Comment se peut-il qu'un Ionien parle la langue sacrée?

— Appelle-moi donc comme tu voudras! lançai-je, et je ne pus m'empêcher de rire.

D'un geste amical, je lui posai la main sur l'épaule. Mais ce contact le fit trembler.

— Les Romains déforment le nom de Turms en Turnus, expliqua-t-il encore. Peut-être serait-il préférable que tu te fasses appeler Turnus, ici. Je ne t'en demanderai pas plus mais te servirai de mon mieux. Aussi, veuille pardonner ma curiosité, qui est une faiblesse du grand âge. Je te remercie d'avoir daigné me toucher, moi, un inférieur.

Le dos soudain bien droit, il nous précéda d'un pas ferme pour nous montrer les chambres. Je lui demandai de me parler latin, afin qu'il me fût possible d'apprendre la langue de la cité. Il entreprit de nommer les objets en latin, puis en étrusque. Arsinoé l'écoutait aussi, et si attentivement que je compris qu'elle souhaitait apprendre le langage de la ville pour être en mesure de le parler avec Tertius Valerius. Je me mis aussitôt à redouter les conséquences.

3

Tertius Valerius n'eut pas de nouvelle attaque de paralysie, malgré les vœux ardents de ses parents qui enduraient depuis trop longtemps les caprices d'un homme qu'ils considéraient comme un simple d'esprit. Dans sa jeunesse déjà, il manquait à tel point de talent, comparé à ses deux frères, qu'on l'avait simplement prénommé Tertius, le troisième, tandis qu'au sénat, on l'appelait Brutus, l'imbécile.

Pourtant, il n'était pas dépourvu de dons. Mais ses talents étaient d'un tout autre genre que ceux de ses frères, que leur finesse politique et leurs hauts faits au service de Rome avaient hissés aux tout premiers rangs. Tout homme, jusqu'au plus simple en apparence, possède un talent qui lui est propre et que les autres ne reconnaîtront peut-être jamais si l'occasion ne lui est pas fournie de le révéler. Il en est à qui cette occasion n'est offerte qu'une fois. Ainsi en fut-il, parmi les Romains, d'Horatius le Borgne (Cocles), un stupide fier à bras qui demeura seul, face aux Etrusques, les empêchant d'approcher le pont romain, jusqu'à ce que ses compagnons eussent le temps de le détruire. L'obstination stupide du taureau, tel était le talent d'Horatius, qui n'empêcha d'ailleurs pas Lars Porsenna de s'emparer de la ville.

Tertius Valerius avait accumulé tant de terres et de richesses qu'il ne pouvait être aussi stupide qu'on le disait. Dans mon opinion, ce ne fut d'ailleurs pas l'ambition qui le poussa à livrer ses propres fils au bourreau, mais plutôt un sens exagéré de ses responsabilités à l'égard de Rome et le désir d'égaler des frères qu'il admirait. Les Etrusques des familles patriciennes cherchaient à se montrer plus romains que les Romains eux-mêmes, dans le but de surmonter la méfiance railleuse et bien compréhensible de la plèbe. On aurait pu croire que les Etrusques d'origine désiraient le retour d'un souverain étrusque, mais il n'en était rien. Ils préféraient diriger eux-mêmes la cité en tant que patriciens, sénateurs, et fonctionnaires de l'Etat.

La présence d'Arsinoé et les soins très simples que je lui prodiguais permirent à Tertius Valerius de se remettre très vite de son attaque et il s'en montra fort reconnaissant. Quand il fut sorti de sa demi-hébétude, il cessa d'imaginer qu'Arsinoé était sa défunte épouse, mais il conserva très bien le souvenir de l'avoir fait. Il croyait simplement que l'esprit de sa femme s'était momentanément transporté dans le corps d'Arsinoé, pour lui permettre de veiller tendrement sur lui. Il se déclara fortuné de s'être ainsi vu offrir l'occasion de supplier son pardon pour avoir consenti au sacrifice de leurs deux fils, malgré ses prières maternelles.

Quand il fut de nouveau capable de se déplacer, je fis venir un masseur adroit qui manipula sa paupière droite, atténuant considérablement son infirmité. La salive continuait de dégouliner de sa lèvre tordue, mais, avec un dévouement filial, Arsinoé lui essuyait la barbe à l'aide d'une serviette de lin qu'elle gardait toujours à portée de la main. Elle avait entrepris de s'occuper de la marche de la maison, prodiguant ses conseils aux esclaves et aux serviteurs, de sorte que le vieillard mangeait mieux que par le passé. De même, les pièces étaient balayées chaque jour, la poussière ne recouvrait plus les Pénates, et la vaisselle était propre. Je reconnaissais à peine mon épouse, qui n'avait jamais manifesté grand goût pour les choses domestiques.

Comme je lui exprimai mon profond étonnement, elle me répondit :

— Comme tu me connais peu, Turms. N'ai-je point toujours déclaré qu'étant une femme je ne demandais rien d'autre que la sécurité, quatre murs, et quelques serviteurs ? Maintenant que je possède tout cela, grâce à la générosité de ce vieillard reconnaissant, je ne puis rien demander de plus.

Mais j'étais mécontent de constater qu'elle se soumettait désormais à mes caresses avec une docile passivité. Quand nous étions couchés, ses pensées étaient manifestement ailleurs. En un sens, j'aurais dû m'en réjouir, car sa lascivité avait toujours été source de désordre, mais, quand cela se fut reproduit un certain nombre de fois, je lui exprimai mon mécontentement.

— O Turms, me dit-elle, tu ne seras donc jamais satisfait d'aucune de mes actions? Ne te fais-je point voir que je t'aime toujours? Pardonne-moi si je ne puis participer de tout mon cœur mais ton aveuglement et mon propre corps m'ont déjà causé suffisamment de chagrin. La terrible existence que j'ai menée dans la forêt sicane m'a fait comprendre que toute autre condition serait préférable. Ne fut-ce point la folle passion que j'éprouvais pour toi qui m'a fait descendre au niveau des plus misérables barbares? Désormais, je me sens enfin en sécurité. C'est le plus grand bonheur d'une femme, permets-moi donc d'en jouir.

Quant aux événements qui se déroulaient dans la cité, je puis dire que cette même assemblée au sein de laquelle Tertius Valerius avait souffert de son attaque de paralysie condamna son ancien héros, Caius Marcius. Poursuivant les Volsques en fuite, il avait naguère pénétré seul dans la cité de Corioles, incendié les maisons du voisinage, et maintenu la porte ouverte assez longtemps pour permettre à la cavalerie romaine de le rejoindre. Cet exploit lui avait valu de participer au triomphe, debout à côté du consul qui avait commandé à l'armée et de recevoir le surnom de Coriolan. Mais voilà que le même peuple qui l'avait couronné le condamnait en le soupçonnant de caresser en secret des desseins autocratiques. Il est vrai qu'il avait conçu quelques griefs contre le peuple. Quand la plèbe avait gravi l'Aventin, sa maison de campagne avait été mise à sac et incendiée comme celle des autres et Coriolan avait été contraint de passer sous le joug. Dans sa fierté, il n'avait jamais pardonné cette humiliation. La plèbe avait été apaisée par la nomination de deux tribuns, dotés d'un pouvoir général de veto contre tout édit qu'ils jugeraient contraire aux intérêts plébéiens. Mais Coriolan, quand il croisait les tribuns, les contraignait à lui céder le passage, les bousculait et crachait avec mépris.

Coriolan savait fort bien que les gens de sa classe ne pourraient le protéger du courroux de la plèbe pendant son procès. Craignant pour sa vie, il échappa aux licteurs qui gardaient sa demeure, sauta un mur, vola un cheval dans l'écurie de sa propre maison de campagne, chevaucha toute une nuit et gagna le pays des Volsques. On raconta que ces derniers l'avaient accueilli avec les honneurs, l'autorisant à sacrifier aux dieux de leur cité. Les Romains jouissaient d'une telle réputation de stratèges qu'il n'était pas étonnant de voir les Volsques se réjouir de la présence d'un chef militaire romain à la tête de leurs troupes.

Cet automne-là, les jeux de sept jours durent avoir lieu deux fois au cirque, en raison d'une erreur qui avait entaché la première célébration. Les dieux avaient révélé leur mécontentement par un présage défavorable et le sénat préféra supporter deux fois les dépenses afin de ne pas indisposer les immortels. Certes, Tertius Valerius affirma que le sénat détournait ainsi l'attention du peuple de choses plus sérieuses, mais c'était seulement son opinion.

Il nous obtint des sièges dans la partie du Circus Maximus réservée au sénat. Ce fut un spectacle comme nous n'en avions jamais vu de semblable. La réputation des jeux s'était répandue au loin et des foules accoururent à Rome des quatre points cardinaux, et même de Véies, cité pourtant incomparablement plus belle que Rome. De fort nombreux Volsques étaient venus de Corioles en famille, mais, à peine furent-ils assis que la plèbe s'agita, vociférant que les Volsques étaient des ennemis de Rome et comptaient s'emparer de la ville en mettant à profit les jeux.

Les patriciens eux-mêmes finirent par se lever et les sénateurs exigèrent à leur tour que les Volsques fussent exclus non seulement des gradins, mais encore de la ville pour éviter tout désordre. Les consuls ordonnèrent aux licteurs d'expulser les indésirables et de veiller à ce qu'ils quittassent la cité après avoir récupéré leurs bagages dans les maisons où ils logeaient. On n'aurait pu inventer meilleure cause de guerre.

Le cirque des Romains était tout différent des jeux athlétiques des Grecs, au cours desquels s'affrontaient des hommes libres, mais me rappelèrent les jeux de Ségeste, consacrés à la lutte et au pancrace opposant des athlètes professionnels. Les courses de chevaux constituaient la principale attraction. Les Romains avaient emprunté le spectacle aux Etrusques mais n'en avaient retenu que l'aspect superficiel, oubliant la signification profonde des affrontements. Si le grand pontife décidait du vêtement et des armes des combattants, filet et trident contre glaive, par exemple, selon des règles qui avaient été préservées, il en avait pratiquement oublié le sens allégorique.

Pourquoi décrirais-je le cirque qui a cessé d'être un acte d'adoration des dieux pour devenir une sanglante orgie dans laquelle on verse le sang pour le plaisir de le verser? Les Romains étaient bien le peuple du loup car ils réservaient leurs plus vibrantes acclamations aux Kharuns qui pénétraient dans l'arène pour fracasser avec leurs masses le crâne des vaincus. Tous les combattants étaient des esclaves, des prisonniers de guerre ou des criminels, et non des volontaires pour le sacrifice aux dieux comme ç'avait été le cas du temps des Etrusques. Pourquoi le sénat romain ne les aurait-il pas contraints à s'entre-tuer pour le plus grand plaisir d'une populace qui se désintéressait, du même coup, des affaires sérieuses? La même chose se reproduira probablement d'âge en âge. Aussi est-il inutile que je poursuive plus avant la description des diverses attractions, ou que je décrive les courses de char, malgré l'extrême beauté des attelages, dont certains étaient venus des cités étrusques.

Ce que je décrirai, c'est le ravissement d'Arsinoé devant ce spectacle, c'est l'éclat de son regard pendant ces derniers jours de l'automne, quand elle frappait de joie dans ses mains blanches chaque fois que le sang cramoisi se répandait sur le sable, ou quand passaient les coursiers splendides, à la crinière fumante. Au plus fort de son enthousiasme, elle n'oubliait pas de remonter la couverture sur les genoux de Valerius, ni d'essuyer la salive qui lui dégouttait sur la barbe, tandis que le vieillard gloussait de joie devant ces scènes familières.

Je n'en dirai pas plus des joies et des rires, des horreurs et de la cruauté du cirque. Ces choses ne changeront jamais et je n'aurai nul besoin de me les remémorer un jour. Je veux seulement me rappeler le visage d'Arsinoé en ces jours enfuis, plein de jeunesse encore et d'éclat. Je veux me souvenir d'elle, assise sur un coussin rouge, parmi les hurlements de la foule innombrable. C'est ainsi que je veux me souvenir d'elle, parce que je l'aimais.

Les Romains consacraient les jours les plus sombres de l'année à Saturne, dieu de la terre, si ancien et si sacré qu'ils osaient à peine consolider les colonnes de bois de son temple qui menaçait ruine. Il était plus ancien même que le Jupiter capitolin, dont le temple avait été érigé par Romulus, leur premier roi. Les Romains eux-mêmes déclaraient qu'il était aussi vieux que la terre elle-même.

Ils célébraient donc son culte dans ces Saturnales, qui duraient des jours et des jours, au cours desquels tout travail cessait, toute vie normale étant bouleversée. Les gens échangeaient des présents, ce que les Romains, en temps normal, ne faisaient qu'avec une extrême répugnance. Les maîtres se mettaient au service de leurs esclaves qui distribuaient des ordres aux maîtres et aux maîtresses pour compenser leurs dures journées du reste de l'année. La situation des esclaves n'était pas enviable, à Rome, ville de violence où régnait la peur. Ainsi, nombre de citoyens faisaient châtrer leurs esclaves mâles, non tant pour protéger la chasteté de leurs épouses et de leurs filles, comme c'était le cas en Orient et à Carthage, que pour détruire la virilité des esclaves et leur esprit de rébellion. Cependant, au cours des Saturnales, le vin coulait à flots, maîtres et esclaves intervertissaient leurs rôles et des comédiens ambulants donnaient leur spectacle au coin des rues, nulle farce n'étant trop osée.

Ces journées extravagantes bouleversaient de fond en comble l'existence romaine, abolissant la dignité, la sévérité et même cette frugalité que les Romains plaçaient au-dessus de tout. Arsinoé recevait d'innombrables présents, et non pas seulement les pains, les fruits et les animaux de terre cuite qui étaient habituels, mais bien des parfums, des bijoux de valeur, des miroirs, des parures. Malgré son maintien modeste, elle avait beaucoup attiré l'attention en se promenant par les rues en compagnie d'Hanna ou de l'un des vieux esclaves de Tertius Valerius. Elle accepta les cadeaux avec un petit sourire mélancolique, comme si un chagrin secret la rongeait. En échange, Tertius Valerius remit de sa part à chacun des donateurs un bœuf ou un agneau de terre cuite, pour lui rappeler la simplicité traditionnelle des Romains.

Mais Arsinoé déclara :

— Ces festivités ne sont rien pour moi. Les fêtes qu'on donnait à Carthage en l'honneur de Baal étaient autrement plus déchaînées. Je crois encore entendre résonner à mes oreilles le fracas des tambours et des crotales de ma jeunesse, lorsque j'étais élève au temple. Les jeunes étaient la proie d'une telle frénésie qu'ils se flagellaient comme font les prêtres, et les riches marchands offraient des fortunes, des demeures et des navires aux femmes qui leur plaisaient. Cette célébration rudimentaire n'est rien à côté de ce que j'ai connu dans ma jeunesse.

Rencontrant mon regard, elle s'empressa d'ajouter :

« Non que je regrette ces jours de passion futile. La passion aura été cause de ma perte, elle m'a conduite à perdre par amour de toi tout ce que j'avais accompli. Mais je puis à coup sûr songer à ma jeunesse avec un soupir, maintenant que je suis une femme mûre, contente de son sort, dans un foyer stable, disposant d'une place dans le lit d'un homme inutile.

De cette manière, elle voulait me rappeler que je n'étais qu'un hôte sous le toit de Tertius Valerius, et ce grâce à elle. Mais elle était sous le charme des cadeaux, des festivités et du spectacle de cirque car, la nuit même, elle m'attira contre elle dans le noir. Je sentis que la flamme de la déesse s'était rallumée dans son corps et, une fois encore, elle ouvrit tout grands ses bras blancs et souffla son haleine chaude dans ma bouche.

Mais tandis que nous demeurions étendus dans les ténèbres et que je m'abandonnais à ce bonheur retrouvé, elle prit la parole.

« Turms, mon aimé, des mois ont passé et tu n'as fait que bayer aux corneilles. Bientôt, Mismê aura quatre ans et il serait temps que tu deviennes raisonnable. Si tu refuses de songer à moi et à mon avenir, pense au moins à ta fille et au sien. Comment se sentira-t-elle, quand elle verra que son père est un paresseux qui vit des miettes de la charité ? Si seulement tu étais conducteur de chevaux de course, ou sonneur de buccin, tu serais quelque chose, alors que tu n'es rien.

Ses caresses me rendaient si heureux que ses paroles ne me

courroucèrent point et je ne pris pas même la peine de lui rappeler que Mismê n'était pas ma fille. J'aimais beaucoup la fillette, je jouais souvent avec elle et je crois qu'elle m'aimait plus qu'elle n'aimait Arsinoé, qui trouvait seulement le temps de la gronder.

Etirant mes membres dans le lit, puis bâillant profondément, je dis en manière de plaisanterie :

— Je crois que tu demeures satisfaite de moi comme amant. Si tel est le cas, cela me suffit.

Sa paume glissa le long de ma poitrine nue.

— Mais oui, cela tu le sais bien, chuchota-t-elle. Nul homme, jamais, ne m'a aimée aussi divinement que toi. Tu le sais.

Puis elle se dressa sur un coude, souffla sur le brasero, de sorte que son visage s'illumina d'une teinte rouge et elle dit pensivement :

« Si tel est ton unique talent, ô Turms, sache au moins en tirer parti. Certes, Rome est de mœurs très strictes, du moins en apparence, mais je doute qu'elle soit réellement très différente des autres pays. Plus d'un homme s'est élevé jusqu'à une position très haute en sachant seulement choisir la bonne chambre à coucher.

Cette suggestion me fit bondir.

— Arsinoé, me récriai-je, tu veux vraiment que je couche avec des inconnues dans le seul but d'obtenir des avantages politiques ou matériels de leurs époux ou de leurs amis? Tu as donc cessé de m'aimer tout à fait?

— Bien sûr, je serais un peu jalouse, se hâta-t-elle de me rassurer. Mais je te pardonnerais, sachant que c'est pour notre avenir. Tu n'y dépenserais que ton corps, pas ton cœur, et cela ne signifierait donc rien.

Elle me caressa et rit avec légèreté.

« Vrai, ton corps est si beau, si bien formé, si approprié à sa tâche que je craindrais d'en mésuser en le faisant servir au bonheur d'une seule femme.

— Cela est vrai aussi de ton corps à toi, Arsinoé, dis-je froidement. Ta suggestion serait-elle en fait une menace?

Elle porta une main à la bouche et bâilla.

— Comme tu durcis inutilement la voix, ô Turms, me

reprocha-t-elle. Tu as toi-même constaté le changement qui s'est fait en moi. Tertius Valerius ne comprendrait pas d'éventuels écarts de conduite et ne me les pardonnerait pas. Mais oublie ce que je t'ai dit. J'exprimais simplement tout ce qui me passait par l'esprit. Un autre que toi l'aurait pris pour un compliment. Mais toi, tu as la tête plus dure que jamais.

Quelques jours plus tard, alors que les derniers effets de la fête se faisaient encore sentir à travers la cité et que j'étais moi-même abattu à l'idée que je n'étais rien, Arsinoé vint me trouver en grande hâte. Son visage, crispé en un dur masque blanc, n'était point beau, mais glaçant comme celui de Gorgone à mes yeux.

— Turms, dit-elle d'une voix tranchante, as-tu jeté les yeux sur Hanna, récemment? As-tu remarqué en elle quelque changement?

Je n'avais pas fait particulièrement attention à Hanna, dont j'avais cependant senti la présence et le regard brillant toutes les fois que je jouais avec Mismê.

— Que se passe-t-il? demandai-je, surpris. Peut-être son visage a-t-il un peu maigri? Serait-elle malade?

Arsinoé frappa dans ses mains d'un geste impatient.

— Comme vous êtes donc aveugles, vous les hommes! Mais j'ai moi-même fait preuve d'aveuglement en accordant ma confiance à cette fille. Je croyais l'avoir bien élevée, mais voilà qu'elle est enceinte.

— Enceinte... Hanna? balbutiai-je.

— Voyant sa forme, j'ai demandé une explication, reprit Arsinoé. Elle a tout avoué car son état n'était plus possible à cacher. Cette souillon stupide croyait probablement pouvoir me berner, moi, sa maîtresse, et elle aura commencé à se vendre à qui voulait. Ou, plus stupide encore, elle se sera éprise de quelque beau licteur et aura couché avec lui. Mais je vais lui donner une bonne leçon!

Ce fut seulement à ce moment que je me souvins avec horreur de ma propre responsabilité. C'était moi qui avais réchauffé ma solitude auprès de cette douce vierge dans le port de Panorme. Mais Arsinoé m'avait dit que j'étais stérile, je ne pouvais donc être le père de l'enfant qu'attendait Hanna. J'avais seulement ouvert la voie et c'était ma faute si elle avait succombé à la tentation dans une ville telle que Rome. Mais cela, je ne pouvais l'avouer à Arsinoé.

Elle reprit son calme et envisagea froidement les choses.

« Elle a trahi ma confiance. Quel prix n'en aurais-je pas reçu si elle avait été intacte, et comme j'aurais bien su arranger son avenir! Elle aurait probablement gagné suffisamment pour être en mesure de racheter sa liberté comme cela se fait à Rome. Mais une esclave engrossée sera tout juste achetée à bas prix par quelque maître d'œuvre soucieux d'accroître le nombre de bras dont il dispose. Bref, le mal est fait, inutile de gémir. Nous allons la vendre à la première occasion, et voilà tout.

Horrifié, je fis remarquer que la petite s'était toujours occupée de Mismê de manière satisfaisante et que, pour ce qui regardait le coût de son entretien, Arsinoé ne devait pas s'en soucier, puisque aussi bien c'était Tertius Valerius qui l'assumait. Mais ma bêtise lui fit pousser les hauts cris :

« Tu voudrais donc qu'une catin se charge de ta fille? demanda-t-elle en me secouant l'épaule. Quelles manières crois-tu donc qu'elle enseignerait à Mismê? Et Tertius, que pensera-t-il de nous quand il verra que nous ne sommes pas capables de surveiller notre servante? Pour commencer, cette fille mérite le fouet, et je veillerai moi-même à ce que la punition ne soit pas administrée par un manchot!

Ici encore, je ne puis rien dire pour ma défense, sinon que tout cela se passa trop vite et que j'étais trop hébété par le sentiment de ma propre culpabilité pour réagir. Arsinoé repartit en trombe, et je demeurai assis, la tête entre les mains, les yeux fixés sur la mosaïque du sol. Je fus tiré de mon hébétude par des cris de douleur venant de la cour.

Je sortis en courant et vis Hanna, les poignets liés à un pieu, de grosses boursouflures rouges sur son dos nu, que l'esclave de l'écurie continuait de fouetter. Arrachant le fouet des mains de l'esclave je lui en frappai le visage, aveuglé que j'étais par la rage. Arsinoé se tenait non loin de là, le visage empourpré, les membres frémissants.

— Cela suffit, dis-je. Vends cette fille si tu le désires, mais veille que ce soit à un bon maître qui prendra soin d'elle.

Hanna s'était laissée tomber sur le sol, retenue par les poignets, et des sanglots qu'elle tentait de réprimer secouaient tout son corps. Les yeux agrandis par la colère, Arsinoé tapa du pied.

— Ne viens pas nous gêner, Turms! Cette fille doit avouer le nom de celui qui l'a violée et le nombre de ses amants, et aussi l'emplacement de la cachette où elle serre l'argent qu'elle reçoit pour prix de sa débauche. Cet argent nous appartient. Quant au violeur, en le menaçant de quelque action légale, nous pourrons obtenir de lui un dédommagement.

A ces mots, je giflai Arsinoé à toute volée. C'était la première fois que je levais la main sur elle et j'en fus moi-même effrayé. Elle pâlit et son visage se tordit, mais, à ma surprise, elle conserva son calme.

Quand je brandis mon poignard pour libérer Hanna, Arsinoé fit signe à l'esclave et me dit :

— Ne tranche pas ces lanières coûteuses. Permets à l'esclave d'en défaire les nœuds. Si cette fille est si chère à ton cœur que tu préfères ignorer ce qui s'est passé, soit! Qu'on l'emmène immédiatement au marché aux bestiaux pour la vendre. Je vais l'y accompagner en personne pour m'assurer qu'elle trouve un maître respectable, alors même qu'elle ne le mérite pas. Mais tu as toujours eu le cœur tendre et je dois me plier à tes souhaits.

Hanna releva son visage, les paupières gonflées de larmes. Elle s'était mordu la lèvre jusqu'au sang pour ne point parler sous les coups, alors qu'il lui eût été facile de me nommer pour le responsable de sa chute. Mais son regard n'était pas accusateur. Elle ouvrit seulement les yeux comme pour se réjouir de voir que c'était moi qui étais venu prendre sa défense.

Un lâche soulagement s'empara de mon cœur quand je vis ce regard, et il ne me vint pas à l'esprit qu'Arsinoé risquait de ne point tenir parole. Je lui demandai pourtant :

— Me jures-tu de songer au bien de cette fille, fût-ce au prix du bénéfice que tu escomptes?

Arsinoé soutint mon regard, prit une profonde inspiration et déclara :

— Evidemment! Le prix ne change rien à l'affaire, du moment que nous sommes débarrassés de cette catin.

Un esclave de la maison lui apporta le lourd manteau que

portent les femmes de Rome et lui en couvrit la tête et les épaules. Le palefrenier fit remettre Hanna debout, lui passa une corde autour du cou et l'entraîna vers la porte. Ainsi se mirent-ils en route pour le marché, Arsinoé fermant la marche, drapée dans son manteau.

Je courus derrière eux, touchai l'épaule d'Arsinoé et demandai d'une voix implorante qu'étouffaient les larmes :

— Note au moins le nom et la cité de l'acheteur, que nous sachions où se trouve Hanna.

Arsinoé s'immobilisa, secoua la tête et dit gentiment :

— Mon cher Turms, je t'ai déjà pardonné car je comprends ta hideuse conduite. Selon toute apparence, c'est comme si tu étais contraint de faire tuer un animal aimé qui souffrirait de quelque maladie incurable. Dans ce genre de cas, le bon maître charge de l'affaire un ami digne de confiance. Il ne désire savoir ni où, ni quand, ni comment cela se passera. Dans ton propre intérêt, Turms, il vaut mieux que tu ignores où s'en va cette fille. Crois-moi, aie confiance. Je m'occupe de tout pour toi, puisque tu es si sensible.

Elle m'effleura la joue de ses doigts et se hâta de rejoindre l'esclave. Je dus admettre par-devers moi que les paroles d'Arsinoé semblaient parfaitement raisonnables. Et pourtant, le doute me rongeait le cœur et je me sentais coupable malgré le soin que je mettais à me répéter qu'Hanna était certainement dépravée de nature comme sont les Elymiennes. Autrement, elle ne me serait pas si facilement tombée dans les bras. Mieux valait cesser de penser à cette affaire.

En cela, Arsinoé ne me ménagea pas son aide car, l'après-midi même, quand elle revint du marché, elle eut la délicatesse de ne pas même évoquer le prix qu'elle avait obtenu de la pauvre fille. Plus jamais elle ne me parla du sujet. Ce fait seul qui eût dû redoubler mes soupçons m'aida au contraire à oublier l'épisode entier. Tant je m'étais installé confortablement dans ma vie quotidienne, chez Tertius Valerius.

4

Il était probablement écrit qu'au cours des neuf longues et difficiles années qu'avaient laissé présager les corbeaux, je resterais prisonnier de quatre murs, afin de mieux apprendre à connaître la vie en attendant d'atteindre l'âge requis. Ce fut sans aucun doute la raison pour laquelle Arsinoé fut désignée pour être ma compagne, car nulle autre femme n'eût probablement été capable de me lier à la terre et à la vie de tous les jours pour une période aussi longue. De même, ce fut à cause d'elle que Tertius Valerius, me prenant un jour à part, me parla de son ton aimable de bon vieillard.

— Turnus, mon cher fils, tu sais combien je t'aime et combien la présence de ton épouse éclaire mes vieux jours. Mais la maladie qui m'a frappé en plein forum était un sain avertissement. Tu sais aussi bien que moi que je puis, d'un jour à l'autre, m'abattre sans vie sur le sol. Et c'est pourquoi je m'inquiète tant de ton avenir.

«Vois-tu, mon cher Turnus, poursuivit-il de sa voix chevrotante, et malgré l'amour que je te porte, permets à un vieillard de te dire que la vie que tu mènes n'est pas digne d'un homme. Tu dois te reprendre. Tu as observé autour de toi assez longtemps pour comprendre maintenant les us et coutumes de Rome. Tu parles latin mieux que certains Sabins et autres immigrés transplantés ici afin d'accroître la population. Tu pourrais passer pour romain si tu le désirais, sans la moindre difficulté.

Secouant la tête, il sourit et plissa les yeux dans son visage tout ridé, puis reprit :

« Tu penses probablement comme moi qu'il s'agit d'une cité brutale et impitoyable. Je souhaiterais quant à moi qu'elle fît retour à Saturne, mais la louve du dieu de la guerre a bel et bien allaité ses fondateurs. Ainsi l'ont décrété les immortels et nous ne pouvons que nous y soumettre. Je ne crois pas que tous les principes romains soient bons et toutes les guerres romaines justes. L'avidité est notre défaut, ainsi que l'avarice, et nous ne renonçons jamais à la plus petite parcelle de territoire à moins d'y être absolument contraints.

De nouveau, il secoua la tête, rit, et reprit le fil de son discours :

« Pardonne à ma vieillesse radoteuse si je m'écarte du sujet pour revenir à mes vieilles obsessions qui m'ont donné la réputation de simple d'esprit dont je jouis auprès de mes parents et de mes amis. Mais dans le droit ou dans l'injustice, dans la vérité ou dans l'erreur, Rome est ma cité, la patrie de ma famille depuis que notre ancêtre à quitté Volsine, voilà cent cinquante ans, pour aller chercher fortune en terre nouvelle. Seul un imbécile chercherait à transformer ses erreurs en vertus pour s'en réjouir. Ainsi, je ne suis pas fier de la mort de mes fils. Ce fut la plus funeste erreur de toute ma vie, malgré les murmures qui s'élèvent autour de moi quand je traverse le forum et que les pères se penchent à l'oreille de leurs fils pour expliquer : «C'est Tertius Valerius qui n'hésita pas à livrer ses propres fils aux licteurs pour protéger Rome de l'autocratie.» Je ne les détrompe pas non plus, car mieux vaut que les gens croient un mensonge s'il est profitable à Rome et s'il peut aider les jeunes gens à affronter bravement les épreuves à venir. Car elles ne manqueront pas.

Son corps fut pris de tremblements et la salive coula du coin tordu de sa bouche. Arsinoé pénétra dans la pièce, faisant mine de passer par hasard, essuya la barbe du vieillard avec une serviette de lin, caressa doucement ses cheveux rares et m'adressa la parole d'un air courroucé :

— Prends bien garde à ne pas fatiguer ou contrarier notre cher hôte!

Il n'eut pas sitôt saisi la main d'Arsinoé qu'il cessa de trembler et, jetant à mon épouse un regard d'adoration, déclara :

— Mais non, ma chère fille, il ne me fatigue pas. Bien au contraire, c'est plutôt moi qui ai lassé sa patience. J'oublie toujours que je ne suis pas en train de discourir devant le sénat! J'ai une proposition à te faire, Turnus. Si tu le souhaites, je puis obtenir pour toi la citoyenneté romaine au sein d'une tribu plus qu'honorable. Comme plébéien, certes, mais tes moyens te permettent de t'équiper en hoplite lourd. Evidemment, la cavalerie est exclue, mais pas l'armée. Or, tu as l'expérience des combats, comme ton épouse me l'a conté et comme le prouvent tes cicatrices. Voici ta chance, Turnus. Au-delà, tout dépendra de toi. La porte du temple de Janus est toujours ouverte.

Je savais que l'on s'attendait à une guerre terrible, le traître Coriolan ayant entrepris d'entraîner les meilleurs guerriers volsques et de leur enseigner les tactiques romaines. Je me doutais bien qu'il m'eût suffi de solliciter pour devenir citoyen romain et, mes moyens me permettant d'acquérir des armes, je n'avais en fait nul besoin de Tertius Valerius et de ses recommandations. S'il était vrai qu'il songeait à mon intérêt, il ne l'était pas moins qu'en tant que Romain il songeait à ceux de sa cité. Tout renfort était bon à prendre pour l'armée et, d'un citoyen de fraîche date, on pouvait attendre qu'il combattît aussi vaillamment que possible afin de se tailler une réputation.

Sa proposition était raisonnable, mais j'avais eu mon content de guerre et de combats avec Dorieos. La seule idée de la guerre me rendait malade.

Je ne pouvais expliquer mon sentiment, mais il était si fort qu'il me contraignit à répondre :

— Tertius Valerius, ne te mets pas en colère contre moi, mais je n'ai pas le sentiment d'être prêt pour la citoyenneté romaine. Plus tard, peut-être, mais je ne puis rien promettre...

Tertius Valerius et Arsinoé échangèrent un regard. A ma surprise, ils ne cherchèrent plus à me persuader. Valerius me demanda au contraire :

— Eh bien, que comptes-tu faire d'autre, mon fils? Si je puis t'éclairer de quelque conseil, parle, n'hésite point!

La pensée devait avoir mûri en moi depuis quelque temps, mais elle jaillit comme une réponse spontanée à sa question :

— Il est d'autres pays, d'autres nations que Rome et les Romains. Pour accroître mes connaissances, j'ai l'intention d'aller visiter les cités étrusques. Une grande guerre se prépare en Orient. D'après moi, il se pourrait bien que ses répercussions se fassent sentir jusqu'en Italie. Devant une avalanche de cette ampleur, Rome ne serait qu'une cité parmi d'autres. La connaissance des autres pays est toujours utile et Rome bénéficiera peut-être quelque jour des connaissances et de la finesse politiques que je glanerai auprès des autres cités.

Tertius Valerius m'approuva avec force hochements de tête enthousiastes.

— Peut-être as-tu raison. Les conseillers politiques dans les terres lointaines sont très demandés et la citoyenneté romaine pourrait te valoir plus de difficultés que d'avantages dans ces pays lointains et cela t'obligerait en outre à faire ton service militaire. Je puis te donner des lettres d'introduction pour des personnes influentes de Véies et de Caere, les deux villes étrusques les plus proches. Tu serais également bien avisé d'aller visiter les villes côtières de Populonia et Vetulonia, dont nous dépendons entièrement pour la fourniture du fer. En fait, la puissance militaire de Rome repose sur l'importation sans entrave du fer des cités étrusques.

Arsinoé se penchant vers lui pour essuyer sa bouche, j'en profitai pour reprendre la parole :

— Voilà longtemps, bien trop longtemps que je jouis de ton hospitalité, ô Tertius. Je ne puis m'en remettre aussi à toi pour des lettres de recommandation. Tu en as déjà trop fait. Je vais me promener librement, à ma guise, et je ne suis pas persuadé que le patronage d'un sénateur romain m'ouvrirait forcément les portes de nombreux Etrusques respectés. Mieux vaut pour moi ne point me lier à Rome, même par l'intermédiaire de tes recommandations, dont je me passerai donc, malgré le prix que j'attache à ton amitié.

Il posa ses deux mains sur mes épaules en un geste de cordialité et me dit que je ne devais point hâter mon départ. Etant son ami, j'aurais toujours une place près de l'âtre, quand je le voudrais et aussi longtemps que je le voudrais. Mais malgré la chaleur de sa voix, je compris que c'était mon congé qu'il me signifiait ainsi. Arsinoé et lui voulaient me faire quitter Rome. Je ne savais pourquoi, mais je voyais que ma proposition leur agréait à tous deux.

Leur attitude m'avait blessé dans ma vanité de telle sorte que j'étais bien déterminé à ne me servir que de mes biens propres et, si possible, à les accroître en chemin. Ainsi Arsinoé me liait-elle à la terre et la vie de tous les jours plus étroitement que si je fusse demeuré auprès d'elle. Elle m'envoyait au loin, parmi les gens ordinaires, jauger les possibilités de profit et, si nécessaire, travailler de mes mains, ce que jamais encore je n'avais fait. Pour cette raison, mon voyage s'annonçait comme une période d'apprentissage, au cours de laquelle je découvrirais les besoins d'une personne simple dans le monde civilisé.

J'échangeai mes chaussures délicates contre une grosse paire de brodequins romains à semelle épaisse, et revêtis une simple tunique et un manteau de laine grise. Mes cheveux avaient repoussé et, sans les oindre, je les nouai en un chignon au-dessus de la nuque. Arsinoé, à ma vue, rit jusqu'aux larmes, ce qui adoucit les affres de la séparation et des adieux.

Et Tertius Valerius prit la parole :

— Tu dis vrai, Turnus. Du ras du sol, on voit parfois plus clairement que des combles du temple. Quand j'avais ton âge, mes paumes étaient calleuses et ces mains que voilà étaient larges comme deux pelles. Et dans cet appareil, je te respecte plus qu'auparavant.

Cette déclaration aurait dû m'ouvrir les yeux : je m'engageais, à l'aveuglette, sur un chemin inconnu. Mais j'étais toujours accompagné par la bonne fortune d'Hécate qui ne ménage pas son aide dans les petites comme dans les grandes choses. Aussi, lorsque je m'arrêtai à l'entrée du pont, pour regarder s'écouler les eaux jaunes du Tibre en crue, un troupeau en proie à la panique me chargea et me contraignit à sauter de l'autre côté du parapet pour n'être pas piétiné. Les cris de colère des gardiens du pont ajoutèrent à la confusion. Pour finir, le bouvier appela à l'aide et sa fille, encore adolescente, se mit à pleurer. Sautant de nouveau sur le pont, je saisis le taureau du troupeau par les naseaux, serrant aussi fort que je le pouvais. Le taureau tenta vainement de secouer la tête et finit par se calmer comme s'il se rendait compte qu'il avait trouvé son maître. Alors le troupeau entier retrouva le calme et suivit docilement le taureau tout au long du pont, que nous finîmes par quitter, en arrivant sur le côté de la route, près de la pente du Janicule.

Là, je lâchai le taureau et m'essuyai la main de la morve qui la maculait. Le bouvier vint à ma rencontre en boitillant et en se tenant les reins car, à la sortie du pont, le garde l'avait frappé du plat de son glaive. Il me bénit au nom de Saturne, d'où je conclus qu'il était un simple rustique romain. Sa fille essuyait ses larmes, câlinant ses vaches.

Le bouvier s'assit au bord du talus et se frotta le dos.

— Et maintenant, maître? Je vois à ton visage que tu n'es pas l'un des nôtres. Nous vivons des temps difficiles et, sur l'ordre de notre maître, nous emmenons le bétail au marché de Véies avant l'arrivée des Volsques qui nous le déroberaient. Jamais les bêtes n'ont été aussi agitées, et je ne vois pas comment ma fille et moi nous parviendrons à les tenir jusqu'au bout. Surtout avec mon dos qui me fait mal.

Son impuissance me toucha et sa fille, qui allait pieds nus, n'en était pas moins jolie.

— Je ne sais pas grand-chose du bétail, lui dis-je d'un ton engageant, mais je suis en route pour Véies et rien ne me presse. Je suis tout prêt à t'aider à mener ton troupeau, mais j'ignore tout de la traite.

Mes paroles le réjouirent profondément.

— Ce nouveau dieu, là, Mercure, doit avoir une petite utilité malgré tout, alors? Sur le point de partir, je me suis rapidement incliné devant l'entrée de son temple et vois avec quelle célérité ce jeune dieu plein de bonté t'a envoyé à mon secours!

Joignant donc nos forces, nous partîmes pour Véies au long de l'antique voie, réglant notre pas sur la lente marche des animaux. Je ramassai une badine, mais nous eûmes tôt fait de remarquer que nous avancions mieux quand je prenais la tête, un bras posé sur le garrot du taureau de tête, tandis que le bouvier et sa fille fermaient la marche, chassant les vaches qui s'arrêtaient le long de la route. Bientôt, les choses allèrent si bien que la jeune fille se mit à chanter en marchant une vieille chanson de berger. Le soleil brilla derrière les nuages et la tristesse du départ s'estompa dans mon cœur. Au crépuscule, je me réjouis de n'avoir pas avancé plus vite, car mes brodequins neufs frottaient mes talons, m'infligeant de douloureuses cloques. Retirant les souliers, je les accrochai à mon épaule. Pour la première fois, je sentis comme il est merveilleux de fouler la terre élastique de son pied nu.

Quand l'obscurité tomba, nous découvrîmes un enclos abandonné dont la clôture nous promettait un sommeil reposant, puisque nous n'aurions pas à monter la garde autour du bétail à tour de rôle. Nous fîmes du feu pour nous défendre contre l'humidité glaciale de ce début de printemps. Père et fille entreprirent de traire les vaches et, quand je remarquai combien le pauvre homme avait de mal à se baisser, avec son dos meurtri, j'offris de les aider. La fille me montra en riant comment me servir de mes mains et le contact de ses doigts bruns m'emplit d'une excitation qui n'était pas celle du désir mais plutôt du simple plaisir qu'il y a à être tout proche d'une très jeune fille. La douceur de ses paumes me surprit et elle m'expliqua, riant de ma bêtise, qu'elle était due au lait et à sa graisse. Elle ajouta que les femmes de la noblesse étrusque prenaient ainsi des bains de lait mais que c'était, à ses yeux, un crime contre les dieux, qui avaient donné le lait, le beurre et le fromage pour la nourriture des hommes.

Je répondis que c'était un crime aussi grave à mes yeux de répandre le lait sur le sol comme nous étions en train de le faire. Soudain sérieuse, la fille expliqua :

— Nécessité n'a point de loi. Nous ne pouvions emporter de récipient avec nous, or les bêtes ont besoin d'être traites. Sinon, elles souffrent et leurs pis s'enflamment et, à la vente, elles perdent de leur valeur. Jamais nous ne pourrions en tirer le prix qu'exige notre maître.

Elle jeta un coup d'œil à son père et ajouta d'un air contrit :

— De toute manière, ce sera difficile. Les traces de sabots innombrables qui marquent le chemin me font comprendre que tous les patriciens auront eu la même idée en même temps. Les marchands et les maquignons de Véies offriront des prix dérisoires du bétail romain. Mon père devra en passer par eux, le maître sera mécontent et mon père sera battu.

— Comme votre maître semble sévère! fis-je observer.

Mais, aussitôt, la fille entreprit de prendre sa défense et dit fièrement :

— Il n'est ni plus ni moins sévère que les autres. C'est un Romain et un patricien.

Les laitières n'étaient pas très nombreuses. Ils s'étaient munis d'un cruchon qui nous permit de nous désaltérer à tour de rôle de bon lait tiède et mousseux. Quand il eut refermé la porte de l'enclos, le bouvier rassembla toute la paille propre qu'il put trouver et dit d'un air satisfait :

— Je ne m'attendais pas à un lit si moelleux. Dormez bien, maître.

Retirant son manteau, il s'étendit sur la paille puis se recouvrit de l'étoffe rugueuse. La fille s'allongea à côté de son père qui la couvrit elle aussi de son manteau.

Voyant que je restai debout, hésitant, la fille se dressa sur son séant et m'invita à m'allonger aussi :

— Viens près de nous, ami, réchauffons-nous mutuellement, car la nuit sera très froide.

Déjà, pendant la guerre ionienne, j'avais appris à dormir flanc contre flanc avec mes camarades, mais cela était nouveau et l'odeur de fumier qui montait de la paille était répugnante. Pour ne point vexer la fille, j'ôtai toutefois mon manteau de laine, m'allongeai près d'elle, et nous recouvris tous deux. Un pan du manteau couvrait même le père.

La fille renifla l'odeur de laine neuve, tripota le tissu et déclara :

— Tu possèdes un beau manteau.

Puis se tournant avec brusquerie, elle me passa un bras autour du cou et, pressant sa joue contre la mienne, murmura :

— Tu es gentil.

Alors, comme honteuse de cet élan, elle enfouit son visage contre ma poitrine et, quelques instants plus tard, je me rendis compte qu'elle dormait entre mes bras. Son corps réchauffait délicieusement le mien, comme la boule palpitante d'un petit oiseau qu'on tient dans la main. J'avais encore le souvenir de sa joue contre la mienne et le bonheur m'emplissait. Le ciel nocturne s'éclaircit, les étoiles luisaient brillamment et l'haleine fraîche des montagnes de Véies était dans l'air. Je dormis plus profondément que je ne l'avais fait depuis des années, sans un rêve. Tant j'étais devenu proche de la terre et des hommes en ce premier jour de mon voyage.

Le lendemain, tandis que les montagnes miroitaient sous un soleil éclatant, nous gravîmes une pente de plus en plus abrupte, poussant le troupeau devant nous, jusqu'à ce que la splendide Véies nous apparût, entourée de remparts, accrochée au flanc d'une montagne imposante. De loin brillait le toit peint des temples ornés de statues des divinités. Sans cesse, nous croisions des bergers romains qui nous mettaient en garde, nous invitant à rebrousser chemin, car les maquignons de Véies tiraient profit du malheur des Romains et n'offraient que des sommes dérisoires pour le meilleur bétail. Eux-mêmes regrettaient d'avoir vendu et nous conseillaient de faire demi-tour car, après tout, on avait sans doute exagéré les risques d'une attaque par les Volsques. Ces derniers mettraient longtemps à assembler une armée digne de ce nom, capable de marcher contre Rome.

Mais quels que fussent ses doutes, le bouvier ne pouvait qu'obéir aux ordres de son maître. Tristement, nous franchîmes le portail massif avec nos bêtes, et les gardes nous indiquèrent le chemin à suivre une fois dans la cité. Au contraire de Rome, dont les murs encerclaient de vastes prairies et des marais, Véies était une grande ville dont les constructions se serraient les unes contre les autres, sans laisser subsister de pâturages utiles dans l'éventualité d'un siège. Véies était deux fois plus peuplée que Rome, ses remparts étaient beaucoup plus longs et ses deux grandes rues, vastes et rectilignes, faisaient de celles de Rome des ruelles tortueuses par comparaison. Elles étaient pavées de larges dalles plates que la circulation avait profondément usées, et la façade des maisons qui les bordaient s'ornait de statues d'argile aux couleurs brillantes et de diverses autres décorations. Le peuple lui-même était différent de celui de Rome. Les visages allongés aux traits fins arboraient souvent un sourire séduisant. Les vêtements étaient beaux et bien coupés.

Nous avions à peine pénétré sur la place du marché qu'un groupe de bonshommes brutaux et gesticulants se hâtèrent à notre rencontre pour examiner les taureaux, tâter le pis des laitières et mesurer la distance séparant les cornes des génisses. Cela fait, ils ouvrirent les mains en signe de déception, selon la coutume des marchands de bestiaux, et entreprirent de critiquer nos bêtes avant de les décréter absolument dépourvues de valeur. Dans un latin rudimentaire, ils déclarèrent qu'elles étaient tout juste bonnes pour l'abattoir, et que leur peau même ne valait pas grand-chose. Ils ne s'empressèrent pas moins de nous faire leur offre, échangeant des coups d'œil en dessous. Ainsi apprîmes-nous qu'un grand nombre de marchands de bétail venaient d'arriver à Véies des villes étrusques de l'intérieur, attirés par la rumeur selon laquelle les Romains avaient entrepris de vendre leurs troupeaux à des prix ridicules à cause des menaces de guerre. Le bétail romain était réputé, à la fois parce que les Romains avaient volé les meilleurs producteurs, pendant leurs guerres incessantes, mais aussi parce que les patriciens étaient connus pour être des éleveurs soigneux et exigeants.

Les marchands de Véies s'étaient entendus entre eux et, joignant leurs forces, avaient jusqu'alors réussi à acheter tout le bétail au même prix — très bas — et à le partager entre eux tous. Mais la concurrence des nouveaux arrivés rompit cette belle ordonnance et poussa les marchands à entrer en rivalité les uns avec les autres. Les derniers vendeurs, repartis en serrant les poings, avaient juré qu'on ne les y reprendrait plus. Ils allaient dire partout que le bétail romain était racheté à des prix ridicules. Aussi les marchands commençaient-ils à craindre de voir cesser les arrivages.

L'écervelé bouvier eût été trop heureux d'accepter la première offre correspondant aux exigences de son maître. Mais quand je vis comment les choses tournaient, je l'incitais au calme, lui faisant remarquer qu'il restait encore bien du temps avant le coucher du soleil. Tranquillement assis à même le sol, nous mangeâmes notre pain et notre fromage et je fis signe à un colporteur de nous vendre du vin, qu'il servait dans de fort jolies coupes d'argile peintes. Le vin nous réjouit le cœur, tandis que les bêtes ruminaient, fatiguées, autour de nous.

La fille m'adressa un regard de ses yeux souriants :

— Tu nous as porté chance, l'ami!

Je me rappelai alors qu'il fallait absolument que je gagnasse mon pain, parmi les hommes ordinaires. Aussi proposai-je au père :

— Le pain et le fromage que tu m'as donnés suffisent à payer mon salaire pour t'avoir accompagné jusqu'ici. Permets-moi maintenant de participer à la vente. Je te demande seulement la moitié de la différence entre le prix demandé par ton maître et celui que nous obtiendrons forcément. Cela te paraît juste?

Ce n'était pas la première fois que le bouvier venait au marché et il possédait une roublardise paysanne qui lui fit dire :

— Je suis capable de marchander. Mais je ne comprends pas la langue étrange des Etrusques. De toute façon, tu es probablement plus sage que moi et ils n'oseront pas te berner autant que moi. Mais la moitié du profit— c'est trop, car je dois songer aux intérêts de mon maître. Si tu es prêt à te contenter du quart, topons là, tu me feras plaisir.

Je fis semblant d'hésiter, puis je tendis la main et le pacte fut scellé. C'était tout ce que je voulais, car j'aurais eu honte d'accepter plus que le quart du profit qui permettrait à ce brave homme de n'être point rossé. Je me levai et laissai le vin maître de ma langue. Je chantai les louanges de nos bêtes en latin, en étrusque, et même en grec, que comprenaient fort bien les marchands de Tarquinia. Au fur et à mesure, je crus voir les taureaux, les vaches et les génisses se charger réellement des qualités que je leur prêtai, jusqu'à devenir un bétail divin, que les marchands entreprirent d'examiner de nouveau mais avec plus de respect que la première fois. Pour finir, ce fut celui qui était venu du plus loin qui m'offrit le meilleur prix. Les autres se couvrirent la tête en signe de défaite, comme s'ils étaient écrasés, mais sous les pans de leur robe, on voyait bien qu'ils riaient.

Quand nous eûmes pesé l'argent et calculé à quelle quantité de cuivre romain il équivalait, il nous apparut que mes discours avaient rapporté plus de deux fois le prix fixé par le patricien, chiffre presque égal à la valeur réelle du bétail en temps de paix. Le bouvier déposait des baisers sur ses mains en signe de joie et sa fille se mit à danser. Sans hésiter, le père me compta un quart du profit en bel argent et m'apprit en chuchotant qu'il avait caché son meilleur taureau dans la forêt, là où les Volsques n'iraient jamais le chercher. Ce serait le début d'un nouveau troupeau, quand la paix serait revenue.

Je jugeai préférable de prendre congé du bouvier, car j'étais impatient de faire connaissance avec cette ville gaie et civilisée, qui différait tant de toutes les cités que j'avais connues jusqu'alors. L'altitude donnait à l'air une grande fraîcheur et ses rues pavées étaient propres et dépourvues des détritus malodorants qu'on trouve habituellement dans les villes, car tous les rebuts étaient emportés par un système d'égouts souterrains.

Je demeurai à Véies jusqu'à l'été, confortablement installé dans une auberge propre et agréable, où personne ne se montrait trop curieux ni ne s'intéressait à mes allées et venues comme il est coutumier dans les villes grecques. Le silence et la courtoisie du service me plaisaient beaucoup. Quand je me rappelai le tintamarre, l'agitation et les bavardages incessants des villes grecques, j'avais le sentiment de me trouver désormais dans un autre monde, plus noble. En elle-même, l'auberge était modeste et convenait parfaitement à mon apparence. Mais même en ces lieux, on n'avait pas l'habitude de manger avec les doigts. On utilisait une fourchette à deux dents. Dès le premier repas, le serviteur me porta une fourchette d'argent, comme si le monde n'avait jamais donné naissance à un voleur.

Sans chercher à me lier d'amitié avec quiconque, je me promenais par les rues et les places, jouissant de la beauté de la ville et de ses habitants, et je me rendis compte que Rome était une cité réellement barbare comparée à ses voisines. Les habitants de Véies étaient probablement de cet avis, mais je n'en entendis aucun parler désagréablement de Rome. Ils vivaient comme si Rome n'existait pas, ayant signé avec elle un pacte de non-agression de vingt ans. Mais il y avait quelque chose de triste dans le visage et le sourire des habitants de Véies.

Le premier matin, comme je me contentais de respirer l'air de Véies, qui était comme un reconstituant après les pestilences des marais romains, je me retrouvais sur une petite place où se tenait un marché et je m'assis sur un banc de pierre. Autour de moi régnait l'agitation habituelle des marchés. Des gens allaient et venaient à la hâte. Je vis un âne gris chargé de paniers de légumes. Je vis une paysanne qui avait disposé des fromages sur un linge bien propre.

Retenant mon souffle, je me rendis soudain compte, en un éclair, que j'avais déjà vécu cette scène paisible et heureuse. Je me levai comme dans un songe et, tournant un coin de rue familier, je vis se dresser devant moi un temple dont je reconnus le fronton soutenu par des colonnes.

Les belles statues mystérieuses et peintes de couleurs sombres qui ornaient le toit représentaient Artémis défendant son cerf contre Héraclès, sous le regard souriant des autres divinités. Je gravis les marches et franchis le portail, derrière lequel un serviteur ensommeillé m'aspergea d'eau sacrée avec son goupillon. Ma certitude d'avoir déjà vécu ce moment s'accrut encore.

Se détachant contre l'obscurité des parois, debout sur un piédestal, éclairée par une ouverture ménagée dans le toit, la déesse de Véies, divinement belle, souriait d'un sourire rêveur. Elle portait un enfant dans les bras. A ses pieds, une oie au cou tendu. Je n'eus besoin d'interroger personne pour savoir que son nom était Uni. Je le savais et je la reconnus à son visage, à l'enfant et à l'oie, mais comment le savais-je, je ne puis l'expliquer. Ma main s'éleva jusqu'au front, et, inclinant la tête, j'étendis le bras en un salut sacré. Quelque chose en moi me disait que cette statue était sacrée et que l'endroit où je me trouvais l'était aussi, avant même la construction du temple et de la ville.

Il n'y avait point de prêtre dans les environs mais le serviteur, jugeant à mon costume que je devais être étranger, se leva de son siège pour venir me décrire les différentes offrandes votives et les objets sacrés qu'il y avait au mur. Mais j'étais si profondément engagé dans l'adoration que je le chassai d'un geste : je ne voulais rien voir d'autre dans le temple que Uni, la personnification divine de la tendresse et de la bonté féminines.

Ce ne fut que par la suite que je me souvins de cette vision que j'avais eue dans le songe de la déesse, dans le temple d'Eryx. En soi-même, cela n'avait rien d'inhabituel, car il est fréquent que l'on voie en songe quelque chose qui ne se produira que par la suite, mais je me demandais pourquoi mon rêve du temple d'Aphrodite m'avait mené dans la maison sacrée de la compassion et de l'amour maternel, à moins que la déesse se fût tout simplement divertie à mes dépens.

Au seuil de l'été, on apprit à Véies que les Volsques s'étaient mis en marche sur Rome, sous le commandement de Coriolan, afin, disaient-ils, de venger l'affront subi au cirque. Mais les forces de Rome ne s'avancèrent pas à la rencontre de l'ennemi pour l'affronter en terrain découvert comme elles en ont l'habitude. De cela, on avait conclu que Rome serait donc assiégée, aussi incroyable que cela pût paraître.

En marchant vite, j'étais à une journée seulement de Rome. Mais je portai mes pas dans la direction opposée, d'abord vers le nord, pour visiter le lac de Véies, ensuite vers l'ouest, franchissant les montagnes par des sentiers de bergers pour gagner Caere, ville voisine de la mer. Pour la première fois de ma vie, je vis donc la limpidité et le rougeoiement d'un grand lac au coucher du soleil. Je ne sais ce qui me remua aussi profondément à la vue de ce lac entouré de montagnes, mais le froissement des roseaux et l'odeur de l'eau, si différente du remugle salin, suffirent à accélérer mon souffle. Si je croyais être seulement un voyageur en quête de spectacles nouveaux, mon cœur, lui, savait mieux que moi ce qu'il en était réellement.

Dans la cité de Caere, je conçus pour la première fois ce que devait être la vraie puissance des douze Etats étrusques devant l'immense nécropole qui s'y dressait au fond d'une vallée encaissée. De part et d'autre de la voie sacrée, une série de tumulus circulaires, à base de pierre, renfermaient la dépouille des plus anciens souverains de la ville, entourée de leurs objets sacrificiels.

A Caere la vie était plus bruyante que dans la noble Véies. Du matin jusqu'au soir, un joyeux vacarme s'échappait des innombrables échoppes d'artisans et des marins venus du monde entier parcouraient sans répit les rues à la recherche des distractions coutumières à leurs semblables quand ils sont à terre. Le port était pourtant assez éloigné, ouvert qu'il était à l'embouchure du fleuve. Mais la réputation de splendeur et de gaieté des cités étrusques était telle que les marins étrangers gravissaient volontiers la longue route escarpée qui menait du port à la ville même.

Plutôt que d'errer par les rues animées de la ville, je préférai respirer l'air de la montagne sacrée, humer les senteurs de menthe et de laurier de la cité des tombes. Un gardien m'expliqua que les tombes étaient rondes parce que les premières demeures étrusques affectaient la forme d'une ruche. Depuis lors, la rotondité était réputée sacrée et les temples les plus anciens, comme celui de Vesta, à Rome, étaient eux-mêmes arrondis. Comme il parlait de lucumons plutôt que de rois, je lui demandai d'expliquer ce qu'il entendait par là.

Il ouvrit les mains en un geste d'impuissance appris sans doute auprès des visiteurs grecs et dit :

— C'est difficile à expliquer à un étranger. Le lucumon est celui qui est.

Voyant que je ne comprenais pas, il secoua la tête et fit une nouvelle tentative :

« Un lucumon est un roi sacré.

Je ne comprenais toujours pas. Il montra alors plusieurs tumulus gigantesques et me dit que c'était la tombe de plusieurs lucumons. Mais quand je lui montrai à mon tour la tombe la plus récente, sur laquelle l'herbe n'avait pas encore eu le temps de pousser, il fit un geste négatif et m'expliqua, comme s'il avait affaire à un barbare vraiment épais :

« Non, ce n'est pas la tombe d'un lucumon. Seulement d'un souverain.

Mon insistance l'agaça, parce qu'il éprouvait beaucoup de peine à expliquer ce qui, à ses yeux, semblait une pure évidence.

« Le lucumon est un souverain choisi par les dieux, dit-il avec emportement. Il est trouvé. Il est reconnu. Il est le grand prêtre, le juge suprême, le législateur suprême. Un souverain ordinaire peut être détrôné, il peut transmettre héréditairement son pouvoir, mais nul ne peut priver un lucumon de son pouvoir, car le pouvoir du lucumon est sien.

— Comment est-il trouvé, comment est-il reconnu? demandai-je, ébahi. Un fils de lucumon n'est donc pas lucumon?

Je lui tendis une pièce d'argent pour l'apaiser.

Mais il ne put m'expliquer comment on reconnaît le lucumon ni en quoi il se distingue d'une personne ordinaire. Il me dit simplement :

— Un fils de lucumon n'est généralement pas lucumon lui-même, mais cela se produit parfois. Les familles très anciennes et très divines ont parfois donné naissance à une succession de lucumons. Mais nous vivons des temps corrompus. Les lucumons ne naissent que rarement de nos jours.

Du doigt, il montra un tombeau majestueux devant lequel nos pas nous avaient portés. Le pilier de pierre qui en marquait l'entrée était surmonté d'un couvre-chef rond, et non pointu.

« C'est la tombe d'une reine, m'expliqua le garde avec un sourire. Et il m'apprit que Caere était l'une des rares cités étrusques qui eussent été gouvernées par une reine. Le souvenir de ce règne était pieusement conservé par les habitants de Caere comme celui d'un âge d'or. La cité avait plus prospéré qu'en nulle autre époque. Le règne avait duré soixante ans, me dit-il, mais je le soupçonnai d'avoir appris auprès des visiteurs grecs l'art de l'exagération.

— Mais comment donc une femme peut-elle gouverner une cité ? demandai-je, effaré.

— C'était un lucumon, expliqua le garde.

— Une femme peut donc être lucumon ?

— Bien sûr, dit-il impatiemment. C'est rare, mais, par un caprice des dieux, un lucumon peut naître femme. C'est ce qui se produisit à Caere.

J'écoutais et ne comprenais pas, parce que j'écoutais d'une oreille prosaïque et m'étais lié aux gens et à la vie ordinaires. Mais je traversai plus d'une fois la vallée pour me recueillir devant les tombes géantes qui exsudaient un air de mystérieux pouvoir.

Dans la ville elle-même, je fus témoin d'un autre spectacle qui m'émut étrangement. Au pied du rempart s'alignaient des étals de potiers qui vendaient principalement des urnes funéraires de terre rouge. Les urnes étaient bon marché et la clientèle pauvre. A Caere, les défunts n'étaient pas enterrés, comme c'est la coutume à Rome. Ils étaient incinérés, puis les cendres étaient placées dans une urne ronde qui pouvait être de bronze coûteusement décoré et ouvré ou de simple argile rouge, comme en utilisaient les pauvres. Seul le couvercle de ces dernières s'ornait d'une image maladroite.

J'étais justement en train de regarder ces urnes rouges quand un couple de vieux campagnards, la main dans la main, vinrent choisir le vaisseau qui recueillerait les cendres de leur défunte fille. Ils arrêtèrent leur choix sur une urne dont le couvercle représentait un coq chantant. Quand ils le virent, ils sourirent joyeusement et l'homme tira de sa bourse de cuir une monnaie de cuivre. Il ne chercha pas à marchander.

— Pourquoi ne marchande-t-il pas ? demandai-je au potier dans ma surprise.

l'homme secoua la tête.

— Les choses sacrées ne font pas l'objet de marchandages, ô étranger.

— Mais ce vaisseau n'a rien de sacré, insistai-je, ce n'est que de l'argile cuite.

L'homme entreprit de me donner des explications patientes :

— Certes, il n'est pas sacré en sortant du four du potier. Il n'est pas sacré non plus, sur cette table. Mais sitôt que les cendres de la fille de ce pauvre couple y auront été déposées, quand le couvercle sera scellé, il sera sacré. Et c'est pourquoi son prix, modeste, a été déterminé à l'avance.

Une telle manière de vendre, si peu grecque, était nouvelle pour moi. Montrant le coq qui ornait le couvercle, je demandai au couple :

— Pourquoi choisir précisément un coq? Ne serait-il pas un emblème plus approprié pour une noce?

Ils me dévisagèrent avec étonnement, montrèrent le coq du doigt et dirent à l'unisson :

— Mais il chante!

— Pourquoi chante-t-il? demandai-je.

Ils me regardèrent et échangèrent un mystérieux sourire malgré leur chagrin. L'homme passa le bras autour de l'épaule de son épouse et me dit, comme s'il parlait au dernier des imbéciles :

— Le coq annonce la résurrection.

Ils partirent et je les regardai s'éloigner les larmes aux yeux. Ces paroles me perçaient le cœur! Comme elles étaient touchantes et sagaces! C'est le souvenir que j'ai gardé de Caere. Et aussi, c'est le meilleur résumé que l'on puisse donner de la grande différence qui existe entre les Grecs et les Etrusques. Pour les premiers, le coq est le symbole du désir, pour les seconds, il symbolise la résurrection...

Mon intention avait été de retourner à Rome depuis Caere mais le bruit se répandit que Coriolan libérait l'une après l'autre les villes qui avaient été occupées par les Romains. Il avait repris Corioles et même Lavinium, que les Romains jugeaient importante. La chute des salines de l'embouchure du Tibre entre les mains des Volsques ne semblait plus qu'une question de temps. Pour cette raison, je décidai de poursuivre vers le nord et d'aller visiter Tarquinia, qui passait pour la principale cité de la ligue étrusque et celle qui possédait le plus d'importance politique.

Voyageant dans la tiédeur de l'été, je ne savais qu'admirer le plus, de la sûreté des routes, de l'hospitalité des gens de la campagne, du bétail à longues cornes qui paissait dans les prés, ou des champs fertiles qu'on avait arrachés par drainage à des marais. Tout autour de moi, la terre était plus riche et plus productive que nulle part ailleurs. Pour assécher les marais et défricher la forêt, il avait fallu des générations et des générations de labeur et de savoir-faire. Et pourtant les Ioniens méprisaient les Tyrrhéniens qu'ils appelaient pirates et les Etrusques qu'ils jugeaient dominateurs et dégénérés à force de débauche.

Tarquinia est sans doute une cité éternelle de la terre et c'est pourquoi je ne la décrirai pas. De nombreux Grecs y vivaient, parce que, dans cette ville vivante et moderne, les Etrusques admiraient le talent des étrangers et étaient attirés par toutes les nouveautés comme le sont les femmes par le plumet étrange qui orne le casque des soldats étrangers. Dans le seul domaine de la religion, les Etrusques se savaient supérieurs à toutes les autres nations.

Les habitants de Tarquinia avaient soif d'apprendre. Je me fis des amis parmi eux, et, malgré mon extérieur, fus invité à des banquets dans la maison des nobles quand on commença à savoir que j'avais combattu en Ionie et que je connaissais les villes de Sicile. Je dus acheter d'autres vêtements pour être digne de ces nouveaux compagnons. Ce fut avec joie que j'enfilai des vêtements étrusques de fine toile et de laine peu épaisse et que je coiffai un chapeau arrondi en forme de dôme. Je recommençai à oindre ma chevelure, me rasai soigneusement la barbe et laissai pendre mes boucles jusqu'à mes épaules. Me regardant dans le miroir, je n'étais plus en mesure de me distinguer d'un Etrusque de naissance.

Au cours des banquets, je répondais volontiers aux questions que l'on me posait, même à propos de Rome et de ses problèmes politiques internes. Quant les jeunes gens se rendirent compte que mon sang ionien ne me rendait pas très chatouilleux sur ces questions, ils n'hésitèrent plus à railler les Grecs et à les critiquer en ma présence.

— Dans les temps anciens, la puissance des douze cités étrusques s'étendait du nord au sud de l'Italie. Nous avions des colonies sur les rivages et dans les îles jusqu'au lointain pays des Ibères. Et nos navires sillonnaient toutes les mers, jusqu'en Grèce, en Ionie et en Phénicie. Mais, avec le temps, des nations toujours plus nombreuses et affamées sont descendues du nord. Nous les avons autorisées à s'installer sur nos territoires et nous les avons civilisées. Nous en avons détruit d'autres. Il ne cessait d'en affluer par les passages montagneux. Mais les Grecs sont les pires de tous. Ils ont étendu leurs colonies jusqu'à Cumes et occupent tous les rivages, plus nombreux que des grenouilles. Au nord, les tribus celtiques les plus récemment arrivées nous bousculent et, au sud, les Grecs auront tôt fait de ruiner tout commerce.

Ainsi échangions-nous des pensées en buvant du vin, mais moi, je ne parlais que si on me posait une question et le reste du temps je gardais la bouche close. Auditeur attentif, je me fis de nombreux amis car, à cet égard, les Etrusques ne sont pas différents des autres peuples.

Tarquinia était la cité des peintres, tout comme Veies était celle des sculpteurs. Il y avait non seulement des décorateurs qui peignaient des fresques dans les maisons, et aussi ceux qui peignaient des coffres de bois, mais encore une guilde de peintres de tombeaux qui étaient les plus respectés de tous et dont les quelques membres avaient appris leur art de leur père et le pratiquaient comme un héritage sacré.

Le cimetière de Tarquinia se trouvait sur l'autre flanc d'une vallée, au sommet d'un méplat d'où l'on apercevait des champs, des jardins, des olivaies et des vergers qui descendaient jusqu'à la mer. Moins imposants que les tombeaux des souverains de Caere, les tumulus étaient plus nombreux et moutonnaient à perte de vue. Devant chaque tumulus se dressait un autel pour les sacrifices et, derrière une porte, des marches fort raides permettaient de descendre dans la tombe, creusée dans la roche meuble. Depuis des siècles, la coutume était de décorer les murs des tombes de fresques sacrées.

Errant parmi les tombeaux, je constatai que la porte de bois provisoire d'une tombe de construction récente avait été laissée ouverte. Entendant des voix qui montaient des profondeurs, j'appelai et demandai si un étranger pouvait descendre contempler l'œuvre sacrée de l'artiste. Le peintre répliqua en beuglant un juron si épouvantable que jamais je n'en avais entendu de semblable sur les lèvres des pires charretiers au cours de mes voyages; mais bientôt, son apprenti se précipita à ma rencontre avec une torche pour me permettre de descendre l'escalier.

Je m'engageai précautionneusement sur ces marches inégales, m'appuyant contre le mur quand, à mon grand ébahissement, je discernai sur la paroi le contour d'un coquillage gravé dans le roc, comme si la déesse m'indiquait par un signe secret que j'étais sur la bonne voie. C'était de cette manière que les dieux choisissaient de se manifester à moi de temps en temps au cours de mon voyage, mais je ne prêtais guère attention à leurs signes. Il est probable que mon cœur, lui, était comme en pèlerinage mais que je ne m'en rendais pas compte, attentif que j'étais aux réactions de mon corps qui, lié à la terre, promenait partout une curiosité bien terrestre.

L'apprenti me précéda avec la torche et je débouchai bientôt dans une salle où l'on avait taillé dans le roc des banquettes pour les deux défunts. L'artiste avait commencé son œuvre par le plafond dont la grosse poutre centrale s'ornait de cercles et de feuilles en forme de cœurs de diverses couleurs. De part et d'autre de la poutre, le plafond avait été divisé en carrés rouges, bleus et noirs comme c'était la coutume dans les maisons de Tarquinia. La peinture du mur de droite était déjà terminée. On y voyait, étendus sur une couche de cérémonie, appuyés sur un coude, les deux futurs défunts, revêtus de vêtements de cérémonie, la tête couronnée de guirlandes. Eternellement jeunes, l'homme et son épouse se regardaient dans les yeux, une main levée, tandis qu'en contrebas, des dauphins s'ébattaient dans les vagues éternelles.

La joie de vivre qui se dégageait de cette peinture me poignit si fort que je m'attardai devant le mur avant d'aller voir le discobole, le lutteur et les danseurs qui jouaient à leurs jeux éternels le long des murs. Plusieurs torches éclairaient la salle et de douces senteurs émanaient de l'encensoir qu'on avait mis là pour dissiper l'odeur de moisi, de pierre humide et celle, plus métallique, de la peinture fraîche. Après m'avoir accordé suffisamment de temps pour tout regarder, l'artiste poussa de nouveau un affreux juron en grec, pensant peut-être que je ne comprenais rien d'autre.

— Alors, étranger, tolérable? me demanda-t-il. De pires choses ont été peintes sur les murs des tombeaux, pas vrai? Mais, pour l'instant, je suis aux prises avec un cheval qui refuse de prendre la forme que je veux lui donner. Mon inspiration est en train de se dissiper, ma cruche est vide et la poussière des colorants assèche désagréablement ma gorge.

Je le regardai et vis que ce n'était pas un vieil homme mais qu'il avait à peu près mon âge. Je crus reconnaître son visage luisant, ses yeux ovales, sa bouche gonflée.

Il jetait des regards intenses à la bouteille d'argile dans son étui de paille que je portais avec moi et, élevant sa main carrée aux doigts épais, s'écria joyeusement :

« Les dieux t'envoient à moi au bon moment, étranger. Fufluns a parlé. C'est maintenant ton tour de prendre la parole. Mon nom est Aruns pour honorer la maison des Velthuru qui sont mes protecteurs.

Déposant un baiser sur ma propre main en signe de respect, je me mis à rire et répondis :

— Que ma bouteille d'argile si loquace parle la première! C'est à n'en pas douter Fufluns qui m'envoie à toi, mais nous autres Grecs l'appelons Dionysos.

Il s'empara de la bouteille avant même que j'eusse eu le temps de me débarrasser de la corde au moyen de laquelle je la portais en bandoulière et, jetant le bouchon dans un coin, comme pour bien montrer qu'il était désormais inutile, versa dans son gosier le vin rouge avec une incomparable adresse, sans en répandre une seule goutte. Puis il s'essuya la bouche d'un revers de la main et poussa un soupir satisfait.

— Assieds-toi donc, étranger, me pressa-t-il. Tu vois, les Velthuru étaient courroucés contre moi, ce matin, et m'ont accusé de faire traîner mon travail. Comment des nobles comprendraient-ils les difficultés d'un artiste? Aussi m'ont-ils fait asperger d'eau puis hisser dans une charrette avec, pour toutes provisions, une cruche d'eau de source. Ils ont même ajouté ironiquement que l'eau devrait suffire à m'inspirer un cheval, puisqu'elle avait inspiré à la nymphe un chant éternel, vantant les beautés de Tarquinia.

Je m'assis sur l'un des bancs de pierre et il prit place à côté de moi, poussant un soupir et essuyant les perles de sueur qui roulaient à son front. Dans ma besace, je pris un gobelet d'argent que je transportais toujours avec moi pour prouver, si besoin était, que je n'étais pas d'humble extraction. Je l'emplis, répandis quelques gouttes sur le sol, bus, puis le lui tendis.

Il éclata de rire, cracha par terre, et s'écria :

— Ne te fatigue pas, étranger! On connaît un homme à ses traits et à son regard, pas à ses vêtements ou à ses habitudes sacrificielles! La riche saveur de ton vin parle plus en ta faveur que ta timbale d'argent. Quant à moi, je suis un ami si intime de Fufluns que je considérerais le sacrifice d'une seule goutte comme un gâchis irrémédiable.

«Ainsi donc, tu es grec, poursuivit-il sans me demander mon nom. Nous avons des Grecs à Tarquinia et à Caere. Ils fabriquent de bien beaux vases. Mais ils feraient mieux de ne pas s'essayer à la peinture sacrée. Parfois, il nous arrive de comparer nos dessins avec un tel enthousiasme que nous nous brisons mutuellement des assiettes sur la tête.

Il fit un signe au jeune apprenti qui lui apporta un rouleau très large. Aruns l'ouvrit, contempla les danseuses bien dessinées, les lutteurs, les musiciens et les chevaux. Il faisait semblant de me montrer les dessins traditionnels qui étaient à la base des peintures sacrées, mais ses yeux et son front plissé de rides trahissaient sa préoccupation du moment : l'œuvre inachevée.

« Evidemment, c'est utile, cela aide, dit-il d'un air absent, s'emparant du gobelet d'argent qu'il vida sans même s'en apercevoir. On connaît les couleurs justes sans tâtonner et l'apprenti peut tracer à l'avance le contour des images traditionnelles. Mais ce modèle n'est utile que s'il n'entrave pas, mais libère, il n'est utile que s'il facilite le jeu de l'imagination.

Il jeta le rouleau de dessins sur mes genoux sans même prendre la peine de l'enrouler de nouveau, se leva, et gagna le mur opposé, une pointe métallique à la main. Il avait en chantier un tableau représentant un jeune homme tenant un cheval de course par le cou. Il était presque complet. Seuls manquaient la tête et la nuque du cheval et aussi les mains du jeune homme. En m'approchant encore, je constatai que leur contour avait déjà été tracé dans la roche tendre. Le maître, toutefois, n'en était pas satisfait. Soudain, il entreprit de tracer de nouveaux contours. La tête du cheval s'élevait plus expressivement, sa nuque se tendait, plus musclée, il vivait. Le travail ne prit qu'un instant puis, saisi d'une véritable frénésie, Aruns appliqua des couleurs à la tête du cheval sans même suivre avec précision le tracé qu'il venait de faire lui-même, mais améliorant au contraire la posture au fur et à mesure qu'il peignait.

Donnant des signes de fatigue, il mêla un brun léger et peignit sans effort le bras du jeune homme autour de la nuque du cheval, sans même prendre la peine de tracer les contours. Pour finir, il souligna les bras de noir, de telle sorte que les muscles saillaient, suggérant la force, au rebord bleu des courtes manches de la tunique.

— Ma foi, dit-il d'un ton las, cela devra suffire aux Velthuru pour aujourd'hui. Comment un être ordinaire comprendrait-il que je suis né, que j'ai grandi, appris, mêlé les couleurs, ragé et passé ma vie entière, en définitive, pour quelques brefs instants de ce genre ? Toi, étranger, voyant que cela n'a duré que quelques instants, tu auras songé : « Il est très adroit, cet Aruns », mais ce n'est pas de l'adresse. Il y a suffisamment, il y a même trop de gens adroits. Mon cheval est éternel et personne n'en a jamais peint qui soit précisément le même. C'est là que réside la différence que les Velthuru ne comprendront jamais. Ce n'est pas seulement une question de couleur et d'adresse. C'est une souffrance, c'est une extase voisine de la mort qui me mettent à même de révéler les jeux mêmes de la vie et ses caprices, dans toute leur beauté.

Le jeune homme dit alors, pour le consoler :

— Les Velthuru le comprennent. Il n'y a qu'un seul Aruns. Et ils ne sont pas courroucés contre toi. Ils songent seulement à ce qui vaut mieux pour toi.

Mais Aruns n'était pas facile à apaiser.

— Au nom des divinités voilées, qu'on m'enlève cet horrible fardeau ! Il me faut avaler un océan de bile pour en extraire une goutte de joie et quelques instants trop fugitifs de satisfaction dans mon travail.

Je m'empressai de remplir le gobelet d'argent et de le lui tendre. Il se mit à rire.

— Tu as raison! Quelques fûts de vin ont été avalés pour faire passer la bile! Mais quel autre moyen ai-je de me libérer? Mon travail n'est pas aussi facile que le croient les gens. Ce jeune homme rangé et sobre le comprendra quand il aura mon âge, s'il évolue selon mes prévisions.

Il posa la main sur l'épaule du jeune homme. Je proposai que nous prissions ensemble le chemin de la ville où nous pourrions manger tous les trois. Mais Aruns secoua la tête.

« Non, il me faut demeurer ici jusqu'au coucher du soleil. Parfois même, je demeure plus longtemps encore, car ici, dans les entrailles de la montagne, il n'y a ni jour ni nuit. Il me faut encore songer à bien des choses, étranger.

Il indiqua le mur vide, dans son dos, et je vis comment les images se présentaient soudain à ses yeux, puis disparaissaient. Oubliant ma présence, il se mit à marmonner pour lui-même :

« Après tout, j'étais au temple quand le clou neuf a été enfoncé dans la colonne. Les lucumons m'ont permis de voir ce qu'un homme ordinaire ne voit qu'à la fin de sa vie. Ils croyaient en moi et je ne dois pas trahir leur confiance.

Il se souvint de nouveau de ma présence et de celle du gobelet.

« Pardonne-moi, étranger. Ton visage est encore lisse alors que tu as probablement le même âge que moi. Je vois bien moi-même ma bouche gonflée, mes yeux fatigués, les rides qui plissent mon front et les deux lignes amères qui tirent la commissure de mes lèvres et barrent mes joues jusqu'au menton. Mais c'est de moi-même que je suis mécontent. Tout le reste va bien. Je me ronge seulement pour parvenir à créer cela qui jamais encore n'a été créé. Que les dieux soient avec moi et avec toi aussi, étranger, car tu m'as porté chance et j'ai pu résoudre le problème du cheval à ma satisfaction.

Je compris que ces mots me signifiaient mon congé et décidai de ne pas le troubler plus longtemps, car il s'était absorbé dans la contemplation de la paroi vide et faisait des gestes d'impatience.

Il eut probablement honte de m'avoir chassé si abruptement, car il dit soudain :

« Ecoute, étranger, ceux qui ne comprennent pas se satisfont en général de tout ce qui présente les couleurs et les lignes traditionnelles. Voilà pourquoi le monde est plein de gens adroits qui connaissent le succès et dont la vie est facile. Mais un véritable artiste ne se mesure qu'à lui-même. Non, je n'ai pas de rival en ce monde. Moi, Aruns de Tarquinia, je ne me mesure qu'à moi-même. Si tu me veux du bien, ami, laisse donc ta bouteille d'argile ici en souvenir de ta visite. Je sens qu'elle est encore à moitié pleine et que tu lasserais ta belle épaule en la transportant jusqu'à la ville dans la chaleur de l'après-midi.

Je fus heureux de laisser la bouteille à cet homme remarquable car il en avait plus besoin que moi.

— Nous nous reverrons, dis-je.

Ce n'était pas en vain que j'avais remarqué le signe de la déesse en descendant dans la tombe. Il était prévu que je rencontrerais cet homme et que je verrais l'état définitif de la fresque à laquelle il travaillait. Mais je le rencontrai aussi dans son intérêt à lui, pour lui porter chance dans son travail et lui épargner le pire des désespoirs que peut connaître un homme. De cela, il était digne. Déjà je le reconnaissais à son visage et à ses yeux. Aruns était un de ceux qui reviennent...

5

Pendant plusieurs semaines je ne le revis pas, ne souhaitant pas redescendre dans la tombe de peur de le troubler dans son travail. Mais pendant les vendanges, par une nuit qu'éclairait la lune, je le vis venir à ma rencontre avec ses compagnons de beuverie, si extraordinairement saoul que jamais auparavant je n'avais vu quiconque dans un tel état par la faute du vin. Il me reconnut pourtant, s'arrêta pour m'étreindre et déposer un baiser de sa bouche humide sur ma joue.

— Te voici donc, étranger! Tu m'as manqué. Viens, ma tête

a besoin d'être nettoyée à fond de l'intérieur avant que je reprenne le travail. Buvons donc à longs traits, que je puisse vider mon cerveau de toutes les pensées inutiles qui l'encombrent, puis vomir pour débarrasser mon corps de toute la crasse prosaïque avant d'entreprendre œuvre divine. Mais pourquoi te promènes-tu par les rues la nuit si tu n'es pas saoul, étranger ?

— Je suis Turnus, de Rome, réfugié ionien, jugeai-je bon d'expliquer à ses bruyants compagnons, tandis qu'à Aruns lui-même je dis :

— La déesse me tourmente à l'époque de la pleine lune et me chasse de mon lit.

— Joins-toi à nous, suggéra-t-il, je te ferai voir des déesses bien vivantes, autant qu'il te plaira.

Il passa son bras sous le mien et insista pour poser sur ma tête la couronne de pampre qui lui pendait sur l'oreille. Je les accompagnai, lui et ses amis, jusqu'à la maison que les Velthuru avaient mise à sa disposition. Arrachée au sommeil, son épouse nous accueillit en étouffant un bâillement, mais elle ne nous chassa pas comme je m'étais attendu à la voir faire. Au contraire, elle ouvrit les portes, apporta des fruits, du pain de seigle et un pot de poisson salé. Elle tenta même de coiffer les cheveux emmêlés et humides de vin d'Aruns.

N'étant pas ivre et conscient de ma qualité d'étranger dans la ville, j'avais honte de forcer ainsi la porte d'une inconnue en pleine nuit. Aussi m'empressai-je de lui apprendre mon nom et de lui présenter quelques excuses.

— Jamais encore je n'avais vu une épouse telle que toi, lui dis-je courtoisement. Toute autre aurait frotté les oreilles de son époux, lui aurait jeté un baquet d'eau au visage et aurait chassé ses amis en poussant des cris de chouette, même en pleines vendanges.

Elle poussa un soupir et s'expliqua :

— Tu ne connais pas mon époux, ô Turnus. Moi si, car je vis avec lui depuis plus de vingt ans. Cela n'a pas été facile, je te l'assure. Mais, année après année, j'ai appris à le mieux connaître, alors qu'une femme plus faible aurait depuis longtemps décidé de le planter là. Il a besoin de moi. Je me faisais du souci pour lui, car voilà des semaines qu'il n'avait pas bu une goutte, se contentant d'aller et venir, perdu dans de sombres pensées, poussant des soupirs à fendre l'âme, brisant des tablettes de cire et déchirant le coûteux papier sur lequel il avait jeté des croquis. Maintenant, je me sens mieux. Cela se produit toujours quand le tableau commence à prendre forme dans son esprit. Il en a peut-être pour quelques jours, jusqu'à une semaine, parfois. Mais quand sa tête sera éclaircie, il revêtira sa blouse de travail et se hâtera de gagner la tombe avant l'aube, de peur de perdre de précieux instants.

Tandis que nous devisions ainsi, Aruns était allé en titubant dans la cour chercher une grande cruche de vin qu'il y avait dissimulée sous de la paille. Il fit sauter le cachet de cire qui en scellait l'ouverture, mais fut incapable d'ôter le bouchon. Ce fut son épouse qui s'en chargea adroitement et versa le vin dans un grand cratère. Mais elle ne fit pas à Aruns et ses amis l'insulte d'y mêler de l'eau. Elle sortit au contraire son plus beau service de coupes et en emplit une pour elle-même.

— Tout est pour le mieux ainsi, me dit-elle avec le sourire plein d'expérience d'une femme qui en sait long. Les années m'ont appris que tout va bien mieux lorsque je m'enivre moi aussi. Je cesse alors de me faire du souci pour les objets cassés, les planchers souillés, le scandale causé par des invités trop bruyants.

Elle me tendit une coupe. Quand je l'eus vidée, je constatai qu'elle était de facture attique récente, ornée au fond de l'image d'un satyre au pied fourchu poursuivant une nymphe. Cette image me demeura à l'esprit comme symbole de cette nuit, car bientôt deux danseuses se montrèrent et nous passâmes au jardin où il y avait plus de place.

A Rome, je m'étais laissé dire que même les plus déchaînées des danses étrusques possèdent toujours un caractère sacré et ne sont dansées que pour le plaisir des dieux. Cela n'était pas vrai, car, ayant dansé un petit moment avec leurs voiles flottants, les deux femmes commencèrent à se dévêtir et dansèrent nues devant nous afin de nous permettre de jouir de leur beauté. L'un des hôtes était un flûtiste émérite et jamais, à l'ouest ni à l'est, je n'ai entendu mélodies plus envoûtantes que celles qu'il joua ce soir-là.

Elles échauffaient mon sang plus que ne faisait le vin lui-même.

Voyant ces belles femmes ardentes danser sur l'herbe, sous la lune, dans une complète nudité, l'un des hôtes leur passa au cou des colliers de perles en manière de présent. On me dit que c'était le jeune Velthuru, bien qu'il fût vêtu avec la même modestie que ses compagnons.

Lui-même m'adressa d'ailleurs la parole, but avec moi, et déclara :

— Ne méprise pas ces ivrognes, ô Turnus. Chacun d'entre eux est un maître dans son domaine et je suis de tous le plus jeune et le plus insignifiant. Certes, je sais bien monter à cheval et je manie le glaive avec quelque adresse, mais je ne suis un maître en rien.

D'un geste imprécis, il désigna les danseuses qui étaient des femmes mûres.

— Les danseuses elles-mêmes, tu auras remarqué qu'elles sont passées maître en leur art. Il faut dix, parfois vingt ans de pratique quotidienne pour parvenir ainsi à portraiturer les dieux au moyen de son propre corps.

— J'apprécie à leur juste valeur et le spectacle et la compagnie, ô jeune noble, lui dis-je.

Il ne s'offusqua point du fait que je l'avais reconnu, car il était encore jeune et vain, bien que Velthuru et bien que nul Velthuru n'ait besoin d'être vain étant déjà ce qu'il est. Il était d'une famille si ancienne qu'il me connaissait probablement d'instinct et ne chercha donc pas à savoir comment je m'étais joint à la compagnie. Mais cela, je ne le compris que beaucoup plus tard.

Aruns étant en apparence tellement en paix avec le monde et avec lui-même, j'en profitai pour le questionner :

— Pourquoi as-tu peint le cheval en bleu, ô maître?

Il me dévisagea d'un œil éteint.

— Parce que je le voyais bleu, voilà tout.

— Mais, m'entêtai-je, je n'ai jamais vu de cheval bleu.

Aruns ne s'offensa point. Secouant tristement la tête, il répondit :

— Dans ce cas, j'ai pitié de toi, mon ami.

Nous n'en dîmes pas plus sur ce sujet, mais ses paroles furent une leçon pour moi. Par la suite, j'ai souvent vu des chevaux bleus, quelle que pût être leur autre couleur.

Une semaine ne s'était pas écoulée depuis cette nuit de pleine lune que l'apprenti d'Aruns, à bout de souffle et le visage empourpré, vint appeler devant ma porte :

— Turnus, Turnus! L'œuvre est terminée! Le maître m'envoie te chercher pour que tu sois le premier à la voir. C'est une récompense pour lui avoir porté chance!

Dévoré de curiosité, j'empruntai un cheval et galopai jusqu'à la vallée puis le long de la côte qui menait à la nécropole, l'apprenti en croupe derrière moi et s'accrochant à ma ceinture.

« Les dieux nous regardent, chuchotait dans mon dos ce jeune homme aux yeux brillants, resserrant son étreinte autour de ma taille.

Je fus envahi de l'étrange certitude qu'il était un héraut des dieux.

Descendu dans la tombe, je vis que le mur du fond avait été recouvert de couleurs brillantes qui respiraient l'harmonie, la beauté et une joie mélancolique. Aruns ne se détourna pas pour me saluer mais demeura plongé dans la contemplation de son propre travail.

Les rideaux d'une maison d'été découverte étaient drapés tout autour du plafond. Au centre, dominant toute chose terrestre, la couche conviviale des dieux et ses nombreux coussins. Les deux cônes de pierre blanche, couronnés de guirlandes, reposaient sur leur double coussin, tandis qu'au pied de la couche pendaient deux robes, disposées l'une près de l'autre. A la droite de la couche divine, et beaucoup plus bas, sur la couche humaine, avait pris place le couple de défunts, tandis que derrière eux, des jeunes gens joyeux tendaient la main vers les dieux. A gauche, un grand cratère pour mêler le vin et une femme debout, les bras tendus. Examinant le tableau de plus près, je constatai qu'Aruns avait peint les plis de la tente sur les deux murs latéraux, de telle sorte que les scènes précédentes étaient maintenant partie intégrante d'un ensemble majestueux, dominé par la couche des dieux.

— Le festin des dieux, chuchotai-je, parcouru d'un frisson sacré, car mon cœur comprenait le tableau que mon esprit terrestre eût été incapable d'expliquer.

— Ou la mort d'un lucumon, répondit Aruns.

Un bref instant, le sens de ses paroles m'apparut avec une clarté éblouissante et je sus pourquoi il m'avait été donné d'assister à la naissance de cette œuvre. Mais cet instant de lucidité s'évanouit et je redescendis sur terre.

— Tu as raison, Aruns, déclarai-je, personne n'a sans doute osé jamais peindre œuvre telle que celle-ci. Les dieux eux-mêmes ont guidé ton pinceau et choisi pour toi tes couleurs, car tu as atteint l'inatteignable.

Je l'étreignis et, enfouissant au creux de mon épaule son visage mangé de barbe et tout barbouillé de peinture, il sanglota. C'étaient des sanglots de soulagement qui secouaient ainsi son corps robuste, puis il finit par se reprendre, frotta ses yeux rougis du dos de sa main, se barbouillant plus encore.

— Pardonne mes larmes, ô Turnus, implora-t-il, mais j'ai travaillé nuit et jour, prenant seulement les quelques instants de sommeil nécessaires sur ce banc de pierre, où le froid de la tombe m'éveillait. Je n'ai guère mangé. Les couleurs ont été mon pain. Je n'ai guère bu. Car je me suis désaltéré de lignes. Et je ne sais pas comment j'ai réussi, ni même si j'ai réussi. Mais quelque chose en moi me dit qu'une ère se termine avec ce tableau, même si elle se poursuit encore dix ou vingt ans. Et c'est pourquoi je répands mes larmes.

En cet instant, je vis avec ses yeux et sentis avec son odorat la mort du lucumon et je sus qu'un nouvel âge s'annonçait véritablement, plus laid, plus cruel, plus terre à terre aussi, que l'âge que nous vivions et qu'illuminait encore le rayonnement des dieux voilés. Au lieu des esprits tutélaires et des belles divinités terrestres, des monstres et des esprits cruels allaient remonter des abîmes souterrains et envahir l'esprit du monde, comme les figures de cauchemar qui hantent le sommeil lourd du glouton au ventre trop gonflé.

Je n'en dirai pas plus d'Aruns et de sa peinture. Avant son départ, je fis parvenir à sa bonne épouse un présent coûteux, mais, à lui, je n'envoyai rien, car rien ne pouvait payer ce qu'il m'avait fait voir.

Comment moi, qui avais quitté Rome comme le plus humble des bouviers, étais-je en mesure de faire des présents dispendieux? Un jour que je me promenais aux abords de la ville, je passai devant un dais brillamment coloré, à l'abri duquel quelques jeunes nobles étaient occupés à une partie de dés. Parmi eux, Lars Arnth Velthuru, qui éleva sa blanche main et me héla.

— Te joindras-tu à nous, ô Turnus? Choisis une place, bois de ce vin, et jette les dés.

Ses compagnons regardèrent d'un air surpris mes rudes vêtements de voyageur et mes gros brodequins. Je sentis la moquerie dans leurs yeux, mais nul n'osa s'opposer ouvertement à un Velthuru. Apercevant leurs beaux chevaux attachés à un tronc d'arbre voisin, je compris que tous devaient, comme Lars Arnth lui-même, être des officiers de cavalerie de haute naissance.

Je pris place en face du jeune Velthuru, drapant ma toge autour de mes genoux, et déclarai :

— Je n'ai guère joué, mais avec toi, j'essaierai volontiers mon adresse.

Les autres se récrièrent de surprise mais Lars Arnth les fit taire, plaça les dés dans un gobelet et me le tendit :

— Tu veux jouer le tout? me demanda-t-il d'un air détaché.

— Comme il te plaira, répondis-je, pensant que, dans le jargon des joueurs, cela devait représenter quelque monnaie d'or, voire, puisqu'il n'y avait là que des enfants de la noblesse, une mine entière d'argent[1].

— Bast! s'écrièrent les autres.

Quelques-uns d'entre eux, frappant la paume de leur main, me demandèrent :

— Tu en réponds?

— Silence! coupa Lars Arnth. Il en répondra. Je le garantis.

Je lançai les dés. Il les prit à son tour, les lança et gagna. De cette manière, je perdis trois fois de suite, plus vite que je ne buvais mon vin.

« Cela fait trois, fit remarquer Arnth Velthuru, puis, d'un air indifférent, il déposa de côté trois fiches d'ivoire joliment ornées. Désires-tu reprendre ton souffle, ami Turnus, ou poursuivre le jeu?

Je jetai un coup d'œil au ciel, songeant que trois mines d'argent

1. Cent drachmes. *(N.d.T.)*

font une somme considérable. En silence, j'invoquai Hécate et lui rappelai sa promesse. Tournant la tête, j'aperçus un lézard qui prenait le soleil sur une pierre voisine. La déesse était avec moi.

— Continuons, suggérai-je, et, finissant mon vin, je lançai les dés, convaincu de gagner. Je me penchai pour lire car les Etrusques ne marquent pas leurs dés de petits points mais de lettres. J'avais le maximum. Lars Arnth n'aurait même pas dû essayer. Il le fit pourtant et perdit. Je gagnai de la même manière trois fois de suite.

Les jeunes nobles avaient oublié leurs airs railleurs et suivaient le mouvement des dés, le souffle court. L'un d'entre eux déclara :

— Jamais je n'ai vu joueur pareil! Ses mains ne frémissent même pas et son souffle est régulier.

C'était vrai, j'observai tranquillement le vol des moineaux et profitai de la clarté du ciel automnal tout autant que je participai à ce jeu de dés. Une touche de rouge était montée au mince visage de Lars Arnth et ses yeux brillaient. Ils se moquait bien de gagner ou de perdre, mais se laissait emporter par l'enthousiasme de la partie.

— Une pause? suggéra-t-il, quand nous fûmes à égalité et qu'il eut rendu la troisième fiche.

On remplit ma coupe, je la vidai puis proposai :

— Jetons les dés une dernière fois, afin de voir lequel de nous deux gagne, lequel perd. Après, il faut que je m'en aille.

— Comme tu voudras, dit-il et, dans son enthousiasme, il lança les dés le premier. Puis il s'excusa aussitôt et fit remarquer :

— Un bien mauvais chiffre, mais je l'ai mérité.

Je ne gagnai que d'un point, adoucissant ainsi sa défaite et me levai pour prendre congé.

— N'oublie pas tes gains, s'écria Lars Arnth en me lançant la fiche d'ivoire. Je la rattrapai au vol en riant et déclarai que le gain était sans importance. Ce qui comptait, c'était le plaisir de l'avoir rencontré et d'avoir joué avec lui.

Les jeunes gens me dévisageaient, bouche bée, et Arnth Velthuru sourit de son beau sourire et dit :

« Un esclave te portera tes gains ce soir ou demain matin. Si j'oubliais, toutefois, veuille me le rappeler.

Mais il n'oublia point. Et ce ne fut qu'en voyant arriver ce soir-là à l'auberge son trésorier élégamment vêtu, porteur d'un talent[1] sous forme de douze barres d'argent estampillées, que je compris l'importance de l'enjeu.

C'était une si forte somme qu'elle m'eût aisément permis de faire bâtir une maison, de la décorer et de la meubler, de planter tout autour un jardin et d'acheter suffisamment d'esclaves pour entretenir le tout. Je décidai que jamais plus je ne lancerais les dés à Tarquinia et m'en tins à cette décision.

Ainsi se fit-il que je revins riche à Rome, cet hiver-là, quand les Volsques se furent momentanément calmés. Je ne m'en tins pas moins à mon premier projet et, pour le voyage du retour, m'engageai comme simple matelot à bord d'un navire qui faisait le transport du grain de Tarquinia à Rome.

Par une brumeuse matinée de la fin d'automne, je revis donc le rivage du Tibre et le marché aux bestiaux. Mais, cette fois, c'était moi qui, sur le chemin de halage, me meurtrissais l'épaule à tirer le lourd navire grainetier. Dans une besace ordinaire, faite de peau de chèvre, je transportais les fruits de mon voyage, autant de bel et bon argent qu'un homme en peut porter. Sous ce costume de pauvre marin, j'aurais sans doute pu l'introduire à Rome sans le déclarer aux collecteurs de l'impôt. Mais je jugeai préférable de faire inscrire mes richesses sur les registres de l'Etat. Car il pouvait m'être utile de faire savoir que je m'étais enrichi par mes propres efforts et je ne désirais plus passer pour le parasite de Tertius Valerius.

Mon argent provoqua l'ébahissement du capitaine et des autres matelots qui jurèrent en riant qu'ils m'auraient volontiers tué et jeté par-dessus bord s'ils avaient eu connaissance de mon trésor. Mais le comptable me remit mon salaire en cuivre sans sourciller et je glissai très soigneusement les pièces de monnaie dans ma bourse. La frugalité vous valait toujours le respect, à Rome.

---

1. Vingt-sept kilos. (*N.d.T.*)

Le sac d'argent sur l'épaule, les vêtements en lambeaux, le visage mangé de barbe, les paumes écorchées par les cordages, je retrouvai donc les rues étroites et malodorantes de Rome. Près du temple de Mercure, je revis l'augure à moitié aveugle avec sa barbe sale et sa vieille crosse qui attendait quelque étranger crédule auquel il pourrait faire visiter Rome et prédire un avenir riant. Rome m'était familière, désormais; son pavé usé m'était connu, comme m'étaient connus le bétail et la place du marché. Le corps brûlé de désir, je pressai le pas vers la demeure de Tertius Valerius.

La porte était ouverte et, comme je faisais mine d'entrer, l'esclave portier se mit à crier en me menaçant de son bâton. Il fallut que je l'appelasse par son nom pour qu'il se décidât enfin à me reconnaître. Tertius Valerius était au Sénat, m'apprit-il, mais la maîtresse était à la maison.

Mismê, les joues rebondies et les cheveux bouclés, se précipita à travers la cour à ma rencontre et m'enserra les genoux de ses petits bras. Je la pris dans mes bras pour l'embrasser, mais ce furent les yeux de Mikon qui soutinrent mon regard et, froissant son petit nez, elle déclara que je sentais mauvais et se débattit pour sortir de mes bras.

Cette attitude m'ouvrit les yeux. Je pénétrai à la hâte dans la maison, dans l'espoir que l'intendant pourrait me faire préparer un bain et des vêtements propres avant que je ne visse Arsinoé. Mais, à cet instant même, Arsinoé entra en trombe, s'immobilisa pour m'examiner, des rides de colère plissant son front blanc, puis s'écria :

— Toi, Turms! Et dans quel état! J'aurais dû m'en douter.

Ma joie s'évanouit et, arrachant le sac à mon épaule, j'en déversai le contenu de telle sorte que les barres d'argent se répandirent sur le sol. Arsinoé se baissa pour en ramasser une, la soupesa, puis me dévisagea de nouveau avec incrédulité. Je lui tendis les boucles d'oreilles que j'avais achetées à Véies et la broche que le plus habile orfèvre de Tarquinia avait fabriquée.

Arsinoé serra la main qui lui tendait ses joyaux et, malgré mes vêtements crasseux, m'attira contre elle, m'étreignit et déposa sur mon visage barbu mille et mille baisers.

« Oh, Turms! Si tu savais comme tu m'as manqué, et les

moments de torture que j'ai vécus tant que nous avons été sous la menace des Volsques! Et toi, tu t'es promené sans souci, du printemps fleuri jusqu'au plus sombre de l'automne. Comment as-tu pu?

Je lui rappelai froidement que je lui avais fait parvenir de mes nouvelles chaque fois que j'en avais eu l'occasion et que j'avais de même appris qu'elle se portait fort bien. Mais sentant la chaleur de son bras et la douceur de sa peau, je ne pus demeurer courroucé. N'était-elle point Arsinoé? Quoi qu'elle fît ou dît, ma flamme brûlait toujours du même éclat. Je m'étonnai d'avoir été capable de vivre sans elle si longtemps.

Elle lut son triomphe dans mes yeux, prit une profonde inspiration et protesta faiblement :

« Non, non, Turms. Il faut d'abord que tu te baignes, que tu manges et que tu passes des vêtements propres.

Mais j'avais cessé d'être grec et les vêtements ne signifiaient plus rien pour moi. Mon manteau tomba sur le sol de la cour, ma tunique fut abandonnée sur le seuil de la chambre d'Arsinoé et mes brodequins usés disparurent sous son lit où je les jetai d'un grand coup de pied. Arsinoé! Sa nudité répondit à la mienne, ses embrassements répondirent aux miens. Son haleine se mêla à mon haleine chaude. Sur son visage capricieux et changeant, la déesse choisit de sourire, tandis que ses yeux s'assombrissaient, séduisants, attirants, persuasifs, inoubliables.

C'est ainsi que je veux me souvenir d'Arsinoé.

6

Au cours de cet hiver, je me mêlai au petit peuple de Rome, et même aux mauvais sujets de Suburre, dans le dessein d'apprendre à mieux connaître l'humaine nature. Mon voyage m'avait appris à ne point me montrer trop sourcilleux dans le choix de mes amis et à ne pas choisir mes compagnons d'après les bénéfices que j'en pouvais escompter. Je ne recherchais que ceux dont je pouvais me sentir proche, et ceux-là se rencontraient aussi bien chez les pauvres que chez les nobles.

Dans une maison de prostitution de Suburre, je jouai un jour aux dés avec le comptable d'un navire minéralier de Populonia. Les forgerons romains avaient grand besoin de fer, cet hiver-là, et, quant il eut perdu tout son argent, il s'arracha les cheveux et m'offrit étourdiment un voyage à Populonia pour un dernier coup de dés. Je gagnai encore et il jura de tenir sa promesse, car il n'ignorait pas qu'il lui fallait honorer ses dettes de jeu s'il souhaitait être le bienvenu à Suburre.

— Voilà que je me suis attiré des ennuis, dit-il. Mais je les ai probablement mérités par la frivolité dont j'ai fait preuve; Promets-moi au moins que tu te vêtiras à l'étrusque et que tu tenteras d'agir comme un Etrusque si cela t'est possible. Je t'emmènerai jusqu'à Populonia, comme je l'ai promis, mais le reste est entre tes mains. En ce moment, les gardiens du minerai de fer n'accueillent pas volontiers les étrangers.

Je le réconfortai de mon mieux, lui montrant que je parlais l'étrusque sans effort bien que j'eusse d'abord affecté d'en savoir fort peu. Puis je lui rendis son argent pour qu'il pût trouver dans le vin et la compagnie des filles de la maison un adoucissement à ses inquiétudes. Le lendemain matin, quand j'allais le saluer sur son bateau, j'avais revêtu mes beaux atours étrusques et je portais le petit chapeau arrondi. Heureux de constater que je n'étais pas un homme de peu, il déclara que je pouvais aisément passer pour unEtrusque et affirma qu'il tiendrait parole. Mais, sur mer, la tempête faisait rage et son capitaine souhaitait repartir avec une cargaison. Le sénat s'était engagé à échanger le fer contre des peaux de mouton mais, à son habitude, il faisait traîner les choses et marchandait sans fin.

Ce fut pourquoi nous ne pûmes appareiller qu'au printemps. Et nous quittâmes l'embouchure du fleuve de Rome deux jours avant l'arrivée des Volsques. Déjà, des colonnes de fumée les annonçaient tout au long de la côte, mais nous avions descendu le fleuve en profitant d'un vent favorable, et nous pûmes leur échapper.

Quand nous eûmes doublé Vetulonia et laissé à notre gauche les îles étrusques que leur minerai de fer a rendues fameuses, nous aperçûmes les repères de Populonia et un navire de guerre nous accompagna jusqu'au port pour s'assurer que ni la cargaison ni les passagers ne seraient débarqués en fraude. Nous croisions de nombreuses barges, chargées jusqu'au plat-bord de minerai, qui faisaient force de voiles et de rames vers le port. Le long du rivage, derrière d'imposants ponts de déchargement, s'alignaient les collines rouge sombre de minerai et, au-delà, montait la fumée des fonderies.

Quand la poupe de notre vaisseau eut été amarrée et l'échelle abaissée, des gardes vêtus de fer nous entourèrent. Jamais encore je n'avais vu spectacle aussi lugubre, car leur armure ne portait nulle décoration ni emblème, mais leur bouclier était lisse et leur casque arrondi descendait jusqu'aux épaules de leur cuirasse. On avait découpé des ouvertures carrées pour les yeux et la bouche dans le métal du casque de sorte que les gardes ne semblaient plus des hommes, ni même des soldats, mais plutôt des espèces de bêtes à écailles.

La même simplicité avait présidé au choix du vêtement des inspecteurs car ils portaient de sévères toges grises. Ils montèrent à bord sans arme et le capitaine leur présenta ses tablettes de navigation qui portaient le sceau des différents ports jalonnant la route que nous avions suivie. Le comptable produisit ensuite l'inventaire de la cargaison et les hommes furent appelés à tour de rôle pour s'expliquer devant les inspecteurs.

Chacun devait tendre les mains et les inspecteurs examinaient ses paumes pour vérifier qu'elles étaient calleuses, trahissant l'habitude de manier l'aviron et de tirer sur les haussières. Alors seulement les inspecteurs levaient les yeux sur le visage de celui qu'ils examinaient, et ils se souciaient peu de sa nationalité, puisqu'il n'était qu'un marin ordinaire, qui ne chercherait dans le port qu'une mesure de vin et une fille à bon marché.

En tant que passager, j'étais le dernier à affronter les inspecteurs de Populonia. Voyant la sévérité de l'inspection, je me félicitai de n'avoir point tenté de rallier Populonia déguisé en matelot, mais d'avoir au contraire revêtu les beaux atours tarquiniens et laissé tomber mes tresses jusqu'à mes épaules.

A mon grand étonnement, l'inspecteur ne regarda que mon visage avant d'échanger un coup d'œil avec ses compagnons. Ces trois hommes revêches me fixèrent alors et le plus jeune porta la main à sa bouche. Mais son chef l'interrompit d'un regard impérieux, fronça les sourcils puis, prenant une tablette de cire toute simple, y imprima la tête de Gorgone à l'aide de son sceau et me la tendit.

— Inscris ton nom sur cette tablette, étranger. Tu es libre d'aller et venir à ta guise dans notre cité.

Je perçus dans son regard une lueur qui me donna à penser qu'il avait été prévenu de mon arrivée. Craignant de me voir attirer dans quelque piège qui leur permettrait de m'emprisonner et de me condamner par la suite pour avoir fait preuve d'une curiosité excessive, je jugeai préférable de ne leur rien celer de mes projets.

— J'aimerais me rendre dans l'île où se trouvent les célèbres mines de fer, et aussi, sur le continent, il me plairait de visiter la forêt d'où vous extrayez le charbon qui sert à raffiner le minerai.

L'inspecteur leva ses sourcils obliques et manifesta quelque impatience.

— Ta tablette porte comme emblème la tête de Gorgone. Ecris seulement dessus le nom dont tu souhaites te servir.

Surpris, je tentai d'expliquer :

— Je suis Turnus, de Rome et...

Mais l'inspecteur m'interrompit et dit :

— Je ne t'ai rien demandé. Et ne va pas prétendre que je t'aie jamais demandé ton nom, celui de ta famille, ou celui de ta cité.

Un tel traitement de faveur était ahurissant. Le comptable, bouche bée, jetait sur moi des regards nouveaux. Moi-même, je ne comprenais pas pourquoi j'étais ainsi reçu dans une ville qui se gardait des étrangers avec le même soin jaloux que le port de guerre et la salle des cartes marines de Carthage.

En tant que cité, Populonia ressemblait à ses gardes : elle était blême, austère, et fort adaptée à sa tâche. Les habitants s'honoraient des travaux les plus subalternes et salissants, et la fumée des fonderies avait noirci les corniches peintes des maisons. Gorgone était l'emblème de la cité et son dieu était Sethlans à la lourde masse. Au temple, le dieu au marteau occupait le centre, tandis que les chapelles latérales étaient consacrées à Tinia et

Uni. Voilà à quel point les habitants de Populonia révéraient le dieu du fer.

A bord d'un minéralier vide, je gagnai l'île d'Elbe, où je visitai les mines, mais aussi les champs de minerai encore inexploités et où je pus me convaincre de mes propres yeux qu'il existait des réserves de fer inégalées dans le reste du monde. Mais j'étais encore plus curieux du temple de la foudre dont j'avais entendu parler. Situé non loin des champs de minerai, au sommet de la plus haute colline, il était entouré de douze statues creuses dont le bronze, verdi par l'âge, représentait les douze cités de la ligue étrusque.

C'était là que le tonnerre était le plus violent et les éclairs les plus brillants, c'était là que le plus expérimenté des prêtres de l'éclair étudiait et interprétait les présages pour les cités et les nations étrusques. Pour ce faire était disposé sur une large pierre plate un bouclier d'airain orienté comme la voûte céleste et divisé en seize parties correspondant à seize divinités dont les signes n'étaient compréhensibles qu'aux prêtres. Dans ce temple, ceux qui voulaient devenir interprètes de l'éclair recevaient la consécration après avoir appris les ultimes secrets, au bout de dix ans d'études sous la direction des anciens. Mais les qualités innées de perception, de lucidité et de sensibilité étaient plus importantes encore que les années d'étude, la tradition, et les innombrables précédents. Quand un jeune homme faisait preuve de dons particuliers, il pouvait, s'épargnant dix années d'études, être initié dès l'âge de dix-huit ans.

Depuis des générations et des générations, plus d'un candidat à la prêtrise avait été tué par l'éclair. Mais ceux qui survivaient à la foudre n'avaient besoin de nulle autre initiation et étaient considérés comme plus saints que les autres prêtres.

Dans ce modeste temple de bois, la divination par l'éclair ne se pratiquait pas pour les individus. Les présages ne concernaient que des nations ou des cités entières pour lesquelles ils annonçaient l'imminence de grandes catastrophes ou, au contraire, la venue d'années particulièrement favorables et fructueuses. Quand les candidats aux cheveux rasés m'eurent fait visiter le temple et m'eurent raconté l'histoire des douze statues, le doyen me reçut en personne, m'examinant de son regard perçant. Il ne me dit pas grand-chose mais m'offrit du pain cuit sous la cendre et me fit boire de l'eau, puis il me pressa de venir au temple lors du prochain orage si je l'osais.

Je n'eus guère à attendre. Quelques jours plus tard, des nuages sombres et lourds s'amassèrent sur les montagnes de l'est et roulèrent jusqu'à la mer. Je montai dans une telle hâte le raidillon qui gravissait la colline que je me meurtris le genou à une pierre et m'écorchai bras et jambes aux ronces qui bordaient le chemin. Je vis la mer écumer en contrebas et les éclairs zébrer le ciel au-dessus de Populonia et de Vetulonia.

Remarquant l'empressement que je mettais à gagner le temple, le doyen sourit du sourire mystérieusement beau des vrais sages et déclara que nous avions tout notre temps. Il me conduisit dans le temple et nous entendîmes bientôt la pluie tambouriner sur le toit et les trombes d'eau déferler dans les gouttières d'argile pour jaillir des mâchoires de lion qui ornaient chacun des douze angles. Des éclairs bleutés illuminaient de temps à autre l'intérieur du temple et le visage peint en noir, les yeux blancs du dieu du tonnerre.

Quand le moment fut venu, le doyen m'enjoignit de me dévêtir, passa lui-même un vêtement de pluie et un couvre-chef, et m'entraîna dehors sous la pluie. Le ciel était noir au-dessus de nos têtes mais il me demanda, nu comme je l'étais, d'aller m'asseoir au centre du bouclier d'airain, le visage tourné vers le nord, tandis que lui-même se tiendrait derrière moi. J'étais trempé et, sous mes yeux, des éclairs fourchus s'entrecroisaient dans le ciel, frappant les champs de minerai. Soudain, tout devint blanc et un éclair forma un véritable arc-de-triomphe entre les nuages en direction du nord. A mes yeux éblouis, l'éclair forma un cercle complet dans le ciel sans jamais toucher le sol. Au même instant, le tonnerre résonna avec un fracas assourdissant.

Le vieillard qui se tenait derrière moi posa ses mains sur mes épaules et dit :

— Le dieu a parlé.

Tremblant de froid et d'émotion je le suivis jusque dans le temple où il me sécha de ses propres mains, avant de me donner un lourd vêtement de laine. Mais il ne disait toujours rien et ne fit nulle prédiction. Il se contentait de me jeter des regards affectueux comme un père à son fils.

Moi-même, je ne lui demandai rien, mais quelque chose me poussa à lui parler de ma jeunesse et à lui conter comme je m'étais retrouvé, non loin d'Ephèse, au pied d'un chêne fendu par la foudre. Je lui avouai aussi mon crime le plus secret, l'incendie du temple de Cybèle, puis, quand je lui eus tout dit, inclinant la tête, j'attendis son jugement.

Posant une main protectrice sur ma tête, il déclara :

— Ce que tu as fait, tu devais le faire. Point n'est besoin pour toi de craindre la sombre déesse, ô radieux voyageur sur la terre. Car nous autres, Etrusques, au contraire des Grecs, ne considérons pas comme un criminel celui qui, frappé par la foudre, a survécu. Au contraire, tu as toi-même vu le signe voilà quelques instants. Ce que tu m'as dit confirme le pressentiment qui m'est venu sitôt que j'ai vu ton visage.

Une curiosité bien humaine me poussa à demander :

— Quel était donc ton pressentiment ?

Il sourit tristement, secoua sa vieille tête et répondit :

— Je n'ai point le droit de te le révéler tant que tu ne l'auras pas découvert toi-même. Jusqu'à ce jour, tu seras un étranger sur la terre. Si tu succombes parfois à la mélancolie, que rien ne peut te consoler, songe alors que des esprits bienveillants te protègent, comme te protègent dorénavant les souvenirs terrestres de notre peuple.

Le visage du vieillard perdit son éclat rayonnant et je ne vis plus que ses yeux fatigués, sa barbe blanche et ses cheveux clairsemés. Quand la pluie eut cessé, quand les nuages eurent dérivé au loin sur la mer, il me reconduisit jusqu'à l'entrée du temple où il me bénit au nom de son dieu. Le soleil brillait, l'air était pur, la terre étincelait.

Je poursuivis mes errances en direction des sources du Tibre, dans l'intention de suivre le fleuve jusqu'à Rome. Malgré les pluies d'automne, je découvris l'étroit ruisseau, encaissé entre des montagnes lugubres. Les cailloux avaient entamé mes semelles, j'avais déchiré mon manteau, et, pour m'abriter de la cruelle morsure du froid, je n'avais, de temps à autre, que l'abri précaire d'une frêle cabane de berger.

Les premières chutes de neige m'accueillirent au sortir de la forêt, en vue de la riche cité de Perusia. Là, je fus contraint de passer le plus froid de l'hiver, puis, quand la tiédeur des vents eut commencé de faire fondre la neige des sommets, je repris mon voyage au long du Tibre. J'errai par tout le cœur du pays étrusque avant d'atteindre mon point de départ. La fin du parcours, je l'accomplis comme flotteur de bois, sur un immense radeau qui descendait le cours du fleuve pour le compte d'un négociant de Rome.

Quand nous approchâmes du pont, nous aperçumes, culbutée sur le sol, la tour de siège qu'avaient dressée les Volsques. Nous vîmes d'autres signes de destruction, mais l'herbe verte avait charitablement recouvert les ruines calcinées et noircies de son tendre manteau. De part et d'autre du fleuve, on était en train de rebâtir des granges et d'installer de nouveaux enclos pour le bétail. Les bœufs tiraient paisiblement la charrue à travers champs et partout les oiseaux gazouillaient sans retenue.

J'avais quitté Rome au tout début du printemps. J'y rentrai au tout début du printemps. Mais je ne chanterai pas les louanges du printemps romain, car, voyant enfin Arsinoé, un an après l'avoir quittée, je remarquai qu'elle était enceinte et qu'elle ne semblait nullement se réjouir de mon retour.

Livre IX

LE LUCUMON

1

Lorsque mes pieds foulèrent de nouveau la cour patricienne de Tertius Valerius, je vis que le chambranle pourri avait été réparé et l'huis repeint. Une propreté si rigoureuse avait été rétablie dans la demeure, et les sièges de haut prix et toutes sortes de meubles y étaient dans une si extraordinaire abondance que j'eus du mal, en y pénétrant, à reconnaître les lieux. Au milieu du bassin se dressait la statue de bronze neuf d'une Grâce dansant, à peine vêtue d'un léger voile, et les bœufs d'argile chéris de Tertius Valerius avaient été remisés dans le coin le plus sombre avec leur charrue. Je considérais tout cela en silence tandis que je laissais couler le temps et s'apaiser le tumulte que la vue d'Arsinoé enceinte avait éveillé en moi.

Comme je me taisais toujours, Arsinoé se drapa nerveusement dans sa robe de matrone et, les yeux au sol, dit :

— Tu m'as effrayée en survenant à l'improviste, ô Turms, car je ne t'attendais plus. Certes, j'aurais beaucoup de choses à t'expliquer, mais dans mon état, je ne puis supporter l'agitation. C'est pourquoi, il convient que tu voie d'abord notre cher Tertius Valerius.

En hâte, elle se retira dans sa chambre, fondit en larmes et appela ses servantes. Alerté par les pleurs et les cris d'Arsinoé, Tertius Valerius jaillit de sa chambre, brandissant un bâton.

Mais il me reconnut et laissa retomber son bras, l'air embarrassé.

— C'est donc toi, Turnus, dit-il lentement. Je n'attendais plus ton retour, car nous avons entendu dire que tu t'étais noyé pendant une tempête en mer. Ce fut Arsinoé elle-même qui rencontra ce marin en allant chaque jour quêter des nouvelles de toi. Elle a conduit l'homme ici et il a juré, la main sur la terre, qu'il t'avait vu sombrer. Nous avons nous-mêmes vécu des temps difficiles lorsque les Volsques ont assiégé la ville, et je n'ai pas mis en doute son histoire.

Calmement, je dis qu'il m'avait été impossible de donner de mes nouvelles à cause du siège. Puis je laissai percer mon amertume en observant, qu'apparemment, on n'avait pas trop souffert d'être sans nouvelles de moi et qu'il aurait mieux valu que je ne réapparusse pas.

Tertius Valerius se hâta de répondre :

« Non, non, ne te méprends pas, Turnus. Tu es toujours le bienvenu chez moi et je me réjouis de te voir vivant et, semble-t-il, en bonne santé. Au regard de la loi, cela ne modifie en rien la situation. Arsinoé elle-même ne reconnaît-elle pas que vous ne vous êtes jamais compris et qu'elle ne t'a suivi que faute d'un autre compagnon et poussée par son ardent désir de retrouver le lieu de sa naissance? Mais je m'égare. Non, je n'éprouve nul ressentiment contre toi, non plus qu'Arsinoé. Tout bien considéré, vous n'avez jamais été légalement mariés, du moins aux yeux de la loi romaine. Lorsque, en dépit de mon âge, sa déesse m'a rendu ma virilité, j'ai considéré comme un droit et même, eu égard à son état, comme mon devoir, de l'épouser légalement. Depuis lors, j'ai rajeuni de dix, et peut-être même de vingt ans. Ne trouves-tu pas, ô Turnus, que j'ai retrouvé la verdeur de la jeunesse?

Ce vieillard jadis plein de bon sens se pavanait devant moi en levant le menton et sous ses maigres mâchoires, la peau flasque et ridée se balançait comme la caroncule du coq. Il s'était même rasé le menton, et caressait les plis de sa toge bordée de rouge avec la fatuité des jeunes bellâtres. C'était une vision si pathétique que je ne savais plus si je devais en rire ou en pleurer.

Comme je ne répondais pas, Tertius Valerius poursuivit :

« Certes, nous avons dû contourner de nombreuses embûches et prouver tout d'abord qu'Arsinoé est citoyenne romaine de rang patricien. Elle a déjà dû te conter quelles bizarreries du destin l'ont conduite, orpheline sans ressource, sur une terre étrangère. Mais la bravoure dont elle a fait preuve durant le siège et la réputation qu'elle s'était gagnée auprès des femmes romaines nous ont été d'un grand secours, car leurs femmes ont fait comprendre aux sénateurs que seule une véritable Romaine avait pu montrer tant d'abnégation. Cela a été accepté par le Sénat comme une preuve de sa naissance, à la suite de quoi, elle a été reconnue citoyenne d'abord, patricienne ensuite. Sans cette reconnaissance, nous n'aurions pu nous marier, car les lois interdisent l'alliance des patriciens et des plébéiens.

Heurtant le sol de son bâton, il ajouta :

« Il est évident que notre mariage légal dissout tout lien antérieur. La loi romaine étend désormais sa protection sur la propriété, l'honneur et la réputation de la personne concernée.

Au bruit du bâton, un nouvel intendant superbement vêtu accourut en courbant l'échine. Tertius Valerius le pria d'apporter du pain et du vin pour me souhaiter la bienvenue. Distraitement, j'avais posé ma main sur le foyer et ses yeux perspicaces ayant remarqué mon geste, il s'était à son tour conformé à la tradition.

Lorsque nous eûmes rompu le pain et bu le vin, nous prîmes place face à face sur des sièges douillets. Comme il n'avait guère l'habitude du vin, la boisson monta à la tête du veillard et bientôt le sang afflua à ses joues et à ses tempes.

« Je me réjouis de voir que, dans cette affaire, tu adoptes un comportement raisonnable. Voilà qui prouve que tu es un homme de sens rassis. Arsinoé a été contrainte de reconnaître qu'elle t'avait éloigné à cause du désir ardent qu'elle éprouve pour moi. En outre, tu es stérile et ne pourras jamais lui donner les joies de la maternité. Ce n'est point de sa faute, si ce Grec cruel, mettant à profit sa faiblesse de femme et l'abandon où tu la laissais, a abusé d'elle. Mais Arsinoé est l'innocence même et il n'y a nulle place dans son esprit pour de mauvaises pensées. En vérité, qu'elle ait gardé Mismê, en dépit des souvenirs déplaisants que l'enfant doit évoquer, voilà qui suscite chez moi le plus grand respect. Je peux fort bien imaginer à quel point ton retour doit la ramener à ces tristes souvenirs. Les femmes dans son état sont très sensibles.

Il gloussa.

« Au fond de mon cœur, je suis demeuré un paysan, je saurais encore paître les troupeaux. Aussi est-ce sans honte malvenue que je considère les questions de la chair. Mais je nai jamais rencontré plus farouche candeur que celle d'Arsinoé. Et puis, c'est une héroïne. Ne fut-elle la plus courageuse des Romaines lorsqu'elle parvint à convaincre Coriolan de lever le siège et de commander le repli à ses Volsques ?

Son front s'assombrit, sa main resserra son étreinte sur le bâton et il raconta :

« Dans leur retraite, les Volsques ont pillé et brûlé jusqu'aux demeures patriciennes, aussi ai-je subi de grandes pertes.

Puis son visage s'éclaira de nouveau :

« Mais la terre, on ne peut l'emporter et nous voilà débarrassés de Coriolan. Les Volsques n'ont plus foi en lui parce qu'il a levé le siège sans livrer bataille, bien qu'ils aient bâti à grand-peine tours de siège et béliers destinés à enfoncer les portes de la ville. A présent les femmes de Rome croient en la déesse d'Arsinoé et l'adorent sous le nom de Vénus. J'ai, quant à moi, fait vœu de lui faire dresser un temple à Rome et je me propose de harceler les sénateurs dans ce sens. S'ils n'y consentent pas, je bâtirai un temple, même de petite taille, avec mon propre argent.

— Je connais la déesse d'Arsinoé, le coupai-je impatiemment. Je ne doute pas que les femmes de Rome donneront leurs épingles à cheveux incrustées et leurs broches pour payer l'érection du temple.

— Quelle merveilleuse idée, s'écria Tertius Valerius. Tu me comprends on ne peut mieux, cher Turnus. Arsinoé a même prédit que les descendants de la déesse Vénus régneraient un jour sur Rome.

— Poursuis ton récit, le pressai-je.

La bouche de Tertius Valerius s'ouvrit toute grande tandis qu'il fouillait sa mémoire.

— Où en étais-je, je m'égare! C'était à propos de taureaux et de la modestie d'Arsinoé. Si j'ai convaincu sans trop de mal le

Sénat, pour convaincre mes parents, ce fut une autre affaire. Tant qu'ils ne l'eurent pas vu de leurs propres yeux, ils refusèrent de croire que j'avais retrouvé ma virilité. Nous autres Romains, nous ne nous montrons pas d'une pudeur indue dans ces questions. Mais il me fallut d'abord vaincre la timidité d'Arsinoé car cette femme mûre est aussi timorée qu'une jeune fille qui subit l'étreinte de l'homme pour la première fois.

— Certes, dis-je tandis que l'amertume du fiel emplissait ma bouche. Certes.

Dans un grand élan d'enthousiasme, Tertius Valerius me conta l'événement.

— Mes frères, le fils de l'un de mes frères et un envoyé du Sénat ont vu de leurs propres yeux que j'étais en mesure de remplir mes prérogatives conjugales aussi bien qu'un autre. Après quoi, personne ne douta qu'Arsinoé fût enceinte de mes œuvres.

A cet instant, Arsinoé fit son entrée dans la pièce, à pas traînants, les yeux gonflés d'avoir pleuré, le regard fixe. Elle se pencha pour baiser Tertius Valerius au front et, dans le même mouvement, sa main experte lui passa un linge sur le menton et la peau qui pendait au-dessous.

— J'espère que tu ne te fatigues pas à débattre de questions difficiles, mon cher Tertius, dit-elle d'une voix affectueuse, avec un regard de reproche à mon adresse.

Cessant de branler du chef, Tertius se redressa avec la prestance du sénateur qu'il était.

— C'est sur-le-champ qu'on tranche les questions épineuses. Tout est pour le mieux, désormais. Seules certaines affaires financières demeurent en suspens. Lorsque tu arrivas dans notre cité, ô Turnus, ta fortune a été enregistrée par erreur sous ton nom mais je doute que cette malice ait été intentionnelle. Sans doute ne visais-tu qu'à protéger Arsinoé car tu ne connaissais pas les lois de notre cité et tu pensais qu'il n'était pas possible pour une femme de disposer de sa fortune. De même as-tu fait enregistrer à ton nom le talent d'argent qu'elle t'avait envoyé lors de ton dernier voyage. Mais sa fierté n'exige-t-elle pas qu'elle ait une dot, bien que je sois suffisamment riche pour deux ?

Il tapota la main d'Arsinoé. Pour sa défense, je dirai qu'elle n'osa pas affronter mon regard.

— O Turnus, toi qui es un homme d'honneur, poursuivit Tertius avec emphase, seras-tu assez bon pour transférer officiellement ces richesses au nom d'Arsinoé, tout comme j'ai moi-même transféré certaines demeures avec leurs esclaves au moment de notre mariage? Certes, nul ne peut te contraindre mais je crains que ton passé ne te mette en danger devant un tribunal.

Je levai les yeux sur le beau visage d'Arsinoé, sur l'éclat de ses yeux et la douceur laiteuse de ses bras nus.

— Je prendrai mes dispositions demain, dis-je. Je ne serai que trop heureux de servir Arsinoé comme je l'ai servie dans le passé. Un talent d'argent et une modeste quantité de pièces et d'objets d'or sont une dot qu'un sénateur romain ne saurait mépriser. Que cette dot vienne encore rehausser son prestige auprès des femmes nobles, bien que sa dot la plus précieuse, en vérité, soit sa modestie et son irréprochable conduite!

Arsinoé ne rougit pas et hocha simplement la tête en caressant les cheveux fins du vieillard gâteux.

Pourquoi n'ai-je pas laissé éclater mon courroux devant tant de méprisables mensonges? Pourquoi n'ai-je pas ouvert les yeux de Tertius Valerius? Pourquoi ne lui ai-je pas montré quelle sorte de femme était Arsinoé? Et par-dessus tout, pourquoi ne l'ai-je pas empoignée et ne l'ai-je pas emmenée comme j'avais fait autrefois?

Parce que je comprenais enfin la futilité de tels actes. Arsinoé savait ce qu'elle voulait et si elle préférait la richesse, une position élevée parmi ses concitoyens, et une vie à l'abri des hasards, aux côtés d'un vieillard amène, si elle préférait tout cela à moi-même, pourquoi vouloir changer ses dispositions d'esprit? La cruche était brisée et le vin avait été répandu. Peut-être pouvait-on tant bien que mal la réparer mais pourquoi me tourmenter davantage, pourquoi tourmenter Arsinoé? Si Tertius Valerius était heureux, pourquoi aurais-je troublé son bonheur en éveillant dans son esprit des doutes inutiles?

Comme je renonçais, de bon gré et sans marchandage, à tous mes droits, Tertius Valerius lança un regard interrogateur à Arsinoé. Elle opina du chef.

Dominant sa ladrerie naturelle, Tertius Valerius dit, magnanime :

— Tu es un homme de cœur, Turnus, et tu mérites une compensation pour avoir arraché Arsinoé au Grec cruel et l'avoir ramenée saine et sauve dans sa cité d'origine. C'est pourquoi, avec la permission de ma femme, j'ai pensé te donner une petite ferme ainsi que quinze *jugera* de terre, les outils nécessaires à la culture et un couple d'esclaves. La ferme est sur l'autre rive de la rivière, à quelque distance de la cité, près de la frontière étrusque. Je l'ai obtenue à titre de dédommagement pour un prêt que j'avais consenti à un plébéien tué pendant la guerre, et bien que les esclaves soient vieux, ce sont des gens dignes de confiance. Les Volsques ont brûlé la maison mais la porcherie et l'enclos à mouton ont été reconstruits et les esclaves vivent dans un abri provisoire.

Eu égard à sa ladrerie, son offre était indéniablement généreuse. Mais en l'examinant, je compris qu'il désirait me voir hors de sa demeure et hors de la ville dès que possible. En outre, si je me consacrais à la culture de ces quinze *jugera*, il me faudrait tenter d'obtenir la citoyenneté romaine et cela, je voulais l'éviter.

— J'accepte ton présent, dis-je enfin, bien que j'aie honte de tant de générosité, noble Tertius Valerius. Je serai heureux de posséder cette ferme en souvenir d'Arsinoé, toutefois je ne crois pas que je la dirigerai en personne, car je préfère continuer à vivre dans la cité. Sans doute pourrai-je gagner ma vie en enseignant le grec aux enfants, en tirant des prophéties des lignes de la main ou en dansant dans les représentations sacrées au cirque.

Arsinoé détourna violemment la tête et Tertius Valerius sembla avoir honte pour moi. Il la rassura d'un serrement de main et me dit :

— Cher Turnus, je suis heureux de voir que tu admets sans vergogne tes humbles origines et que tu te satisfais de ce que tu es sans aspirer à la citoyenneté. Bien que j'aie préféré n'en pas parler tout le temps où tu fus mon hôte, il m'est revenu que tu as mené à Suburre joyeuse vie en compagnie de ceux de ton espèce, c'est pourquoi je crois que ce quartier est bien digne de toi.

Rougissante, Arsinoé s'écria :

— En fin de compte, tu t'es trahi, Turms! Voilà donc ta place, parmi les femmes de mauvaise vie, et je ne peux pas dire que tu me manqueras. Vautre-toi dans la fange autant qu'il te plaira, je ne veux plus rien savoir de toi pour le reste de mes jours. Je dois songer à mon avenir et à celui de mon fils à naître. Retourne dans ta bauge, le plus tôt sera le mieux! Je ne supporterai pas de garder plus longtemps chez moi un homme de si triste renommée!

— Paix, paix! dit doucement Tertius Valerius.

Je me réjouissais de voir qu'Arsinoé était toujours jalouse de moi, bien qu'elle eût choisi de vivre une autre vie, plus douillette. Pour finir, elle fondit en larmes une nouvelle fois, couvrit son visage de ses mains et s'enfuit de la pièce.

Tout se passa suivant ce qui avait été convenu et bientôt j'inspectais les quinze *jugera* couverts de roseaux qui s'étendaient bien au-delà du Janicule, près de la frontière étrusque. Le couple d'esclaves édentés et blanchis sous le harnais manifestèrent beaucoup de frayeur à ma vue puis, en tremblant, ils me montrèrent une truie dans sa bauge, quelques chèvres et génisses. Le vieillard me fit voir son plus précieux trésor, une peau de bœuf qu'il avait tannée lui-même et dissimulée aux Volsques, car il avait été assez avisé pour abattre la bête et l'écorcher avant l'arrivée de ces derniers.

Certes, j'aurais eu le droit de mettre à mort ces deux vieillards incapables de travailler, qui avaient laissé la ferme aller à vau-l'eau. Ainsi les Romains traitent-ils les esclaves décrépits, avec autant de cruauté que les vieilles bêtes de somme. Mais dans mon cœur, je ne pouvais trouver le courage d'agir ainsi. Je vendis mon anneau d'or et un bandeau orné de pierreries pour acheter une couple de bœufs, et pour seconder les deux esclaves, je louai les services d'un jeune berger dont les parents avaient été tués par les Volsques. Plus tard, je fis construire en ces lieux une petite maison d'été aux pignons portant des ornements d'argile peinte, à la mode étrusque.

A Suburre, où je louai une chambre sur la place du marché, il me fut facile de connaître la vérité sur l'incomparable héroïsme dont Arsinoé avait fait preuve durant le siège mené par les Volsques. Il en ressortait qu'elle m'avait délibérément éloigné de

Rome pour avoir les mains libres et conquérir une place parmi les femmes de Rome.

Lorsque les Volsques eurent investi la cité, le peuple refusa solennellement de se battre aux côtés des patriciens. Les troubles se multiplièrent sur le forum et le Sénat n'osa pas même désigner un dictateur comme il avait fait jusque-là en semblables circonstances. Arsinoé avait trouvé l'occasion qu'elle recherchait en se joignant à l'assemblée de couseuses où, sans considération de rang, les femmes romaines tissaient des vêtements chauds pour les braves citoyens qui,plaçant l'amour de la patrie au-dessus des conflits de classe, grelottaient jour et nuit en haut des murailles, dans la froidure de l'automne.

En compagnie des femmes patriciennes Arsinoé avait porté sur les murailles le pain chaud et la soupe brûlante cuisinés chez Tertius Valerius. Parmi les femmes qui se distinguaient ainsi pour leur esprit patriotique se trouvaient Veturia, l'énergique mère de Coriolan, et sa femme Volumnia qu'il avait épousée uniquement pour sa dot et dont il ne se souciait guère bien qu'il en eût deux fils. Les deux femmes, la vieille mère et l'épouse humiliée, s'efforçaient de prouver par des actes que leurs sympathies allaient entièrement à Rome.

Lorsque, sous la pression populaire, le Sénat eut mandé des émissaires faire des offres de paix à Coriolan et après que le prêtre de Regia se fut vainement efforcé de le convaincre, Arsinoé avait suggéré que les femmes romaines fussent envoyées en délégation. Coriolan ne pourrait sûrement pas résister aux larmes de sa vieille mère, au regard plein de reproche de sa femme et à la vue de ses jeunes fils.

Bien que les femmes craignissent la férocité volsque, Arsinoé leur communiqua son ardeur et son intrépidité. Vingt patriciennes marchèrent avec elle lorsqu'elle conduisit par la main une Veturia trébuchante et une Volumnia en pleurs avec ses enfants. Les soldats qui conservaient le souvenir des soupes chaudes d'Arsinoé et de ses visites amicales ouvrirent les portes avant que le Sénat eût le temps de s'opposer à cette téméraire aventure.

Les Volsques grelottants et affamés furent pris à l'improviste. Ils reçurent avec joie les paniers de pain et de viande apportés par les femmes et ils conduisirent ces dernières en procession de fête au camp et à la tente de Coriolan. Les femmes attendirent, regroupées près du feu, car ce n'est qu'à la nuit que Coriolan consentit enfin à voir sa mère et son fils. Devant les flammes, sous le sceau du secret, Arsinoé avait parlé de la déesse à ses compagnes et leur avait affirmé qu'en dernière extrémité, avec l'aide de la déesse, elle parviendrait bien à fléchir Coriolan.

Enfin Coriolan reçoit les femmes dans sa tente. La mère en pleurs maudit le fils et déclare qu'elle aurait étranglé de ses propres mains son enfant au berceau si elle avait su qu'elle avait donné naissance à un traître. Volumnia à son tour lui présente ses fils et lui demande s'il est vrai qu'il se propose d'anéantir la patrie de ses enfants.

Coriolan, homme beau et bien fait, qui dépasse d'une tête tous les autres Romains, écoute patiemment en jetant des regards intrigués sur Arsinoé qui baisse modestement la tête. Mais je sais que c'était là un moyen de s'assurer que Coriolan ne manquerait pas de remarquer ses boucles d'or roux et son cou blanc. Sans doute fit-elle même en sorte que sa tunique s'entrouvrît.

Lorsqu'elles sont au bout de leur discours, Coriolan lance quelques dures paroles à sa mère et à son épouse et déclare qu'à moins que les autres femmes aient des choses plus sensées à lui dire, il va ordonner de les renvoyer dans leur cité. Alors les femmes poussent en avant Arsinoé et la pressent d'invoquer le secours de sa déesse. Arsinoé explique qu'il lui faut rester seule avec Coriolan. Sur quoi, il fait sortir les femmes et les gardes.

On ne sait rien des propos qu'Arsinoé tint à Coriolan mais elle resta dans sa tente jusqu'à l'aube. Lorsqu'elle apparut enfin, épuisée par ses efforts pour fléchir Coriolan, elle ordonna aux femmes de prier la déesse Vénus et d'invoquer sa puissance. Puis elle s'effondra inconsciente dans leurs bras. Coriolan ne se montra pas mais fit courtoisement raccompagner les femmes par ses gardes jusqu'à la cité. Le même jour, il donna l'ordre de lever le siège.

Que la fin du siège fût l'œuvre d'Arsinoé et de la déesse, c'est ce que je n'oserais point affirmer. De ce que j'ai entendu, j'ai conclu que l'armée volsque était incapable de s'ouvrir une brèche dans les murailles romaines et qu'elle n'avait pas même le désir d'essayer. En outre, l'automne était fort avancé et aucun peuple du Latium n'était en mesure de mener une campagne d'hiver. Coriolan était un chef capable et il ne fait aucun doute que, même si les femmes n'étaient pas intervenues, il aurait congédié son armée avant l'hiver.

Qu'elle fût ou non justifiée, Veturia et Volumnia tirèrent une grande gloire de l'événement, gloire qu'elles partagèrent volontiers avec Arsinoé. Le Sénat leur adressa des remerciements solennels pour avoir sauvé la cité et dès cet instant, Arsinoé jouit d'un grand renom dans Rome où l'on respecta sa déesse et sa science secrète.

Je ne vis plus Arsinoé pendant plusieurs mois. Je m'abstins même d'approcher de la demeure de Tertius Valerius car du fait de son état, Arsinoé vivait en recluse. Un esclave soudoyé par moi me donnait de ses nouvelles car son absence me rendait chaque moment interminable, insupportable. En dépit de tout, rien ne pouvait affaiblir la ferveur de mon adoration pour elle.

Mais durant tout le temps que j'avais été loin d'elle, mon amour avait mûri et je ne la considérais plus désormais comme une femme à qui le désir me liait, mais comme quelqu'un qui avait été proche de moi. Je me souvenais qu'elle m'avait fait rire lorsque j'étais triste, je me souvenais d'être resté assis des heures durant à la contempler pendant qu'elle déployait tous ses talents à rehausser sa beauté, en bavardant gaiement des choses et des gens. Je ne désirais pas lui faire de mal, en dépit de ses fautes, car je la comprenais, je comprenais son besoin d'une vie à l'abri des hasards, je comprenais ses mensonges.

Ses couches furent difficiles et durèrent un jour et une nuit, car le garçon pesait dix livres. Au plus chaud de la journée, lorsque l'enfant vint au monde, un orage de grêle éclata et des éclairs flamboyèrent violemment dans le ciel. Mais ce n'était pas mon œuvre, bien que mon cœur fût déchiré par la pensée d'Arsinoé.

Lorsqu'il entendit les hurlements de l'enfant mâle né à la douleur de vivre, lorsqu'il sentit dans ses bras le poids du nourrisson, Tertius Valerius entra dans le délire. Dans sa joie, il sacrifia taureaux, moutons et porcs à différents temples comme s'il s'agissait d'un événement d'Etat. Il distribua une partie de la viande au peuple, il en envoya dans ses fermes et donna congé à ses esclaves car de toute manière ils ne pouvaient guère travailler dans les champs en raison de la tempête.

En mère romaine exemplaire, Arsinoé prit soin elle-même de son enfant et ne se montra pas en public jusqu'à ce qu'elle eût recouvré la splendeur de ses formes et la beauté de son visage. Mais lorsque vint l'automne je la vis prendre place au cirque, au banc d'honneur, immédiatement derrière les vestales et à côté du siège d'ivoire de Manius Valerius. Je ne pouvais la voir que de loin car j'étais moi-même assis sur les gradins opposés, parmi les étrangers et les artisans d'origine étrangère, mais elle était toujours aussi belle que la déesse et c'est elle que je contemplai, beaucoup plus que le spectacle de l'arène.

Mais je ne tentai pas de la rencontrer pour lui parler car je n'avais nul désir de troubler son repos. Le temps passa et le garçon avait déjà un an lorsque je revis Arsinoé.

2

C'était la fin de l'été. La cité était silencieuse car le peuple s'affairait aux travaux des champs. Ceux qui étaient restés dans la ville cherchaient l'ombre et la fraîcheur, et ne sortaient qu'à la tombée de la nuit. La puanteur des immondices, des fruits pourris et des peaux tannées dégorgeait des venelles de Suburre. Et la Fortune souriait toujours à Rome car les Volsques, et leurs alliés les Esques, étaient entrés en conflit et se livraient une guerre terrible, et comme ils épuisaient ainsi leurs propres forces, Rome n'avait rien à craindre de ces deux côtés-là.

Je m'efforçais d'inculquer les mouvements de la danse étrusque de la couronne à une jeune danseuse du cirque lorsque Arsinoé surgit inopinément dans ma chambre de Suburre. Ce ne fut point de ma faute si la jeune fille ne portait aucun vêtement car la chaleur ce jour-là était épouvantable et, en outre, il vaut mieux pour le danseur pratiquer nu son art, afin de mieux connaître son corps. Cependant, j'aurais voulu disparaître dans les entrailles de la terre lorsque je vis le regard d'Arsinoé se porter alternativement sur moi et sur la pauvre fille qui ne comprenait pas du tout le mal qu'elle faisait. Dans sa candeur, elle n'eut pas même l'esprit de se couvrir de sa robe mais demeura debout, genoux fléchis et paumes levées dans la position que je tentais de lui enseigner.

Arsinoé était toujours semblable à elle-même, mais plus mûre et plus belle qu'elle n'avait jamais été.

— Pardonne-moi, Turms, dit-elle d'une voix sarcastique. Je ne voulais pas troubler tes plaisirs mais je devais te parler et c'est aujourd'hui seulement que j'en trouve l'occasion.

Les mains tremblantes, je rassemblai les pauvres hardes de la jeune fille, les lui jetai dans les bras et refermai derrière elle la porte grinçante de ma chambre. Sans me demander la permission, Arsinoé prit place sur mon siège dépourvu d'ornement, jeta un regard circulaire, et, soupirant profondément, secoua la tête.

« O, Turms, comme je suis triste pour toi, se lamenta-t-elle. Il m'était certes venu aux oreilles que tu étais tombé en piètre compagnie mais je n'accordais aucune foi à cette rumeur et m'efforçai de continuer à penser du bien de toi. Mais à présent, il me faut croire le témoignage de mes propres yeux, et mon cœur est lourd.

Je m'étranglai de colère en la voyant là, paisiblement assise devant moi, comme s'il ne s'était rien passé.

— J'ai mené une triste vie et je suis tombé en pitoyable compagnie, reconnus-je. J'ai enseigné le grec à quelques sots garçons et un jour, je leur ai appris les vers d'Hipponax : « L'homme connaît deux jours fastes dans sa vie : celui où il se marie et celui où il met sa femme dans la tombe. » Hipponax vivait à Ephèse et c'est pourquoi j'ai gardé ce précepte en mémoire. Mais cette leçon n'a pas eu l'heur de plaire aux parents et j'ai perdu mes élèves.

Arsinoé affecta de ne pas avoir écouté et, poussant un léger soupir, elle me fit remarquer :

— Ses cuisses et ses hanches sont trop lourdes et puis elle est trop petite.

— Mais elle n'est pas dépourvue de talents, insistai-je pour défendre mon élève. C'est pour cela que je l'aide.

— Hélas, Turms, je te croyais plus exigeant, quand il s'agissait des femmes. Celui qui a goûté d'un merveilleux raisin ne peut plus se satisfaire de navets. Mais tu as toujours été différent. Dans le passé, la pauvreté de ton goût a toujours été pour moi un sujet d'étonnement.

Distraitement, elle se découvrit la tête et mon cœur bondit en voyant que sa chevelure avait été apprêtée par un artiste grec. Elle avait soigneusement peint son visage et je ne pouvais que m'émerveiller du talent avec lequel elle savait draper de séduisante manière le simple manteau des femmes romaines.

— Quelle oppressante chaleur! s'exclama-t-elle et elle laissa son manteau glisser, découvrant ses blanches épaules et ses bras nus. Ses yeux étaient graves et sombres et ses lèvres entrouvertes. Mais je n'avais nul désir de succomber à la tentation.

— Non, je t'en prie, dis-je. Dis-moi plutôt comment tu as pu oser venir ici, à Suburre? Ne crains-tu pas pour ta réputation? Tu n'oublies certainement pas que tu es femme de sénateur.

— Certes, m'approuva-t-elle, et elle me lança un regard accusateur :

— Mais qui donc est à blâmer? Ne m'as-tu pas abandonnée pendant des années à la merci de Tertius Valerius? Tu étais las de moi et tu m'as donc poussée dans les bras de ce vieillard libidineux.

— Arsinoé, commençai-je, horrifié. Comment peux-tu fausser ainsi la réalité? Comment peux-tu mentir avec un aplomb aussi terrifiant? Serais-tu donc sans vergogne pour oser m'accuser de ce que toi-même tu as tramé et accompli?

Elle fit quelques efforts pour se tirer des larmes et leva sur moi ses yeux humides :

— Comme tu es mauvais et injuste avec moi, toujours prêt à me chercher querelle, quand nous nous revoyons après si longtemps! Je devrais te connaître à présent, mais je commets toujours l'erreur de garder de toi une image aimable.

Elle sanglota en me scrutant à travers ses longs cils bleu sombre.

J'inspirai violemment, serrai le poing et ne dis rien.

Arsinoé pressa ses paumes dans un geste de supplication.

« Pourquoi ne dis-tu rien, Turms? Pourquoi tant d'âpreté?

Je fus sur le point d'avouer que tout mon être était submergé d'un radieux bonheur mais il valait mieux pour moi ne pas tomber de nouveau en son pouvoir. Alors, comme mes genoux se dérobaient sous moi, je m'assis au bord de ma couche et demandai :

— Qu'attends-tu de moi, Arsinoé?

Elle rit gaiement et perdant son maintien guindé, elle s'étira et ses jambes tendues s'offraient à mes regards.

— Certes, j'attends quelque chose de toi, ô Turms. Sinon pourquoi serais-je venue? Mais je suis heureuse de te revoir et mon cœur bondit étrangement dans ma poitrine lorsque je contemple ta bouche pleine et moqueuse et l'ovale de tes yeux.

— Cesse, je t'en prie, l'imporai-je humblement.

Du regard je cherchais un couteau pour me couper les doigts si je tentais, contre ma volonté, de caresser sa peau. Cela, en vérité, je l'aurais fait, car si je l'avais touchée, j'étais perdu. Mais, heureusement, ma volonté fut plus forte que mes mains.

— Tu n'ignores pas la profondeur de mon amour pour toi, dit Arsinoé d'une voix faible. A présent encore, mon cœur te désire ardemment en secret, bien que je menace ainsi la paix de Tertius Valerius et celle de mon fils. Mais maîtrisons nos émotions et restons simplement bons amis. Ce sera mieux ainsi. Lorsqu'une femme atteint mon âge et que sa beauté décline, elle aspire à une vie à l'abri des hasards. J'étais lasse de tout sacrifier à tes caprices. A présent, tu es libre, ô Turms, et j'ai un mari compréhensif et point trop exigeant.

Comme je ne disais rien, elle comprit qu'elle perdait son temps et poursuivit d'une voix pleine de regrets :

— J'ai pris de l'âge, mes bras se sont alourdis et mes hanches épaissies, en dépit de mes efforts. Les dernières couches ont déchiré mes chairs en laissant sur mes flancs et mes cuisses des cicatrices blêmes qui ont détruit à jamais ma beauté. Veux-tu les voir?

Elle commença de soulever le bord de sa tunique mais je me hâtai de me couvrir les yeux.

— Je dois être d'une effrayante laideur, dit-elle avec un soupir, pour que tu ne veuilles pas même me regarder. Certes, la jeune fille a l'avantage de la jeunesse et un fruit sucré est frais sous la langue mais, crois-moi, ô mon ami, il n'y a pas de grande joie à espérer de la jeunesse étourdie. Tu n'en tireras que des désagréments car tu n'es plus toi-même à l'aurore de la vie. Les excès de ta vie ont creusé des sillons autour de ta bouche et des rides aux coins de tes yeux.

— Ce sont des rides de rire, dis-je amèrement. J'ai eu si souvent l'occasion de rire. Mais hâte-toi de me dire ce que tu attends de moi. Je ne voudrais pas que tu mettes en danger ton bon renom en t'attardant dans des lieux aussi mal famés.

Elle se leva, laissant son manteau sur le siège et gagna la porte. En tirant le loquet de bois, elle dit :

— Je suppose que tu me permettras de fermer ta porte pour que nous puissions parler en paix.

Elle passa devant moi et alla jeter un coup d'œil par la lucarne qui éclairait la pièce, me laissant ainsi le loisir de l'admirer de profil et de dos. Mais elle s'aperçut que je tenais bon et s'asseyant en face de moi, elle posa sa main sur mon genou.

« Tu as toujours été un homme égoïste, Turms. Mais tu ne peux manquer de comprendre que tu as certaines responsabilités envers Mismê. Elle a presque sept ans et il est grand temps qu'elle quitte la demeure de Valerius. Pour un homme grave comme Tertius, ses galopades incessantes sont fort irritantes. En outre, Mismê me rappelle des événements tristes et déplaisants de mon passé.

— En effet, dis-je, j'ignorais que tu fusses née à Rome de famille patricienne.

— Sans doute ne t'ai-je pas tout raconté sur ma triste enfance, dit-elle avec une impudence sereine. A Rome, Mismê est considérée comme un enfant illégitime, ce qui ne sied guère à ma nouvelle position. Si j'avais pu faire en sorte qu'elle fût d'origine patricienne, je lui aurais ménagé un avenir parmi les vestales. Mais il vaut mieux n'y point songer. J'ai eu suffisamment de peine à prouver ma propre naissance, comme tu l'imagines. A présent que notre garçon emplit la maison, Tertius Valerius n'a d'yeux que pour lui. Au nom de ma bonne réputation, ne néglige pas pour une fois tes responsabilités envers moi, reprends ta fille et prends bien soin d'elle.

— Ma fille ?

Arsinoé prit une mine maussade.

— Il ne fait point de doute que Mismê est d'un certain point de vue ta fille ou du moins est-ce la fille de ton ami. Si tu ne penses pas à moi, pense au moins à Mikon. Permettrais-tu que sa fille fût abandonnée ?

— Il ne saurait en être question, dis-je. Certes, je serai heureux de prendre Mismê avec moi et non seulement parce qu'il me plaît de te venir en aide mais aussi parce que je l'aime et qu'elle me manque. Mais puisque nous avons parlé de ton fils, pardonne ma curiosité fort humaine. Si j'en juge d'après ce que j'ai entendu dire et ce que j'en ai supputé, il me semble qu'il est fils de Coriolan.

Arsinoé se pressa la paume contre la bouche et jeta autour d'elle des regards terrifiés. Mais nous étions bien seuls, alors elle se calma et sourit.

— Je ne puis rien te cacher, Turms. C'est toi, de tous les humains, qui me connais le mieux. Dans les veines du garçon court le sang du plus noble des patriciens romains et son père est, parmi les citoyens de Rome, l'homme le plus plaisant à voir qui se puisse imaginer. J'ai pensé que je devais bien cette joie à Tertius Valerius. Non, il ne doit pas avoir honte de son fils, bien que le père en soit un stupide bellâtre que sa fatuité contraindra à vivre en exil le reste de ses jours. Mais peut-être cela est-il préférable pour ma propre tranquillité.

Son aveu sans détour dissipa toute contrainte entre nous et nous nous mîmes à bavarder avec animation comme dans les jours anciens. Elle me fit rire et, une fois encore, je compris pourquoi je l'avais aimée et pourquoi je l'aimerais toujours, car il n'y avait pas d'autre femme au monde qui pût lui être comparée. Elle mit tout son cœur à me dérider et, ce faisant, elle se prit au jeu, car j'étais la seule personne qui la comprît et en qui elle eût confiance. Mais je ne portai pas la main sur elle. Le temps passa et, soudain, en voyant que l'obscurité avait gagné la pièce, elle s'enveloppa dans le manteau et se couvrit la tête à la manière des Romaines respectables.

— Je dois partir, dit-elle. Dans quelques jours, je t'amènerai Mismê et je tiens pour assuré que tu la traiteras comme si elle était ta propre fille.

Je présume qu'Arsinoé se souciait peu de savoir si Mismê

serait ou non élevée à Suburre. Elle était surtout mécontente parce que Mismê avait hérité des joues rondes et de la taille trapue de Mikon, qu'elle était maladroite dans tous ses gestes et ne savait pas comment se faire aimer de sa mère.

Mais je ne pus supporter l'idée de voir Mismê grandir au milieu de gens sans aveux et d'employés du cirque. Je la conduisis dans ma petite ferme et la laissai à la garde du couple de vieux esclaves et dès lors je passai en ces lieux plus de temps qu'auparavant. Je voulais apprendre à Mismê à lire et à écrire et l'aider à devenir une jeune fille libre, indépendante. Mais je ne pouvais lui offrir de précepteur et ce n'était pas la coutume à Rome. Dans cette cité, les enfants du sexe sont si méprisés qu'on peut les abandonner, et la seule éducation que reçoit une fille consiste à apprendre à tisser, filer, cuisiner la frugale chère romaine et remplir les plus dures tâches domestiques. Même les filles de sénateurs doivent se satisfaire de cela.

Arsinoé avait tort de mépriser sa fille car Mismê avait des capacités de compréhension qui ne demandaient qu'à être développées. Hors d'une demeure obscure, débarrassée des réprimandes continuelles, elle grandit vite dans la liberté de la vie paysanne. Elle aimait vivement les animaux, gardait volontiers le troupeau et même escaladait sans peur le dos des chevaux pour galoper à travers les pâturages. Je pris dans ma ferme, pour augmenter quelque peu mes richesses, des chevaux de la cavalerie du Sénat car, à cette époque, l'assemblée romaine fournissait encore les chevaux de la cavalerie et les mettait pour l'hiver dans les fermes des environs. Certains jours, les chevaux devaient être ramenés à Rome pour que les jeunes patriciens rassemblés dans la prairie du dieu loup pussent se consacrer aux exercices de cavalerie. De la sorte, je pouvais moi-même aller à cheval à Rome et en revenir alors que je n'aurais pu m'offrir une monture sur mon propre argent. Quinze *jugera* ne permettent pas un tel luxe.

En quelques années, la peau de Mismê devint rose et douce, ses membres se délièrent et ses gestes perdirent toute gaucherie, bien qu'elle demeurât maigre comme un veau. Mes voyages me contraignaient de la laisser à la garde des deux esclaves durant de longues périodes mais, à chacun de mes retours, j'éprouvais un peu plus de bonheur à voir dans ses yeux noirs des lueurs d'allégresse. Elle s'élançait pour jeter ses bras autour de mon cou et me baiser les joues. Je ne pouvais supporter l'idée de lui expliquer que je n'étais pas son vrai père. Tandis qu'elle grandissait, sa beauté se révélait à mes yeux, dans ses sourcils minces et capricieux, et dans ses lèvres semblables à des pétales de rose. Lorsque avec le temps elle fut devenue une jeune fille, l'expression de ses yeux me rappela chaque jour davantage le regard perpétuellement inquiet de Mikon et elle apprit à rire et à railler tout le monde et elle-même. Telle était la jeune fille que Mismê devint.

3

Je ne décrirai pas les conflits de Rome avec ses voisins, ni les multiples expéditions guerrières qui s'ensuivirent. Le problème de la distribution de la terre vint devant le Sénat mais Tertius Valerius, sous l'influence d'Arsinoé, avait depuis longtemps renoncé à son plan préféré. A présent qu'il avait un héritier, il défendait bec et ongles ses terres et ainsi regagna-t-il la confiance de ses frères patriciens. On cessa de le considérer comme un simple d'esprit mais au contraire, on le poussa en avant pour apaiser la plèbe qui croyait en lui en raison de ses opinions passées. C'est ainsi que Tertius Valerius accrut son poids politique. Les patriciens, les sénateurs et même ses propres parents admiraient toujours davantage Arsinoé pour l'influence bénéfique qu'elle avait sur ce vieillard.

Non point qu'il fût stupide. Certes, il offrait à Arsinoé le train de maison luxueux que réclamait l'époque et endurait patiemment ses extravagances, mais il conserva quant à lui ses habitudes de frugalité. Ainsi gardait-il le teint frais et le pied solide et il cessa de branler du chef pendant ses discours au Sénat. Il ne s'autorisait cette faiblesse qu'en privé, chez lui.

J'appris tout cela en espionnant la demeure de Tertius Valerius. Chaque fois qu'il m'arrivait de voir Arsinoé, je remarquai avec amusement l'expression amère de son visage, comme si la surprenante vitalité de Tertius Valerius l'avait précipitée dans le piège qu'elle avait elle-même creusé. La violence de son dépit et de son ennui semblait la vieillir beaucoup plus que le tenace Tertius.

La nouvelle de la mort du roi Darius le Grand parvint jusqu'à Rome. Les Grecs se réjouirent et célébrèrent des festivités en remerciement aux autels d'Héraclès car ils avaient le sentiment que le danger qui menaçait le continent grec reculait et que les révoltes et les troubles qui suivaient ordinairement la mort d'un souverain régnant sur un pays aussi vaste que la Perse laisseraient peu de loisirs aux héritiers pour se préoccuper de la Grèce. Mais Darius avait instauré sur les nations qu'il gouvernait une domination si puissante que rien ne se passa. Au contraire, son fils Xerxès, qui n'était plus lui-même un jeune homme avait, disait-on, envoyé des émissaires à Athènes et aux autres cités grecques pour réclamer un peu de terre et d'eau comme symboles de soumission. Plusieurs cités avaient accédé à cette demande, dans l'idée qu'une aussi insignifiante manifestation de sympathie n'engageait à rien.

Tout cela se passait au loin. De même que les rides qui se propagent lentement à la surface de l'étang où l'on a jeté une pierre ne se brisent qu'aux berges, de même étaient perçus les événements du monde à Rome. L'Empire perse ne couvrait-il pas les pays d'Orient, des steppes scythes aux fleuves d'Inde et d'Egypte, de sorte que le grand roi pouvait à juste titre considérer le monde entier comme un étang où s'ébattre ? Il estimait qu'il lui appartenait d'apporter à tous les pays la paix et la sécurité et ainsi, d'en finir à jamais avec la guerre. Lorsque ces pensées m'occupaient l'esprit, les querelles qui agitaient Rome, son expansion continue aux dépens de ses voisins me paraissaient aussi insignifiantes que des chamailleries de bergers à propos de pâturages.

Je rencontrai mon ami Xénodote très peu de temps après son arrivée à Rome, à l'instant où il descendait les marches du temple de Mercure auquel il venait sacrifier après un voyage sans encombre. Il avait renoncé à son déguisement perse et était vêtu suivant le goût du jour en Ionie. Sa chevelure répandait des parfums entêtants et il portait aux pieds des chaussures d'argent tressé. Il avait même rasé sa barbe bouclée. Mais je le reconnus immédiatement et le saluai.

Lorsqu'il m'eut reconnu, il m'étreignit avec chaleur et s'écria :

— La Fortune me sourit car c'est de toi que j'allais me mettre en quête, ô Turms d'Ephèse. J'aurai besoin de tes conseils dans cette cité étrangère. Nous aurons beaucoup de questions à débattre dès que nous serons en tête-à-tête.

J'avais l'habitude de flâner au milieu de la foule qui se pressait près du temple de Mercure, quand je n'étais pas occupé à danser dans l'arène du cirque, à éduquer quelque élève occasionnel, à vendre des bœufs ou à m'amuser à lire les lignes de la main des jeunes filles de Suburre. Là, j'aspirais une bouffée des parfums des cités étrangères et de ce monde romain qui ne faisait que croître. Là, je pouvais avoir vent de quelque profitable affaire et, en raison de ma connaissance des langues, je pouvais guider les riches étrangers ou leur rendre quelque autre service. Je me gardai d'expliquer cela à Xénodote, préférant lui laisser croire que nos retrouvailles étaient un miracle combiné par les dieux.

Je lui trouvai un logement pour lui et ses serviteurs à l'auberge étrusque, qui était la plus grande et la meilleure de Rome. Après quoi, je montrai à Xénodote ce qu'il y avait à voir à Rome, mais pour quelqu'un qui venait à peine d'arriver de Carthage, les temples de bois romains et les figurines d'argile peintes par les Etrusques n'étaient guère impressionnants. Il se passionna bien davantage pour la constitution romaine qui dressait un rempart solide contre le retour de l'autocratie et protégeait aussi les droits populaires contre l'aristocratie. Il admira aussi, dans la description que je lui en fis, l'ordre et la discipline de l'armée romaine. Ce qui l'étonna encore davantage, ce fut que la cité n'eût aucune solde à verser à des soldats, qui, non seulement s'équipaient eux-mêmes, les chevaux de cavaleries exceptés, mais encore considéraient comme leur devoir et leur privilège de citoyen de guerroyer pour leur patrie sans qu'il fût souvent question de gagner une part de butin. Les dépouilles ennemies étaient vendues au bénéfice du trésor de l'Etat et les Romains craignaient tant le retour de l'autocratie que les consuls qui distribuaient une part du butin à l'armée étaient aussitôt suspectés d'aspirer au trône.

Comme je ne désirais pas montrer à Xénodote ma chambre de Suburre, je lui dis que je vivais modestement dans une petite maison à l'extérieur de Rome. Il refusait quant à lui d'aborder certaines questions dans l'auberge, bien qu'il y prît ses repas et y bût. C'est pourquoi le jour suivant nous passâmes de conserve le pont pour gagner l'autre rive du Tibre que nous suivîmes tout en examinant le paysage et les troupeaux. Xénodote dit poliment que la marche lui faisait le plus grand bien et que l'air de la campagne était rafraîchissant mais il transpirait et manifestement il n'avait guère l'habitude d'utiliser ses jambes. Il avait pris de l'embonpoint et son ardente curiosité d'autrefois avait cédé la place à un froid esprit critique.

Il reconnut avoir atteint un rang élevé à Suse, comme conseiller pour les affaires d'Occident, et avoir gagné les faveurs particulières du nouveau roi, Xerxès, avant même la mort de Darius. A présent, dans la réorganisation de l'Etat rendue nécessaire par le changement du souverain, on lui avait confié, en dépit de sa relative jeunesse, l'observation des affaires d'Occident en dehors de la sphère d'influence du Roi des rois.

— A Carthage, nous avons, cela va de soi, notre Maison Perse et notre ambassadeur, dit-il. J'arrive de la cité africaine et les intérêts du roi n'entrent pas en conflit avec ceux des Carthaginois, ils se confortent au contraire. Le Conseil de Carthage n'ignore pas que le commerce mourrait si le roi interdisait aux vaisseaux de la cité l'accès des ports de la mer orientale. Aussi, bien que les marchands de Carthage, dans leur arrogance, aient refusé d'envoyer de la terre et de l'eau, ils sont tombés d'accord avec le roi sur une question infiniment plus importante. Et c'est pour cela que j'ai personnellement quitté Suse pour accomplir ce long et dangereux voyage.

Tandis que nous marchions sur les rives du Tibre, il m'indiqua sans insister qu'il possédait à Suse une maison où vivaient une centaine d'esclaves, et à Persépolis une modeste demeure d'été dont cinquante esclaves suffisaient à entretenir les jardins et les fontaines. Mais nulle épouse n'habitait sous son toit, car il voulait éviter les désagréments qu'attiraient les femmes. Une telle attitude avait paru aux yeux de Xerxès digne d'éloges. De cela, je conclus comment et pourquoi Xénodote avait gagné les faveurs du nouveau roi bien que l'Ionien fût lui-même trop susceptible pour s'en vanter.

Quant à moi, je ne désirais pas paraître plus riche que je n'étais. Je possédais une charmante source ombragée d'arbres que j'avais plantés moi-même et j'avais fait disposer les couches conviviales au bord de l'eau et j'avais suspendu aux broussailles des rubans sacrés. L'onde claire du bassin était notre cratère à rafraîchir et Mismê nous servit de simples mets de la campagne tels que pain, fromage, légumes cuits et un porc rôti que j'avais sacrifié ce matin-là à Hécate. Les plats de mon service étaient de lourds objets étrusques d'argile, seules les coupes, décorées par un artiste habile étaient attiques, car je ne tenais pas à faire étalage de mes gobelets d'argent.

La marche avait ouvert l'appétit de Xénodote. Il fit honneur au repas et la vieille esclave qui avait craint de se voir reprocher la simplicité de sa cuisine pleura de joie lorsque Xénodote la fit appeler pour lui présenter ses remerciements de ce banquet sans pareil. Quant je vis de quelle gracieuse façon cet homme de haute condition se gagnait le cœur des gens simples, je commençai à comprendre le rang qu'il avait atteint et à respecter les mœurs des Perses.

— Ne prends pas cela pour de la simple affectation, ô mon ami Turms. La nourriture sans apprêts est bonne à mon palais recru d'épices et le vin de la campagne garde encore la saveur de la terre. Quant au porc aromatisé au romarin, lui aussi était délicieux.

Je lui expliquai que c'était là un plat étrusque dont on m'avait donné la recette à Fiesole. Avant de m'être rendu compte de ce que je faisais, j'étais en train de tracer une carte sur le sol, indiquant, du bout d'un bâton, l'emplacement des grandes cités étrusques, décrivant leurs richesses, les forces navales et les fonderies d'argent de Populonia et de Vetulonia. Xénodote écouta attentivement, du temps passa et Mismê changea nos couronnes de violettes pour des couronnes de roses.

Comme le lourd parfum des roses de la campagne nous enveloppait, Xénodote scruta attentivement les alentours, prit une mine sérieuse et dit :

— Nous sommes amis, Turms, et je ne désire pas te tenter ni te corrompre. Si tu le veux bien, dis-moi simplement si tu es avec ou contre les Grecs. Je saurai alors si je dois garder le silence ou parler en toute franchise. J'aurai beaucoup de choses à te dire, sachant que je peux te faire confiance.

J'avais trouvé refuge à Ephèse, Héraclite m'avait élevé et j'avais même combattu pendant trois ans pour l'Ionie. J'avais suivi Dorieos, avais versé mon sang, et ma chair avait été déchirée pour la Grèce. Mais lorsque j'étudiai honnêtement mon cœur, je sus que peu m'importaient désormais les Grecs et leurs coutumes. Plus je connaissais les Etrusques, plus je voyageais dans leurs cités et plus j'évitais les Grecs. Je n'étais pas romain et m'étais beaucoup éloigné de ce qui était grec en moi. J'étais un étranger sur la terre, qui ignorait jusqu'à ses propres origines.

— Les Grecs, expliquai-je, sont dignes d'admiration sous bien des rapports mais mon cœur s'est lassé d'eux et dans ce pays, ce sont des intrus qui se sont taillé une place par la force. Les Grecs et l'esprit grec pourrissent tout ce qui les approche, ruinent tout ce qui fait ce pays.

Si je ne compris pas la raison de mon extrême amertume, une fois que j'en fus conscient, elle m'empoisonna l'esprit et m'oppressa la poitrine. La faute en était peut-être aux humiliations que j'avais subies dans ma jeunesse éphésienne. Peut-être avais-je été trop longtemps lié à Dorieos pour aimer le Grec en lui. Mikon aussi m'avait trahi. Même les Scythes affirment que les Grecs sont meilleurs, esclaves et serviteurs, qu'hommes libres.

Xénodote opina du chef.

— Je suis moi-même un Ionien, mais, pour parler en toute franchise, mes vêtements et ma foi perses me manquent. Le Perse est un homme de parole qui ne trahit jamais ses compagnons mais, nous autres Grecs, nous avons coutume de tricher, même avec nos dieux, en prononçant nos serments dans des termes ambigus. Il est vrai que rien au monde de ce qui est noir n'est absolument noir, de même que le blanc n'est pas toujours un blanc tout à fait pur, mais en servant la cause du roi perse, je crois servir aussi mon peuple au mieux de ses intérêts.

Voyant que cette idée ne m'enthousiasmait pas autant que lui, il se saisit vivement d'un bâton et dessina sur le sol une carte :

« C'est sur terre que le roi vaincra la Grèce, expliqua-t-il. Dans ce dessein, il se ménage en Thrace des bases arrière. Les flottes alliées d'Ionie et de Phénicie accompagneront dans son avance une armée comme on n'en a jamais vu, afin de maintenir les communications et d'assurer l'intendance. On construit sur le Bosphore un pont de bateau aussi solide que la terre ferme et, en prévision des tempêtes, on perce des canaux à travers les péninsules de Thrace de façon que les vaisseaux n'aient pas à les contourner. Ces préparatifs durent depuis neuf ans. Lorsque l'armée d'Asie se mettra en marche vers l'Europe, il ne sera pas un de ses pas qui n'ait été calculé. Il est vrai qu'Athènes mène grand tapage à travers tout le monde grec et consacre tout le revenu de ses mines d'argent à la construction de nouvelles trières. Mais, en réalité, le désespoir et l'esprit de la défaite règnent en maîtres chez les Athéniens, bien qu'ils s'efforcent de conserver leur superbe.

Xénodote eut un sourire en coin et ajouta :

« Même l'oracle de Delphes est incertain et donne des réponses ambiguës.

Joignant les mains, il poursuivit :

« C'est pourquoi je suis venu à Rome, d'où l'on peut aisément observer les affaires des cités étrusques. Je ne peux et ne dois participer visiblement aux assemblées. On pourrait croire que résister à la pénétration des Grecs est un problème qui concerne exclusivement les Etrusques et les Carthaginois. Peu importe aux Etrusques que le Roi des rois paie l'armement de Carthage. Mais il est réellement de l'intérêt des Etrusques que leurs chefs connaissent par avance le moment le plus propice pour frapper les Grecs d'Occident. La déesse de la victoire ne leur offrira pas souvent occasion plus favorable.

Je tirai de la source la cruche de vin et emplit nos coupes. Tandis que les sommets viraient au rouge, au flanc des collines progressait le crépuscule. La soirée fraîchit et les odeurs de vin et de roses parurent s'appesantir.

— Xénodote, dis-je, ne déguise pas ta pensée. D'aussi minutieux préparatifs et une armée de cette taille prodigieuse ne peuvent être dirigés contre la seule Grèce. Nul besoin d'un marteau de forgeron pour écraser un moucheron.

Il rit nerveusement, chercha mes yeux dans l'ombre.

— Une fois la Grèce tombée aux mains des Perses, la prochaine étape des armées sera sans aucun doute la terre italienne. Mais le roi n'oubliera pas ses alliés. Tu n'es pas sans savoir qu'il ne demande aux cités amies qu'un peu de terre et d'eau. Le descellement d'une seule pierre de leurs murailles suffira comme reconnaissance de la domination perse.

Il peut paraître étrange que moi, qui avais si ardemment combattu aux côtés des révoltés ioniens, moi qui avais guerroyé contre les Perses, dès cet instant, j'eusse tranché en faveur de la suprématie de Suse. Mais la décision avait mûri en moi et j'avais choisi les yeux ouverts, poussé une nouvelle fois par la raison terrestre à lutter contre les forces aveugles du destin.

— J'ai gagné des amitiés dans les cités étrusques, dis-je, et je serais heureux de leur parler avant que leurs chefs ne plantent le clou d'une nouvelle année dans le pilier de bois au temple de Volsinii. J'ai appris à admirer les Etrusques et à respecter leurs dieux. Pour leur propre sûreté, s'ils désirent demeurer les maîtres de leur mer, ils doivent appuyer l'expédition de Carthage.

— Tu ne regretteras pas ta décision, Turms, s'écria Xénodote. Et ne crains point pour ta personne. Je me suis inquiété de ton affaire d'Ephèse. Le roi n'éprouve pas de ressentiment contre toi pour l'incendie du temple de Cybèle. Au contraire, ton geste entrait parfaitement dans ses visées politiques puisqu'il lui a fourni le prétexte d'une guerre sans merci contre Athènes. Tout ce qui pourrait t'inquiéter est oublié et effacé.

Mais je répliquai, morose :

— Mon crime est une affaire entre les dieux et moi. Je ne quête pas le pardon des mortels.

Comprenant que mon orgueil parlait, il détourna avec beaucoup de naturel la conversation sur d'autres questions d'importance.

— Tu saisis tout cela mieux que moi et tu sais ce que tu as à faire. S'il te faut de l'or perse, tu en auras. Ensuite, tu seras personnellement récompensé pour chaque vaisseau tyrrhénien et chaque soldat étrusque qui se joindra à l'expédition de Carthage pour conquérir Himère, quelle que soit la somme que cela représentera.

— Je ne désire nullement l'or perse. J'ai de quoi faire face à mes besoins. Il serait plus sage que l'or perse ne circule pas dans ces régions, car les Etrusques sont soupçonneux et susceptibles. Il vaut mieux simplement les convaincre que l'avenir de leurs cités maritimes dépend de la réussite de l'entreprise.

Xénodote secoua la tête, incrédule.

— Tu es bien niais et fort novice dans le domaine de la politique, ô Turms. Pour conduire une guerre, il faut de l'or, encore et toujours. Tout le reste suit nécessairement. Mais agis comme tu l'entends. Peut-être la faveur du roi aura-t-elle un jour pour toi plus de poids que l'or.

— Je n'aspire nullement à entrer dans les bonnes grâces du roi, m'opiniâtrai-je. En outre, je ne pense pas comme toi. Ce n'est pas l'or qui emporte la décision dans les guerres mais bien plutôt la discipline des hommes et la valeur de leur entraînement. L'homme maigre et affamé vaincra l'homme riche et gras.

Xénodote éclata de rire.

— Certes, j'ai pris de l'embonpoint et je transpire en marchant, mais mon savoir s'est accru et je crois que je suis devenu plus intelligent en prenant du poids qu'en courant dans les forêts sicanes et en dormant à la dure. Je peux toujours louer les services de soldats disciplinés pour me défendre contre les Grecs maigres. Celui qui manie l'épée de ses propres mains est un fou. Le sage envoie les autres au combat et observe l'issue de la bataille depuis un lieu retiré et sûr.

Ses propos cyniques affermirent ma volonté d'accompagner les Etrusques à Himère et de combattre à leurs côtés même si j'éprouvais désormais beaucoup de répugnance à l'idée de répandre le sang. Je pensais que ce serait là mon devoir si je parvenais à les convaincre de participer à une guerre lointaine. Mais je ne dis mot à Xénodote de ma décision, car il l'aurait trouvée risible.

Toujours souriant, il détacha un lourd collier d'or qui pendait sur sa poitrine et me le mit autour du cou.

« Accepte au moins ceci en souvenir de moi et de mon amitié, me demanda-t-il. Toutes les pièces qui le composent ont la même taille et sont dépourvues de marque perse. Tu pourras les échanger une à une selon tes besoins.

Le collier pesait sur mon cou comme une chaîne mais je ne pouvais le lui rendre sans l'offenser. Quelque chose en moi m'avertissait que je m'introduisais dans une affaire qui ne me concernait pas, mais ma vie depuis trop longtemps n'avait plus de sens et je désirais ardemment accomplir quelque grand dessein.

4

Xénodote resta à Rome tandis que je prenais la route de Tarquinia pour y rencontrer Lars Arnth Velthuru. En dépit de sa jeunesse, il saisit aussitôt l'importance de l'enjeu et l'occasion qui se présentait là de raffermir le pouvoir déclinant des Etrusques sur la mer et d'anéantir les rivaux grecs.

— Les cités de l'intérieur, dit-il, comptent de nombreux jeunes gens ambitieux et mécontents de la politique des anciens. Il est aussi de hardis bergers et paysans qui n'hésiteront pas à défier la mort, car dans une guerre ils rafleront plus en une fois qu'ils ne pouvaient espérer gagner durant toute leur vie au service des autres. Il est peu probable que les grandes îles nous prêtent des vaisseaux qui leur sont nécessaires pour garder leurs mines mais les familles du fer, à Populonia et Vetulonia, comprendront où est leur intérêt et Tarquinia nous fournira au moins dix navires de guerre.

Il m'introduisit auprès de son père, Aruns Velthuru, qui respectait la tradition au point d'interdire qu'on lui donne le titre de lucumon et de faire gouverner Tarquinia par un Conseil. Jamais je n'avais rencontré homme plus vénérable. En dépit de son sang, il me montra, lorsque j'eus été mis en sa présence, beaucoup de courtoisie et de compréhension. En m'aidant d'une carte, j'expliquai les projets d'expédition militaire du roi perse et, répétant le propos de Xénodote, j'avançai qu'une telle occasion d'en finir avec les Grecs ne se représenterait pas de si tôt.

Son visage émacié et sans âge exprima la plus grande attention tant que je parlais.

— Je ne crois pas, dit-il enfin, qu'il entre dans les desseins divins qu'un seul homme ou une seule nation gouverne un jour le monde tout entier. Le poids des nations s'équilibre. Leur croissance est le fruit de leur rivalité. Toutes les nations sont égales et la souffrance des mortels est la même, qu'ils soient étrusques, grecs ou africains. La montée et le déclin des nations passent par des cycles, et à chaque nation ont été mesurées ses périodes de croissance, d'épanouissement et de dessèchement. Les cités étrusques ne sont ni meilleures ni plus importantes au regard des immortels que les cités grecques, bien que notre connaissance des dieux soit peut-être plus étendue que celle des autres peuples. Un homme peut arracher à la bienveillance des immortels dix années de vie supplémentaire et une nation ou une cité gagnera peut-être cent ans, mais plus longtemps, nul ne peut prolonger son existence.

Ces sages paroles m'impressionnèrent vivement, mais Lars Arnth s'impatienta :

— Père, tu es vieux et ne comprends pas les temps nouveaux comme nous qui sommes moins âgés. L'influence de la Grèce sur terre et sur mer est pour nous une question de vie ou de mort. Si les Carthaginois estiment qu'ils doivent entrer en guerre, nous devons les soutenir. Et si nous soutenons Carthage, il nous faut faire appel à toutes nos ressources.

Son père soupira et dit :

— Tu es encore très jeune, Arnth, mon fils. Quiconque manie l'épée périra par l'épée. Nous n'offrons plus de sacrifices humains aux dieux.

Les doigts fins de Arnth se crispèrent et il grinça des dents mais baissa sa tête hautaine devant son père qui souriait du beau et triste sourire des vieux Etrusques.

— Ceci est une question politique qui doit donc être tranchée par le Conseil. Si elle revêt tant d'importance à tes yeux, tu pourrais faire à ma place le voyage de Volsinii en septembre. Pourquoi me mêlerais-je de ce que je ne peux empêcher ?

Ainsi Lars Aruns éleva-t-il son fils à la régence de Tarquinia. Sa tombe n'était-elle pas achevée et décorée de peintures éternelles par Aruns l'artiste? Il n'avait nul désir d'arracher dix années supplémentaires à la bienveillance des immortels car ces dix années pour un souverain signifiaient un surcroît d'ennuis plutôt que de plaisirs.

La conversation ayant abouti à ce résultat inattendu, Lars Aruns se leva, posa des mains légères sur mes épaules et dit :

« Je suis heureux de t'avoir vu, ô Turms, souviens-toi de moi lorsque tu entreras dans ton royaume.

Ces paroles me déconcertèrent tout autant que Lars Arnth, bien que Lars Alsir eût déjà usé de termes semblables à Himère, mais je les considérais simplement comme une vieille formule de salutation et une démonstration particulière d'amitié. Plus tard seulement, je compris qu'en la circonstance Lars Aruns Velthuru savait que j'étais le héraut des dieux et m'avait reconnu comme tel. C'est pourquoi il avait abandonné le pouvoir aux mains de son fils plutôt que de se mêler d'une affaire qui lui paraissait détestable.

Je n'eus pas à défendre plus longtemps la cause de Xénodote car Lars Arnth la prit en main comme si elle était sienne. Il fit donc le voyage de Volsinii, non sans avoir envoyé des amis dans les cités étrusques lointaines pour y préparer le terrain. Quant à moi, je décidai de ne pas me rendre dans la cité sacrée et de rester à Tarquinia pour attendre la décision de la ligue.

La période des célébrations sacrées se composait de douze journées vouées aux dieux, sept où l'on traitait des questions de politique intérieure et trois où l'on s'occupait de la politique étrangère. La décision fut que chaque cité déciderait pour elle-même si elle désirait ou non aider Carthage, qu'elle s'engage tout entière ou qu'elle enrôle simplement des volontaires. Les saints lucumons de Volterra et de Volsinii annoncèrent aussitôt que leurs cités n'autoriseraient pas même la levée de volontaires. Mais c'étaient des cités de l'intérieur et, dans cette affaire, la décision des cités côtières avait plus de poids.

Après la fin de la conférence, les émissaires carthaginois s'enquirent auprès des délégués et des souverains des différentes cités de l'aide qu'ils pouvaient promettre. Véies promit deux mille hommes lourdement armés, Tarquinia sa cavalerie et vingt navires de guerre, Populonia et Vetulonia dix vaisseaux chacune, et enfin, chacune des cités de l'intérieur cinq cents hommes avec leur équipement complet. Tout indiquait que ce serait l'expédition maritime étrusque la plus importante depuis que la flotte tyrrhénienne avait détruit une flotte phocéenne bien plus nombreuse au large de la Sardaigne, il y avait quelques générations de cela.

En revenant à Rome, je ne rapportais que de bonnes nouvelles et la certitude que les Etrusques soutiendraient Carthage avec toute l'efficacité possible, en dépit de leurs vieux scrupules. Arnth m'avait communiqué la liste secrète des aides promises. Sa lecture réjouit vivement Xénodóte et il déclara que ses espoirs les plus excessifs étaient dépassés.

— Et tout cela, tu m'en fais don! s'exclama-t-il. A présent, que ferai-je des têtes de taureau que j'ai eu tant de peine à transporter?

Il avait emporté avec lui des têtes de taureau en or, façonnées suivant l'antique manière crétoise. Elles pesaient un talent chacune, et, à Carthage, on les utilisait comme monnaie. Il les avait fait dissimuler à l'embouchure du fleuve pour éviter que les soupçons du Sénat ne fussent éveillés par semblable fortune. En riant, je l'invitai à remporter ses richesses et ajoutai fièrement que cette guerre était la guerre des Etrusques et que personne ne les avait achetés ou contraints d'y participer.

Mais Xénodote répliqua qu'on le suspecterait et que ses informations paraîtraient douteuses s'il rendait les têtes de taureau.

— Cet or n'est plus qu'un fardeau pour moi, maintenant que j'ai accompli ma tâche, se lamentait-il. Le transporter sera toute une affaire et il pourrait même attirer l'attention des voleurs sur moi. Je ne pouvais pas croire que tout s'agencerait aussi aisément.

Voyant qu'il n'y avait aucun bénéfice à tirer de cet étrange retour de l'or à Suse, je suggérai l'achat de quelques cargaisons de fer à Populonia pour en faire des armes. On paierait quelqu'un pour les passer en fraude aux Sicanes. Il est vrai que Hiouls n'était pas encore un homme et que je n'avais plus entendu parler de lui durant toutes ces années, mais le fer renforcerait sa position chez les Sicanes et le fils de Dorieos saurait mieux que quiconque quel usage en faire. Les Sicanes pouvaient ou bien servir d'éclaireurs aux armées carthaginoises ou bien immobiliser les forces grecques en attaquant Agrigente. Je suggérai aussi d'envoyer quelques têtes de taureau à Lars Arnth, intelligent jeune homme qui saurait employer cet argent à la construction de navires de guerre perfectionnés.

Ainsi décidâmes-nous, mais il insista pour que j'acceptasse comme présent un talent d'or, qui pourrait au moins m'aider si des dépenses inattendues se présentaient. Puis, après une nuit de libations en l'honneur des Etrusques et des Perses, nous nous quittâmes les meilleurs amis du monde.

Le Conseil de Carthage avait choisi Hamilcar comme chef militaire et lui avait conféré les pouvoirs d'un autocrate pour la durée de la guerre. Fils du célèbre navigateur Hanno qui avait dirigé des missions d'exploration au-delà des colonnes d'Héraclès, Hamilcar était un homme plein d'ambition. Mais il ne manquait pas d'habileté pour préparer ses entreprises et, durant l'hiver, il avait recruté des troupes dans les forêts des colonies carthaginoises et jusqu'en Ibérie, de sorte que beaucoup de pays et de couleurs de peau se côtoyaient dans son armée. Chaque nation avait l'habitude de combattre à sa façon avec ses propres armes et cela, venant s'ajouter au mélange des langues et des habitudes alimentaires, créa beaucoup de désordre.

L'équipement des Grecs, quant à lui, était uniforme, ils étaient entraînés à combattre en terrain découvert en se déplaçant sur un seul front, et leurs hoplites portaient cuirasse et bouclier métalliques. En outre, durant tout l'hiver, Gelon et Theron rivalisèrent d'ardeur dans la construction des trières. Nous apprîmes que la seule cité de Syracuse, ce printemps-là, faisait manœuvrer près de cent vaisseaux.

La pire surprise, pourtant, fut que le Sénat romain, prenant soudain la décision inattendue de rompre la paix avec Véies, opéra une percée sanglante dans le territoire véiien. Les émissaires romains parlèrent de violations de frontières ; mais c'était là pur prétexte, car un accord aurait pu être trouvé, comme chaque printemps, sur les litiges entre pâtres. L'attaque de Rome contre Véies et les mouvements de ses troupes menaçant Caere et Tarquinia causaient le plus grand dommage à la cause étrusque, car il fallut réduire l'expédition sicilienne à des dimensions insignifiantes. Nous appareillâmes pour la Sicile lorsqu'il devint évident que les Grecs avaient trouvé un moyen pour pousser Rome à guerroyer contre les Etrusques, et que les Romains lançaient des coups de main dans l'unique dessein d'immobiliser les troupes de Véies. Notre flotte comptait quarante nefs de guerre, deux trières et quantité de vaisseaux de transport ayant plusieurs milliers d'hommes à leur bord, dont la plupart étaient lourdement armés et entraînés au maniement de l'épée, du bouclier et de la javeline à la manière grecque. Mais nous ne possédions pas la moindre cavalerie et Lars Arnth ne pouvait pas nous accompagner. Tarquinia avait besoin de sa cavalerie pour garder ses frontières contre les entreprises romaines.

L'été touchait à sa fin lorsque nous fûmes en vue des côtes siciliennes. La flotte carthaginoise que nous avions ralliée manœuvra si habilement que nous gagnâmes les parages d'Himère sans avoir à subir d'attaque grecque et que nous pûmes échouer nos navires sans encombre. Hamilcar s'était emparé du port et de l'embouchure du fleuve, épargnant à ses rétifs mercenaires une marche épuisante depuis le pays d'Eryx jusqu'à Himère à travers les montagnes et les forêts sicanes. Il y avait plus de trente mille mercenaires carthaginois et leurs campements s'étendaient à perte de vue autour d'Himère.

A l'écart des autres, sous le couvert des bois, un millier de Sicanes attendaient et, laissant les autres chefs étrusques conférer avec Hamilcar, je me hâtai vers leur campement. Mon cœur bondit dans ma poitrine à la vue de ces visages et de ces bras peints de bandes rouges, blanches et noires. Les Sicanes furent très étonnés lorsque je leur adressai la parole dans leur langue et ils me conduisirent promptement à leur roche sacrée. Là, étaient rassemblés les chefs des différentes tribus portant leurs masques de bois. Parmi eux, j'aperçus un robuste garçon qui portait mon bouclier et, comme je le reconnus aussitôt en dépit de son masque, je m'élançai pour le prendre dans mes bras.

Hiouls n'avait pas encore treize ans et sa jeunesse le rendait ombrageux. Il s'écarta de moi et les chefs sicanes courroucés me reprochèrent à grands cris d'avoir porté la main sur leur Erkel. Mais quand il comprit qui j'étais, Hiouls ôta son masque, demanda qu'on me serve de la viande et de la graisse, puis me remercia pour les armes que je lui avais envoyées.

— Hamilcar de Carthage est un grand guerrier, m'expliqua-t-il. Et à ses côtés combattent le puissant Baal et beaucoup d'autres dieux. Nous, Sicanes, pour la première fois nous avons quitté nos forêts comme une armée organisée pour appuyer le combat du Carthaginois contre les Grecs. Mais nous honorons nos propres dieux et ne sommes pas liés aux dieux carthaginois ou élymiens. Les batailles seront bénéfiques pour mon peuple car elles lui apprendront à conduire une vraie guerre et le butin nous enrichira. Mais, après la guerre, nous retournerons dans nos forêts et nos montagnes et nous n'aurons plus rien à faire avec les Carthaginois et les Elymes.

— Tu es Erkel, dis-je. C'est pour ton peuple que tu dois décider. Quoi qu'il advienne, ne songe qu'au bonheur de ton peuple. Je ne te donnerai aucun conseil, car c'est toi le roi, et non pas moi.

Voyant que je ne cherchais pas à le conseiller et que je ne demandais aucun présent pour les armes que je lui avais envoyées, Hiouls se radoucit et s'assit en croisant les jambes sur son bouclier. Il fit courir ses hommes par groupes de dix en brandissant leurs armes et il observa avec satisfaction leur habileté au maniement de la javeline.

Revoir les Sicanes réchauffait mon cœur. Je bus même une gorgée de drogue en compagnie des chefs et de nouveau je vis à travers le tronc des arbres et à travers les rochers. Cette nuit-là, je dormis à la dure avec eux mais mon corps, accoutumé au confort, s'était amolli et il en résulta pour moi un mauvais refroidissement. Dès lors, je jugeai préférable de passer mes nuits à bord d'un vaisseau étrusque.

Il nous fallait d'abord conquérir Himère et décider ensuite si nous devions attirer les Grecs sur le terrain de notre choix ou nous retrancher dans Himère en attendant leur attaque. Le point inquiétant était que les vaisseaux carthaginois déployés à l'entrée des détroits n'avaient pas encore aperçu de voile syracusaine. Les trières hellènes avaient disparu de la mer et

Hamilcar craignait une tentative contre ses liaisons avec l'arrière. Pour lui, déclara-t-il, une telle manœuvre serait plus dangereuse qu'une bataille contre les faibles troupes terrestres des Grecs.

La réputation des soldats étrusques lui inspirait tant de respect qu'il nous demanda d'occuper le centre de ses premières lignes. En revanche, il nous reprocha d'avoir rompu nos engagements en venant combattre en si petit nombre, et il avait raison de nous dire son mécontentement, car il ne faisait aucun doute que nos troupes, plutôt que de renforcer les siennes, y introduisaient le trouble. Mais ce qui était advenu ne pouvait être changé. Pour notre part, nous demandâmes aux chefs étrusques de transmettre notre stupéfaction à la vue de la tente pourpre d'Hamilcar, de ses couches d'ivoire, des plats d'or et d'argent, des statues de dieux et d'un grand nombre d'esclaves, toutes choses qui avaient pris beaucoup de place dans les vaisseaux de transport. Je dis quant à moi que les Carthaginois paraissaient consacrer beaucoup plus d'efforts à rechercher le bien-être qu'à fortifier leur camp.

Jurant par Baal et ses autres dieux, Hamilcar hurla que ses Nègres et ses Libyens n'étaient pas accoutumés à creuser des trous dans le sol et il ajouta qu'il valait mieux que ses hommes crussent aux dieux de Carthage le ventre plein et l'esprit en repos.

Lorsque j'expliquai l'habitude romaine de creuser des tranchées dès l'installation d'un camp, Hamilcar répliqua sèchement :

— Ma façon de conduire la guerre est la façon carthaginoise. Je pense mieux comprendre mes troupes que toi, étranger.

Lorsque je parlai avec ses mercenaires brutaux et belliqueux, je vis qu'ils étaient las de leur inactivité et parfaitement préparés à prendre la ville d'assaut. Ils brûlaient du désir du butin et se disposaient à risquer leurs vies pour gagner le droit de piller et de violer autant qu'il leur plairait dans une cité grecque. Le soupçon peu à peu naquit en moi qu'Hamilcar avait une raison politique pour hésiter ainsi devant les murs d'Himère.

Cette raison m'apparut à un banquet que les Carthaginois donnèrent en notre honneur. Soudain, les rideaux de pourpre au fond de la tente s'écartèrent, et Kydippe fit son entrée, portant ses deux plus jeunes fils et suivie des deux autres, deux enfants aux yeux graves qui s'accrochaient à sa robe.

Dans sa maturité, Kydippe était encore plus belle que la jeune vierge que j'avais connue. Une fine poussière d'or était répandue dans sa chevelure coiffée à la mode d'Aphrodite et à son cou, ses poignets et ses chevilles, pesaient de lourds joyaux incrustés de pierreries. Ses lèvres souriaient du même sourire tentateur, et, bien qu'elle eût porté quatre enfants, sa taille, mise en valeur par une robe phénicienne étroitement serrée était toujours aussi mince. A sa vue nous criâmes de stupeur et bondîmes de nos couches pour lever nos coupes en son honneur.

Hamilcar goûta fort notre émerveillement. Souriant, il expliqua :

— Notre otage, Kydippe, s'est embarquée avec nous à Carthage en emmenant ses enfants, pour veiller aux intérêts d'Himère. A cause de son incapacité politique, Terillos est resté à Carthage. En vérité, il conviendra de laisser Himère aux mains d'Anaxilaos jusqu'à ce que l'un des garçons soit assez vieux pour gouverner la cité.

Tandis qu'il parlait, l'engouement qu'il ressentait pour Kydippe transparaissait dans les moindres expressions de son visage. Comment ne pas se laisser charmer par cette femme ambitieuse et magnifique alors que, jeune fille, elle savait déjà se jouer froidement des désirs des hommes pour les gagner à ses propres desseins? D'une voix enjouée, elle nous invita à continuer notre banquet et, sans hâte alla d'une couche à l'autre en interpellant les chefs carthaginois par leur nom.

Enfin, elle s'assit au bord de ma couche et s'adressa en ces termes aux chefs étrusques :

— Je parle bien mal votre langue, ô guerriers sans pareils, mais en hommes civilisés vous connaissez à coup sûr le grec. Je suis née et j'ai été élevée à Himère et, jeune fille, j'ai nagé dans cette rivière. C'est pourquoi l'horreur s'empare de moi à l'idée de voir réduire en cendres les maisons de cette cité et anéantir ses richesses. J'ai souffert suffisamment d'outrages des mains des soldats de Syracuse. Si vous l'emportez sur les Grecs, Himère se jettera sans résistance dans votre giron.

Hamilcar confirma ses paroles :

— Anaxilaos de Rhegion a demandé notre appui et nous a laissé son épouse et ses fils en otages, s'engageant à combattre pour Carthage et sa propre cause jusqu'au dernier de ses hommes. Nous ne tirerons nul bénéfice de la destruction d'Himère, si ce n'est la perte d'un centre de commerce prospère.

Me dressant sur mon coude, je me récriai avec véhémence :

— A moi aussi, le sort d'Himère et de ses habitants inspire de la pitié, mais les lois de la guerre ignorent la miséricorde. Le commandant qui se place délibérément entre deux forces ennemies est un fou. Si nous livrons ici, en terrain découvert, une bataille contre les Grecs, la garnison himérienne attaquera nos arrières au moment décisif.

Kydippe porta sa blanche main à la bouche et, se tournant vers moi, feignit de me reconnaître seulement en cet instant.

— O Turms ! Quelle joie emplit mon cœur à revoir ton visage ! Buvons une coupe de vin ensemble sans tenir de propos insensés.

Pressant le bord de son gobelet d'or contre mes lèvres, elle m'emplit la bouche d'un vin fort. Tandis que je toussais et avalais, elle expliqua aux autres :

« Ne soyez pas offensés, mais ce bel homme fut le premier que j'aimaî et je crois bien même avoir une fois baisé sa bouche, en fille étourdie que j'étais. C'est pourquoi j'éprouve toujours un certain penchant pour lui et tous mes souvenirs de jeune fille me reviennent lorsque je bois du vin en sa compagnie.

Comme j'ouvrais la bouche pour tenter de reprendre la parole, elle suspendit ses fils à mon cou et leur fit couvrir mes joues de baisers et posa sa propre main sur ma nuque avec un art si consommé que tout mon corps trembla.

Cela ne plut guère à Hamilcar. Son visage s'assombrit et il se mordit les lèvres.

— Que l'on barre les portes d'Himère avec des branches et des rondins et qu'au besoin on y boute le feu pour interdire à la garnison de nous attaquer. Mes dispositions sont prises pour faire face à toute éventualité et les signes par lesquels se manifestent les dieux de Carthage me sont toujours favorables. Le pouvoir de décider m'appartient et je ne supporterai aucune critique de mes décisions.

Puisque Hamilcar ne s'intéressait qu'aux propos qui lui convenaient, je me tus et me consacrai au plaisir de contempler Kydippe. Caressant le bandeau de mes cheveux, elle soupira :

— O Turms, en vérité, comme il est vivant encore le souvenir de ta bouche baisant la mienne et de ta main caressant mon corps. Je n'étais certes pas indifférente même si j'affectais de l'être. A mon âge, mère de quatre enfants, j'avoue n'avoir jamais pu t'oublier. Une fois, durant une nuit de pleine lune, tu es apparu auprès de ma couche, et je me suis éveillée en sursaut, mais ce n'était qu'un rêve.

Comme je serrais la main de Kydippe et buvais dans son gobelet, Hamilcar en prit ombrage et, bondissant de la place d'honneur, il déclara d'une voix tremblante que Kydippe avait déjà trop parlé, et comme otage, et comme femme. Il la pria de retourner se mettre sous la protection des eunuques. Moi seul, je compris que Kydippe avait tout exprès aiguillonné sa jalousie pour éprouver l'influence qu'elle exerçait sur lui, car tandis qu'elle entraînait ses enfants, je surpris le regard de triomphe qu'elle jetait sur l'assemblée.

5

Un pressentiment sinistre m'accablait et la vie dans le campement d'Hamilcar me déplaisait. Les chefs étrusques employaient leurs journées à entraîner leurs hommes à s'affronter en rangs serrés et au corps à corps. Si les mercenaires se rassemblèrent d'abord autour de nous pour rire et nous lancer des quolibets, leurs chefs entreprirent bientôt de rivaliser avec les nôtres dans l'entraînement des troupes. Nous vîmes les Libyens lier ensemble leurs boucliers pour former une muraille métallique et d'autres soldats qui portaient autour de leurs poitrines des bandes de fer qu'ils rivaient les unes aux autres pour empêcher la rupture de leur ligne de front.

Puis un jour les éclaireurs d'Hamilcar surgirent dans le camp, leurs chevaux écumants lancés au grand galop, hurlant que les

Grecs n'étaient plus qu'à une journée de marche, que leur nombre était incommensurable, que leurs boucliers et leurs armures lançaient des éclairs éblouissants sous le soleil et qu'ils déferlaient sur les collines de l'intérieur comme les vagues de la mer. Ces nouvelles suscitèrent une telle panique dans le campement que beaucoup d'hommes coururent à la côte et se frayèrent par la force un chemin jusqu'aux vaisseaux de transport. Certains hommes moururent étouffés et beaucoup d'autres noyés avant qu'Hamilcar eût réussi à rétablir l'ordre à coups de fouet et de bâton.

Les Sicanes nous apprirent l'importance exacte des forces combinées d'Agrigente et de Syracuse ainsi que le nombre de leurs troupes lourdement armées, de leurs frondeurs et de leurs cavaliers, car sur leurs pieds à la plante durcie, les Sicanes pouvaient courir les forêts plus vite que les hommes à cheval. Ce n'était pas tant le nombre des Grecs qui était inquiétant que l'ordre qui régnait dans leur marche et l'uniformité de leurs armes. Il apparut qu'en réalité les forces d'Hamilcar étaient trois fois plus nombreuses que celles des Grecs. Il tint la victoire pour assurée, alluma d'immenses brasiers devant les statues de ses dieux dressées en différents points du camp et circula parmi ses hommes, les exhortant à la vaillance et sacrifiant des béliers aux dieux.

La faiblesse numérique des Grecs était cependant contrebalancée par leur sens stratégique. Ils firent halte à une demi-journée de marche d'Himère pour faire reconnaître notre camp et pour entrer en relation avec la garnison himérienne par le truchement de colombes égyptiennes. Alors Hamilcar crut qu'ils hésitaient devant son écrasante supériorité et dressa des plans pour lancer ses troupes contre eux. Mais nous comprîmes pourquoi ils attendaient lorsque les flottes alliées de Syracuse et Agrigente, rassemblant plus de deux cents trières perfectionnées, surgirent dans la brume du matin et couvrirent toute l'étendue de la mer. C'est de l'ouest et de la direction de Panorme que la flotte survint, et non pas des détroits à l'est où Hamilcar avait déployé la moitié de ses navires. C'est pourquoi, dans le premier moment, nous n'en crûmes pas nos yeux et prîmes les vaisseaux grecs pour des bateaux carthaginois. Puis nous reconnûmes des trières et distinguâmes les emblèmes grecs.

Lorsque les vaisseaux de guerre nous eurent barré l'accès de la haute mer, nous apprîmes que les forces terrestres des Grecs s'étaient remises en mouvement et approchaient à marche forcée d'Himère. Sans hésiter, Hamilcar donna les ordres qui s'imposaient et envoya par terre et par mer de nombreux messages d'avertissement à sa flotte près des détroits. Seuls, deux Sicanes réussirent à passer et les lieutenants d'Hamilcar refusèrent tout d'abord de les croire en pensant que c'était là une ruse des Grecs. Ce n'est que lorsque les pêcheurs de la côte eurent confirmé le fait incroyable que la flotte grecque avait bel et bien tourné autour de la Sicile, ce n'est qu'alors que les capitaines obéirent aux ordres. Mais il était déjà trop tard.

Car le jour suivant les troupes grecques se disposaient en formation de combat devant Himère, appuyant leurs ailes d'un côté à la rivière et de l'autre aux forêts et aux coteaux. Contre la coutume, ils avaient placé la cavalerie au centre pour tenter de percer le front d'Hamilcar et établir le contact avec Himère durant la bataille. Dans la forêt, les lugubres tambours sicanes avaient commencé de résonner. Pour une fois, notre camp fut debout au point du jour et les troupes en bon ordre gagnèrent leurs positions respectives.

Dès qu'il vit où se tenait la cavalerie grecque, Hamilcar changea son plan de bataille et, pour renforcer le centre, rabattit des troupes prises sur les ailes. Il choisit des Ibères aux lourdes armures et des Libyens liés ensemble, car Hamilcar ne voulait pas que l'ennemi culbutât son centre. Son manque de confiance dans les Etrusques nous courrouça et il nous déplut de marcher au combat derrière ces barbares liés les uns aux autres qui nous coupaient la route de nos vaisseaux. Mais le raclement incessant des crécelles des Carthaginois et le son de leurs longues trompes nous interdirent de penser plus longtemps. Et les Grecs ne s'arrêtèrent pas pour attendre le choc de notre attaque.

Dès les premiers mouvements de la bataille, Hamilcar donna l'ordre de mettre le feu aux rondins empilés aux portes d'Himère pour interdire toute sortie de la garnison. De notre côté, au dernier moment, nous fichâmes dans le sol devant nous des pieux acérés tandis que les machines de guerre catapultaient des boulets sur la cavalerie. Mais nous restâmes en travers de la route des chevaux.

A la première charge, plus de la moitié des Etrusques moururent ou furent gravement blessés. Nous n'avions plus d'autre choix que de reculer, et laisser la cavalerie pénétrer notre front en refermant nos maigres rangs derrière elle.

La cavalerie ouvrait la voie à des colonnes d'hommes aux lourdes armures. A présent, la bataille était plus égale et les glaives tranchants des Etrusques commencèrent de frapper de redoutable façon. Mais la puissance d'attaque nous rejeta néanmoins en arrière et ceux d'entre nous qui survécurent le durent moins à leurs efforts qu'à un miracle.

Derrière nous la muraille d'Himère se dérobait à l'abri d'un voile de fumée noire et de loin la cité tout entière paraissait livrée aux flammes. Lorsqu'ils eurent percé notre front, les survivants de la cavalerie grecque galopèrent vers la cité et les troupes d'infanterie lourde des Hellènes se rabattirent sur nos flancs, coupant en deux l'armée d'Hamilcar. Dès cet instant, l'issue de la bataille aurait été tranchée si une attaque sicane n'avait désorganisé soudain l'aile gauche ennemie qui s'était retrouvée en lisière de la forêt. Les Sicanes frappèrent comme l'éclair et retournèrent à l'abri des bois, laissant les forces de Ségeste hurler de triomphe en attaquant l'aile grecque, dispersant l'ennemi et contraignant les troupes légères d'Agrigente à chercher refuge sur les collines.

Dès lors, il fut impossible d'avoir une idée claire de la bataille car sa fureur se déchaîna depuis l'aube jusqu'au plus profond de la nuit. Quant à moi, avec les autres Etrusques survivants, j'avais été rejeté vers le flanc droit, à la lisière des bois, où nous pûmes reprendre haleine tandis que des troupes fraîches d'Eryx menaient près de nous une contre-attaque. Suivant un procédé qui lui était cher, Hamilcar, au milieu de cet effroyable chaos, nous dépêcha un messager qui nous demanda de nous retirer de la bataille. Vacillant de fatigue, couverts de sang des pieds à la tête, traînant nos boucliers ébréchés et nos glaives émoussés, nous gagnâmes tant bien que mal l'arrière pour prendre un peu de repos.

Hamilcar avait fait ériger un autel sur la colline du campement d'où il suivait le déroulement de la bataille. Les yeux brillants, il leva les mains en signe de salutation, nous remercia pour notre effort héroïque et fit jeter par ses esclaves des chaînes d'or à nos pieds. Mais nous pleurions si amèrement nos compagnons tombés sur le champ de bataille, que nul d'entre nous ne s'arracha à son chagrin pour ramasser les joyaux.

Grâce aux contre-attaques des troupes de réserve et en ramenant jusqu'à la hauteur du camp son aile gauche, Hamilcar parvint à resserrer les rangs de son armée mais les Grecs qui avaient pu passer se frayèrent un chemin jusqu'aux murailles d'Himère, éparpillèrent le bûcher de rondins de la porte sud et se réfugièrent dans la cité. Les restes de leur cavalerie conduisirent une attaque surprise contre le camp d'Hamilcar, jetant des brandons sur les tentes avant de se retirer à l'abri des murailles.

Lorsque nous eûmes étanché notre soif, bandé nos blessures et volé notre nourriture aux marchands ambulants du camp, nous approchâmes de nos vaisseaux dans l'espoir d'y trouver des Etrusques survivants. Le frère appela son frère, l'ami appela son ami, le capitaine son timonier et le rameur son compagnon de banc, mais personne ne répondit à ces appels. Nous sûmes alors que nous étions à peine assez nombreux pour manœuvrer deux nefs de guerre, lesquelles ne pouvaient nous servir de rien, les trières grecques barrant l'accès à la haute mer. Nos effroyables pertes prouvaient du moins que nous avions maintenu la réputation des guerriers étrusques à la bataille d'Himère.

Comme le soleil s'enfonçait à l'occident, à travers la fumée et le chaos, nous vîmes les Grecs rejeter jusqu'à la rivière et à la mer l'aile gauche de l'armée carthaginoise. La garnison himérienne, défonçant ses portes brûlées, tomba sur les arrières de l'aile droite invaincue d'Hamilcar. Dans le camp, des pillards se jetèrent sur les bourreaux et les licteurs et les massacrèrent avant de mettre froidement le campement à sac. Cela, dans mon esprit, était le signe certain de la défaite. En vain Hamilcar tentait-il de rallier ses forces mais déjà les barbares refluaient dans le camp, et tuaient leurs chefs. D'autres s'enfuirent jusqu'au rivage et embarquèrent sur un navire dans l'espoir de gagner la mer, mais ce fut pour être éperonnés par une trière grecque et envoyés par le fond.

Nous délibérâmes et les Etrusques prirent le parti de demeurer près de leurs vaisseaux pour attendre la nuit et tenter de gagner le large à la faveur des ténèbres. Pour ma part, je leur proposai de les conduire en lieu sûr chez les Sicanes mais, en fils de la mer, ils répugnaient à abandonner leurs navires. Aussi fut-ce seul que je frayai ma route à travers le camp et, contournant la cité, m'enfonçai dans la forêt. Assurément, les dieux me protégeaient tandis que je traversais sans encombre l'horreur confuse des corps à corps. Grecs et barbares se disputaient encore le butin.

Acceptant sa défaite, Hamilcar se couvrit la tête et descendit de sa colline. Ses mercenaires grecs lui ouvrirent la route jusqu'à sa tente. Là, il brisa l'image de Baal et en jeta les morceaux dans le feu sacrificiel afin que son dieu ne tombât pas aux mains de l'ennemi. Les yeux fous et les lèvres écumantes comme s'il avait absorbé du poison, il hurla aux gardes d'aller quérir Kydippe et ses enfants pour les passer au fil de l'épée. Mais alors les mercenaires, dont la plupart étaient de Rhegion, firent défection et se lancèrent dans le pillage du camp. Quelques-uns d'entre eux, cependant, coururent à la tente de la Grecque mais ils n'eurent nul besoin de l'en tirer de force car Kydippe, bondissant à leur tête, se jeta sur Hamilcar et lui plongea un couteau dans la gorge avant de pousser son corps dans le feu. Les gardes entourèrent Kydippe, lui faisant ainsi qu'à ses enfants un rempart de leurs boucliers et ils crièrent à ceux de leurs races d'aider Kydippe à se rendre à Gelon. Ainsi s'illustrèrent le sens politique de l'Himérienne et son esprit de décision.

Quant au Erkel des Sicanes, en dépit de sa jeunesse, il n'était pas moins pourvu du sens des réalités. En voyant que le centre d'Hamilcar était définitivement enfoncé et que son aile gauche se débandait, Erkel dépêcha aussitôt son précepteur grec, une branche verte à la main, au tyran Theron d'Agrigente et lança ses troupes sur les arrières des Elymes qui poursuivaient les Agrigentiens défaits. Durant les jours qui suivirent, les Sicanes massacrèrent et volèrent les troupes carthaginoises qui fuyaient et Theron fut si satisfait de son appui qu'il envoya à Hiouls un bouclier d'or, une chaîne d'or et l'aigle d'Agrigente en or pour l'accrocher au bouclier. Mais, s'il accepta les autres présents, Hiouls refusa l'aigle car il ne voulait pas lier les Sicanes à Theron.

Sans aucun doute, comme je l'avais dit moi-même à Hiouls,

un chef avisé ne doit avoir que le bien de son propre peuple en vue et oublier les lois de l'honnêteté et de l'honneur qui prévalent entre les hommes ordinaires. Mais dans ses actes, je reconnus trop bien l'ombre de Dorieos qui, lorsqu'il eut gagné la couronne du chien, se disposa à abandonner Dionysios et ses hommes.

Lorsque je vis ce qui se passait, je ne désirai pas plus longtemps trouver refuge auprès des Sicanes et retournai au rivage partager le sort des Etrusques. Nous décidâmes de ne pas rendre nos armes, car le sort des esclaves ne nous convenait guère et nous résolûmes de vendre chèrement nos vies. Dans les ténèbres, nous armâmes les deux vaisseaux les plus rapides, les mîmes à l'eau et, sans considération de rang, saisîmes les rames.

En apercevant ces navires qui prenaient la mer, le tyran Gelon poussa de tels rugissements que ses imprécations nous parvinrent par-dessus les craquements des vaisseaux qui brûlaient sur le rivage. Alors, nous tînmes conseil.

— Cette nuit, les vies étrusques ne valent pas cher et les dieux ont détourné leurs regards de la mer. Vengeons la mort de nos compagnons en coulant une trière grecque, pour montrer que la mer appartient toujours aux Tyrrhéniens.

C'est notre détermination qui nous sauva, car les trières syracusiennes ne s'attendaient pas à notre attaque et s'apprêtaient à nous envoyer par le fond lorsque nous tenterions de fuir vers le large. Tandis qu'ils faisaient force de rames et s'envoyaient les uns aux autres des signaux lumineux, nous prenions toute la vitesse possible. Presque simultanément, nos deux éperons perçaient les flancs d'une trière dans un grand craquement de planches de chêne. Aussitôt, le puissant vaisseau prit de la bande et les Grecs passèrent par-dessus bord. Notre attaque fut si inattendue qu'ils ne comprirent pas d'abord ce qui leur arrivait car nous entendîmes le capitaine crier qu'ils avaient heurté un récif. Nous nous dégageâmes promptement du bateau qui coulait pour heurter une autre trière avant de nous glisser dans les ténèbres protectrices de la mer, sans même nous rendre compte nous-mêmes de ce que nous avions réussi.

Nous tirâmes toute la nuit sur les avirons et, au matin, une brise se leva, et des nuages de tempête nous poursuivirent, poussant nos navires jusqu'à la côte italienne. Pour finir, nous dûmes relâcher à Cumes pour réparer les dégâts de nos navires et nous procurer des provisions. Là, le tyran Demadotos nous accueillit avec de grandes démonstrations d'amitié mais lorsqu'il nous entendit parler de la bataille d'Himère et de l'écrasante défaite de Carthage, il dit :

— Légalement et par testament, je suis l'héritier de Tarquin, le dernier souverain de Rome, mais je n'ai pas encore reçu de dédommagement pour la perte de mon patrimoine. Je n'ai jamais nourri d'intentions mauvaises à l'encontre des Etrusques mais je dois penser à mes responsabilités envers ma cité et ma famille. C'est pourquoi je crains de devoir garder ces deux vaisseaux en gage jusqu'à ce que la question du legs de Tarquin ait été éclaircie.

Tandis que nous étions à Cumes, traités plutôt comme des prisonniers que comme des hôtes, des nouvelles inquiétantes arrivèrent de Poseidonia. La populace y avait pillé les boutiques des Carthaginois et les entrepôts des Tyrrhéniens, mais au lieu de punir les criminels, l'autocrate de la cité avait emprisonné les Carthaginois et les Etrusques, prétendument pour leur sécurité.

Mais des nouvelles encore plus alarmantes nous attendaient. D'au-delà la mer, volant sur les ailes de la déesse de la victoire, nous parvint la rumeur qu'Athènes avait complètement anéanti la flotte perse dans la passe de Salamine près d'Athènes. Le Grand Roi lui-même avait dû fuir promptement par terre dans la crainte que les Grecs détruisent le pont de bateaux sur le Bosphore et coupent ainsi sa retraite. Certes, la puissante armée perse avait mis à sac et incendié Athènes. Les statues des dieux avaient été renversées mais cette même armée avait subi de lourdes pertes aux Thermopyles et son hivernage serait difficile, les navires d'Athènes barrant l'accès à l'Asie. Et l'on ne pouvait espérer qu'au printemps suivant l'armée perse, affaiblie par la faim et le froid, vînt à bout des forces terrestres des Grecs conduites par les Spartiates, quand seulement trois cents Lacédémoniens avaient su contenir l'envahisseur aux Thermopyles, laissant le temps aux Athéniens de transporter leurs populations en sécurité dans les îles.

Bien que connaissant l'habitude grecque d'embellir les succès, je dus me fier aux nouvelles qu'on nous rapportait de tous côtés. J'avais bien essayé de me consoler en me répétant que le sang étrusque n'aurait pas été versé en vain puisque l'expédition d'Himère aurait servi à interdire aux cités de la Grande Grèce de porter secours à la terre mère. Maintenant l'expédition étrusque contre Himère perdait tout sens à mes yeux.

En apprenant notre mésaventure, Lars Arnth Velthuru envoya une missive à Demadotos dans laquelle il le menaçait de chasser de Tarquinia tous les marchands de Cumes et de confisquer tous les biens de cette cité si les deux vaisseaux de guerre et leur équipage n'étaient pas relâchés. Gelon de Syracuse lui envoya quant à lui un message expliquant qu'il considérerait comme une manifestation d'hostilité la libération de vaisseaux de guerre qui s'étaient immiscés dans les affaires intérieures de la Sicile.

Démadotos soupira et gémit, se prit la tête à deux mains et se lamenta :

— Quel mauvais vent a poussé vos vaisseaux dans notre port? Mon cœur affaibli ne pourra pas supporter de tels embarras.

Nous répondîmes que l'amitié traditionnelle entre Cumes et les ports étrusques nous avait incités à chercher refuge chez lui.

« Certes, certes, dit-il. Mais Gelon de Syracuse est un homme puissant et mauvais. Si je l'offense, c'en est fait de moi et du commerce de Cumes.

Il délibéra un moment et finit par trouver une issue :

« Nous avons un oracle célèbre, Hierofila, dont la tradition remonte au-delà de la fondation de notre cité. Les dieux parlent par sa bouche et je doute que Gelon oserait seulement discuter sa décision.

Il ne désirait pas se rendre en personne à la grotte de la sibylle car, prétendit-il, le voyage était épuisant et les désagréables vapeurs qui emplissaient la caverne lui donnaient des maux de tête. Il envoya donc son conseiller et trois d'entre nous choisis par tirage au sort.

« Porte mes présents à cette sorcière, dit-il à son homme, et demande-lui de dire oui ou non pour une fois, sans bavardages incompréhensibles.

La caverne de la sibylle s'ouvrait au fond d'une gorge très haut dans la montagne et le chemin muletier qui y conduisait avait été foulé au long des siècles par des milliers de pèlerins. Le temple lui-même était simple, usé par la pluie et le vent, mais on nous raconta que d'immenses trésors étaient cachés dans ses souterrains, ce qui, à voir la pauvre mine des prêtres, était difficile à croire. Ils portaient autour de la tête une simple bande de laine et sur les épaules une grossière robe de bure.

Les vapeurs sulfureuses de la grotte nous suffoquèrent. Nos yeux nous brûlaient et nous toussions lorsque nous découvrîmes à travers un voile de larmes l'intérieur de la grotte et Hierofila assise sur un piédestal. Une chaleur insupportable régnait à cause du feu perpétuel qu'elle entretenait. Elle avait depuis longtemps perdu ses cheveux mais la vanité lui faisait arborer un chapeau arrondi. Une jeune fille blême à la chevelure hirsute la servait et dans ses yeux je reconnus le regard farouche de la pythie de Delphes. Je présumai que Hierofila l'éduquait pour lui succéder. Les yeux de l'oracle étaient comme deux pierres grises. Elle avait dû être totalement aveuglée.

A notre arrivée, la jeune fille se mit à courir en tous sens et à nous sauter au visage. Puis elle éclata d'un rire sauvage et rugit, poussa des cris perçants, bondit comme une folle jusqu'à ce que Hierofila lui commandât le silence d'une étrange voix métallique et creuse qu'on ne se serait pas attendu à entendre sortir des lèvres d'une vieille femme. Puis l'émissaire de Demadotos s'inclina devant elle et commença d'expliquer notre mission.

Mais à lui aussi, Hierofila imposa le silence :

— A quoi bon ces bavardages ? Je sais qui ils sont et j'ai prévu leur arrivée à Cumes lorsque les corbeaux se sont enfuis de la montagne pour voler en bandes vers la mer d'où ces hommes viennent. Et je ne permettrai pas aux esprits des trépassés avec leurs langues gonflées et leurs yeux exorbités de s'introduire dans ma demeure sur les pas de ces hommes. Passez votre chemin et emmenez les morts avec vous.

Sa respiration se fit haletante et elle agita les bras dans un geste d'interdiction. Nous délibérâmes et les deux Etrusques sortirent en invoquant les esprits des morts.

La sibylle retrouva son calme.

« Nous avons de nouveau de l'espace pour respirer. Mais

d'où vient cette lumière qui déferle sur moi et ce grondement de tempête invisible?

La fille qui s'était affairée dans un recoin de la grotte s'approcha, toucha la main de Hierofila et me posa sur la tête une couronne de feuilles de laurier séché.

Hierofila gloussa. Me fixant de ses yeux morts, elle dit :

« O toi, le favori des dieux, je vois la lueur bleue de la lune scintiller sur tes tempes mais la lumière solaire resplendit sur ton visage. J'aurais voulu te tresser moi-même une couronne de saule et de myrte mais contente-toi du laurier car nous n'avons rien d'autre.

L'émissaire de Demadotos crut qu'elle délirait et se mit à expliquer impatiemment notre mission une nouvelle fois. Mais Hierofila l'interrompit de nouveau :

« Qu'importe deux navires quand un millier de vaisseaux couvriront la mer devant Cumes? Que Demadotos laisse ces hommes aller en paix et qu'il relâche aussi leurs vaisseaux. Ce sont les emblèmes, et non les vaisseaux, qui déterminent la guerre.

Sa voix enfla comme si elle criait dans une trompette de métal.

« Démadotos n'a pas besoin de navires mais d'emblèmes. Le dieu a parlé.

Lorsqu'elle eut repris son souffle, elle dit calmement :

« Va, homme stupide, et laisse-moi seule avec le messager des dieux.

Le conseiller de Demadotos consigna la prophétie sur une tablette d'argile et tenta de m'entraîner hors de la grotte, mais la jeune fille se jeta sur lui, lui déchirant le visage de ses ongles acérés. Puis elle se suspendit à mon cou. Elle n'était pas propre mais si puissante était l'odeur des feuilles de laurier et si forte celle des herbes dont sa peau et ses vêtements étaient frottés qu'elle ne me parut pas repoussante. Je dis alors que je désirais rester un instant puisque c'était apparemment ce qu'on attendait de moi, et le messager de Demadotos me quitta, serrant contre sa bouche un coin de manteau. Alors seulement Hierofila descendit de son piédestal pour ouvrir un volet de bois dans le mur et l'air frais aussitôt balaya les vapeurs empoisonnées. A travers une crevasse de la montagne, j'aperçus le ciel et le bleu de la mer.

La sibylle s'approcha et ses mains passèrent sur moi, les bouts de ses doigts effleurant mes cheveux et mes joues. Elle dit d'une voix émue :

« Fils de ton père, je te reconnais. Pourquoi ne baises-tu pas ta mère ?

Je me baissai, touchai le sol de la caverne et baisai la paume de ma main pour montrer que je me reconnaissais la terre pour mère. Tout mon être me parut soudain se dilater et une lumière irradia en moi. La fille s'approcha, palpa mes genoux et mes épaules et frotta son corps contre mes reins. Ma force reflua et mes aisselles transpirèrent, la sueur coulant le long de mes flancs. Mais Hierofila, à grands coups de poing sur les oreilles, chassa la fille.

« Tu reconnais ta mère, dit-elle. Pourquoi ne salues-tu point ton père ?

Ahuri, je secouai la tête.

— Je n'ai jamais connu mon père et j'ignore mes origines.

Hierofila parla, et sa voix était celle d'un dieu.

— O mon fils, tu te connaîtras toi-même le jour où ta main se posera sur la colonne au sommet arrondi de la tombe de ton père. Je vois ton lac, je vois ta montagne, je vois ta cité. Cherche et tu trouveras. Frappe et on t'ouvrira. Et lorsque tu reviendras de derrière la porte scellée, souviens-toi de moi.

« Regarde derrière toi ! lança-t-elle ensuite.

J'obéis mais ne vis rien, bien que les moindres recoins de la grotte fussent illuminés par les flammes vivement ranimées au souffle qui passait par l'ouverture dans la muraille. Je secouai la tête.

Apparemment étonnée, Hierofila plaça sa main sur mon front et m'exhorta :

« Regarde encore. Ne vois-tu pas la déesse ? Plus grande et plus belle que les mortels, elle te regarde en tendant les bras. Une couronne de murailles enserre sa tête. Elle est la déesse de la lune mais aussi celle de la fontaine. Elle est la déesse de l'écume et du cerf, du cyprès et du myrte.

Je regardai de nouveau et ne vis pas de déesse à couronne de murailles. Au lieu de quoi, une autre forme apparut à mes yeux, une forme recourbée comme la proue d'un vaisseau. Elle était enveloppée dans une robe blanche étroitement serrée et son visage était couvert de bandelettes. Silencieux, immobile, l'être rigide, incliné vers l'avant, semblait attendre et vouloir indiquer quelque chose.

Otant sa main de mon front, Hierofila demanda en tremblant :

« Que vois-tu ?

— Il ne bouge pas, dis-je. Son visage est enveloppé dans des bandelettes de toile et il indique la direction du nord.

A cet instant, le grondement à mes oreilles prit une intensité surnaturelle, un éclair de blancheur m'aveugla et je m'effondrai inconscient sur le sol. Lorsque je repris connaissance, il me sembla flotter à travers l'espace, au-dessus de la terre, sous les étoiles du ciel, tandis que l'écho du grondement résonnait encore à mes oreilles. Ce n'est que lorsque j'ouvris les yeux que je compris que je gisais sur le sol de pierre de la caverne. Hierofila, agenouillée près de moi, me frottait les mains tandis que la jeune fille me frictionnait le front et les tempes avec un linge trempé dans du vin.

De sa tremblante voix de vieille femme, Hierofila me dit :

— Ton arrivée a été prédite et tu as été reconnu. Mais n'attache pas ton cœur à la terre. Cherche seulement pour toi ce que tu devras reconnaître toi-même, ô immortel !

Je mangeai du pain et bus du vin en sa compagnie et elle me conta ses visions. Lorsque je sortis de la grotte, un rayon de soleil illumina un minuscule caillou à mes pieds. C'était une pierre opalescente de forme ovale et tandis que je la plaçai parmi les autres, dans la bourse qui pendait à mon cou, je compris enfin que chaque pierre ramassée signifiait la fin d'une ère de ma vie et le début d'une nouvelle.

Dans un brouillard, je m'éloignai de la grotte et rejoignis mes compagnons. Ensemble, nous regagnâmes la cité où Demadotos interpréta à sa façon les paroles de la sibylle. Il nous permit d'appareiller pour Cumes mais retira d'abord les emblèmes de nos navires et, au lieu de les envoyer à Gelon, les déposa soigneusement dans la cave de son trésor. Peu nous importaient les emblèmes, tout était égal si nous pouvions quitter cette cité inamicale.

6

Nous remîmes entre les mains des gardes du port de Tarquinia nos vaisseaux qui faisaient eau. Cependant, lorsque nous fûmes sur la rive, les gens, plutôt que de nous saluer, nous tournèrent le dos et se couvrirent la tête. Les ruelles se vidaient à notre approche. Tant était grand le malheur que nous apportions sur la terre des Etrusques. Aussi, parvenus au port, nous séparâmes-nous les uns des autres sans un mot.

J'accompagnai moi-même les Tarquiniens survivants jusque dans les murs de leur cité où Lars Arnth nous reçut avec beaucoup d'inquiétude mais sans un mot de reproche. Il écouta simplement notre histoire et distribua des présents. Lorsque les autres se retirèrent, il me demanda de rester.

— L'homme le plus brave n'a rien à gagner à lutter contre le Destin que même les dieux ne maîtrisent pas. J'entends les dieux dont nous savons le nombre et les noms sacrés et auxquels nous offrons des sacrifices. Les dieux voilés, dont nous ne connaissons rien, sont au-dessus de toute chose et peut-être même du destin.

— Accable-moi de reproches, injurie-moi, frappe-moi, le suppliai-je, je me sentirai moins mal.

Souriant de son beau sourire triste, Lars Arnth me dit :

— Tu ne mérites nul reproche, ô Turms, tu es seulement le messager. Mais je suis dans une position difficile. Les chefs de nos quatre cents familles sont divisés et ceux qui entretiennent des liens d'amitié avec les Grecs nous blâment amèrement pour les avoir sans nécessité dressés contre nous. Les biens importés sont devenus plus chers et les vases attiques que nous avons coutume de placer dans les tombes de nos souverains ne se trouvent plus qu'à des prix exorbitants. Qui aurait pu prévoir le succès des Grecs contre les Perses? Mais je crois que notre expédition de Sicile n'est qu'un prétexte pour eux. Leur dessein est de détruire notre commerce.

Posant ses mains sur mes épaules, il poursuivit :

« Beaucoup trop nombreux sont ceux de notre peuple qui admirent la civilisation des Grecs et adoptent l'esprit de dérision et d'incrédulité qui l'accompagne. Seules nos cités de l'intérieur sont encore sacrées, car nos ports de mer sont corrompus et déchus. Ne t'attarde point à Tarquinia, ô Turms, car bientôt tu pourrais être lapidé pour t'être immiscé dans les affaires étrusques, toi, un étranger.

J'ouvris ma robe et, montrant à mon côté les plaies à peine refermées et les ampoules de mes mains, je lui dis, amer :

— Du moins ai-je risqué ma vie pour la cause étrusque. Ce n'est point de ma faute si j'ai eu de la chance et suis revenu vivant.

Lars Arnth eut l'air mal à l'aise et dit en évitant mes yeux :

— O Turms, pour moi tu n'es pas un étranger. Je sais à quoi m'en tenir et je t'ai reconnu aussitôt que mon père t'a reconnu. Mais pour des raisons politiques, je dois éviter les troubles. Et quand je songe à toi, je ne voudrais pas que quelques inconnus te lapident.

Il me bannit de sa cité avec des protestations d'amitié, mais cet homme riche ne s'aperçut pas que j'avais été ruiné. Depuis longtemps la chaîne d'or de Xénodote avait été dépensée car à Cumes nous partagions tout entre survivants. Je dus vendre mon épée ébréchée et mon bouclier cabossé à Tarquinia et tandis que les vents de l'hiver dévalaient les montagnes je me mis en route à pied pour Rome, car j'étais trop maigre et trop fiévreux pour travailler en paiement de mon passage sur un vaisseau de transport.

Lorsque enfin, du haut du Janicule, je contemplai la rivière jaune, le pont, la muraille et les temples au-delà, je vis que les destructions avaient touché Rome. Mais au milieu des campagnes dévastées, je trouvai ma maison d'été intacte et Mismê courut au-devant de moi sur ses jambes brunies, les yeux brillants de bonheur.

— Nous avons vécu des temps pleins d'alarmes et d'inquiétudes, m'expliqua-t-elle. Nous n'avons pas même eu la possibilité de nous réfugier à Rome comme tu nous y avais incité. Mais les hommes de Véies ont planté dans la cour des pieux sacrés et dès lors, personne ne s'en est pris à nous, pas même en nous volant des bêtes. La moisson a été bonne et nous l'avons mise en lieu sûr. Maintenant nous allons être riches car le prix du blé est monté à Rome. Puisque nous avons si soigneusement veillé à la bonne marche de toute chose, ne vas-tu pas m'offrir un nouvel habit et des chaussures pour mes pieds?

Je compris que je devais à l'intervention de Lars Arnth d'avoir eu ma demeure d'été épargnée. Mais en ne visant que mon bien, il me fit beaucoup de mal, car à peine avais-je posé le pied sur le pont de Rome que j'étais arrêté, remis à un licteur et jeté au fond d'un cachot de la prison Mamertine. Durant les nuits glacées, l'eau de ma cellule gela. La paille pourrie fut ma seule couche et je dus disputer aux rats la nourriture que je devais payer. Ma fièvre s'accrut, j'eus des hallucinations et dans les rares moments où je reprenais mes sens, je croyais être à l'article de la mort.

En raison de ma maladie, je ne pus être jugé et condamné. Les autorités me considéraient comme une personne insignifiante et mon arrestation ne fut qu'une manœuvre politique destinée à distraire le peuple mécontent d'une guerre perdue. On ne m'accordait aucune attention et les consuls ne s'inquiétaient guère de mon sort.

Mais je ne mourus pas. Ma fièvre diminua et, un matin, je me réveillai la tête claire, mais si faible que je pouvais à peine lever une main. Lorsque le garde vit que j'étais guéri, il permit à Mismê de me voir. Chaque jour elle avait parcouru le long chemin de la ferme à la cité et chaque fois elle avait dû rentrer après avoir patienté en vain à la porte de la prison. Mais la nourriture qu'elle m'avait apportée m'avait sauvé la vie car le garde m'apprit que, bien que tout souvenir eût fui ma mémoire, dans mes moments de lucidité j'avais mangé et bu.

En me voyant, Mismê fondit en larmes, se jeta sur la litière puante et me nourrit de ses propres mains, me forçant à avaler chaque bouchée et à boire un peu de vin. Lorsque j'eus repris mes esprits, je l'avertis qu'elle ne devait plus venir à la prison car les autorités pourraient l'arrêter elle aussi, toute enfant qu'elle était.

Mismê fixa sur moi des yeux effrayés :

— Je ne crois pas être encore une enfant. Je comprends plus que je n'avais jamais compris auparavant.

Mon orgueil m'interdisait de faire connaître mon état à Arsinoé et je ne voulais pas lui créer de l'embarras. Bien que Mismê ne me l'eût pas dit, je savais que j'étais accusé de trahison, la preuve la plus évidente étant ma maison d'été toujours intacte quand toutes les autres alentour avaient été détruites. Pourquoi les soldats de Véies auraient-ils épargné ma ferme si je n'avais pas rendu quelque service? Ma position empirerait lorsque à l'audience il apparaîtrait que j'avais participé avec les Etrusques à une expédition militaire contre la Sicile. En vérité, si j'avais été citoyen romain, on m'aurait probablement fouetté et décapité en dépit de ma maladie. Mais je n'avais jamais aspiré à être citoyen. Bien au contraire, j'avais adhéré à la guilde des précepteurs, que les Romains méprisaient, dans le seul dessein d'éviter d'accéder à la citoyenneté.

Je craignais plus pour Mismê que pour moi-même. Ma terre et mon troupeau seraient sans aucun doute confisqués par l'Etat et, quant à moi, au mieux je serais banni. Certes, je possédais toujours, enterrée en lieu sûr, la tête de taureau en or qui constituait à elle seule une fortune, mais si je tentais de soudoyer un juge, il garderait l'or, et sa possession serait considérée comme une charge supplémentaire contre moi.

Après une longue méditation, je dis :

— Ma chère Mismê, ne retourne plus à la ferme, cherche plutôt refuge dans la demeure de ta mère. Tu es sa fille et elle peut te protéger. Mais ne lui dis pas un mot de moi. Explique-lui seulement que j'ai disparu et que tu es dans le besoin.

— Jamais je ne rechercherai la protection d'Arsinoé, s'écria Mismê. Je préférerais devenir bergère ou me vendre comme esclave.

Je ne m'étais jamais rendu compte qu'elle éprouvait tant de ressentiment envers Arsinoé.

— N'est-elle pas ta mère, celle qui t'a donné le jour? lui dis-je.

Des larmes de colère montèrent aux yeux de Mismê lorsqu'elle me lança :

— C'est une mère mauvaise et cruelle! Toute mon enfance, elle m'a délaissée parce que je ne savais comment lui plaire. Cela, je pourrais encore le lui pardonner. Mais elle s'est débarrassée d'Hanna, qui était bien plus douce avec moi que ma mère et qui était ma seule amie.

La tristesse me submergea lorsque je me souvins de la façon

dont Arsinoé avait traité Hanna. Chaque détail du passé revint me torturer et je compris qu'il y avait dans le destin de la jeune esclave quelque chose qui m'avait échappé. Je demandai à Mismê si elle avait jamais remarqué des attitudes suspectes chez son amie.

— J'étais encore une enfant lorsque advint le terrible événement, dit-elle, mais, à coup sûr, j'aurais su si elle avait partagé impudiquement la couche des hommes. Nous partagions le même lit et nous ne nous quittions jamais. Ce fut elle qui me mit en garde contre ma mère et m'apprit que tu n'étais pas mon vrai père. Ainsi donc, tu n'as plus besoin de me le cacher. Elle m'a raconté comment Arsinoé a fait vivre mon vrai père dans la tentation et le désir et comment il a mis fin à ses jours dans le marécage. C'était un médecin grec et c'était ton ami, n'est-ce pas? Mais, toi, Turms, tu étais le seul homme qu'Hanna eût jamais aimé. A cause d'elle, je t'aime aussi, bien que tu ne le mérites pas.

«Non, je ne voulais pas dire cela, s'interrompit-elle. Tu as été bon pour moi et meilleur qu'un vrai père. Mais comment as-tu pu abandonner celle qui portait un enfant de toi?

— Au nom des dieux, m'écriais-je. Que dis-tu là, ô malheureuse fillette!

La sueur coula dans mes sourcils et je n'eus nul besoin du regard accusateur de Mismê pour savoir qu'elle disait la vérité. Tout bien considéré, je n'avais pas d'autre preuve de ma stérilité que les paroles méprisantes d'Arsinoé.

— Crois-tu qu'elle ait été enceinte des œuvres divines? me demanda Mismê, sarcastique. Tu étais sans aucun doute le seul homme qui eût posé la main sur elle. Cela, elle me l'a juré lorsque ses craintes s'éveillèrent mais je n'étais qu'une enfant incapable de comprendre. Mais à présent que je le puis, je me rends compte qu'Arsinoé devait le savoir. C'est pour cela qu'elle a vendu Hanna au pire maître qui se pouvait imaginer.

Elle considéra mon expression incrédule.

« L'ignores-tu vraiment? Je croyais que tu méprisais Hanna et voulais fuir tes responsabilités. Tous les hommes sont des lâches. Cela, au moins, ma mère me l'aura appris, si elle ne m'apprit rien d'autre. Elle ne m'a pas dit où elle avait vendu

Hanna mais je le tiens des esclaves de l'écurie. A l'époque, un marchand d'esclaves était venu à Rome acheter au marché des filles volsques pour les bordels de Tyr. C'est à lui qu'Arsinoé a vendu Hanna. Il lui a assuré que si l'enfant d'Hanna était un garçon, il serait castré et envoyé en Perse, et que si c'était une fille, on lui apprendrait dès l'enfance la profession de sa mère. J'étais si désespérée et répandis tant de larmes sur le sort d'Hanna que je n'ai pu te pardonner pendant des années, car je croyais que tu savais.

Les larmes coulèrent le long de ses joues, elle posa sa main sur la mienne.

« O toi, mon père nourricier, m'implora-t-elle, ô mon cher Turms, pardonne-moi d'avoir pensé tant de mal de toi! Pourquoi n'ai-je pas gardé l'affaire dans mon cœur? Je suis heureuse cependant que tu n'aies pas délibérément détruit Hanna. Je l'aimais tant que j'aurais été heureuse si tu en avais fait ma mère et si j'avais eu un petit frère ou une petite sœur.

Je ne pouvais en supporter davantage. Mon horreur céda devant une fureur sauvage, j'invoquai tous les dieux des enfers et maudis Arsinoé dans sa vie et dans sa mort pour le crime effroyable qu'elle avait commis envers moi et l'innocente Hanna. Mes imprécations étaient si terribles que Mismê se boucha les oreilles. Alors ma colère se transforma en détresse poignante lorsque je compris qu'Hanna devait être morte et mon fils disparu depuis longtemps. Il ne servirait à rien de le chercher. Les maisons de prostitution phéniciennes gardaient leurs secrets et une fois qu'une femme y avait été enfermée, rien ne pouvait plus la sauver. Cela, Arsinoé ne l'ignorait pas.

Je finis par me calmer et je dis à Mismê :

— Peut-être vaut-il mieux que tu n'ailles pas dans la demeure de cette femme. Tu ne saurais connaître sort plus détestable que de dépendre d'elle.

Dans l'impossibilité où je me trouvais de protéger Mismê, je devais faire appel aux ressources de son intelligence. Je lui appris l'existence de la tête de taureau en or et lui expliquai où elle était enterrée. Je l'avertis de ne pas essayer de la vendre à Rome mais de la briser en petits morceaux qu'elle vendrait selon ses besoins dans quelque cité étrusque.

Alors je lui baisai les joues, la serrai dans mes bras et dis :

« Un esprit tutélaire veille sur moi et j'espère qu'il en est de même pour toi, ô bonne et chère fille. Ne sois pas dans l'inquiétude à mon propos. Prends soin de toi.

J'eus cette nuit-là un rêve d'une frappante clarté. Une femme voûtée, la tête dissimulée sous un pan de son manteau marron, entra dans ma cellule de pierre. Dans mon rêve je savais qui elle était et j'avais confiance en elle. En me réveillant, pourtant, je ne pus deviner qui elle était. Mais le sentiment de confiance persista en moi.

Enfin on me permit de me laver, de revêtir des vêtements propres et on me conduisit dans la maison de justice. On me demanda pourquoi les pillards de Véies avaient épargné ma ferme et je répondis que je n'en savais rien, parce qu'à l'époque je combattais aux côtés des Etrusques en Sicile. Mais j'avançai que les amis que j'avais dans plusieurs cités étrusques étaient peut-être la cause de ma bonne fortune.

La matinée était glaciale. Le consul et le questeur avaient des braseros sous leurs sièges. Ils resserraient leurs toges, soulevaient les pieds pour ne pas toucher les dalles froides et avaient du mal à dissimuler leurs bâillements. Sur mes propres aveux, ils me déclarèrent coupable de trahison en temps de guerre et la seule question qu'ils se posaient était de savoir si, légalement, ils avaient le droit de me condamner à mort, puisque je n'étais pas citoyen romain. Sur ce point, ils convinrent entre eux qu'aux yeux de la loi, j'étais l'égal d'un citoyen, puisque je possédais quinze *jugera* aux frontières de Rome et que j'aurais donc pu acquérir la citoyenneté si je l'avais postulée. Mais ils ne pouvaient jeter dans le précipice et noyer dans le fleuve un homme qui n'était pas réellement citoyen. C'est pourquoi ils me condamnèrent à être fouetté et décapité, bien que, comme traître, je n'eusse pas mérité cette fin honorable.

Une mort certaine m'attendait, car les lois romaines ne connaissent pas le pardon une fois le jugement rendu et je ne pouvais non plus faire appel devant le peuple car je n'étais pas citoyen. Mais je n'avais pas peur et je ne crus pas que j'allais mourir. En vérité, ma sérénité et mon air de confiance impressionnèrent le garde au point qu'il se montra amical et resta souvent bavarder avec moi.

Lorsque mon jugement eut été rendu public, mon affaire parvint aux oreilles d'Arsinoé. Mismê de son côté rompit sa promesse en allant parler à sa mère lorsqu'elle apprit que je serais quelque jour publiquement exécuté sur la place du marché. En conséquence Arsinoé fit son apparition dans la prison, un panier sous le bras, pour distribuer charitablement de la nourriture aux prisonniers et aux criminels.

Lorsque le garde eut ouvert ma porte, elle feignit de ne pas me reconnaître et dit à la femme de sénateur qui l'accompagnait :

« Cet homme semble être un Grec. Continue la distribution, je vais le nourrir car avec ses poignets entravés, il ne peut le faire seul.

Dans un pot d'argile elle avait cuit la même soupe de porc, de bœuf et de mouton qui l'avait rendue célèbre durant le siège volsque. Tombant à genoux près de moi sur la litière sale, elle commença de me nourrir, son visage tout près du mien.

« O Turms, murmura-t-elle, quel mal ne t'es-tu pas fait à toi-même et pourquoi avoir trahi Rome dont tu n'as jamais reçu que des bienfaits? Je ne sais pas comment t'aider ni te sauver la vie. Et Tertius Valerius n'est d'aucun secours, car il est au lit, incapable de parler. Il a eu une autre attaque hier.

Se méprenant sur l'expression de mon visage, elle posa une main sur mon torse nu, et le tapotant comme autrefois, elle continua son bavardage :

— Que tu es sale, et maigre comme un chien errant! Je sens sous mes doigts chacune de tes côtes. J'ai demandé l'avis d'un homme de loi et il m'a dit que si seulement tu étais un citoyen romain tu pourrais faire appel devant le peuple. Mais celui qui a été reconnu coupable de trahison ne peut aspirer à la citoyenneté. O Turms, tu es toujours aussi insupportable! Tu aurais pu au moins penser à Mismê. Maintenant, à cause de toi, elle est pauvre et sans foyer. Qui donc, crois-tu, voudrait épouser la fille d'un homme exécuté pour trahison?

Lorsque je fus enfin capable de parler, je lui dis :

— Arsinoé, ôte ta main de mon torse ou je vais te tuer, en dépit de mes fers. La mort m'attend et je te supplie de me dire la vérité, pour une fois. Savais-tu que l'enfant qu'Hanna portait était le mien lorsque tu l'as fouettée sans miséricorde et vendue comme esclave?

La mine boudeuse, Arsinoé plongea la louche dans son pot.

— Pourquoi parler, implora-t-elle, d'affaires anciennes et ennuyeuses lorsque nous pouvons nous regarder encore avec des yeux de vivants? Tu m'as donné suffisamment de chagrin avec cette désagréable fille. Si tu insistes pour la connaître, assurément, je ne te cacherai pas la vérité. Ne suis-je pas une femme? Dès le premier coup d'œil j'ai compris ce qui s'était passé durant cette nuit où je vous avais laissés seuls à Panorme. Et après cela, il me suffisait de voir avec quels yeux de chien elle te contemplait lorsqu'elle croyait que personne ne faisait attention à elle. Tout d'abord, cela m'a amusée, mais imagine mes sentiments lorsque j'ai compris qu'elle était enceinte de toi. Je suis assez femme pour ne pas vouloir de tes bâtards chez moi!

Neuf ans après, son visage s'empourprait encore de colère.

« Je ne sais ce qui me retient de t'étrangler de mes propres mains pour cette immonde trahison envers moi et mon amour pour toi! hurla-t-elle.

Sa colère n'était pas feinte. Non, elle était fermement convaincue que c'était moi et non elle qui étais responsable du sort d'Hanna. Au plus profond d'elle-même, elle souffrait de voir que, par quelque tour du destin ou de sa propre déesse, elle n'avait pu porter un enfant de moi. Cela pour ma part m'emplissait de reconnaissance et je compris que c'était dans les desseins des dieux. Je n'attendai rien de bon de la descendance d'Arsinoé. Même en Mismê, ma confiance n'était pas totale.

Arsinoé sanglota de rage puis elle me tapota les genoux et avoua :

« A présent, je regrette parfois mon acte et je crains qu'Hanna et son fils ne viennent me hanter dans ma vieillesse, sous forme de lémures. Certes, de telles affaires sont insignifiantes et ce n'est pas la première fois qu'un maître engrosse une esclave. Mais je t'aimais si aveuglément, alors. O Turms, j'étais jalouse et blessée dans mon orgueil. Pourtant, aujourd'hui, je te pardonne.

Elle se pencha sur moi. Je respirai la fragrance des narcisses sur son visage et remarquai qu'elle s'était rougi les lèvres et ombré les paupières. Sa voix était grave lorsqu'elle me souffla :

« O Turms, comme tu m'as manqué et que de fois tu m'as visitée en rêve ! Mais je devais songer à mon avenir. Tout ce que je possédais, c'était ma beauté. Un tel bien doit être vendu à temps, au meilleur prix.

Je ne pouvais m'empêcher de la contempler, ses yeux lumineux, sa belle bouche, ses joues, son nez.

— Arsinoé, dis-je, tu es toujours belle et à mes yeux la plus désirable femme de la terre.

Elle ouvrit son manteau, inclina le visage et se caressa le menton.

— Comme tu mens bien, Turms ! Je suis une vieille femme, il ne reste plus beaucoup d'années avant que j'aie cinquante ans. Pour être honnête, puisque c'est ce que tu désires, je te dirai que j'ai presque dix ans de plus que toi, bien que la déesse m'ait aidée à paraître plus jeune que je ne suis.

— Arsinoé, ta beauté ne se fanera jamais. Elle est éternelle comme ta déesse.

Alors, elle me sourit avec tendresse mais je vis briller l'or de ses dents de devant.

— Je n'ai même plus de vraies dents, se lamenta-t-elle. Lorsque j'ai mis Julius au monde, j'en ai beaucoup perdu. Mais un orfèvre étrusque m'a moulé celles-ci dans l'or et l'ivoire et les a si habilement fixées qu'elles sont bien plus solides que les anciennes.

Je reconnus qu'elles étaient incomparablement meilleures que celles de Tanakil. Puis je lui demandai :

— Comment ton fils peut-il porter le nom de Julius ? Les Julius ne sont-ils pas l'une des plus vieilles familles patriciennes du Latium ?

Arsinoé s'agita, mal à l'aise.

— Je suis moi-même issue d'une branche collatérale des Julius, prétendit-elle. Cela, je l'ai prouvé à l'époque où Tertius Valerius m'a épousée, de sorte que mon fils est de sang patricien. La famille Julia est pauvre et peu nombreuse mais elle descend d'Ascane, fils d'Enée de Troie qui fonda Albe la Longue. Vois, mes deux autres enfants n'ont pas d'avenir. Hiouls n'est qu'un roi barbare et Mismê ne sera sans doute rien. Mais certains signes me font placer beaucoup d'espoir en Julius. C'est pourquoi, tout bien considéré, lorsque ce pauvre Tertius mourra, je n'épouserai pas Manius Valerius. En outre, la femme de ce dernier est encore vivante et apparemment en bonne santé. Mais il y a un Julius pauvre et aimable qui est devenu l'ami de notre famille. Lorsque je l'épouserai, j'oublierai tout à fait la famille Valeria et mon fils sera un Julius. La doyenne des vestales, qui a connu l'époque des rois et qui connaît le mieux les anciennes familles, me l'a conseillé.

Mais tandis qu'elle me parlait de son fils, le souvenir d'Hanna me revint. Arsinoé le vit sur mon visage et s'inquiéta :

— Certes, j'ai mal agi en vendant Hanna mais je voulais l'envoyer aussi loin que possible de Rome. Un marchand phénicien l'a achetée.

Elle me regarda avec des yeux brillants.

« Au nom de la déesse, au nom de Mismê, au nom d'Hiouls, et sur ma propre tête, je te jure que le vaisseau a coulé avec ses esclaves et son chargement dans une effroyable tempête au large de Cumes. Nul n'en a réchappé et tu n'as pas à t'inquiéter pour Hanna et son fils. Ne me hais pas à cause d'eux.

Je savais qu'elle mentait. Mais je dis enfin :

— Qu'il en soit comme il te plaira, Arsinoé. Ainsi donc Hanna est morte noyée. C'est ma faute et non la tienne. Ne crains pas les terribles lémures. Je te pardonne et je te demande de me pardonner de ne pas avoir été l'homme que tu aurais voulu que je fusse. Au nom de notre amour, conserve la beauté lumineuse qui est tienne aujourd'hui. Pour toujours et dans l'éternité, Arsinoé.

Son visage resplendit, ses cheveux brillèrent comme l'or, la lumière de la déesse la baigna et ce fut comme si le soleil illuminait la sinistre cellule. Je sentis l'odeur des roses et des crocus. Confus et tremblant, je reconnus en elle la déesse et je me réjouis que dans son cœur elle ne fût pas mauvaise. Cruelle, capricieuse, égoïste, déloyale même, elle demeurait le reflet de celle qui est née de l'écume. Une vague de désir, de tendresse et d'amour me porta vers elle, brûlant mon corps, tandis que je la contemplais. Mais je ne tendis pas la main pour la toucher. Le temps était révolu et j'étais libéré d'elle.

Portant la main à son cœur, elle s'écria :

— Qu'as-tu dit, que m'as-tu fait, ô Turms? Je suis brûlante, mon cœur bat à grands coups et le sang de la jeunesse court dans mes veines. Je sens moi-même combien je suis jeune et radieuse. La déesse est revenue en moi!

Une pensée la frappa.

— La loi romaine et la justice ne peuvent rien pour toi, mais je sais comment te sauver la vie grâce à la déesse. Ainsi nous ne nous devrons plus rien l'un à l'autre mais nous ne nous reverrons sans doute jamais.

Elle se pencha pour effleurer ma bouche de la sienne. Ses lèvres étaient froides mais ses joues rougissaient comme celles d'une jeune vierge. Ce fut la dernière fois que je la caressai, car nous ne nous sommes jamais revus. Mais dans mon cœur je me réjouis de pouvoir me souvenir d'elle ainsi.

Notre entrevue me fit accepter la mort et chaque matin je m'attendais à entendre les cris de la populace et les pas des licteurs. Je n'accordai guère d'attention à la promesse d'Arsinoé. Mais quelques jours plus tard, la porte s'ouvrit devant la femme à robe brune que j'avais vue en rêve. Ce n'est que lorsque le garde eut refermé la porte qu'elle me dévoila son visage flétri et que je reconnus en elle la doyenne des vestales.

— Tu es l'homme que je cherche, dit-elle, je te reconnais à ton visage.

Je la distinguais à peine. Dans un accès de lucidité, les murs de ma cellule s'évanouirent et je la vis assise sur un piédestal sous un parasol. Je m'agenouillai devant elle et baissai la tête.

Elle sourit du mince sourire d'une vieille femme et posa sa main sur mes cheveux crasseux.

« O Turms, ne te souviens-tu pas de moi? Tu m'as rencontrée le premier jour de ton arrivée à Rome, il y a neuf ans, lorsque tu as toi-même trouvé ton chemin jusqu'à la grotte sacrée, que tu t'es jeté de l'eau sur le visage et que tu as choisi parmi les couronnes celle de lierre. Ce fut pour moi une preuve suffisante. Mais déjà j'avais reconnu ton visage. Les dieux m'ont montré mon devoir. Les Romains ne doivent pas te déshonorer et te tuer, ô Turms, car cela attirerait le désastre sur la cité. Pour le bien de Rome tu dois être libéré. Et pour ton propre bien aussi, car Rome est aussi ta cité.

— Je n'ai pas trouvé beaucoup de joie à Rome, dis-je. La vie m'est devenue amère, c'est pourquoi je ne crains pas la mort.

Elle secoua la tête.

— Mon cher fils, ô toi qui es venu, ton errance ne touche pas encore à sa fin. Tu ne peux déjà te reposer et oublier.

Ses yeux noirs s'attachèrent à mon visage.

« Béni, béni soit l'oubli, me concéda-t-elle. Mais tu n'es pas né comme être humain pour ton seul bien. Tu as erré librement, mais à présent, tu as atteint l'âge fixé. Tu dois aller vers le nord. C'est un ordre. Obéis à tes signes et à tes présages.

— Je dois passer sous la hache, raillai-je. Que peux-tu contre cela, vieille femme ?

Son corps se redressa et elle leva la tête.

— Ton dieu est un dieu étranger aux Romains, ô Turms, mais il nous a manifesté sa volonté de te protéger par trop de présages pour que nous l'ignorions. La grêle n'a jamais ravagé tes champs. La maladie n'a pas atteint tes bêtes. Tes brebis sont nées jumelles. Les Romains respectent leurs propres lois mais ils craignent davantage encore les dieux étrangers. L'épouse d'un noble sénateur est venue me parler de toi. Tout d'abord je n'ai pas compris ce qu'elle voulait dire et j'ai douté de ses intentions. Mais sa déesse m'est venue en aide quand j'étais sourde et aveugle. J'ai examiné l'affaire promptement. Le Grand Pontife a trouvé ton nom dans son livre et le Sénat a dû se soumettre, car les plus anciennes familles n'ignoraient pas de quoi il s'agissait. O Turms, ta condamnation est annulée, et tu ne seras même pas flagellé. Mais tu dois quitter Rome. Va au nord, où tu es attendu. Ton lac, ta montagne t'attendent.

Elle frappa un coup sec contre l'huis et le garde ouvrit aussitôt, apportant un baquet d'eau. Bientôt un forgeron vint m'ôter les fers. La vieille vestale me pria de retirer mes vêtements sales, puis elle me lava de ses propres mains, m'oignit et me tressa les cheveux. Lorsqu'elle eut terminé, le garde lui tendit un panier contenant une chemise de la plus fine laine et elle me la fit revêtir. Mais elle mit sur mes épaules un manteau brun semblable au sien. Enfin, elle plaça sur mon front une couronne de feuilles et de glands de chêne.

« Te voilà prêt à partir, dit-elle. Mais souviens-toi, tout doit se faire secrètement, sans que le peuple le sache. Ainsi donc, pars. Hâte-toi, cerf sacré. Les frères du champ t'attendent pour t'escorter jusqu'à la frontière de la cité et te protégeront si quelqu'un venait à te reconnaître. Vois, pour la première fois depuis qu'existe la République, le consul a annulé une condamnation. Mais le peuple doit l'ignorer.

Elle me prit par la main et m'entraîna hors de la cellule humide et le garde ouvrait les portes devant nous. Lorsque nous fûmes sur la place du marché, je vis que le brouillard la recouvrait si bien que les frères du champ qui nous attendaient dans leurs manteaux gris, une couronne d'épis de blés sur la tête, paraissaient des fantômes dans la brume.

« Vois par toi-même, dit la vestale, les dieux sont descendus sur la cité et leur bouclier de brouillard protège ton départ.

Elle me poussa en avant et je ne me retournai pas pour lui dire adieu, car quelque chose en moi me murmurait qu'une telle femme n'attendait ni salutations ni remerciements. Le brouillard sacré étouffait le son de nos pas et le bruit des roues d'une charrette, tandis que les frères du champ qui m'entouraient me soutenaient dans ma marche chancelante, car j'étais encore affaibli par ma maladie.

Sur le pont, les gardes nous tournèrent le dos et, pour la dernière fois, je le franchis, respirai les odeurs de fumier et perçus le craquement des planches usées que mes pieds foulaient. La brume était si épaisse que je ne distinguais pas l'eau du Tibre mais je perçus contre les piles son doux clapotis comme un murmure d'adieu.

Aux bornes frontières du nord, les frères se serrèrent dans leurs manteaux et s'assirent en cercle autour de moi sur le sol trempé par le brouillard. Le vent se leva et la brume s'éclaircissait tandis qu'ils brisaient solennellement un pain d'orge dont chacun, du plus vieux au plus jeune, mangea un morceau. Le plus âgé versa du vin rouge dans un vaisseau d'argile qui circula de main en main. Mais on ne m'offrit rien.

Une vivifiante brise du nord dispersa les derniers lambeaux de brouillard et dégagea le ciel. Lorsque le soleil brilla, ils se levèrent comme un seul homme, suspendirent à mon épaule un sac de cuir et me poussèrent de l'autre côté de la frontière sur la terre des Etrusques. Dans mon cœur, je savais que ce qu'ils faisaient était juste. Le vent du nord fouettait triomphalement mon visage, le sang bondit dans mes veines, mais je ne reconnus pas le sol que je foulais.

7

Le nord était mon destin et j'allais, plus libre que jamais auparavant, car je m'étais défait de ma vieille vie comme d'un vêtement en loques. La maladie m'avait laissé léger et aérien et il me semblait avoir des ailes aux pieds et ne plus fouler la poussière de la terre. La lumière solaire me grisait, le vert des jeunes prairies était suave à mes regards et je souriais en marchant. Avec moi marchait le printemps, et les gazouillis des oiseaux, les fleuves gonflés, les douces journées.

Je ne me hâtai point et me reposai souvent dans les cabanes des bergers et les huttes rondes des pauvres paysans. L'eau était fraîche à ma bouche. Le pain était exquis. Je repris des forces et je sentis que mon corps était purgé des poisons mortels et de l'oppression des actes, des pensées et de la raison torturante. J'étais libre, j'étais heureux, j'étais allégrement seul tandis que j'avançais.

Puis apparurent les collines aux sommets desquelles couraient les ombres des nuages. Enfin, après des semaines de marche, je voyais des champs fertiles, des coteaux couverts de vignobles, des bouquets d'oliviers gris argent et d'antiques figuiers. Au sommet d'une montagne se dressait une cité, avec ses murailles herbues, ses arcades et ses bâtisses bariolées. Mais je ne me dirigeai pas vers elle. Poussé par un ardent désir, je m'enfonçai dans les fourrés, marchant tout droit vers la cime de la montagne voisine. Surpris dans leur vol, les oiseaux gagnaient le sommet, me montrant la route et un renard qui se reposait à l'entrée de sa tanière bondit devant moi à l'assaut des pentes. Un cerf orgueilleux se dressa au milieu des broussailles, secoua ses andouillers et lui aussi courut au-devant de moi sur son sabot léger. Sous mes pieds, les pierres roulaient. Mon manteau était déchiré et l'ascension me faisait haleter, mais tandis que je frayais ma voie vers le sommet, je sentis l'approche du sacré. D'instant en instant, l'impression devenait plus forte, jusqu'au moment où je ne fus plus seulement moi-même. Je ne faisais qu'un avec la terre et le ciel, avec l'air et la montagne. J'étais plus que moi-même.

Je vis les entrées des tombes, les piliers sacrés devant elles, et les cabanes des tailleurs de pierre et des peintres. Je vis les escaliers sacrés mais ne m'arrêtai point. Je me dressai au-dessus des tombes sur le sommet extrême de la montagne.

Brusquement une tempête éclata. Au-dessus de ma tête la voûte du ciel était sans nuage mais le vent soufflait comme il soufflera lorsque, dans un nouveau corps humain, je gravirai les marches de ma tombe, tenant dans ma main les cailloux de ma vie. Mes écrits peuvent tomber en poussière et ma mémoire s'effacer, je lirai les événements de ma vie, pierre après pierre, et une tempête soufflera de nouveau au-dessous d'un ciel clair, sur le sommet de ma montagne.

Vers le nord, je vis un lac. Au loin, entouré de collines brumeuses, ses eaux bleues luisaient et je sus que c'était mon lac, mon beau lac. Je crus entendre le bruissement de ses roseaux, sentir ses berges sous mes pieds et la fraîcheur de son eau sous ma langue. Tandis que la tempête rugissait à mes oreilles, je tournai mes yeux vers l'ouest, au-delà des tombes, vers le cône bleuté de la montagne des déesses. Cette montagne aussi, je la reconnus. Alors seulement je laissai mon regard descendre les marches encadrées de piliers peints, suivre la route sacrée à travers la plaine et remonter le coteau de l'autre côté des champs. Et je reconnus là ma cité. Ce pays aux reliefs émoussés, ce pays aux beaux coteaux brumeux était mon pays et le pays de mon père. Dans mes pieds et dans mon cœur je l'avais reconnu dès l'instant où j'avais franchi sa frontière et où les ombres des nuages avaient bondi vers moi de sommet en sommet.

Comme je commençais de redescendre, d'informes êtres de lumières s'élancèrent à travers les cieux. Je regardai dans les ténèbres épaisses du puits sacrificiel et marchai parmi les tombes. Sans hésiter, je posai la main sur le sommet arrondi d'une colonne décorée de cerfs bondissant avec grâce, et murmurai, haletant :

— Mon père, ô mon père, ton fils est de retour!

Je m'effondrai sur le sol tiède près de la tombe de mon père et un inexprimable sentiment de paix et de sécurité me submergea. Le soleil se coucha derrière le cône gracieux de la montagne des déesses, colorant les collines et les statues peintes sur le toit des temples de l'autre côté de la vallée. L'obscurité gagna et je m'endormis.

Je m'éveillai au milieu de la nuit dans le grondement du tonnerre. Le vent rugissait, les nuages déversaient une pluie chaude et les éclairs m'environnaient. Soudain la terre trembla sous moi lorsque la foudre frappa le sommet tout proche et l'odeur du silex fendu emplit mes narines. Mes membres se mirent en mouvement tandis que montait en moi l'ancienne danse. Dans l'averse chaude je levai joyeusement les bras et dansai la danse de l'éclair comme j'avais autrefois dansé la danse de la tempête sur la route de Delphes.

Lorsque je m'éveillai de nouveau, le corps raidi par le froid, la lumière solaire était éblouissante. Je m'assis pour me frotter les membres. Des tailleurs de pierre et des peintres qui se rendaient à leur travail s'étaient arrêtés et jetaient sur moi des regards effrayés. Lorsque je me dressai, ils reculèrent et le gardien des tombes leva son bâton sacré. Alors, le long d'un chemin en lacets, vint le prêtre des éclairs, drapé dans la robe de son rang, une couronne sur la tête.

Le garde courut vers lui en criant :

— Là, en arrivant, j'ai trouvé un étranger vêtu d'une robe brune devant la tombe royale de Lars Porsenna. Une biche s'est dressée et enfuie mais une bande de colombes blanches, traversant la vallée depuis la montagne des déesses, est venue entourer le dormeur. Alors les artisans sont arrivés et l'ont réveillé.

— J'ai vu la brillante lueur des éclairs au milieu de la nuit, dit le prêtre, et je suis venu voir ce qui était advenu sur la montagne sacrée.

S'approchant de moi, il me lança un regard perçant. Brusquement, il se couvrit les yeux de la main gauche et leva la main droite pour me saluer comme si j'étais un dieu.

« Je reconnais ton visage, dit-il, et il commença à trembler.

Je te reconnais par tes statues et par les peintures de toi. Qui es-tu et que veux-tu?

— J'ai cherché et j'ai trouvé, dis-je. Dans mon cœur, j'ai frappé jusqu'à ce que la porte s'ouvre. Moi, Turms, je suis de retour chez moi. Je suis le fils de mon père.

Un vieux tailleur de pierre au visage buriné laissa tomber ses ciseaux et fondit en larmes.

— C'est lui, je le reconnais! Notre roi est de retour parmi nous, il est vivant et aussi beau qu'il fut dans les plus beaux jours de son âge viril.

Il aurait étreint mes genoux si je ne le lui avais défendu.

— Non, non, protestai-je, tu te trompes, je ne suis pas roi.

Quelques artisans couraient vers la cité pour répandre la nouvelle de mon arrivée.

— J'ai vu les éclairs, dit le prêtre. Ton arrivée était discutée parmi les initiés depuis neuf années. Beaucoup craignaient que tu ne pusses jamais trouver le chemin du retour mais personne n'osait s'immiscer dans les desseins divins et te guider. Notre augure t'a salué à ta première arrivée à Rome, a lu pour toi les présages et a répandu la nouvelle parmi les initiés. Du grand prêtre de l'éclair, sur l'île, nous avons appris que tu étais en route et que la foudre, en signe d'allégresse, avait tracé un cercle complet. Dis-moi, es-tu un vrai lucumon?

— Je ne sais pas, dis-je, je sais seulement que je suis de retour chez moi.

— Certes, admit-il, au moins es-tu le fils de Lars Porsenna. Tu as dormi près de la tombe de ton père. A voir ton visage, on ne peut se tromper. Même si tu n'es pas lucumon, du sang noble coule dans tes veines.

Je vis dans la vallée les paysans qui quittaient leurs houes, leurs charrues et leurs bœufs. Les uns après les autres, ils couraient vers la route sacrée et montaient dans notre direction.

— Je ne demande rien, dis-je, je veux seulement vivre ma vie dans mon pays. Je ne réclame nul héritage, je n'aspire à aucun pouvoir. A présent que j'ai atteint ma patrie, je suis le plus humble d'entre les humbles. Je connais désormais les collines, je connais la montagne, le lac et la tombe de mon père. Cela me suffit. Parle-moi de mon père.

— Ta cité est Clusium, dit-il, évasif. C'est la cité des vases noirs et du visage humain éternel. Aussi loin que nous nous en souvenions, nos potiers et nos sculpteurs ont fabriqué le visage humain éternel dans l'argile, dans la pierre tendre et dans l'albâtre. C'est pourquoi tu as été si facilement reconnu. Bientôt tu verras l'effigie de ton père car, dans sa tombe, il repose éternellement sur son sarcophage, une coupe sacrificielle à la main. Il y a aussi beaucoup d'effigies de lui dans la cité.

— Parle-moi de mon père, l'implorai-je encore. Jusqu'à présent, je n'ai jamais rien su de ma naissance.

— Lars Porsenna, dit-il, était le plus brave des souverains de l'intérieur mais il ne se reconnaissait pas lui-même pour un lucumon, et nous ne lui avons donné le titre de roi qu'après sa mort. Il a même conquis Rome sans vouloir contraindre les Romains à rétablir leur souverain exilé. Au lieu de quoi, il a appris aux Romains à se gouverner selon des formes que nous avons perpétuées dans notre cité après sa mort. Nous avons deux chefs, un Conseil de deux cents et des représentants de l'Etat élus tous les ans. Nous prêtons aussi l'oreille à la voix du peuple. Les ambitieux qui ont tenté de prendre le pouvoir à la suite de Porsenna ont tous échoué. Tant que nous ne trouverions pas un vrai lucumon, avons-nous décidé, nous ne serions pas gouvernés par un seul homme.

« Dans sa jeunesse, ton père était remuant et possédait le goût de l'aventure, poursuivit le prêtre de l'éclair. Il a pris part à une expédition militaire contre Cumes et lorsque nous avons été battus, il s'est demandé : "Qu'ont donc les Grecs qui nous fait défaut ?" C'est pourquoi il a voyagé à travers les cités grecques pour apprendre leurs coutumes.

A la porte de la cité, une foule blanche grossissait à vue d'œil. Les premiers paysans arrivèrent et firent halte à distance respectable pour m'examiner, leurs mains durcies pendant à leurs côtés.

— Le lucumon, se murmuraient-ils les uns aux autres, le lucumon est venu.

Se tournant vers eux, le prêtre expliqua :

— Ce n'est que le fils de Lars Porsenna qui revient de pays étrangers. Il ne sait même pas ce que « lucumon » veut dire. Ne le troublez pas avec vos stupides chuchotements.

Mais les paysans marmonnaient entre eux et d'une bouche à l'autre, couraient ces paroles :

— Il a apporté une bonne pluie avec lui. Il est arrivé avec la lune montante le jour où l'on bénit les champs.

Ils arrachèrent des branches feuillues aux arbres, les agitèrent en signe de bienvenue et crièrent, exultants de joie :

— Lucumon! lucumon!

Le prêtre de l'éclair était contrarié.

— Le peuple s'agite à cause de toi. Cela n'est pas bon. Si tu es vraiment lucumon, tu dois être d'abord examiné et reconnu. Cela ne peut se faire qu'en automne, à l'assemblée sacrée des cités près du lac de Volsinii. Jusque-là, il vaudrait mieux que tu ne te mettes pas en avant.

Mais les premiers citadins, revêtus en hâte de leurs plus beaux atours, arrivaient déjà, essoufflés par l'ascension. La rumeur devint un grondement lorsque les gens décrivirent ce qui s'était passé. J'entendis même certains dire que j'étais descendu du ciel avec la foudre tandis que d'autres prétendaient que c'était sur le dos d'une colombe. Toujours plus triomphant, montait le cri :

— Lucumon! lucumon!

Alors vinrent les augures avec leur bâton terminé par une crosse recourbée et les prêtres sacrificiels, portant chacun un modèle de bronze du foie d'un agneau marqué des noms et des régions des différents dieux. La foule leur laissa le passage et ils s'avancèrent au-devant de moi, m'étudiant de leur regard sagace. Un nuage passa devant le soleil et une ombre tomba sur nous bien que la montagne de la déesse resplendît toujours de l'autre côté de la vallée, dans la brillante lumière solaire.

Les prêtres étaient dans une position difficile, comme je le compris plus tard. Certes, les plus vieux parmi eux étaient initiés et donc avertis de ma venue, mais eux-mêmes se disputaient pour savoir si j'étais un vrai lucumon ou simplement le fils de Lars Porsenna, ce qui, en soit, réjouissait le peuple. De simples présages et prophéties ne suffiraient pas à prouver que j'étais un lucumon. Il fallait que je me reconnusse comme tel et que je fusse reconnu. Cela ne pouvait être fait que par un vrai lucumon et il n'y en avait plus que deux qui vivaient encore dans le pays. En ces temps nouveaux, beaucoup de gens, en particulier dans les ports de mer, doutaient de la réalité des lucumons. Telle était l'influence grecque. Le vent brûlant du doute venu des rivages de l'Ionie balayait la mer et la terre.

Les prêtres auraient probablement préféré me prendre à part pour me parler mais la volonté de la foule l'emporta. Avec des rires joyeux, les gens encouragèrent les jeunes hommes et les jeunes filles couronnés de myrte, de violette et de laurier, qui étaient allés prendre au temple la divine litière et l'apportaient sur la colline sacrée. Les musiciens soufflaient dans leurs doubles pipeaux et les danseurs sacrés faisaient tourner leurs crécelles, tandis qu'on s'écartait craintivement devant moi et qu'on me contraignait à prendre place sur le double coussin du dieu.

Comme ils commençaient de soulever la litière pour la poser sur leurs épaules, je bondis, furieux, en les repoussant. La musique cessa et les jeunes gens me regardèrent avec inquiétude en se frottant les bras comme s'ils avaient été blessés, bien que je les eusse simplement écartés. Je gagnai à pied les marches sacrées et les descendis. A cet instant, le soleil surgit du sein des nuages et un rayon éclaira les marches et moi sur les marches. Quand le soleil fit resplendir ma chevelure, la foule entonna un chant solennel :

— Lucumon ! lucumon !

Ils n'étaient plus joyeux mais pénétrés de respect.

Les prêtres m'emboîtèrent le pas et derrière eux venait le peuple silencieux et calme désormais. C'est ainsi, à pied, que je traversai la vallée et montai la route sinueuse, et c'est à pied que je suis passé sous la voûte pour entrer dans ma cité. Tout ce temps, le soleil brilla et une brise tiède me caressa le visage.

Je passai paisiblement cet été magnifique dans la maison que les anciens de la cité m'avaient fournie. Des serviteurs silencieux veillaient à mes besoins tandis que je m'étudiais et écoutais en moi-même. Les prêtres initiés me racontèrent tout ce que je devais savoir mais ajoutèrent :

— La connaissance est en toi si tu es lucumon, et non en nous.

Cet été brûlant, où je tâtonnais pour ouvrir les portes secrètes au plus profond de moi, cet été fut le plus heureux de ma vie. C'était pour tout Clusium un été magnifique et prospère, avec des vents chauds et des pluies en quantité suffisante. De mémoire d'homme, la moisson fut la meilleure et le vin doux et bon. Le bétail engraissa, il n'y eut pas un seul acte de violence dans toute la cité, et les voisins résolurent pacifiquement de vieux différends. La bonne fortune m'avait accompagné à Clusium après tant d'années de difficultés et de discordes.

Un prêtre initié me raconta comment je naquis, le visage recouvert d'une membrane. Il y avait eu d'autres présages qui avaient incité les vieillards à prédire à mon père qu'un lucumon était donné à son peuple.

Mais il avait répondu :

— Moi-même, je ne me suis pas reconnu pour tel, bien qu'on m'ait poussé à le faire, car je ne suis pas un lucumon. L'intelligence, le courage et l'intégrité suffisent à faire un homme. Avoir pitié de ceux qui souffrent, soutenir le faible, gifler l'insolent sur la bouche, couper la bourse de l'avaricieux, laisser au laboureur une terre à labourer, protéger le peuple des voleurs et des usurpateurs. Un souverain n'a nul besoin d'autre pensée pour le guider. Il n'est pas nécessaire d'être lucumon pour s'y conformer. Si mon fils est un vrai lucumon, il doit être capable de se trouver lui-même et de trouver sa cité comme les lucumons des temps anciens. Le seul droit de naissance ne fait point le lucumon. Ce n'est qu'à l'âge de quarante ans qu'un lucumon peut se connaître et être reconnu. C'est pourquoi je dois abandonner mon fils.

Aussi, lorsque j'eus sept ans, mon père m'emmena à Sybaris, la plus civilisée des cités grecques de l'Italie, et me remit entre les mains d'un ami duquel il obtint la promesse de ne pas me révéler mes origines. Pour mon père, ce ne fut sans doute pas chose aisée, car j'étais son seul fils. Ma mère était morte lorsque j'avais trois ans et il n'avait jamais voulu se remarier. Mais il considérait comme un devoir envers son peuple de lui éviter de nourrir un faux lucumon en son sein.

Il était sans doute dans ses intentions de suivre de loin ma croissance et mon éducation mais la guerre avec Crotone éclata à l'improviste et Sybaris fut effacée de la surface de la terre avec une méticulosité inconnue jusqu'alors. Des quatre cents familles de Sybaris seuls survécurent les femmes et les enfants, envoyés au-delà des mers, à Milet. Même à l'instant du plus grand péril, l'ami de mon père ne rompit pas son serment et s'abstint de révéler ma naissance à ceux qui m'emmenèrent en Ionie. Et lorsque la destruction de Sybaris eut été pleurée quelque temps, les infortunés réfugiés furent oubliés et contraints à l'errance.

Mon père n'avait pas cinquante ans lorsqu'il mourut de façon inattendue, tué par un sanglier, et après sa mort, nombreux furent ceux qui considérèrent qu'il avait peut-être bien été un lucumon qui avait choisi de ne pas se présenter comme tel. D'autres encore prétendirent qu'il ne pouvait en être un puisqu'il était parti en guerre et ceux-ci estimaient que sa mort avait été une punition pour son intervention dans les affaires romaines. Le sanglier n'était-il pas l'animal sacré des Latins, plus sacré encore et plus ancien que la louve elle-même?

Les sœurs de mon père vinrent me voir mais elles ne se jetèrent pas dans mes bras et leurs enfants me contemplèrent avec des yeux ronds. Elles me déclarèrent qu'elles partageraient volontiers l'héritage de mon père avec moi, même sans preuve tangible de ma naissance, mais je leur répondis que je n'étais pas venu en quête d'héritage et elles s'en furent, soulagées. Il eût été difficile pour elles de convaincre leurs époux de donner leur accord à un partage de leur patrimoine, bien que chez les Etrusques les femmes aient la maîtrise de leur bien et les mêmes droits à l'héritage que les hommes. C'est pourquoi un homme fier de sa famille mentionne toujours le nom de sa mère à côté de celui de son père. Ainsi mon vrai nom était Lars Turms Larkhna Porsenna, car ma mère était de l'antique lignée des Larkhna.

Durant l'été, les jeunes gens de la cité rivalisèrent d'ardeur dans la préparation des jeux sacrés de l'automne. Le plus fort et le mieux tourné d'entre eux serait désigné pour représenter Clusium au cours du combat traditionnel qui, chaque année, déterminait la cité souveraine. Mais l'initié m'expliqua que l'issue du combat n'avait plus de portée politique depuis des siècles. Aujourd'hui le gagnant obtenait simplement d'épouser la vierge qui faisait l'enjeu du combat et sa cité occupait la place d'honneur dans les assemblées pendant un an.

Je ne prêtais pas grande attention à la description des traditions car j'étais trop occupé à me connaître moi-même, sachant désormais que j'étais plus qu'un homme. Parfois, d'éblouissantes révélations m'emplissaient l'esprit, et j'étais heureux. Puis, de nouveau, je sentais le poids de mon corps et de mes membres.

Ainsi tâtonnais-je en moi-même à la recherche de ma vérité, vivant pourtant, comme je l'ai dit, l'été le plus heureux de ma vie. Puis, l'automne approchant, je sombrai dans une mélancolie si profonde qu'elle m'interdisait toute joie. Par une nuit sans lune, je gagnai les rives du lac sacré de Volsinii en compagnie des délégués de ma cité. Mais on ne me permit pas d'y aller à pied ni même à dos d'âne ou de cheval. Je fus transporté dans un chariot fermé, tiré par des bœufs blancs. Des glands rouges ornaient le front des bêtes et de lourds rideaux me celaient aux regards.

Dans ce même chariot, dissimulés aux regards de la même manière, on vient d'apporter de la ville les deux cônes de pierre blanche du temple de Voltumna le changeant. Une fois encore, je vais m'étendre sur la couche conviviale et partager le festin des dieux, la mort perlant en gouttes de sueur à mon front. C'est pour cette raison que moi, Turms, je me hâte de conclure et de consigner encore tout ce que je ne voudrais point oublier.

Livre X

LE FESTIN DES DIEUX

1

Le plus lumineux et le plus bleu de tous les lacs que j'aie jamais vus est le lac sacré de notre peuple qu'entourent de hautes montagnes. L'obscurité de l'automne s'était étendue sur sa calme surface quand je le vis pour la première fois, en même temps que les temples, le cercle des pierres sacrées, le sillon d'où Tagès a surgi pour répandre ses discours pleins de sagesse et la source de la nymphe Végoé. Peut-être Tagès et Végoé sont-ils apparu autre part, mais la tradition a situé ces lieux dans le pays de Volsinii.

Sacré entre tous à mes yeux était le temple de Voltumna le changeant, un bâtiment aux colonnes de pierre dont la nef centrale est vide. Elle est gardée par une belle Chimère d'airain — combinaison d'un lion, d'un serpent et d'un aigle, symbolisant la terre, le ciel et les puissances souterraines — justement consacrée à Voltumna le changeant. Invincible, elle monte la garde devant la nef vide. Les Grecs prétendent que leur héros, monté sur un cheval ailé, a vaincu et tué la Chimère. Dans ma jeunesse, à Corinthe, j'ai même vu la fontaine de Pégase. Mais au sein de mon peuple, la Chimère vit encore et symbolise Voltumna le changeant, et donc les Grecs n'ont pas réussi à la tuer.

Des foules venues de toutes les cités affluaient pour l'assemblée d'automne, mais seuls les délégués et leur escorte étaient autorisés à pénétrer dans le périmètre sacré et à habiter les cabanes sacrées. La puissante et prospère cité de Volsinii s'élevait à moins d'une demi-journée de marche, accrochée au sommet de sa montagne. Elle était célèbre pour son artisanat et son commerce et profitait beaucoup de l'assemblée d'automne.

Au matin du premier jour, on me conduisit, la tête voilée, jusqu'à la maison de conférence où s'étaient rassemblés les douze délégués des douze cités. Parmi eux se trouvaient les deux lucumons véritables et cinq autres qui faisaient usage du titre, le huitième était un roi choisi par son peuple et les quatre derniers étaient seulement des délégués nommés par le Conseil de leur cité. Le délégué de Clusium était au nombre de ces derniers. Parmi les douze, il y en avait de très âgés et aussi de très jeunes, comme Lars Arnth Velthuru, venu en tant que régent de Tarquinia. Tous avaient revêtu le manteau sacré de leur cité. Tous me regardaient avec curiosité.

Je découvris ma tête et je sus que c'était la première et la plus simple des épreuves. Tandis que mon regard allait de l'un à l'autre, tous essayèrent de m'adresser un signe, certains par geste, d'autres en clignant de l'œil, d'autres en souriant, d'autres en prenant l'air sévère. Ils avaient retourné leur manteau pour que je n'en visse pas les emblèmes, qui m'eussent renseigné sur leur identité respective. Je reconnus pourtant d'emblée les deux lucumons. Je ne puis expliquer comment, mais une certitude absolue me possédait et je souris à la puérilité de ce jeu.

J'inclinai d'abord la tête devant le vieillard de Volsinii, puis je saluai le lucumon au sombre visage de l'éternellement froide Volterra, un homme massif qui n'avait pas atteint la cinquantaine. Peut-être les reconnaissais-je à leurs yeux, peut-être par les rides souriantes qu'ils avaient au coin des lèvres. Aux autres, j'adressai un simple signe de tête.

Les deux lucumons échangèrent un regard puis firent un pas en avant. Le vieillard me dit :

— Je te reconnais, Lars Turms.

Aussitôt, les autres délégués se mirent à discuter entre eux comme si je n'étais pas là, plusieurs d'entre eux déclarant que cela ne constituait pas une preuve suffisante, car on aurait pu me renseigner sur l'aspect physique des deux hommes avant la réunion, ou encore le délégué de Clusium aurait pu me les indiquer par quelque signal convenu.

Mais le vieux lucumon plaça sa main sur mon épaule et, rayonnant d'une bonté, d'une douceur et d'une tendresse inexprimables, il déclara en souriant :

— Déplace-toi à ta guise pendant ces journées, va où tu voudras, en territoire sacré ou profane. Assiste aux sacrifices si tu le désires. Suis les jeux. Nulle porte ne te sera fermée. Et tu ne seras contraint d'en ouvrir aucune.

Le lucumon de Volterra me toucha le bras. Un sentiment de force et de sécurité émanait de sa main.

— Prépare-toi si tel est ton désir, Lars Turms, car nul ne t'y contraint. Pourquoi un vrai lucumon se préparerait-il? Parce qu'en te préparant, tu deviendras sensible à la nouveauté, capable de connaître d'expérience ce que tu n'as encore jamais connu.

— Comment dois-je donc me préparer, mon père? Comment dois-je me préparer, mes frères? demandai-je.

Le vieillard rit et dit :

— Exactement comme tu l'entends, ô Turms. Il en est qui recherchent la solitude des montagnes. D'autres se cherchent au sein de la foule bruyante. Il est de nombreux sentiers, mais tous mènent au même but. Tu peux choisir de demeurer éveillé et de jeûner tout au long de ces journées. Souvent, cela permet à un homme de voir ce qu'autrement il ne pourrait voir. Tu peux aussi boire tant de vin que ta vue se brouillera et que tes genoux se déroberont sous toi, puis boire encore quand tu t'éveilleras et que tu auras vomi le vin de la veille. Tu peux faire l'amour avec la femme et satisfaire tes sens jusqu'à épuisement. Cela aussi produit les songes et les visions appropriés. A mon âge, je regrette de n'avoir jamais essayé d'emprunter ce chemin-là. Désormais, il est trop tard. Car j'ai plus de soixante-dix ans, mon fils, et n'ai nulle envie de prendre encore un peu de temps au dieu, pour souffrir ce corps égrotant qui est le mien dix années encore.

L'homme de Volterra dit alors :

— Les sens nous font comme une caresse exquise qui peut mener jusqu'au délicieux épuisement. Ils nous aident à supporter la vie, voire à en chanter les louanges. Mais rappelle-toi aussi, ô Turms, que la faim, la soif et l'abstinence deviennent de même des plaisirs quand on les pousse jusqu'à la vision; mais je ne prétends pas qu'il s'agisse de plaisirs plus nobles que l'ivresse ou la satiété. Chacun suit sa voie. Je ne puis te conseiller laquelle prendre, je ne puis que décrire celle que j'ai choisie.

Le vieillard pointa vers lui une baguette de coudrier et dit :

— Il est né berger et ses visions lui sont venues dans la solitude des montagnes. Mon corps à moi est né au sein d'une vieille et noble famille. Cependant, étant lucumon, il est peut-être beaucoup plus ancien que moi.

Là se bornèrent leurs conseils mais je sentis que, dans leur cœur, ils m'avaient reconnu lucumon, ils s'étaient depuis longtemps connus eux-mêmes, aussi n'avaient-ils point besoin d'autre épreuve, comprenant que moi, Turms, j'étais ce que j'étais. Mais la tradition exigeait qu'ils me missent à l'épreuve afin de me permettre de me trouver et de me reconnaître moi-même. Pour un lucumon, c'est là l'épreuve suprême et la plus douloureuse.

Ce jour-là, je les regardai enfoncer un clou de cuivre neuf dans l'antique colonne de bois du temple du Destin. Elle en était hérissée, tête contre tête, les plus vieux de facture maladroite et verdis par le temps, mais il restait encore de la place pour d'innombrables clous. Les dieux continuaient de mesurer le temps aux peuples et aux cités d'Etrurie.

Durant trois jours, les délégués s'entretinrent de politique étrangère, examinant le cas de la guerre de Véies contre Rome. Caere et Tarquinia s'engagèrent à soutenir Véies en lui fournissant armes et troupes. On parla aussi des Grecs, Lars Arnth soutenant que la guerre avec eux était inévitable. Mais personne ne se rangea à son avis. Les deux lucumons s'abstinrent de participer à ce débat, car les lucumons n'acceptent la guerre que défensive. Encore perdent-ils leur pouvoir tant qu'elle dure.

Mais tandis que les autres discutaient, le vieillard de Volsinii me chuchota à l'oreille :

— Qu'ils guerroient donc contre Rome. Ils ne peuvent la vaincre, de toute manière. Tu sais sans doute que Rome est ta ville paternelle et que les présages les plus secrets la lient à ta propre cité. Si Rome était détruite, Clusium le serait aussi.

Je secouai la tête.

— Il est bien des choses que j'ignore et l'initié de Clusium ne m'a rien dit de cela.

Il posa la main sur mon épaule.

— Comme tu es fort et beau, ô Turms ! Je me réjouis qu'il me soit donné de te voir de mes yeux vivants. Mais je te mets en garde : n'accorde point foi aux discours des initiés, ils répètent ce qu'ils ont appris par cœur. Peut-être ne devrais-je pas te révéler dès maintenant des choses aussi effroyablement secrètes, mais je risquerais d'oublier par la suite. Ton père a conquis Rome et y a vécu plusieurs années. Et il aurait restitué la ville à Lars Tarkhon ou l'un de ses fils si les Romains ne l'avaient convaincu de les laisser se gouverner eux-mêmes. Les Romains tentèrent même de l'assassiner. Puis, dans la grotte sacrée d'Egérie, la doyenne des vestales lut et interpréta les présages pour lui. Ton père crut ce qu'elle lui disait et abandonna Rome de son plein gré. Mais, en raison des présages, il lia le sort de cette ville à celui de Clusium. Si quelque danger menace Clusium, Rome doit se porter à son secours. Ainsi est-il écrit dans les livres sacrés et confirmé par un festin des dieux.

« Cela, il faut que tu le saches, poursuivit-il, jamais Clusium ne pourra se lancer dans une guerre contre Rome et, si ses voisines parlent de détruire la cité de la louve, Clusium doit parler en sa faveur. Enfin, si la ligue étrusque entreprenait de détruire Rome, Clusium devrait, par souci de son propre avenir, combattre aux côtés des Romains plutôt que contre eux. C'est un pacte si sacré, si intangible, que les dieux en personne descendirent sur terre pour le confirmer. Cependant, l'unique signe extérieur de tout cela est infime : à Rome, nulle vente publique ne peut avoir lieu sans être précédée de la déclaration suivante : "Cette terre est celle de Porsenna", "Cette demeure est celle de Porsenna", et encore "Ces biens sont ceux de Porsenna". »

Je me souvins d'avoir remarqué l'étrange rituel que suivaient les commissaires-priseurs romains. Je compris aussi pourquoi mes pas m'avaient irrésistiblement porté jusqu'à la grotte sacrée, pourquoi je l'avais reconnue et pourquoi je m'étais aspergé le visage de son eau. Je n'avais fait que placer mes pas dans ceux de mon père. Et la doyenne des vestales m'avait d'emblée reconnu pour le fils de mon père.

Sept jours durant, les délégués discutèrent des affaires intérieures et résolurent diverses querelles de frontières. Puis commencèrent les sacrifices et les jeux rituels. Les sacrifices avaient lieu dans les temples, mais les combats se déroulaient dans un cercle de pierres sacrées. Les lucumons et les autres délégués prenaient place sur douze rochers que l'on avait recouverts de coussins et tous ceux qui étaient admis dans le périmètre sacré se tenaient derrière eux, tandis que le peuple assistait aux combats massé au flanc de la montagne ou juché sur le toit des maisons. Aucun bruit, aucune vocifération d'encouragement ou d'approbation n'était autorisée et les combats se déroulaient dans un profond silence.

Le jour du dieu Turms, je dus choisir une brebis qui serait sacrifiée en mon nom sur l'autel. Elle ne résista point quand le couteau de pierre du prêtre lui trancha la gorge et, quand le sang se fut déversé dans les coupes sacrificielles, le prêtre ouvrit le ventre et en sortit le foie. Sa couleur était favorable et il était sans défaut mais d'une taille deux fois supérieure à la normale. L'haruspice arrêta là ses interprétations mais ses camarades et lui me considérèrent désormais d'un œil nouveau, inclinant la tête devant moi et me saluant comme on salue les dieux.

Le lendemain, le vieux lucumon de Volsinii me fit mander chez lui sous un quelconque prétexte. Franchissant les huit colonnes qui marquaient l'entrée de sa demeure, j'aperçus un homme qui, assis tout raide sur un siège inconfortable, fixait droit devant lui des yeux vitreux.

Au bruit de mes pas, il demanda d'une voix inquiète :

— Est-ce toi, dispensateur de présents ? Pose ta main sur mes yeux, ô toi qui guéris.

Je déclarai que je n'étais point le guérisseur qu'il attendait mais un visiteur de hasard. Mais il refusa de me croire et insista tant et si bien que, pour finir, par pure pitié, je plaçai ma main sur ses yeux. Aussitôt, quelque chose sembla crever en moi et je me sentis faiblir au point que la tête se mit à me tourner. Je retirai ma main. Les yeux fermés, il poussa un profond soupir et me remercia.

Dans la chambre du lucumon, une pâle jeune fille, presque une enfant, était étendue, chauffant ses mains à un brasero.

Elle me jeta un regard désolé et méfiant. Quand je lui demandai où était le lucumon, elle dit qu'il allait revenir bientôt et m'invita à m'asseoir au bord de sa couche en l'attendant.

— Es-tu malade ? demandai-je.

Elle repoussa les couvertures et me fit voir ses jambes. Les muscles en étaient si réduits qu'on eût dit deux bâtons alors que le reste de son corps était beau. Elle me dit qu'un taureau l'avait renversée et piétinée quand elle avait sept ans et que, remise de ses autres blessures, elle n'avait plus jamais été capable de marcher depuis lors.

Un instant plus tard, elle me demanda timidement et dans un souffle :

— Tu es bon et juste, ô dispensateur de présents. Frotte mes jambes. Elles se sont mises à me faire mal dès que tu as pénétré dans la chambre.

Je n'étais pas un masseur adroit mais, dans ma jeunesse, j'avais évidemment appris à frotter mes propres muscles après un exercice, au stade. De même qu'après la bataille, entre soldats, on masse les muscles raidis des camarades. Mais quelque soin que je prisse de masser doucement la jeune fille, elle ne cessait de geindre de douleur. Je lui demandai donc si elle préférait que le massage cessât mais elle dit :

« Non, non, cela ne fait pas mal.

Enfin, le vieux lucumon entra et demanda :

— Que fais-tu, ô Turms, et pourquoi torturer cette pauvre enfant ?

— C'est elle qui me l'a demandé, protestai-je pour ma défense.

— Tu aideras donc tous ceux qui t'en imploreront ? Tu leur donneras tout ce qu'ils demanderont ? Il est de bons et de mauvais suppliants, il est des coupables et des innocents parmi ceux qui souffrent. Tu ne te rends donc pas compte qu'il te faut apprendre à distinguer entre eux ?

Je considérai les choses quelques instants puis répondis :

— Cette malheureuse fille ne souffre pas par sa faute. Mais quand bien même... Quand je verrai des gens qui souffrent, plutôt que chercher à distinguer le coupable de l'innocent, je chercherai à diminuer leurs souffrances si je le puis. Le soleil ne brille-t-il pas avec la même chaleur pour le méchant et le bon ? Je ne m'imagine pas posséder plus d'intelligence que le soleil.

Il secoua impatiemment la tête, agacé et, heurtant un gong d'airain, réclama du vin.

— Tu es très pâle, me dit-il. Te sens-tu affaibli ?

La tête me tournait et mes membres tremblaient de faiblesse, mais je voulus l'assurer que tout allait bien. C'était un grand honneur d'être ainsi reçu par lui dans sa maison et je ne désirais pas détruire ce plaisir par des plaintes. Nous bûmes du vin et je me sentis un peu mieux. Mais lui ne cessait de dévisager la jeune fille étendue sur la couche, et elle-même lui retournait ses regards d'un air implorant.

Bientôt, le lucumon de Volterra entra et nous salua. Le vieillard lui versa une coupe de vin et, comme il la portait à ses lèvres, désigna du doigt l'enfant allongée.

— Lève-toi et marche, ô mon enfant.

A mon inexprimable effarement, le visage de la jeune fille s'illumina, elle se mit à remuer les jambes et posa délicatement ses pieds sur le sol. Lentement, prenant appui sur la couche, elle se dressa. Je voulus m'empresser d'aller la soutenir, mais le vieillard m'en empêcha d'un geste. Tous trois, nous la regardâmes intensément. Elle titubait mais parvint à faire un pas, puis un autre, en s'appuyant au mur. Riant et sanglotant à la fois, elle s'écria :

— Je marche ! Je marche !

Tendant les bras vers moi, elle traversa la pièce de sa démarche heurtée, vint s'effondrer devant moi et m'embrassa les genoux.

« Lucumon, criait-elle entre deux sanglots, lucumon !

J'étais aussi surpris que la jeune fille elle-même de cette guérison subite. Tâtant ses muscles atrophiés, je secouai la tête en déclarant :

— C'est un miracle !

Le vieux lucumon rit avec bienveillance.

— Mais c'est toi qui l'as accompli. L'énergie est venue de toi, lucumon.

J'élevai les deux mains en signe de protestation.

— Non, non, ne te moque point de moi.

Le vieillard adressa un signe de tête à l'homme de Volterra qui, gagnant la porte, lança :

— Viens nous montrer tes yeux, ô toi qui crois.

L'homme qui se tenait assis à l'entrée nous rejoignit, les mains sur les yeux. A plusieurs reprises, il abaissa les mains, regarda autour de lui, puis se couvrit de nouveau les yeux.

— Je vois, finit-il par déclarer.

Il vint humblement courber la tête devant moi et élever le bras pour le salut des dieux.

— C'est toi qui as fait cela, ô lucumon, s'exclama-t-il. Je vois. Je te vois et je vois le rayonnement qui environne ta tête.

Le vieux lucumon expliqua :

— Cet homme était aveugle depuis quatre ans. Il défendait son vaisseau contre des pirates quand un géant barbu lui a donné un épouvantable coup sur la tête. Depuis il ne voyait plus.

L'homme approuvait vigoureusement de la tête.

— Oui, oui, le vaisseau fut sauvé mais moi, je n'avais plus rien vu jusqu'au moment où tu as posé ta main sur mes yeux, lucumon.

Je jetai autour de moi des regards désemparés, convaincu d'être en proie aux fumées de l'ivresse.

— Vous vous moquez de moi, accusai-je. Je n'ai rien fait.

Les deux lucumons parlèrent à l'unisson :

— Le pouvoir et l'énergie sont en toi et t'appartiennent, il te faut seulement le reconnaître. Reconnais par-devers toi que tu es né lucumon. Nous-mêmes n'en doutons point.

Mais je ne pouvais l'admettre encore. Je contemplai le visage de la jeune fille où se lisait l'admiration, et les yeux de cet homme qui, quelques instants auparavant, était encore aveugle, et je m'écriai :

— Non, non, je ne demande point un tel pouvoir ! Je ne veux pas posséder une telle force. Je ne suis qu'un homme et j'ai peur.

Le vieux lucumon parla aux deux que j'avais guéris :

— Allez remercier les dieux. Ce que vous ferez aux autres vous sera fait à vous-mêmes.

Il étendit distraitement la main pour les bénir tandis que la jeune fille sortait, appuyée sur l'épaule de l'aveugle qui voyait.

Quand ils furent partis, il se tourna vers moi :

« Tu es né dans un corps d'homme, m'expliqua-t-il, et c'est pourquoi tu es un homme. Mais tu es aussi un lucumon si tu veux bien le reconnaître. Le moment est venu. Cesse de craindre et ne te fuis point toi-même.

L'autre lucumon dit à son tour :

— Les plaies se referment et le sang cesse de s'en écouler quant tu les touches. Tu es revenu et il te reste à revenir encore une fois. Admets toi-même que tu es toi-même.

Le vieillard reprit :

— Un lucumon peut même rappeler les morts pendant quelques instants ou une journée entière s'il croit en lui-même et sent son propre pouvoir. Mais un tel acte écourte sa propre vie et opprime le défunt qu'il contraint à réintégrer un corps qui sent la mort. Aussi ne le fais que si tu y es contraint. Tu peux évoquer des esprits si tu le souhaites et leur donner forme, de manière à pouvoir converser avec eux. Mais cela tourmente les esprits, ne le fais donc, là encore, que si tu y es contraint.

Sentant que je balançai entre la certitude et le doute, le vieux lucumon me dit alors :

« Ignores-tu vraiment ce que j'entends par là? Regarde!

Il prit un morceau de bois et le tint devant mes yeux. Puis il le jeta sur le sol en criant :

« Regarde! C'est une grenouille!

Sous mes yeux, le morceau de bois se mua en grenouille, fit quelques bonds craintifs, puis s'immobilisa à mes pieds, fixant sur moi ses yeux protubérants.

« Prends-la dans ta main pour en éprouver le contact, m'invita le vieux lucumon en riant, quand il constata que je fixais d'un air incrédule l'être vivant qu'il venait de créer.

Honteux de mon propre doute, je n'en pris pas moins la grenouille en main pour éprouver la froideur humide de sa peau. C'était une vraie grenouille vivante qui se débattait dans ma main.

« Lâche-la, dit le vieillard, et je la laissai sauter de ma main sur le sol.

A peine l'avait-elle touché qu'elle redevint sous mes yeux un petit morceau de bois sec.

Le lucumon de Volterra s'en saisit à son tour, me le fit voir et dit :

— Je n'appellerai pas une créature des puissances souterraines, mais bien un animal terrestre. Regarde, et vois comment un veau se transforme en taureau.

Il jeta le morceau de bois sur le plancher et, sous mes yeux, il se mua en un veau nouveau-né qui, encore humide, se dressa sur ses maigres pattes titubantes. Puis il se mit à croître. Des cornes naissantes apparurent sur sa tête et il grandit, grandit, jusqu'à occuper la chambre entière dont il n'aurait pu franchir la porte étroite. Je sentis l'odeur du taureau, je vis l'éclair bleuté de sa prunelle. C'était un taureau terrifiant.

Le lucumon fit claquer ses doigts comme s'il s'était lassé de ce jeu. Le taureau disparut et il n'y eut plus, sur le plancher, qu'un petit morceau de bois gris.

— Cela aussi, tu peux le faire si tu le désires, dit le vieux lucumon. Sois brave. Prends ce morceau de bois dans ta main. Dis ce que tu souhaites voir apparaître et tu le verras.

Comme dans un songe, je me courbai pour ramasser le morceau de bois que je tournai et retournai entre mes doigts.

— Je n'invoquerai ni le terrestre ni le souterrain, mais bien le céleste ! Car la colombe est mon oiseau, déclarai-je en fixant intensément le morceau de bois.

A cet instant même, je sentis la douceur des plumes, la tiédeur duveteuse et la palpitation rapide du cœur d'un oiseau dans ma main. Une colombe blanche comme la neige s'essora, voleta autour de la chambre et revint se poser sur ma main, aussi légère que l'air qu'elle battait de ses ailes, de sorte que je sentais à peine l'ongle de ses pattes sur ma chair.

Le lucumon de Volterra tendit la main pour caresser les plumes de la colombe.

— Quel bel oiseau tu as créé ! C'est celui de la déesse. Il est d'un blanc de neige.

Et le vieillard demanda :

— Et maintenant, Turms, es-tu convaincu ?

L'oiseau disparut dans ma main et je ne tins plus qu'un morceau de bois ordinaire. L'étonnement se peignit certainement sur mes traits, car ils rirent l'un et l'autre et le plus vieux poursuivit :

« Tu dois comprendre maintenant pourquoi il est préférable

qu'un lucumon ne se trouve et ne se reconnaisse tel qu'à l'âge de quarante ans. Si tu étais encore adolescent et découvrais en toi cette faculté, tu serais tenté d'en abuser, pour jouer, de créer sans cesse des formes innombrables, tu plongerais ton entourage dans l'inquiétude, tu pourrais même être tenté d'entrer en rivalité avec Voltumna le changeant lui-même, et de créer des formes inconnues. Ce serait narguer les dieux. Les défier. Mais si tu es seul et mélancolique, tu peux sans crainte créer quelque animal familier pour qu'il s'allonge au pied de ta couche ou te réchauffe de son corps. Mais fais-le seulement quand tu seras seul et ne le montre pas aux autres. L'animal reviendra chaque fois que tu l'appelleras.

Je sentais la puissance qui émanait de moi.

— Et un humain? demandai-je. Pourrai-je créer un humain afin qu'il me tienne compagnie?

Ils s'entre-regardèrent puis fixèrent de nouveau les yeux sur moi et dirent en secouant la tête :

— Non, Turms, pas un humain. Tu peux seulement susciter une forme passagère et invoquer un esprit qui l'habitera et répondra à tes questions. Mais il existe de bons et de mauvais esprits. Et ces derniers peuvent se présenter et te tromper. Tu n'es pas omniscient, Turms. Rappelle-toi sans cesse que tu es né dans un corps humain qui te restreint et détermine les bornes de ton savoir. Apprends à connaître les murs de ta prison, car seule la mort les abattra. Alors tu seras libre, jusqu'à ta nouvelle naissance, dans un autre temps et un autre lieu. Mais, entre les deux, tu connaîtras le plus délicieux des repos.

Sans me fatiguer plus longtemps ce jour-là, ils me laissèrent méditer en paix sur ce que j'avais déjà appris. Le lendemain matin, toutefois, ils me firent mander de nouveau devant eux, me présentèrent un vêtement tout raidi de sang séché et me dirent :

— Tâte ce vêtement, puis ferme les yeux et dis-nous ce que tu vois.

Fermant les yeux, je saisis l'étoffe et un épouvantable sentiment d'oppression s'abattit sur moi. Dans la brume du rêve, je vis tout se produire et répétai :

— C'est le vêtement d'un vieil homme. Il regagne son foyer,

venant de quelque part, et, bien que couvert de sueur et de poussière, il se réjouit dans son cœur et marche d'un bon pas. Un berger déchaîné bondit de derrière un buisson et le frappe avec une grosse pierre. Le vieil homme tombe à genoux, élève les bras et implore pitié, mais le berger le frappe de nouveau. Il dépouille le cadavre en jetant alentour des regards anxieux. Puis il n'y a plus que la brume.

La sueur ruisselait sur tout mon corps. J'ouvris les yeux et lâchai le redoutable vêtement.

— Reconnaîtrais-tu le berger? me demandèrent-ils.

Je songeai à ce que j'avais vu.

— Il faisait très chaud, dis-je d'une voix hésitante. Il portait seulement une espèce de pagne autour des reins. Sa peau tannée par le soleil était d'un brun presque noir. Il avait un visage morose et une longue cicatrice sur le mollet.

Ils approuvèrent de la tête et dirent :

— Inutile de te tourmenter plus avant. Les juges n'avaient point de preuves contre le berger. Nous avons indiqué l'endroit où il avait dissimulé son butin. Il a été jeté à l'eau, un panier de saule sur la tête, comme il convient à celui qui n'a pas eu pitié d'un homme sans défense. Mais nous sommes heureux que tu aies confirmé sa culpabilité. Ce sont choses que nous ne faisons pas volontiers, car la possibilité d'erreur est trop grande. Mais, parfois, il le faut bien. Les crimes impunis encouragent de nouveaux criminels.

Pour m'aider à oublier le désagréable sentiment d'oppression, ils me placèrent dans chaque main une coupe noire décorée d'un motif identique. Sans même fermer les yeux, j'élevai aussitôt la coupe que je tenais de la main gauche et dis :

— Cette coupe est sacrée. Celle-ci ne l'est pas.

Ils déclarèrent :

— O Turms, tu es lucumon. Es-tu prêt désormais à le reconnaître et à le croire?

Mais je restai perplexe. Le vieux lucumon expliqua :

— Tu as le pouvoir de lire le passé dans les objets. Moins tu réfléchiras, en ce genre d'occasion, plus claire sera ta vision. Ici encore, tu vois qu'il est préférable qu'un lucumon atteigne l'âge de quarante ans avant de se connaître tel, sinon, il serait tenté d'exercer constamment ce talent qui n'est pourtant pas très significatif. Nombre de gens ordinaires possèdent eux aussi cette faculté.

— Tu peux quitter ton propre corps si tu le désires pour aller voir ce qui se passe ailleurs, dirent-ils encore. Mais ne le fais point. C'est un exercice périlleux et l'effet produit sur les événements serait purement illusoire. Car tout arrive comme tout doit arriver. Et ne disposons-nous pas des signes et des présages? Eclairs, oiseaux, foies de mouton doivent nous suffire, ils nous éclairent assez sur ce que nous devons savoir.

Elevant un bras, ils me saluèrent comme on salue les dieux et dirent :

« Il en est ainsi, Turms. Tu es un lucumon. Tes possibilités sont vastes mais tes pouvoirs ne sont pas tous bénéfiques. Apprends à choisir, apprends à discriminer, apprends à restreindre. Ne te tourmente point inutilement et ne trouble pas les dieux. Pour ton peuple et ta cité, il est suffisant que tu existes. Il est assez qu'un immortel soit né parmi eux sous les traits d'un humain.

Ces paroles me firent trembler. Une fois encore, j'élevai les mains pour protester :

— Non, non! Comment! Moi, Turms, je serais immortel?

Solennellement, ils me le confirmèrent :

— Il en est ainsi, ô lucumon Turms. Tu es immortel si seulement tu oses le reconnaître. Déchire à jamais le voile qui brouille encore ta vue et accepte ta propre identité.

«En tout homme existent les germes de l'immortalité, poursuivirent-ils. Mais la plupart des hommes se satisfont de la terre et ces germes ne portent point fruit. Que ces gens pitoyables aient le sort dont ils se contentent. Cela est bien.

Ils dirent encore :

« Notre connaissance est limitée, parce que nous sommes nés dans un corps humain. Nous croyons que les germes de l'immortalité sont ce qui distingue l'homme de l'animal, mais nous n'en sommes pas sûrs. Tout ce qui vit est une forme de Voltumna le changeant. Et d'ailleurs, nous ne distinguons même pas le vivant de l'inanimé. Car, dans un instant radieux, tu sentiras peut-être le rayonnement splendide qui émane d'une dure pierre sous ta paume. Oh! oui, nos connaissances sont bien imparfaites, bien que nous soyons lucumons.

Puis ils me mirent en garde :

« Quand tu auras reconnu être un lucumon, tu cesseras de vivre pour toi-même et tu vivras pour le bien de ton peuple et de ta cité. Tu es un dispensateur de présents. Mais les champs de blé se couvriront d'épis et la terre portera ses fruits sans qu'il te soit besoin d'intervenir. Ne te laisse donc pas troubler et tourmenter. N'agis jamais pour faire plaisir aux gens mais seulement quand tu sauras leur apporter quelque bienfait réel. Ne t'encombre pas de choses triviales. Les lois et les coutumes, les juges et les gouvernants, les prêtres et les devins existent pour s'en occuper. Rends ta prison aussi agréable qu'il te sera possible, sans blesser, molester, opprimer ni fâcher quiconque. Tu es le grand prêtre, le premier législateur et le juge suprême, mais mieux vaut que que l'on ne fasse appel à toi qu'en des occasions rarissimes. Les nations et les villes doivent apprendre à vivre sans lucumon. Des temps mauvais s'annoncent. Toi, tu reviendras, mais ceux de ton peuple, eux, ne reviendront pas quand le temps qui leur est alloué se sera écoulé. Songes-y.

S'ils montraient tant de compassion dans leur enseignement, c'était qu'ils connaissaient d'expérience l'écrasant fardeau qu'ils étaient en train de déposer sur mes épaules. Le vieux lucumon de Volsinii passa un bras protecteur autour de mon cou.

— Le doute sera ton pire tourment, me dit-il. Tous, nous connaissons des moments de faiblesse et ils nous tourmentent. Tout se produit selon des cycles. Il est des jours où ton pouvoir est au plus fort, où tu irradies joie et confiance. Ce sont des jours bénis. Mais le cycle se poursuit et ton pouvoir décline et tout devient obscur autour de toi. C'est alors qu'il faut garder le silence, te montrer docile et soumis. C'est quand ta faiblesse est sur toi que la tentation est la plus forte.

Le lucumon de Volterra dit à son tour :

— Ton pouvoir croîtra et décroîtra peut-être avec les phases de la lune. Ou peut-être variera-t-il avec les saisons. Ou le temps. A cet égard, nous différons les uns des autres. Peut-être est-ce le climat qui nous gouverne, et non l'inverse, même si nous avons le pouvoir d'invoquer le vent et de faire lever des tempêtes. Quand ma faiblesse a commencé à me peser j'ai gravi la montagne jusqu'au bord d'un précipice. La tentation me chuchotait à l'oreille : «Si tu es un vrai lucumon, saute donc dans la vallée. L'air te soutiendra jusqu'au sol et tu ne te feras aucun mal. Si tu n'es pas un vrai lucumon, peu importe que tu te brises les os et la tête!» Voilà ce que la tentation peut dire.

Laissant mes yeux errer sur son visage austère, je fus pris de curiosité.

— As-tu sauté? demandai-je. Dis-le-moi.

Le vieux lucumon se mit à rire joyeusement.

— Regarde les cicatrices qui marquent ses genoux. Il ne lui restait guère d'os entiers quand les gens de Volterra sont venus le ramasser au fond du précipice. Un buisson poussant dans une crevasse avait ralenti sa chute. Puis il était tombé à la cime d'un pin et avait roulé jusqu'au sol, de branche en branche. S'il n'était un lucumon, il serait incapable de marcher. Mais il a le dos raide. Les lucumons ne peuvent être blessés au point de demeurer infirmes mais, à l'occasion, quelque chose vient leur rappeler qu'ils sont mortels, pour qu'ils n'oublient pas être nés dans un corps d'homme.

Cela aussi était vrai. J'avais connu les dangers de la guerre et les terreurs de la mer, mais jamais je n'avais été très grièvement blessé. J'avais vécu comme sous la protection d'ailes invisibles.

Le lucumon de Volterra baissa les yeux et m'avoua, honteux :

— Je n'ai pas ressenti la moindre douleur pendant ma chute. Ce ne fut qu'après avoir repris conscience, tandis qu'on me transportait chez moi, que la douleur est venue. Je puis dire que j'ai bu à longs traits la souffrance d'être mortel, mais c'était bien fait pour moi et cela m'a servi de leçon.

Ce récit m'amena au bord de l'effondrement, ma faiblesse était telle que j'aurais pu croire que les os de mon corps avaient fondu.

— Soulagez-moi de ce fardeau, suppliai-je. Je ne suis que Turms. Dois-je me reconnaître et croire en moi-même si je ne le désire point?

Alors ils dirent :

— O Turms, tu es immortel, tu es un vrai lucumon. Tu

dois le reconnaître car tu ne peux plus te nier ainsi toi-même.

Mais ils ajoutèrent, comme pour me consoler :

— Nous te comprenons car nous avons nous-même connu les plus épouvantables souffrances— le doute et la conscience de nos imperfections. Mais au soir du douzième jour, tu partageras avec nous le festin des dieux, comme nous avons été admis à le partager le jour où nous nous sommes découverts et reconnus pour ce que nous étions. Nous serons trois à le partager, ô Turms, mais au jour de ta mort terrestre, il te faudra affronter seul les dieux.

2

Le douzième jour avait lieu le combat rituel qui permettait de désigner la première des douze cités. C'était une claire journée d'automne et le soleil dardait de chauds rayons sur le lac sacré et les montagnes bleues. Les lucumons et les délégués des douze cités prirent place sur les douze pierres qui entouraient l'arène. Je me mêlai à la foule qui se tenait derrière le délégué de Clusium, puisque je n'avais pas encore été publiquement reconnu comme lucumon et que le manteau sacré n'avait pas encore été déposé sur mes épaules. Pour cette raison, chacun faisait semblant de se désintéresser de moi, et pourtant, on avait laissé un espace vide tout autour de moi, personne ne me frôlait en passant, personne n'osait me toucher.

Le doyen des augures, sa canne à la main, fit le premier son entrée. Il était suivi de douze jeunes gens, représentant les douze cités. Ils étaient nus, à l'exception d'un bandeau pourpre qui leur ceignait le front, et chacun portait le bouclier rond et le glaive sacrés de sa cité. Leur ordre avait été déterminé par le sort, car nulle cité étrusque ne l'emporte sur les autres. Une fois à l'intérieur du cercle, chacun alla se placer face au délégué de sa ville.

L'augure alla chercher une vierge dans une litière masquée

de rideaux et la conduisit jusqu'au lit de pierre qui occupait le centre de l'arène. Elle aussi était nue, à l'exception d'un bandeau de laine sacrée, étroitement noué autour de ses yeux. C'était une jeune vierge bien formée et, quand l'augure défit le nœud, sur sa nuque, et révéla son visage, elle jeta autour d'elle des regards de biche aux abois et tenta d'un geste instinctif de masquer sa nudité. Les jeunes gens se redressèrent en la voyant et dans leurs yeux s'alluma le désir du combat. Pour moi, bouleversé jusqu'au fond du cœur, je reconnus que cette vierge n'était autre que Mismê.

Certes, je savais que les plus belles et les plus nobles vierges étrusques étaient choisies chaque année et que la sélection finale était le plus grand honneur qui pût advenir à une jeune fille. Qu'ils eussent trouvé Mismê et qu'ils l'eussent choisie— c'était ce que je ne pouvais comprendre. L'expression d'inquiétude qui était peinte sur ses traits me donnait à penser qu'elle ne se soumettait pas volontairement au sacrifice.

Un profond silence régnait, comme dicte la coutume, et j'observai les mouvements rapides de la poitrine des jeunes gens qui se soulevait et retombait au rythme de leur respiration. Mais une offrande présentée à contrecœur est sans valeur. L'augure se chargea donc de réconforter Mismê qui redressa fièrement la tête, consciente de sa jeunesse et de sa beauté, souffrit sans se crisper les regards des jeunes gens et laissa l'augure lui lier les mains avec un bandeau de laine.

C'était plus que je n'en pouvais supporter. Le désespoir me submergea et j'agitai violemment les bras. Les deux lucumons me jetaient des regards scrutateurs et je m'aperçus que les autres délégués me regardaient avec la même curiosité qu'ils détaillaient Mismê. Je compris brusquement que cela faisait partie de ma mise à l'épreuve. Ils croyaient que Mismê était ma fille et voulaient voir si j'étais prêt à la sacrifier pour respecter les coutumes les plus sacrées des Etrusques, prouvant du même coup que j'étais un vrai lucumon.

Je ne savais pas exactement ce qui allait suivre, mais je n'ignorais pas que le lit de pierre était un autel sacrificiel au pied duquel les jeunes gens devaient se combattre avec le glaive et le bouclier. Avait la vie sauve celui qui, blessé, préférait sortir du cercle sacré de l'arène. L'augure pouvait aussi épargner les blessés qui ne lâchaient pas leur glaive en indiquant qu'il les prenait sous sa protection.

Je gardai le silence et, soudain, mon regard rencontra celui de Mismê. Elle me sourit et il y avait dans son sourire quelque chose de si irrésistiblement impudent, dans son regard un tel enchantement, qu'en un éclair je reconnus Arsinoé en elle. Elle n'était pas aussi belle que sa mère et son corps avait encore quelque chose d'adolescent. Cependant, ses seins étaient comme deux petites poires sauvages, ses jambes fuselées, ses hanches bien rondes et elle semblait avoir surmonté une timidité dont il ne restait plus trace. Au contraire, à l'éclat provocant de ses yeux, je voyais bien qu'elle sentait l'effet que sa vue produisait sur les douze jeunes gens.

Non, je n'avais point à m'en faire pour Mismê. Elle était la fille de sa mère et savait dans quel jeu elle entrait. Je me calmai donc à l'idée que, de quelque manière que les Etrusques l'eussent trouvée, elle avait volontairement consenti au sacrifice. Voyant combien elle était devenue belle, je sus alors que j'étais fier d'elle. Tournant alors la tête, je croisai brusquement le regard de Lars Arnth, assis sur la pierre consacrée de Tarquinia. Il avait contemplé Mismê en proie à la même fascination que les douze champions. Et voilà que, me regardant à mon tour, il plissa les yeux d'un air inquisiteur. Impulsivement, je hochai du chef pour lui signifier mon accord.

Lars Arnth se leva d'un bond, se débarrassa de sa toge et la lança sur les épaules du Tarquinien qui brandissait le glaive et le bouclier sacrés dans l'arène. Il retira alors sa tunique, ôta la chaîne qu'il portait autour du cou et les laissa tomber sur le sol. Il retira enfin l'anneau d'or qu'il portait au pouce. Puis, comme si cela allait de soi, il alla prendre le glaive et le bouclier de sa cité des mains du jeune champion auquel il fit signe d'aller s'asseoir sur la pierre sacrée. C'était un si insigne honneur que la déception du jeune homme en fut atténuée.

L'augure parcourut l'assistance des yeux, comme pour demander si personne ne s'opposait à cette substitution de combattants. Alors il toucha Lars Arnth du bout de son bâton pour manifester qu'il acceptait. Lars Arnth était plus mince que le jeune homme qu'il remplaçait et sa peau était blanche comme celle d'une femme. Nu au milieu du cercle sacré, les lèvres entrouvertes, il fixait Mismê qui soutenait son regard. La vanité de la jeune fille était à l'évidence flattée que le régent de la plus puissante cité étrusque fût prêt à risquer sa vie pour elle.

Pour moi, je fus contraint de sourire sous l'effet d'un soulagement inexprimable quand je compris que tout cela n'était qu'une farce des dieux qui s'amusaient à montrer ce que peut être l'aveuglement du plus lucide des hommes et ce qu'il y a de dérisoire à attacher quelque importance aux choses terrestres. Je lisais dans les pensées de Lars Arnth comme sur un rouleau de papyrus. Certes, la vue de Mismê l'avait enchanté, mais il avait senti tout le parti qu'il pourrait tirer d'une victoire dans le combat rituel. Il avait essuyé un revers dans les négociations de politique étrangère et, à Tarquinia même, son prestige avait souffert de l'échec de l'expédition contre Himère. Le vieil Aruns vivait encore et son autorité était inébranlable mais rien n'assurait que Lars Arnth lui succéderait, malgré son élévation à la régence. Car sa politique lucide et dictée par les temps ne plaisait pas aux vieilles gens ni à la faction hellénophile.

S'il sortait vainqueur du combat rituel, en revanche, la préséance honorable qu'il gagnerait pour Tarquinia serait toute à sa gloire. Certes, dans les temps reculés, c'étaient les souverains eux-mêmes qui s'affrontaient dans le cercle sacré pour la suprématie de leurs cités respectives, mais qu'un jeune régent risquât ainsi sa vie pour son peuple, c'était un fait sans précédent à l'époque que nous vivions. S'il l'emportait, la suprématie de Tarquinia ne serait pas seulement formelle et rituelle, car sa victoire serait considérée comme un signe des dieux. Enfin, il gagnerait pour lui-même la fille d'un lucumon vivant, la petite-fille du grand Lars Porsenna.

Les dieux souriaient et je souriais avec eux, puisque tout n'était que mensonge. Mismê passait pour ma fille. Et voilà que, comprenant cela, je vis soudain que la différence entre le vrai et le faux est dénuée d'importance dans le domaine moral. Tout dépend de ce que l'on croit vrai. Les dieux sont au-dessus du vrai et du faux, au-dessus du bien et du mal. Dans mon cœur, je décidai d'accepter désormais Mismê pour ma fille et de lui interdire à jamais de révéler que je n'étais pas son père. Il suffirait que nous le sachions tous deux; ce n'était point l'affaire des autres. Et de tout mon cœur je me mis à souhaiter la victoire de Lars Arnth, car Mismê ne pouvait espérer plus noble époux, encore qu'en toute franchise j'ignorasse ce que la fille d'Arsinoé pourrait apporter à son mari et aux Etrusques dans leur ensemble. Mais si j'acceptais Mismê pour ma fille, cela n'avait plus d'importance. Seul le meilleur des Etrusques serait assez bon pour elle. Moqueur, je songeai à quel point Arsinoé s'était trompée à propos de Mismê.

L'augure jeta sur les épaules nues de Mismê le col rituel de cuir noir et la contraignit à s'asseoir au bord du lit de pierre, ses poignets entravés posés sur les genoux. Puis il donna le signal du combat en brandissant son bâton et les champions se précipitèrent les uns contre les autres avec une telle impétuosité que nos yeux ne distinguèrent d'abord qu'une mêlée confuse et acharnée. Déjà, deux champions ensanglantés gisaient sur le sol de l'arène.

Les autres combattants eussent bien été avisés, songeai-je, d'unir leurs forces contre Lars Arnth afin de le contraindre à sortir du cercle, s'ils n'osaient attenter à la vie d'un homme de si haute naissance. Car ils ne se battaient que pour l'honneur et la beauté du sacrifice, tandis qu'Arnth jouait son avenir, la couronne de Tarquinia, et même l'avenir de tous les peuples étrusques, puisqu'il était convaincu que seule sa politique permettrait de libérer les douze cités de la tutelle grecque. Mais comment ses rivaux l'eussent-ils su?

Aussi, à la manière traditionnelle, s'étaient-ils élancés à six contre six dans le premier assaut, puis à cinq contre cinq dans le second, dans l'éclat des glaives et le fracas des boucliers entrechoqués. Il y eut des grognements de douleur et quatre seulement des jeunes gens firent un pas en arrière pour reprendre haleine. Un champion avait été précipité hors du cercle, deux le quittaient en rampant, laissant une traînée sanglante derrière eux, un quatrième avait perdu son glaive, la main tranchée net, un autre encore gisait sur le dos, le sang bouillonnant dans sa gorge ouverte et le sixième était protégé par le bâton de l'augure, alors que, tombé à genoux, aveuglé par le sang, il tentait encore faiblement de brandir son glaive.

Sans un regard pour ceux qui étaient tombés, les quatre champions s'affrontèrent. Lars Arnth était parmi eux. Les mains crispées, je souhaitai qu'il l'emportât et, au moins, qu'il survécût. Le plus impatient des quatre se précipita, bouclier levé, sur son adversaire le plus proche. Ce dernier éleva à son tour son bouclier à la rencontre de l'autre et lui passa son glaive à travers le corps. Aussitôt, le troisième vit l'occasion qui lui était offerte et, d'un bond, vint planter son glaive dans les reins du vainqueur de l'affrontement précédent, frappant non pour tuer, mais pour blesser et mettre hors de combat.

Tout s'était passé à une vitesse proprement incroyable et dix des plus beaux et des plus braves champions étrusques avaient déjà mordu la poussière. Avec tristesse, je songeai à leurs espoirs, à l'entraînement acharné par lequel ils avaient endurci leur corps et parfait leur adresse. Quelques instants fugitifs et tout cela était anéanti. Il ne restait plus que Lars Arnth et le champion de Véies. Le vrai combat pouvait enfin commencer. Le hasard et la fortune n'y joueraient aucun rôle, ce n'était plus qu'affaire d'endurance et d'habileté à manier le glaive.

La hâte n'eût servi à rien. Cela, tous deux devaient le comprendre, car ils prirent l'un et l'autre le temps de jeter un regard à Mismê qui les fixait, les yeux brillants. J'entendis raconter par la suite que le jeune Véien avait été parmi ceux qui étaient allés chercher Mismê et que c'était lui qui l'avait tenue entre ses bras sur son cheval. Aussitôt, sa résolution avait été prise : il combattrait jusqu'à la mort et refuserait de se rendre. Malgré sa jeunesse, Lars Arnth avait déjà connu la dure école de la vie politique et savait bien que la patience était le meilleur moyen de venir à bout de l'endurance de son adversaire. Il attendait donc, plein de sang-froid, ayant même abaissé un instant son bouclier afin d'étirer ses membres endoloris.

C'en était trop pour l'impétueux Véien, qui se lança, bouclier levé, glaive brandi. L'airain résonna contre l'airain, les glaives étincelèrent. Mais les jeunes gens étaient de même force et de même adresse, ils s'immobilisèrent. Après avoir échangé une dizaine de coups, ils bondirent simultanément en arrière, pour reprendre haleine. Le sang ruisselait sur la cuisse de Lars Arnth, mais il fit non de la tête en voyant l'augure s'apprêter à brandir son bâton. L'attention du Véien fut un instant attirée par cet échange et Arnth en profita pour le charger avec une telle force qu'il parvint à lui donner un coup de glaive. L'autre tomba sur un genou, il était gravement blessé à l'aine mais continuait de donner de si violents coups de glaive qu'il contraignit Lars Arnth à reculer. Puis il écarta du glaive le bâton de l'augure qui voulait le prendre sous sa protection et lança à son adversaire des regards farouches.

Il fallait donc continuer le combat, de gré ou de force, et Lars Arnth s'y résigna. Sentant fléchir sa propre endurance, il chercha une conclusion rapide. Tenant son bouclier aussi bas que possible, il attaqua. Mais le Véien para son coup et, à la vitesse de l'éclair, laissant tomber son épée, ramassa une poignée de sable et la jeta dans les yeux de Lars Arnth. Récupérant alors son glaive, il en porta un coup si violent contre la poitrine découverte de son ennemi que, perdant l'équilibre, il alla s'aplatir face contre terre tandis que Lars Arnth, aveuglé, détournait le coup d'un geste instinctif de son bouclier. Il aurait pu assener un coup du tranchant de son bouclier sur la nuque du Véien terrassé, ou trancher les doigts crispés sur la poignée du glaive. Mais il se contenta de poser le pied sur le bras du Véien et de maintenir fermement son visage dans la poussière avec son bouclier, sans lui infliger de nouvelle blessure. Ce fut fait avec beaucoup de noblesse.

Le jeune Véien ignorait la peur et il tenta encore de se dégager pour reprendre le combat. Quand il dut s'avouer vaincu, un sanglot de rage et de déception monta dans sa gorge. Lars Arnth se baissa, ramassa le glaive qu'il venait de lâcher et le jeta hors du cercle. Puis, magnanimement, il étendit la main pour aider son rival à se relever, alors que lui-même était encore à moitié aveuglé par le sable et le sang.

Enfin Lars Arnth fit quelque chose qui ne s'était encore jamais vu. Encore tout pantelant, il jeta un regard circulaire avant de se diriger vers l'augure d'un pas décidé. Il se planta devant le vieillard et se saisit du grand manteau dont le digne augure s'enveloppait. Le manteau sur le bras, laissant le prêtre en tunique, il marcha droit sur Mismê, trancha les liens rituels qui lui enserraient les poignets, effleura respectueusement ses lèvres, et, s'allongeant sur le lit de pierre, la prit dans ses bras et tira sur eux deux le large manteau du prêtre.

C'était un geste tellement inattendu que la tradition la plus sacrée ne put empêcher l'éclat de rire qui secoua l'assemblée. La vue du pauvre augure, ses jambes maigres découvertes par la courte tunique, ajoutait à l'hilarité. Enfin, quand nous vîmes le pied nu de Mismê surgir du manteau en agitant les orteils, les lucumons eux-mêmes rirent jusqu'aux larmes.

C'était aussi de soulagement que nous riions devant cette innovation de Lars Arnth et nul n'y était opposé. Au contraire, chacun reconnaissait qu'un jeune homme d'aussi haute naissance que Lars Arnth et la petite-fille de Lars Porsenna n'auraient pu se livrer au sacrifice traditionnel sous le regard du peuple. Sous le manteau de l'augure, il est probable que Mismê et Arnth riaient eux aussi quand, étroitement enlacés, ils décidèrent de reporter le sacrifice à un moment plus propice.

Quand les rires furent enfin retombés, Lars Arnth rejeta le manteau. Ils se levèrent, la main dans la main et les yeux dans les yeux, comme s'ils avaient oublié le reste du monde. Ils formaient un beau couple. L'augure courroucé récupéra son manteau, s'en drapa, leur assena sur le crâne un coup de son bâton avec une violence qui n'était pas prévue par le rite, les déclara mari et femme et annonça que Tarquinia était, pour un an, la première des douze cités d'Etrurie. Saisissant alors le col noir sur les épaules de Mismê, Lars Arnth le retourna, révélant la face blanche, symbole du triomphe de la vie sur la mort. Main dans la main, ils sortirent du cercle sacré tandis qu'un manteau nuptial était jeté sur la nudité de Mismê et une couronne de myrte placée sur sa tête. Pendant que Lars Arnth récupérait son propre manteau, je me hâtai d'aller embrasser Mismê.

— Comment as-tu osé me faire frayeur pareille ? la grondai-je.

Mais rejetant capricieusement la tête en arrière, elle dit dans un éclat de rire :

— Me croiras-tu désormais capable de prendre soin de moi-même, ô Turms ?

Jetant un regard à Lars Arnth, je chuchotai à l'oreille de Mismê qu'elle devait désormais m'appeler père, me traiter avec respect et se souvenir qu'elle était la petite-fille du grand héros étrusque Lars Porsenna. A son tour, elle m'apprit que les frères du champ avaient tenté de protéger ma ferme de la fureur des Romains, mais en vain. Quand ils avaient appris mon évasion de la prison Mamertine, ils avaient brûlé les bâtiments, volé le bétail et détruit les récoltes. Mismê elle-même s'était cachée avec les deux vieux esclaves et, cette nuit-là, tirant de sa cachette la tête de taureau en or, elle en avait brisé les cornes. Elle en avait remis une au vieux couple et avait donné l'autre au jeune berger qui avait pris la tête de ma ferme afin qu'il s'en servît pour acheter l'émancipation des deux vieillards.

A peine avait-elle replacé la tête de taureau dans sa cachette que des patrouilles de Véies, attirées par l'incendie, avaient passé la frontière à cheval. Un parti de cavaliers l'avait enlevée. Elle avait été traitée avec respect, encore que le jeune homme qui l'avait prise avec lui, un de ceux qui venaient de combattre dans le cercle sacré, l'avait étreinte plus qu'il n'était besoin.

— Oh, tout cela n'était guère nouveau pour moi et je n'ai pas eu peur, m'assura Mismê. Le berger, à la ferme, était toujours derrière moi, cherchant à me toucher et à m'embrasser. J'ai appris à me défendre toute seule et j'ai cessé de me demander si j'étais laide. Evidemment, je n'aurais jamais consenti à lui céder, mais avec l'or que je lui ai remis, il va pouvoir trouver une épouse convenable, acheter de la terre et prendre soin du vieux couple que j'ai libéré.

Puis elle me regarda d'un air accusateur et poursuivit :

« Mais pourquoi ne m'avais-tu jamais dit à quel point la vie parmi les Etrusques est belle et raffinée ? J'aurais appris leur langue difficile depuis longtemps déjà ! Je n'ai rencontré que la bonté, à Véies et ici même, alors que je me croyais prisonnière et que je redoutais d'être vendue comme esclave. De belles femmes m'ont appris à me baigner, à prendre soin de ma peau, à boucler ma chevelure, m'ont dit que j'étais belle et m'ont fait comprendre que c'était un incomparable honneur d'être choisie pour le combat rituel. J'ai cru que c'était pour moi et pour ma beauté, mais je comprends maintenant qu'ils ont dû me choisir à cause de toi, ô mon père. J'ai entendu dire bien des choses à ton propos.

Lars Arnth s'empressa de jurer par le nom des dieux souriants qu'elle était la plus jolie fille qu'il eût jamais vue et qu'il avait risqué sa vie parce qu'un seul coup d'œil avait suffi à le convaincre qu'elle ne vaudrait pas la peine d'être vécue sans Mismê. Il croyait probablement lui-même ce qu'il disait mais je savais que cet éblouissement extatique, la déesse l'aveuglant de son brouillard doré, n'était qu'une des raisons qui l'avaient poussé au combat.

Je ne m'en réjouis pas moins pour Mismê et pour Lars Arnth lui-même car il méritait tout le bonheur que peut connaître un mortel — si toutefois la fille d'Arsinoé était capable de lui apporter plus de bonheur que de tourment. Mismê déclara toutefois qu'elle se croyait plus sage que sa mère et qu'elle resterait fidèle à son époux car, dans le pays entier, elle n'en pourrait trouver de plus beau ou de plus à son goût. Qu'elle se sentît tenue de prendre un tel engagement ne fit rien pour accroître la confiance que j'avais en elle. Avait-elle commencé elle-même à se rendre compte qu'elle était la fille de sa mère? Quand je la regardai au fond des yeux, je compris que la vie de Lars Arnth avec son épouse serait dépourvue de monotonie.

3

Tout était calme. Quand le soleil couchant commença à teinter de rouge la sombre surface du lac et le sommet brumeux des montagnes qui l'entouraient, les prêtres firent dresser la tente des dieux. Non loin, des femmes actionnaient des meules afin que les gâteaux des dieux fussent pétris de farine nouvelle. On avait jeté à l'eau les filets et pris les poissons aux yeux rouges consacrés aux dieux. Enfin, un veau mâle, un agneau et un porc avaient été sacrifiés après consécration. De grands brasiers de cuisine brûlaient en plein air et les prêtres récitaient les versets sacrés et conféraient entre eux, afin que les gâteaux fussent pétris et les mets préparés dans le respect des traditions. Le festin des dieux n'avait pas été organisé depuis nombre d'années.

Tandis que le soleil déclinait, je sentis monter la fraîcheur du lac et s'attarder la tiédeur de la terre. Je humais la fragrance des gâteaux et des épices. Les deux lucumons arrivèrent enfin, le manteau sacré sur les épaules. Derrière eux, leur suite apportait la vaisselle sacrée des dieux.

— T'es-tu purifié ? me demandèrent-ils.

— Oui, leur répondis-je. Mes yeux sont propres. Ma bouche est propre. Mes oreilles sont propres. Mes narines sont propres. Toutes les ouvertures de mon corps sont propres. Ma tête a été lavée. Mes pieds et mes mains ont été lavés. Mon corps entier a été lavé et purifié. Je porte pour la première fois une tunique tissée de la plus fine laine.

Ils répondirent avec un sourire :

— Ce soir, tu es l'hôte, ô Turms. C'est toi le dispensateur de présents. Tu peux inviter deux divinités à manger avec nous. Qui choisis-tu ?

Je n'hésitai point.

— Je dois une invitation à la déesse. C'est elle que j'invite, Turan à la couronne de muraille.

Le vieux lucumon feignit la surprise et demanda d'un air rusé :

— Toi-même tu nous as conté comment Artémis t'a favorisé, comment, sous la forme d'Hécate, elle a veillé à ton bien-être matériel et à ta fortune. Et tu dois beaucoup, aussi, à la déesse née de l'écume, celle qu'on révère à Eryx sous le double nom d'Aphrodite et d'Ishtar, comme tu nous l'as dit.

— Elles ne sont qu'une déesse, répondis-je. Elle se montre sous divers jours, en divers lieux, à diverses gens. Son vrai nom est Turan, la lune est son emblème. Cela, je l'ai compris. C'est elle que je choisis. C'est elle que j'invite.

Ils dirent :

— Et qui sera ton deuxième invité ? Qui choisis-tu ?

Rayonnant, je répondis :

— Lui, le changeant en personne, je le choisis. Voltumna.

Autrefois, je ne le comprenais pas. Et maintenant je veux faire enfin sa connaissance. C'est pour lui que le cheval marin, l'hippocampe, est sacré depuis l'aube des temps. Son emblème est la Chimère.

Le sourire disparut de leur visage, ils échangèrent un regard et s'écrièrent, menaçants :

— As-tu conscience de ton audace?

Saisi d'une joie sacrée, je vociférai :

— Lui, lui! Je le choisis, lui, Voltumna le changeant! Voltumna, sois mon invité!

Ils ouvrirent alors les rideaux de la tente rituelle. Dans la lumière éclatante que dispensaient des torches sans fumée, je vis la haute couche des dieux avec ses nombreux matelas et, sur le double coussin, les deux cônes de pierre blanche. Pour chacun de nous trois, on avait disposé une couche basse, flanquée d'une table. Le vin était dans le cratère et je vis les gerbes de blé, les fruits de la terre et les couronnes de fleurs et de feuillage.

Les lucumons me dirent :

— Couronne tes invités célestes.

Je choisis une couronne de lierre pour l'un des cônes de pierre :

— Pour toi, Turan. Toi, déesse, moi, mortel.

Une joie indicible me saisit. Je pris une couronne d'aubépine et en ceignit le deuxième cône.

« Pour toi, Voltumna. Toute couronne prend l'apparence que tu souhaites. Accepte donc la couronne d'aubépine, toi, dieu, moi, immortel.

Ainsi acceptai-je enfin de me reconnaître immortel. Pourquoi et comment cela se produisit-il, et pourquoi je choisis la couronne d'aubépine, je suis incapable de l'expliquer. Mais mes doutes se dissipèrent comme un brouillard et le ciel de mon cœur rayonna de la gloire immortelle.

Nous nous étendîmes sur les couches et des serviteurs vinrent nous passer au cou de lourdes guirlandes de fleurs d'automne, de fruits, de baies et de feuilles. Les joueurs de pipeau se mirent à souffler dans leur instrument, les cordes firent entendre leur mélodie plaintive et des danseurs vêtus des vêtements rituels vinrent danser devant la tente les danses des dieux. Les mets nous étaient servis dans d'antiques pots d'argile noirs et, pour manger, nous usions d'antiques couteaux à lame de silex, bien que nous eussions aussi des fourchettes d'or à deux dents.

Peu à peu, le son des pipeaux doubles et des cordes se fit plus frénétique, tandis que les danseurs exécutaient successivement la danse de la terre, la danse de la mer et la danse des cieux. Vint ensuite la danse de la déesse vierge, la danse d'amour, la danse du chien, la danse du taureau, et même la danse du cheval. De lourds nuages de parfum flottaient autour de nous, montant des hauts trépieds d'airain et le vin réchauffait mes membres et montait à ma tête. Mais plus le festin avançait, plus ma déception était grande à voir les deux cônes de pierre blanche, inertes, sur la haute couche des dieux.

Le vieux lucumon, qui avait pris place sur ma droite, vit mes coups d'œil et voulut me réconforter en riant :

— Ne sois pas impatient, ô Turms, car la nuit est jeune encore. Peut-être les dieux se préparent-ils pour nous comme nous nous sommes préparés pour eux. Peut-être un joyeux tumulte anime-t-il les vestibules éternels, tandis que, dans un frou-frou d'étoffes des serviteurs aux bras chargés de vêtements de fête courent en tous sens, oignent et tressent des chevelures — qui sait ?

— Ne te moque pas de moi, dis-je, courroucé.

Il étendit sa main vénérable pour me toucher l'épaule.

— Cette nuit est, pour toi, la plus exaltante de ta vie, ô Turms. Mais le peuple doit lui aussi y participer. Il a le droit de voir les cônes que tu as couronnés, le droit de nous regarder manger et boire, de contempler les danses sacrées et d'entendre la musique. Cela fait, nous nous retrouverons seuls, tous les trois. Alors seulement on tirera les rideaux et nos hôtes se présenteront.

A l'extérieur de la tente, sous le dais du ciel étoilé, des milliers de gens s'étaient en effet rassemblés dans le plus grand silence.

Les feux de cuisine furent éteints, les serviteurs s'en furent l'un après l'autre, les danseurs disparurent, la musique cessa. Alors le dernier serviteur vint déposer devant moi un plat couvert et je vis les deux lucumons se redresser et m'observer intensément. Le serviteur ôta le couvercle, je sentis une forte odeur d'herbes aromatiques, et, voyant des morceaux de viande nageant dans une sauce, je saisis ma fourchette et portai l'un des morceaux à ma bouche. Le goût n'en était point mauvais, pour autant que je pus m'en rendre compte, mais je ne parvins ni à mâcher ni à avaler et je dus recracher le tout.

Les rideaux de la tente furent alors fermés à grand bruit. Le serviteur se hâta de déguerpir en silence, laissant le plat fumant sur la table basse, devant moi. Je m'essuyai la bouche du revers de la main, me rinçai le palais d'une gorgée de vin que je recrachai.

Les deux lucumons m'observaient toujours.

— Pourquoi ne manges-tu pas, ô Turms? me demandèrent-ils.

Je secouai la tête.

— Je ne puis.

Ils approuvèrent d'un hochement du chef et avouèrent :

— C'est vrai. Nous non plus, car c'est la nourriture des dieux.

Du bout de ma fourchette d'or, je remuai les morceaux de viande dans leur sauce. Ils étaient appétissants et leur odeur n'était pas désagréable.

— Qu'est-ce donc? demandai-je.

— Du hérisson, m'expliquèrent-ils. Le hérisson est le plus ancien de tous les animaux. Quand vient l'hiver, il se recroqueville dans le sommeil et oublie le temps, puis, au printemps, il s'éveille de nouveau. C'est pourquoi il est la nourriture des dieux.

Du bout des doigts, le vieux lucumon se saisit d'un œuf dur écalé qu'il éleva devant moi.

— L'œuf est le début de tout, me dit-il. L'œuf est le symbole de la naissance et du retour, le symbole de l'immortalité.

Il plaça l'œuf au creux de sa coupe sacrificielle. L'autre lucumon et moi l'imitâmes : écalant un œuf dur, nous le déposâmes chacun dans notre coupe. Le lucumon de Volterra se leva alors, alla se saisir délicatement d'une jarre d'argile scellée, fit sauter le cachet de cire à l'aide d'un couteau de silex, ôta le bouchon, et versa le vin d'herbes amères dans nos coupes sacrificielles.

— L'instant est venu, dit-il. Les dieux viennent. Buvons le philtre de l'immortalité afin de permettre à nos yeux de soutenir leur vue éclatante.

Comme eux, je vidai ma coupe et la boisson brûla ma gorge et engourdit mon ventre. Suivant encore leur exemple, je mangeai l'œuf que j'avais écalé.

Le vieux lucumon prit la parole à voix basse.

— Tu as bu avec nous le philtre de l'immortalité, ô Turms. Tu as mangé avec nous l'œuf de l'immortalité. Maintenant, fais silence. Les dieux viennent.

Sous nos regards tremblants, les deux cônes se mirent à croître. La flamme brillante des torches parut ternir, les cônes flamboyant plus que les torches. Puis ils disparurent et je la vis, elle, la déesse, prenant forme et corps, peu à peu, délicatement étendue sur la couche, plus délicieuse que nulle mortelle. Elle sourit pour nous rassurer et ses yeux ovales brillaient d'une gloire lumineuse. Mais ses tresses étaient vivantes et se tordaient comme des serpents et, sur sa tête, elle portait la redoutable couronne de muraille.

Alors il se montra, lui, le changeant. Mais d'abord, il nous taquina. Nous le ressentîmes comme un violent courant d'air froid et la flamme jaune des torches vacilla. Puis nous le ressentîmes comme de l'eau et nous nous débattîmes comme des noyés, cherchant à respirer malgré l'eau invisible qui envahissait nos narines, notre bouche et nos poumons. Devenu feu, il nous caressa la peau et les membres et nous crûmes que nous allions périr carbonisés. Mais nulle marque ne subsista sur notre corps et il nous rafraîchit si bien que nous nous fûmes crus oints d'un onguent de menthe. Sa forme flotta au-dessus de nous comme un gigantesque hippocampe. Enfin, la déesse Turan se lassa de ces jeux et tendit la main. Voltumna se calma et descendit sous forme de lumière étincelante avant de revêtir l'apparence humaine en notre compagnie.

Je n'eus pas à les servir car la quantité de viande de hérisson diminuait d'elle-même dans le plat qui fut bientôt vide. Comment avaient-ils mangé, je ne puis l'expliquer. Le niveau du vin dans le cratère baissa pareillement jusqu'à ce que la plus petite goutte en eût disparu. Ils n'avaient ni faim ni soif, puisque cela est épargné aux dieux, mais ayant accepté notre invitation et s'étant présentés sous des traits reconnaissables, ils mangèrent le mets consacré et burent le vin en signe d'amitié.

La nourriture terrestre leur procura en apparence des satisfactions et le vin leur monta à la tête comme cela se produit lors des festins, car la déesse souriait capricieusement; me dardait des regards tentateurs de ses yeux ovales et avait noué nonchalamment les bras autour du cou de Voltumna. Ce dernier me dévisageait avec insistance, comme s'il était tenté de mettre ma résistance à l'épreuve.

— Hélas! vous autres lucumons, dit-il brusquement, vous êtes peut-être immortels, mais éternels, vous ne l'êtes certainement pas.

Sa voix résonnait comme l'airain et roulait comme le tonnerre, et pourtant, elle trahissait une terrible envie.

La déesse Turan lui caressa les cheveux d'un geste apaisant et lui interdit de chercher querelle.

— N'aie pas peur de lui, dit-elle d'une voix qui tintait comme une clochette d'argent et roucoulait en même temps comme la colombe, Voltumna est un dieu agité. Mais il faut le comprendre. Nous, les autres dieux, pouvons emprunter bien des formes, mais nous trouvons le repos dans nos images sacrées. Lui n'a point de forme permanente. Ce sont ces changements incessants, cette chaleur suivie du plus grand froid, cette expansion suivie de contraction, cette tempête suivie de bonace qui font de lui un dieu agité et jamais en repos.

Les contours de Voltumna commencèrent à trembler mais Turan se hâta de poser les mains sur les épaules du dieu et de baiser tendrement ses yeux et la commissure de ses lèvres en déclarant :

— Jamais je ne t'ai vu plus beau qu'aujourd'hui. Surtout ne change pas d'apparence et ne m'effraie pas en te montrant soudain sous un jour entièrement différent.

Voltumna ne parut pas insensible aux flatteries de la brillante déesse. Il se savait bien pourtant supérieur à tous les dieux, lui qui crée la totalité des formes innombrables de la terre, tandis que les autres peuvent seulement affecter ce qui existe déjà. Ce que voyant, je compris enfin la vanité des dieux et la raison pour laquelle ils sont sensibles aux prières ou aux présents.

Cette pensée était en train de se former dans mon esprit quand je sentis de minces doigts de feu presser mon épaule en manière de mise en garde. Tournant la tête, je découvris avec ébahissement, assis derrière moi sur le rebord de ma couche, la forme ailée de lumière de mon esprit tutélaire. Pour la deuxième fois de ma vie elle choisissait de se montrer à moi, et je sus qu'il me fallait être prudent. En la voyant, je sus dans mon cœur que je n'avais cessé de me languir d'elle plus que de toute chose terrestre. Elle était proche de moi, vivante, et ce fut comme si du métal en fusion coulait dans mes veines.

Quand je tournai de nouveau les yeux, je vis que les esprits tutélaires des deux lucumons étaient venus les protéger eux aussi de leurs ailes radieuses. Les esprits s'entre-regardaient d'un air inquisiteur, comme s'ils se livraient à quelque comparaison et leurs ailes frémissaient. A mes yeux, mon esprit tutélaire avait de loin la forme la plus belle.

Tendant un doigt accusateur,Voltumna s'écria :

— Hélas, ô lucumons, quels hôtes prudents vous êtes, d'appeler ainsi vos esprits tutélaires. Que craignez-vous donc ?

Et la déesse Turan prit la parole, pareillement offensée :

— C'est m'insulter dans ma divinité et me faire affront que de vous vautrer ainsi avec vos esprits tutélaires au lieu de venir vous étendre auprès de moi. Je suis votre invitée et non l'inverse. Toi au moins, Turms, tu dois renvoyer à l'instant ton esprit tutélaire. Peut-être alors descendrai-je un instant poser ma main sur ton cou.

Les ailes de mon esprit tutélaire tremblèrent de rage. La déesse lui jeta le regard critique qu'une femme réserve à une autre femme et concéda :

— Certes, elle est belle, ta créature ailée, mais elle ne peut se mesurer à moi. Ne suis-je point une déesse, aussi éternelle que la terre, tandis qu'elle n'est qu'immortelle, comme toi.

J'étais désemparé et malheureux mais, regardant le visage radieux de mon esprit tutélaire, je m'en sentais bien plus proche que de la déesse.

— Je ne puis renvoyer celle qui est venue sans avoir été

invitée, m'empressai-je d'expliquer, mais une compréhension soudaine faisait trembler ma voix et j'ajoutai :

« Peut-être quelqu'un de plus haut placé encore que toi l'aura envoyée.

Je ne pus poursuivre car, à cet instant précis, un être immobile, plus grand que les mortels ou que les dieux, prit forme au milieu de la tente.

Un froid manteau de lumière l'enveloppait tout entier, et des bandelettes de tissu masquaient son visage. C'était celui que les dieux mêmes ne connaissent point — celui dont le nom et les nombres sont inconnus de tous, mortels et dieux liés à la terre. Quand j'aperçus sa forme immobile, les deux dieux terrestres commencèrent à s'estomper et mon esprit tutélaire me couvrit de ses ailes comme pour montrer que nous ne faisions qu'un. Je sentis alors un goût de métal dans ma bouche comme si j'étais déjà mort, un orage gronda à mes oreilles, l'odeur de la glace emplit mes narines et le feu aveugla mes yeux.

Je repris conscience sur ma couche basse. Les torches, usées, s'étaient éteintes, il y avait des éclaboussures de vin sur le plancher de la tente, des grains tombés des épis et des fruits écrasés. Les deux cônes se dressaient sur la haute couche des dieux et je me rendis compte qu'ils étaient éclairés par l'aube grise qui filtrait par les ouvertures de la tente. Les couronnes qui les entouraient étaient fanées et comme calcinées. Je me sentais moi-même fané et calciné, comme si j'avais perdu des années de ma vie au cours de cette seule nuit. Mes membres engourdis étaient raidis par le froid.

Nous nous éveillâmes, je crois, tous les trois en même temps, et nous assîmes, la tête entre les mains. Pour finir, nous nous regardâmes.

— Ai-je rêvé ? demandai-je.

Le vieux lucumon de Volsinii secoua la tête.

— Non. Si c'était un songe, nous avons eu le même tous les trois.

Et le lucumon de Volterra dit à son tour :

— Nous avons vu le dieu voilé. Comment se peut-il que nous soyons encore vivants ?

— Cela signifie la fin d'une ère, suggéra le vieux lucumon. Une autre commence. Le dieu voilé n'est jamais apparu au cours d'un festin des dieux. Nous avons été capables de le reconnaître. Peut-être s'est-il montré parce que nous sommes les derniers lucumons.

Le lucumon de Volterra souleva un pan de rideau et regarda à l'extérieur.

— Le ciel est couvert de nuages, dit-il, c'est un matin froid et maussade.

Les serviteurs entrèrent aussitôt, portant la boisson fumante du matin, du lait bouillant et du miel. Je bus avidement. Le liquide réchauffa mes membres et je me sentis mieux. Ils nous apportèrent de l'eau pour que nous puissions laver nos visages, nos pieds et nos mains. Je remarquai que ma tunique était maculée et que j'avais saigné du nez. Le ventre me brûlait comme si j'avais avalé un poison mortel.

Le vieux lucumon vint jusqu'à moi.

— Tu as partagé le festin des dieux, ô Turms. Tu as bu le vin de l'immortalité. Tu n'es plus celui que tu étais naguère. Tu comprendras bientôt que rien n'est plus pareil. Et maintenant, te reconnais-tu toi-même pour qui tu es, Turms, fils de Porsenna, fils de Larkhna?

— Non pas, dis-je doucement. La terre est ma mère. Le ciel est mon père. Le soleil est mon frère, la lune ma sœur. Je me reconnais pour qui je suis, né lucumon parmi les humains. Je suis Turms l'immortel. Je reconnais que je suis revenu et que je reviendrai de nouveau. Mais pourquoi, je l'ignore encore.

— Ote cette tunique souillée comme tu ôteras un jour ton enveloppe terrestre tel un vêtement usé. Sors de la tente des dieux aussi nu qu'au jour où tu es né dans un corps de mortel. Embrasse ta mère. Lève la face vers ton père. Nous te saluons, ô toi, lucumon, ô toi, immortel.

Ils ouvrirent les rideaux. Sous le gris d'un ciel de nuages, je vis le peuple silencieux. Une bouffée de vent me frappa le visage, froissant les rideaux. J'ôtai ma chemise et sortis de la tente, je m'agenouillai pour baiser le sol et, à cet instant précis, les nuages s'ouvrirent et le soleil me baigna de ses chauds rayons. Eussé-je encore douté qu'il ne m'eût plus été permis de le faire. Mon père, le ciel, me reconnaissait pour son fils. Mon frère, le soleil, m'étreignait de ses doux rayons. Un miracle s'était produit.

Plus fort que le grondement de la tempête, le cri jaillit de la foule assemblée :

— Le lucumon, le lucumon est venu !

Agitant des étoffes ou des pièces de leur vêtement, les gens criaient sans relâche. Les deux autres lucumons, mes guides, sortirent de la tente et vinrent étaler sur mes épaules un manteau sacré de lucumon. Avec le manteau, une paix bénie et une joie ineffable m'enveloppèrent qui firent fondre mon cœur. J'avais cessé d'être vide, j'avais cessé d'être nu, j'avais cessé d'avoir froid.

4

Et je n'ai plus rien à relater. Caillou après caillou, j'ai tenu ma vie dans ma main et replacé les pierres, l'une après l'autre, dans le simple vase d'argile, devant l'image de la déesse. En eux, je me reconnaîtrai, par eux, je me souviendrai de moi-même quand je reviendrai, descendrai les marches du tombeau et prendrai les cailloux dans ma main. Peut-être le vaisseau d'argile sera-t-il brisé. Peut-être la poussière des siècles aura-t-elle recouvert le sol de ma tombe. Peut-être le sarcophage aux belles sculptures aura-t-il disparu, mon corps redevenu poussière entre la poussière. Mais les cailloux, eux, resteront. Qui les lira ?

Ainsi suis-je assuré que je me reconnaîtrai quand je me baisserai pour ramasser les cailloux lisses dans la poussière des siècles. Je remonterai l'étroit escalier jusqu'à la lumière de la terre. Avec des yeux vivants, je verrai le cône charmant de la montagne de la déesse, par-delà la vallée de ma tombe. Et alors l'orage se déchaînera.

Voilà ce que je crois, moi, Turms, l'immortel. Ce que j'ai écrit peut disparaître, l'encre peut s'effacer, le papyrus pourrir et tomber en poudre, les langues dans lesquelles j'ai écrit peuvent disparaître de la mémoire des hommes. En écrivant j'ai lié à chacun des cailloux de ma vie ce que je souhaite me rappeler.

Mes mains tremblent et ma respiration s'affaiblit. Les dix années se sont écoulées et le moment de ma mort approche enfin, où je serai libéré de cette enveloppe d'argile. Mon peuple prospère, le bétail est plus nombreux, les champs portent de riches récoltes et les mères ont donné naissance à des enfants vigoureux. Je leur ai appris à vivre comme il convient, même quand je ne serai plus là.

S'ils me demandaient des présages, je répondais :

— Pour cela, il existe des augures, des haruspices et des prêtres interprètes de l'éclair. Croyez en eux. Ne venez point me troubler avec des affaires triviales.

J'ai permis au Conseil de décider des lois, au peuple de les ratifier. Les juges jugeaient, les fonctionnaires exécutaient leurs justes sentences. Je m'étais contenté d'une simple mise en garde :

« La loi doit protéger le faible contre le fort. Car le fort n'a pas besoin de protection.

Prononçant ces paroles, j'avais songé à Hanna, qui m'avait aimé, et à mon enfant encore à naître qu'elle avait emporté avec elle. Ils étaient faibles et je n'avais pu les protéger. Dès qu'il m'avait été possible, je les avais fait rechercher au bout du pays et jusqu'en Phénicie. Mais on n'en avait trouvé nulle trace.

Je sentais les affres de la culpabilité et priais : «Ô toi, être suprême, supérieur aux dieux terrestres, toi qui couvres ton visage, toi l'immuable, toi seul as le pouvoir d'effacer mon crime. Tu peux rappeler le temps en arrière, tu peux faire lever les morts depuis les profondeurs de la mer. Fais disparaître et rachète mon cruel forfait et accorde-moi la paix. Bien que fatigué de ce corps qui m'emprisonne, je promets de racheter les dix années allouées par les dieux terrestres pour le bien de mon peuple. Mais fais que rien de mauvais ne soit arrivé à Hanna et à l'enfant à cause de ma lâcheté.»

Je ne fis point d'offrande. On ne peut sacrifier au dieu voilé dont on ignore et le nom et les nombres. Je priai seulement. Moi, un lucumon, source de bonheur pour mon peuple, je ne pouvais rien pour moi-même.

Et alors un miracle se produisit. J'avais vécu parmi mon

peuple depuis de nombreuses années déjà quand deux voyageurs se présentèrent et demandèrent à me voir, moi, le lucumon. Sans présage, sans s'être faits annoncer, ils se présentèrent. Je vis Hanna et la reconnus aussitôt, bien qu'elle baissât humblement la tête devant moi comme faisait son mari. Elle était devenue une belle paysanne robuste. Mais ses yeux étaient tristes quand elle les leva sur moi.

Le visage de son époux était bon et ouvert. Ils avaient parcouru une longue route pour me voir et se tenaient par la main, tremblants de frayeur.

— Lucumon Turms, me dirent-ils, nous sommes de pauvres gens et nous sommes venus nous présenter devant toi pour te demander un bien grand présent.

Hanna me raconta comment elle avait sauté une nuit du navire phénicien dans la mer, non loin de la ville grecque de Poseidonia, pour échapper au sort qu'Arsinoé avait voulu lui réserver. Les vagues l'avaient roulée amicalement jusqu'au rivage où elle avait rencontré un gentil berger. Il l'avait cachée et protégée et, après la naissance de mon fils, avait pris soin du garçon comme de la mère. Elle s'était mise à aimer cet homme si bon.

« Avec le garçon, la chance nous est venue, dit Hanna. Nous possédons une petite maison, quelques champs, des vignes et du bétail. Mais nous n'avons pu avoir d'autre enfant et nous n'avons toujours que ton fils, ô Turms.

L'homme m'adressa un regard implorant.

— Le garçon croit que je suis son père, il est heureux avec nous et adore la vie de la campagne. Il a appris à jouer du pipeau et compose des chansons. Il n'a pas une pensée mauvaise. Mais nous nous chagrinons à cause de lui et ne savons que faire. Nous avons décidé de venir ici, devant toi. Exiges-tu ton fils, ou nous permettras-tu de le garder avec nous?

Et Hanna reprit :

— Tu es un lucumon. Tu sais mieux que nous ce qui fera le bonheur de l'enfant.

Le cœur frémissant, je m'enquis :

— Où est-il, cet enfant, ton fils?

Je les suivis dehors et vis un jeune garçon bouclé qui jouait du pipeau au bord de la place du marché. Il jouait si bien qu'une petite foule s'était assemblée pour l'entendre. Il avait la peau hâlée par le soleil et de grands yeux rêveurs. Il sursauta en me voyant et me fixa d'un air méfiant, craignant que j'eusse fait quelque mal à ses parents. Il était nu-pieds et vêtu seulement d'un vêtement paysan, grossièrement tissé. Il était beau — il était si beau. Tous trois allaient parfaitement les uns avec les autres. Ma prière avait été entendue.

Je contemplai mon fils afin de graver ses traits à tout jamais dans mon cœur. Puis je regagnai la solitude de ma demeure. Je remerciai Hanna et l'homme d'être venus, leur fis quelques présents et reconnus le garçon pour leur fils. Je leur demandai d'avoir recours à moi s'ils étaient jamais dans le besoin mais ils n'eurent pas à le faire. Je leur faisais parvenir des présents simples, jusqu'au jour où ils disparurent du monde grec sans laisser de message. Hanna comprenait. Cela valait mieux pour elle et pour l'enfant.

Depuis lors j'ai vécu pour le bien de mon peuple. Pour lui, il est suffisant que je vive en son sein, moi, le lucumon.

Je n'ai pas permis à mon peuple de faire la guerre, pas même contre les Romains. Et je lui ai interdit de se joindre à la guerre de Lars Arnth. Les remontrances de Mismê ont fini par m'affaiblir et j'ai autorisé individuellement ceux qui voulaient partir en guerre à le faire. C'était six ans après Himère. Sur mer, à la bataille de Cumes, notre flotte subit la plus grave défaite jamais infligée à des navires tyrrhéniens. La mer a cessé de nous appartenir. Les Grecs fondent des colonies dans les îles de notre mer. Plutôt que des navires, nous avons entrepris de bâtir des murailles pour défendre nos cités. La fortune de plusieurs générations s'y est dilapidée, maintenant que les Grecs ont détruit notre commerce. Et chaque année les Romains se font plus audacieux, plus insolents, plus insupportables.

Quand j'ai appris notre défaite de Cumes, je ne me suis pas montré devant mon peuple avant d'avoir marqué l'emplacement de ma tombe. Pour un lucumon, c'était une transgression que d'avoir permis à mon peuple d'entrer dans la guerre. Dix années durant, je ne me suis plus montré à mon peuple. Ce furent de longues années, mais mon peuple a prospéré et moi, en écrivant, j'ai fait passer le temps. Aujourd'hui, les dix années sont finies.

Le peuple étrusque vit toujours. Les cités de l'intérieur prospèrent, les potiers de Véies, les peintres de Tarquinia, les sculpteurs de ma propre cité rivalisent d'habileté pour perpétuer l'image des mortels et des dieux. Ma propre image est prête au cœur de la montagne, sur le couvercle d'un sarcophage d'albâtre, la coupe sacrificielle à la main, le cou ceint d'une guirlande. J'aspire au repos sur un lit de pierre, entouré de peintures murales et des présents de mon peuple. Par l'œuvre des artistes, mon peuple et ma cité vivront après leur mort. Je suis fier de mon peuple, fier de ma cité.

Mais je suis las de la prison qu'est mon corps. Le jour qui vient sera le jour radieux de ma libération. On a dressé la tente des dieux devant les tombes de la montagne sacrée. Les cônes de pierre rituels ont été placés sur le double coussin de la couche des dieux. Dans l'air flotte l'odeur de l'automne, mêlée aux parfums de la farine fraîchement moulue et du vin. Les oiseaux aquatiques s'assemblent en troupes. Les femmes chantent en actionnant les meules pour cuire les gâteaux des dieux pétris de farine nouvelle.

Voici tout ce qu'il me reste à endurer. Les bras, les mains et le visage peints en rouge, le manteau de lucumon sur les épaules, on va me transporter dans la litière des dieux jusqu'à mon lit de mort, dressé sous la tente des dieux. Quand la sueur mortelle perlera à mon front, quand le ruban noir de la mort flottera devant mes yeux, il me faudra encore assister aux danses des dieux et partager le festin des dieux sous les regards de mon peuple. Après, seulement, les rideaux seront fermés. Demeuré seul, je rencontrerai le dieu et je boirai le vin de l'immortalité.

Pour la dernière fois, je goûterai la saveur de la vie dans le gâteau de seigle cuit sous la cendre et dans le vin frais mêlé d'eau. Alors les dieux pourront venir. Mais je les attends moins que je n'attends mon esprit tutélaire. Corps de lumière, corps de feu, elle étendra sur moi ses ailes et baisera l'haleine de ma bouche. A cet instant, elle murmurera enfin son nom au creux de mon oreille et je la reconnaîtrai.

C'est pour cela que je sais que je mourrai heureux, plus ardent qu'un jeune homme, l'accueillant enfin dans mon étreinte et la reconnaissant. Ses ailes puissantes m'emporteront vers l'immortalité. Là j'aurai droit au repos et à l'oubli. L'oubli béni, cent fois béni. Cent ans peut-être, ou mille, que m'importe. Puis, un jour, moi, Turms, l'immortel, je reviendrai.

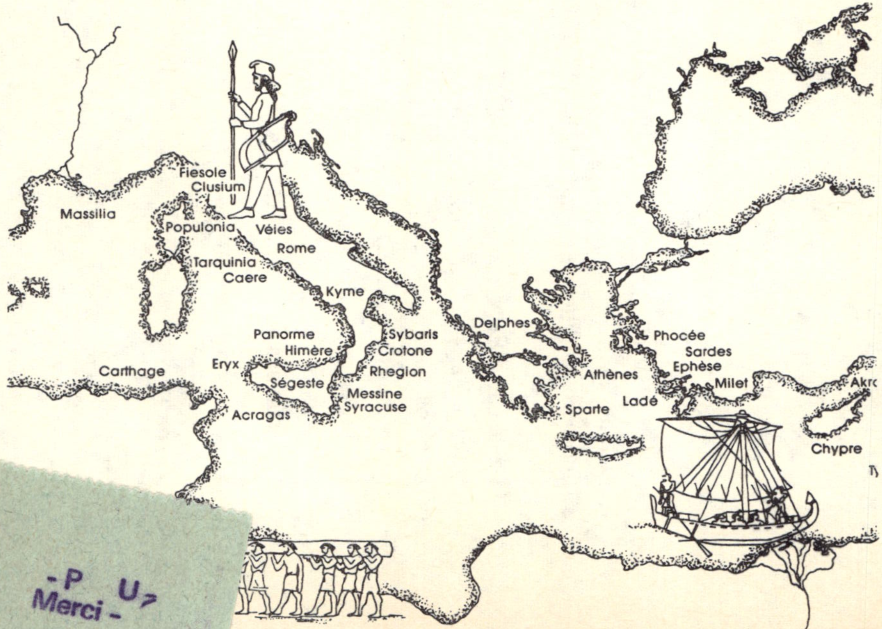
Fiesole
Clusium
Massilia
Populonia
Véies
Rome
Tarquinia
Caere
Kyme
Panorme
Himère
Eryx
Carthage
Ségeste
Acragas
Sybaris
Crotone
Rhegion
Messine
Syracuse
Delphes
Athènes
Sparte
Phocée
Sardes
Ephèse
Milet
Ladé
Chypre

Table

IMPRIMERIE HÉRISSEY A ÉVREUX (EURE).
DÉPÔT LÉGAL JANVIER 1984. N° 6687 (33168)